BOOKSPOT

Eva-Ruth Landys

Die dritte Sünde

Roman

BOOKSPOT VERLAG

Die dritte Sünde

ist der erste Band eines auf drei Teile angelegten, spannend-erotischen Gesellschaftsromans aus dem victorianischen England.

Es folgen:
Stadt der Schuld
Wege nach Eden

1. Auflage
Lektorat: Eva Weigl
Satz/Layout: Martina Stolzmann
Covergestaltung: Nele Schütz Design, München,
unter Verwendung eines Motivs von Thinkstock
Druck: CPI – Clausen & Bosse, Leck
Made in Germany
ISBN 978-3-937357-70-6
www.bookspot.de

Für Brigitta

Wohl brach sie die Ehe, doch brach erst die Ehe sie.

Zarathustra über die Ehebrecherin

Die Ehe ist die Prostitution der Frau zum Zwecke der Versorgung.

Clara Zetkin (Ausgang des 19. Jahrhunderts)

Die sieben Todsünden

Hochmut
Geiz
Wollust
Zorn
Völlerei
Neid
Faulheit

Whitefell House, Wiltshire, Frühjahr 1833

Kapitel 1

»Du kannst schließlich nichts dafür, dass du so schrecklich aussiehst!« Das blonde, zwölfjährige Mädchen winkte ungeduldig mit der Hand. Was für ein begriffsstutziges, dummes Ding war dieses schmutzige Mädchen doch nur! Verstand sie denn nicht, dass sie mit ihr kommen sollte? Doch die Kleine zögerte weiterhin, zu schüchtern, auch nur den Blick zu heben. »Ich zeige dir auch meine schönste Puppe«, lockte Isobel listig. Sie würde das Mädchen schon noch dazu bringen, ihr zu folgen. Schließlich bekam sie fast immer ihren Willen. Das wäre ja gelacht!

»Aber sie werden mich nicht hineinlassen!«

Immerhin hatte sie nun endlich den Mund aufgemacht.

»Unsinn! Wenn ich sage, du darfst hereinkommen, dann darfst du hereinkommen. Schließlich bin ich Isobel de Burgh.« Isobel reckte selbstbewusst das Kinn.

»Ich weiß!«, die Kleine wagte nun einen vorsichtigen Blick auf die beeindruckende, in ein mit Spitzen und Schleifen versetztes weißes Kleid gewandete Gestalt des Mädchens vor ihr. »Ich habe dich schon öfter gesehen, wenn du draußen im Garten warst.«

»Hast du mich etwa beobachtet?«, fragte Isobel mit gespielter Empörung. Insgeheim schmeichelte ihr der Gedanke, von den Landarbeiterkindern neidisch bewundert zu werden. Die Kleine sank förmlich in sich zusammen vor Scham. Offensichtlich hatte sie sie tatsächlich heimlich beobachtet. Schuldbewusst betrachtete das schmächtige Mädchen intensiv die Spitzen seiner schlammbespritzten Holzpantinen.

»Du brauchst dich nicht zu schämen. Die anderen Kinder hier auf dem Gut machen das auch«, tröstete Isobel sie generös. »Aber nun komm endlich!«

Eingeschüchtert setzte sich das Kind in Bewegung und trottete folgsam hinter Isobel her.

»Wie heißt du eigentlich?«, fragte Isobel neugierig. Sie hatte das Mädchen noch nie auf dem Gut gesehen. Vielleicht war sie die Tochter des kürzlich neu eingestellten Feldpflegers ihres Vaters. Der alte Rapkin hatte sich im Winter zur Ruhe gesetzt und ihrem Vater den Mann als fleißig und vertrauenswürdig empfohlen. So war dieser Neue, Thomson hieß er wohl, erinnerte sich Isobel, aus dem Munde ihres Vaters gehört zu haben, mit Sack und Pack in das Haus vom alten Rapkin eingezogen, das eine dreiviertel Meile vom Herrenhaus entfernt auf den Besitzungen ihres Vaters stand.

»Kathleen«, wisperte das schmutzige, unansehnliche Geschöpf, »aber daheim nennen mich alle Cathy.«

»Und warum bist du so furchtbar schmutzig, Cathy?«, fragte Isobel nun mit leichtem Spott in der Stimme. »Hast du keine Mama, die dir sagt, dass du dich waschen sollst?«

Cathy senkte einmal mehr schuldbewusst den Blick. »Nein«, stotterte sie, »meine Mama ist im Himmel. Sie ist vor vier Jahren gestorben, als unser Billie auf die Welt kam.«

»Oh, das tut mir leid! Meine Mama ist auch schon lange tot«, meinte Isobel leichthin. Sie konnte sich an ihre Mutter, die wohl sehr schön gewesen sein musste, wenn sie den Erzählungen von Mrs Branagh Glauben schenken konnte, nicht erinnern. Sie war ein Jahr nach ihrer Geburt an einer Lungenentzündung gestorben. Isobels Vater, der ehrenwerte Mr Francis de Burgh, hatte daraufhin nicht erneut geheiratet. Ihre Mutter war bereits seine zweite Frau gewesen. Auch seine erste Frau war vorzeitig gestorben. Aus dieser Ehe war ein Sohn hervorgegangen, inzwischen erwachsen und Offizier bei der East-India-Trading-Company. Daniel war lange nicht mehr zu Hause gewesen. Er verstand sich nicht gut mit seinem Vater, der zwar kein herrisches Wesen hatte, aber zuweilen doch recht dickköpfig sein konnte. Nur ihr gegenüber zeigte sich der Vater ungewöhnlich nachgiebig und las ihr fast jeden Wunsch von den Augen ab. Ein Umstand, den Isobel durchaus für ihre Zwecke zu nutzen wusste.

Inzwischen hatten die beiden Kinder die weitläufigen Gartenanlagen des Herrenhauses durchquert. Cathy blickte unsicher zu den Erkern und Türmchen des wuchtigen Gebäudes auf, das aus weißem Kalkstein erbaut in der Abendsonne des noch kühlen Frühlingstages aufleuchtete. Das Haus wirkte, obwohl sie nun schon Zeit gehabt hatte, sich an seinen Anblick zu gewöhnen, immer noch wie ein Märchenschloss auf sie. Und nun sollte sie es betreten? Sie wagte kaum zu hoffen, dass ihr dieser geheime und ebenso ungeheuerliche Wunsch erfüllt werden sollte. Sicher würde man sie davonjagen. Warum hatte sie sich auch nicht noch gesäubert, als sie beschlossen hatte, wieder einmal einen Blick auf das schöne Mädchen zu werfen, das fast täglich um die gleiche Zeit in den Parkanlagen auftauchte? Ihr Vater hatte ihr ärgerlich nachgerufen, als sie sich von der Feldarbeit davonstahl. Es hatte am Morgen heftig geregnet und so war der Acker mit den Feldfrüchten, die für das Herrenhaus mit seinen vielen Bediensteten angebaut wurden und dessen Bestellung dem Vater oblag, schlammig und glitschig gewesen. Mehrmals war sie ausgerutscht und hingefallen. Nicht zuletzt deshalb, weil der vierjährige Billie immer wieder fortlief, um irgendeiner kindischen Grille, die ihm in den Kopf kam, zu folgen und sie gezwungen war, ihm nachzulaufen. Schließlich hatte sie sein Bein mit einem Strick am nächstbesten Baum festgebunden. Der Kleine hatte geschrien und geweint und ohne Erfolg versucht, den festen Knoten zu lösen, aber sie hatte sich nicht erweichen lassen. Die Arbeit musste getan werden und Billie war einfach noch zu klein und unvorsichtig, um allein herumstreifen zu können. Doch dann war sie die Plackerei und Billies fortwährendes Greinen endlich leid gewesen. Sollte sich doch Mary, ihre neunjährige Schwester, einmal um den Bruder kümmern. Alles hing immer an ihr! Seit dem Tod ihrer Mutter hatte sie die Pflichten der Hausfrau vollständig übernehmen müssen. Es war anfangs sehr hart für sie gewesen. Der Vater war ein wortkarger Mann, seit Mutters Tod geradezu verschlossen, dem kaum einmal ein Lob über die Lippen ging, geschweige denn ein Rat oder tröstende Worte. Wie selbstverständlich erwartete er von ihr, dass sie der Aufgabe der Versorgung des Hausstandes in vollem Umfang gerecht werden konnte – und das, seit sie acht Jahre alt war. Aber was sollte sie darüber groß klagen? Das war eben ihr Schicksal. Außerdem sorgte der Vater selbst so gut er konnte für seine Kinder, schlug sie selten und betrank sich nicht, wie so viele andere Landarbeiter, die sie kannte. Sie gab sich im Gegenzug alle Mühe ihren Aufgaben nachzukommen, obwohl sie früher mit vielem überfordert gewesen war. Waschen, putzen, kochen, die Versorgung des Viehs und die Sorge für die kleinen Geschwister waren eine harte Arbeit für ein knochiges, kleines Mädchen. Vielleicht war sie auch deshalb so dürr und klein geblieben, überlegte sie, scheu die aufrechte, gertenschlanke Gestalt von Isobel de Burgh betrachtend. Wie sollte man aber wachsen, wenn einen ständig schwere Wäschekörbe und andere Lasten niederdrückten?

War es denn so falsch, wenn sie sich einmal ein kleines Vergnügen gönnte? Und ein unsägliches Vergnügen war es für sie, das schöne, blonde Mädchen in seinen weißen Kleidern zu beobachten, wenn es im Park draußen spielte. Isobel de Burgh sah in der Tat aus wie eine Märchenprinzessin. Ihr Haar war sorgsam zu zierlichen Locken gelegt und mit Bändern und Kämmen kunstvoll hochgesteckt worden. Die blonde Pracht umrahmte ein fein geschnittenes Gesicht mit einer etwas vorwitzigen kleinen Nase und einem Mund mit vollen Lippen. Ihre Haut war golden und ebenmäßig, ganz anders als die eher blasse und entsetzlich sommersprossige Haut von Cathy, deren Gesicht, Beine und Hände von der Arbeit und Billies Wutausbrüchen, die ihn in letzter Zeit immer wieder plagten, zerkratzt und rau waren. Wo Isobels Augen von einem hellen, durchscheinenden Blau waren, schienen die von Cathy, obwohl ebenfalls blau, eher dunkel, fast violett. Auch Cathys Haar konnte keinen Vergleich mit den engelhaften Locken Isobels aushalten, stellte Cathy betrübt fest. Es hatte eine eher unspektakulär haselnussbraune Farbe mit einem Stich ins Rötliche, der sich mit den Jahren immer mehr verstärkte, und fiel in formlosen Naturwellen über ihren Rücken. Ein schwaches Erbe ihrer Mutter, die flammend rotes, wild gelocktes Haar gehabt hatte. Am schlimmsten fand Cathy jedoch ihr spitzes Gesicht mit den hohen Wangenknochen, das durch Überarbeitung und die eher karge Ernährung ausgemergelt wirkte. Kein Wunder, dass Isobel gesagt hatte, sie sähe schrecklich aus! Es musste wirklich stimmen. Das Ganze wurde betrüblicherweise auch nicht verbessert durch ihr grobes, abgetragenes Kleid aus Wollstoff, der sie ständig kratzte und ihre Haut reizte, aber sie hatte für diese Jahreszeit nichts anderes. Außerdem war sie im letzten Winter noch ein Stück gewachsen. Der Vater hatte ihr mit Ärger in der Stimme beschieden, er habe jetzt kein Geld, um neue Kleidung zu kaufen. Wenn sie etwas brauche, müsse sie sich eines der noch vorhandenen Kleidungsstücke ihrer Mutter umnähen und kürzen. Sie hatte es sich vorgenommen, aber dann war das Angebot, die Stelle als Landarbeiter auf dem Gut Whitefell anzutreten, an den Vater herangetragen worden. Dieser hatte ohne zu überlegen zugegriffen. Versprach die Stelle doch ein, wenn auch bescheidenes, so aber doch regelmäßiges Einkommen. Auch eine bessere Wohnung als die winzige Kate, in der sie als Pächter eines zu kleinen Stückchen Ackers in der Grafschaft Wiltshire im Hinterland von Marlborough bisher gewohnt hatten. Es war ein wahrer Segen. Und so hatten der Umzug und alle Arbeit, die damit einherging, bisher verhindert, dass sie sich um neue Kleider hätte kümmern können. Das musste noch warten. Mit ihrer geringen Habe hatten sie sich auf den Weg nach Whitefell gemacht und nun lebten sie hier in der Nähe dieses märchenhaften Hauses und der nicht minder märchenhaften Wesen, die darin ein- und ausgingen.

Die Haushälterin Mrs Branagh, welche die Nebenpforte, die zu den Parkanlagen führte, auf Isobels energisches Läuten hin öffnete, schaute allerdings alles andere als märchenhaft drein, als sie das völlig verdreckte Kind im Schlepptau ihrer jungen Herrin erblickte. Was hatte sich Miss Isobel nun wieder in den Kopf gesetzt? Sie konnte doch unmöglich dieses schmutzige, überaus gewöhnliche Landarbeiterkind mit ins Haus nehmen wollen! Doch der vielsagende Seufzer der Haushälterin blieb natürlich unbeachtet. Isobel de Burgh duldete keinen Widerspruch. »Das ist Cathy. Sie darf mich heute besuchen«, sagte die Zwölfjährige in selbstbewusstem Tonfall. Er war Mrs Branagh nur zu vertraut. Hier konnte nichts verboten, allenfalls verhandelt werden. »Miss Isobel, soll sich Cathy nicht erst säubern, bevor sie das Haus betritt? Mr de Burgh könnte ärgerlich werden und ich will gar nicht wissen, was Miss Hunter dazu sagen wird.«

»Ach, Miss Hunter, diese Meckerziege«, gab Isobel ungnädig zurück. »Sie wird ohnehin etwas zu nörgeln finden, wie immer!«

»Oft hat sie doch auch recht«, meinte Mrs Branagh, auf Einsicht hoffend.

»Hat sie nicht!« Isobels blaue Augen blitzten gefährlich.

Mrs Branagh ruderte augenblicklich zurück. »Ich mache Ihnen einen Vorschlag, Miss Isobel. Ich werde Cathy in die Waschküche führen und dort kann sie sich säubern. Es ist noch Seifenlauge vom Waschtag übrig. Vielleicht hat sie Glück und das Wasser ist sogar noch warm. Sobald sie fertig ist, kann sie zu Ihnen heraufkommen.«

»Nun gut!« Isobel nahm das Angebot der Haushälterin hoheitsvoll entgegen. Dann strahlten ihre Augen unternehmungslustig. »Ich werde in der Zwischenzeit mit Ruby meinen Kleiderschrank durchforsten. Sicher finde ich ein Kleid, das mir längst zu klein ist. Das dürfte Cathy passen! Und dann können wir schön spielen«, fügte sie an die in ängstlicher Ehrfurcht erstarrte Cathy gewandt hinzu. »Also beeil dich!«

Isobel, die Tochter des Hausherrn, lief davon, um ihren verwegenen Plan in die Tat umzusetzen. Natürlich war ihr klar, dass ihre ältliche Gouvernante, Miss Hunter, einen furchtbaren Aufstand machen würde, wenn sie erfuhr, dass Isobel es gewagt hatte, ein Feldarbeiterkind mit ins Haus zu bringen. Das war außerhalb jeder Vorstellung der auf Anstand und Sitte bedachten Miss Hunter. Und es war genau das, was Isobel daran reizte, das Mädchen mit in ihr Reich zu nehmen. Es bereitete ihr eine diebische Freude, Miss Hunter zur Weißglut zu treiben. Diese wurde schon lange nicht mehr mit ihr fertig. Isobel tat, was sie wollte. Eine Miss Hunter hatte ihr nichts zu sagen und noch weniger zu befehlen. Und wenn sich die Gouvernante auch mindestens jeden dritten Tag bei Isobels Vater über deren Ungezogenheit beschwerte, so wusste Isobel doch, dass ihr seitens ihres Vaters keinerlei Gefahr drohte. Sie war sich sicher, dass er sie auf jeden Fall in Schutz nehmen und verteidigen würde, auch, wenn die Anwürfe Miss Hunters zugegebenermaßen noch so berechtigt waren. Das kleine, schmutzige Arbeiterkind im Haus und gar in den Privaträumen der Herrschaftsfamilie würde einen neuen Nagel am Sarg der Gouvernante bedeuten, an dem Isobel nun schon seit Jahren unermüdlich schuftete. Sie stürzte in ihr Zimmer, wo das Dienstmädchen Ruby – wie jeden Abend – damit beschäftigt war, die achtlos herumliegenden Kleidungsstücke, Spielsachen und Bücher aufzusammeln, die Isobel mit genau der gleichen Regelmäßigkeit am nächsten Tag wieder auf dem Fußboden zu verteilen gedachte.

»Ruby, lass das jetzt! Ich brauche deine Hilfe!« Isobel hatte bereits den wuchtigen Kleiderschrank aufgerissen und begann wie eine Furie darin herumzuwühlen. Die stoffgewordenen

Beweise besten schneiderischen Könnens flogen achtlos hinter ihr auf den Boden. »Ich brauche unbedingt ein Kleid von letztem Frühling oder Sommer. Du hast sie doch nicht etwa weggeworfen?!« Ihr drohendes Gesicht tauchte aus dem Schrank auf.

»Nein, selbstverständlich nicht, Miss Isobel. Das würde ich nie wagen. Aber ich habe sie auf Anweisung von Miss Hunter auf den Speicher gebracht, damit Sie wieder Platz im Schrank haben für Ihre neuen Kleider.«

»Na dann! Worauf wartest du noch? Hole sie herunter!«, herrschte Isobel die Magd an, die sich daraufhin eiligst auf den Weg machte.

Kapitel 2

Cathy folgte der Haushälterin, die sie noch einmal mit einem tadelnden Seufzer gemustert hatte, die Treppe hinunter an den Wirtschaftsräumen vorbei in die Waschküche, die im hinteren Bereich des Hauses lag. Der kalte, zugige Raum war mit rohen Steinplatten ausgelegt, wurde aber durch die großen Fenster und die zweigeteilte Tür, die zum Gerätehof hin geöffnet war, ausreichend erhellt.

»Zieh dich aus, Mädchen«, befahl Mrs Branagh ohne Umschweife und wies mit der Hand auf einen der fünf großen Holzbottiche, die in einer Reihe auf dem Boden standen. In jedem lehnte ein Waschbrett aus Holz, weitaus größer als das, das Cathy zu Hause ihr Eigen nannte. Es mussten sicher jeweils zwei Wäscherinnen daran arbeiten. Das Mädchen staunte über die Ausmaße der Waschküche, die ihr eher wie ein Waschpalast vorkam. Von so etwas konnte sie nur träumen. Aber es war ihr durchaus verständlich, dass ein so vornehmes Haus wie Whitefell natürlich viel saubere Wäsche benötigte. Davon zeugten auch die zahllosen Wäscheleinen draußen auf dem Gerätehof. Dieser war bis auf einen breiten Zufahrtsweg mit einer dichten Hecke umgeben, um den erhebenden Eindruck, den Besucher von Whitefell bekommen sollten, nicht zu stören.

»Erst wäscht du diesen unansehnlichen Fetzen, den du dein Kleid nennst, dann dich selbst und dann deine Pantinen, hast du mich verstanden?«, sagte Mrs Branagh streng. »Dann wirst du den Bottich ausschöpfen und säubern. Und beeil dich gefälligst! Miss Isobel wartet nicht gerne.«

Cathy nickte verschüchtert. Die Haushälterin drückte ihr einen Schwamm in die Hand, musterte sie noch einmal mit hochgezogenen Brauen und verließ dann den Raum. Cathy zitterte in der Kälte. Schon jetzt schlugen ihr die Zähne aufeinander. Hoffentlich war die Lauge nicht schon eiskalt!

Zu ihrem Leidwesen war sie es. Aber sie musste auch sonst meistens mit kaltem Wasser auskommen und so biss sie die Zähne zusammen und tat, was man von ihr erwartete. Augenblicklich biss die Lauge in die vielen Abschürfungen und Kratzer. Am liebsten wäre sie wieder herausgesprungen, aber sie wagte nicht, sich der Anweisung zu verweigern. Also ertrug sie den Schmerz tapfer und reinigte, nachdem sie sich wieder in ein sauberes menschliches Wesen verwandelt hatte, auch ihre abgetragenen Holzpantinen. Dann zog sie sich zitternd das nasse Gewand wieder über, nachdem sie es mit kräftigem Griff ausgewrungen hatte. Was hätte sie auch sonst anziehen sollen, nackt konnte sie wohl kaum zu Isobel de Burgh kommen. Daraufhin begann sie mit flinken Händen, den Bottich mit einem kleinen Eimer auszuschöpfen. Sie spülte gerade noch einmal mit frischem Wasser aus der bereitstehenden Wassertonne[1] nach, als die Tür aufging und eine Dienstmagd,

1 Fließendes Wasser war auf dem Land selbst in den großen Herrenhäusern bis Ende des 19. Jahrhunderts nicht üblich. Alles Wasser musste in Eimern und Bottichen herbeigeschleppt werden, wurde warmes Wasser benötigt, musste man es in Kesseln erwärmen. Im Haus für den alltäglichen hygienischen Bedarf war das die Aufgabe der Hausmägde, beim wöchentlichen Waschtag wurden gerne Kräfte von außerhalb beauftragt.

gefolgt von der missbilligend dreinblickenden Mrs Branagh, eintrat.

Die Dienstmagd hielt ihr mit mürrischem Gesicht ein bauschiges Kleid aus blauem Batist hin. Cathy wagte nicht es zu berühren, geschweige denn es anzuziehen. »Nun mach schon!«, drängte Mrs Branagh ungeduldig. »Miss Isobel wird nicht ewig warten! Ruby, du bringst dieses *Geschöpf*«, sie rümpfte die Nase ein wenig, als sie einen erneuten Blick auf Cathy warf, die sich inzwischen ihre nassen Lumpen vom Leib gerissen hatte und nun hastig in das blaue Schneiderwunder hineinschlüpfte, »dann hoch zu Miss Isobel.« Dann machte sie auf dem Absatz kehrt, nicht ohne Abfälliges über die verrückten Flausen der jungen Herrin vor sich hin zu murmeln.

Auch Ruby wirkte nicht gerade freundlich. Hatte ihr dieses nichtswürdige Ding von einem Landarbeiterkind doch noch mehr Arbeit aufgehalst, als sie sowieso schon zu bewältigen hatte – und das war bestimmt nicht wenig. Allein den Kleiderschrank wieder in Ordnung zu bringen, würde mindestens noch eine weitere Stunde Arbeit in Miss Isobels Zimmer bedeuten. Sie wartete ungeduldig ab, bis das Mädchen wieder in seine Pantinen geschlüpft war und zerrte es dann hinter sich her. Es war ohnehin eine lächerliche Farce. Das blaue Kleid passte zwar in der Länge, schlotterte der spindeldürren Cathy aber um die schmalen Hüften. Ruby hielt noch einmal inne, um mit der beigefügten weißen Schleife um die Taille wenigstens etwas Halt in das Kleidungsstück zu bringen. Abschätzig schnalzte sie mit der Zunge. Nun, so konnte man es wenigstens lassen. Hoffentlich würde Miss Isobel den lächerlichen Anblick akzeptieren und nicht von ihr verlangen, noch mehr Kleider vom Dachboden zu holen. Dann führte sie Cathy die Treppe hinauf wieder am Wirtschaftstrakt vorbei und betrat dann die große Halle im Erdgeschoss. Cathy blieb augenblicklich der Mund offen stehen. Sie hätte sich nie träumen lassen, dass solche Pracht möglich war.

Die Eingangshalle war riesig. Eine zweiflügelig geschwungene Treppe aus poliertem Holz führte hinauf in die oberen Etagen von Whitefell. An beiden Wänden des Treppenaufgangs blickten ernst wirkende Herrschaften von dunkel gewordenen Gemälden mindestens ebenso streng auf sie hinab wie vorher Mrs Branagh. Der Blick des Mädchens wanderte nach oben und saugte sich fasziniert an dem erstaunlichen Deckengemälde fest. So etwas hatte sie noch nie gesehen! Eine verwirrende Anzahl wohlgestalteter Menschen drängte sich um einen Wagen, auf dem ein Engel oder ein Held zu fahren schien. Strahlendes Licht umspielte die in goldene Tücher gewandete und mit einem Lorbeerkranz bekrönte Figur. Ob diese Hallendecke vielleicht in Wirklichkeit ein Tor zum Himmel war?, überlegte Cathy ehrfürchtig. Da befahl Ruby: »Zieh dir die Pantinen aus! Ich möchte nicht, dass du mit diesen groben Dingern hier herauflärmst. So weit kommt es noch!«

Voller Scham streifte Cathy die Schuhe ab und bückte sich, um sie in die Hand zu nehmen. Da erweckte eine halb geöffnete Tür auf der Westseite der Halle ihre Neugier. Der breite Spalt gewährte Einblick in einen hellen, lichtdurchfluteten Saal. Ein Ausruf des Staunens entfuhr ihr. Wenn die Decke das Tor zum Himmel war, so musste dies der Thronsaal Gottes selbst sein. Nie zuvor hatte sie etwas Prächtigeres gesehen. Nicht einmal die Kirche in Marlborough war so schön, und diese war doch wahrhaftig das Schönste, was man sich vorstellen konnte.

»Das gefällt dir wohl!«, sagte Ruby mit einem zufriedenen Lächeln, als ob es sich bei dem Saal um ihren persönlichen Besitz handelte. »Whitefell ist überall in Wiltshire berühmt für diesen Festsaal, das kannst du mir glauben, auch wenn er wenig genutzt wurde in den letzten Jahren. Als Master Daniel noch hier wohnte, gab es so wunderbare Bälle! Schade, dass er nicht hier ist und immer noch in diesem schrecklichen Bombay aushalten muss. Doch wenn Miss Isobel gesellschaftlich eingeführt sein wird, werden hier rauschende Feste gefeiert werden, das verspreche ich dir.«

Cathy hatte im Grunde nichts von dem, was Ruby ihr mitteilte, verstanden. Was um alles in der Welt war nur *Bombay*? Sie hatte dieses Wort noch nie gehört. Noch weniger konnte sie mit der Verheißung *rauschender* Feste etwas anfangen. Das Wasser eines Baches konnte rauschen, aber ein Fest? Das überstieg ihr Verständnis.

Diese vielen geheimnisvollen Fragen ließen ihre dunkelblauen Augen rund werden, aber Ruby ging nicht weiter darauf ein. Sie hatte wirklich nicht den ganzen Tag Zeit für diesen Unsinn! »Nun komm schon!«, raunzte sie das Mädchen einmal mehr an und stieg vor ihr die Treppe hinauf in das erste Obergeschoss, wo Miss Isobel beschlossen hatte, ihren ungewöhnlichen Gast zu empfangen.

Cathy kam aus dem Staunen nicht mehr heraus. Whitefell war wirklich ein Märchenschloss. Es musste direkt aus der Sagenwelt stammen, denn wie sonst konnte man sich diese prächtigen Flure und hohen, verzierten Türen erklären? Hinter jeder dieser Türen warteten sicher neue Wunder. Selbst die Wände der Flure waren mit kostbaren Stoffen bespannt, die offenbar nur dazu dienten, die herrlichen Gemälde noch besser hervorzuheben, auf denen Jagdszenen oder andere herrschaftliche Häuser in beeindruckenden Farben dargestellt waren.

Schließlich hielt ihre unwirsche Führerin vor einer zweiflügeligen Tür am Ende des langen Ganges, klopfte an und öffnete leise, als von innen ein helles »Ich lasse bitten« ertönte. Dann schob sie Cathy, die mit den Pantinen in der Hand und klopfendem Herzen dastand, ohne Gnade in den hohen Raum.

»Ah, da bist du ja endlich! Gefällt dir das Kleid?« Isobel de Burgh kam auf Cathy zu. Sie hatte sich ebenfalls umgezogen und trug nun ein Kleid aus üppiger, roter Seide, das einen Blick auf die zarten Schultern des schönen Mädchens gewährte. Cathy staunte mit offenem Mund. Gewiss, das war ein besonders prächtiges Kleid für ein Kind, selbst für die Tochter des Herrn von Whitefell. Doch Miss de Burgh war mit derselben Gewissheit ein ganz besonderes Mädchen, dem auch besondere Kleider zur Verfügung standen. So musste es sein. Sie war fast schon eine Dame. Aus dem verwendeten Stoff hätte man sicher drei Kleider nähen können, dachte Cathy verwundert, bekam aber keine Zeit, sich weiteren Überlegungen hinzugeben.

»Wir werden hier gemeinsam den Tee einnehmen«, meinte Isobel bestimmt. »Ich habe zwar schon vorher Tee gehabt, aber so macht man es, wenn Besuch da ist.« Cathy nickte folgsam. Sie hatte keine Ahnung, wovon Isobel de Burgh da sprach. Isobel kam näher, machte einen zierlichen Knicks und sagte dann mit einer seltsam verstellten Stimme: »Ich bin erfreut, Sie hier begrüßen zu dürfen, Lady Kathleen.«

Als Cathy nicht reagierte, zog sie unwillig die Augenbrauen zusammen. »Du musst das jetzt auch machen!«, zischte sie. Cathy brachte eine unbeholfene Bewegung zustande, die dem formvollendeten Hofknicks Isobels nicht im Entferntesten ähnelte. »Ich begrüße Sie auch, Miss Isobel«, versuchte sie ihr Glück. Vielleicht war das ja die richtige Antwort? Isobel war nicht ganz zufrieden. »Du musst *Lady de Burgh* sagen!«

»Lady de Burgh!«, wiederholte Cathy sofort folgsam. Isobel schien für den Moment besänftigt. »Bitte, setzen Sie sich doch, meine Liebe.« Sie wies mit der Hand auf eine Nische des hellen Raumes, in der ein kleiner, lackierter Tisch und vier passende zierliche Stühle warteten.

Sicher ist das in einem der vielen Erker, die man von außen sieht, überlegte Cathy. Die Sitzgruppe war wirklich entzückend und wurde durch das letzte rötliche Licht der untergehenden Sonne in ein warmes Gold getaucht. Auf dem Tisch standen bereits eine Teekanne und zwei niedliche, zerbrechliche Porzellangedecke mit etwas Gebäck bereit. Vorsichtig setzte sich Cathy auf die äußerste Kante eines der Stühle, fluchtbereit wie ein Reh, während Isobel ganz in der Rolle der Gastgeberin aufging und mit übertriebener Geziertheit etwas Tee in die Tassen goss, woraufhin sie eine mit vornehmen Bewegungen zum Mund führte. Cathy tat es ihr nach. Offenbar erwartete Miss Isobel – oder *Lady de Burgh*, wie sie genannt zu werden wünschte –, dass sie die Rolle eines herrschaftlichen Gastes einnahm. Ängstlich bemühte sich das Mädchen darum, dieser fremden Rolle gerecht zu werden, was ihr gewiss nicht annähernd gelang, aber immerhin doch so weit, dass die Illusion für Isobel zufriedenstellend zu sein schien.

Isobel erkundigte sich nach irgendwelchen imaginären Verwandten und Bekannten, allesamt Lords und Ladys mit höchst eindrucksvollen Namen, legte dabei ihrer Spielgefährtin aber so geschickt die Worte in den Mund, dass diese im Grunde nur zu nicken brauchte, um das Gespräch in Gang zu halten. Schließlich, es war schon längst dunkel geworden, wagte Cathy einzuwenden, dass sie nun bald nach Hause müsse. Ihr Vater würde sicherlich erbost sein über ihr langes Ausbleiben.

Isobel verzog schmollend den Mund: »Aber wir spielen doch gerade so schön und du hast auch noch gar nichts vom Haus gesehen. Ich will dir wenigstens noch meine Zimmer zeigen.«

Cathy rutschte unruhig auf der Stuhlkante hin und her. Eine Tracht Prügel war ihr jetzt schon sicher. Es war höchste Zeit, dass sie nach Hause ging, aber sie fand keine Möglichkeit, gegen Isobel aufzubegehren. Isobel griff indessen nach einem der brennenden Kerzenleuchter, die ein livrierter Bediensteter in der Zwischenzeit diskret entzündet hatte, und winkte Cathy, ihr zu folgen. Sie verließen den Ecksalon und traten hinaus auf den weitläufigen Flur, der ebenfalls durch überall präsenten Kerzenschein erleuchtet wurde. Das ganze riesige Haus war in eine geheimnisvolle Atmosphäre getaucht, die nicht ohne Wirkung auf Cathy blieb. Ehrfurchtsvoll wagte sie kaum zu atmen, während sie barfuß und mit leise zögernden Schritten Isobel de Burgh in deren Gemächer folgte. Ihre Pantinen hatte sie im Salon vergessen.

Unterwegs begegneten ihnen Diener, die eilig, aber mit der notwendigen Gemessenheit, ihren jeweiligen Aufgaben nachgingen. Cathy spürte manchen erstaunten Blick auf ihrer schmächtigen Gestalt ruhen und zog sich noch mehr in sich zurück, aber niemand richtete ein Wort an sie. Es fühlte sich seltsam und unwirklich an, fast wie in einem Traum. Dann hatten sie die oberste Etage des Haupthauses erreicht.

»Hier«, sagte Isobel plötzlich. Ihre helle Stimme durchbrach schrill und ein wenig zu laut die eigenartig samtene Stille und zerriss den Zauber, der sich über Cathys Gemüt gelegt hatte. »Hier sind meine Räume. Komm, ich zeige dir meine Spielsachen!« In diesem Augenblick wurde auf der anderen Seite des langen Flures eine der Türen energisch aufgerissen. Eine altjüngferliche Person mit ergrautem und zum strengen Knoten hochgebundenem Haar, dessen verbliebene Dürftigkeit nur unzureichend mit einem kostbaren Spitzenhäubchen kaschiert wurde, trat mit kaum beherrschtem Zorn auf den Gang hinaus. »Miss de Burgh, ich habe Sie bereits gesucht! Wo haben Sie sich während der letzten drei Stunden aufgehalten? Offensichtlich nicht über Ihren Büchern, wie ich es angewiesen hatte. Und wer ist dieses jämmerliche Geschöpf da an Ihrer Seite? Sollte es etwa, was ich nicht zu glauben wage, aber leider befürchten muss, tatsächlich um ein Kind der Landarbeiter handeln?«

»Und wenn schon!« Isobels Augen blitzten herausfordernd. Cathy hatte den deutlichen Eindruck, dass Isobel den Konflikt keineswegs fürchtete, sondern geradezu erfreut den Fehdehandschuh aufnahm, der ihr von Miss Hunter, denn um sie musste es sich wohl handeln, hingeworfen worden war. Es war ihr mehr als unangenehm, dass sie der Gegenstand der Auseinandersetzung war. Vermutlich würde das schlecht für sie ausgehen. Ach, wäre sie doch heute nur auf dem Feld geblieben bei ihrer Arbeit!

»Es hat mir gefallen, sie zu mir einzuladen. Und das ist ganz allein meine Sache!« Isobel reckte angriffslustig das Kinn. Miss Hunter kam drohend näher. »Das ist es definitiv *nicht*, Miss de Burgh! Ihr Vater hat mir ausdrücklich die Aufgabe übertragen, Ihren Umgang zu überwachen und zu regeln. Wie können Sie es wagen, sich mit einer solchen *Kreatur* …?« Miss Hunter sah sich wohl außerstande, den Satz zu vollenden. Zu groß war ihre Empörung. Ein angewiderter Blick aus stechenden Augen streifte Cathy, die augenblicklich zu Boden sah. Als »Kreatur« bezeichnet zu werden, traf sie mehr, als sie sich einzugestehen wagte. Sie kannte das Wort aus den Predigten von Pfarrer Browning, der diese Vokabel gern, aber nur in Verbindung mit den Begriffen »Schlangen und Otterngezücht« verwendete. Offenbar meinte Miss Hunter, sie sei ein weiteres Beispiel der verabscheuungswürdigen Wesen, die laut Pfarrer Browning direkt der Hölle zu entsteigen pflegten. Am liebsten wäre sie im Boden versunken.

Gegen die auf ihre Rechte pochende Gouvernante kam Isobel indes nicht an. Wütend entblößte sie ihre perlweißen Zähne. »Das werden wir noch sehen, Miss Hunter! Ich werde sogleich mit meinem Vater sprechen.«

»Ihr Vater ist heute nicht im Hause, Miss de Burgh. Wären Sie Ihren Pflichten nachgekommen, wie ich es von Ihnen verlangt habe, hätte ich Sie davon in Kenntnis gesetzt, dass Mr de Burgh heute Abend einen Termin in Salisbury wahrnimmt und die Nacht im Hause eines Freundes zu verbringen gedenkt. So werden Sie sich wohl fügen müssen! Gehen Sie jetzt auf Ihr Zimmer, Miss de Burgh!« Die letzten Worte hatte Miss Hunter mit einer so drohenden Betonung versehen, dass Cathy fürchtete, es müsse gleich zu Handgreiflichkeiten kommen, aber nichts dergleichen geschah. Die beiden Kontrahentinnen maßen sich noch einige zerdehnte Sekunden lang mit eisigem Blick, dann aber senkte Isobel die Lider, öffnete wortlos die Tür zu ihren Räumen und ließ Cathy mit der wutentbrannten Frau allein auf dem Flur zurück.

Cathy erschauerte. Was würde als Nächstes passieren? Sie konnte es sich kaum ausmalen. Doch das war auch gar nicht notwendig. Kaum hatte sich die Tür hinter Isobel geschlossen, griff Miss Hunter mit einer erstaunlichen Kraft nach Cathys Haaren und zerrte rücksichtslos daran. Cathy schoss umgehend Wasser in die Augen.

»Und du …, du …«, schnaubte die erboste Gouvernante, »sollte ich dich hier noch einmal sehen, werde ich dafür sorgen, dass du und deine verrottete Brut vom Gut verschwinden! Was hast du überhaupt an? Das ist doch ein Kleid von Miss de Burgh! Wie kannst du es wagen? Zieh das sofort aus!«

Cathy, starr vor Angst und Schmerz, begann hilflos am Kragen des blauen Kleides zu nesteln. Aber sie konnte doch nicht nackt durch Whitefell laufen! Dann würden sie ja alle Diener sehen! Die verzweifelte Panik in den Augen des Kindes brachte die zornbebende Frau wieder etwas zur Besinnung.

»Du hast doch sicher Kleider angehabt, als du herkamst. Wo sind sie?«, zischte sie und unterstrich ihre Frage mit einem weiteren schmerzhaft kräftigen Ruck an Cathys Haaren.

»Waschküche«, wisperte Cathy kaum hörbar.

»Was? Antworte gefälligst so, dass man dich verstehen kann.«

»Waschküche«, versuchte es Cathy noch einmal etwas lauter. Diesmal war sie offenbar verstanden worden.

»Dann mach, dass du dorthin kommst, zieh das Kleid aus und verschwinde augenblicklich von hier! Du kannst froh sein, wenn Mr de Burgh euch nicht entlässt. Wir werden sehen.« Mit dieser Drohung bugsierte Miss Hunter das Mädchen mit mehreren Knüffen ihrer knochigen Fäuste zum Treppenabsatz und warf sie fast hinunter. Cathy beeilte sich, dem Zorngericht zu entfliehen.

Bebend und verstört fand sie schließlich den Weg zurück zur Waschküche im Nebenflügel, die nur noch durch das trübe, von sanften Regenschleiern verdeckte Mondlicht erhellt wurde. An der Küche, in dem sich eine beträchtliche Anzahl des Gesindes zur späten Abendmahlzeit nach getaner Arbeit aufhielt, hatte sie sich vorsichtig und ungesehen vorbeigeschlichen. Mit fliegenden Fingern wand sie sich aus dem viel zu großen Kleid Isobel de Burghs und zog sich wieder ihren immer noch feuchten Kittel über, der eiskalt und klamm über den Rand des Waschzubers gebreitet lag. Es kümmerte sie nicht. Nur weg von hier! Sie öffnete die Tür zum Gerätehof und rannte hinaus in die regenkalte Nacht.

Kapitel 3

Ihre nackten Füße rutschten auf der von der Nässe aufgeweichten, schlammigen Erde des Feldweges, der zu ihrer Behausung führte. Der Regen hatte noch zugenommen und durchnässte sie bis auf die Knochen. Dazu kam ein unangenehm kalter Wind, der an ihren triefenden Fetzen zerrte. Aber all das spürte Cathy kaum. Ihr Herz pochte von der Anstrengung des schnellen Laufs, aber mehr noch von der beißenden Angst, die sie erfasst hatte. Ach, wenn sie doch nicht mit ins Herrenhaus gegangen wäre! Was, wenn die Drohung der Gouvernante wahr werden sollte und ihr Vater entlassen werden würde? Wo sollten sie dann nur hin? Was würde aus ihnen werden? Und vor allem, wie sollte sie das ihrem Vater begreiflich machen? Sie konnte doch nichts dafür! Wie hätte sie sich Isobel de Burgh widersetzen sollen? Doch da meldete sich eine andere schuldbewusste Stimme in ihrem Kopf. Warum nur war sie von der Arbeit weggelaufen? Hätte sie ihre Pflicht getan, wäre das alles nie passiert! Das war nun die Strafe für ihren Eigensinn! Schauer der Furcht durchrannen sie. Vielleicht hatte Miss Hunter sogar recht damit gehabt, als sie sie mit einem Höchstmaß an Verachtung als »Kreatur« bezeichnet hatte.

Cathy musste nun ein Waldstück passieren, durch das der Weg nach Hause führte. Der Pfad ging ein kurzes Stück steil bergan. Rechter Hand, in Richtung der Felder, war der Wald sogar mit einigen Felswänden durchzogen, wo sie schon mit Mary und Billie herumgeklettert war in der wenigen freien Zeit, die sie erübrigen konnte. Jetzt drohten die nackten Felsen in der Dunkelheit wie geifernde schwarze Münder. Cathy erschauerte einmal mehr und beschleunigte ihren Schritt. Wenn sie sich beeilte, konnte sie es bald geschafft haben. Und wenn der Vater sie dann schlagen würde, hätte sie es auch verdient.

Einige Zeit später erreichte sie endlich das kleine Anwesen, das man ihnen als Unterkunft zugewiesen hatte. Die Wohnkate war aus schiefergrauen Feldsteinen und Holz erbaut und bestand im Wesentlichen aus einem größeren Wohnraum mit einem Steinkamin, der gleichzeitig als Kochstelle diente und einer kleinen abgeteilten Kammer, in der der Vater schlief. Um das Haus herum gruppierten sich in dem von einem niedrigen und zusätzlich mit Dornenhecken bewachsenen Erdwall umgebenen Rund ein paar windschiefe Schuppen, in denen das Vieh – es waren genau vier Schafe, zwei Ziegen für die Milch, ein Schwein und zwölf weiße Hühner – untergebracht war, in einem größeren die Geräte, die der Vater zusammen mit seinen beiden Mitarbeitern benutzte, um die Felder, die zur Versorgung des Herrenhauses benötigt wurden, zu bewirtschaften. Selbstverständlich wurde dabei auch die Mitarbeit der Familienangehörigen der Feldarbeiter erwartet, sonst wäre die Arbeit nicht zu schaffen gewesen. Der Überschuss der Ernte wurde in geringem Anteil unter den Arbeitern verteilt, der größere Anteil aber auf dem Markt in Salisbury feilgeboten. Der Erlös wurde natürlich Mrs Branagh ausgehändigt. Insgesamt hatten sie großes Glück gehabt mit der Anstellung des Vaters auf Whitefell. Und das sollte nun alles wegen ihres dummen Eigensinns gefährdet sein? Cathy schluckte die Panik, die sie erneut überrollte, tapfer hinunter. Sie musste sich den berechtigten Vorwürfen des Vaters stellen und ihm auch beichten, was vorgefallen war.

Als sie das Torgatter öffnete, bemerkte sie, dass die Tür zum Wohnhaus weit offen stand. Der Raum war hell erleuchtet und erregte Stimmen drangen heraus. Was war da nur los? Man hatte hoffentlich nicht nach ihr gesucht. Mit klopfendem Herzen trat sie ein. Die beiden Feldknechte Marcus und Jamie sowie der Wildhüter von Whitefell, Mr Finley, standen mit nassen Kleidern und verschlammten Stiefeln in der Stube. Der Wildhüter redete gerade beruhigend auf den Vater ein, der an der einfachen Bettstatt der Kinder saß, in der diese für gewöhnlich alle zusammen schliefen. Mary kauerte verschüchtert in einer Ecke des Raumes und betrachtete die Szenerie mit großen Augen.

Wo war Billie? Ein schrecklicher Verdacht keimte in Cathy auf. War mit Billie etwas geschehen, während sie im Herrenhaus gewesen war? Die Befürchtung wurde zur grausamen Gewissheit. Der Vater, der das Geräusch ihrer Füße auf dem Boden gehört hatte, richtete sich auf und gab damit den Blick auf Billie frei, dessen kleiner Körper reglos auf dem Bett lag. Über Billies bleiche Stirn zog sich ein dünnes Rinnsal von getrocknetem Blut und der rechte Arm war unterhalb der Schulter in einem unnatürlich verdrehten Winkel abgespreizt. Er musste gefallen sein. Cathys Mund öffnete sich von allein und ein ersticktes Wimmern kam heraus, ohne dass sie es zurückhalten konnte.

Da kam der Vater drohend auf sie zu. So hatte sie ihn noch nie gesehen. Seine Augen waren fremd und dunkel vor Zorn und sein Gesicht wutverzerrt. »Wo warst du?«, keuchte er mit einer Stimme, die kurz davor stand, sich in einem gewaltigen

Gebrüll Luft zu verschaffen. Cathy bemühte sich um eine Antwort, aber nichts kam heraus. Ihr Mund klappte hilflos auf und zu, kämpfte mit den Worten, aber ihre Stimme wollte ihr einfach nicht gehorchen. Da packte der Vater sie grob am Arm und zerrte sie auf den Hof hinaus. Dann schleuderte er sie auf den aufgeweichten Boden, sodass sie erneut über und über mit Schlamm bedeckt war. Starr vor Entsetzen sah Cathy, wie er den Ledergurt mit der großen Messingschnalle von seinem Hosenbund löste und ausholte. Der erste Schlag traf sie mit ungehinderter Wucht an der Hüfte. Die scharfkantige Schnalle hinterließ eine Kerbe in der Haut des Kindes, die sich bald mit Blut füllte, doch schon gingen weitere Hiebe auf das im Dreck kauernde Wesen nieder. Die Schreie des Mädchens wurden übertönt von der sich überschlagenden, zornbebenden Stimme des Vaters. »Wie konntest du Billie allein lassen? Du bist schuld! Nichtswürdige Kreatur!«

Wieder dieses Wort! Es war das Einzige, was der von den zahllosen Treffern der Schnalle halb betäubten Cathy noch bewusst wurde. Irgendwann spürte sie, wie sich ihr Verstand von ihrem Körper löste. Eine dumpfe Stille umfing sie in all dem Geschrei und den Schmerzen, die wie Wogen über sie hereinbrachen.

»Hör auf, Wycliff! Du schlägst das arme Ding ja tot!« John Finley war dem erbosten Feldpfleger in den Arm gefallen und hinderte den außer sich geratenen, verzweifelten Mann daran, seiner Tochter den Garaus zu machen. Der brach weinend neben dem Mädchen, das nahezu bewusstlos mit dem Gesicht nach unten im Schlamm lag, zusammen. »Geh wieder hinein und kümmere dich um deinen Jungen! Ich werde die Sauerei hier in Ordnung bringen«, sagte der Wildhüter bestimmt. Es war nicht das erste Mal, dass er Männer erlebte, die die Fassung verloren. Seine ruhige Stimme tat schließlich ihre Wirkung. Wycliff Thomson, der Feldpfleger von Whitefell, erhob sich und schwankte zurück ins Haus zu seinem schwer verletzten Jungen. Finley sah dem Mann nach, bis dieser im Haus verschwunden war, dann kniete er sich hin, schob sanft den Arm unter das immer noch reglose und benommene Wesen und richtete es auf. Das Mädchen weinte nicht, sondern starrte nur teilnahmslos vor sich hin. Er hätte früher eingreifen sollen! Wycliff hatte seine älteste Tochter wirklich fast totgeschlagen. Er würde ihm deshalb später noch einmal ins Gewissen reden. »Cathy?«, sagte er freundlich, »so heißt du doch, nicht wahr? Dein Vater hat es nicht so gemeint. Er ist ganz verzweifelt, weil Billie von den Felsen im Wald gestürzt ist. Ich glaube, sein Arm ist gebrochen. Das ist sehr schlimm! Dein Vater hat sich so schreckliche Sorgen gemacht. Du hättest nicht fortlaufen dürfen.« Statt einer Antwort beugte sich das Mädchen mit einem Mal nach vorne und erbrach sich, heftige Krämpfe schüttelten es. Dann begann es zu zittern wie Espenlaub.

»Ich wollte nicht …«, stammelte es. »Es tut mir alles so leid! Ich wollte Billie nicht im Stich lassen. Ich wollte doch nur das schöne Mädchen anschauen.«

»Isobel de Burgh«, sekundierte der Wildhüter.

Cathy nickte stumm und brach dann in Tränen aus: »Und dann hat sie mich gesehen und wollte unbedingt, dass ich mit ihr gehe …«, die Worte, die vorher nicht hatten kommen wollen, würgte sie nun heraus, als müsste sie sich ein weiteres Mal übergeben, »und ich musste dann mit ins Haus … und alle waren böse auf mich … aber Miss Isobel wollte unbedingt, dass ich ein Kleid von ihr anziehe und mit ihr spiele … und dann kam Miss Hunter und hat mich so sehr an den Haaren gezogen … und jetzt will sie dafür sorgen, dass wir hinausgeworfen werden.« Ihr Weinen ging in ein atemloses, panisches Schluchzen über.

»Ah!« Der Wildhüter kannte die junge Miss de Burgh und ihren eisenharten Willen nur zu gut. Wenn er auf Whitefell mit dem Herrn sprach, hatte er es oft genug erlebt, wie das junge Mädchen dem vernarrten Vater auf der Nase herumgetanzt war. Dass sich ein Kind wie Cathy einer Isobel de Burgh nicht widersetzen konnte, war ihm nur zu verständlich. Und Miss Hunter, das alte Reptil, war wirklich eine Hexe. Statt ihre Erziehungskünste dort anzubringen, wo sie bitter notwendig waren, hatte sie stattdessen das schuldlose Kind gequält und zu Tode geängstigt. Sicher hätte das Mädchen seinen Pflichten nachkommen sollen, aber das hatte es wirklich nicht verdient. Er würde in dieser Sache versuchen, mit Mr de Burgh zu sprechen, der ihm sehr vertraute. Begütigend strich er Cathy über das nasse, schlamm- und blutverschmierte Haar. »Du musst dich deswegen nicht sorgen, Cathy! Das wird schon nicht passieren. So viel Macht hat Miss Hunter nicht, auch wenn sie sie gerne hätte. Du stehst jetzt besser auf und legst dich in den Stall ins Stroh zu den Schafen. Da wirst du es warm genug haben heute Nacht. Ich glaube, es ist keine gute Idee, wenn du deinem Vater heute noch einmal unter die Augen kommst.«

Er half dem Mädchen, wieder auf die Füße zu kommen und sah ihm kopfschüttelnd nach, als das Kind in Richtung Stall taumelte. Er verspürte großes Mitleid mit dem armen, misshandelten Ding. Ohnehin sollte er sich jetzt auf den Weg ins Dorf machen und Martha Pole, die Kräuterfrau und Hebamme, wegen Billie holen. Da würde er sie gleich bitten, auch nach dem geschundenen Mädchen zu sehen.

Martha Pole war die einzige Helferin, die bei Unfällen und Krankheiten von der einfachen Bevölkerung zu Rate gezogen werden konnte. Die Dienste eines Arztes konnten sich die ärmeren Schichten einfach nicht leisten. So war man auf das weitgehend überlieferte Wissen der Frau über Kräuter, Tinkturen und erste Hilfe bei Unfällen angewiesen. Außerdem war sie auch zuständig für Geburten. Aber Martha Pole war eine verständige und sehr heilkundige Frau, fast besser als der studierte, feine Arzt, der sich vor Jahren in der Nähe von Wilton niedergelassen hatte. Sicherlich würde sie Rat bei Billies Verletzungen wissen, obwohl der Wildhüter befürchtete, dass das Kind einen bleibenden Schaden zurückbehalten würde.

Der besorgte Vater war ihm auf der Suche nach seinem Sohn begegnet. Thomson hatte ihm berichtet, dass sich Billie von seinem Strick losgemacht und unbemerkt – wohl in dem Wunsch Cathy nachzulaufen – verschwunden war. Schließlich hatten sie ihn gemeinsam nach mehrstündiger Suche bewusstlos am Fuße der gefährlichen Felsen im Wald gefunden und so schnell es ging nach Hause geschafft. Es sah wirklich schlecht aus für den kleinen Billie. Sein Vater würde sich eine teure, langwierige Behandlung nicht leisten können und was sollte dann aus dem Jungen werden? John Finley seufzte tief. Das Schicksal war manchmal hart. Aber was sollte man machen, außer es zu akzeptieren, wie es war? Mit einem unwilligen Schnauben rückte er die braune Lederkappe auf dem mächtigen Kopf mit den früh ergrauten drahtigen Locken zurecht, zog die Schultern nach oben, raffte seine Joppe gegen den Regen zusammen und machte sich auf den Weg ins drei Meilen entfernte Dorf.

Kapitel 4

Martha Pole erhob sich schimpfend von der Ofenbank, auf der sie sich noch ein Nickerchen gegönnt hatte nach dem Abendessen. Sie hätte es sich ja denken können, dass ausgerechnet in dieser windigen und inzwischen sehr regnerischen Nacht noch jemand etwas von ihr wollte. Doch eine Geburt konnte es nicht sein. Sie wusste genau, dass die vier schwangeren Frauen in der Umgebung noch nicht so weit waren, besuchte sie diese doch regelmäßig. Das sah sie als ihre Pflicht an. Zu viele Frauen erlagen den Strapazen der Geburt, und wenn es eine Chance gab, das eine oder andere Problem wie Überlastung und schlechte Ernährung schon im Vorfeld zu beheben, dann wollte sie diese nutzen. Aber wahrscheinlich lag jemand im Fieber oder hatte Bauchkrämpfe oder ähnliches. Dann wurden die Menschen schnell ängstlich und baten bei ihr um Hilfe.

Auf das zweite kräftige Pochen hin öffnete sie die niedrige Holztür und entdeckte zu ihrem größten Erstaunen John Finley, den Wildhüter von Whitefell, auf ihrer Eingangsschwelle. Er war nass wie ein streunender Köter und machte einen ebenso jämmerlichen Eindruck.

»John? Was führt dich denn noch hierher? Ist bei euch jemand krank? Doch nicht wieder deine Ellie, die hatte sich von ihrem schlimmen Husten im Winter doch gut erholt, meine ich?«

John Finley nieste kräftig, bevor er antwortete. »Nein, ich komme nicht um meinetwillen. Es hat einen Unfall gegeben auf Whitefell. Der kleine Sohn des neuen Feldpflegers Wycliff Thomson. Du kennst ihn bestimmt. Thomson kommt mit seinen Kindern in den Gottesdienst hier ins Dorf.« Martha nickte, zog den durchnässten Mann in ihrer praktischen Art in den einzigen Wohnraum ihrer Behausung und verfrachtete ihn auf die Ofenbank. Noch bevor er weiter berichten konnte, hatte er schon einen Becher mit Kräutertee, den sie rasch zubereitet hatte, in der Hand. Es war wichtig, dass der Mann nicht krank wurde. Wer sollte sonst seine Familie ernähren?

»Der Vater von dem kleinen Rotschopf?« Martha musste ihr hervorragendes Gedächtnis nicht allzu lange um ein genaues Bild der kleinen Familie bemühen. Selbstverständlich war ihr das neue Gemeindemitglied sofort aufgefallen. Ein von der Arbeit und vielleicht auch anderen Lasten schon frühzeitig gealterter Mann mit drei Kindern: Ein Mädchen von etwa zwölf Jahren und apartem Äußeren. Das Mädchen ahnte es selbst wohl nicht, aber in ihm schlummerte eine wilde Schönheit, die sich jetzt noch in seiner mageren Statur verbarg. Ein weiteres Mädchen von wohl acht oder neun Jahren, das alles und jeden mit großen dunklen und auch misstrauischen Augen begutachtete und ein ungezogener kleiner Bursche mit einem roten Wuschelkopf, dem das älteste Mädchen, was ihm offensichtlich nur unzureichend gelang, die Mutter zu ersetzen hatte. »Was ist passiert? Berichte es mir genau, damit ich weiß, was ich mitnehmen muss, und dann hilfst du mir, meine alte Bertha einzuspannen. Du kannst dann mit mir auf meiner Kutsche zurückfahren.«

Diese Kutsche war ein – wenn auch nicht ganz uneigennütziges – Geschenk der dankbaren Dorfgemeinschaft gewesen für ihre Dienste und Martha Pole war bis heute mächtig stolz darauf. Welche alleinstehende, einfache Frau konnte schon eine richtige, wenn auch schlichte Kutsche ihr Eigen nennen? Alle hatten dazu beigetragen: Der Wagenbauer hatte ein altes, ausrangiertes Kutschenmodell mit einer Ladepritsche, das vorher der Kolonialwarenhändler in Wilton genutzt hatte, wieder repariert und ausgebessert, die Bauern der Umgebung hatten unter Anleitung des vorigen Pfarrers (der neue war ein eitler und bigotter Narr, den sie nicht ausstehen konnte) zusammengelegt, damit ein kräftiges braves Kutschpferd erstanden werden konnte, und der Schmied, der ihr besonderen Dank zu schulden glaubte, da sie seiner Frau bei der äußerst schwierigen Zwillingsgeburt vor zwölf Jahren hilfreich zur Seite gestanden hatte, beschlug dieses regelmäßig. So war sie in der Lage, recht schnell zu den Kranken zu gelangen. Bezahlt wurde sie mit Naturalien, Gefälligkeiten und manchmal auch mit etwas Geld. Bisweilen verzichtete sie auch auf eine Entlohnung, wenn der betreffende Patient gerade nichts erübrigen konnte. Sie betrachtete so etwas als ihre menschliche Pflicht. Jedenfalls hatte sie ihr Auskommen und, was ihr noch wichtiger war, ihre Freiheit und den Respekt der Bevölkerung.

Dieser Respekt war es auch, der John Finley keinen Augenblick zögern ließ, ihr das Vorgefallene so präzise wie möglich zu berichten, daraufhin hastig seinen Tee zu leeren – er hätte es nie gewagt, diesen auszuschlagen, auch wenn er scheußlich nach bitteren Kräutern schmeckte – und dann in den Stall zu eilen, um das Kutschpferd Bertha einzuspannen. Martha packte derweil ihre notwendigen Utensilien zusammen. Die schwellungslindernde Beinwellsalbe, die Schienhölzer und Binden würde sie wohl für den kleinen Billie brauchen. Wenn es stimmte, was Finley ihr berichtet hatte, so war sie dennoch besorgt, dem Jungen nicht wirklich helfen zu können. Ein komplizierter Bruch blieb nicht ohne Folgen. Wenn der Junge auch nicht sterben würde, so würde er wahrscheinlich lange Zeit Schmerzen haben, und mit hoher Wahrscheinlichkeit würde der Arm schief wieder zusammenwachsen und letztlich verkümmern. Das war – einfach ausgedrückt – eine Katastrophe! Der Junge würde nur bedingt zur Arbeit taugen und seiner Familie auf der Tasche liegen, wenn er nicht gar als Bettler endete. Für die Tochter, die der Vater, so hatte Finley berichtet, in seinem Zorn wohl halb tot geschlagen hatte, packte sie eine Tinktur vom Sud der Akelei und vom Acker-Schachtelhalm ein. Doch sie befürchtete ernsthaft, dass sie die eigentlichen Wunden, die diese Tragödie der bemitleidenswerten Familie zugefügt hatte, nicht würde heilen können.

Kapitel 5

»Wycliff Thomson, hör auf zu jammern und hilf mir lieber.« Die resolute Stimme der Frau ließ den tränenüberströmten Mann zusammenfahren. Eben war sie in die Stube hereingeplatzt, hatte Mary aus der Ecke hochgescheucht und angewiesen, Wasser im Kessel auf dem Feuer aufzusetzen. Nun beugte sie sich über den immer noch bewusstlosen Billie und strich ihm mit einer sanften, mütterlichen Geste die wilde Lockenpracht aus dem Gesicht. Kritisch besah sie sich die nicht allzu große Platzwunde am Haaransatz. Dann kramte sie die Tinktur und einige gut verpackte saubere Baumwolltücher aus ihrem Korb, reinigte die Wunde und machte mit geschickten, schnellen Bewegungen einen Kopfverband. »Er hat sich böse den Kopf angeschlagen, aber ich glaube, er kommt bald zu sich. Es ist aber ganz gut, dass er noch nicht bei sich ist, so kann ich versuchen, die gebrochenen Knochen einzurichten, ohne dass er vor Schmerzen vergeht«, teilte sie dem Mann mit, ohne ihn anzusehen. Ihre ganze Aufmerksamkeit war auf Billie gerichtet. Sie zeigte dem Vater, wie er den Jungen halten musste, und kniete sich dann hin, zog zunächst vorsichtig, dann immer stärker an der Hand des Kindes und griff gleichzeitig an die stark geschwollene Schulter. Billie jammerte in seiner Ohnmacht auf, seine Lider flackerten. Sie hielt inne und führte dann dieselbe Prozedur noch einmal durch. Diesmal fing der Junge an zu greinen. Tatsächlich kam er langsam zu sich. »Mehr kann ich nicht tun«, meinte Martha bedauernd. »Der Bruch ist zu verschwollen. Ich komme einfach nicht mehr richtig heran. Und wenn es abgeschwollen ist, kann ich es nicht mehr einrichten. Doch wir wollen das Beste hoffen.« Sie strich seufzend die dicke Paste aus zermahlenen schwärzlichen Beinwellwurzeln großflächig auf die verletzte Schulter und den Oberarm. Dann legte sie geschickt eine mit Baumwollbinden gepolsterte kleine Schiene an und fixierte den Arm darauf mit weiteren Binden in abgewinkelter Stellung am schmalen Oberkörper des Knaben. Schließlich kramte sie ein Päckchen mit getrockneten Rindenstücken aus ihrem Korb und überreichte es dem Vater des Jungen. »Wenn er aufwacht und Schmerzen hat, machst du ihm einen Tee aus diesen Rindenstückchen, aber nimm nicht zu viel davon. Es ist Weidenrinde, die wird ihm den Schmerz etwas nehmen. Die Verbände lässt du dran, auch wenn er klagt und sie entfernen will. Ich werde übermorgen noch einmal nach euch sehen.« Sie richtete sich auf und sah Thomson strafend an: »Und nun muss ich mich noch um deine Cathy kümmern. Hast du nicht schon genug Sorgen, Wycliff Thomson? Musstest du auch noch deine Tochter verprügeln?«

»Sie hat sich nicht um ihn gekümmert und ist ihrem Vergnügen nachgegangen, das gottlose Ding. Wäre sie bei ihm geblieben, wäre das nicht passiert.«

»Glaubst du nicht, dass sie es bitter bereut, auch ohne dass du sie dafür beinahe totschlägst?«

Eigentlich hatte Martha erwartet, dass der Mann nun Reue zeigte, aber sein Gesicht verhärtete sich.

»Was geht's dich an, Weib? Es ist meine Sache, was ich mit meinen Kindern tue. Sie hat es mehr als verdient.«

»Ja, das ist es wohl ... deine Sache«, sagte Martha gedehnt. Hier war heute nichts auszurichten. Das Mädchen tat ihr jetzt schon leid. Hoffentlich würde ihr die Familie die Schuld am Unglück Billies nicht bis ans Ende ihrer Tage vorhalten. Diese Möglichkeit bestand immerhin. Armes Ding! Ohne Gruß verließ sie den verbitterten und gebrochenen Mann, um im Stall nach Cathy zu sehen. Den Kessel mit dem heißen Wasser nahm sie mit.

Sie fand das Mädchen in einer Nische in der Einfriedung der Schafe liegend. Es hatte sich an eines der Tiere gekuschelt und war in einen unruhigen, durch Stöhnen unterbrochenen Schlaf gefallen. Mit einem schnellen Blick sah sie, was das Kind hatte erdulden müssen. Ärgerlich schnalzte sie mit der Zunge. War der Mann wahnsinnig geworden? Der gesamte Rücken und Teile der Oberschenkel des Mädchens waren voller Wunden, die von der Gürtelschnalle herrührten, wie Finley ihr berichtet hatte.

An den Stellen, die sie sehen konnte, da sie nicht von der mit blutigen Flecken getränkten Kleidung bedeckt waren, hatten sich außerdem große Blutergüsse gebildet, die teilweise ineinander übergingen. Auch der Hinterkopf des Mädchens war nicht verschont geblieben. Im üppigen rotbraunen Haar klebte getrocknetes Blut. Wenigstens hatte die Schnalle das noch unreife, aber die spätere Schönheit bereits ankündigende Gesicht des Mädchens nicht getroffen. Hoffentlich würden nicht allzu viele Narben bleiben. Bestimmt aber würde sie hier etliche Salbentöpfe benötigen. Sie beugte sich zu dem Kind hinunter und schob das dünne Wollkleidchen nach oben. Der magere Mädchenkörper erschauerte in der plötzlichen Kälte, als auch das Schaf sich gestört erhob und mit einem empörten Blöken zur anderen Seite des Verschlags drängte. »Hab keine Angst, Mädchen«, sagte sie sanft, als Cathy, die mit einem leisen Schrei erwacht war, sich furchtsam noch tiefer in die mit Stroh gefüllte Nische zurückzog, in die sie sich verkrochen hatte, »ich tu dir nichts. Ich will dir nur helfen. Komm, lass mich mal sehen.« Zuerst zögerte das Mädchen noch, aber das freundliche Gesicht, das sich Martha bemühte aufzusetzen, beruhigte das Kind wohl endlich. Folgsam zog sie das Kleid aus und Martha entfuhr ein fassungsloses Japsen. Es war weitaus schlimmer, als sie gedacht hatte. Beinahe der ganze Rücken des Kindes war blaurot von Blutergüssen bis hinunter zur rechten Hüfte. Sie zählte ein gutes Dutzend blutige Wunden, etliche davon so tief, dass es sicher kräftige Narben geben würde. Da das Kind bäuchlings im Schlamm gelegen hatte, als der Vater es schlug, war hauptsächlich die Rückseite des Körpers betroffen. Sie brachte das Mädchen dazu, sich wieder ins Stroh zu legen, befeuchtete die sauberen Baumwolltücher, die sie mitgebracht hatte, mit dem inzwischen lauwarm gewordenen abgekochten Wasser und reinigte zunächst die Wunden gründlich, dann gab sie etwas von der Tinktur aus Akelei und frischem Acker-Schachtelhalm darauf und verband dann die tiefsten Wunden. Sie hoffte, dass sich die Verletzungen nicht entzündeten, denn das konnte zu einer Blutvergiftung führen. Aber sie vertraute den Heilkräften der bewährten Tinktur.

Größere Sorge bereitete ihr der seelische Zustand des Mädchens. Cathy wirkte völlig verstört. Die Kleine tat ihr herzlich leid. Aber was konnte sie tun, außer ihr mit ihren Kenntnissen in Kräuterkunde zu helfen? Sie hatte viele tragische Geschichten und schlimme Familienverhältnisse erlebt in all den Jahren, die Thomsons bildeten da keine Ausnahme. Sie hoffte, dass sich alles mit der Zeit wieder einrenken und Wycliff Thomson so vernünftig sein würde, seiner Tochter den Unfall seines Sohnes zu vergeben. Wie hätte sich Cathy auch gegen die Tochter von Mr de Burgh zur Wehr setzen sollen? Das war undenkbar. Ebenso gut hätte sie versuchen können, die Wasser des Wylye[2] mit bloßen Händen aufzuhalten. Ein völlig sinnloses Unterfangen. Und dass der kleine Billie verunglückt war, war wirklich tragisch, aber eben Schicksal. So unruhige Kinder wie dieser kleine Kerl wurden oft nicht alt, das hatte sie schon zu oft erlebt. Wer sollte sich auch ständig um sie kümmern? Es gab einfach immer viel zu viel zu tun für die ländliche Bevölkerung. Die Kinder wurden oft sich selbst überlassen, und die Umwelt barg eben viele Gefahren. Man konnte die Kinder nicht vor allem bewahren und so blieb nur die Hoffnung, dass ihnen nichts geschah.

Cathy weigerte sich strikt, in das Wohnhaus zurückzukehren, nachdem ihre Wunden versorgt worden waren. Ängstlich schüttelte sie immer wieder den Kopf, als Martha sie dazu bewegen wollte. Vielleicht war es auch besser so. Ihr Vater hatte so Gelegenheit, sich bis zum nächsten Morgen eines Besseren zu besinnen, dachte Martha, strich dem Mädchen noch einmal beruhigend über den Kopf und verließ dann den kleinen Hof. Übermorgen, wenn die Wunden sich nicht entzündet hatten, würde sie Cathy etwas von ihrer allseits gerühmten Wundsalbe mitbringen, damit wenigstens der Rücken, wenn auch nicht die Seele des Mädchens, bald heilen konnte.

2 Fluss bei Wilton, Südengland

Kapitel 6

Mr de Burgh, Wycliff Thomson ist ein sehr fleißiger und zuverlässiger Mann. Er hat sich, seit er hier bei Ihnen angestellt ist, sehr bewährt. Die Felder sind in einem hervorragenden Zustand und selbst Marcus und Jamie arbeiten mehr als früher.« John Finley bemühte sich mit allen Kräften, den Herrn von Whitefell positiv für seinen Angestellten einzunehmen. Es war eine Woche seit dem tragischen Unfall vergangen und er wusste nicht, ob Miss Hunter schon ihren Giftstachel ausgefahren hatte, um den Thomsons zu schaden. Das Weib war wirklich die Pest. Finley konnte nicht verstehen, warum Mr de Burgh seine Tochter einer solchermaßen missgünstigen und verbitterten Frau überließ. Aber sie sollte ja hervorragende Referenzen besitzen, war sie zuvor doch in der Familie des Earls of Branford[3] in Wilton beschäftigt gewesen, dort aber entlassen worden, nachdem die Kinder des Earls schließlich alle gesellschaftlich eingeführt worden waren. Da zwischen den de Burghs und der Familie des Earls of Branford eine engere Verwandtschaft bestand, hatte es wohl eine gewisse Verpflichtung gegeben, die altgediente Gouvernante zu übernehmen. Wie auch immer, das war nicht seine Angelegenheit. Ihm ging es darum, die Familie Thomson vor den möglichen Folgen des verhängnisvollen Besuchs Cathys auf Whitefell zu bewahren.

Mr de Burgh nickte denn auch zu Finleys Erleichterung gutmütig. Er war kein schlechter Herr, ein meist freundlicher, wenn auch etwas störrischer Mann von achtundfünfzig Jahren, der sich manchmal zu Leichtsinn hinreißen ließ. Er schien

3 Der Earl of Branford, historisch: Earl of Pembroke, hat seinen Sitz in Wilton. Ein beeindruckendes Herrenhaus, das Wilton House, ist dort auch zu besichtigen. Für diesen Roman habe ich beschlossen, es, um der geschichtlichen und geographischen Authentizität willen, bei dem historischen Namen des Hauses zu belassen, mir jedoch in der Ausgestaltung der Figuren größtmögliche Freiheit gestattet und deshalb auch zu einer Namensänderung gegriffen.

nicht immer genau zu überlegen, welche Folgen seine immerhin nicht unwichtigen Entscheidungen haben konnten. Nur so war es wohl auch zu verstehen, dass er seine einzige Tochter so unvernünftig verwöhnte. Sicher, Isobel de Burgh war zumindest äußerlich ein recht hübsches Mädchen, das später sicher reihenweise den infrage kommenden Galanen den Kopf verdrehen würde, aber sie hatte einen außerordentlich herrischen Charakter, der Finley entschieden missfiel. Dieser Charakter in Kombination mit ihrer unbestreitbar vorhandenen Intelligenz war eine gefährliche Mischung. Zum Glück würde sie nicht Herrin auf Whitefell werden, sondern ihr Bruder Daniel, der nun schon seit sechs Jahren bei der East-India-Company in Bombay als leitender Offizier Dienst tat. Master Daniel de Burgh, dem er selbst das Jagen beigebracht hatte, war ein besonnener junger Mann, der sich der Bürde und Verantwortung, die er als Herr über Whitefell übernehmen würde, mehr als sein eigener Vater bewusst war. Das war letztlich wohl auch der Grund für das Zerwürfnis der beiden. Daniel hatte versucht, seinen Vater von einigen riskanten Spekulationsgeschäften abzubringen, was ihm aber nicht gelungen war. Nachdem Mr de Burgh dann wider Erwarten erfolgreich gewesen war mit seinen Börsengeschäften, hatte er seinen Sohn fortgesetzt und triumphierend als Narr und Feigling geschmäht, was Master Daniel dazu veranlasst hatte, bis auf Weiteres seiner Heimat den Rücken zu kehren. Den Vater schien es nicht weiter zu betrüben. Seine Zuneigung galt wohl ausschließlich seiner Tochter, zu deren Charakterbildung das nicht eben beitrug.

»Ja, ich bin auch recht zufrieden mit Thomson«, meinte nun Mr de Burgh nach einer kleinen Pause, in der er intensiv die Lichtung, die sie in diesen frühen Morgenstunden zum Pirschgang auserkoren hatten, nach möglichem Wild ausgespäht hatte. »Miss Hunter wollte mir neulich das Gegenteil weismachen. Ich möchte wissen, was sie das angeht. Sie soll sich um meine Isobel kümmern und sonst am besten um ihre eigenen Angelegenheiten. Die Felder sind tatsächlich in einem besseren Zustand als unter dem alten Rapkin. Was will ich mehr? Der Mann ist fleißig und tut seine Arbeit, ohne zu murren.« Finley atmete erleichtert aus. Seine Intervention kam offensichtlich zu spät, war aber Gott sei Dank wohl sowieso überflüssig gewesen. Das Problem, so es denn je eines gewesen war, hatte sich von allein gelöst. Einzig die Sorge um den kleinen Burschen musste die Thomsons nun noch plagen, und das war sicher Sorge genug. Doch da wurde Finley abgelenkt. Ein Rudel Rotwild hatte die Lichtung betreten und es war seine Aufgabe, seinem nicht immer ganz treffsicheren Herrn zu einem guten Schuss zu verhelfen.

Cathy spähte durch das Fenster in die Wohnküche. Ja, der Vater war schon gegangen. Sie schluckte und wagte es dann, das Wohnhaus zu betreten, um sich wieder um Billie zu kümmern. Mary fühlte sich dafür nicht zuständig. Sie saß an der Feuerstelle und spielte mit einigen Wurzelstöcken, denen sie Lumpenfetzen umgebunden hatte und die für sie Puppen darstellten. Seit gut einer Woche ging dieses Versteckspiel nun so und Cathy schwante, dass es so auch bleiben würde. Als sie am Morgen nach Billies Unfall wieder zur Tür hereingekommen war, hatte der Vater sie keines Blickes gewürdigt. Als wäre sie Luft, hatte er lediglich Augen für Billie gehabt und war, nachdem er ihm einen etwas seltsam riechenden Tee gegeben und ihn noch eine Weile in den Armen gehalten hatte, ohne ein Wort zur Arbeit auf die Felder gegangen. Scham und Trauer hatten Cathy die Kehle zugedrückt, aber sie hatte, so gut es ihr trotz der schlimmen Schmerzen möglich war, ihre Pflichten erfüllt, hatte die Tiere gefüttert und den Stall ausgemistet. Dann hatte sie im Haus Ordnung gemacht und das Essen vorbereitet, das, wie fast jeden Tag, aus einem Gemüseeintopf mit ein wenig geräuchertem Hammelfleisch bestand. Obwohl ihr Rücken dabei unerträglich wehtat und die Wunden wie kleine Flammen brannten, verbiss sie sich jede Klage. Ein Blick auf Billie, der unruhig greinend auf der Bettstatt lag, genügte, um jedes Selbstmitleid im Keim zu ersticken. Als der Vater am späteren Nachmittag zurückgekehrt war, hatte sie gehofft, er würde nun wieder mit ihr sprechen, aber als sie ihren Hocker zurechtgerückt hatte, um sich ebenfalls an den Tisch zu setzen, wo der Vater und Mary schon den kräftigen Eintopf löffelten, hatte sie ein derart feindseliger Blick aus seinen dunklen Augen getroffen, dass sie erschreckt zurückgewichen und wieder in den Stall geflohen war. Dort hatte sie endlich ihrer Traurigkeit, die schon den ganzen Tag wie ein Klumpen in ihrer Brust gesessen hatte, freien Lauf gelassen. Es wurde ihr bewusst, dass ihre Sünde unverzeihlich war. Sie war schuld an Billies Unglück und war es wohl nicht mehr wert, zur Familie zu gehören. Aber sie musste wenigstens versuchen, es wieder gutzumachen und nun fleißiger als früher ihre Pflichten erfüllen und sich um Billie kümmern.

Und so war es geblieben. Zwar hatte die Kräuterfrau, die ihr trotz ihrer Freundlichkeit eine unbestimmte Furcht einflößte, in den darauffolgenden Tagen noch mehrmals bei ihnen vorbeigeschaut, aber da war der Vater nie zu Hause gewesen. Auf die Versuche der Frau, mit ihr ein Gespräch anzufangen, war sie nicht eingegangen. Sie war wie erstarrt, sie wusste selbst nicht, warum. Während sie früher gerne mit ihren Geschwistern gelacht und getobt hatte, fühlte sie jetzt nur noch eine stumpfe, quälende Traurigkeit, die sich zäh in ihrer schmalen Brust festgesetzt hatte. Sie hätte wohl gar nichts mehr gespürt, wenn ihr Rücken nicht immer noch so wehgetan hätte. Aber das geschah ihr ja wohl auch recht. Sie hatte es verdient.

Kapitel 7

Billie ging es irgendwann im Verlauf der Wochen besser. Er rannte, den verletzten Arm immer noch an den Körper gebunden, schon wieder um die Schuppen herum, was Cathy einerseits mit Erleichterung, andererseits aber mit noch mehr Sorge erfüllte. Die Schwester wagte es nicht, ihn aus den Augen zu lassen, musste aber auch ihre Arbeit tun. Beides zugleich war aber schlecht möglich. Als Cathy Mary einmal gebeten hatte, ihr zu helfen, hatte ihr diese nur frech die Zunge herausgestreckt und den Rücken zugewandt, um sich dann wieder ihrem versunkenen, merkwürdigen Sing-Sang-Spiel zu widmen. Das hätte früher zu ein paar kräftigen Knüffen und scharfen Worten geführt, aber nun fühlte Thomsons älteste Tochter, dass sie jede Achtung verloren hatte. Eine seltsame Stille und Sprachlosigkeit hatte sich über die Familie gelegt. Cathy sah in den fremd gewordenen Augen des Vaters, dass er ihr die Schuld daran gab. Und weil sie seinen Blick nicht mehr ertragen konnte, ging sie ihm aus dem Weg, wo sie nur konnte und hatte somit auch ihre Schlafstatt in den Stall verlegt. Wenigstens gaben ihr die gleichmütigen Tiere in der Nacht etwas von der Wärme, nach der sie sich sehnte.

Etwa drei Wochen später, es war ein strahlender Tag im Mai, verlangte es Miss Isobel de Burgh nach einem Ausritt. Sie hielt es einfach nicht mehr aus, ihre Nachmittage mit Miss Hunter im Damensalon zu verbringen. Dort hatte sie sich fortwährend den Büchern, die ihr Miss Hunter als passende und lehrreiche Lektüre gestattete, oder aber den öden Stickereiarbeiten zu widmen. Sie war zwar schon am Morgen, wie üblich, ein wenig ausgeritten, natürlich in Begleitung von Frederick, dem altgedienten Stallmeister ihres Vaters, aber nun wollte sie den herrlichen Tag nutzen und einige Stunden allein zu Pferde verbringen. Miss Hunter gewährte es nach einigem

– wie immer nutzlosem – Widerspruch mit säuerlichem Gesicht. Diese zog es vor, in der Kutsche zu fahren, aber das war der energiesprühenden Isobel viel zu langweilig. Außerdem hätte sie eine Kutschfahrt ja nicht von Miss Hunter befreit. Gegen deren erbitterten Widerstand hatte Isobel auch ihr neues Reitgewand angelegt, das ihr der Vater zu ihrem dreizehnten Geburtstag vor ein paar Tagen geschenkt hatte (zusammen mit allerlei Spielzeug, das sie eigentlich längst nicht mehr interessierte – ihr Vater hatte wohl noch nicht bemerkt, dass sie der Kinderstube schon entwachsen war). Nun setzte sie sich, hilfreich hochgehoben von Frederick, auf ihren zierlichen Braunen und trabte zufrieden mit sich und der Welt die busch- und heckengesäumten Felder entlang, die Whitefell umgaben.

Anfang des 18. Jahrhunderts hatte Whitefell zusammen mit Wilton House, dem Sitz der Branfords, zum Besitz des Earls of Branford gehört, aber dann war das Herrenhaus mit dem nicht unerheblichen Landbesitz durch komplizierte Erbfolgen den de Burghs zugefallen, dem Großvater ihres Vaters, um genau zu sein. Landbesitz war, wie ihr Vater ihr erklärt hatte, nicht an den Peerstitel gebunden. Ihr Vater hatte zwar selbst keinen Titel – anders als der Earl, den sie immerhin Onkel nennen durfte –, war aber sehr angesehen und auch wohlhabend, fast ebenso wohlhabend wie sein Vetter, der Earl. Das Recht auf den Titel war in der Linie der Branfords geblieben. Die beiden Söhne des Earls und die zwei Töchter waren längst erwachsen und zum Teil schon verheiratet. Keine sehr unterhaltsame Verwandtschaft, zumal die Töchter langweilige und zudem hässliche Geschöpfe waren, besonders die ältere der beiden, Lady Florence, eine fette Kuh, die sie nicht ausstehen konnte. Warum konnte der Earl nicht auch noch ein Kind in ihrem Alter haben, das ebenso viel Esprit hatte wie sie selbst?

Auch das Städtchen Wilton hatte leider außer einer schwächelnden Webindustrie nicht viel zu bieten, und Salisbury, die schöne Collegestadt mit dem geschäftigen Markt und der überaus beeindruckenden Kathedrale, war zu weit entfernt für einen kurzen Besuch. Auch war sie noch nicht in die Gesellschaft eingeführt und deshalb verboten sich etwaige selbstgetätigte Besuche von allein. Sie konnte den Tag ihres gesellschaftlichen Debüts kaum erwarten, würde dies doch der Tag sein, an dem sie der lästigen Aufsicht von Miss Hunter endlich entfliehen konnte. Miss Hunter war zu Isobels Leidwesen der einzige Punkt, bei dem ihr Vater hart blieb. Auf ihre tränenreichen Klagen und Bitten hatte er ihr unmissverständlich erklärt, dass Miss Hunter auf Empfehlung des Earls of Branford eingestellt worden sei. Ihre Qualifikationen waren von seiner Lordschaft besonders lobend hervorgehoben worden und allein deshalb war ihre weitere Beschäftigung auf Whitefell nicht diskutierbar.

Isobel schnaubte ungehalten. Was bei Miss Hunters Erziehungskünsten herauskam, konnte man ja ohne Mühe an Lady Florence und ihrer fast ebenso enervierenden Schwester Lady Mary-Anne sehen. Sie seufzte tief. Man hatte es nicht leicht als einziges Kind auf Whitefell. Wahrscheinlich würde sie früh an schrecklicher Langeweile sterben. Ihr reger Geist malte sich flugs eine Szenerie aus, in der ihr Vater, nachdem er Miss Hunter mit rüden Worten vor die Tür gesetzt hatte, tränenüberströmt und sich mit Selbstvorwürfen überhäufend an ihrem Bett kniete, auf dem sie leichenblass und schwächlich hustend mit dem Tode rang. Isobel lachte amüsiert auf, was ihr Pferd unvermittelt einen Satz machen ließ. Aber das störte sie nicht. Sie parierte gekonnt die unvorhergesehene Bewegung ihres Reittieres – Isobel war ohne Frage eine sehr gute Reiterin. Ihre Gedanken drängten weiter: Was würde sie geben für eine Gefährtin in ihrem Alter, mit der sie ihre Geheimnisse und Gedanken teilen konnte! Aber wo sollte die wohl herkommen? Das hässliche, schmutzige Mädchen, das sie vor einigen Wochen im Garten getroffen hatte, fiel ihr wieder einmal ein. Es hatte Isobel Spaß gemacht, sich eine Weile mit ihr abzugeben. Sie war nicht tumb erschienen wie die meisten anderen Kinder der Angestellten auf Whitefell, die vor Ehrfurcht erstarrten und kein Wort herausbrachten, sobald sie sich ihnen zuwendete. Sicher, anfangs hatte Cathy, das war ja ihr Name, wie Isobel sich zu erinnern glaubte, ähnlich reagiert, aber dann hatte sie sich im Spiel als erstaunlich wandlungsfähig erwiesen. Das hatte Isobel durchaus gefallen. Ob sie das Mädchen vielleicht einmal besuchen sollte?

Miss Hunter hatte zwar einen ziemlichen Aufruhr wegen Cathy gemacht und sich bitter über Isobel und auch das Landarbeiterkind bei Isobels Vater beschwert, war aber zu Isobels außerordentlicher Befriedigung einmal mehr auf taube Ohren gestoßen. Ihr Vater hatte das besondere Talent, manchmal im richtigen Moment starrsinnig zu sein. Zudem hatte er Isobel im Zuge der unerquicklichen Unterredung mit Miss Hunter ausdrücklich erlaubt zu spielen, mit wem immer sie es wünschte. Dies war ein weiterer Spatenstich, der Miss Hunter dem frühen Grabe näher brachte, wie Isobel inständig hoffte – ein Plan, den es weiter zu verfolgen galt. Die Gouvernante würde sicher früher oder später einen nervösen Zusammenbruch erleiden, wenn ihr Schützling ein ärmliches Landarbeiterkind zu seinem festen Spielgefährten erkor. Getrieben von diesem verlockenden Gedanken wendete Isobel ihr Pferd und ritt in Richtung der Unterkunft des Feldpflegers. Vielleicht hatte sie Glück und würde das Mädchen dort antreffen.

»Cathy?« Die helle, befehlsgewohnte Stimme Isobel de Burghs schallte über das kümmerliche Anwesen, das sie nach einem scharfen Ritt und mit leichtem Schaudern als den Wohnsitz der Familie Thomson erkannt hatte. Dass Leute so wohnen konnten! Kein Wunder, dass Cathy so furchtbar verdreckt und verwahrlost gewesen war. Sie würde es keine Stunde in so einem Loch aushalten, und das gedachte sie auch nicht zu tun. Am besten sollte Cathy sofort wieder mit ihr kommen!

Da öffnete sich vorsichtig der niedrige Holzverschlag, der als Eingangstür des Wohnhauses diente, und ihre Spielgefährtin trat heraus. Hinter ihr drängten sich zwei weitere schmutzige Kinder, ein unscheinbares, dürres Mädchen mit strohigem, dunklem Haar und ein kleiner Rotschopf, der seinen Arm in einer überraschend sauberen Schlinge trug. »Miss de Burgh …«, sagte Cathy zaghaft, als sie herangekommen war. Der Rotschopf, der sich an Cathys Hüfte drängte, starrte die beeindruckende Erscheinung Isobels mit dem üblichen dümmlichen Staunen an, das sie auch von den anderen Kindern auf den Ländereien Whitefells kannte.

»Ich … äh, ich freue mich, Sie zu sehen, äh … Lady de Burgh«, Cathy kramte verzweifelt in ihrem Gedächtnis nach der richtigen Anrede. Es lag ihr sehr viel daran, die Tochter des Herrn von Whitefell nicht zu verärgern. Alles andere konnte unabsehbare Folgen haben. Was wollte sie nur hier? Hoffentlich sollte sie nicht wieder mit ihr mitkommen. Sie durfte doch Billie nicht allein lassen. Isobel lächelte huldvoll. Offensichtlich hatte Cathy den richtigen Ton getroffen.

»Ich hatte Lust, dir einen Besuch abzustatten. Es würde mir gefallen, wieder einmal etwas Zeit mit dir zu verbringen.«

Cathy stockte der Atem. Hatte Isobel denn keinen Ärger bekommen nach dem fatalen Besuch auf Whitefell? Wahrscheinlich wusste sie gar nichts von den schlimmen Ereignissen, die ihrer unerlaubten Begegnung gefolgt waren. »Ich … ich denke nicht, dass ich noch einmal nach Whitefell kommen darf. Miss Hunter hat es verboten und …«, sie blickte sich ängstlich um, wie in Erwartung eines neuen Schlages von wo auch immer, »ich darf meine Geschwister nicht allein lassen. Mein Vater war sehr …«, sie schluckte krampfhaft, als ihr das wutverzerrte Gesicht ihres Vaters wieder vor Augen trat, »er war sehr wütend, das letzte Mal.«

Das war nicht das, was Isobel zu hören erwartet hatte. Wie konnte das Mädchen es wagen, ihre Einladung auszuschlagen? »Miss Hunter hat überhaupt nichts zu sagen in dieser Sache. Mein Vater hat mir erlaubt, einzuladen, wen immer ich einzuladen wünsche. Und ich denke nicht, dass dein Vater etwas dagegen haben kann, wenn es der Tochter seines Herrn gefällt, seine Tochter einzuladen«, fügte sie spitz hinzu.

Cathy spürte förmlich körperlich, wie die gnädige Stimmung des herrschaftlichen Mädchens einer weitaus ungnädigeren Gemütslage wich. Das musste sie unbedingt verhindern. Hastig sagte sie: »Ich könnte sicher zu Besuch kommen. Aber nicht heute. Es ist wegen Billie. Er ist krank.« Auf Verständnis hoffend, deutete sie auf Billies verletzten Arm, der auch folgsam seinen Verband vorwies und dabei mit großen Augen nickte. »Billie hat einen ganz schlimmen Arm«, bestätigte er wichtig.

»Nun gut.« Isobel de Burgh war nur halb besänftigt. »Ich erwarte aber, dass du dich morgen zur Teezeit auf Whitefell einfindest. Soll doch deine Schwester«, sie ruckte ungeduldig mit dem Kinn in Marys Richtung, die unsicher und auf den Fußballen wippend in der Nähe des Wohnhauses geblieben war, »auf dieses ungeschickte kleine Balg aufpassen. Und wasche dich vorher, damit Mrs Branagh nicht wieder einen Grund findet, ihre lange Nase zu rümpfen.«

Isobel wendete ihr Pferd und ritt grußlos davon. Sie ärgerte sich heftig. Dass dieses Mädchen es wagte, ihr zu widersprechen, war allerhand, aber es imponierte ihr auch ein wenig. Diese Geschwister waren so gewöhnlich und fade wie die anderen Kinder auf Whitefell, aber das Mädchen mit dem rötlichen Haar hatte etwas, das sie interessierte. Sie wollte sie gerne näher kennenlernen. Aber wenn Cathy auf ihre Geschwister und vor allem auf diesen dummen, kleinen Kerl mit seinem albernen Verband aufpassen musste, hieß das, dass sie weiter die erstickende Langeweile mit Miss Hunter und dem Stickrahmen ertragen musste. Diese Aussicht war absolut inakzeptabel. Sie würde sicher verrückt werden, wenn sie noch einen Plättstich ausführen sollte. Warum das Bauernmädchen nicht für ein paar Tage nach Whitefell einladen? Dann könnte sie sie ganz für sich haben und Cathy könnte nicht wieder ihre unerquicklichen Geschwister als Entschuldigung für ihren Ungehorsam vorbringen. Auf dem Weg nach Hause reifte ein kühner und ungewöhnlicher Plan in Isobel de Burghs Kopf. Ein Plan, der gleich für mehrere der Probleme, die sie beschäftigten, eine Lösung bot.

Kapitel 8

»Hast du noch nicht genug Unheil angerichtet?« Es war der erste zusammenhängende Satz, den der Vater seit Billies Unfall zu ihr gesagt hatte. Nur war er nicht das, was Cathy erhofft hatte, als der Vater an diesem Abend mit der Laterne in der Hand den Stall aufsuchte, um mit ihr zu sprechen. Mary musste ihm etwas erzählt haben. Sie selbst hatte es einfach nicht gewagt, von dem Besuch Isobel de Burghs am Nachmittag zu berichten. Noch bevor der Vater zum Essen nach Hause gekommen war, hatte sie sich deshalb ängstlich in ihre Schlafnische, die sie sich im Heulager errichtet hatte, zurückgezogen. Wie sollte sie nur aus dieser vermaledeiten Zwickmühle herauskommen? Sie fühlte sich wie ein Kaninchen in der Schlinge. Egal wohin sie zerrte, die Falle wurde nur noch enger.

»Ist es das, was du willst? Zu den feinen Herrschaften gehören? Du bist ein gewöhnliches Kind eines gewöhnlichen Landarbeiters und nicht mehr! Deine Unvernunft hat deinen Bruder, der dir anvertraut war, fast das Leben und sicher seine

Gesundheit gekostet. Ist dir nicht klar, dass Billies Arm nie mehr richtig zu gebrauchen sein wird? Und das ist allein deine Schuld!« Die Stimme des Vaters schwankte zwischen Zorn und Verzweiflung.

Cathy schüttelte heftig den Kopf. »Nein, nein, Vater, das will ich doch gar nicht! Ich wollte das alles nicht, glaub mir doch! Es tut mir so leid, wirklich!« Sie spürte, wie Tränen ihre Wangen herunterrannen.

»Dazu ist es jetzt zu spät!« Das Gesicht des Vaters war schon wieder hart und fremd geworden. Der Moment, in dem sie wieder hätten zusammenfinden können, war so schnell vorbeigegangen, wie er gekommen war. »Wenn Miss de Burgh wünscht, dass du morgen zu ihr kommst, wirst du eben gehen. Ich habe ohnehin überlegt, dich fortzuschicken. Marcus hat mir vorgestern erzählt, dass seine Schwester Witwe geworden ist und deshalb die kleine Pacht bei Wilton verlassen muss. Sie hat noch keine Kinder. Ihr Mann ist bei Waldarbeiten letzten Winter unter einen stürzenden Baum geraten und nun am Siechtum gestorben. Sie ist jung und kräftig und könnte hier als Magd anfangen und auf Billie und Mary aufpassen, vielleicht nehme ich sie auch zur Frau. Ich brauche dich nicht mehr. Es ist entschieden.« Er hielt einen Augenblick inne, als schrecke er selbst vor der Endgültigkeit seiner Entscheidung zurück. Schließlich gab er sich aber einen Ruck, maß sie ein letztes Mal mit einem unversöhnlichen Blick und wandte sich zum Gehen. Er konnte ihr nicht vergeben.

Doch dann richtete er noch einmal das Wort an sie: »Geh, wohin auch immer du magst, je eher desto besser. Nimm deine Habe mit. Ich will dich hier nicht mehr sehen. Wenn Miss de Burgh dich morgen wegschickt, brauchst du nicht mehr herzukommen. Am besten, du suchst dir Arbeit in der Gegend östlich von Salisbury, da gibt es einige freie Höfe. Du bist alt genug. Als Magd wirst du hoffentlich lernen, was es heißt, Verantwortung zu übernehmen und deinen Stand richtig einzuschätzen.« Damit verließ er den Stall und ließ seine älteste Tochter in der Dunkelheit zurück.

Noch im Morgengrauen sammelte Cathy ihre wenigen Besitztümer, bestehend aus einem gemalten kleinen Bild vom guten Hirten, das sie vor Jahren am Todestag ihrer Mutter vom Pfarrer des Dorfes, in dem sie früher gewohnt hatten, geschenkt bekommen hatte, einem geschnitzten Hornkamm ihrer Mutter und einem dünnen Baumwollkleid mit Schürze, das ihr aber schon zu klein war, in ein Bündel und schickte sich an, das Anwesen zu verlassen, das ihr Zuhause gewesen war. Billie und Mary schliefen noch. Billie hatte die Decke aus Schafwollfilz abgestreift und fröstelte im Schlaf, Mary dagegen hatte sich am anderen Ende der Bettstatt in das plötzliche luxuriöse Übermaß der Zudecke gekuschelt. Vorsichtig entzog Cathy ihrer Schwester den unrechtmäßigen Anteil und deckte ihren kleinen Bruder, dessen Unglück sie nach den harschen Worten ihres Vaters zu verantworten hatte, ein letztes Mal behutsam zu.

Die Trauer erdrückte sie. Sie hatte kein Zuhause mehr. Was sollte nun aus ihr werden? Wie um alles in der Welt sollte sie sich nur bis in die Gegend östlich von Salisbury durchschlagen, von der der Vater gesprochen hatte, ohne Geld, ohne den Weg zu kennen, ohne überhaupt eine Menschenseele zu kennen? Sie wusste auch nicht, an wen sie sich um Hilfe hätte wenden sollen. Die Verwandten ihrer Mutter lebten unerreichbar fern in Gloucester und waren selbst bitterarm und ihr Vater war der einzige überlebende Sohn seiner Familie. Von seiner Seite aus gab es keine Verwandten. Sie bezweifelte auch, dass er es dulden würde, wenn sie sich bei ihren Verwandten verkroch. Er hatte sie verstoßen, ob zu Recht oder zu Unrecht, war unerheblich. Die Entscheidung des Vaters als Familienoberhaupt war ehernes Gesetz.

Eine plötzliche Wut auf Isobel de Burgh und deren unsinnige Wünsche machte sich in ihr breit, aber sie unterdrückte diese gleich wieder. Miss de Burgh war die Tochter des Herrn auf Whitefell und hatte somit alles Recht der Welt zu verlangen, nach was immer ihr der Sinn stand. Wie konnte Cathy ihr deshalb einen Vorwurf machen? Es war allein ihre eigene Entscheidung gewesen, an diesem verhängnisvollen Tag im März ihre Arbeit und ihre Geschwister im Stich zu lassen, und nun traf sie die gerechte Strafe, wie sie jeden Sünder unabänderlich treffen musste. Wenn sie auf der Suche nach Arbeit und einer Bleibe umkommen würde, dann war das eben die verdiente Strafe Gottes und geschah ihr recht.

Das Einzige, was sie noch tun konnte, um ihre schreckliche Schuld doch wenigstens ein wenig wieder gutzumachen, war, den von Isobel de Burgh befohlenen Besuch in Whitefell zu machen. Wenn sie nicht erschien, würde das womöglich schlimme Folgen für ihre Familie haben. Miss de Burgh wurde offensichtlich schnell ungehalten und sie hatte – anders als die furchterregende Miss Hunter – sehr wohl die Macht, ihren Vater zu bitten, den Feldpfleger Thomson zu entlassen.

Cathy beschloss, sich bis zur Teezeit am Nachmittag, von der sie wusste, dass die besseren Leute sie gegen fünf Uhr zu halten pflegten, im Wald zu verstecken. Die Luderhütte, in der der Wildhüter die als Luder bezeichneten Lockköder für die Füchse aufhängte, war bis dahin sicher ein guter Unterschlupf, falls es wieder regnen sollte, wie schon in der Nacht. Sie wagte es nicht, noch länger zu Hause zu bleiben. *Ich will dich nicht mehr sehen!*, hatte der Vater ihr gesagt, und sie schaffte es einfach nicht, ihm noch einmal unter die Augen zu treten. Sie fürchtete, dass dann der Schmerz, der ihr schon jetzt den Atem in der Brust nahm, unerträglich werden würde. Cathy wunderte sich, dass ihr die Augen immer noch feucht wurden bei diesem Gedanken. Dass man so viele Tränen haben konnte? Sie wischte sie entschlossen fort. Was half es noch zu weinen?

Kapitel 9

Da bist du also!« Mrs Branagh öffnete Cathy die Nebenpforte, an der diese schüchtern geläutet hatte. Die Haushälterin bedachte das Mädchen mit kaum verhohlener Missbilligung. Wie hatte es dieses überaus gewöhnliche Geschöpf nur geschafft, die Aufmerksamkeit von Miss Isobel auf sich zu ziehen? Das Kind musste einen starken Ehrgeiz besitzen, den es geschickt unter einer zur Schau getragenen Bescheidenheit zu verbergen wusste. Anders konnte es ja nicht sein. Dass Miss Isobel sich aus eigenem Antrieb heraus für die Kinder der Arbeiter auf Whitefell nachhaltig interessieren könnte, war doch völlig unmöglich und auch ungewöhnlich, um nicht zu sagen ungehörig. Darin musste sie Miss Hunter durchaus recht geben, obwohl ihr die Gouvernante mit ihrem hochnäsigen Wesen, das sie gegenüber dem Hausgesinde an den Tag legte, nicht sonderlich sympathisch war. Wenigstens war die Kleine diesmal nicht so unsäglich schmutzig und hatte sich offensichtlich – wenn auch unzureichend – bemüht, sich dem Anlass entsprechend zu kleiden. Das lächerlich knappe, für die Jahreszeit noch etwas zu dünne Baumwollkleidchen mit der grobgewebten grauen Schürze war jedenfalls sauber, wie das Kind selbst auch. Ein wenig Gefühl für Anstand hatte es also zumindest im Leibe.

Sie winkte Cathy, ihr zu folgen, und führte das Kind hinauf in die Privaträume der Herrschaft. Miss Hunter, die am Morgen wieder einmal eine heftige Auseinandersetzung mit dem ihr anvertrauten Schützling gehabt hatte, hatte zähneknirschend akzeptieren müssen, dass der unerwünschte Gast in den Damensalon zum Tee eingeladen worden war. Miss Isobel hatte sich wieder einmal durchgesetzt. Mrs Branagh war gespannt, was der Herr dazu sagen würde, der sich in der Regel, wenn er im Hause war, gegen Abend immer zu seiner Tochter in den Salon setzte, um ein wenig mit ihr zu plaudern. Ob Miss Isobel es darauf anlegte, ihm das unwürdige Kind unter die Augen zu führen? Was sie damit wohl bezweckte?

Cathy folgte Mrs Branagh durch die nun schon bekannte große Eingangshalle hinauf in die oberste Etage. Wieder war sie wie erschlagen von der Pracht, die Whitefell entfaltete, aber weitaus mehr drückte sie die Gewissheit, dass sie schon diese Nacht ohne ein Zuhause verbringen musste. Vielleicht konnte sie ja wenigstens etwas zu essen ergattern, damit sie einen kleinen Vorrat auf ihrer bevorstehenden Wanderung nach Salisbury hatte. Sie hatte Angst davor, die Nacht im Freien verbringen zu müssen und deshalb beschlossen, noch einen Schafunterstand, der, wie sie wohl wusste, weiter draußen in den Feldern Whitefells stand, für diese eine Nacht aufzusuchen. Alles Weitere würde sich finden müssen. Sie schluckte heftig und konnte sich kaum darauf konzentrieren, dass Mrs Branagh wieder mit leichter Ungeduld das Wort an sie gerichtet hatte und ihr Anweisungen gab, wie sie sich bei der kommenden Begegnung zu verhalten habe. Aber dann zwang sie sich doch zuzuhören. Es war sehr wichtig, dass sie die Bewohner von Whitefell nicht verärgerte. Dann endlich waren sie vor der Tür zum Damensalon angekommen. Mrs Branagh klopfte gemessen an und öffnete, nachdem ihr von innen die Erlaubnis dazu erteilt worden war. Cathy schob sich furchtsam hinter ihr in den hohen Raum. Sie hatte es befürchtet: nicht nur Isobel de Burgh war anwesend, sondern auch die schreckliche Miss Hunter.

»Cathy!«

Miss Isobel schien sich tatsächlich zu freuen, sie zu sehen. Vielleicht tat sie aber auch nur so, um die verärgert dreinblickende Miss Hunter zu reizen. Cathy wusste es nicht zu sagen. Miss Isobel war schwer einzuschätzen. Mrs Branagh überprüfte mit schnellem Blick, ob Tee, Scones, Clotted Cream und Marmelade[4] auch ausreichend zur Verfügung standen, zusätzlich zu dem mit Trockenobst und Buttercreme gefüllten Teekuchen. Sie fand nichts zu beanstanden. Damit betrachtete sie ihre Aufgabe als erfüllt, verließ den Raum und überantwortete das Bauernkind kommentarlos der jungen herrschaftlichen Dame und ihrer gestrengen Gouvernante.

Cathy stand unschlüssig im Raum und wusste nicht, wohin sie schauen sollte. Miss Hunters Blick brannte ihr förmlich auf der Haut. Warum nur war die Frau so wütend? Sie selbst hatte doch gar nicht kommen wollen. Sie kam doch nur dem ausdrücklichen Befehl von Isobel de Burgh nach. Cathy begann zu begreifen, dass sie in dieser ihr fremden Welt für alles verantwortlich gemacht werden würde, da es selbst hier keiner auch nur annähernd wagte, ernsthafte Kritik an Miss de Burgh und ihren seltsamen Grillen zu üben.

»Setz dich doch, Cathy!«, sagte Isobel nun in gewinnendem Ton und wies auf einen der Stühle, die dick gepolstert und mit feiner Stickerei bezogen waren. Cathy nahm folgsam, wenn auch übervorsichtig, auf dem feinen Möbel Platz und wagte es, ihren Blick ein wenig schweifen zu lassen. Dies war ein anderer Salon als der, in dem sie bei ihrem letzten Besuch Tee getrunken hatten. Er war etwas kleiner und auch eher am Geschmack von Frauen ausgerichtet. Die Wände waren mit hellen Stofftapeten bespannt, auf denen sich seltsame bunte Vögel, wie Cathy sie noch nie gesehen hatte, in verwirrender Anzahl tummelten. Mehrere Gemälde, auf denen Blumen und Früchte in ähnlich überbordender Üppigkeit abgebildet waren, hingen an allen Wänden des Zimmers und einige zier-

4 Bestandteile des traditionellen englischen »Cream Tea«. Scones sind süße Hefegebäckstücke, die mit einer aus Sahne im Simmertopf zubereiteten »Clotted Cream« bestrichen und dann mit Marmelade zum Tee gereicht werden.

liche Stühlchen und Tischchen, die alle einem eigenen, besonderen Zweck zu dienen schienen, ein schöner Sekretär und ein Schrank auf seltsam gebogenen Füßen rundeten die Einrichtung ab. Obwohl Cathy keinerlei Erfahrung mit der Ausstattung herrschaftlicher Häuser hatte, nahm sie doch wahr, dass alles einen leichten und einladenden Eindruck auf den Besucher machen sollte. Am meisten aber imponierte ihr ein großes Bild, das wohl Miss Isobel selbst darstellte, obwohl sie nicht ganz getroffen und auch die Kleidung, die sie darauf trug, nicht mehr zeitgemäß war.

Isobel folgte ihrem fragenden Blick. »Nein, das bin ich nicht!«, erklärte sie, »das ist meine Mama, als sie etwa so alt war wie ich jetzt. Nicht wahr, du findest auch, dass sie mir ähnlich sieht? Alle sagen das!«

Cathy nickte zustimmend.

»Sie war sehr schön. Findest du nicht auch? Kein Wunder, dass sie allen Männern den Kopf verdreht hat!«

»Miss de Burgh, ich muss doch sehr bitten!« Die Stimme der Gouvernante klang einmal mehr zutiefst entrüstet. Isobel verdrehte entnervt die Augen. »Miss Hunter, das hat mir mein Vater wieder und wieder erzählt. Sie wissen das. Was soll daran schlimm sein, wenn mein Vater es auch erzählt? Schließlich hat sie dann meinen Vater erwählt. Er war sehr geschmeichelt von ihrer Wahl.«

»Es schickt sich nicht für eine Dame von Stand, so etwas zu kommentieren«, meinte Miss Hunter spitz. »Bei Ihrem Vater ist das etwas anderes. Gentlemen haben nun einmal das Bedürfnis, von Zeit zu Zeit derlei Betrachtungen anzustellen.«

Isobel schnaubte unwillig und wandte sich dann, ohne noch weiter auf die Bemerkung einzugehen, wieder Cathy zu. »Du kannst ruhig aufstehen und dich umsehen. Schließlich hast du so etwas sicher noch nie von Nahem gesehen.«

Cathy schüttelte erwartungsgemäß den Kopf und erhob sich. Sicher, diese Pracht war unvorstellbar und sie kam sich unsäglich fehl am Platze vor in ihrem bäuerlichen Kleidchen. Dennoch störte sie die kaum verborgene Überheblichkeit in Isobels Stimme. Sie hätte es ehrlich vorgezogen, nicht hier sein zu müssen.

Doch sie war froh, sich dadurch dem unwirschen Blick von Miss Hunter entziehen zu können. Cathy zog die Begutachtung des Raumes und der vielen wunderlichen Gegenstände darin so sehr sie nur konnte in die Länge. So lange, bis Miss Isobel sie mit deutlicher Unzufriedenheit in der Stimme wieder zurück an den Tisch beorderte. Offensichtlich war jetzt das obligatorische Teetrinken anberaumt, das Cathy nun schon vom letzten Besuch kannte. Hier fühlte sie sich sicherer, da sie schon einmal erlebt hatte, wie es dabei zuging und deshalb zu wissen glaubte, was man von ihr erwartete. Bevor sie Platz nahm, brachte sie es sogar fertig, einen kleinen Knicks zu fabrizieren, der dem, den sie bei Miss Isobel gesehen hatte, schon ein wenig mehr gleichkam. Das brachte ihr einen erstaunten Blick von Miss Hunter ein, die mit allem, aber nicht damit gerechnet zu haben schien. Cathy war es für den Moment etwas leichter ums Herz. Außerdem hatte sie wirklich Hunger. Sie hatte seit dem Vorabend nichts mehr gegessen. Im Wald gab es jetzt im Frühjahr noch nicht genug Wurzeln oder gar Beeren, an denen sie sich hätte sättigen können, und sich Wegzehrung von zu Hause mitzunehmen, hatte sie nicht gewagt.

Hungrig machte sie sich über die Scones und den Kuchen her. Aber das hätte sie lieber bleiben lassen sollen, da Miss Isobel laut auflachte, während Miss Hunter ein schockiertes Schnauben hören ließ.

»Du hast ja richtig Hunger, Cathy«, meinte Miss Isobel, nachdem sie sich gefasst hatte.

»Ich hatte heute noch nichts zu essen. Entschuldigung!«, murmelte Cathy verlegen.

»Noch nichts zu essen?« Miss Isobel staunte ehrlich. »Aber das ist ja furchtbar. Gibt euch euer Vater denn nichts zu essen?«

»Doch sicher, es ist nur …«, plötzlich kullerten wieder dicke Tränen über Cathys Wangen. Der Schmerz darüber, zu Hause bei ihrer Familie nicht mehr gelitten zu sein, bohrte sich erneut durch ihre Brust. Verzweifelt bemühte sie sich darum, die Tränen zurückzudrängen, aber es wollte ihr nicht gelingen. Je mehr sie sich dazu zwang, desto mehr drängte das Schluchzen aus ihr heraus.

Miss Hunter, die alles andere als erfreut über diesen Gefühlsausbruch des ihr ohnehin lästigen Gastes war, stand ungehalten auf. »Ich denke, es ist besser, das Kind verlässt uns jetzt, Miss de Burgh. Sie sehen ja selbst, dass die Situation sie überfordert. Dieses Geplärre ist wirklich eine Zumutung!«

Isobel hörte wie üblich nicht auf sie. Sie nahm durchaus mitfühlend Cathys Hand und fragte beharrlich nach der Ursache des Tränenstroms. Cathy, die nicht wagte, ihr die ganze Wahrheit zu berichten, erklärte schließlich, dass ihr Vater sie von zu Hause fortgeschickt habe, damit sie sich Arbeit suche. Das entsprach ja durchaus der Wahrheit, wenn sie auch den Grund dafür vor Isobel verbarg. Sie spürte instinktiv, dass sie das unbedingt vermeiden musste. Schon jetzt zeigte Isobel Anzeichen von Unverständnis für Wycliff Thomson und seine Entscheidung, die nur zu leicht zu unbedachten Äußerungen gegenüber Mr de Burgh führen konnten. Die fatalen Folgen wollte sie nicht riskieren. Cathy brachte deshalb mit einem Übermaß an Kraftaufwand endlich erfolgreich ihre Tränen zum Versiegen. Sie schluckte noch ein paar Mal und meinte dann: »Es ist schon recht so. Ich werde mich morgen auf den Weg nach Salisbury machen. Mein Vater meint, da gebe es vielleicht Arbeit für mich. Vater nimmt sich eine Witwe als Magd, da braucht er mich nicht mehr.« Ein letztes unterdrücktes Aufschluchzen begleitete diesen Satz. Dann gelang es Cathy endlich, wieder ein gleichmütiges Gesicht aufzusetzen.

»Nach Salisbury?«, schrie Isobel empört auf. »Aber das sind doch mindestens zwanzig Meilen bis dorthin. Das kannst du doch nicht an einem Tag schaffen und das zu Fuß und ganz allein. Wie kann dein Vater so etwas von dir verlangen?« Zornig legte sie ihre Stirn in Falten. »Das kommt auf keinen Fall infrage! Ich, Isobel de Burgh, verbiete diesen Unsinn.« Sie sprang auf. Cathy war entsetzt. Genau diese Entwicklung hatte sie doch unbedingt vermeiden wollen.

»Warum sollst du überhaupt fortgehen? Dann können wir uns ja gar nicht mehr sehen!«

Isobel sah ihren Plan in Gefahr. Cathy durfte Whitefell auf keinen Fall verlassen. Dafür musste sie sorgen. Glücklicherweise geschah nun das, worauf sie den ganzen Tag spekuliert hatte. Die Tür zum Salon öffnete sich und ihr Vater, Herr auf Whitefell, trat ein, um ein Stündchen mit seiner über alles geliebten Tochter zu verbringen.

Miss Hunter erstarrte. Sie, die Isobels Tücke zur Genüge kannte, ahnte nun, was folgen musste. Miss de Burgh hatte sich dieses Mädchen als Spiel- und Hausgenossin auserkoren und sie würde ihrem Vater diesen Wunsch nun – nachdem Cathy ohnehin bei sich zu Hause nicht mehr gebraucht wurde – umso leichter aus dem Bart kitzeln. Ob Thomson und dieses kleine gerissene Menschenkind darauf spekuliert hatten? Gut möglich! Dann allerdings musste sie dieses erbärmliche Geschöpf in Zukunft unter verschärfter Beobachtung halten. Es war ihr klar, dass ihr die Qual nicht erspart bleiben würde, ihre Fähigkeiten auch an diese unwürdige Kreatur verschwenden zu müssen.

Miss Hunter sollte recht behalten. Mr de Burgh, Wachs in den Händen seines hübschen Töchterchens, billigte deren unsinnigen Wunsch, Cathy bei sich zu behalten. Es sei ja doch, meinte Isobel, einfach eine Untat, Cathy allein so weit fortzuschicken und sie, Isobel, habe sich doch so darauf gefreut, öfter mit Cathy spielen zu können, ja, sogar gehofft, dass diese einige Tage hier im Herrenhaus bleiben könne, damit sie sich richtig kennenlernen könnten. Sie könnte ja oben in einer der Mansardenkammern, in denen vor der Errichtung des neuen Gesindetrakts früher die Zimmermädchen geschlafen hätten, eine Bettstatt beziehen und würde dort sicher niemand stören.

Mr de Burgh, der anfangs noch schwache Einwände dagegen vorbrachte, dass Isobel sich mit einem Kind von so niedriger Herkunft umgeben wollte, wurde von seiner Tochter nachdrücklich darüber belehrt, dass es ja niemand in der ganzen Umgebung von Stand gebe, mit dem sie sich abgeben könne, und ihr Vater wolle doch sicher nicht, dass seine einzige Tochter vor Langeweile und Einsamkeit vergehe. An dieser Stelle der Verhandlung hatte Isobel sogar ihre schärfste Waffe – ein paar zierliche Tränen aus hellblauen Augen – eingesetzt, die ihren Vater bisher noch jedes Mal dazu gebracht hatte, ihr auch noch den unsinnigsten Wunsch zu erfüllen. So war es auch diesmal.

Mr de Burgh überging Miss Hunters überdeutlich geäußertes Seufzen und Räuspern geflissentlich und gewährte seiner Isobel die Bitte, Cathy als Spielgefährtin zu halten. Er erlaubte ihr sogar, diese neu einzukleiden, sofern Isobel dabei die Standesgrenzen wahre, und betraute die vor Empörung kalkweiß gewordene Miss Hunter mit der Aufgabe, Cathy beim Unterricht zu dulden und unter Umständen sogar zu unterrichten, da seine Tochter dann, so hatte Isobel wortreich versichert, sicher viel besser und schneller lernen würde.

Auf die Idee, Cathy nach ihrer Meinung zu fragen, kam natürlich keiner der Anwesenden. Diese saß wie ein Häufchen Elend auf ihrem zierlichen Sitzmöbel und wagte kaum zu atmen. Allein die Präsenz des Herrn von Whitefell, den sie bisher nur zwei Mal – und da auch nur aus sicherer Entfernung – gesehen hatte, ließ sie erzittern. Noch mehr aber erschütterte sie die Aussicht, in Zukunft hier auf Whitefell zu wohnen und Miss Isobels Spielgefährtin abgeben zu müssen. Das war atemberaubend, gleichwohl machte es ihr eine unerträgliche Angst. Die Aussicht, als Magd ihr Glück zu versuchen, schien ihr mit einem Mal weitaus verlockender. Denn das war, trotz aller Unwägbarkeiten und der berechtigten Sorge, keine Arbeit zu finden und vielleicht zugrunde zu gehen, doch eine Welt, in der sie sich zumindest auskannte. Als Mitglied des Haushaltes von Whitefell aber drohten ihr so viel Unvorhergesehenes und Unbekanntes, dass sie sich bis ins Mark davor fürchtete.

Doch es half nichts. Sie wurde nicht gefragt. Stattdessen stand Mr de Burgh schließlich auf, strich ihr einmal flüchtig und nicht unfreundlich über den Kopf und meinte dann zu seiner Tochter, er hoffe, sie werde ihres neuen Spielzeugs nicht schon bald überdrüssig.

Cathy, die nicht ganz verstand, was er mit diesen Worten meinte, spürte doch, dass eine gewisse Kränkung darin verborgen war. Doch sie war zu durcheinander, um sich weiter darüber Gedanken zu machen.

Wie immer waren Miss Hunters scharf geäußerte Einwände völlig nutzlos. Isobel bewaffnete sich mit einer Kerze, nahm ihre frischgebackene zukünftige Spielgefährtin bei der Hand und zerrte sie kurzerhand die Treppe hinauf in die Mansardenverhaue unter dem Dach. Cathy ließ es willenlos geschehen. Dort angekommen wurde sie angewiesen, sich in den staubbedeckten, verlassenen Verschlägen eine Schlafstatt zu suchen. Wenn sie noch Hunger habe, könne sie in die Küche hinuntergehen, das sei sicher kein Problem, meinte ihre neue Herrin noch und eilte dann mit der Kerze in der Hand zurück, da die ärgerlichen Rufe von Miss Hunter, die die Treppe hinaufdrangen, nun doch recht bedrohlich klangen.

Cathy hatte keinen Hunger. Sie blieb allein im Dunkeln auf der verstaubten Bettstatt sitzen, zu erschrocken und verwirrt, um sich noch rühren zu können. Ihre Gedanken überschlugen sich, zu viel war in der letzten Zeit auf sie eingestürmt und hatte sie wie einen Kiesel im tosenden Frühlingsschmelzwasser des Baches, der die Felder Whitefells durchschnitt, umhergestoßen. Schließlich presste sie die Hände gegen ihre Schläfen, die unerträglich zu schmerzen begonnen hatten, und legte sich auf die fremde Schlafstatt, um sogleich in einen traumlosen Schlaf zu sinken.

Whitefell House, Wiltshire, März 1838

Kapitel 10

Cathy klappte das kleine Schreibbüchlein zu, dessen letzte Seite sie eben mit eng geschriebenen Zeilen gefüllt hatte. Sie würde Miss Hunter wieder um ein neues Büchlein bitten müssen und hoffte, dass ihr dies gewährt wurde. Das Tagebuchschreiben war ihr, seit sie im Zuge des Unterrichts bei Miss Hunter schreiben gelernt hatte, ein tiefes inneres Bedürfnis. Eine Gewohnheit, die sie erfolgreich selbst vor der neugierigen Isobel verbarg.

Zum Glück kam Isobel nur in äußerst seltenen Fällen zu ihr nach oben unter das Dach. Sie graulte sich vor den Spinnweben, die sich Cathy deshalb auch sorgfältig hütete zu entfernen. Besonders in der verborgenen Ecke des riesigen Dachbodens von Whitefell, in der sie ihre nun schon auf die stattliche Anzahl von siebzehn Schreibbüchlein angewachsene Sammlung ihrer Gedanken zu verstecken pflegte. Die Vorstellung, dass Isobel diese entdecken oder gar lesen könnte, trieb ihr Schauer der Furcht über den Rücken. Das durfte auf keinen Fall geschehen, da auch mancher vielleicht nicht ganz so schmeichelhafte Gedanke über Isobel de Burgh darin zu finden war.

Nicht, dass Isobel ausschließlich bösartig gewesen wäre, aber sie schätzte es überhaupt nicht, wenn Cathy es wagte, Geheimnisse vor ihr zu haben und konnte dann mitunter recht rachsüchtig sein.

Fünf Jahre war es nun her, seit Cathy zu Isobels Spielgefährtin erkoren worden war. Fünf Jahre, die ihr zwar eine weitaus bessere Versorgung, als sie es je gewohnt gewesen war, beschert hatten. Aber andererseits auch fünf Jahre voller widerstreitender Erfahrungen und dem bedrängenden Gefühl, nicht wirklich gelitten zu sein. Allein von Isobel de Burghs Wohlwollen hing es ab, ob sie hier auf Whitefell leben durfte oder nicht. Das Gesinde betrachtete sie mit neidischem Misstrauen und sie konnte es ihm nicht verdenken. Was war sie denn auch in den Augen der Hausangestellten? Sie gehörte nicht zum Personal, denn sie hatte keine wirkliche Aufgabe im Haus, so wie die anderen Dienstmädchen, die sich ihren Lohn wirklich nicht leicht verdienten. Deren Tag begann schon vor dem ersten Hahnenschrei mit Feuermachen, Putzen, Waschen und Küchenarbeit. Cathy musste sich nicht mühen wie diese. Sie stand erst später auf, kurz bevor Isobel zu erwachen pflegte. Isobel hatte angeordnet, dass sie ihr Frühstück etwa zur gleichen Zeit wie sie selbst einzunehmen habe, um ihr dann anschließend umgehend zur Verfügung stehen zu können. Natürlich war es ihr nicht gestattet worden, mit Isobel, deren Vater und Miss Hunter zu speisen. Sie pflegte dann in die Küche zu gehen, um sich etwas von den Resten des Gesindefrühstücks zu nehmen. Dass die Küchenmägde sie bei ihren dreimal täglichen Gängen zur Küche – zum Lunch und zum Dinner hatte sie es ebenso zu halten, lediglich den Tee nahm sie mit Isobel und Miss Hunter im Damensalon ein – misstrauisch beäugten und ihr ihre Sonderstellung missgönnten, konnte sie gut verstehen, aber nicht ändern.

Ihre Aufgabe – und das war dem Gesinde nicht zu vermitteln – war indes weitaus schwieriger zu bewerkstelligen als die der Hausangestellten. In der ersten Zeit war es ihr auch ungeheuer schwergefallen, sich in der ihr völlig fremden Welt unter den missbilligenden Blicken von Miss Hunter zurechtzufinden. Aber die Gouvernante hatte schließlich anerkennen müssen, dass sie lernwillig war und sich bemühte, die an sie gestellten Anforderungen hinsichtlich ihres Benehmens sowie äußerster Zurückhaltung und Bescheidenheit, die ihr in ihrer seltsam unsicheren Stellung wohl anstanden, zu deren Zufriedenheit zu erfüllen. Außerdem schien ihre Anwesenheit das unerträglich gereizte Verhältnis zwischen der Gouvernante und ihrem eigenwilligen Zögling durchaus zu entspannen. Isobel gefiel sich in den ersten Monaten darin, vor Cathy Wohlerzogenheit zu demonstrieren, damit ihre Spielgefährtin dies staunend anerkennen und eventuell, wenn auch nicht zu sehr, ebenfalls erlernen konnte. Sie war darin weitaus pedantischer, als es Miss Hunter wohl je hätte sein können. So übte sie einmal einen vollen Nachmittag lang mit Cathy einen formvollendeten Knicks, bis dieser die Knie so sehr schmerzten, dass sie kaum mehr stehen konnte. Erst der obligatorische Ruf zum Dinner erlöste Cathy von der Tortur.

Miss Hunter stellte zu solchen Anlässen bisweilen zufrieden fest, dass ihre Bemühungen bei Isobel de Burgh wider Erwarten doch auf fruchtbaren Boden gefallen waren, obwohl Cathy über die Jahre mehr und mehr bezweifelte, dass es Miss Hunter gelungen war, den wilden, herrischen Geist Isobel de Burghs zu bändigen. Deren Erziehung hatte zu nicht mehr als einer brüchigen Fassade von Wohlverhalten geführt, aber das schien einer Miss Hunter zu genügen. Was blieb ihr auch anderes übrig?

Die schwer geprüfte Gouvernante hatte mit der Zeit allerdings auch gelernt, den durchaus positiven Einfluss, den Cathy, das unwürdige Kind, auf die Tochter des Herrn von Whitefell hatte, für sich zu nutzen. Isobel schien eher geneigt, vernünftigen Anweisungen Folge zu leisten, wenn diese als unterwürfige Bitte verpackt aus Cathys Munde kamen. Wobei Cathy aber sorgsam darauf achten musste, dass sie den Bogen nicht überspannte. Isobels Launen wechselten wie das Wetter im April. Seit dem Winter in ihrem dreizehnten Jahr, als bei ihr die monatlichen Blutungen einsetzten – ein Umstand, den Miss Hunter nur unzureichend zu erklären wusste und zu dem sie auch nur äußerst dürftig mit schamhaft gesenkten Augenlidern die notwendigen Anweisungen zu geben bereit war, denen Cathy bald darauf auch Folge zu leisten hatte – war es in diesen besonderen Zeiten sogar regelrecht gefährlich, Isobel in irgendeiner Form zu reizen oder gegen sich aufzubringen. Dann konnte es schon einmal vorkommen, dass Geschirr oder andere Preziosen zu Bruch gingen. Cathy räumte die Überreste solcher Zornesausbrüche dann jedes Mal schweigend zur Seite.

Sie nahm die Launen der Tochter des Hauses hin. Was hätte sie auch sonst tun sollen? Natürlich hätte sie damals vielleicht doch nach einigen Tagen nach Salisbury gehen können, aber die trockene und einigermaßen warme Schlafstatt und das regelmäßige Essen hatten sie trotz ihrer Furcht auf Whitefell bleiben lassen. Immer weiter hatte sie den Tag ihres Fortgehens hinausgezögert, zumal Isobel sie seither als ihr persönliches Eigentum zu betrachten schien, und irgendwann, so hatte Cathy gespürt, war es zu spät gewesen, sich aus dem ungewöhnlichen Arrangement noch zu lösen.

Cathy nahm, als sie das eben beendete Büchlein in die Tiefen einer verborgenen Abseite des Daches zu den anderen steckte, ein älteres Buch heraus. Es war eines der ersten, das sie vollgeschrieben hatte, in ihrer noch ungelenken Schrift und mit etlichen Schreibfehlern gespickt. Trotzdem barg es Erinnerungen, die sie zwar schmerzten, die sie aber in sich wachhielt.

In diesem Buch fand sich unter der Eintragung am 15. September 1833 eine Notiz, die besagte:

Heute kam Vater mit Billie, Mary und seiner neuen Frau, Ruby, nach Whitefell. Er hatte Mrs Branagh über den Stand der Ernte und den Umfang des Überschusses, der nach Salisbury zum großen Markt gebracht werden sollte, zu berichten. Als ich es vom Fenster aus sah, bin ich, nach einigem Zögern und trotz Isobels Unwillen, hinuntergelaufen. Billies Arm ist zwar wieder verheilt, aber er kann ihn nicht mehr richtig bewegen. Es war schrecklich für mich, das zu sehen.

Vater wusste ja bereits, dass ich jetzt auf Whitefell lebe. Er hat zu mir herübergeschaut, aber nichts zu mir gesagt. Leider haben auch Billie und Mary nicht mit mir gesprochen. Mary ist größer geworden und versteht sich wohl gut mit der neuen Frau Ruby. Ruby scheint freundlich zu ihnen zu sein, sie hat gute Augen, wenn auch ihr Geist nicht so rasch zu sein scheint. Aber sie scheut sich nicht anzupacken. Ich glaube, Vater hat es gut mit ihr getroffen. Ich hätte Billie so gerne in den Arm genommen, aber Vater wollte es nicht. Ich glaube, er kann mir nie mehr verzeihen. Es tut weh, aber wenigstens scheint es ihnen einigermaßen gut zu gehen. Dafür will ich dankbar sein.
Isobel meinte, es geschehe mir ganz recht, dass meine Familie mich nicht sehen wollte. Ich hätte nicht herunterlaufen dürfen, wo wir doch gerade Isobels neue Kleider anschauten. Vielleicht hat sie recht.

Obwohl sie diese Zeilen schon auswendig kannte, spürte Cathy, wie sich der altbekannte Schmerz wieder einstellte, der ihr immer noch wie eine tiefe Narbe in der Seele saß. Sie wusste es selbst: es tat ihr nicht gut, sich diese Geschehnisse immer wieder ins Bewusstsein zu rufen, aber andererseits war diese Erinnerung etwas, das ganz allein ihr gehörte. Dieser Schmerz war etwas, auf das Isobel de Burgh, die Cathy als ihren Besitz betrachtete, keinen Anspruch hatte.

Tatsächlich hatte sie in den vergangenen fünf Jahren keinerlei Kontakt mehr zu ihrer Familie gehabt. Mary war inzwischen vierzehn Jahre alt und erinnerte Cathy in ihrer Knochigkeit an sich selbst in diesem Alter. Sie sah ihre Leute hin und wieder, wenn sie wegen landwirtschaftlicher Belange nach Whitefell kamen. Ruby und Mary waren zwar selten dabei, spätestens seit ein weiteres Kind, ein Knabe, zur Welt gekommen war, aber der Vater kam doch wenigstens einmal im

Monat. Oft hatte er Billie bei sich. Billie zu sehen, bereitete ihr jedes Mal Qualen. Sein Arm war verkümmert und schwach geblieben und hing nutzlos und dünn an seiner Seite. Seine kindliche Unbeschwertheit hatte er vielleicht auch deshalb, wie es schien, verloren. Sein Gesicht hatte einen seltsam verschlossenen Ausdruck angenommen, der Cathy in der Seele wehtat. Nie hatte er auch nur versucht, mit ihr zu sprechen, wenn er sie auch bisweilen mit seinen blauen Augen gemustert hatte. Und auch der Vater hatte nie ein Wort an sie gerichtet, obwohl sie es in der ersten Zeit so eingerichtet hatte, dass sie sich in der Nähe aufhielt, wenn die beiden Whitefell aufsuchten. Schließlich aber hatte sie es aufgegeben und beobachtete die beiden nur noch vom Fenster aus.

Doch nun war es Zeit, wieder zu Isobel hinunterzugehen. Isobel sollte, so hatte Miss Hunter angeordnet, täglich nach dem Lunch etwas ruhen um ihrer Schönheit willen, die viel Schlaf brauche. Cathy gönnte es ihr von Herzen, war dies doch die Zeit des Tages, die sie für sich selbst nutzen konnte, ohne ständig den Wünschen Isobels entsprechen zu müssen und dabei deren jeweilige Stimmungslage zu erahnen. Vielleicht trieben auch Miss Hunter ähnliche Überlegungen.

Sie warf einen Blick in den trübe gewordenen Spiegel, den sie unter den Gerätschaften auf dem Dachboden gefunden hatte. Zusammen mit einigem anderen Gerümpel hatte sie sich damit ihr kleines privates Reich eingerichtet. Mit siebzehneinhalb war sie jetzt schon eine voll entwickelte Frau, obwohl das unscheinbare graue und schlicht gehaltene Kleid mit den selbstgehäkelten Spitzensäumen an den Aufschlägen und am V-förmig geschnittenen Kragen, das ihr Miss Hunter als angemessene Kleidung zugestanden hatte, ihre weiblichen Rundungen eher versteckte als hervorhob. Sie besaß eine geringe, aber ausreichende Anzahl dieser einheitlich grauen Gewänder, was sie einerseits von den Dienstboten abhob, andererseits aber auch deutlich ihren niedrigen Stand unterstrich.

Lediglich ihr dichtes Haar, das sie in einem schmucklosen Zopf zu tragen hatte und das jetzt, da sie eine junge Frau geworden war, deutlich rötlicher leuchtete als zu ihrer Kinderzeit, war ein farblicher Kontrast zu dem immerwährenden Grau, das in den vergangenen Jahren fast zu ihrer zweiten Haut geworden war. Da sie wenig an die frische Luft kam, waren ihre Wangen von einer porzellanenen Blässe, die die dunkelblauen Augen unter den geschwungenen Brauen größer und noch dunkler erscheinen ließ. Insgesamt kein besonders atemberaubender Anblick, dachte sie – anders als die sorgfältig gepflegte und auch unbestreitbar vorhandene Schönheit Isobels, die auch von allen Bewohnern Whitefells ständig und mit besonderem Nachdruck der jungen Herrin gegenüber gerühmt wurde. Kein Wunder, dass sich Isobel de Burgh nicht wenig darauf einbildete.

Cathy seufzte und strich einige staubige Spinnweben, die sie in ihrem geheimen Tagebuchversteck versehentlich eingefangen hatte, von ihrem Gewand und machte sich dann auf, um Isobel, wie jeden Tag, Gesellschaft zu leisten.

Kapitel 11

Isobel schlief keineswegs, sondern hatte – wie fast immer – ein Buch in die Mittagsruhe mitgenommen. Sie liebte es, heimlich Romane zu lesen, besonders wenn darin von zarten Jungfrauen und schlimmen Gefahren berichtet wurde. Bücher, die Miss Hunter keineswegs billigte, aber geflissentlich übersah. Cathy konnte diesen Schauergeschichten nicht allzu viel abgewinnen, obwohl Isobel sie immer wieder dazu drängte, sie zu lesen, was sie dann pflichtschuldigst auch tat. Aber die geschilderten Begebenheiten waren ihr zu weit hergeholt und fanden in der Regel nach immer demselben Muster statt, das sie, nachdem sie dieses erkannt hatte, als wenig ansprechend empfand. Stattdessen schätzte Cathy die Reisebeschreibungen, die Miss Hunter für den Erdkundeunterricht zu nutzen pflegte. Die fernen Länder faszinierten sie außerordentlich. Auch Bombay, die verheißungsvolle Stadt im fernen Indien, war ihr nun längst ein Begriff. Da sich das britische Empire unaufhaltsam ausdehnte in viele ferne Länder, war es notwendig, dass die Kunde davon Bestandteil des Unterrichts war, den Cathy begierig aufsog.

»Ach, Cathy, mein Buch ist so aufregend. Denk dir nur, die Heldin wurde gerade aus einer Kutsche entführt und muss nun einem Räuber zu Willen sein. Stell dir vor, er hat ihr die Kleider vom Leib gerissen und sie war ganz nackt vor ihm und dann hat er …« Isobel kicherte aufgeregt.

»Ich glaube nicht, dass es so angenehm ist, wenn einem jemand auf diese Weise Gewalt antut«, meinte Cathy lapidar dazu. Sie wunderte sich über die Faszination, die solche einfach gestrickten Begebenheiten auf Isobels Vorstellungskraft ausübten, denn Isobel war alles andere als dumm. Sie hätte ihr eigentlich einen feineren Geschmack zugetraut. Aber vermutlich waren es nicht die Abenteuer und Gefahren, die Isobel reizten, sondern die ausführlichen Schilderungen der amourösen Situationen, die sich daraus ergaben. Isobel sehnte sich nach nichts mehr, als endlich von der Gesellschaft und vor allem von deren männlichem Teil wahrgenommen zu werden. All ihre Gedanken und Gespräche kreisten darum. Und auch Cathy sehnte diesen Augenblick auf gewisse Weise herbei. Miss Hunters Zeit näherte sich jedenfalls unaufhaltsam dem Ende. Sobald ihr Schützling offiziell in die Gesellschaft eingeführt worden war, würde sie sich zu einer Verwandten begeben und mit ihren nunmehr achtundfünfzig Jahren, von denen sie siebenunddreißig als Gouvernante verbracht hatte, zur Ruhe setzen. Es war nicht zu übersehen, dass auch Miss Hunter, müde geworden im täglichen Scharmützel mit Isobel, sich mindestens ebenso danach verzehrte wie ihr Schützling.

Auch für Cathy würde sich dann alles ändern. Eine Spielgefährtin brauchte Isobel dann bestimmt nicht mehr. Sie hatte nicht die leiseste Idee, wie ihr Leben sich dann weiterentwickeln würde. Zu ihrer Familie konnte sie nicht zurück und die Aussicht, wieder in ihr bäuerliches Leben zurückzukehren, war ihr nun fremd geworden. Sie war dieser Welt so sehr entwachsen, wie ihr früher die Welt der Herrschaft fremd gewesen war. Am besten, sie versuchte in Wilton House im Haushalt des Earls of Branford oder vielleicht in London bei anderen Verwandten der de Burghs, wo keiner sie und ihre seltsame Stellung auf Whitefell kannte, eine Anstellung als Dienstmagd zu bekommen. Sie hoffte, dass Mr de Burgh so gnädig wäre, ihr dazu zu verhelfen. Das wäre sicher die beste Lösung, und Cathy freute sich darauf, endlich ihr Brot wie andere Mädchen auch selbst verdienen zu können.

Isobel, verärgert darüber, dass Cathy sich wieder einmal nicht mit der gebührenden Begeisterung auf ihr Lieblingsthema einlassen wollte, war zum Fenster getreten und schob die zarten Volants, die das strahlende Frühlingssonnenlicht in einen weicheren Glanz brachen, zur Seite. Da entdeckte sie plötzlich etwas, das ihre ganze Aufmerksamkeit gefangen nahm. Fasziniert beugte sie sich nach vorne, um ihre Entdeckung näher in Augenschein zu nehmen. Cathy, die sofort bemerkt hatte, dass es draußen wohl etwas Außergewöhnliches zu sehen gab, kam folgsam näher, als Isobel sie aufgeregt zu sich winkte.

»Siehst du ihn?«, fragte sie. Ihre Stimme drückte atemlose Verwunderung aus.

»Wen? Mr Havisham?«, erwiderte Cathy, wohl wissend, dass Isobel keineswegs den Geschäftsfreund ihres Vaters meinte, der soeben in den Hof geritten war. Dieser war hin und wieder auf Whitefell zu Gast. Ein stattlicher, gut aussehender Mann in mittleren Jahren mit einem störrisch gekräuselten blonden Backenbart und einer gewissen beginnenden

Rundlichkeit um die Taille, die er aber geschickt unter exzellent geschnittener Kleidung und einem eng geschnürten Taillengürtel zu verbergen wusste. Mr Havisham war durchaus ein wenig eitel.

Isobel bedachte Cathy erwartungsgemäß mit einem mitleidigen Blick. »Nein, natürlich nicht!« Sie deutete mit dem Zeigefinger nach unten. »Da, der junge Mann, der gerade das Pferd von Mr Havisham übernimmt. Hast du ihn schon einmal hier gesehen?«

Cathy schüttelte den Kopf. Den hatte sie tatsächlich noch nie hier gesehen, er musste erst seit wenigen Tagen auf Whitefell tätig sein.

»Mein Gott, was für ein hübscher Kerl!«, seufzte Isobel hingerissen und Cathy musste zugeben, dass sie recht hatte. Obwohl sie seine Gesichtszüge aus der Entfernung nicht in allen Einzelheiten erkennen konnte, sah sie doch, dass er ein fein geschnittenes und doch markantes Gesicht hatte, umrahmt von halblangen, dunklen, wellig fallenden Haaren, die er jetzt mit einer kleinen Bewegung des Kopfes zur Seite warf, als sie ihm in die Augen fielen. Die Art, wie er, das etwas nervöse Reitpferd von Mr Havisham am Zügel führend, über den Hof in Richtung der Stallungen davonging, wirkte zugleich kraftvoll und geschmeidig. Dies wurde noch unterstrichen durch den muskulösen Oberkörper, der sich unter dem Hemd abzeichnete, und seine wohlgeformten, langen Beine, die in einer wettergegerbten schmalen Lederhose steckten. Cathy wunderte sich keinen Moment über die Faszination, die der neue Knecht auf Isobel ausübte. Er sah tatsächlich aus, als wäre er einem von Isobels Romanen entsprungen. Auch sie verspürte eine ungewohnte Neugier.

»Oh, das ist also der neue Stallknecht, von dem Vater vorgestern gesprochen hat!«, stellte Isobel zufrieden fest, während sie seinen Weg über den Hof verfolgte. Dann kam plötzlich Leben in sie. »Ich muss unbedingt hinunter in den Stall und ihn mir aus der Nähe anschauen.« Flugs rannte sie in Richtung Zimmertür, als Miss Hunter eintrat.

»Miss de Burgh, Ihr Vater wünscht Ihre Anwesenheit im unteren Salon. Sein Geschäftsfreund ist eben eingetroffen und Mr de Burgh hofft, nein, *erwartet*, dass Sie Mr Havisham Ihre Aufwartung machen.«

Isobel zog eine unwillige Schnute. »Was? Ich soll mich zu Vater und Mr Havisham setzen, damit sie mich wieder mit ihren ermüdenden Gesprächen quälen? Das kann doch wohl nicht wirklich Vaters Ernst sein! Ich habe ihm schon öfter gesagt, dass ich mich zu Tode dabei langweile. Außerdem ...«

Miss Hunter ließ sie nicht ausreden. »Miss de Burgh, ich muss Sie wohl nicht darauf aufmerksam machen, dass Sie in Ihrem Alter nunmehr die Pflichten der Hausherrin zu übernehmen haben. Da Ihr Vater Witwer ist und Sie die einzige Tochter sind, ist das unbestritten Ihre Aufgabe.«

Isobel verdrehte die Augen. Normalerweise legte sie durchaus Wert auf solche Anlässe, bei denen sie sich präsentieren und stolz die Dame des Hauses mimen konnte, aber im Moment hatte sie Besseres vor. Sie öffnete den Mund, um Miss Hunter ihren Unwillen, gerade jetzt ihre Pflichten wahrnehmen zu müssen, mitzuteilen, als Miss Hunter, vorausahnend, was ihr Schützling vorbringen würde, lapidar bemerkte: »Ihr Vater teilte mir mit, dass er hoffe, Sie werden sich zu diesem Anlass von Ihrer besten Seite zeigen, da er das als eine Art Probelauf für Ihre gestern festgelegte Einführung in die Londoner Gesellschaft betrachtet.«

Isobel klappte den Mund augenblicklich wieder zu. Das waren allerdings Neuigkeiten! Warum hatte man sie nicht früher informiert? So hatte ihr Vater also endlich den Termin für ihr Debüt festgelegt. Der schöne Stallknecht rückte augenblicklich auf die hinteren Ränge ihres Interesses.

»Nun, Miss Hunter, dann schicken Sie mir sofort Ruby hinauf! Ich kann mich ja so«, sie zerrte unwillig an ihrem reizenden weißen mit rosa Litzen abgesetzten Kleid, »unmöglich unten blicken lassen.«

Miss Hunter nickte befriedigt und verließ den Raum. Cathy fragte sich, ob die Sache mit der angeblichen Probe nur eine Finte von Miss Hunter war, um Isobel ihren Willen aufzuzwingen. Jedenfalls hatte die Gouvernante diesmal, was selten genug vorkam, den Sieg davongetragen.

Sie wartete ab, ob Isobel ihr befahl, bei der Unterredung zugegen zu sein. Das kam hin und wieder vor, wenn Isobel befürchtete, sich zu sehr zu langweilen. Cathy war solchen Gelegenheiten durchaus nicht abgeneigt, gab es in den Gesprächen – zumindest wenn Geschäftsleute aus der Umgebung bei Mr de Burgh zu Gast waren – durchaus Interessantes zu hören über die Entwicklung des Empire und dessen wirtschaftliche Lage. Doch diesmal hatte Isobel andere Pläne. Der Stallknecht war doch nicht ganz vergessen.

»Cathy, ich möchte, dass du nach unten gehst und versuchst, etwas über den neuen Knecht herauszufinden. Wie heißt er? Woher kommt er? Wie alt ist er? Ach, du weißt schon, einfach alles. Und dann berichtest du mir!« Isobel knetete ihre Lippen. »Zu dumm, dass ich nicht selbst gehen kann. Ich möchte zu gern wissen …«, sie verstummte einen Augenblick. Cathy konnte nur vermuten, was Isobel so dringend zu wissen verlangte, doch da sprach Isobel schon weiter: »Dann kommst du in den Salon. Hast du verstanden?«

Cathy nickte, obwohl sie nicht wusste, wie sie an die von Isobel so dringend eingeforderten Informationen herankommen sollte. Sie konnte doch nicht einfach in den Stall gehen und den fremden Knecht nach Strich und Faden ausfragen.

Vielleicht gelang es ihr ja, in der Küche – der Klatschbörse des Whitefell'schen Haushaltes – etwas aufzuschnappen.

Kapitel 12

Als Cathy in die geräumige Küche eintrat, schlug ihr wie gewohnt argwöhnisches Schweigen entgegen. Die Köchin Mrs Reed stand ihr ohnehin wenig freundlich gegenüber, da diese in ihrer ruppigen Strenge der Meinung war, dass nur essen solle, wer auch arbeite, zumindest solange es sich nicht um einen Angehörigen der herrschenden Klasse handelte, die völlig außerhalb jeder Kritik stand. Demzufolge hatten die Küchenmädchen bei Mrs Reed nicht allzu viel zu lachen, dafür umso mehr zu tun. Cathy vermied es deshalb auch, wo sie konnte, der vierschrötigen Mrs Reed unter die Augen zu treten, was sich aber leider besonders morgens nicht vermeiden ließ. Nun war es aber keine der üblichen Zeiten, in denen sie die Küche aufzusuchen pflegte. Das führte erwartungsgemäß zu noch mehr Missbilligung und erstaunten Blicken der vier Küchengehilfinnen, die sich jetzt, nachdem der Lunch vorbei war und die damit zusammenhängenden notwendigen Aufräumarbeiten erledigt waren, vor der Zubereitung des Tees und Dinners etwas Ruhe gönnen konnten. Cathy musste sich schnell eine Ausrede einfallen lassen, um ihren Aufenthalt in der Küche wenigstens halbwegs plausibel zu machen. Sie hoffte, dass, wenn sie nur Gelegenheit hätte, eine ausreichende Zeit den Gesprächen zu lauschen, sie sicher etwas über den neuen Stallknecht in Erfahrung bringen konnte. Gewiss hatte der wirklich sehr gut aussehende junge Mann bereits das Interesse der Mägde erregt.

»Mrs Reed«, begann sie zögernd und – so hoffte sie – mit der notwendigen Unterwürfigkeit in der Stimme, »ich fühle mich heute nicht recht wohl. Mich plagen Leibschmerzen. Sicher nichts Ernstes, aber ich hoffte, mir von Ihren getrockneten Melissenblättern einen Tee bereiten zu dürfen.«

Mrs Reed, die gerade einen letzten kritischen Blick auf die tadellos gereinigten Kupfertöpfe und Pfannen geworfen hatte, brummte undeutlich, was Cathy als »Ja« deutete. Ohne sich zu sehr zu beeilen, fischte sie einige Blätter des genannten Küchenkrauts aus dem entsprechenden Keramikgefäß heraus und goß sich dann einen Tee auf. Da der Aufguss, um seine Wirkung zu entfalten, eine geraume Zeit ziehen musste, gab ihr das die Gelegenheit, sich scheinbar abwartend an den großen Gesindetisch zu setzen – in sicherer Entfernung zu den Mägden, um diese nicht von ihren Gesprächen abzuhalten.

Und tatsächlich hatte sie Glück. Es dauerte nicht allzu lang und das Geplauder der Küchenmägde berührte das Thema, um dessentwillen sie zu der List gegriffen hatte. Der junge Mann, der Isobel so sehr beschäftigte, hatte auch in den unteren Etagen Whitefells bereits für Aufsehen gesorgt. Erst vor zwei Tagen eingestellt, war es ihm bereits gelungen, alle Herzen im Sturm zu erobern. Sogar das des alten Frederick, der kaum jemandem den rechten Umgang mit seinen Schützlingen, den Pferden, zutrauen wollte. Aber dieser Aaron Stutter schien außerordentlich geschickt mit den Tieren umzugehen. Außerdem umgab ihn nach Meinung der Mägde etwas durchaus Geheimnisvolles, da er nicht aus der Gegend stammte und sich einfach, wie aus dem Nichts kommend, auf Whitefell eingefunden und gerade zur rechten Zeit um Arbeit im Stall gefragt hatte. Genau zu dem Zeitpunkt, als Frederick geäußert hatte, dass ihm die Arbeit zu schwer werde, zumal ihm die Hilfe von Tom fehle, der ja zur Marine gegangen sei.

Cathy verbiss sich ein Lachen. Allzu geheimnisvoll war dieser letzte Umstand mit Sicherheit nicht. Die Belange von Whitefell waren auch für die weitere Umgebung des Herrenhauses von allergrößter Wichtigkeit. Außerdem neigte Frederick dazu, das ein oder andere Stout im Pub des nahen Dorfes zu trinken und dort hatte er sicher in seiner redseligen Art ausgeplaudert, dass er dringend einen Helfer brauche. Es war auch nicht ungewöhnlich, dass ein junger Mann, der in seiner Heimat wenig Aussicht auf ein Auskommen hatte, sich auf den

Weg machte, um Arbeit zu finden. Viele zogen mittlerweile auch in die Midlands, wo die Wirtschaft, wie sie aus den Gesprächen Mr de Burghs mit seinen Geschäftsfreunden wusste, bemerkenswert aufblühte und die neuen Industriestädte enorm anwachsen ließ. Ein Umstand, der den angestammten adeligen Familien im Süden Englands erhebliches Kopfzerbrechen bereitete. Verlor doch der Süden dadurch mehr und mehr an Bedeutung und Einfluss.

Und dann war ihr das Glück mehr als hold: Sie hatte bereits in äußerst langsamen Schlucken die Hälfte ihrer Teetasse geleert und befürchtete schon, keinen Grund mehr zu haben, um länger auf ihrem Horchposten verweilen zu können, als die Küchentür aufging und der Gegenstand des allgemeinen Interesses höchstpersönlich eintrat.

Augenblicklich verstummte das Gespräch. Den Mägden schien es die Sprache verschlagen zu haben. Zwei von ihnen erröteten heftig und brachen in albernes Kichern aus, als Aaron Stutter eine galante und so gar nicht zu einem Stallknecht passende neckische Verbeugung vor ihnen vollführte und ein kesses »Meine Damen, ich habe die Ehre« äußerte, wobei er Cathy, die still am anderen Ende des langen Tisches saß, mit einem kurzen Blick streifte. Bewundernde Blicke seitens der vier frischernannten Damen folgten ihm, als er nun zu Mrs Reed hinüberging, der er sich vertraulich näherte, um sie dann mit einem treuherzigen Augenaufschlag zu fragen, ob sie ihm denn noch etwas vom Lunch zurückbehalten habe, da ihn seine Pflichten leider davon abgehalten hätten, am Essen des Gesindes zur üblichen Zeit teilzunehmen.

Cathy hielt den Atem an. Sie erwartete, dass Mrs Reed den unverschämten Bittsteller augenblicklich aus der Küche werfen würde. Es stand außer Frage, dass einem Stallknecht keine Sonderbehandlung zuteil werden würde. Doch nichts dergleichen geschah. Die unerbittliche Mrs Reed lächelte geradezu mädchenhaft und gewährte dem Frechdachs seine Bitte, indem sie ihm höchstpersönlich eine bereitgestellte gut gefüllte Schüssel aus der Ofenröhre holte. Der junge Mann bedankte sich mit einer weiteren neckischen Verbeugung vor Mrs Reed, die diese – Cathy wagte ihren Augen nicht zu trauen – ebenfalls erröten ließ wie die kichernden Küchenmägde vorhin. Aaron Stutter wusste offensichtlich nur zu gut, wie er sein Ziel erreichen konnte.

Und dann setzte sich der Stallknecht zu Cathys Erstaunen, und sicher zum allergrößten Bedauern der vier Mägde, direkt ihr gegenüber an den Tisch und begann seinen kräftigen, mit viel Speck versehenen Eintopf zu löffeln. Einen Augenblick lang war sie völlig verwirrt und besah sich angestrengt den eigentlich nicht sehr interessanten Inhalt ihrer Teetasse.

Nach einer Weile, als sie spürte, dass es langsam seltsam wirken musste, wenn sie nicht reagierte, sah sie vorsichtig auf. Aaron Stutter war offenbar noch immer vollkommen mit seinem Essen beschäftigt. Sie wagte einen weiteren schnellen Blick. Er musste etwa um die zwanzig sein und jetzt, da sie ihm direkt gegenüber saß, erkannte sie, dass der Blick aus der Ferne sie nicht getäuscht hatte. Er war äußerst gut aussehend, um nicht zu sagen schön. Verstohlen studierte sie weiter seine Züge: sinnliche Lippen, ein kräftiges, aber nicht zu stark ausgeprägtes Kinn, dazu eine bemerkenswert wohlgeformte Nase, markante Wangenknochen, auf denen die langen Wimpern unter den dunklen, kühn geschwungenen Brauen einen Schatten warfen … Spontan fühlte sich Cathy an ein Bild erinnert, das sie aber nicht sofort zuordnen konnte. Dann fiel es ihr ein. Aaron Stutter ähnelte – so unwahrscheinlich es schien, und obwohl er mit seinem wirren Haar, der abgetragenen Kleidung und dem Appetit, mit dem er seinen Eintopf löffelte, auch erheblich irdischer wirkte – dem lorbeerbekränzten Heros vom Deckengemälde der Eingangshalle von Whitefell.

Ihr Atem setzte einen Augenblick lang aus, so erstaunt war sie über diese Erkenntnis, da traf sie sein Blick aus bernsteinfarbenen Augen. Diese Augen nahmen sie gefangen, ohne dass sie sich dagegen wehren konnte. Und fast im selben Augenblick wurde ihr bewusst, was für einen erbärmlichen Anblick sie bieten musste, blass, unscheinbar und grau, wie sie war. Selbst jede einzelne der Küchenmägde bot sicher einen erhebenderen Anblick als sie. Beschämt senkte sie den Blick. Cathy Thomson, die graue Maus und Isobel de Burghs persönliches Spielzeug, war wahrhaftig eine Lächerlichkeit.

Hastig stand sie auf. Sie vermochte nicht, dem forschenden Blick Aaron Stutters noch länger standzuhalten. Sie schämte sich entsetzlich. Doch als ihre Hand nach der Teetasse griff, legte sich eine fremde Hand darauf. Aaron Stutters Hand. Erschrocken sah sie ihn an. Er lächelte. Nicht spöttisch und zu Scherzen aufgelegt wie gegenüber den Mägden und Mrs Reed. Dieses Lächeln war warm und offen.

»Wie heißt du?«, fragte er.

Cathy erstarrte. Sie ertrug seine Aufmerksamkeit nicht. Ängstlich machte sie sich los und wandte sich ab. »Cathy«, flüsterte sie kaum hörbar und floh dann völlig durcheinander aus der Küche.

Kapitel 13

Als Cathy leise den Salon betrat, in dem sich Mr de Burgh, sein Gast Mr Havisham und Isobel niedergelassen hatten, lag immer noch die leichte Röte, die ihr bei ihrer Flucht aus der Küche in den Kopf geschossen war, auf den Wangen und gab ihr ein ungewöhnlich blühendes Aussehen, das selbst Mr de Burgh erstaunt die Augenbrauen heben ließ. Cathy, dieses Mädchen, das seiner Tochter nun schon lange Jahre als Spielgefährtin diente, war inzwischen zu einer erstaunlichen, aparten Schönheit herangewachsen, und obwohl sich Miss Hunter offensichtlich die allergrößte Mühe gab, diesen unerwarteten

Schwan im Gewand eines unscheinbaren Entchens zu halten, gelang ihr das nur unzureichend. Schade, dass das schöne Kind von so niedriger Geburt war, sonst wäre er vielleicht trotz seines immerhin schon reiferen Alters von fast sechzig Jahren noch einmal schwach geworden. Dass er sich allerdings so mit ihr vergnügte, stand natürlich außer Frage. Das hätte Isobel ihm nie verziehen. So wagte er eben dann und wann einen Blick und übte sich ansonsten in bedauernder Zurückhaltung.

Auch seinem Gast waren Cathys Reize nicht entgangen. Er hielt kurz irritiert inne in seiner Rede, fing sich dann aber sofort wieder und wandte sich seinem Gastgeber zu. So hatte Isobel Gelegenheit, Cathy zu sich auf die hochbeinige gepolsterte Sitzbank zu winken. Neugierig hob sie die Augenbrauen. Hatte Cathy etwas in Erfahrung bringen können? Isobel hatte ein fliederfarbenes und nach der aktuellen Mode tief in die Taille gearbeitetes, schulterfreies Gewand mit eng geschnürtem Mieder und übergroßen gebauschten Ärmeln, von dem sie wusste, dass es ihr ausgezeichnet stand, für ihren wichtigen Auftritt ausgewählt. Der war ihr auch gelungen. Horace Havisham war sichtlich beeindruckt gewesen und hatte sie mit besonderer Zuvorkommenheit begrüßt. Doch nun war sie gezwungen, hochaufgerichtet und schweigend auf der Sitzbank gegenüber dem Gast ihres Vaters auszuharren und so zu tun, als lausche sie dem Gespräch der Männer, zu dem sie eigentlich nichts beitragen konnte und von dem sie das meiste weder verstand noch interessierte. In Wirklichkeit beschäftigte sich ihr Geist hinter der höflich lächelnden Fassade jedoch intensiv mit dem jungen Stallknecht, der ihr vorher ins Auge gefallen war. Einen so schönen jungen Mann hatte sie noch nie gesehen und sie war mehr als willens, ihn einer eingehenderen Inspektion zu unterziehen. Sie platzte fast vor Neugier. Schließlich hielt sie es nicht mehr aus, stieß Cathy, die neben ihr Platz genommen hatte, heimlich an und bedeutete ihr mit vielsagenden Blicken, sich gemeinsam unauffällig zurückzuziehen.

Doch Cathy, die irgendwie beunruhigt wirkte, sah nur mit ernstem Gesichtsausdruck zu Mr Havisham hin, den die kurze Unruhe, die von den beiden ausging, in seinen Ausführungen offensichtlich störte. So gab Isobel schließlich verärgert auf. Sie würde Cathy später, wenn der Gast wieder gegangen war, zunächst einmal gründlich zurechtweisen und dann ausfragen. Was bildete die sich eigentlich ein?

»Der Opiumhandel mit China ist sehr lohnend, versichere ich Ihnen, Mr de Burgh. Dadurch ist es uns gelungen, die negative Handelsbilanz, resultierend aus den unmöglichen Auflagen von Kaiser Daoguang, die dieser Popanz sich schneller ausdenkt, als seine Beamten schreiben können, umzukehren.«

»Ich weiß nicht«, gab Mr de Burgh nachdenklich zurück, »ich hörte davon, dass der chinesische Kaiser kürzlich einen hohen Beamten, Lin Zexu oder so ähnlich – dieses gelbe Pack hat wirklich unmögliche Namen – nach Kanton entsendet hat, um den ausufernden Opiumhandel, den vor allem die britischen Handelsniederlassungen dort betreiben, zu unterbinden. Ich fürchte, da wird es über kurz oder lang zu Konflikten kommen.«

»Ach was, de Burgh, da mache ich mir keine Sorgen. Sollte es soweit kommen, werden die Briten sich zu wehren wissen, dass dem alten Daoguang Hören und Sehen vergeht. Sie sollten Ihre Finanzmittel statt in die Börse besser in den Opiumhandel stecken. Sie wissen, dass die Börse sich in letzter Zeit etwas unsicher entwickelt. Ich habe in den letzten Jahren einen guten Teil meiner Mittel auf den Sektor Opium verlegt und bin alles andere als schlecht damit gefahren. Mit Tee, Seide und Porzellan war ja kein Blumentopf mehr zu gewinnen. Und in Indien gibt es auch immer mehr Probleme. Die Company hat mehr und mehr mit Unruhen im Land zu kämpfen. Ich glaube, die Tage ihrer unumschränkten Herrschaft – zumindest in Indien – sind langsam gezählt.«

»Ha! Sagen Sie das nicht, Havisham. Ich bitte Sie, die Company ist so mächtig wie nie zuvor.«

Nun wiegte Havisham nachdenklich das Haupt. »Das glaube ich nicht. Es gibt tatsächlich Bestrebungen im Parlament, die Macht der East-India-Company deutlich zu beschneiden, was auch sicher mit den zunehmenden Unruhen in Indien zusammenhängt. Das Parlament sorgt sich um die Kolonien des Empires. Ich fürchte, wenigstens die militärische Hoheit, die ihr zugestanden wurde, wird sie abgeben müssen über kurz oder lang.«

»Das wird meinen Sohn nicht gerade freuen. Dann müsste er ja nach Hause zurückkehren. Aber ich glaube nicht, dass es je soweit kommen wird. Die Company ist fast ein Staat im Staate.«

»Immer noch keine Aussöhnung mit Ihrem Sohn in Sicht?«, fragte Havisham plötzlich mit einem etwas ungewöhnlichen Interesse.

Der Hausherr ruckte unwillig mit dem Kopf. Daniel war ein unerquickliches Thema. Trotz seiner Starrsinnigkeit schwante ihm, dass er nicht ganz unschuldig an dem Zerwürfnis mit seinem Erben war. Aber Einlenken oder eine wie auch immer geartete Entschuldigung? Das kam überhaupt nicht infrage! Sollte doch Daniel den ersten Schritt machen. Schließlich war er es gewesen, der ausfällig geworden war. Und hatten die erfolgreichen Börsengeschäfte nicht ausreichend bewiesen, dass er, der Vater, den besseren Riecher gehabt hatte als sein Sohn? Die Alternative, in den florierenden Opiumhandel von Bengalen nach China einzusteigen, den die Briten seit einigen Jahren überaus erfolgreich betrieben, schien ihm bei den gegebenen politischen Entwicklungen im Fernen Osten jedenfalls weniger lukrativ, obwohl ihn Havishams Analysen verunsicherten. Doch dann wischte er seine Bedenken beiseite. Er würde weiter auf die bisher erfolgreichen, wenn auch riskanten Spekulationen an der Börse setzen. Er war schließlich selbst gewieft genug dafür. Außerdem war ihm von anderer Seite ein äußerst lukratives Geschäft – der Kauf einer Diamantenmine im Punjab – angeboten worden, von dem er sich viel und vor allem schnelles Geld versprach und in das er voller Enthusiasmus eingestiegen war. Dabei hatte er sich finanziell etwas übernommen, hoffte aber, in kürzester Zeit das erhoffte Kapital aus der Mine zu schlagen. Nur um Havisham, der in wenigen Jahren von einem Kaufmann mittleren Ranges zu einem der reichsten Männer Wiltshires aufgestiegen war, nicht zu verärgern, lenkte er etwas ein.

»Nun, ich könnte mir vorstellen, mit einer kleinen Summe zunächst einmal vorsichtig einzusteigen und dann die nächsten Monate abzuwarten. Sollten sich meine Bedenken hinsichtlich der Entwicklung in China zerstreuen, können Sie mit einem größeren Engagement meinerseits rechnen, Havisham.«

Der Gast schien nicht ganz zufrieden, erkannte aber, dass er für heute nicht mehr ausrichten konnte.

Sein Blick wanderte zu den beiden ungleichen Mädchen auf der Sitzbank. Die Tochter von Francis de Burgh war inzwischen ein recht hübsches Ding geworden, das kokett mit seinen Reizen zu spielen wusste. Sie war nun alt genug – alt genug für eine Ehe. Ob er jetzt seinen seit längerer Zeit gehegten Plan in Angriff nehmen sollte? Immerhin war dieser Plan ja der wahre Grund dafür, dass er wieder und wieder de Burgh aufsuchte, um ihn geschäftlich zu beraten und vor dem Allerschlimmsten zu bewahren. Unfähig wie dieser war, schaffte er es wohl eines Tages noch, Whitefell zu verlieren, wenn man ihn nicht daran hinderte. Havisham ließ seinen prüfenden Blick eingehender über die eng geschnürten Rundungen der jungen Frau gleiten. Dieses Präsent auszuwickeln würde ihm sogar eine gewisse Freude bereiten. Er musste nur noch eine passende Gelegenheit abwarten, dann würde er de Burgh um die Hand seiner Tochter bitten, wie er es sich vorgenommen hatte.

Mr de Burgh, der den interessierten Blick seines Gesprächspartners bemerkt hatte, sagte: »Ich habe übrigens beschlossen, Isobel in diesem Sommer der Gesellschaft zu präsentieren. Lady Branford schlug mir kürzlich vor, sie zu den Krönungsfeierlichkeiten Victorias im Sommer mitzunehmen. Das Parlament hat sich jetzt wohl auf den 28. Juni als Krönungstag geeinigt. Reichlich spät, meiner Meinung nach, schließlich ist sie ja jetzt schon seit Sommer vergangenen Jahres Regentin, aber dafür soll es ja ein echtes Spektakel werden.«

»Sie werden doch wohl auch zugegen sein?«, fragte Havisham und lächelte zufrieden. Seine Einschätzung war also richtig gewesen. Die günstige Gelegenheit rückte in greifbare Nähe.

»Selbstverständlich werde ich meine Tochter nach London begleiten, zusammen mit dem Earl of Branford und seiner Familie. Wir werden im Stadthaus des Earls, der ja auch einen Sitz im Oberhaus inne hat, residieren, aber leider sind zur Krönungsmesse nur Vertreter und nahe Verwandte der Peers, ausländische Ehrengäste und erstmals das komplette Unterhaus eingeladen. Damit ist Westminster Abbey bis zur Decke gefüllt. Da ist für mich kein Platz mehr. Isobel wird aber mit den Töchtern des Earls und seiner Gattin Lady Branford bei den Ladys sitzen dürfen, dafür habe ich gesorgt.«

»Vielleicht werde ich auch nach London kommen und mir die Feierlichkeiten ansehen«, sagte Havisham rasch. »Die Königin ist noch sehr jung, gerade einmal achtzehn Jahre alt. Ich nehme an, sie wird es länger machen als ihre beiden glücklosen Vorgänger und hoffentlich auch besser. Also wird das vermutlich die letzte Krönung sein, derer wir teilhaftig werden.«

»Da würde ich mich aber jetzt schon um eine Unterkunft bemühen. Man rechnet mit bis zu vierhunderttausend Besuchern in der Hauptstadt. Old London wird aus allen Nähten platzen, fürchte ich«, wandte Mr de Burgh ein, obwohl er dem Gedanken, Havisham dort zu treffen, nicht abgeneigt war. Der

Mann war ihm in seiner entschlossenen und geschäftstüchtigen Art nicht unsympathisch.

»Oh, es wird sich schon ein Plätzchen für mich finden. Ich habe viele Freunde, Bekannte und auch einige Verwandte in London. Man wird sich sehen, alter Freund. Und vielleicht erweist mir ja auch Ihre reizende Tochter die Ehre eines Treffens?« Havisham lächelte Isobel galant zu.

Diese erwiderte die ambitionierte Bitte, wie man es von ihr erwartete, mit einem bescheidenen Lächeln und einer leichten Verneigung, aber Cathy bemerkte trotzdem, dass ihre blauen Augen unwillig blitzten. Das war kein Wunder. Mr Havisham entsprach nicht im Geringsten den hochfliegenden, durch entsprechende Lektüre genährten Vorstellungen von einem geeigneten Galan, die sich Isobel zweifelsohne machte. Da kam der gut aussehende Stallknecht der Sache schon näher. Leider war er aber nur ein Stallknecht und damit indiskutabel! Oder etwa nicht? Plötzlich keimte in Cathy ein Verdacht auf, warum Isobel so dringend Näheres über den neuen Einwohner von Whitefell wissen wollte. Ihr wurde fast schlecht. Das bedeutete größere Probleme, sollte sich in Isobel tatsächlich eine solchermaßen verwegene Idee festgesetzt haben. Sie kannte Isobels Entschlossenheit zur Genüge, war sie doch selbst das beste Beispiel dafür. Aaron Stutter konnte einem jetzt schon leid tun.

Kapitel 14

Aaron sah auf. Miss Isobel de Burgh hatte soeben ausdrücklich nach ihm verlangt. Frederick wirkte leicht gekränkt. Bisher war es unbestritten seine Aufgabe gewesen, Miss de Burgh zu ihren allmorgendlichen Ausritten in den Sattel zu helfen. Dass er sie begleitete, war allerdings schon lange vorbei. Miss de Burgh war eine hervorragende Reiterin und brauchte auf den bekannten Wegen wirklich keinen Bewacher mehr. Das hatte sie schon vor langen Jahren ihrem Vater abgerungen. Frederick winkte den neuen Stallknecht trotzdem ungeduldig heran. Die junge Herrin wünschte es so und das war das Einzige, was zählte. »Du hilfst der Miss und anschließend mistest du den Stall aus«, raunzte er ihn unfreundlich an. Dieser Stutter sollte sich bloß nichts einbilden.

Aaron wagte einen Blick auf sie. Bisher hatte er die Tochter des Hausherrn nur von Weitem gesehen. Er war ja erst seit wenigen Tagen auf Whitefell und hatte, wie es der Zufall wollte, immer anderswo zu tun gehabt, wenn Miss de Burgh den Stall besuchte. Für einen Stallknecht gab es viel Arbeit. Was er sah, gefiel ihm nicht schlecht. Miss de Burgh war jung, blond und recht hübsch, obwohl ihm ihre Schönheit etwas oberflächlich erschien. Ihre sehr eng geschnürte Taille würde sich allerdings beim Reiten sicher als hinderlich erweisen. Aaron fragte sich, wie es Damen schafften, sich mit einer solch unpraktischen Bekleidung überhaupt auf einem Pferd zu halten, aber Miss de Burgh war dergleichen offensichtlich gewöhnt.

»Ich würde heute gerne den neuen Schimmel reiten«, meinte sie leichthin. Frederick wiegte zweifelnd das graue Haupt. »Ich weiß nicht recht, Miss. Der Schimmel ist noch jung und kaum zugeritten. Ein rassiges Tier, aber noch ziemlich wild.«

Isobel lachte übermütig und zeigte dabei ihre blitzenden Zähnchen. »Und du meinst, das kümmert mich? Das Pferd möchte ich sehen, das mich abwirft!« Dabei streifte Aaron ein Blick aus ihren hellblauen Augen. »Aber wenn du dir solche Sorgen um mich machst, kann ja dein neuer Stallknecht mitkommen und auf mich aufpassen.«

Frederick schnappte überrascht nach Luft. Das war ja wirklich schon Jahre nicht mehr vorgekommen! Aber der Wunsch der Miss war ihm Befehl. Besiegt wandte er sich an Aaron:

»Nimm den Grauen, der ist erfahren und wird den Schimmel vielleicht beruhigen. Ich mache solange den Neuen für Miss de Burgh fertig. Aber zuerst bringst du mir noch den Damensattel und das Zaumzeug aus der Kammer. Hast du es gefettet, wie ich dir gestern gesagt habe?« Aaron nickte und ging mit einem ironischen Lächeln auf den Lippen in Richtung der Sattelkammer. Was für eine dumme Frage! Selbstverständlich hatte er das komplette Zaumzeug gefettet. Frederick selbst hatte es gestern wohlwollend inspiziert. Dem Alten war nur daran gelegen, Miss de Burgh zu zeigen, wer immer noch das Sagen im Stall hatte.

Aaron war der überaus interessierte Blick Isobel de Burghs nicht entgangen. Er kannte diesen Blick genau, sah er ihn doch oft genug in den Augen von Frauen jeden Alters, wenn er mit ihnen sprach. Er hatte nun einmal eine besondere Wirkung auf Frauen. Ein Umstand, der ihm – objektiv betrachtet – mehr Probleme als Vorteile einbrachte, obwohl natürlich die Vorteile nicht von der Hand zu weisen waren. Er lächelte flüchtig bei der Erinnerung an die Frau des Müllers, in dessen Mühle bei Shaftesbury er den Winter verbracht hatte. Prall war sie gewesen mit beeindruckenden Brüsten und obwohl sie gut zwölf Jahre älter als er gewesen war, hatte sie gequietscht wie ein junges Ding, als er sie zum Höhepunkt brachte. Er hatte sie den Winter über heimlich im Säckelager geliebt und dabei neben einer hervorragenden Verpflegung auch seinen Spaß gehabt. Leider war irgendwann der Müller dahintergekommen, weil die Augen seiner Frau allzu gierig auf ihm, dem Müllerburschen, geruht hatten. Und wieder einmal hatte er sich auf den Weg machen müssen. Das war wohl sein Schicksal seit … Seine Augen verdunkelten sich, als er an die Geschehnisse dachte, die ihn vor bald neun Jahren von zu Hause fortgetrieben hatten. Er schüttelte unwillig den Kopf. Daran wollte er nicht mehr denken. Er lebte im Hier und Jetzt, und jetzt war es seine Aufgabe, dieses junge Frauenzimmer mit dem nicht zu übersehenden hungrigen Blick auf einen Ausritt zu begleiten. Ihm sollte es recht sein.

Cathy beobachtete vom Fenster des jetzt kaum noch genutzten Unterrichtszimmers aus, wie Isobel im strahlenden Sonnenschein des noch jungen Frühlingstages in Begleitung des neuen Stallknechts vom Hof ritt. Sie hatte wirklich keine Zeit verschwendet. Nachdem Mr Havisham sich gestern nach dem Tee verabschiedet hatte – er wollte noch am selben Tag in Richtung Portsmouth reiten – hatte Isobel sie ungeduldig in ihre Privaträume gezerrt und ihr wegen ihres wenig kooperativen Verhaltens im Salon heftige Vorwürfe gemacht. Doch Cathy war es schließlich gelungen, sie damit zu besänftigen, dass es ihr nur wichtig gewesen war, dass Isobel ihre gesellschaftliche Einführung nicht gefährde, da sie doch sicher unbedingt an der Krönungszeremonie teilnehmen wolle. Das hatte Isobel schließlich von ihrem aufgeflammten Zorn über Cathys angebliche Eigenmächtigkeit abgelenkt. Nachdem sie sich eine Weile damit aufgehalten hatten, was man zu einem solchen Anlass wohl tragen sollte – denn selbstverständlich befand Isobel, dass sie keinesfalls ein Kleid besäße, das auch nur annähernd der Bedeutung eines solchen Geschehens gerecht würde –, wandte sie sich urplötzlich wieder ihrem eigentlichen Interesse zu. Bald eine Stunde lang quetschte sie aus der schon recht verzweifelten Cathy alles heraus, was diese über Aaron Stutter zu berichten wusste. Nur die Tatsache, dass eben dieser Aaron Stutter nach ihrer Hand gegriffen und nach ihrem Namen gefragt hatte, ließ Cathy geflissentlich unerwähnt.

Das hatte sie später mit roten Wangen ihrem neuen Schreibbüchlein anvertraut und gleich darauf wieder mehrfach durchgestrichen, sodass man es wirklich nicht mehr lesen konnte. Isobel hatte ein Auge auf Aaron Stutter geworfen und somit tat Cathy gut daran, sich jeden wie auch immer gearteten Gedanken an den schönen jungen Mann aus dem Kopf zu schlagen. Sie wandte sich wieder dem Buch mit Beschreibungen der Gegenden Indiens zu, wohl wissend, dass sie, wenn sie großes Glück hatte, es vielleicht einmal bis nach London in eine Stellung als Dienstmagd bringen würde, und selbst diese Aussicht erschien ihr wie der Weg nach Eden.

Isobel war indessen mehr als zufrieden mit sich. Sie hatte erreicht, was sie wollte. Sie ritt allein mit diesem äußerst interessanten Knecht durch die einsamen Wälder von Whitefell und nutzte die Zeit ausgiebig, um einen näheren Blick auf ihren Begleiter zu werfen. Aaron ritt auf dem grauen Wallach vor ihr den schmalen Waldpfad entlang. Sie hatte dem Knecht den Vortritt gelassen, damit sie ihn noch ein wenig anschauen konnte, bevor sie … sie zögerte, plötzlich erschrocken über ihre eigene Kühnheit. Was war eigentlich ihr Plan? Wollte sie wirklich, dass er mit ihr das tat, was die Heldinnen und Helden ihrer geliebten Schauerromane in solchen unbeobachteten Situationen in einsamen Wäldern zu tun pflegten? Sie schluckte. Blitzschnell huschten ihr wilde Fantasien durch den Kopf, die sowohl Miss Hunter als auch ihren Vater allesamt außerordentlich entsetzt hätten. Ihr Blick wanderte über die breiten Schultern, die sich muskulös unter dem weich fallenden Baumwollhemd abzeichneten, hinunter zu Aarons Hüften, die sich mit dem Rhythmus der Schritte des Pferdes unter ihm kräftig nach vorne schoben. Plötzlich wurde ihr seltsam heiß und sie wandte den Blick ab, gab dann ihrem Pferd die Sporen und drängte sich an ihrem erstaunten Begleiter vorbei. Sie ließ ihr Pferd in einen lockeren Trab fallen und versuchte sich zusammenzunehmen. Soweit durfte sie es nicht kommen lassen! Oder vielleicht doch? Völlig durcheinander bemerkte sie nicht rechtzeitig, dass ihr Pferd genau auf ein dicht mit Brombeerranken überwuchertes Gebüsch zuhielt, dem sie eigentlich mit einer scharfen Rechtswendung hätte ausweichen müssen. Das unerfahrene Tier reagierte übertrieben nervös auf die schlechte Führung der unkonzentrierten Reiterin und begann, störrisch den Kopf zu werfen. Da flogen aus dem Gebüsch völlig unerwartet einige Rebhühner auf, die dort ein Versteck gefunden hatten. Das laute Geräusch der flatternden Flügel machte den Schimmel panisch. Er stieg und schlug mit den Hufen nach dem vermeintlichen Gegner. Isobel schrie auf, obwohl sie als geübte Reiterin selbstverständlich auch auf diesen unerwarteten Ausbruch ihres Reittieres angemessen reagieren konnte. Da war mit einem Mal Aaron an ihrer Seite. Er war von seinem Pferd gesprungen, griff nun beherzt mit einer Hand in die Zügel, während er ihr mit der anderen Hand bedeutete abzusteigen. Isobel, doch recht erschrocken, ließ sich nicht zweimal bitten, schwang sich geschickt aus dem Sattel und landete mehr oder weniger gewollt in seinem hilfreich ausgestreckten Arm.

Er brauchte noch etwas, bis er das Pferd wieder beruhigt hatte. Einige Sekunden, in denen Isobel nicht im Traum daran dachte, sich von ihrem Retter zu lösen. Ihre Hand lag auf seiner Brust und sie spürte seinen kräftigen Griff um ihre Taille. Endlich gab der Schimmel, dem sie außerordentlich dankbar für seine nervöse Einlage war, Ruhe. Aaron Stutter wendete ihr sein Gesicht mit einem spitzbübischen Lächeln auf den Lippen zu.

»Du hast mich gerettet, Aaron«, hauchte Isobel, hingerissen von seinem Anblick. Jetzt musste einfach kommen, was sich in solchen Situationen sozusagen zwingend ereignete. Erwartungsvoll öffnete sie ihre Lippen.

»Ach«, meinte Aaron gelassen, »ich hatte eigentlich nicht den Eindruck, dass Sie meiner Rettung bedurften, Miss de Burgh, aber ich will mir nicht nachsagen lassen, ich wäre faul gewesen.« Er lächelte breit und entließ sie aus seiner Umarmung.

Dann wendete er sich gleichmütig ab und ging noch einmal um den Schimmel herum, dabei Zaumzeug und Sattel überprüfend. Vor Wut zitternd stand Isobel neben ihrem jetzt wieder lammfrommen Reittier und wusste nicht, wie sie reagieren sollte. Am liebsten hätte sie den unverschämten Kerl geohrfeigt, als er ihr mit frechem Grinsen eine Räuberleiter anbot und sie dann mit Schwung aufsitzen ließ. Jäh gab sie dem Schimmel die Sporen und ritt mit verkniffenem Gesicht davon, ohne den Knecht, der sich jetzt mit einer mühelosen Bewegung wieder auf sein Pferd schwang, noch eines Blickes zu würdigen. Sie kochte vor Zorn! Noch nie war sie so gedemütigt worden! Diesem Aaron Stutter würde sie es noch zeigen! Er sollte bald auf Knien um einen Kuss von ihr betteln!

Portsmouth, 18. März 1838

Kapitel 15

»Noch einen Schluck Gewürzwein?« Die exotische Schönheit, deren weibliche Reize durch den vorne tief geschlitzten Kaftan aus hauchdünnem Stoff kaum verborgen wurden, reichte Horace Havisham mit aufforderndem Lächeln einen gefüllten Kelch. Abwesend griff er danach, während er den Blick lüstern über den geschmeidigen Körper der Hure gleiten ließ. Sie war praktisch nackt. Der matte Schein aus den orientalischen Laternen, die geschickt arrangiert den mit Kissen und schweren rotgoldenen Vorhängen ausgestatteten Raum mehr in schummrigen Dämmer als in ausreichendes Licht tauchten, ließen ihre Haut in einer Art Bronzeton schimmern. Verflucht, er musste zugeben, dass dieser Gentleman mit dem seltsamen Namen, ein Halbinder wohl, sein Geschäft durchaus verstand. Die Vergnügungen, die dieses Etablissement bot, waren die horrende Summe jedenfalls wert. Eastman hatte ihnen nicht zu viel versprochen.

Während er trank, wurde seine Aufmerksamkeit kurz von Winbow abgelenkt, der – unbekleidet wie er selbst – nach vollzogenem Akt röchelnd in einem unentwirrbaren Knäuel von Leibern, Armen und Beinen zusammensackte. Machte der alte Knabe etwa jetzt schon schlapp? Die Nacht war doch noch viel zu jung! Havisham grinste boshaft. Dabei hatte sich Winbow am lautesten mit seinem Stehvermögen gebrüstet und sich gleich drei von den Weibern auf einmal vorgenommen. Eastman, der hier offenbar bestens bekannt war, hatte sich dagegen mit schlauer Kennermiene eine der dunkelhäutigen Schönheiten ausgewählt und sich dann in einen der Nebenräume zurückgezogen. Amüsiert wandte Havisham den Blick von Winbow ab, der jetzt schnarchend und lang ausgestreckt zwischen den Kissen lag, und richtete seine Aufmerksamkeit wieder auf die Orientalin vor ihm. Eigentlich reizte ihn weißes Fleisch sonst mehr, aber dieses Weib war ausgesprochen schön für eine Hure. Erstklassige Ware! Er freute sich auf das Vergnügen, das sie ihm bereiten würde. Obwohl er es erwartet hatte, überraschte es ihn doch angenehm, als er spürte, wie sie ihre Hand kundig in seinen Schritt legte und langsam an seinem noch schlaffen Gemächt auf und ab strich. Sie tat es genau richtig, nicht zu sanft und nicht zu grob. Sie war die Summe tatsächlich wert, die er für sie bezahlt hatte. Anlässlich der erfolgreichen geschäftlichen Vereinbarungen und seines jüngsten freudigen Entschlusses hatte Eastman ihn dazu überredet, mit ihm und Winbow, Eastmans Geschäftspartner in Portsmouth, in diesem exquisiten und nur betuchten Gentlemen vorbehaltenen Etablissement noch ein wenig zu feiern.

»Trink«, sagte seine Gespielin nun. Ihr Akzent war stark, aber sie sprach recht gutes Englisch. Der Inhaber selbst hatte sie für ihn ausgesucht, was eine außerordentliche Ehre war, wie Eastman ihm zugeraunt hatte. »Das ist ein spezieller Wein. Er verhilft unseren besonders geschätzten Gästen dazu, ihren Aufenthalt auch in besonderer Weise zu genießen.«

Havisham betrachtete den Kelch mit gelindem Unbehagen. »Da ist irgendetwas beigemischt, habe ich recht?«

Die Frau lächelte geheimnisvoll. »Es ist nur ein Kraut aus meiner Heimat, aus Indien. Nichts, was dich beunruhigen muss. Es macht, dass du mehr fühlst, mehr siehst und auch mehr genießt.«

Havisham spürte, wie seine Männlichkeit unter ihrer Berührung zu schwellen begann. Ein Stöhnen entrang sich ihm. Er lehnte sich weiter zurück in die weichen Kissen, spreizte die Beine und ließ sie gewähren.

Sie beugte sich zu ihm hinunter und schob den Kaftan auseinander. Die dunklen Spitzen ihrer hervorquellenden Brüste ragten verheißungsvoll empor. Er griff danach, doch sie wich zurück, richtete sich über ihm auf und ließ den Stoff nun ganz von ihren Schultern gleiten. Jäh senkte sich ihr dunkler Schoß auf seinen inzwischen steil aufgerichteten Schaft. Havisham schnappte überrascht nach Luft. Das Blut schoss ihm fast schmerzhaft in die Lenden.

»Trink!«, befahl sie.

Da trank er folgsam aus und warf den Kelch zur Seite. Dann legte er seine Hände auf ihre Hüften. Verflucht, dieses Weib verstand sein Geschäft!

Ihr Körper bewegte sich nun schlangengleich, kreiste und lockte, wusste seine Männlichkeit bis zum Äußersten zu reizen und dann zu verharren, um ihn kurz darauf erneut anzutreiben. Sie hob die Arme weit über ihren Kopf, ihre Hände schienen zu tanzen, vollführten verwirrende ekstatische Bewegungen, als hätten sie eigenes Leben in sich. Er starrte auf ihre üppigen, wogenden Brüste, spürte, wie die Erregung mehr und mehr Besitz von ihm ergriff. Die Zeit zerdehnte sich zu einem Strom aus glühender Lava. Dann, plötzlich, hatte er das Gefühl zu schweben, emporgehoben zu werden. Ein grelles Feuer schoss zwischen seinen Schenkeln empor. Es huldigte der goldenen Göttin, die jetzt hoch über ihm aufragte, ihn beherrschte. Ihre Brüste waren steile, irdene Hügel, ihre Augen Abgründe, dunkel und lockend, die Arme Schlangen. Er war hin und her gerissen zwischen Furcht und Verzückung. Verlangend streckte er seine Hände nach der Göttin aus, doch er vermochte nicht, sie zu berühren. Das verzehrende Feuer in seinen Lenden wurde unerträglich, die Hitze verbrannte ihn. Er begann zu schreien, bettelte um Erlösung. Doch seine Gebieterin war grausam. Unerbittlich trieb sie ihn an. Ihr Körper zuckte, erstrahlte jetzt in gleißendem Gold, so sehr, dass er die Augen geblendet abwenden musste. Sie wurde gestärkt durch seine Kraft, seine Männlichkeit. Sie verzehrte ihn, sättigte sich an seinem Fleisch – sie kannte keine Gnade, kein Erbarmen! Angst erfasste ihn. Er bäumte sich auf, doch es war zu spät. Hilflos entleerte er sich in ihren goldenen Körper, verströmte sich und blieb zurück als unbedeutender Wurm. Eine leere Hülle in kalter Dunkelheit.

Als er wieder zu sich kam, lag er keuchend ausgestreckt auf weichen Decken. Er registrierte, dass sein Körper in einen fließenden Mantel aus Seide gehüllt war. Verwirrt richtete er sich auf.

Der Besitzer des Etablissements, Mr John Sagar Trumble, der ebenfalls in orientalische Gewänder gekleidet war, saß ihm gegenüber und lächelte gewinnend. Havisham leckte sich über die trockenen Lippen.

»Seien Sie unbesorgt. Das lässt gleich nach. Eine der Nebenwirkungen des Krauts. Trinken Sie das, das lindert die Beschwerden.« Trumble reichte seinem Gast einen mit Milch versetzten Kräutersud. Havisham schnüffelte misstrauisch daran. Sein Kopf dröhnte.

Das Lächeln seines dunkeläugigen Gegenübers wurde noch eine Spur liebenswürdiger. »Sie dürfen mir vertrauen, Mr Havisham. Nichts läge mir ferner, als einem gut zahlenden Kunden Unannehmlichkeiten zu bereiten. Ich darf doch davon ausgehen, dass Amiya Sie zufriedengestellt hat?«

»Es war …«, Havisham räusperte sich. Seine eigene Stimme kam ihm irgendwie fremd und weit entfernt vor. »Es war in der Tat eine ungewöhnliche Erfahrung.«

»Eine angenehme Erfahrung, hoffe ich?«

»Nun, es war in jedem Fall außerordentlich!«, gab Havisham irritiert zu. Das ständige Lächeln seines Gesprächspartners verunsicherte ihn.

»Außerordentlich! So …!« Sein Gegenüber lachte maliziös »Eigentlich heißt sie Amrapali, aber ich nenne sie Amiya, ›die Herrliche‹ in unserer Sprache. Sie widmet sich nur unseren besonders bevorzugten Gästen.«

»Aha, dann kann ich also davon ausgehen, dass ich zu diesen gehöre.« Havisham trank nun doch das angebotene warme Gebräu. Es schmeckte nicht einmal schlecht, obwohl er auch dort einen Hauch dieses seltsamen Krauts auszumachen vermeinte, das bereits dem Wein beigemischt worden war.

»Mr Havisham, Sie haben fürstlich bezahlt. Sie verdienen auch eine fürstliche Behandlung. Jedenfalls hat mir Mr Eastman vorhin versichert, dass Sie einen besonderen Grund zum Feiern haben. Ich höre, Sie haben sich entschlossen, in den Stand der Ehe zu treten. Das ist allerdings ein Ereignis, das ein Gentleman entsprechend würdigen sollte.«

Havisham spürte, wie sich wohlige Wärme in seinen Eingeweiden ausbreitete. Die beängstigende Erinnerung an das Ende seiner Vereinigung mit Amiya verblasste. Zurück blieb der Eindruck ihres goldschimmernden Körpers und der Ekstase, die er durch sie erfahren hatte. Bei Gott, das war wirklich außerordentlich gewesen! Dennoch war er sich nicht sicher, ob er noch eine weitere Erfahrung dieser Art machen wollte. Verwirrt richtete er seinen Blick wieder auf sein Gegenüber.

»Wie ich höre, handelt es sich bei Ihrer Auserwählten um die Tochter eines Großgrundbesitzers aus Wiltshire. Noch recht jung, wie Eastman mir sagte. Aber Sie scheinen wohl große Hoffnungen an die Verbindung zu knüpfen.« Die Stimme Trumbles klang plötzlich wieder seltsam gedämpft. Havisham bemühte sich stirnrunzelnd, die Flammen der drei Kerzen auf dem Tisch im Auge zu behalten. Diese hatten sich von den Kerzen erhoben und tanzten nun völlig unberechtigt einen Reigen über dem Tisch.

Da – jemand nahm ihm das Getränk aus der Hand und drückte ihn sanft zurück in die Kissen. John Sagar Trumbles Stimme war nun ganz nah. »Mr Eastman hat mir noch mehr anvertraut. Er hat mir gesagt, dass Sie hoffen, eines Tages Herr auf Whitefell zu werden, doch da gäbe es ein nicht unerhebliches Hindernis.«

Havisham fühlte sich nun wieder angenehm entspannt. Die Kerzenflammen hatten aufhört zu tanzen und der Raum war mit einem Mal erfüllt von Düften. »Ja, Whitefell – ein herrlicher Landsitz. Ich sah es als Kind das erste Mal.«

»… und beschlossen, eines Tages selbst dort zu leben!« Die Stimme des Mannes war sehr beruhigend. Havisham fühlte sich wohl und geborgen. Warum sollte er Trumble nicht berichten von seinen Träumen und Hoffnungen?

»Ich habe mich immer angestrengt. Ich habe es selbst zu etwas gebracht. Aber de Burgh ist einfach alles in den Schoß gefallen. Er ist ein furchtbarer Narr, wissen Sie.«

»Sie glauben, dass Whitefell eigentlich Ihnen gehören sollte?«

»Ich glaube es nicht, ich weiß es!«, begehrte Havisham auf, aber seine Erregung verflüchtigte sich sofort wieder. Er fühlte sich angenehm müde, es gab wirklich keinen Grund, sich über irgendetwas zu erregen.

»Welcher Art ist das Hindernis?«, fragte die Stimme nun.

Ein flüchtiges Gefühl von Wut stieg in Havisham auf.

»Es ist Daniel, sein Sohn! Er ist der Erbe. Selbst wenn ich das Mädchen heirate und Söhne zeuge, werden er und seine Nachkommen erhalten, was doch mir zustehen sollte.«

»Der Erbe steht Ihnen also im Weg!«

»Ja, er steht mir im Weg. Dabei kümmert er sich nicht einmal um den Landsitz. Seit Jahren ist er in Indien. Whitefell scheint ihn gar nicht zu interessieren. Es ist eine Schande! Ich würde nicht so handeln.«

»Ich bin mir sicher, dass Sie nicht so handeln. Sie sind ein Mann mit einer großen Zukunft. Ein Mann, der weiß, was nötig ist! Sie wissen, wann es sich lohnt zu handeln.«

»Ja, in der Tat, das weiß ich. Aber mir sind die Hände gebunden. Ich kann nur hoffen, dass ich irgendwann durch einen glücklichen Zufall an die erste Stelle in der Erbfolge gelange, oder wenigstens der Sohn, den ich mit Isobel zeugen werde. Es ist eine schwache Hoffnung, aber zumindest eine Hoffnung. Grund genug für mich, Isobel de Burgh zu ehelichen.«

»Zufälle können sich ereignen, Mr Havisham. Den Mann, der es wagt zu handeln, begünstigt das Schicksal, meinen Sie nicht?«

»Bisher kann ich mich nicht beklagen. Ich habe immer erreicht, was ich mir vorgenommen habe.«

»Und das werden Sie auch diesmal, ganz bestimmt.«

Der Mann klang so zuversichtlich, so klar. Keine Frage, er, Horace Havisham, würde eines Tages in den Besitz von Whitefell kommen. Wie hatte er nur je daran zweifeln können? Havisham lächelte selig.

»Wenn Sie bereit wären, eine unbedeutende Summe einzusetzen, könnte ich diesen Zufall für Sie herbeiführen«, meinte Trumble nun lockend.

»Sie können Zufälle herbeiführen? Was Sie nicht sagen!« Havisham begann zu kichern. Mit einem Mal fand er dieses merkwürdige Gespräch über die Maßen erheiternd.

»Ich habe Freunde in Indien, die mir einen Gefallen schulden. Mit ein wenig finanzieller Unterstützung Ihrerseits wären sie sicher bereit, Ihr Problem zu beseitigen«, schlug Trumble vor. Seine Stimme klang so einladend, so freundlich. Es war wirklich das Einfachste von der Welt! Warum war ihm diese gute Lösung nicht schon längst selbst eingefallen?

»Leben Ihre Freunde denn in Bombay?«, fragte Havisham neugierig.

»In Bombay, in Madras, in Kalkutta. Wo immer Sie wollen …«, sagte Trumble leichthin.

»Dann sind Sie ja fürwahr ein sehr beliebter Mann!«, stellte Havisham fest und fing wieder an zu kichern. Das war wirklich ein guter Witz. »Ja, dann … dann sagen Sie Ihren lieben Freunden in Bombay nur, dass Daniel de Burgh Offizier bei der East-India-Trading-Company ist. Den Rest müssen Sie dann aber schon allein herausfinden, nicht wahr?« Er lachte ausgelassen. Irgendwie fühlte er sich so leicht und beschwingt. Was für eine gute Idee von Eastman, ihn hierher mitzunehmen!

»Gerne, Mr Havisham! So werden wir es halten. Nur ... die Geldsumme wäre noch zu klären. Schließlich sollen meine Freunde für ihre Hilfsbereitschaft auch belohnt werden.«

Havisham nickte beflissen. »Sicher! Was wollen Sie haben? Was kostet die Herbeiführung des *indischen Zufalls*?«

Trumble lächelte jovial und nannte eine ziemlich hohe Summe. »Ein Schuldschein, den ich in den nächsten Tagen einlösen kann, reicht mir vollkommen aus, Mr Havisham. Ich nehme nicht an, dass Sie zufällig so viel bei sich tragen.«

»Ich dachte, Sie sind ein Meister im Herbeiführen von Zufällen!«, feixte Havisham albern. Immer noch kichernd über seinen eigenen Witz, nahm er die Feder, die Trumble ihm umsichtig reichte und setzte mit ungelenker Hand seinen Namen unter den Schuldschein, der ebenfalls wie aus dem Nichts auf dem Tischchen vor ihm aufgetaucht war.

»Ich danke Ihnen und verspreche, dass der Zufall, von dem wir sprachen, so bald als möglich eintreten wird. Machen Sie sich darüber keine Gedanken, Mr Havisham.« Trumble erhob sich, faltete den Schuldschein zusammen und ließ ihn in einer Tasche seines Gewandes verschwinden. Havisham beschlich mit einem Mal ein seltsames Gefühl, eine eigenartige Unruhe. Doch er war nicht in der Lage, das Gefühl zu greifen. Alles entzog sich ihm. »Wünschen Sie, dass Amiya noch einmal zu Ihnen kommt?«, fragte Trumble nun zuvorkommend.

»Nein, nicht Amiya!«, sagte Havisham ein wenig zu schnell, obwohl der Gedanke an ihren Körper ihn erneut stark erregte.

Trumble ließ seinen Blick kurz über die vom Stoff des Seidenmantels verdeckte wachsende Erhebung zwischen den Beinen Havishams gleiten und lächelte. »Gut, dann nicht Amiya. Wie Sie wünschen, Mr Havisham! Ich werde am besten gleich zwei der anderen Mädchen heraufschicken, die Sie verwöhnen werden. Sie sind schließlich ein überaus geschätzter Gast in meinem Hause.«

Whitefell House, Wiltshire, 23. März 1838

Kapitel 16

Ärgerlich stellte Mr de Burgh seine Teetasse auf den zierlichen Tisch im Damensalon. Heute war er einmal wieder, was er längst nicht mehr so häufig wie früher tat, zum Tee heraufgekommen und saß nun mit den Damen und Cathy zu Tisch. Er hatte auch einen besonderen Grund dazu, hatte ihm Frederick doch heute Morgen von dem Reitausflug Miss de Burghs mit dem neuen Stallknecht berichtet.

»Isobel, was hast du dir nur dabei gedacht?« Er schüttelte einmal mehr das grau gewordene Haupt. »Du bist kein Kind mehr, sondern eine junge Dame, die bald in die Gesellschaft eintritt. Du kannst dich doch nicht allein mit einem jungen Mann – auch wenn er nur ein Stallknecht ist – in den Wäldern herumtreiben. Das könnte zu Gerede führen, das du dir in deiner Stellung nicht leisten kannst.«

Isobel schien die Sache immer noch nicht recht einzusehen. Störrisch schürzte sie die Lippen. »Wer sollte denn darüber reden, wenn ich auf unserem Grund einen Ausritt mache – mit wem auch immer?«

Mr de Burgh blickte in hilfloser Verärgerung zu Miss Hunter, die mit verkniffenen Lippen dabei saß und beharrlich schwieg. Schließlich war sie für Isobels Erziehung zuständig. Doch Miss Hunter wollte sich offensichtlich nicht zu dem Vorfall äußern. »Kind, begreif das doch! Irgendjemand redet immer. Die Dienstboten bekommen es mit, erzählen es weiter und so kommt es irgendwann völlig verzerrt bei anderen höhergestellten Familien an und dein Ruf ist ruiniert. Am Ende heißt es noch, du hättest dich im Wald mit einem Knecht vergnügt.«

Isobel errötete bei diesen Worten heftig. Wenigstens schien sie endlich den notwendigen Anstand zu zeigen. »Ich sollte diesen Aaron Stutter besser gleich entlassen«, fügte Mr de Burgh sinnend an.

»Nein, Vater!«, warf Isobel etwas zu hastig ein. Nur Cathy wusste, dass ihr eine solche Entwicklung überhaupt nicht genehm war. »Das wird bestimmt nicht nötig sein. Es war meine Idee, und es war doch überhaupt nichts. Wir waren lediglich reiten. Ich wollte eben den neuen Schimmel ausprobieren und Frederick ist einfach zu alt, er hätte mir nicht helfen können, wenn es Schwierigkeiten mit dem Pferd gegeben hätte. Ich wollte doch nur vermeiden, dass mir womöglich jetzt so kurz vor den Krönungsfeierlichkeiten noch etwas geschieht. Verstehst du das denn nicht, liebster Papa? Das wäre doch überaus ärgerlich auch für dich, wo du es doch schon mit dem Earl abgemacht hast.« Wieder einmal gelang es ihr spielend, ihren Vater um den Finger zu wickeln. Er war schon halb überzeugt.

»Dennoch, ich muss es dir leider verwehren, weiter allein in die Stallungen zu gehen oder sonst irgendwohin. Zumindest solange du noch nicht verlobt bist – und selbst dann gehört sich so etwas nicht. Zu leicht könnte Gerede entstehen. Miss Hunter«, er blickte die Gouvernante ungnädig an, »Sie hätten Isobel das aber auch wirklich schon früher klarmachen können.«

Miss Hunter reagierte auf den Vorwurf nicht sonderlich, sondern senkte nur gleichmütig das Haupt. Cathy hatte seit einiger Zeit ohnehin das Gefühl, dass diese nur noch die Tage zählte, bis sie den De Burgh'schen Haushalt verlassen und sich endlich auf das heiß ersehnte Altenteil begeben konnte. Die Hoffnung, noch irgendetwas bei der eigensinnigen Isobel auszurichten, hatte sie längst aufgegeben.

Isobel runzelte die Stirn. Sollte ihre Bewegungsfreiheit etwa so eingeschränkt werden, bis sie endlich Anfang Juni nach London gehen würde? Das waren ja noch Wochen! Eine unerträgliche Aussicht! Da kam ihr die rettende Idee. »Cathy kann mich doch begleiten. Dann kann sich niemand darüber mokieren, wohin ich gehe. Dann ist alles anständig und harmlos, wie es sein soll.« Sie war sich sicher, dass Cathy ihr in jedem Fall den Rücken frei halten und sie bei all ihren Unternehmungen, welcher Art diese auch immer sein mochten, decken würde. Und der Vater wie auch alle anderen unerwünschten Beobachter wären beruhigt. Auf jeden Fall war das eine viel bessere Idee, als die unerträgliche Miss Hunter im Schlepptau mitführen zu müssen.

Tatsächlich stand Mr de Burgh diesem Vorschlag überraschend positiv gegenüber. Er schien der stillen Cathy, die sich bei den Teegesprächen immer äußerst zurückhielt und in seiner Gegenwart nahezu mit der Einrichtung des Damensalons zu verschmelzen schien, in dieser Sache unbedingt zu vertrauen. Sie, die wie ein Schatten Isobels wirkte, würde es schon tun für diesen Zweck.

Cathy seufzte innerlich auf. Nun war sie gezwungen, sich noch mehr den Wünschen Isobels zu unterwerfen, als sie es ohnehin schon tun musste. Äußerst anstrengende Wochen standen ihr noch bevor, bis Isobel endlich nach London abreisen würde. Der Tag, der für Cathy endlich Freiheit verhieß. Das einzig Positive an diesem Arrangement war, dass sie wieder öfter an die frische Luft kam. In den vergangenen Jahren hatte sie nur dann das Haus verlassen können, wenn Isobel es vorzog, im Garten zu spielen, was nicht mehr so oft vorkam. Ansonsten fand ihr Leben ausschließlich zwischen ihrer Mansarde, der Küche und den Räumen der Damen statt.

Da fiel ihr etwas ein: »Aber ich kann doch gar nicht reiten!«, meinte sie schüchtern. Sie wagte es wie immer kaum, in der Anwesenheit von Mr de Burgh ihre Stimme zu erheben.

»Ach, Cathy, du Dumme, das musst du doch auch gar nicht.« Isobel lachte spöttisch. »Reiten werde ich in Zukunft eben wieder wie früher ganz alleine auf meinem alten Braunen. Aber du kommst mit hinunter in den Stall und wartest dort auf mich, bis ich von meinem Ausritt zurück bin, und wenn ich einen Ausflug machen möchte, zu Fuß oder mit der Kutsche, wirst du mich begleiten.«

Cathy schluckte und sah auf ihre Hände. In den Stall? Das würde bedeuten, dass sie sich jeden Tag dort aufhalten musste, wo auch Aaron Stutter seine Arbeit verrichtete.

Am nächsten Tag konnte es Isobel nach dem Frühstück kaum erwarten, ihr Reitkostüm anzulegen. Die halbe Nacht hatte sie wachgelegen und darüber nachgedacht, wie sie es diesem unverschämten Stallknecht heimzahlen und ihn dazu bringen konnte, ihr doch noch ihren Willen zu erfüllen – und zwar im außerordentlichen Bewusstsein der Gnade, die ihm dabei zuteilwurde! Sie würde ihm zunächst einmal die kalte Schulter zeigen, hatte sie beschlossen, und ihn an der langen Leine zappeln lassen. Dann würde sie ihm vielleicht in ein oder zwei Wochen wieder ein huldvolles Lächeln schenken und ihm dann vielleicht erlauben, ihr aufs Pferd zu helfen.

»Komm jetzt, Cathy«, meinte sie etwas gereizt zu ihrer Gespielin, die seit geraumer Zeit abwartend im Ankleidezimmer stand und ihr dabei zusah, wie sie ihr Aussehen wieder und wieder in dem großen, kirschholzgefassten Spiegel überprüfte. Insgesamt war Isobel doch mehr als zufrieden damit. Das hellblaue, mit dunkelblauen Borten abgesetzte Reitkleid hob das Blau ihrer Augen sehr vorteilhaft hervor und das kleine, ebenfalls blaue Hütchen saß keck auf ihren seitlich zu Locken gedrehten und hinten gemäß der modischen Vorgabe hochgesteckten Haaren. Aaron Stutter würden mit Sicherheit die Augen überlaufen!

Mit raschem Schritt begab sie sich hinunter zu den Stallungen. Cathy folgte ihr, wie man es von ihr erwartete, hielt sich aber, als sie den Stall betraten, sehr im Hintergrund. Isobel war es recht. Cathy sollte keine Aufmerksamkeit erregen, sie war nur ihr Alibi.

Frederick eilte Isobel dienstbeflissen entgegen. Er wollte auf keinen Fall ein weiteres Mal den Zorn seines Herrn erregen. Weitere Ausritte mit dem unerfahrenen Schimmel und dem jungen Stutter würde er zu verhindern wissen. Doch seine Besorgnis war unbegründet. Miss de Burgh verlangte von sich aus nach dem Braunen, ihrem braven und an seine Reiterin gewöhnten Wallach. Frederick wies Aaron mit einer entsprechenden Geste an, das Pferd für die junge Miss zu satteln und ging dann selbst davon, um den mehrstufigen Tritt zu holen, der es Isobel ermöglichte, ohne Schwierigkeiten bequem in den Sattel zu steigen.

Aaron hatte den Auftritt Miss de Burghs längst erwartet und war gespannt, wie sie nach dem pikanten und für sie wenig erfolgreichen Erlebnis im Wald agieren würde. Die junge Dame war offensichtlich fest entschlossen, ihn zu erobern und er würde ihr den Gefallen sicher auch irgendwann tun, aber eben noch nicht jetzt. Er würde noch ein wenig mit ihr spielen, das erhöhte den Reiz. Er kannte diese Spiele in allen Varianten. Sie war, weiß Gott, nicht die erste Frau, die es nach ihm verlangte, jedoch die erste aus derart vornehmen Verhältnissen.

Da sah er, dass Isobel de Burgh nicht allein war. Das Mädchen, dem er vor Kurzem in der Küche von Whitefell begegnet war, hatte sich wie ein Schatten hinter ihrer Herrin in die Stallungen geschoben und stand nun sichtlich verunsichert und mit großem Unbehagen an die Wandung der Pferdeställe gedrückt. Im Dämmer des Stalles wirkte ihre milchweiße Haut noch durchscheinender, als es neulich der Fall gewesen war. Sie war wirklich etwas Besonderes, obwohl sie sich alle Mühe gab, regelrecht unsichtbar zu werden.

Aaron hatte, nachdem das Mädchen neulich so plötzlich vor ihm weggelaufen war, versucht, Frederick nach ihr auszufragen, doch der hatte ihm nicht allzu viele Auskünfte geben können.

Die Tochter des Feldpflegers auf Whitefell sei sie, hatte Frederick ihm erklärt. Cathy Thomson sei ihr Name und sie sei schon seit gut fünf Jahren auf Whitefell, aber man sähe sie eigentlich nie außer Haus. Selbst die Mahlzeiten würde sie nicht mit dem Gesinde einnehmen. Eigentlich wüsste niemand in Whitefell so recht etwas mit ihr anzufangen. Sie sei, obwohl ja ein ausgesprochen hübsches Ding, übermäßig still und schüchtern. Die Mägde jedenfalls hielten sie für hochnäsig, vielleicht auch deshalb, weil Miss de Burgh einen Narren an ihr gefressen habe und sie ständig in ihrer Nähe haben wolle.

Allerdings, so hatte Frederick nach einer Weile sinnend angefügt, für hochnäsig halte er sie nun eigentlich nicht. Nein, das sei sie nicht! Irgendwie gebe es da wohl eine dunkle Geschichte mit ihrer Familie, denn ihr Vater habe seit fünf Jahren, obwohl er auf dem Grund Whitefells lebe, kein Wort mit ihr gewechselt, auch niemand von ihrer Verwandtschaft. Er habe das oft genug beobachtet und das Mädchen sei jedes Mal davongeschlichen wie ein geprügelter Hund. Es habe ihn recht gedauert.

Dann aber hatte er abschließend mit den Schultern gezuckt und sich wieder seinen Aufgaben zugewendet. Aarons Neugier war geweckt, vielleicht auch, weil das Mädchen einen größeren Eindruck auf ihn gemacht hatte, als er sich selbst eingestehen wollte. Nur unzureichend zufriedengestellt mit den dürftigen Informationen Fredericks, die jedoch vermuten ließen, dass Cathy Thomson weder gewöhnlich war noch eine gewöhnliche Stellung auf Whitefell bekleidete, hatte er sich daraufhin vorgenommen, mehr über sie herauszufinden. Nun bot sich ihm eine willkommene Gelegenheit dazu und sogar schneller, als er gedacht hatte. Er beobachtete sie verstohlen, während er sich der Aufgabe zuwandte, die ihm von Frederick aufgetragen worden war.

Isobel de Burgh, beeindruckend zurechtgemacht, um nicht zu sagen aufgezäumt, sah derweil, nachdem der Stallmeister ihr den dreistufigen Holztritt bereitgestellt hatte, Aaron mit hochmütigem Blick dabei zu, wie er ihr Reittier sattelte und dann zu ihr herausbrachte. Dann bestieg sie – wie eine Königin den Thron – den einfachen Tritt. Aaron führte das Pferd heran. »Näher, Aaron!«, sagte sie spöttisch, »oder soll ich etwa auf den Sattel springen?«

Aaron grinste wissend. Wenn das hohe Töchterchen glaubte, ihm in ihrem verletzten Stolz ihre überlegene Stellung vor Augen führen zu müssen, wollte er ihr einen kleinen Denkzettel verpassen. Aaron lächelte absichtlich aufreizend und warf Isobel einen jener Blicke zu, von denen er wusste, dass er die Frauen verrückt machte. »Aber, Miss de Burgh, Sie wissen, dass ich Sie keinesfalls in Gefahr bringen würde! Ich helfe Ihnen gerne.« Schnell trat er hinzu, nahm sie mit einem kräftigen Griff um die Taille und setzte die völlig Überrumpelte mit Schwung auf ihr Pferd. »Ich wünsche Ihnen einen wunderschönen Ausritt, Miss de Burgh«, sagte er und ging, ohne sich noch einmal umzuwenden, zurück zu Herzog, den er zu striegeln hatte. Amüsiert beobachtete er aus den Augenwinkeln, wie Isobel mit konsternierter Miene hoch zu Ross den Stall verließ. Er wusste genau, wie weit er bei ihr gehen durfte. Sie lechzte nach einer Berührung von ihm, trotz aller zur Schau gestellten Hochmütigkeit. Darin war sie letztlich nicht anders als all die Frauen, denen er in den letzten Jahren Vergnügen bereitet hatte. Seltsam, dass das rothaarige Mädchen dagegen zu fürchten schien, dass er sie auch nur ansehen könnte. Er konnte es sich nicht erklären. Aaron warf, gut verdeckt von Herzogs breiter Flanke, einen Blick zu Cathy hinüber. Sie wirkte sehr befangen und sah, nach wie vor an der Holzwand der Pferdeboxen ausharrend, vor sich zu Boden. Abwartend, fast wie ein zur Seite gestellter Gegenstand. Während Aaron mit weitausholenden gleichmäßigen Bewegungen die Flanken Herzogs striegelte, fragte er sich, ob tatsächlich allein Isobel de Burghs Wille Cathy zu einem derart unterwürfigen Verhalten zwingen konnte. Dergleichen hatte er noch nie beobachtet und es erschien ihm seltsam und beklemmend. Doch da wurde er einer unverhofften Bewegung gewahr. Immer öfter hatte sich der Blick des stillen Mädchens nun doch dem offenen Tor zugewandt, das auf der Rückseite der Stallanlage zu den Weiden der Pferde führte. Diese lagen, umsäumt von den inzwischen in frischem Grün erblühten Büschen und Hecken, einladend im strahlenden Morgensonnenschein. Mit zögernden Schritten näherte sie sich dem Tor und überlegte nun offensichtlich, ob sie es wagen könnte, den Stall zu verlassen. Dann sah sie sich noch einmal um, als erwarte sie ein augenblickliches Verbot – und ging dann doch von plötzlicher Kühnheit gepackt hinaus ins Freie. Aaron hielt in seiner Arbeit inne und sah ihr zu. Es rührte ihn zu sehen, wie sie mit geschlossenen Augen ihr Gesicht der wärmenden Sonne zuwandte und dann wie zum Tanz die Arme ausstreckte. Ein aufkommender Wind löste einige Strähnen ihres langen Haares aus dem lose gebundenen Zopf, drückte ihr graues Gewand an den schlanken Körper und offenbarte die Rundung ihrer Brüste und die weiche Linie ihrer Hüften. Es traf ihn wie ein Schlag in die Brust. Cathy Thomson war bei Gott das schönste Mädchen, das er je gesehen hatte.

Er gab Herzog noch zwei Züge mit dem Striegel und legte dann einem plötzlichen Impuls folgend sein Werkzeug zur Seite, öffnete die Boxentür und ging ebenfalls hinaus zu den Weiden. Cathy stand inzwischen an einen der Zäune gelehnt und sah den Einjährigen zu, die dort friedlich in der Sonne grasten. Aaron näherte sich ihr leise. Er spürte, dass sie sofort fliehen würde, wenn er auch nur einen Hauch zu forsch auftrat. In einigem Abstand lehnte er sich deshalb an das Gatter und widmete sich schweigend der Betrachtung des Pferdenachwuchses. Cathy sah ihn nicht einmal an. Sie wollte offenbar nicht reden. Nach einer geraumen Weile sagte er dennoch, als setze er ein Gespräch fort, das sie schon seit einiger Zeit führten: »Der Braune dort drüben wird einmal ein guter Läufer!« Sie antwortete nicht, sah aber zu dem jungen Hengst hinüber, auf den er mit der ausgestreckten Hand wies. Dadurch ermutigt wagte Aaron einen weiteren Satz: »Siehst du den Pferden gerne zu?« Ein vorsichtiges Nicken belohnte ihn. »Du bist nicht oft hier unten, nicht wahr?«

Sie zögerte. Immer noch hatte sie nicht einmal zu ihm hinübergesehen. Doch dann schüttelte sie unmerklich verneinend den Kopf.

»Aber heute bist du mit Miss de Burgh heruntergekommen«, stellte er fest in der Hoffnung, sie würde sich vielleicht zu einer Erklärung hinreißen lassen. Er hatte Glück.

»Sie will es so«, sagte sie leise. »Ich soll sie ab jetzt in den Stall und auch sonst begleiten. Mr de Burgh hatte Bedenken wegen ihres Ausrittes kürzlich.«

Das war es also! Mr de Burgh hatte Angst um den Ruf seines hübschen Töchterchens. Nicht ohne Veranlassung, dachte Aaron und ein spöttisches Lächeln trat auf seine Lippen. Hätte er nicht selbst Isobel de Burghs nur zu offensichtlichem Begehren Einhalt geboten, hätte der Herr von Whitefell allen Grund, sehr besorgt, wenn nicht entsetzt zu sein. Nun hatte sich die junge herrschaftliche Dame also Cathy als Bewacherin mitgenommen. Es war nur zu offensichtlich, dass sie damit wohl hoffte, sich einer Beaufsichtigung entziehen zu können. Wie sollte dieses schüchterne, ja geradezu verschreckte Wesen einer Isobel de Burgh in ihrem ungezügelten Freiheitsdrang auch in den Weg treten? Aber das konnte ihm nur recht sein. Denn das bedeutete, dass Cathy Thomson ihre Herrin ab jetzt immer in den Stall begleiten würde und das gab ihm Gelegenheit, sich dem ebenso scheuen wie – er wagte einen heimlichen Blick – beeindruckend schönen Mädchen bekannt zu machen. Es wunderte ihn selbst, dass diese Aussicht ihn regelrecht froh machte. Zufrieden wandte er seinen Blick wieder den grasenden Einjährigen zu. Es hatte keine Eile, er hatte alle Zeit der Welt, Cathy Thomsons angstvolle Scheu zu überwinden.

Schließlich sagte er nach einem Moment friedvoller Stille: »Das freut mich, Cathy. Ich gehe jetzt wieder hinein. Wir sehen uns dann morgen.« Er sah lächelnd zu ihr hinüber. Und sie blickte ihn an und lächelte ebenfalls, wenn auch nur kurz, bevor sie sich schnell wieder den Pferden zuwandte. Es war mehr als er erwarten durfte. Glücklich ging er zurück, um sich wieder seinen Aufgaben zu widmen.

Kapitel 17

Aaron erfüllte seine Pflicht gegenüber Isobel de Burgh mit erheblichem Können. Wenn sie jeden Morgen sorgfältig gekleidet und hübsch zurechtgemacht im Stall erschien, erwartete sie inzwischen, dass er sie aufs Pferd hob. Der lästige Holztritt war überflüssig geworden, wie auch Fredericks Dienste. Dieser hatte sich damit abgefunden, hütete sich jedoch, Mr de Burgh gegenüber etwas zu erwähnen. Schließlich hätte dessen Unwillen sich auch über ihn ergießen können. Es war ja auch nur ein harmloses Vergnügen, das sich die junge Miss gönnte. Er konnte es in gewisser Weise nachvollziehen, dass sie dem ausnehmend hübschen Bild von einem Mann, der dieser junge Stutter nun einmal war, einige besondere Rechte einräumte. Frederick sah deshalb einfach nicht hin, wenn Aaron nicht nur die Miss jeden Morgen um die schlanke Taille fasste, um sie in den Sattel zu heben, sondern auch wie zufällig seine Hand über ihr Bein gleiten ließ und ihr dabei den einen oder anderen aufreizenden Blick zuwarf.

Miss de Burgh jedenfalls schien es nicht zu stören, ganz im Gegenteil. Mit einem zufriedenen Lächeln verließ sie hoch zu

Ross jeden Morgen den Stall, und wenn sie zurückkehrte, ließ sie es auch zu, dass der junge Stutter ihr galant die Hand entgegenstreckte, wenn sie mit viel Schwung aus dem Sattel sprang. Seit Kurzem verharrte sie dabei auch noch einen Augenblick in seinen Armen, bevor sie ihn laut und in lässigem Tonfall anwies, ihren Wallach gründlich abzureiben und ihm eine extra Portion Heu zu gönnen. Vielleicht war es ganz gut, dass die Miss nun bald mit der Familie des Earls of Branford nach London fahren sollte. Wer konnte sonst wissen, ob das harmlose Vergnügen, dass sie sich mit dem Stallknecht gönnte, auch so harmlos blieb? Cathy Thomson jedenfalls hatte recht wenig Einfluss auf das Benehmen der Miss. Frederick fragte sich ehrlich, was sich der Herr davon versprach, wenn er dieses schüchterne Mädchen als Aufpasserin in den Stall schickte. Dennoch sah Frederick es gern, wenn auch Cathy im Stall auftauchte. Er konnte sich von Tag zu Tag weniger erklären, warum sie bei den Mägden im Haus als hochnäsig galt, denn das war eine Eigenschaft, die ihr keinesfalls zu eigen war. Sein bisheriger, eher flüchtiger Eindruck von ihr hatte ihn nicht getrogen, sie war vielmehr sehr schüchtern und wirkte auch oft bedrückt.

Er freute sich darüber, dass sie die Zeit, die sie im Stall verbringen konnte, wenn Miss Isobel sich entfernt hatte, offenbar mehr und mehr genoss. Und nicht nur er freute sich darüber, auch Aaron Stutter schien Cathy ein besonderes Interesse entgegenzubringen. Frederick wunderte es nicht, war die junge Thomson doch ein sehr schönes Mädchen. Eigentlich sehr passend für den gut aussehenden Stutter. Sie gaben ein hübsches Paar ab, wenn sie gemeinsam draußen bei der Weide standen. Frederick hatte beschlossen, Aaron nicht zurechtzuweisen, wenn dieser für eine gewisse Zeit die Arbeit ruhen ließ, um Cathy draußen Gesellschaft zu leisten. Er arbeitete sonst sehr fleißig und geschickt und es gab nichts an ihm auszusetzen, außer vielleicht die Wirkung, die er auf sämtliche weiblichen Bewohner von Whitefell hatte. Er hatte nie einen besseren Knecht als Helfer gehabt. Und er gönnte es Cathy von Herzen, wenn es Aaron Stutter dann und wann gelang, ihr ein Lächeln auf die Lippen zu zaubern. Heute allerdings hatte er beobachtet, wie sie, als Aaron nach einer Weile wieder an seine Arbeit zurückkehrte, ihm lange nachgesehen hatte. Plötzlich machte Frederick sich Sorgen um das Mädchen. Er befürchtete, dass einer wie Aaron Stutter, hinter dem die Weiber zweifellos her waren wie der Teufel hinter der armen Seele, Cathy über kurz oder lang das Herz brechen würde. Er würde dem jungen Stutter, der es in seinen Augen allzu keck trieb, wohl doch ins Gewissen reden müssen.

Aaron stand in der Box der hochträchtigen Stute und strich dem wertvollen Tier die Fesseln mit einer abschwellenden Salbe ein. Das Pferd stand kurz vor dem von Mr de Burgh heißersehnten Abfohlen, hatte er die Stute doch für viel Geld von einem Zuchthengst auf einem Gut in der Nähe von Chippenham[5] besamen lassen. Er versprach sich einiges davon. Das Fohlen würde, wenn es den Erwartungen entsprach, sicher ein hübsches Sümmchen einbringen. Frederick und Aaron gaben sich seit geraumer Zeit die größte Mühe, dem trächtigen Tier die Zeit bis zur Geburt des Fohlens so angenehm wie möglich zu machen. Die Stute war in letzter Zeit etwas bissig geworden und wurde deshalb und auch um den Erfolg der Zucht nicht zu gefährden, nicht mehr zu den anderen auf die Weide gelassen. Aaron, in seine Arbeit vertieft, bemerkte nicht gleich, dass Frederick zu ihm getreten war.

»Das Wetter schlägt um, ich denke, heute Nacht oder spätestens morgen früh wird es so weit sein«, meinte Frederick.

5 Stadt im Norden von Wiltshire

Aaron nickte zustimmend. Er war auf einem Gestüt aufgewachsen und kannte sich deshalb mit Pferden wirklich gut aus. Lange konnte es bei der Stute nicht mehr dauern, und ein Wetterumschwung oder ein Wechsel der Mondphasen konnte dann die Geburt in Gang setzen. Er hatte das oft genug bei den Pferden erlebt. Fast bevor er laufen konnte, hatte er schon auf dem Rücken dieser edlen Tiere gesessen. Das gehörte zu den wenigen schönen Erinnerungen seiner Kindheit, an die er sonst so wenig wie möglich dachte.

»Der Herr wollte morgen noch vor Sonnenaufgang mit mir auf den Pferdemarkt nach Salisbury. Er hat gehört, dass da ein guter Hengst zum Kauf angeboten werden soll und er will unbedingt mitbieten«, teilte ihm Frederick mit. Aaron zog erstaunt die Augenbrauen hoch. »Aber ich dachte, Mr de Burgh will auf alle Fälle zugegen sein, wenn das Fohlen kommt?«

»Tja, das dachte ich auch. Aber wenn der Herr sich einmal etwas in den Kopf gesetzt hat ... Es ist mir wirklich nicht recht, das Tier jetzt allein zu lassen. Vielleicht lässt es sich ja auch noch etwas Zeit, hoffen wir's! Auf jeden Fall weichst du der Stute heute Nacht und auch morgen nicht von der Seite.«

»Und wenn Miss de Burgh nach mir verlangt?«

»Dann gibst du ihr das Pferd, das sie will und lässt ansonsten die Finger von ihr«, sagte Frederick gröber, als er es eigentlich vorgehabt hatte.

Aaron stutzte kurz, meinte dann aber mit einem ironischen Grinsen: »Ich denke, eher ist die Schwierigkeit, dass sie nicht die Finger von mir lässt.«

Frederick grunzte unwillig. Der spöttische Ton des jungen Stutter gefiel ihm nicht. Auf der anderen Seite musste er zugeben, dass Aaron mit seiner frechen Bemerkung nicht unrecht hatte. Miss de Burgh flirtete geradezu schamlos mit dem jungen Knecht. Er beschloss, Aaron zu warnen.

»Junge, das seh' ich auch! Aber sei vorsichtig! Es könnte böse Folgen für dich haben, und für mich übrigens auch, sollte davon dem Herrn etwas bekannt werden. Was, wenn Cathy Thomson Miss Hunter etwas davon erzählt?«

»Cathy?«, Aaron wirkte überrascht. »Nein, das würde sie nicht tun. So ist sie nicht.«

»Da scheinst du dir ja sehr sicher zu sein. Bändelst du etwa auch mit ihr an?«

Zu Fredericks größter Überraschung wurde Aaron rot. Mit allem hatte er gerechnet, aber nicht damit, dass Aaron Stutter rot werden konnte wie ein Mädchen. Er konnte ein Kichern nicht unterdrücken.

Aaron blickte wütend auf. »Was geht's dich an, Frederick? Kümmere dich um deinen eigenen Kram!«

»Ho, ho. Nur nicht so stürmisch, Stutter!« Fredericks Stimme klang so beruhigend, als würde er auf ein nervöses Pferd einsprechen. Er war dem jungen Stutter offensichtlich mit seiner Frage zu nahegetreten. Sieh an, wie es schien, empfand Aaron Stutter tatsächlich etwas für Cathy Thomson. Obwohl er sich vorgenommen hatte, Aaron wegen Cathy ebenfalls zu ermahnen, unterließ er es jetzt. Vielleicht hatte sich der Stallbursche tatsächlich in das Mädchen verliebt. Wen sollte es wundern? Wäre er in Aarons Alter gewesen, hätte er wohl der rothaarigen Schönheit auch kaum widerstehen können. So beschloss er, seine gut gemeinten Ermahnungen für sich zu behalten. Ohnehin bezweifelte er, dass Aaron darauf gehört hätte. »Du weißt also, was du morgen zu tun hast«, meinte er, das Gespräch abschließend, und wandte sich ab, um sich wieder seinen Pflichten zu widmen.

Aaron blieb bei der Stute zurück und beschäftigte sich weiter mit deren Fesseln, die besonders an den Hinterläufen durch die weit fortgeschrittene Trächtigkeit etwas geschwollen waren. Es wurde wirklich Zeit, dass sie ihr Fohlen bekam. Das Tier wirkte auch unruhig, obwohl es sich in seiner Nähe offensichtlich wohlfühlte. Während seine Hände sanft über die Hinterläufe des Tieres strichen, dachte er an Cathy. In den letzten beiden Wochen war es ihm gelungen, ihre Schüchternheit tatsächlich etwas aufzubrechen. Eine Schüchternheit, hinter der sie sich verbarg wie hinter einer Mauer. Was war nur los mit ihr? Was war ihr zugestoßen, das sie dazu gebracht hatte, sich so in sich zurückzuziehen? Es war ihm nicht gelungen, das herauszufinden. Er hatte es auch, seinem Gefühl folgend, weitgehend vermieden, sie auszufragen. Stattdessen hatte er sie sanft und ohne sie zu drängen immerhin dazu gebracht, dass sie gerne mit ihm sprach, wenn auch nur über die Pferde, die Natur, die sie augenscheinlich liebte, und manchmal ein wenig über ihren Alltag auf Whitefell. Um diesen Alltag war sie nicht zu beneiden, war sie doch fast so etwas wie eine Gefangene des Hauses und fühlte sich, wie er deutlich bemerkte, alles andere als wohl in ihrer Aufgabe als Spielgefährtin Isobel de Burghs. Eigentum – das war wohl der passendere Ausdruck. Es hatte ihn fast wütend gemacht, als sie ihm ihre seltsame Stellung im Haus der de Burghs erläuterte in der ihr eigenen zurückhaltenden Art. Aber in dem Augenblick, als sie seinen Unwillen bemerkte, war sie augenblicklich verstummt und hatte sich wieder in sich zurückgezogen. Er hätte sich ohrfeigen können. Glücklicherweise war es ihm gelungen, das Gespräch wieder auf das Voranschreiten des Frühlings zu bringen. Das war ein Thema, das ihr zu behagen schien. Sie kannte sich sehr gut aus mit Pflanzen und den Tieren des Waldes. Interessiert hörte sie auch seinen – etwas geschönten – Erzählungen von seinen bisherigen Wanderungen zu. Geflissentlich ließ er dabei seine zahlreichen und tiefgehenden Erlebnisse mit dem weiblichen Geschlecht aus. Das hätte sie vermutlich abgestoßen. Aaron verstand sich selbst kaum. Sonst war er ein rechter Draufgänger, der schnell zum Ziel kam bei den Weibern und ihre Freigiebigkeit zu nutzen wusste, doch Cathy Thomson war das erste weibliche Wesen, bei dem er sich wünschte, er wäre noch so unschuldig, wie er es einstmals gewesen war, damals, bevor …

Er schüttelte unwillig den Kopf. Er wollte nicht daran denken, nicht an den Grund dafür, dass er sein Zuhause und seine Mutter in diesen fatalen Umständen hatte zurücklassen müssen. Aber er hatte keine Wahl gehabt. Entweder er ging oder es wäre weitergegangen, ewig weiter … er hatte es nicht mehr ertragen können. Übelkeit stieg in ihm auf und er kniff die Augen zusammen, um die Bilder, die ihn bedrängten, zu verscheuchen. Es gelang ihm nur mühsam und ein erstickendes Gefühl von Schuld bemächtigte sich seiner. Wahrscheinlich hatte er ein Mädchen wie Cathy Thomson nicht verdient. Sicher hatte er sie nicht verdient. Er war wohl nur etwas für die Isobel de Burghs dieser Welt, die nach ihm griffen und gierig nach seiner Manneskraft verlangten.

Kapitel 18

Es sah stark nach Regen aus, aber trotzdem hatte Isobel sich nicht davon abhalten lassen, auch an diesem Morgen ihren obligatorischen Ausritt anzutreten. Sie war zu erpicht darauf herauszufinden, wie weit sich Aaron heute wagen würde. Würde er es, wie gestern, als er sie nach dem Ritt aufgefangen hatte, als sie schwungvoll aus dem Sattel gesprungen war, wieder zulassen, dass sie sich an ihn schmiegte? Sie konnte es kaum erwarten, ihn noch einmal so dicht bei sich zu spüren. Er fühlte sich gut an, so kräftig! Das Beste daran war, dass ihr Vater heute schon im Morgengrauen in Fredericks Begleitung Whitefell verlassen hatte, um sich in Salisbury diesen – laut ihrem begeisterten Vater – hochinteressanten Hengst anzusehen, der dort angeboten werden sollte. Es konnte ihr nur recht sein. So gab es keine Zeugen, die hätten beobachten können, was sie und Aaron taten, außer Cathy natürlich, aber die zählte nicht. »Komm, Cathy!«, sagte sie zu der wie immer abwartend an der Tür stehenden jungen Frau. Isobel brauchte trotz ihrer Ungeduld, in den Stall hinunterzukommen, bald jeden Morgen länger, bis ihr Aussehen sie zufriedenstellte. Aber der Aufwand lohnte sich. Ihr machte die Vorstellung Spaß, durch ihr besonders gepflegtes Äußeres Aaron Stutter vorzuführen, was ihm damals im Wald entgangen war und was er nun doch nicht haben konnte. Sie genoss das Spiel mit ihm, das er ebenso zu beherrschen schien wie sie selbst. Er war, obwohl nichts weiter als ein Knecht, erstaunlicherweise amüsanter, als sie erwartet hatte. Eilig lief sie, nach einem abschließenden Blick in den Spiegel, hinunter zu den Stallungen.

Auch Cathy wusste, dass sie drei heute allein im Stall waren. Hoffentlich würde Isobel diesen Umstand nicht zu sehr ausnutzen. Was sollte sie, Cathy, dann tun? Wegschauen? Schweigen? Oder sie gar ermahnen? Das war lachhaft! Cathy war einigermaßen besorgt, als sie im Stall eintrafen.

»Aaron«, rief Isobel mit ihrer hellen Stimme, »komm und sattle mir mein Pferd.«

Doch Aaron ließ sich nicht blicken. Nur das keuchende Schnauben eines Pferdes war zu hören. »Aaron!«, rief Isobel noch einmal, bereits leicht verärgert und mit Nachdruck.

Da hörten sie im hinteren Bereich des Stalles, wo die trächtige Stute abseits von den anderen untergebracht war, die Boxentür gehen und Aaron kam unwillig, aber mit schnellen Schritten den Gang hinunter. »Verzeihung, Miss de Burgh, aber ich bin mit der Stute beschäftigt. Das Fohlen kommt und sie tut sich recht schwer. Es ist ihr erstes, müssen Sie wissen.« Gehetzt blickte er sich immer wieder um, während er sprach, als könne er von seinem Platz aus sehen, wie weit es mit der Stute stand. Es war Isobel mehr als unrecht, dass das dumme Vieh ausgerechnet heute, wo die Gelegenheit, einen Schritt weiterzugehen, so ungemein günstig war, abfohlen musste.

»Mag sein, dass sie sich schwer tut, aber es ist nur ein Pferd und ich bin deine Herrin, und ich möchte, dass du mir jetzt meinen Braunen sattelst. Ich möchte ausreiten«, sagte sie spitz.

Aaron neigte gehorsam, aber knapp den Kopf und machte sich dann rasch davon, um in einer überaus kurzen Zeit Isobels Wallach, wie gewünscht, zu satteln. Für Spielchen hatte er heute wirklich keine Zeit.

Isobel war alles andere als zufrieden. Die Sache verlief überhaupt nicht so, wie sie es sich vorgestellt hatte. Abwesend hob Aaron sie in den Sattel und gab dem Braunen einen Klaps auf die Flanke, bevor er wieder – ohne einen weiteren Blick für sie – in Richtung der hinteren Boxen, von wo aus jetzt ein schrilles, tatsächlich schmerzerfülltes Wiehern zu hören war, davonrannte. Isobel starrte ihm wütend nach. Und dafür hatte sie jetzt bald eine Stunde mit der Auswahl ihrer Garderobe und der richtigen Frisur verwendet! Es war zum Aus-der-Haut-Fahren! Vielleicht würde sie ihren Vater doch dazu überreden, dass er Aaron Stutter entließ. Was bildete sich dieser Kerl nur ein? Wütend wie eine zornige Hummel ritt sie vom Hof.

Cathy blieb zurück und ließ vorsichtig den Atem entweichen, den sie besorgt angehalten hatte. Das war überraschenderweise gut gegangen, auch wenn Isobel sehr erzürnt war. Aber sie würde sich beim Reiten wieder beruhigen. Cathy kannte deren plötzlich aufflammenden Zorn, der auch oft ebenso schnell wieder verrauchte. Sie war sich sicher, dass Isobel Aaron Stutter letztlich nicht schaden würde, solange sie noch Hoffnung haben konnte, in der Zeit, die ihr bis zu ihrer Reise nach London blieb, noch etwas zu erreichen. Was auch immer das sein sollte … Cathy wollte lieber nicht darüber nachdenken. Da war wieder ein keuchendes Wiehern aus dem hinteren Bereich des Stalles zu hören und kurz darauf Aarons Stimme, die beruhigend auf das Tier einwirkte. Es klang mitfühlend und besorgt. Neugierig ging Cathy den Geräuschen nach und spähte, als sie angekommen war, über die hölzerne Wand der sehr geräumigen und gut mit Stroh ausgelegten Box. Aaron kniete bei der Stute, die sich hingelegt hatte, im

Stroh, strich ihr über den Hals und die Flanke und behielt dabei aufmerksam die Geburtsöffnung im Auge, aus der nun ein kleiner Huf herausschaute. Da bemerkte er Cathy, die das Geschehen erschrocken verfolgte.

In seiner Sorge begann er zu fluchen. »Das Fohlen kommt falsch heraus. Verdammt! Warum musste Frederick bloß heute mit Mr de Burgh nach Salisbury?«

Cathy sah es selbst: Die Stute mühte sich heftig, aber es gelang ihr nicht, die Frucht ihres Leibes herauszupressen. Ein Zittern durchlief den Körper des Tieres. Sehr beunruhigt strich Aaron der Stute sanft über das Maul und sprach wieder leise in singendem Tonfall auf sie ein.

»Sie schafft es nicht allein«, murmelte er, »ich muss es herausziehen, sonst verendet sie mir und das Fohlen dazu.«

»Ich werde dir helfen!«, sagte Cathy bestimmt.

Aaron blickte sie kurz erstaunt an, nickte dann aber und erhob sich, um sie in die Box zu lassen. Ihr beiderseitiges Einverständnis bedurfte keiner Worte. Cathy griff nach dem Strick, der an einem Eisenring an der Wand der Pferdebox befestigt war, um das Pferd gegebenenfalls auch in der Box anzubinden, und löste ihn. Sie kniete sich hinter der Stute nieder.

»Bleib da, ich hole schnell einen Prügel«, sagte Aaron. Wieder ging ein Schauer, der die heftigen, aber nutzlosen Geburtswehen der bedauernswerten Stute anzeigte, durch deren Leib. Er eilte ohne zu zögern davon und kam kurze Zeit später mit einem kräftigen Hackenstiel wieder. Cathy hatte eine ähnliche Situation schon einmal, als sie noch bei Marlborough wohnten, bei der einzigen Kuh eines Nachbarn erlebt. Damals hatte der Vater dabei geholfen, das ebenfalls in der falschen Lage kommende Kälbchen herauszuziehen, indem die beiden Männer es an den aus dem Mutterleib herausragenden Füßen angebunden, den Strick an einem Spatenstiel befestigt und dann mit vereinten Kräften daran gezogen hatten, bis das kleine hilflose Wesen endlich herausgeglitten war. Auch jetzt schien das, wie Aaron offenbar auch wusste, die einzig Erfolg versprechende Methode zu sein, der Stute noch zu helfen. Pferde brauchten sonst als Fluchttiere nicht so lange für das Abfohlen. Selten mehr als eine halbe Stunde, doch die Stute mühte sich schon bedeutend länger. Cathy sah, dass das Tier völlig erschöpft war. Nicht auszudenken, was geschehen würde, wenn sowohl die Stute als auch das wertvolle Fohlen zugrunde gingen.

Aaron nahm Cathy eilig den Strick aus der Hand, wand ihn um die zierlichen Hufe des halbgeborenen Fohlens und legte sich dann mit seinem ganzen Gewicht an dem quer gehaltenen Stiel ziehend nach hinten. Schrill wiehernd versuchte die Stute hochzukommen. Cathy hastete nach vorne, um das gepeinigte Tier daran zu hindern.

»Warte«, keuchte sie, »warte die nächste Wehe ab. Ich halte die Stute unten.«

Sie nahm den schlanken, schönen Kopf des edlen Tieres in ihre Hände und legte sich dann auf dessen Hals, um es am Aufstehen zu hindern. Da durchlief ein neuer Wehenschauer das Tier. »Jetzt!«, rief Cathy und Aaron zog mit all seiner Kraft. Sie hörte ihn vor Anstrengung stöhnen. Doch es bedurfte noch zweier weiterer Anläufe. Dann spürte sie, wie ein Ruck durch den Körper des Tieres ging und sah, als sie sich halb umwandte, wie das Fohlen herausglitt. Es war geschafft, Stute und Fohlen hatten überlebt. Aaron sank einen Augenblick außer Atem zurück, beeilte sich dann aber, das Kleine von seinen Fesseln zu lösen und legte es blutig und noch eingehüllt in die Fruchtblase dem erschöpften Muttertier, das sich nun wieder erhoben hatte, vor die Nüstern, damit die Stute es beschnuppern und von den Resten der Geburtshaut befreien konnte. Es war wichtig, sie dabei nicht zu stören. Cathy zog sich zur hölzernen Wand der Box zurück und beobachtete neugierig, wie die Stute sich mit ihrem kleinen Neugeborenen vertraut machte. Aaron setzte sich dicht neben Cathy ins Stroh. Eine geraume Weile sprach keiner von ihnen. Sie spürte die Wärme seines Armes, der ruhig an ihrem lehnte. Es störte sie nicht.

»Danke!«, sagte er schließlich. Cathy warf ihm einen kurzen Blick zu. Er wirkte müde von der Sorge um das wertvolle Tier, nun aber sichtlich erleichtert. In seinem dunklen, zerzausten und von der überstandenen Anstrengung verschwitzten Haar steckten ein paar Strohhalme. Ohne weiter darüber nachzudenken, begann sie sie langsam herauszuzupfen. Sie fühlte sich hier, im Stroh der abgeschiedenen Box sitzend, völlig geborgen in seiner Nähe. Er wendete ihr sein Gesicht zu, sah sie an und ließ still mit sich geschehen, was sie tat. Ihre Hände glitten durch sein Haar. »Cathy«, flüsterte er. Dann küsste er sie sanft und vorsichtig, so als fürchte er, sie könne unter der Berührung seiner Lippen plötzlich zerspringen wie feines Glas. Cathy wagte kaum zu atmen: Es war so schön und gleichzeitig völlig unwirklich.

Plötzlich hörte sie die Hufe eines Pferdes auf dem Steinboden des Stalles und Isobels immer noch gereizte Stimme. »Cathy, wo bist du? Es regnet in Strömen. Ich habe keine Lust mehr zu reiten. Wir gehen wieder hinauf!«

Kapitel 19

Isobel war für den Rest des Vormittags ausnehmend schlechter Laune. Wütend riss sie sich ihre Kleider vom Leib, ohne auf Ruby zu warten, die auf das ungeduldige Klingeln aus den Privaträumen Isobels eiligst nach oben gestürzt kam.

»Und was hattest du da hinten bei Aaron Stutter überhaupt zu suchen? Der hätte sich doch wirklich allein um den dummen Gaul kümmern können!«

»Ich wollte doch nur helfen«, wagte Cathy einzuwenden. So zornig hatte sie Isobel tatsächlich schon lange nicht mehr erlebt. Die konnte sich gar nicht mehr beruhigen und warf noch einmal voller Wut einige Bücher und auch eine zierliche Porzellanfigur, die sicher eine Menge gekostet haben mochte, an die Wand, an der sich Cathy unter dem über sie hereinbrechenden Zorn Isobels zusammenkauerte. Es war nicht klar, ob sie nur in sinnlosem Zorn handelte oder gar Cathy damit treffen wollte. »Im Stall brauchen sie deine Hilfe nun wirklich nicht! Was könntest du schon helfen?«, höhnte Isobel in dem Bestreben, Cathy wenigstens mit Worten zu verletzen. »Und überhaupt: Du solltest dort, wo du standst, auf mich warten. Seit wann treibst du dich denn schon mit diesem unverschämten Stallknecht herum? Wer weiß, was ihr dort hinten gemacht habt! Deinesgleichen hat ja keinen Anstand. Aber was kann man auch von einer Bauerntochter anderes erwarten? Das hätte ich wissen müssen!«

Cathys Blick verschloss sich unter plötzlich aufkommendem Ärger, aber sie sagte nichts. Sie wusste, dass es nichts half, gegen Isobel de Burgh und deren flammenden Zorn aufzubegehren. Schnell senkte sie den Blick, damit ihre Augen sie nicht verrieten. Isobel wertete dies offenbar als Schuldeingeständnis. Ihre Züge verzerrten sich. »Ich verbiete dir, in den Stall hinunterzugehen!« Ihre Stimme wurde schrill. »Du hast dort nichts mehr zu suchen! Und ich werde dafür sorgen, dass Aaron Stutter von Whitefell verschwindet. Noch heute werde ich meinen Vater darum bitten!«

Cathy erstarrte. »Nein!«, brach es aus ihr hervor.

»Ach, das willst du wohl nicht?«, fragte Isobel lauernd. »Dann habe ich also recht?«

»Nein, ich …«, hilflos suchte Cathy nach den richtigen Worten. Um keinen Preis der Welt hätte sie zugegeben, dass Aaron sie dort im Stroh geküsst hatte. Sonst hätte Isobel ihr sicher als Nächstes das Gesicht zerkratzt oder Schlimmeres. Warum war sie auch nicht gehorsam gewesen? Sie hätte schon die ganzen Tage zuvor nicht mit Aaron Stutter reden dürfen.

Dass Isobel mit Eifersucht darauf reagierte, war nur eine Frage der Zeit gewesen. Da spielte der Kuss, von dem niemand etwas wissen durfte – am allerwenigsten Isobel –, nicht einmal mehr eine Rolle. Mr de Burgh würde ihn sicher heute noch hinauswerfen, wenn Isobel ihn darum bat. Eine seltsame Beklemmung machte sich in ihr breit. Brachte sie denn immer über andere Menschen Unglück, wenn sie einmal ihrem eigenen Verlangen nachgab? Sie verfluchte sich selbst dafür.

Dennoch musste sie versuchen, Isobel zu besänftigen, auch wenn das im Moment hoffnungslos erschien. »Bitte, Miss Isobel, tun Sie das nicht! Da war nichts, ich schwöre es!«, sie schluckte, als ihr die Lüge über die Lippen ging. Aber sie musste um jeden Preis versuchen, Isobel wieder zu beruhigen. »Ich hörte nur, wie die Stute so seltsam wieherte und schnaufte, als hätte sie Schmerzen, und ging hin, um nachzusehen. Und dann habe ich Aaron dabei geholfen, das Fohlen herauszuziehen. Es lag nicht richtig herum. Er wäre nicht allein zurechtgekommen, und Frederick ist doch heute nicht da. Bitte, Miss Isobel, Aaron trifft keine Schuld, und ich werde auch nicht mehr in den Stall gehen, ich verspreche es!«

Isobels Zorn legte sich wenigstens um Nuancen. Auch sie wusste, wie wichtig ihrem Vater das Fohlen war. Wenn es Aaron und Cathy wirklich, wie das dumme Ding so dreist behauptete, gelungen war, die Stute und das Fohlen zu retten, dann würde es schwer werden, ihren Vater davon zu überzeugen, Aaron zu entlassen. Mit welchem Argument auch? Dass er sich möglicherweise mit Cathy im Stroh vergnügt hatte? Immerhin glaubte sie das nicht wirklich. Aaron hatte Cathy in ihrem Beisein nie auch nur eines Blickes gewürdigt. Stattdessen aber hatte er ihr selbst in den letzten Tagen immer wieder gezeigt, dass er sich für sie interessierte. Daran bestand kein Zweifel. Dass er Cathy, die unscheinbare graue Cathy, ihr vorzog, war lächerlich. Außerdem wäre ihrem Vater ein wie auch immer geartetes und auch völlig unwahrscheinliches Interesse seines Stallknechts für Cathy Thomson sicher äußerst gleichgültig. Sie beschloss, die Sache auf sich beruhen zu lassen. Aber sie würde sicherheitshalber darauf achten, dass Cathy keine Gelegenheit mehr bekommen würde, um Aaron Stutter herumzuschleichen.

»Nun gut, Cathy!«, meinte sie schließlich in ruhigerem Ton, »dann will ich dir noch einmal glauben und von einer Bestrafung Aarons absehen, aber dich will ich keinesfalls mehr unten im Hof sehen. Du bleibst hier oder in deiner Mansarde. Und wenn du mich in den Stall begleitest, wirst du dich ausdrücklich von Aaron Stutter fernhalten, genauso wie du dich sonst unterstehen wirst, mit ihm zu sprechen. Das wird mir zu Ohren kommen, ich warne dich!«, fügte sie drohend an. Zufrieden stellte sie fest, dass Cathy gehorsam und recht eingeschüchtert nickte. »Ruby, du hast es gehört. Du wirst aufpassen, dass Cathy keine Dummheiten mehr macht«, wandte sie sich an die bisher stumme, aber umso schadenfrohere Zeugin der Auseinandersetzung. »Und nun geht! Beide!«, herrschte sie die Zofe und Cathy, die mit hängendem Kopf dastand, an: »Ich will vor allem dich, Cathy, heute nicht mehr sehen. Ich habe ein für alle Mal genug von dir und deinen Frechheiten.«

Vor der Tür zu Isobels Zimmer sagte Ruby, der die Zufriedenheit über diese Entwicklung ins Gesicht geschrieben stand: »Nun, Cathy Thomson, jetzt bist du wohl die längste Zeit das verwöhnte Schoßhündchen von Miss de Burgh gewesen. Das wurde auch langsam Zeit. Ich kann dir jetzt schon sagen: Es werden sich alle auf Whitefell freuen, das zu hören.«

In dieser Nacht schlief Cathy sehr schlecht. Mehrmals schreckte sie hoch, von Albträumen geplagt, in denen ihr zähe, schwarze Schlammmassen in Mund und Nase drangen und sie zu ersticken drohten. Der Regen, der am Morgen eingesetzt hatte, prasselte auch in der Nacht unaufhörlich auf das Mansardendach. Schlaflos starrte Cathy auf das Rechteck des Dachfensters, das sich in einem nur unwesentlich helleren Grau von der Schwärze des zugigen und leider inzwischen auch etwas undichten Daches Whitefells abhob.

Das hatte sie nun davon, dass sie sich einige wenige Tage ein paar Freiheiten gegönnt hatte. Isobel misstraute ihr und hatte sie buchstäblich weggesperrt. Zudem schmerzte sie Rubys Gehässigkeit. Am liebsten hätte sie sich ganz in ihrer Mansarde verkrochen und wäre überhaupt nicht mehr hinuntergegangen. Sie fürchtete sich vor den boshaften und schadenfrohen Blicken der anderen Bediensteten – und dann war da noch Aaron. Was sollte sie tun, wenn sie ihm noch einmal begegnete? Er würde bestimmt mit ihr sprechen wollen und das würde umgehend Isobel zugetragen werden. Die Folgen waren nicht auszudenken. Vielleicht sollte sie einfach davonlaufen? Möglicherweise konnte sie mit großem Glück irgendwo Arbeit finden. Vielleicht in Wilton in den Webereien, obwohl diese, wie sie zu verschiedenen Gelegenheiten den Gesprächen des Herrn abgelauscht hatte, mehr und mehr Probleme hatten, der Konkurrenz aus dem Ausland und vor allem aus dem billiger und effizienter produzierenden Norden Herr zu werden. In Wilton wurden eher Arbeitskräfte abgebaut als eingestellt. Ob sie versuchen sollte, sich in den Norden in die Industriestädte durchzuschlagen? Doch das war völlig unmöglich. Wie sollte sie, als alleinstehendes junges Mädchen ohne einen Farthing[6] in der Tasche, überhaupt irgendwo hingelangen? Sie verwarf den Gedanken. Es war sinnlos wegzulaufen. Sie würde eben einfach noch einige Tage aushalten, bis Isobel endlich nach London ging. Das musste doch zu schaffen sein. Sie hoffte sehr, Mr de Burgh, der ihr nicht ablehnend

6 Der Farthing war die kleinste Währungseinheit im Britannien des 19. Jahrhunderts. (Die kleinste Münze: der halbe Farthing hat ungefähr den Wert eines 1/8 Pennys). 960 Farthings entsprechen 240 (Kupfer-)Pennys, die wiederum 20 Schillingen entsprechen.

gegenüberstand, dazu bewegen zu können, ihr einen Platz als Dienstmagd in einem anderen größeren Haus zu verschaffen. Das war der einzig gangbare und auch beste Weg. Und sollte ihr Aaron begegnen – obwohl sie sich fest vornahm, ihm auf alle Fälle aus dem Weg zu gehen – würde sie ihm deutlich zu verstehen geben müssen, dass sie nicht mit ihm sprechen durfte … zu seinem eigenen Besten. Er würde es sicher nicht verstehen, aber sie hatte keine andere Wahl. Plötzlich wurden ihre Augen feucht. Aaron war einer der wenigen, wenn nicht der erste Mensch, der seit dem Tag von Billies Unfall freundlich zu ihr gewesen war, der ihr für einige kurze Augenblicke Wärme und Zärtlichkeit gegeben hatte! Die Erinnerung an die sanfte Berührung seiner Lippen nahm ihr kurz den Atem. Und nun musste sie ihn vor den Kopf stoßen, weil es Isobel so wollte. Wieder einmal griff Isobel de Burgh mit machtvoller Hand in ihr Leben und veränderte es nicht zum Guten, aber was konnte sie dagegen tun? Sie war machtlos und unbedeutend – Cathy Thomson, die verstoßene Tochter eines gewöhnlichen Landarbeiters! Sie musste froh sein, dass sie noch ein Dach über dem Kopf hatte. Entschlossen schüttelte sie ihr Kissen zurecht, um sich wenigstens noch eine halbe Wache[7] Schlaf zu gönnen. Sie würde es schon schaffen bis zu Isobels Abreise, wenn sie sich bemühte und sich nicht nutzlosem Selbstmitleid ergab. Was hätte das auch für einen Sinn gehabt? Auf Selbstmitleid hatte sie, Cathy Thomson, ohnehin seit fünf Jahren kein Anrecht mehr.

Kapitel 20

Am Morgen und auch zum Lunch schaffte sie es zu ihrer Erleichterung, den meisten Bewohnern von Whitefell und vor

7 Eine halbe Wache entspricht 2 Stunden.

allem Aaron aus dem Weg zu gehen. Allerdings war die unvermeidliche Häme der Küchenmägde, die auf sie herniederprasselte, kaum zu ertragen. Ruby hatte natürlich umgehend berichtet und noch voller Genugtuung entsprechend ausgeschmückt, was sich in den Räumen von Miss de Burgh zugetragen hatte. Das erzeugte angesichts der Eifersucht darüber, dass ausgerechnet Cathy Thomson sich dem begehrenswerten Aaron Stutter an den Hals geworfen hatte, eine erhebliche Gehässigkeit. Wenn Mrs Reed den Mägden nicht endlich Einhalt geboten hätte, wäre Cathy wohl kaum mit heiler Haut aus der Küche gekommen. Sie brachte es, den Tränen nahe, kaum fertig, in ihrer Schlafecke unter dem Dach das Essen hinunterzuwürgen, wusste aber, dass es ihr in ihrer Lage auch nicht weiterhalf, wenn sie begann zu hungern. Auch Isobel war durch die Geschehnisse immer noch verstimmt und strafte sie mit Missachtung. Um die Teezeit herum gab die erheblich Erzürnte es aber auf, da ihr das im Damensalon wie eine dunkle Wolke hängende Schweigen selbst lästig wurde. Sie begann Cathy herumzukommandieren, befahl ihr die Stickarbeit, die sie selbst gerade mit äußerst mäßigem Erfolg anfertigte, auszubessern und die zahlreichen Knoten und Fehlstiche zu lösen, und hackte so lange auf ihrem Opfer herum, bis es endlich Zeit zum Dinner war und Cathy somit aus der Tortur entlassen wurde. Erschöpft stieg Cathy in ihre Mansarde hinauf. Weiß Gott, diesen Kuss von Aaron Stutter bezahlte sie teuer! Ob sie noch die Kraft finden würde, sich erneut dem Spießrutenlauf in der Küche zu stellen? Unschlüssig stand sie im Dämmerlicht unter dem Dach. Vielleicht war Hungern doch die bessere Idee? Doch wenn sie jetzt nicht hinunterging, würde es morgen nur noch schwerer werden. Sie durfte jetzt nicht nachgeben! Sie atmete einige Male tief durch und ging dann gefasst hinunter zu den Gesinderäumen. Sie würde sich einfach rasch etwas zu essen nehmen und dann so schnell wie möglich wieder verschwinden.

In der geräumigen Küche nahmen schon die Küchenmägde, drei der Zimmermädchen und die Gärtner, einige der Hofknechte und weitere Bedienstete die wichtigste Mahlzeit des schweren Arbeitstages ein, als Cathy den Raum betrat. Das weitere Personal, wie die Lakaien, die jetzt auch noch nach dem Dinner der Herrschaften Dienst zu verrichten hatten, aß für gewöhnlich erst deutlich später, wenn alle Arbeit getan und die Herrschaft bedient war. Das Gespräch wurde augenblicklich merklich leiser und unwirsche Blicke folgten Cathy, als sie ohne ein Wort und ohne den Blick zu heben eine Essschale ergriff, zum Herd hinüberging und sich ein paar Kartoffeln nahm, die wie immer zum reichhaltigen Eintopf für die Bediensteten gedünstet worden waren. Auch etwas Milch, die wie Eier und Fleisch von den etwas entfernter vom Haupthaus liegenden Nutztierställen geliefert worden war, goss sie hastig dazu. Nur schnell wieder hinauf, bevor noch jemand das Wort an sie richtete! Als sie die Hand auf die Klinke der schweren Küchentür legte, hörte sie, wie jemand seinen Schemel zurückschob und schnellen Schrittes zu ihr hinüberkam. Hastig beeilte sie sich hinauszukommen. Doch sie war nicht schnell genug.

»Cathy, was ist denn nur los?«

Es war Aaron! Sie keuchte auf vor Schreck. Warum hatte sie ihn nur nicht gesehen, als sie die Küche betrat? Das hätte sie sofort kehrtmachen lassen. Jetzt war es zu spät! Was sollte sie nur tun? Verzweifelt bemühte sie sich, doch die Tür zu öffnen, doch er legte seine kräftige Hand fest auf die ihre, die die Klinke heftig umklammerte, und hinderte sie damit daran, ihm zu entkommen. Er war leider viel stärker als sie. »Was ist mit dir?«, hörte sie ihn noch einmal drängend fragen. In seiner Stimme lagen gleichermaßen Unsicherheit und ein Hauch von Ärger. »Ich habe den ganzen Tag so gehofft, ich würde dich sehen. Aber …« Er stockte und beugte sich dann dicht zu ihr hinunter, sodass die anderen das, was er sagte, nicht mithören konnten. »Warum bist du weggelaufen, Cathy? Bin ich zu weit gegangen? Das wollte ich wirklich nicht.«

Cathy starrte ihn entgeistert an. Aaron dachte, dass sie ihm zürnte wegen dieses Kusses im Stall. Was für ein Irrsinn! Trotz der Konsequenzen war das ein unerwartetes und wunderbares Geschenk gewesen! Aber sie hatte sich ja auch von ihm losgerissen, als sie Isobels Stimme hörte, und war wie von Furien gehetzt davongestürmt. Warum verstand er denn nicht, dass es die Angst vor Isobels Zorn gewesen war, die sie so panisch hatte flüchten lassen? Das musste er doch verstehen!

Die Mägde sahen zu ihnen hinüber. Lauernd, wie ein Schwarm Aaskrähen. Sie warteten offenbar nur darauf, dass sie den entscheidenden Fehler machen würde und dann endlich mit Schimpf und Schande davongejagt werden würde. Auch für den ahnungslosen Aaron hätte das bestimmt Konsequenzen. Sie konnte, sie durfte jetzt einfach nicht mit ihm sprechen. Sie wagte es nicht einmal mehr, Aaron anzusehen. Endlich lockerte sich sein Griff, zögernd, enttäuscht von ihrer Sprachlosigkeit. Er gab ihr den Weg frei. »Wie du willst, Cathy!«, sagte er. Seine Stimme klang ganz fremd von der Bitterkeit darin, die er kaum verbergen konnte. Sie ertrug es nicht länger. Weinend rannte sie durch die nun offene Tür davon und die Treppen hinauf, das Gelächter der Mägde gellte in ihren Ohren. Nun hatte sie auch Aaron verloren. Den einzigen Menschen, der sie mit freundlichen Augen angesehen hatte. Isobel hatte gesiegt.

Kapitel 21

Als Mr de Burgh wie jeden Donnerstag zum späten Frühstück die Zeitung aufschlug, die er sich einmal die Woche aus London kommen ließ – vorwiegend, um über die wirtschaftliche und hier insbesondere die Börsenentwicklung auf dem

Laufenden zu sein –, wäre ihm beinahe die Teetasse aus der Hand gefallen. Sicher, es hatte schon vorher deutliche Anzeichen für eine derartige Entwicklung gegeben, aber er hatte sie nicht wahrhaben wollen. Zu lange hatten seine Spekulationen auf dem Goldmarkt eine sichere, gute Ernte eingefahren.

Das vor über einhundert Jahren in einem genialen Schachzug von Sir Isaac Newton in seiner Eigenschaft als Leiter der Königlichen Münzanstalt umgestellte Währungssystem Englands von einer auf Sterlingsilber gestützten in eine goldgestützte Währung war schließlich in einem langwierigen Prozess von allen Staaten Europas und auch weiterer Länder, die, wenn auch nur indirekt, mit der englischen Wirtschaft in Berührung standen, übernommen worden. Natürlich war vor allem während der unruhigen Jahre der napoleonischen Herrschaft der Bedarf an Finanzmitteln durch die kriegerischen Auseinandersetzungen enorm gestiegen und hatte den Sovereign[8] auch in England über Gebühr belastet, aber die nachfolgenden Friedensjahre hatten England erhebliches Wirtschaftswachstum – vor allem auch durch den ungeheuer erfolgreichen weltweiten Handel – beschert. Das Königreich hatte seine Vormachtstellung als fortschrittlichste sowie militärisch und wirtschaftlich erfolgreichste aller Weltmächte ausbauen können. Dies hatte während der vergangenen Jahre zu einem stabilen Goldpreis geführt, mit dem sich ausgezeichnet spekulieren ließ.

Ein beträchtlicher Teil der Finanzmittel, die Mr de Burgh zur Absicherung seiner riskanteren Unternehmungen brauchte und auch für die Unterhaltskosten Whitefells, das sich längst nicht mehr nur aus den Pachteinnahmen trug, bestritt er aus den bis dato ordentlich fließenden Dividenden seiner Goldspekulationen. Gerade dieser Punkt war es, über den er vor bald sieben Jahren mit Daniel in Streit geraten war. Sein Sohn

8 Englische Währungseinheit. Seit 1817 wiedereingeführt, entspricht der Gold-Sovereign dem Pfund Sterling.

und Erbe hatte ihn eindringlich davor gewarnt, sich nur auf einen einzigen, wenn auch stabilen Rohstoff zu stützen, und hatte stattdessen Investitionen in die sich verstärkende heimische Industrieproduktion vorgeschlagen. Mr de Burgh hatte davon nichts wissen wollen. Der Norden mit seinen Industriestädten wie Manchester und Birmingham, die sich wie Krebsgeschwüre ausdehnten und dem Süden mehr und mehr Bedeutung abrangen, war ihm ein Dorn im Auge. Als Spross eines sehr alten Adelsgeschlechts, wenn auch ohne eigenen Titel, waren ihm die neureichen, arroganten Industriellen, die immer mehr auch in London das Sagen hatten, zutiefst zuwider. In der Summe waren sie nichts als ein unerträgliches Pack von Emporkömmlingen, das sich auch noch erdreistete, mit der in den letzten Jahren ebenfalls gestiegenen politischen Macht im Unterhaus in die Regierungsgeschäfte Englands einzugreifen. Eine Entwicklung, die nicht nur ihm allein missfiel, aber offenbar nicht aufgehalten werden konnte. Allein die Tatsache, dass das gesamte Unterhaus der Krönung Victorias nun erstmalig beiwohnen sollte, war Ausdruck dieser skandalösen Vorgänge. Mit eben diesen Vertretern der neuen Gesellschaftsordnung Geschäfte zu machen, auch wenn sie noch so viel Gewinn versprachen, wäre das Letzte gewesen, was ihm in den Sinn kommen würde. Dann doch lieber auf Spekulationen und die traditionellen englischen Handelswerte wie Tee, Seide und andere Luxusgüter setzen. Gewiss, der Handel mit Tee und Seide war inzwischen oft genug ein Verlustgeschäft, da hatte Horace Havisham leider nur zu recht, aber das Gold hatte ihn bisher immer noch gerettet. Nun aber war der Markt nach Jahren der Stabilität plötzlich überaus empfindlich zusammengebrochen, und es sah bei Gott nicht nach einer Erholung aus. Er hätte es ja ahnen können! Auch die englische Wirtschaft geriet durch die zunehmende ausländische Konkurrenz immer mehr unter Druck, und die weltweiten Handelsniederlassungen litten vermehrt unter Widerständen und kriegerischen Auseinandersetzungen. Die unruhige Situation in Indien war da nur ein Symptom. Aber er hatte es nicht sehen wollen und die zahlreichen Warnungen nicht zur Kenntnis genommen. Mr de Burgh stöhnte angstvoll auf. Hätte er doch nur auf Havisham gehört und rechtzeitig auf den Opiumhandel umgestellt. Sein Geschäftsfreund hatte ihm ja wieder und wieder damit in den Ohren gelegen. Er hätte sich ohrfeigen können. Was war er doch für ein Narr gewesen! Mit zitternden Händen ließ de Burgh die Zeitung sinken und begann, hektisch auf seiner Unterlippe zu kauen. Wo sollte er nun Geld herbekommen, um seine nicht unerheblichen laufenden Kosten zu bestreiten, ganz zu schweigen von den Verpflichtungen, die er kürzlich zur Finanzierung der durchaus riskanten Unternehmung mit dieser Diamantenmine eingegangen war?

Isobel sah überrascht auf. Sie hatte sich daran gewöhnt, dass ihr Vater jeden Donnerstag für den Verlauf des Frühstücks hinter der ihm so überaus wichtigen Londoner Zeitung verschwand. Sie konnte damit nichts anfangen. Wirtschaft und Politik interessierten sie nur sehr mäßig und über Mode stand wenig in dieser Art von Zeitung. Lediglich die gesellschaftlichen Nachrichten las sie manchmal zusammen mit Miss Hunter in den Folgetagen. Doch nun wirkte ihr Vater ungewöhnlich blass und besorgt. So kannte sie ihn gar nicht. »Ist etwas geschehen, Papa?«, fragte sie neugierig und auch etwas beunruhigt, doch der antwortete nur mit einem geistesabwesenden Kopfschütteln. Nun, dann war es ja wohl doch nicht so schlimm. Schließlich stand ihre Abreise kurz bevor! Nicht auszudenken, wenn etwas dazwischen kommen sollte. Das hätte sie wirklich über die Maßen verärgert. Übermorgen sollte sie endlich zunächst nach Wilton zu ihren Verwandten und dann mit diesen zusammen nach London aufbrechen. Sie konnte es nicht erwarten. Vor zwei Tagen war auch endlich Miss Hunter abgereist. Es war kein tränenreicher Abschied gewesen.

Obwohl Miss Hunter seit ihrem fünften Lebensjahr ihre Gouvernante gewesen war, hatte sie nie warme Gefühle für diese Frau entwickeln können. Wie auch? Miss Hunter schien nur aus Anstandsregeln, Strenge und ältlicher Garderobe zu bestehen. Nichts, wofür man eine wie auch immer geartete Zuneigung entwickeln konnte. Deshalb war ja auch Cathy für sie so wichtig gewesen. Ohne sie hätte sie es wohl nicht geschafft, die letzten Jahre zu ertragen. Sie hatte ihr wenigstens zu etwas Abwechslung und ihrem Alter entsprechenden Gesprächen verholfen. Und zuletzt hatte die Anwesenheit Cathys ihr zumindest Miss Hunter vom Hals gehalten. Sicher, dass Cathy sich bei der Geburt dieses lästigen Fohlens mit Aaron Stutter im Stall herumgetrieben hatte, hatte Isobel mehr als erzürnt, aber weitere Zusammenkünfte hatte sie ja glücklich unterbunden. Leider hatte sie seitdem auch selbst keine Gelegenheit mehr gehabt zu einem Ausritt und damit zu einer weiteren Begegnung mit dem verführerischen Stallknecht. Der am Tage der Geburt des Fohlens einsetzende Regen hatte, ungewöhnlich für den Monat Mai, tagelang angehalten und so war sie gezwungen gewesen, sich mit der bereits ihre Abreise vorbereitenden Miss Hunter und Cathy im Haus zu langweilen. Sie hatte sich die Zeit damit vertrieben, ihre schlechte Laune und Ungeduld an Cathy auszulassen, die dies auch in einer selbst für Cathys Verhältnisse ungewohnten Resignation mit sich geschehen ließ. Ihre einstmalige Spielkameradin war zunehmend ein ärgerlich leichtes Opfer. Es machte einfach keinen Spaß mehr, sie herumzukommandieren. Schließlich hatte sie ihren kleinen Rachefeldzug aufgegeben, da Cathy ihr keinerlei Widerstand mehr entgegensetzte und nur immer stiller wurde. Das begann Isobel bald mehr zu langweilen als Miss Hunter.

Heute aber hatte strahlender Sonnenschein Isobel geweckt, und das hieß zweifelsfrei, dass sie heute wieder in den Stall hinunterkonnte. Immerhin – von Cathy drohte wirklich keine

Gefahr mehr. Diese würde es in ihrer derzeitigen Gemütslage bestimmt nicht mehr wagen, auch nur noch ein Wort mit Aaron Stutter zu wechseln. Erwartungsvoll stand sie auf. Ihr Vater bemerkte es nicht einmal. Irgendetwas schien ihn ernstlich zu beunruhigen, aber das sollte heute nicht ihre Sorge sein. Sie hatte Pläne ganz anderer Art.

Es dauerte nicht allzu lange, bis sie sich mit Rubys Hilfe in das von ihr bevorzugte blaue Reitkleid gezwängt und, Cathy herbeizitierend, in den Stall hinuntergeeilt war. Es blieben ihr noch zwei Tage Zeit – zwei überaus kurze Tage – um zu erreichen, was sie wollte: nämlich, dass Aaron Stutter endlich einen Kuss von ihr forderte und das am besten auf Knien. Sie musste heute alles auf eine Karte setzen. Die Vorstellung, nach London zu reisen, unerfahren wie ein Lämmchen, ohne dieses wichtige Etappenziel erreicht zu haben, war ihr wirklich zuwider. Dann wäre sie ja nicht besser als ihre beiden lächerlichen Cousinen, denen es immer noch nicht gelungen war, geeignete Ehemänner zu ergattern. Bestimmt waren diese beiden hässlichen, dummen Kühe auch noch ungeküsst. Soweit würde *sie* es nicht kommen lassen! Sie war doch weitaus amüsanter und hübscher. Aaron sollte ihr wenigstens zu etwas Erfahrung in Liebesdingen verhelfen, bevor sie sich auf das öffentliche Parkett wagte, wo es doch ausschließlich darauf ankam, Eindruck auf den männlichen Teil der Gesellschaft zu machen. Zumindest für eine junge, unverheiratete Frau! Und gewiss war Aaron Stutter, wenn auch nur ein Angehöriger der Unterschicht, nicht der schlechteste Lehrer. Er hatte, bei seinem Aussehen und seiner Virtuosität, was das lockende Spiel mit dem anderen Geschlecht anbelangte, zweifellos große Erfahrung in allem, was Männer und Frauen dann auch im Geheimen miteinander trieben. Wenn auch sicher auf eine bäuerlichere und derbere Art als die jungen Männer, denen sie in London zu begegnen hoffte.

Aaron schaute erwartungsvoll auf, als sie und Cathy den Stall betraten. Isobel lächelte siegesgewiss. Das war ein sehr ermutigender Auftakt. Sie war sich sicher, dass es ihr heute gelingen würde, ihr Ziel zu erreichen.

»Hallo Aaron«, sagte sie, als er auf sie zutrat, um ihre Befehle entgegenzunehmen. »Ich hoffe, du hast mich ein wenig vermisst.« Seltsamerweise nahm er das übliche Spiel nicht sofort auf. Sein Blick streifte kurz Cathy, die mit gesenktem Kopf hinter ihr stand, und ein unwilliger Ausdruck trat in seine Augen. Möglicherweise war es auch eine andere Empfindung. Sie konnte seinen Gesichtsausdruck nicht richtig deuten. Doch noch bevor Isobel Gelegenheit hatte, sich ernsthaft darüber Gedanken zu machen, sah Aaron sie an und lächelte sein freches Lächeln, das sie einerseits jedes Mal ärgerte und ihr andererseits ausnehmend gut gefiel. »Sicher, Miss de Burgh, wir haben Sie alle sehr vermisst, aber ich wusste, wenn die Sonne hervorkommt, werden auch Sie uns, strahlend schön, wieder beehren.«

»Oh, Aaron, so charmant! Ich wusste gar nicht, dass du dich auf Komplimente verstehst.« Sie warf ihm einen koketten Blick zu, den er durchaus aufnahm, wie sie befriedigt bemerkte. Er zwinkerte ihr zu und meinte dann mit einem leisen Lachen: »Ich denke, Sie kennen mich eben noch nicht gut genug, Miss de Burgh.«

Isobel beschloss, etwas zu wagen. »Dem sollte man aber abhelfen, meinst du nicht, Aaron? Aber leider, leider …«, sie seufzte in gespielter Manier schwer auf, »übermorgen fahre ich ja in das große London und da habe ich keine Zeit mehr, mich um mein Personal zu kümmern, wie ich es müsste. Cathy ist sicher auch sehr unglücklich darüber, nicht wahr, Cathy?« Die völlig stumme Cathy hinter ihr antwortete natürlich nicht. Das hätte sie auch einmal wagen sollen! Viel mehr als Cathy interessierte Isobel aber Aarons Reaktion. Dieser ließ abermals seinen Blick flüchtig und irritiert – oder war es Ärger? – auf Cathy ruhen, meinte dann aber mit Nachdruck: »Ich bedaure, das zu hören, Miss de Burgh. Wie lange werden Sie denn fort sein?«

»Wer weiß, vielleicht komme ich auch gar nicht mehr wieder. Schließlich bin ich eine Frau in heiratsfähigem Alter und London ist dieser Tage voll von jungen, hübschen Männern. Vielleicht treffe ich dort auf meinen zukünftigen Ehemann.« Wieder lächelte sie Aaron auffordernd an. Würde er jetzt endlich reagieren?

»Bestimmt werden Sie sich vor Verehrern kaum retten können, Miss de Burgh. Jeder Mann, der nur Augen im Kopf hat, wird bei Ihrem strahlenden Anblick sicher dahinschmelzen.« Das war es, was sie hören wollte! Sie entschied, Aaron Stutter einen deutlichen Hinweis zu geben.

»Bist du sicher, Aaron? Wirklich jeder Mann?«, fragte sie und warf ihm dann einen langen, bedeutsamen Blick aus ihren hellblauen Augen zu. Und Aaron wich diesem – zugegeben recht gewagten – Blick nicht aus. Er hatte verstanden, da war sie sich sicher! Aaron seufzte auch zu ihrer größten Befriedigung bedauernd und ließ dann in übertriebener Geste den Kopf hängen.

»Oh, Miss de Burgh, ich weiß, so wird es sein. Und für mich bleibt außer einem freundlichen Lebewohl von Ihnen, meiner schönen Herrin, nichts mehr zurück. Leider muss ich morgen das Gras mähen gehen auf den Wiesen. Nach dem langen Regen ist das Gras so hoch gewachsen, dass man es dringend schneiden muss. Frederick hat mich beauftragt, den beiden Knechten von den Kuhställen zu helfen, die kommen mit der Arbeit nicht hinterher. Da werde ich Sie leider morgen nicht mehr sehen, wenn Sie reiten gehen wollen. Ich werde dann auf der Wiese am südlichen Hang sein und an Sie denken, während es Frederick sein wird, der die Ehre hat, Ihnen das letzte Mal für lange Zeit auf Whitefell ein Pferd zu satteln. Ich kann gar nicht sagen, wie sehr ich das bedaure.«

»Nun, Aaron, ich will dir die Freundlichkeit gewähren, dass du es sein wirst, der mir als Letzter ein Pferd sattelt. Ich denke, morgen werde ich für einen Ritt keine Zeit haben. Aber vielleicht für einen Spaziergang, wer weiß?«, sagte Isobel leichthin, aber innerlich frohlockend. Was war dieser Aaron Stutter doch für ein gerissener Kerl! Aber das gefiel ihr außerordentlich. Sie würden sich also morgen an Isobels letztem Tag auf Whitefell bei der Wiese am südlichen Hang treffen. Noch deutlicher hatte er es ja nicht sagen können. Ein schöner und verschwiegener Platz, außer Sichtweite des Herrenhauses im Schatten der alten Pappeln. Ein kleiner Spaziergang würde auch am Tag vor ihrer Abreise nach der langen Regenperiode kein Misstrauen erregen. Ein Schauer der Erregung lief ihr durch den Körper. Wie würde es sein, wenn Aaron Stutter sie endlich berühren würde und wie weit würde sie ihn gehen lassen? Nun, das würde sich finden! Auf jeden Fall bekam sie, was sie wollte, und Cathy stand daneben, stumm wie ein Fisch. Es war zum Lachen! »Dann sattle mir meinen Braunen, Aaron, und gib dir Mühe! Wer weiß, ob du je noch einmal Gelegenheit dazu bekommst!«

Isobel war kaum vom Hof geritten, als Mr de Burgh mit hochrotem Gesicht den Stall betrat. Aaron, der am Stalltor stand und zugesehen hatte, wie Isobel mit einem triumphierenden Gesichtsausdruck und kerzengerader Haltung auf ihrem Wallach davongeritten war, kam ihm gerade recht. »Stutter, meinen Wallach, aber schnell! Ich muss sofort nach Salisbury. Ist er gut gefüttert und versorgt? Ich werde ihn ziemlich hernehmen müssen.« Aaron nickte. Er war über die ungewöhnliche Eile des Hausherrn ziemlich erstaunt. So hatte er ihn noch nie erlebt. Mr de Burgh schätzte sonst keine Hektik. Er beeilte sich, den Wunsch seines Arbeitgebers zu erfüllen. Dieser blieb, ungeduldig mit seiner Reitgerte auf seine Stiefelschäfte peitschend, in der Nähe des Tores stehen, ein Bild unsäglicher Nervosität.

Cathy, die sich ebenfalls dort aufhielt, spürte zwar, dass der Augenblick alles andere als günstig war, aber es war ihre einzige Gelegenheit, mit Mr de Burgh zu sprechen, ohne dass Isobel es sofort mitbekam. Sie musste ihn einfach darum bitten, ihr eine Stelle in einem anderen Haus zu vermitteln. Sie hielt es keinen Tag länger aus in dieser für sie demütigenden und unerträglichen Situation, zu der Isobel sie verurteilt hatte. Die Szene, derer sie eben sowohl Zeuge wie Opfer geworden war, hatte sie einmal mehr tief verletzt. Selbst wenn Aaron sich verständlicherweise von ihr abgewandt hatte … Mussten die beiden ihr heimliches Treffen so schamlos aushandeln, als wäre sie Luft? Ob Aaron sie damit bestrafen wollte? Das war ihm wirklich gelungen. Sein Verhalten kränkte sie mehr als es Isobels Bosheiten in den letzten Tagen vermocht hatten. Viel schlimmer konnte es nicht mehr kommen. Sie wollte so schnell wie möglich fort von Whitefell. Jetzt musste sie einfach die günstige Gelegenheit beim Schopf ergreifen und Mr de Burgh darum bitten, sich für sie einzusetzen.

Zögernd trat sie auf den Herrn von Whitefell zu: »Mr de Burgh, ich möchte Sie nicht von Ihren sicher sehr wichtigen Aufgaben abhalten«, begann sie schüchtern. Noch nie hatte sie von sich aus das Wort an ihn gerichtet in den vergangenen fünf Jahren. Sie verging fast vor Furcht. »Es ist nur … Miss Isobel verlässt uns ja jetzt bald und ich …«

»Was? Ja, ja!« Mr de Burgh war sichtlich nicht bei der Sache. Irgendetwas schien ihn über Gebühr zu beschäftigen.

»Sir, ich hatte gehofft, Sie könnten mich vielleicht, da Miss Isobel mich ja jetzt bestimmt nicht mehr braucht, in ein anderes Haus vermitteln. Ich wäre überglücklich über eine

Stelle …« Sie kam nicht weiter. Aaron kam mit dem gesattelten Herzog, Mr de Burghs bevorzugtem Reitpferd, den Gang hinunter. Der Herr des Hauses stürzte ihm hastig entgegen und ließ Cathy stehen, ohne dass diese ihr Anliegen hatte vorbringen können.

Es tat Francis de Burgh ja auch leid, aber er hatte jetzt wirklich keine Zeit, sich um Cathys Bitten zu kümmern. Das war Isobels Angelegenheit, sofern sie noch Gelegenheit dazu hatte. Wenn sich keine Lösung für seine prekären Finanzprobleme fand und zwar schnell, würden weder er noch Isobel überhaupt noch irgendwelche Entscheidungen treffen können. Das würden dann schon seine Gläubiger tun. Er saß wirklich in der Klemme. Schnell hatte er sein Pferd bestiegen und trieb es eilig aus dem Stall. Er wollte zu Havisham, von dem er inständig hoffte, dass dieser sich heute in seinem Haus in Salisbury aufhielt und nicht, wie so häufig, geschäftlich in Portsmouth. Havisham musste ihm Geld leihen und wusste vielleicht auch einen Rat. Es war die einzige brauchbare Idee, die ihm nach der katastrophalen Morgenlektüre eingefallen war. Doch dieses rothaarige Geschöpf ließ sich – ungewöhnlich genug – nicht abschütteln und stellte sich ihm direkt in den Weg. Spielte denn heute die ganze Welt verrückt?

»Sir, bitte, ich möchte doch nur darum bitten, dass ich vielleicht als Dienstmädchen …«

Er hatte jetzt wirklich keine Zeit für derlei Unsinn. »Geh mir aus dem Weg, Mädchen!«, sagte er in einem übermäßig scharfen Tonfall, der ihm gleich darauf schon wieder leidtat. Er hatte ja eigentlich nichts gegen dieses hübsche Kind, aber jetzt eben einfach wichtigere Dinge im Kopf. Versöhnlicher wendete er sich der erschrockenen Cathy zu. »Ich habe im Moment keine Zeit für deine Bitten. Wende dich an Miss Isobel, wenn sie zurückkommt vom Ritt. Sie ist schließlich vor allem deine Herrin. Und nun lass mich vorbei, ich habe wirklich sehr dringende Geschäfte zu regeln.«

Doch Cathy gab noch immer nicht auf: »Aber Sir, ich würde lieber mit Ihnen ...« Mr de Burgh, wieder von jähem Ärger über die unverschämte Bittstellerin erfasst, hatte nun wirklich keine Neigung mehr, sich um das lästige Mädchen zu kümmern. Ungeduldig gab er dem Pferd die Gerte und preschte los, ohne noch auf Cathy zu achten, die dicht vor dem Wallach stand. Überrascht taumelte Cathy zurück und stolperte. Aaron packte sie und zog sie hastig zur Seite, sonst wäre sie von dem offenbar höchst erregten Hausherrn niedergeritten worden.

»Cathy! Bist du lebensmüde? Was soll das denn nur?«, herrschte er sie zutiefst erschrocken an. Seine Hand schloss sich grob um ihr Handgelenk.

»Lass mich!«, schluchzte sie und versuchte, sich seinem festen Griff zu entwinden. Ihre Tränen ließen ihn die zornigen Worte, die ihm auf der Zunge lagen, hinunterschlucken. Er verstand sie einfach nicht. Irritiert ließ er sie schließlich los. Ohne ein Wort der Erklärung oder gar des Dankes wendete sie sich von ihm ab und ging mit gesenktem Kopf zurück an den Platz, an dem sie gestanden hatte, bevor Mr de Burgh den Stall betreten hatte. Selbst jetzt, nach diesem unverständlichen Vorfall, wollte sie offenbar nicht mit ihm sprechen.

»Ach, dann mach doch, was du willst!«, zischte er, schüttelte wütend den Kopf und wandte sich ebenfalls ab.

Kapitel 22

Horace Havisham hatte es tatsächlich und allein aus eigener Kraft zu etwas gebracht in den letzten vierzehn oder fünfzehn Jahren. Das ursprüngliche Geschäft mit Luxusgütern in Salisbury hatte er von seinem Vater übernommen. Obwohl Salisbury immer noch der wichtigste Umschlagplatz für landwirtschaftliche Güter und Vieh in ganz Wiltshire war, war es in produktionswirtschaftlicher Hinsicht nicht mehr von so großer Bedeutung wie im letzten Jahrhundert, erfreute sich aber wegen seines besonders pittoresken Ambientes, der relativen Nähe zu London, des bekannten Colleges und vor allem der überaus beeindruckenden Kathedrale, in der überdies die berühmte Magna Carta zu besichtigen war, großer Beliebtheit. Ganze Besucherströme von feinen Herrschaften durchwanderten die schöne alte Stadt, oft mit lockerem Geldbeutel, was ihm als Händler für Luxusgüter natürlich zugutekam. Inzwischen hatte er eine beträchtliche Anzahl der größten Geschäfte in Salisbury aufgekauft oder war zumindest Teilhaber, auch in London, Brighton und Bath unterhielt er Läden mit Luxusgütern. Allein darauf aber beruhte sein in den letzten Jahren horrend angestiegener Gewinn beileibe nicht. Diesen verdankte er eher dem Opiumhandel, in den er bereits vor Jahren mit beträchtlichen, teilweise aufgenommenen Geldmitteln eingestiegen war.

Einer Eingebung folgend hatte er sich trotz der moralischen Bedenken seines Vaters, der ein angesehener und gläubiger Mann und sogar im Kirchenvorstand der Kathedrale war, dazu entschlossen. Wenn man Erfolg haben wollte, war es eben hin und wieder notwendig, die moralischen Bedenken ein wenig hintanzustellen. Als Händler von Luxusgütern, vorwiegend aus den asiatischen Handelsniederlassungen der East-India-Trading-Company, hatte er die Hand am Puls der wirtschaftlichen Entwicklung. Damals war es in Gesamt-Europa zu einer Devisenverknappung gekommen, da die Europäer den begehrten Luxusgütern besonders aus China nichts Adäquates entgegenzusetzen hatten. Aber dann war die Company, zur Verärgerung des chinesischen Herrscherhauses, verstärkt in den Opiumhandel eingestiegen und hatte ihre Gewinne in den letzten fünfzehn Jahren mehr als verfünffacht. Ein überaus lohnendes Geschäft, in dem die Geldgeber der Unternehmung – und damit auch er – ungeheuer prosperierten. Sicher, es gab auch hier Schwierigkeiten. Die Handelsniederlassungen waren inzwischen auf das Hafengebiet von Kanton beschränkt worden, und der chinesische Kaiser mühte sich mit immer neuen lächerlichen Einschränkungen und Regelungen, die Macht der ausländischen Händler, besonders der erfolgreichen Briten, zu beschneiden. Aber die Gier seines Volkes nach dem begehrten Rauschmittel machte alle seine Bemühungen zunichte. Natürlich war er, Havisham, aber auch nicht so dumm, nur auf den Opiumhandel zu setzen. Die Gewinnüberschüsse hatte er sinnvoll gestreut in andere Ladengeschäfte. Vor allem hatte er aber in die aufblühende englische Industrieproduktion investiert, die mit der Verbesserung der Arbeitsleistung durch moderne Maschinen und effiziente Fabrikfertigung von Massengütern einen rasanten Aufschwung nahm. Hier, da war er sich sicher, lag die eigentliche Zukunft des Empires, ja, ganz Europas. Etwas, das der Adel nicht verstand oder nicht wahrhaben wollte, Narren, die sie waren. Einer dieser Narren war mit Sicherheit Mr Francis de Burgh, Herr über das beeindruckende Whitefell, und wenn ihm, Havisham, das Glück weiterhin so hold war, sein zukünftiger Schwiegervater, der ihn am späten Vormittag in abgehetztem und völlig aufgelöstem Zustand aufgesucht hatte und ihm nun im großen Arbeitszimmer, unbequem in seinem Sessel hin und her rutschend, gegenübersaß.

»Nun kennen Sie die ganze Misere, Havisham. Ich hätte auf Sie hören sollen, aber nachher ist man immer schlauer. Ich habe nur die Hoffnung, dass Sie mir in meinen momentanen Schwierigkeiten finanziell unter die Arme greifen, sonst weiß ich wirklich nicht mehr, was ich machen soll. Es ist ja sicher nur ein vorübergehender Engpass, bis der Goldpreis wieder anzieht oder die Mine etwas abwirft.« De Burgh blickte nervös auf. Hoffentlich ließ sich Havisham darauf ein, sonst war er verloren. Wie sollte er das nur dem Earl oder schlimmer noch Isobel vermitteln? Es war nicht auszudenken. Womöglich blieb ihm nur noch, sich eine Kugel durch den Kopf zu jagen.

Havisham wiegte nachdenklich den Kopf. »Ich denke nicht, dass es sich nur um vorübergehende Schwierigkeiten handelt, mein lieber de Burgh. Dass sich der Goldpreis in der nächsten Zeit nennenswert erholen wird, ist eher nicht zu erwarten, und die Sache mit der Mine … Also wirklich, wer hat Ihnen denn nur diese unsinnige Idee in den Kopf gesetzt? Ich glaube fast, Sie sind einem Betrüger aufgesessen. Eine Mine im Punjab! Die reinste Narretei! Lesen Sie keine Zeitung, Francis?«, unvermittelt war er auf den Vornamen seines Gegenübers verfallen, um ihm ins Gewissen zu reden. Dieser saß auch völlig vernichtet und schuldbewusst wie ein ertappter Knabe vor ihm. »Selbst wenn die Mine etwas abwirft, was immer eher ein Glücksspiel als eine berechtigte Hoffnung ist … der Punjab ist politisch so instabil, dass es mehr als fraglich ist, ob dort überhaupt Bergbau betrieben werden kann. Wie konnten Sie sich nur auf so etwas einlassen?«

De Burgh zuckte hilflos mit den Schultern. Jetzt kam es ihm selbst reichlich unsinnig vor. Aber der Geschäftsmann, den er vor einiger Zeit bei einem Besuch in London kennengelernt hatte, hatte so überzeugend geklungen und es war so einfach erschienen, eine Menge Geld in kurzer Zeit zu machen. Da hatte er, alle Bedenken in den Wind schlagend, zugegriffen und sogar noch eine beträchtliche Summe Geld dafür aufgenommen.

»Hören Sie, alter Freund, wir kennen uns schon lange genug und ich werde Sie nicht im Stich lassen«, meinte Havisham scheinbar begütigend nach einer Weile, als er sah, dass sein Gesprächspartner nun nach jedem Strohhalm greifen würde, der sich ihm bot. »Ich werde Ihnen eine ausreichende Kapitaldecke zur Verfügung stellen, bis sich Ihre Goldwerte wieder erholt haben. Nein«, er hob abwehrend die Hände, »Sie brauchen mir nicht zu danken, Francis. Das ist doch eine

Selbstverständlichkeit unter Freunden.« De Burgh war zwar ein Narr, aber er war der Herr von Whitefell und das war es, was zählte. Die Unfähigkeit de Burghs in geschäftlichen Dingen spielte ihm nun überraschend in die Hände, denn mit dieser für ihn selbst nicht allzu belastenden Gefälligkeit band er de Burgh unverbrüchlich an sich. Der alte Narr verkaufte sich ihm soeben mit Haut und Haar. Er hätte am liebsten angefangen zu tanzen. Doch es gelang ihm, seine ernste Miene weiter beizubehalten. »Ich rate Ihnen, wenn es geht, stoßen Sie so schnell wie möglich die Mine wieder ab. Und dann investieren Sie in Opium, wie ich es Ihnen empfohlen hatte. Da ist momentan am besten Geld zu machen!«

»Die Mine abstoßen? Wie soll ich das denn, wenn es so ein unsinniges Geschäft ist, wie Sie sagen?«, wandte de Burgh zweifelnd ein.

Havisham räusperte sich ungeduldig. De Burgh war wirklich alles andere als ein gewiefter Geschäftsmann. Typisch! »Finden Sie eben einen anderen Narren! London wird voll von begeisterten Bürgern mit zu viel Geld in der Tasche sein in der nächsten Zeit. Sie wollten ja mit ihrem hübschen Töchterchen zur Krönung fahren. Da wird sich schon die eine oder andere Gelegenheit ergeben. Bis dahin strecke ich Ihnen, wie gesagt, zu einem günstigen Zinssatz ausreichend Geldmittel vor.«

Sein Gesprächspartner blickte ihn zweifelnd, ja hilflos an. Havisham stand auf. »Nun gut, de Burgh, ich werde Ihnen auch dabei helfen. Vielleicht können Sie noch etwas von mir lernen.« Er lachte selbstbewusst. Dann trat ein lauernder Ausdruck auf sein Gesicht. »Und wenn wir schon gerade dabei sind … auch Sie könnten mir einen großen Gefallen tun.«

Sein Gesprächspartner war die Beflissenheit in Person: »Aber sicher doch. Alles, was nur in meiner Macht steht, mein lieber, verehrter Havisham.«

Horace Havisham lehnte sich gegen die Kante seines gewaltigen Schreibtisches und besah eine Weile seine sorgfältig manikürten Hände. Jetzt war der richtige Zeitpunkt gekommen, die Schlinge zuzuziehen. Havisham, der sein befriedigtes Frohlocken kaum noch verbergen konnte, ließ noch einige genussvolle Sekunden verstreichen und meinte dann beiläufig:

»Ich trage mich übrigens mit dem Gedanken zu heiraten. Als ich im März bei Ihnen zu Gast war, ist mir sehr angenehm aufgefallen, dass Miss Isobel zu einer ausgesprochen ansehnlichen jungen Dame herangewachsen ist.«

Isobel de Burgh war zwar ein verwöhntes Ding, dem er die Flügel noch stutzen musste, aber das würde er mit Leichtigkeit bewältigen. Letztlich musste sie ihm nur den ersehnten Sohn gebären. Sie war der Schlüssel zu Whitefell. Er lächelte zufrieden.

De Burgh blickte Havisham groß an. Der Mann war immerhin siebenunddreißig. Konnte er wirklich ein Auge auf seine gerade achtzehnjährige Isobel geworfen haben? Außerdem war Havisham lediglich bürgerlicher Herkunft – noch vor Kurzem hätte er ein solches Ansinnen weit von sich gewiesen. De Burgh strich sich müde über das Gesicht. Aber was konnte er gegen diesen Vorschlag jetzt noch vorbringen? Bei näherer Betrachtung war es eine durchaus vernünftige Verbindung, immerhin hatte Horace Havisham Geld und Einfluss. Aber er hatte berechtigte Zweifel, dass Isobel wie auch immer gearteten Plänen in dieser Richtung zustimmen würde. Doch Havisham hatte ihn in der Hand. Wenn er ihm nicht half, blieb ihm nur der Freitod, um seine Ehre zu retten. Er schluckte und sagte dann mit unsicherer Stimme: »Ich werde natürlich mein Möglichstes tun, Havisham, aber ich kann nichts versprechen. Meine Tochter Isobel hat einen starken Willen und lässt sich ungern zu etwas zwingen, obwohl sie zweifellos reizend ist.«

Havisham lachte seinerseits etwas gezwungen. »Aber, aber, mein lieber de Burgh, wer wird denn in Liebesdingen solche

Worte in den Mund nehmen? Ich erwarte doch nicht, dass die in der Tat überaus reizende Miss Isobel gegen ihren Willen handeln muss. Was denken Sie von mir? Ich meine nur, Sie könnten ein gutes Wort für mich einlegen. Im Laufe des Aufenthalts in London wird sich schon eine geeignete Gelegenheit ergeben. Mir ist natürlich bewusst, dass der Altersunterschied die junge Dame vielleicht zunächst gegen mich einnehmen wird. Da könnte ein väterliches Wort Wunder wirken, meinen Sie nicht?«

»Sicher, sicher!« De Burgh atmete erleichtert aus. Das war natürlich etwas anderes. Isobel war zwar manchmal eigensinnig, aber nicht dumm, besonders nicht dann, wenn es um ihren eigenen Vorteil ging. Er selbst hatte ja – in Anbetracht seiner Situation – auch nichts dagegen, Havisham, einen der reichsten Männer Wiltshires, als Schwiegersohn zu begrüßen. Etwas Besseres konnte ihm in der Tat gar nicht passieren. Was also sollte Isobel, außer lächerlichen romantischen Erwägungen, dagegen einzuwenden haben? Und die wollte er ihr schon austreiben.

Kapitel 23

»Sie wollen jetzt hinaus, Miss de Burgh?« Mrs Branagh konnte nur den Kopf schütteln über diese jugendliche Unvernunft. Die Abreise nach London stand morgen früh bevor und es war noch allerhand zu tun. Noch immer waren nicht alle Koffer gepackt, die Garderobe ausgesucht und all die anderen Dinge verstaut, die darüber hinaus mitgenommen werden sollten, obwohl es jetzt schon Nachmittag geworden war. Schließlich sollte die Abwesenheit der Herrschaften etwas länger dauern. Vielleicht würde die junge Herrin in London auch verheiratet und kehrte erst gar nicht mehr nach Whitefell zurück. Wer konnte das wissen? Allerdings ließen sich die Dinge vielleicht auch etwas beschleunigen, wenn Miss de Burgh nicht an jedem Kleidungsstück, das eingepackt wurde, etwas auszusetzen hätte. Auch wenn dann die Gefahr bestand, dass sie, Mrs Branagh, sich anschließend Vorwürfe machen lassen müsste, dass nicht das Richtige eingepackt worden war. Sie nickte also ergeben. Erfreut sprang Isobel von der großen, schon randvollen Reisekiste auf, auf der sie sich niedergelassen hatte, eilte zur Tür und griff dabei nach ihrem kleinen Strohhut mit den roten Bändern, der ihr ganz entzückend stand. Sie hatte sich in ein hübsches, luftiges Sommerkleid aus gestreiftem Musselin in zarten Rottönen gewandet – ein Kleid, das sich neben einem gefälligen Schnitt vor allem dadurch auszeichnete, dass es recht einfach abzustreifen war – und brannte darauf, ihr heimliches Vorhaben endlich in die Tat umzusetzen. Wenn ihr das nicht gelänge, würde sie sich sicher bis ans Ende ihrer Tage darüber ärgern. »Sie bleiben doch im Garten, Miss de Burgh?«, Mrs Branaghs Ruf hielt Isobel zurück. Wütend drehte sie sich um. Jetzt hatte sie aber wirklich genug! »Das hatte ich allerdings nicht vor, mir ist nach einem größeren Spaziergang. Ich denke, ich habe mich jetzt genug mit dieser lästigen Packerei beschäftigt.«

»Miss de Burgh«, sagte die Haushälterin ein wenig indigniert, »Sie wollen doch nicht etwa allein durch die Felder gehen? In den Garten hinunter ja, aber in die Wiesen? Das geht doch nun wirklich nicht! Ihr Vater hat es Ihnen doch verboten, wissen Sie nicht mehr?«

Und ob sie das noch wusste! Doch gerade heute war ihr dieses Gebot der Schicklichkeit mehr als lästig. So sehr sie sich auch wünschte, endlich in die Welt der Erwachsenen einzutreten und zwar hinsichtlich aller Aspekte, so sehr störten sie andererseits die Einschränkungen, die gerade für eine junge Frau von Stand damit verbunden waren. Eigentlich war eine Frau ja regelrecht eingesperrt ins Haus. Es war zum Ärgern! Wäre sie ein junger Mann, könnte sie gehen, wohin sie wollte, und vor allem tun, was sie wollte. Ihrem älteren Bruder Daniel wurden, so erinnerte sie sich genau, niemals solche Beschränkungen auferlegt. Sie schnalzte ärgerlich mit der Zunge und blickte Mrs Branagh störrisch an. Doch die Haushälterin war diesmal nicht gewillt nachzugeben. Sie verstand ohnehin nicht, was Miss Isobel in diesem übertriebenen Aufzug heute noch unbedingt im Freien wollte. Es gab schließlich wirklich anderes zu tun. »Dann nehmen Sie eben Cathy mit, wie sonst auch. Die können wir hier gerade noch entbehren.« Das war allerdings nicht gelogen. Die junge Frau war heute wirklich keine Hilfe. Sie wirkte direkt krank, kreidebleich und apathisch, wie sie in den Räumen der jungen Herrin herumschlich. Der Anblick konnte einen dauern. Aber Cathys schlechte Verfassung war auch kein Wunder! Obwohl Mrs Branagh auch nicht gerade übergroße Sympathien für die Spielgefährtin der jungen Miss hegte, erschien ihr die gehässige Ablehnung der Dienstboten und auch die boshafte Art, in der Miss de Burgh in letzter Zeit ihre Launen an Cathy ausgelassen hatte, doch unangemessen. Das hatte das Mädchen wirklich nicht verdient, schon gar nicht im Hinblick auf die langen Jahre, in denen es klaglos der oft herrischen und launenhaften Isobel de Burgh zur Verfügung gestanden hatte, was wohl wirklich nicht leicht gewesen sein mochte. Cathy hätte es eigentlich verdient, dass man sich um ein angemessenes Fortkommen für sie kümmerte, nachdem sie nun auch in den Genuss gewisser Bildung und Erziehung gekommen war. Stattdessen aber hatte Mrs Reed der Haushälterin neulich davon berichtet, dass es in der Küche, besonders in der letzten Zeit, immer wieder zu sehr unschönen Szenen gekommen war, hinter denen wohl vor allem die spitzzüngige und oft auch neidische Ruby steckte. Sie würde sich die Zofe wohl einmal gehörig vornehmen müssen. Es ging nicht an, dass so ein Unfrieden unter der Dienerschaft herrschte. Das wirkte sich zuletzt auch auf die Ordnung des Haushaltes aus und das konnte sie auf keinen Fall dulden. Auf Miss de Burgh konnte sie diesbezüglich natürlich keinen nennenswerten Einfluss nehmen und maß es sich auch nicht an, obwohl sie deren Verhalten missbilligte. Es war ja auch noch nicht geklärt, wie es mit Cathy weiterging. Nach London kam sie auf alle Fälle nicht mit, und Mr de Burgh, der gestern erst sehr spät aus Salisbury zurückgekehrt war, schien es wohl seiner Tochter überlassen zu wollen, über Cathys weitere Beschäftigung zu entscheiden, was die junge Dame bisher pflichtvergessen versäumt hatte. Kein Wunder, dass es Cathy nicht gut ging mit dieser Ungewissheit. »Nutze die Zeit und sprich mit ihr«, raunte Mrs Branagh deshalb der leichenblassen Cathy zu, als diese – wie geheißen – an ihr vorbei zu Miss de Burgh ging. Das Mädchen warf ihr einen kurzen, fiebrigen Blick aus ihren tief in Schatten liegenden Augen zu. Viel geschlafen konnte sie in der letzten Zeit auch nicht haben. Das Mädchen wirkte heute wirklich beängstigend blass, dachte die Haushälterin besorgt. Ob sie ernstlich krank wurde? Das konnte Mrs Branagh in all der Aufregung der bevorstehenden Abreise der Herrschaft nun wirklich nicht gebrauchen.

❧

Isobel ging ungeduldig auf dem Feldweg voraus. Hoffentlich war Aaron noch auf den Wiesen, wie er angekündigt hatte, und hoffentlich war er allein. Nun musste sie nur noch die lästige Cathy loswerden, die mehr hinter ihr her stolperte als ging und ihrem zügig ausgreifenden Schritt kaum folgen konnte. Dass ihr jemand bei dem, was sie vorhatte, zusah – und wenn es sich dabei auch nur um Cathy handelte – war ihr nicht recht. Doch da richtete diese mit einem Mal das Wort an sie: »Miss Isobel, Ihr Vater wünscht, dass Sie eine Entscheidung über mich treffen.« Cathys Stimme zitterte merklich, als sie anfügte: »Meine Aufgabe hier ist nun mit Ihrer Abreise abgeschlossen. Ich habe Ihnen doch immer gut gedient und bin

Ihnen, so hoffe ich, auch eine gute Spielkameradin gewesen. Lassen Sie mich nun bitte gehen.«

Isobel hielt inne und musterte Cathy ungeduldig. Zu einer solchen Diskussion hatte sie jetzt wirklich keine Lust. Konnte das nicht warten? Aber Cathy missverstand ihren unwilligen Gesichtsausdruck offenbar und verlegte sich aufs Bitten. »Miss Isobel, bitte, ich möchte nicht auf Whitefell bleiben. Da ist auch kein Platz für mich, und zu meiner Familie kann ich auch nicht zurück. Ich weiß nicht, was aus mir werden soll und ich habe kein Geld. Ich habe ja nie Lohn bekommen. Bitte, vielleicht könnte ich in Wilton House eine Stelle als Dienstmädchen oder Stallmagd bekommen. Mir ist jede Arbeit recht. Können Sie nicht morgen für mich ein gutes Wort bei Lady Branford einlegen?«

»Ach, lass mich doch damit jetzt in Ruhe, dazu ist nachher noch Zeit.« Isobel hatte sich ungehalten abgewendet. Sie wollte auf alle Fälle rechtzeitig zu dem mit Aaron vereinbarten Treffpunkt kommen. Das alles konnte man doch auch noch nachher regeln. Musste ihr Cathy jetzt damit in den Ohren liegen? Obwohl …? Ein schemenhafter Gedanke machte sich in ihr breit: Cathy hatte sich zumindest in einer Hinsicht in der letzten Zeit als überaus hilfreich erwiesen. Sie war verschwiegen und hatte ihr als Begleitperson die eine oder andere Freiheit ermöglicht, die sonst undenkbar gewesen wäre. Gerade jetzt gab ihr Cathys Begleitung die entscheidende Möglichkeit zu tun, was sie wollte. Das war wirklich ein sehr nützlicher Aspekt, den sie nicht leichtfertig aufgeben sollte. Nach London konnte Cathy sie natürlich nicht begleiten. Wie würde das denn aussehen? Miss Isobel de Burgh bei ihrer gesellschaftlichen Einführung mit einer Bauerntochter im Schlepptau? Unmöglich! Als Zofe war Cathy zumindest jetzt auch noch nicht zu gebrauchen, da ihr die entsprechende Einweisung fehlte, aber das ließe sich ja später problemlos nachholen. Warum sollte sie sie also gehen lassen? »Ich weiß nicht, Cathy«, sagte sie leichthin. Ihre ehemalige Spielgefährtin sollte nicht merken, wie wertvoll sie für Isobel sein konnte, »vielleicht habe ich ja doch noch Verwendung für dich. Wenn ich wieder zurückkomme, könntest du doch meine Zofe werden. Dann bekommst du auch Lohn. In Wilton House werden sie dich wahrscheinlich nicht brauchen können. In Wilton gibt es wirklich genug junge Frauen aus dem Volk, die nach Arbeit suchen und kräftiger sind als du. Du hast ja in den letzten Jahren nicht allzu schwer geschuftet, nicht wahr?« Absichtlich würzte sie ihre Worte mit etwas Spott. Cathy sollte sich nur nichts einbilden.

Seltsamerweise wirkte Cathys Stimme nahezu panisch, als sie antwortete: »Aber vielleicht gibt es woanders einen Platz für mich. Bitte, Miss Isobel, vielleicht in Salisbury bei Mr Havisham oder bei einem anderen Geschäftsfreund Ihres Vaters?« Isobel, die bereits weitergegangen war, drehte sich erstaunt und leicht verärgert zu ihr um. »Ich weiß gar nicht, was mit dir los ist, Cathy! Ich fasse das langsam wirklich als Beleidigung auf. Warum willst du nur unbedingt fort von hier? Schluss jetzt damit! Du bleibst in meinen Diensten, und so lange ich in London bin, wirst du zu deiner Familie zurückgehen. Was sollen sie denn dagegen haben? Es sind schließlich deine Leute! Sei doch nicht kindisch! Ich werde dich dann zu gegebener Zeit rufen lassen.«

»Nein!«, Cathy war noch blasser geworden, als sie es ohnehin schon war. »Sie verstehen nicht, Miss Isobel, ich kann nicht zurück zu meiner Familie.«

»Hör jetzt endlich auf mit diesem Unsinn! Ich sage, du gehst zurück, und dann gehst du. Es ist schließlich nur für kurze Zeit!« Isobel war jetzt ernstlich böse.

»Aber ich kann nicht!« Cathy brach plötzlich haltlos in Tränen aus. Das erstaunte Isobel dann doch. So unbeherrscht hatte sie Cathy noch nie erlebt »Ich kann nicht, weil … weil mein Vater mich verstoßen hat. Ich bin schuld daran, dass Billie verunglückt ist. Meine Familie hasst mich dafür. Ich kann nicht zurück!«

Isobel verbiss sich verblüfft die zornigen Worte, die ihr eben noch auf der Zunge gelegen hatten. Das war also der Grund für die langen Jahre des Schweigens, die zwischen Cathy und ihrer Familie herrschten. Warum hatte sie ihr denn nur nie davon erzählt? Zugegeben, sie hatte sich bisher auch nicht sonderlich dafür interessiert, doch jetzt wurde ihr so einiges klar. Blitzschnell überlegte sie. Das war ja noch besser, als sie je hoffen konnte. Billie Thomson, der mit seinem nutzlosen Arm auch wirklich ein Bild des Jammers abgab und nicht zur Arbeit taugte, gab ihr das perfekte Druckmittel in die Hand. Sie brauchte Cathy nur damit zu drohen, Billie als nutzlosen Esser von Whitefell wegzuschicken und schon würde Cathy alles tun, was Isobel wollte. Dass ihr ihre Familie und das Schicksal ihres Bruders auch nach fünf Jahren nicht gleichgültig waren, bewiesen ihre Tränen zur Genüge. Allerdings durfte Isobel sich jetzt nicht verraten. Es war sinnvoller, dass sie zumindest dem Anschein nach Verständnis für Cathy zeigte, damit diese jetzt gefügig blieb und die lästige Diskussion beendet werden konnte.

»Ach, du Dummerchen! Das hättest du mir doch erzählen können. Ich hätte deinem Vater schon die Meinung gesagt, oder mein Vater hätte es getan. Ich weiß, was wir tun: Du gehst auf alle Fälle zurück, und wenn dein Vater etwas dagegen hat, sagst du, ich habe es befohlen, und wenn du nicht bleiben könntest, müsste auch er sich eine andere Bleibe suchen. Dann wird er sich schon eines Besseren besinnen.« Sie legte Cathy, die nur noch mehr schluchzte und kein Wort mehr herausbrachte, den Arm um die Schultern. »Jetzt hör auf zu weinen, Cathy. Das ist doch gar nicht nötig. Am besten, du gehst dort hinten ins Wäldchen. Da ist es schattig und es gibt auch eine Trinkquelle. Da kannst du dir das Gesicht waschen, dich beruhigen, etwas ausruhen und mir nachher auch etwas Wasser bringen. Ich bin doch ein wenig erhitzt. Da steht ein Schöpfbecher bei der Quelle. Du wirst es schon finden. Ich gehe so lange weiter.« Sie wies unbestimmt gen Süden. »Du weißt schon, wo du mich dann finden kannst.« Sie legte Nachdruck in ihre folgenden Worte und hoffte, dass Cathy verstand, was von ihr erwartet wurde: »Aber lass dir ruhig Zeit, es hat keine Eile!« Tatsächlich ging Cathy nach einigem Zögern und – lästig genug – immer noch in Tränen aufgelöst in Richtung Wäldchen davon. Sie wirkte nun wirklich erschreckend blass, geradezu benommen und taumelte auch ein wenig, als wäre ihr schwindlig, aber das sollte nicht Isobels Sorge sein. Sie hatte jetzt wirklich anderes im Kopf. Zufrieden machte Isobel sich auf den Weg, dem eigentlichen Ziel ihrer Wünsche entgegen.

Fast im Laufschritt legte sie die gute halbe Meile bis zu den Wiesen, am abfallenden und mit Hecken und Büschen durchsetzten Gebiet südlich von Whitefell, zurück. Doch dann begann sie langsamer zu gehen, ja, zu schlendern, damit ihr Atem Zeit hatte, sich zu beruhigen. Aaron Stutter sollte keinesfalls den Eindruck bekommen, dass sie sich beeilt hatte, um zu ihm zu gelangen.

Ihr Herz machte einen Satz, als sie ihn wenige Hundert Yards von ihrem Weg entfernt am anderen Ende des großen Wiesengeländes entdeckte. Er hatte schon ein beträchtliches Stück gemäht und immer noch schwang er die Sense mit kräftigen, gleichmäßigen Bewegungen und legte das hohe Gras einen Schnitt nach dem anderen in regelmäßige Reihen um. Immer wieder setzte er dabei die Sense ab, zog einen Wetzstein aus der Tasche, spuckte darauf und schärfte die Schneidekante mit einer geübten Bewegung, die ein hell sirrendes Geräusch erzeugte. Es gefiel ihr, ihn dabei zu beobachten. Isobel umrundete die Pappeln, die in einer Gruppe dicht am unteren Rand des Hanges standen, und ging dann in Aarons Richtung. Aufmerksam ließ sie den Blick umherschweifen. Er war tatsächlich allein, bis auf den grobgliedrigen Kaltblüter, der angeschirrt an einen Arbeitswagen im Schatten eines Gebüsches zufrieden graste. Keiner der beiden anderen Knechte war zu sehen. Was hatte sie doch für ein Glück! Ob Aaron sie schon bemerkt hatte? Nun galt es als Nächstes, die überaus wichtige Frage zu klären, wer den ersten Schritt tun sollte. Sie war sich nicht sicher, ob er sie schon gesehen hatte, so vertieft, wie er in seine Arbeit war. Sollte sie zu ihm gehen und ihn ansprechen? Nein, das entsprach nicht ihren Vorstellungen! Lieber sollte er ihr hinterherlaufen. Sie beschloss, in einigem Abstand, aber so, dass er sie auf alle Fälle bemerken musste, an ihm vorbeizugehen. Mit leichtem Schritt stieg sie den Hang auf der anderen Seite der großen Wiese wieder hinauf und beobachtete dabei aus den Augenwinkeln, ob er auch wirklich auf sie aufmerksam wurde. Doch Aaron war völlig von seiner schweißtreibenden Aufgabe eingenommen. Jetzt setzte er wieder die Sense ab und stellte diese auf den Handgriff, um sie zu schärfen. Er hatte, wie die neugierige Beobachterin nun bemerkte, als sie ihn mehr von vorne sah, sein Hemd geöffnet, um sich Kühlung zu verschaffen. Es hing lose herunter und ließ dadurch seine muskulöse, wohlgeformte Brust sichtbar werden. Das halblange Haar hing ihm in wirren Strähnen in die schweißnasse Stirn. Er sah wirklich zum Anbeißen aus. Isobel entfuhr ungewollt ein erwartungsvoller, leiser Seufzer. Da endlich sah er sie! Sie ließ sich nichts anmerken und ging langsam weiter. Aaron stützte sich mit einem Arm auf die Sense und beobachtete sie ebenfalls. Wenn er sie jetzt nicht bald von sich aus ansprach, würde sie etwas unternehmen müssen. Fieberhaft begann Isobel zu überlegen, wie sie ihn endlich dazu bringen konnte, zu ihr zu kommen. Ihre Schritte wurden zögernder, ohne dass sie es selbst bemerkte.

»Ein letzter Spaziergang, Miss Isobel, so ganz allein? Das ist aber eine Überraschung!«

Isobel überhörte den ironischen Unterton in Aarons Stimme geflissentlich, als er nun endlich herankam. Sie wandte sich ihm zu. »Warum nicht? Es ist ein schöner Tag und ich wollte mir vor meiner Abfahrt noch einen kleinen Gang über die Ländereien meines Vaters gönnen.« Isobel gab sich Mühe, ausgesprochen gleichgültig zu klingen.

Aaron stand nun direkt vor ihr und sah sie aus seinen bernsteinfarbenen Augen und mit dem für ihn so typischen spöttischen Lächeln auf den Lippen an. Er sollte sich nur nicht zu viel einbilden. Dennoch konnte sie nicht verhindern, dass sie leicht zitterte. Der salzige Duft seiner schweißnassen Haut machte sie, jetzt da er nun so nah vor ihr stand, fast verrückt. »Ich dachte, du bist schon längst fertig mit der Arbeit. Ich bin meinerseits überrascht, dich hier anzutreffen«, log sie. »Wo sind denn die anderen beiden Knechte?«

»Oh, die mähen viel weiter drüben, hinter dem Wald.« Er wies vage in Richtung des größeren Forstbestandes in der Ferne. »Wir haben uns aufgeteilt. Es ist sehr viel zu tun.«

Das war eine sehr gute Nachricht. Sie blickte betont gleichmütig über die bereits gemähte Fläche. »Du warst ja schon sehr fleißig. Mein Vater wird sicher zufrieden sein mit seinem Knecht.« Sie wollte, dass Aaron Stutter sich einmal mehr bewusst wurde, dass er genau das war, ein Knecht, auch wenn es ihr ausgesprochen schwerfiel, sich nicht einfach an ihn zu lehnen und seine nackte Brust mit Küssen zu bedecken. Er roch unglaublich gut. Doch Aaron störte sich an ihren hochmütigen Worten keineswegs. »Ich hoffe doch, *Sie* sind auch zufrieden mit mir, Miss Isobel«, sagte er mit einem weiteren spöttischen kleinen Lachen. »Vielleicht sollte ich jetzt aber eine Pause einlegen. Haben Sie Zeit und *die Lust*, mir dabei etwas Gesellschaft zu leisten? Das wäre mir wirklich eine große Belohnung für meine Arbeit.«

Sie ließ einen bedeutsamen Augenblick verstreichen, bevor sie antwortete: »Warum nicht? Du hast es dir verdient und mir ist auch etwas warm. Wir sollten uns in den Schatten dort unten bei den Bäumen setzen.«

Er ging willig auf den Vorschlag ein. »Das ist eine sehr gute Idee. Aber Sie müssen aufpassen! Sie haben sehr feine Schuhe an und könnten hinfallen, wenn Sie hier die unebene Wiese hinuntergehen.« Aaron schenkte ihr einen betont treuherzigen Blick aus wimpernverschatteten Augen. Isobel schmolz augenblicklich dahin. »Am besten, Sie nehmen meine Hand. Dann kann Ihnen nichts passieren. Sie wissen ja, dass mir Ihre Sicherheit sehr am Herzen liegt«, sagte er und reichte ihr seine Hand, die sie auch ergriff.

Und dann, als sie fast unten angelangt waren, glitt sie tatsächlich, wenn auch nicht ganz unbeabsichtigt, aus. Als hätte er nur darauf gewartet, fing er sie auf. Endlich lag sie in seinen Armen. »Aaron«, hauchte Isobel. Das Verlangen nach ihm raubte ihr völlig den Verstand, und diesmal ließ er sich nicht bitten. Sie bekam fast keine Luft mehr, so heftig presste er sie an sich und küsste sie lange, hart und fordernd. Seine Zunge bahnte sich den Weg in ihren Mund. Es war ganz anders, als sie es sich wieder und wieder ausgemalt hatte. Seine männliche Begierde erregte sie heftig. Sie setzte ihm noch einen kaum ernst gemeinten Versuch, sich dagegen zu wehren, entgegen, doch dann ergab sie sich nur zu gern. Seine Lippen glitten über ihren Hals in Richtung ihrer rechten, entblößten Schulter. Ihre Haut brannte, wo seine Küsse eine feuchte Spur hinterließen. Hilflos hing sie in seinen Armen. Dann wurden ihr die Knie weich, als er sie sanft in den Nacken biss und seine Hand in ihr Mieder gleiten ließ. Seine Finger suchten nach den Spitzen ihrer Brüste, fanden sie und begannen damit zu spielen. Sie stöhnte auf und ließ sich noch mehr in seine Umarmung sinken. Als er spürte, wie sie schwach wurde, hob er sie hoch und trug sie das kurze Stück hinüber in den Schatten, wo er sie niederlegte und mit geübtem Griff seine Hose öffnete. Isobel beobachtete ihn atemlos, starr vor Erwartung. Energisch schob er ihren Rock hoch und zerrte ihre feine Seidenunterwäsche beiseite. Sie sah, wie sich sein Geschlecht steil aufrichtete, und begann vor Lust zu keuchen, als er mit beiden Händen nach ihren Schenkeln griff, diese kräftig auseinanderspreizte und sich dann dazwischen drängte. Endlich legte er sich mit seinem ganzen Gewicht auf sie. Sie fühlte deutlich, wie sein schwellendes Glied zwischen ihren nackten Schenkeln und an ihrem feuchten Schoß entlangglitt. Doch noch drang er nicht in sie ein. Aaron begann nun ebenfalls zu stöhnen. »Was ist, Isobel de Burgh«, fragte er rau, nahezu grob, »willst du es? Willst du, dass ich dich zur Frau mache?« Seine Hüften bewegten sich immer kräftiger und rhythmischer zwischen ihren Beinen. Sein Atem ging schwer. Sie hatte immer geglaubt, sie wünsche sich eine sanfte Erfahrung, wenn sie ihre Jungfräulichkeit verlieren sollte, doch Aaron Stutter kannte sie offensichtlich besser als sie sich selbst. Seine drängende, grobe Begierde war genau das, wonach es sie verlangte, was sie wirklich wollte. Wild, gierig und hart, so wollte sie es haben. Sie war drauf und dran ihm zu gewähren, was er so dreist von ihr forderte, und spreizte die Beine weit. Seine pochende, feuchte Männlichkeit glitt kenntnisreich über eine verborgene Stelle ihres Schoßes, was sie so erregte, dass ihr Unterleib ganz von allein begann zu zucken und sich ihm entgegenzudrängen.

Doch plötzlich, als sie spürte, wie er in sie zu dringen begann, bekam sie Angst. »Warte! Nein, bitte!«, wimmerte sie und zog sich etwas vor ihm zurück. Sie wusste selbst nicht mehr, was sie wollte. Ihr ganzer Körper schrie danach, ihn ganz in sich zu spüren. Ihr Schoß lechzte nach dem drängenden, harten Etwas zwischen ihren Beinen und begann zu fließen, doch da war eine warnende Stimme in ihrem Kopf. Sie wollte nicht auf diese Stimme hören und es gelang ihr doch nicht, sie zum Schweigen zu bringen. »Küss mich, Aaron«, flehte sie und schloss die Augen. Vielleicht gelang es ihm, diese lästige Stimme verstummen zu lassen. Doch der Kuss blieb aus.

»Was zum Teufel …?«, hörte sie ihn murmeln, und dann schrie er mit einem Mal erschrocken, ja ängstlich auf. »Cathy!«

Sein Schrei löschte ihre Leidenschaft mit einem Schlag. Im Nu war er auf den Beinen, hatte seine Hose hochgezerrt und rannte in Richtung des Feldweges, den sie vorher gekommen war, davon. Verdutzt und ziemlich verärgert richtete sie sich auf. Musste Cathy, das dümmste aller Schafe, ausgerechnet jetzt auftauchen? Peinlich berührt ordnete sie ihre seidene Unterwäsche und strich ihr stark in Mitleidenschaft gezogenes Sommerkleid glatt, bevor sie aufstand. Cathy brauchte ja nicht unbedingt zu sehen, wie weit sie und Aaron es hatten kommen lassen. Doch als sie sich ganz umwandte in die Richtung, in die Aaron davongerannt war, sah sie auf einen Blick, dass dies ihre geringste Sorge sein musste. Cathy konnte das gar nicht mitbekommen haben. Sie lag scheinbar besinnungslos auf dem Feldweg und Aaron beugte sich höchst besorgt über sie. Er tätschelte ihr immer wieder leicht die Wangen und rief sie beim Namen, aber sie rührte sich nicht.

Isobel ärgerte sich gewaltig. Bestimmt tat dieses rothaarige kleine Luder nur so, als würde sie nicht aus ihrer Ohnmacht erwachen. Wütend ging sie hinüber. Ob ihr Cathy auf diese Weise einen Strich durch die Rechnung machen wollte? Das würde sie ihr heimzahlen!

Doch als sie schließlich herangekommen war, sah auch Isobel, dass es Cathy tatsächlich außerordentlich schlecht ging. Sie war totenblass, Schweißperlen standen ihr auf der Stirn, und ihr Atem ging merkwürdig schnell und flach. Isobels Zorn verrauchte so schnell, wie er entflammt war. Verunsichert blickte sie auf Aaron, der unübersehbar immer mehr in Panik geriet, weil Cathy trotz seiner Bemühungen nicht zu sich kam.

»Wasser, schnell!«, herrschte er sie an. »Hinten auf der Ladepritsche steht ein Krug!« Isobel eilte davon. Seine Angst steckte plötzlich auch sie an und berührte ihr Gewissen. Vielleicht war Cathy ja wirklich ernstlich krank. Sie hätte sie vorher nicht so unter Druck setzen und dann allein fortschicken dürfen. Sie hatte doch, wenn sie ehrlich war, selbst gesehen, dass es ihrer ehemaligen Spielgefährtin recht schlecht ging. Hastig suchte sie auf dem Wagen nach dem Krug und lief, als sie ihn endlich gefunden hatte, zurück. Doch da kam Aaron ihr schon mit der immer noch ohnmächtigen Cathy auf den Armen entgegen.

»Komm, wir müssen sie nach Whitefell bringen«, sagte er in einem sehr entschiedenen Ton. Er duldete keinen Widerspruch.

Als er die Bewusstlose vorsichtig auf die Ladepritsche legte, begann diese sich endlich zu regen. Aaron riss Isobel fast gewaltsam den Krug aus der Hand, sprang auf den Wagen und kniete sich neben Cathy. Er träufelte ihr etwas Wasser ins Gesicht und strich ihr dann liebevoll das feuchte Haar aus der Stirn. Isobel sah es mit jäh erwachender Eifersucht. Ihr schlechtes Gewissen verstummte augenblicklich.

Da schlug Cathy die Augen auf. »Was ist passiert?«, murmelte sie und versuchte schwach sich aufzurichten, sank aber sofort wieder um.

Aaron fing sie auf und legte sie vorsichtig, aber mit Nachdruck wieder zurück auf die Pritsche. »Ruhig, Cathy, bleib liegen!«, sagte er sanft. Wieder glitt seine Hand zärtlich über ihr Haar. »Du hast mir einen ziemlichen Schrecken eingejagt.«

»Uns!«, verbesserte Isobel mit einem giftigen Unterton in der Stimme.

Aaron blickte erstaunt auf. Er hatte Isobel für einen Augenblick ganz vergessen. Doch Cathys Blick wanderte unbestimmt in Isobels Richtung. »Verzeihen Sie, Miss Isobel … Ich … wollte … habe den Becher verloren …«, flüsterte sie undeutlich und schloss dann erschöpft wieder die Augen.

Aaron legte besorgt seine Hand auf ihre Stirn: »Mein Gott, sie glüht ja! Hat denn keiner gesehen, dass sie krank ist? Was macht sie denn überhaupt hier?«

»Sie begleitet mich, was denn sonst? Sie hätte ja auch selbst einmal etwas sagen können!«, gab Isobel schnippisch zurück. »Woher soll ich denn wissen, dass es ihr schlecht geht, wenn sie nichts sagt? Außerdem bin ich nicht ihre Gouvernante.«

Aaron musterte sie kühl. »Nein, das sind Sie in der Tat nicht, Miss de Burgh, aber Ihre Herrin, und Sie haben trotz allem doch zumindest eine gewisse Verantwortung für sie, oder nicht?« Dann zog er sein Hemd aus und legte es Cathy wie ein Kissen unter den Kopf. Diese war wieder in eine Art wirren Schlaf gesunken, vielleicht war es auch eine neue Ohnmacht. Erneut von Sorge gepackt, band Aaron hastig das Pferd los, stieg auf den Kutschbock und nahm die Zügel hoch. Isobel stand derweil unschlüssig immer noch neben der Ladepritsche. Aaron hob ungeduldig die Brauen. »Steigen Sie auf, Miss de Burgh, wenn Sie nicht zurücklaufen wollen! Wir bringen Cathy jetzt besser schnell nach Whitefell zurück. Vielleicht wissen Mrs Branagh oder Mrs Reed, was zu tun ist.«

Kapitel 24

»Ich hatte es geahnt!«, stöhnte Mrs Branagh entsetzt auf, als Aaron mit der besinnungslosen Cathy auf den Armen die Treppen von Whitefell hinaufgestürmt kam. Miss de Burgh folgte dicht hinter ihm mit einem seltsam verärgerten Ausdruck auf dem Gesicht. Mrs Branagh eilte ihnen entgegen.

»Was ist passiert?«, fragte die Haushälterin besorgt.

»Sie ist draußen in den Wiesen plötzlich zusammengebrochen«, sagte Isobel, bevor Aaron antworten konnte, und blickte ihn dabei drohend an. Dass er sich nur nicht verplapperte! »Aaron kam zufällig dazu und hat uns dann mit dem Pritschenwagen nach Hause gefahren.« Mrs Branagh konnte sich nun doch einen ernsten Tadel nicht verkneifen: »Ich hatte Ihnen ja gleich gesagt, dass dieser Spaziergang keine gute Idee ist. Ausgerechnet heute! Und jetzt auch das noch! Sie hätten heute wirklich auf Ihr Vergnügen verzichten können, Miss de Burgh.« Sie rang die Hände und blickte auf Cathy, die unruhig zu werden begann: »Was sollen wir jetzt mit ihr machen? Sie scheint hohes Fieber zu haben. Das kommt mir jetzt aber sehr ungelegen, wo wir doch alle Hände voll zu tun haben.«

»Kann ich etwas dafür? Sie hatten doch selbst vorgeschlagen, dass ich sie mitnehmen soll«, schnappte Isobel. Dass Mrs Branagh es wagte, ihr Vorwürfe zu machen, war ja wohl die Höhe!

»Ja, ich habe es vorgeschlagen, und das, obwohl ich gesehen habe, dass das Mädchen krank ist. Gott verzeih mir dafür!«, bekannte Mrs Branagh mit einem aufrichtigen, wenn auch späten Schuldbewusstsein, das Isobel völlig abging, und wandte sich dann brüsk von ihrer Herrin ab. »Bring sie nach oben in ihre Mansarde, Aaron. Ich zeige dir den Weg. Gott sei Dank, dass du gerade in der Nähe warst!«

»Ja, das war wirklich ein Glück!«, bemerkte der junge Mann in einem recht eigenartigen Tonfall und sah seinerseits Miss de Burgh dabei vielsagend an. Doch dann rückte er die wieder kraftlos erschlaffte Cathy auf seinen Armen zurecht, ließ die Tochter des Hauses einfach stehen und stieg eilig die vielen Treppen bis unter das Dach hinauf.

»Hier wohnt sie?«, fragte er sichtlich bestürzt.

»Es ist wirklich ein wenig gemütlicher Schlafplatz, ich weiß«, sagte Mrs Branagh, »aber Miss de Burgh hat es ausdrücklich so angeordnet, weil die Mansarde in deutlicher Nähe zu ihren Privaträumen liegt. Früher waren hier die Dienstmädchenunterkünfte, aber seit der frühere Herr von Whitefell vor vielen Jahren den neuen Dienstbotentrakt bauen ließ, hat man sich um die Mansardenräume hier nicht mehr gekümmert und sie nur noch als Abstellraum benutzt.« Aaron legte Cathy auf ihre Schlafstatt und sah sich entsetzt um. Dagegen war seine ebenfalls vor einigen Jahren errichtete schlichte Unterkunft bei den Ställen, wo die wenigen Knechte, die nicht aus der unmittelbaren Umgebung kamen, untergebracht waren, um einiges bewohnbarer. Was Unterkunft, Verpflegung und Lohn betraf, hatte er es auf Whitefell gar nicht so schlecht getroffen. Betroffen bemerkte er die Wasserflecke auf dem Boden, im selben Augenblick wie auch Mrs Branagh, die ebenso überrascht vom beklagenswert heruntergekommenen Zustand der Mansarde schien und feststellte: »Das Dach ist offensichtlich auch noch undicht geworden im letzten Winter, wie ich sehe. Ich werde die Knechte heraufschicken. Die sollen das bei Gelegenheit ausbessern.«

Cathy, deren Zustand schon auf dem Weg nach Whitefell immer wieder zwischen kurzen Phasen der Besinnungslosigkeit und fiebriger Unrast gewechselt hatte, bekam diese letzte Bemerkung von Mrs Branagh offenbar trotz des Fiebers mit. »Meine Bücher … das Versteck!«, murmelte sie wirr und versuchte schwankend, von ihrem Bett aufzustehen. Mrs Branagh hielt sie mit Gewalt zurück. »Um Himmels willen, das Mädchen ist ja völlig durcheinander! Aaron, bitte lauf schnell hinunter in die Küche zu Mrs Reed. Sie soll eine der Mägde heraufschicken. Wir brauchen Tee! Und Wasser für feuchte Wickel … was weiß ich … eben das, was sie für richtig hält! Und am besten holen wir Martha Polc aus dem Dorf. Wie es scheint, ist es doch ausgesprochen ernst!«

Aaron ließ sich das nicht zweimal sagen. In fliegender Hast eilte er die Stufen hinunter in den Küchentrakt. Angst um Cathy und ein nagendes schlechtes Gewissen trieben ihn an. Aber er hatte doch auch wirklich nicht damit gerechnet, dass Isobel de Burgh nicht allein war, als sie zu ihm kam! Wie dreist war diese junge, so hochwohlgeborene Dame eigentlich? Und wie gleichgültig waren ihr Cathys Empfindungen? Diese musste doch dann zwangsläufig zusehen, wie er entblößt und in eindeutiger Weise beschäftigt auf ihrer Herrin lag. Das schien eine Miss de Burgh nicht zu kümmern! Wieso hatte er sich nur auf dieses verfluchte Spiel eingelassen? Narr, der er war! Aaron schämte sich unsäglich und war gleichzeitig so wütend auf sich selbst, auf Isobel de Burgh und in einem trotzigen Winkel seines Herzens auch auf Cathy, dass er am liebsten irgendetwas oder irgendjemand geschlagen hätte. Warum nur ließ Cathy das alles so willenlos und schweigend mit sich geschehen? Hatte sie denn keine Selbstachtung? *So wie du selbst, Aaron Stutter?*, fragte eine boshafte Stimme in seinem Kopf – eine Stimme, die er nur zu gut kannte und die er aus ganzer Seele hasste, die ihn verfolgte und ihn trieb, sich immer wieder mit Frauen wie Isobel de Burgh einzulassen. Ja, mit seiner eigenen Selbstachtung war es in der Tat auch nicht allzu weit her. Wie konnte er dann Cathy einen Vorwurf machen?

Endlich hatte er die Küche erreicht. Er stürzte in den Raum und brachte hastig seinen Bericht vor. Schnell hatte Mrs Reed, praktisch und befehlsgewohnt wie sie war, den Ernst der Situation verstanden und schickte die maulende Emily mit dem Gewünschten hinauf zu Mrs Branagh. Ein drohender Blick der Köchin ließ die unwillige Magd augenblicklich verstummen und sich sputen. »Martha Pole!«, erinnerte Aaron die Köchin in einem drängenden Ton, als Emily verschwunden war. »Mrs Branagh trug mir auf, dass man Martha Pole benachrichtigen solle.«

»Ja, das ist wahrscheinlich das Beste«, stimmte Mrs Reed nachdenklich zu. »Wenn es der jungen Thomson wirklich so schlecht geht, wie du sagst, dann ist es wohl sicherer, Martha Pole um Rat zu bitten. Sie ist die kräuterkundige Frau hier in der Gegend und recht versiert. Ich habe auch schon manche Empfehlung von ihr übernommen. Sie versteht wirklich etwas von Kräutern. Außerdem ist sie längst nicht so teuer wie der Arzt aus Wilton, den kann sich ja unsereins nicht leisten. Der ist nur etwas für die feinen Herrschaften.«

»Und wo kann ich diese Martha Pole finden?«, fragte Aaron ungeduldig.

»Du willst sie selbst holen?« Mrs Reed sah ihn überrascht an. »Du kennst dich doch in der Gegend noch nicht richtig aus. Einer von den anderen Knechten kann doch ebenso gut gehen.«

»Nein, Mrs Reed«, brachte Aaron mit vor Anspannung gepresster Stimme hervor, »ich möchte gerne helfen. Ich … es dauert mich eben, dass Cathy so krank ist.«

Erstaunt sah ihn die Köchin an: »Na, du magst sie wohl wirklich, die kleine Thomson«, sagte sie in ihrer direkten Art, »aber ich fürchte, an der wird sich selbst ein so hübscher Kerl wie du die Zähne ausbeißen. Die lässt niemanden an sich heran. Ist verschlossen wie eine Auster. Die Mädchen können sie wohl deshalb nicht ausstehen. Allerdings sind die auch nicht gerade freundlich zu ihr und in der letzten Zeit haben sie es wirklich zu bunt getrieben. Daran ist aber nur diese Ruby schuld, die hat täglich die Zunge über sie gewetzt. Zum Schluss ist Cathy gar nicht mehr heruntergekommen zum Essen. Wer weiß, von was die sich ernährt hat in den letzten Tagen. Kein Wunder, dass sie jetzt krank ist.«

»Mrs Reed, bitte, wo finde ich denn nun diese Martha Pole?«

Die Köchin beschrieb ihm den Weg. Aaron rannte umgehend davon, doch als er die Türklinke ergriff, rief sie ihn noch einmal zurück: »Aber frag sie, was es kosten wird! Cathy bekommt, soweit ich weiß, keinen Lohn hier und die de Burghs reisen morgen ab. Ich weiß nicht, wer die Kosten übernehmen wird.« Aaron nickte knapp und eilte dann hinaus. Das Pferd stand noch angeschirrt im Arbeitshof von Whitefell. Damit würde es schneller gehen. Er schwang sich auf den Kutschbock und trieb das grobknochige Tier zu ungewohnter Eile an.

Es überraschte Martha Pole nicht, dass sie nach Whitefell zu einem Krankheitsfall unter den Bediensteten gerufen wurde, dergleichen kam öfter vor. Aber es überraschte sie, wie auffällig besorgt der hübsche junge Mann, der ihr völlig unbekannt war und sich doch als Stallknecht aus Whitefell vorstellte, um ihre Hilfe bat, und noch überraschter war sie, als sie hörte, um wen es sich bei dem Krankheitsfall handelte.

Sie hatte Cathy Thomson seit Jahren nicht mehr im Gottesdienst im Dorf gesehen. Der Pfarrer pflegte nach dem Hauptgottesdienst in der Gemeinde in der Regel noch einen Privatgottesdienst in der kleinen Kapelle von Whitefell für die Herrschaft und einen Teil der Dienerschaft abzuhalten. Die verstorbene Mrs de Burgh hatte diese Gewohnheit eingeführt, weil ihr die Dorfkirche zu bäuerlich schien, und so war es auch nach ihrem Tod geblieben. Der neue Pfarrer – Martha nannte ihn immer noch so, weil sie sich einfach nicht an diesen Schwätzer gewöhnen wollte – hatte die Regelung widerspruchslos übernommen. Die übrigen Angestellten Whitefells, besonders diejenigen, die Verwandtschaft in der näheren Umgebung hatten, kamen aber am Sonntag ins Dorf. Cathy Thomson war nie unter ihnen gewesen, obwohl Mr Thomson mit seiner neuen Frau und den drei Kindern, darunter dem bedauernswerten Rotschopf Billie, eigentlich jeden Sonntag in die Kirche kam. Sie hatte angenommen, dass das Mädchen damals von ihrem unversöhnlichen und hartgesichtigen Vater fortgeschickt worden war. Umso erstaunter war sie jetzt zu hören, dass Cathy Thomson seit Jahren auf Whitefell lebte, aber selten einen Fuß vor die Tür setzen konnte. Diese war ihr, wenn sie hin und wieder nach Whitefell gekommen war, nie begegnet, und es wurde auch nie über sie gesprochen. Was wohl mit ihr geschehen war nach jenen tragischen Ereignissen vor fünf Jahren? Und jetzt lag sie in hohem Fieber, das arme Ding. Mit kundiger Hand griff Martha Pole nach einigen Kräutern aus ihrem Vorrat, die blutreinigend, fiebersenkend und vor allem auch beruhigend wirkten, denn sie wusste aus Erfahrung, dass hoch Fiebernde manchmal in Krämpfe fielen oder im Fieberwahn um sich schlugen. Laudanum, wie es die studierten Ärzte in solchen Fällen gerne einsetzten, hatte sie nicht zur Verfügung. Sie hielt auch nichts davon, die Kranken in einen Drogenrausch zu versetzen. Opium war und blieb ein Teufelszeug. Man hörte ja so einiges aus den Lasterhöhlen in den Hafenstädten und in London. Auch dem sehr beliebten Aderlass stand sie, abgesehen davon, dass ihr das nicht erlaubt war, sehr kritisch gegenüber. Was sollte das bringen, einen Kranken durch solche zweifelhaften Maßnahmen noch zusätzlich zu schwächen? In einem Fall wie dem, den ihr der junge Mann aufgeregt geschildert hatte, konnte man ohnehin nur das Beste hoffen und die Selbstheilungskräfte des Körpers durch entsprechende Kräuter und Tinkturen anregen. Aber manchmal war die Krankheit eben stärker. Sie hoffte inständig, dass Cathy Thomson nicht an einer solchermaßen ernsten Erkrankung litt. Plötzliches Fieber konnte immerhin viele Ursachen haben, manchmal sogar seelischen Ursprungs sein.

Ehe der junge Mann es sich versah, hatte sie mit ihrem Korb in der Hand auf seinem Wagen, vor den ein abgehetztes Pferd gespannt war, Platz genommen und wartete ungeduldig darauf, dass es endlich losging. Hier war keine Zeit zu verlieren.

»Du hast sie von den Feldern nach Hause gebracht, sagst du?«, wandte sie sich an ihren Begleiter, während sie in zügigem Tempo Richtung Whitefell fuhren. Der nickte. »Warst du direkt dabei, als sie zusammenbrach? Kannst du mir Näheres darüber berichten?« Sie hoffte, auf diese Weise schon etwas mehr über die Art der Erkrankung zu erfahren. Seltsamerweise schien der junge Mann peinlich berührt über diese Frage. Sie sah ihn erstaunt an. Was war denn da wohl vorgefallen? Dann aber räusperte er sich und schilderte ihr seine Beobachtungen, auch dass er gehört hatte, dass Cathy es wohl in den Tagen, die ihrem Zusammenbruch vorausgegangen waren, nicht leicht gehabt hatte. Möglicherweise habe sie auch einen Schreck bekommen oder aber habe etwas gesehen, das sie erschüttert habe, fügte er zögernd an, als wäre es ihm nicht recht, darüber zu sprechen. Sie spürte deutlich, dass er etwas verbarg. Aber sie war nicht die Person, die neugierig in den Geheimnissen anderer bohrte. Doch sie erinnerte sich noch lebhaft und mit Bedauern an das, was dem Mädchen einst widerfahren war. Deshalb verspürte sie das Bedürfnis, dem jungen Mann eine gut gemeinte Ermahnung mitzugeben. »Hör zu, Aaron Stutter«, sagte sie und sah ihn streng an, » du scheinst dich doch um die junge Thomson zu sorgen und hast sie wohl auch gern.« Befriedigt sah sie ihn eifrig nicken. »Dann rate ich dir, sie gut zu behandeln. Sie braucht Menschen, die ihr freundlich gesonnen sind. Sie hat schlimme Erfahrungen gemacht und ...«

»Was für schlimme Erfahrungen?«, unterbrach sie ihr Gesprächspartner und sah sie alarmiert an.

»Hat sie nichts erzählt?«

»Nein, wenn ich sie auch nur ein wenig über ihre Vergangenheit befragte, wich sie mir immer aus. Sie ist ohnehin alles andere als gesprächig. Verschlossen trifft es wohl eher.« Er zuckte hilflos mit den Achseln.

»Wenn sie nicht darüber sprechen will, sollte ich es auch nicht tun«, meinte Martha Pole mit Bestimmtheit. Das war einer ihrer ehernen Grundsätze. » Aber wenn du mit Geduld ihr Vertrauen gewinnst, wirst du sicher auch selbst irgendwann die Wahrheit von ihr erfahren. Sei einfach freundlich zu ihr. Sie ist ein gutes, aufrichtiges Mädchen«, sagte sie und nickte bekräftigend.

Aaron ließ den Kopf hängen. »Ich glaube nicht, dass es mir gelingen wird, ihr Vertrauen noch einmal zu gewinnen.«

»Gibt es da etwas, das ich wissen müsste?«, fragte Martha, nun doch misstrauisch geworden. Doch der junge Mann hatte sich mit verschlossenem Gesichtsausdruck in sich zurückgezogen. Er war augenscheinlich nicht bereit, ihr noch etwas mitzuteilen. Der Rest der Fahrt verlief schweigend. Als sie vor dem Herrenhaus ankamen, lenkte Aaron den Wagen in Richtung der Ställe und half ihr herunter. Von dort konnte sie über den Gesindetrakt ins Haus gelangen. Schnell stieg sie vom Wagen. »Du wartest auf mich und wirst mich nach Hause fahren, wenn ich bei der Kranken war, verstanden?«, sagte sie in einem rüderen Ton, als sie eigentlich beabsichtigt hatte. Der junge Mann trug offensichtlich etwas mit sich herum, das ihm Gewissensbisse bereitete und mit Cathy Thomson zu tun hatte. Das nahm sie nicht gerade für ihn ein, wenn man bedachte, was das arme Geschöpf schon hatte erdulden müssen. Er sollte ruhig versuchen, dies – um was auch immer es sich dabei handelte – wiedergutzumachen.

Es war schon kurz vor Sonnenaufgang, als Aaron durch jemand, der unsanft an seinem Arm rüttelte, geweckt wurde. Am Vorabend hatte ihn der Schlaf schließlich übermannt, nachdem er unten in der Küche am Tisch sitzend noch lange auf Martha gewartete hatte, die gar nicht mehr aus Cathys Mansarde herunterkommen wollte. Die Sorge um Cathy hatte ihn fast wahnsinnig gemacht, aber er hatte nicht gewagt, unters Dach zu steigen, um selbst nach ihr zu sehen. Nun stand die Kräuterfrau endlich vor ihm. Schlaftrunken wischte er sich über das Gesicht, um die bleierne Müdigkeit, die ihm noch in den Knochen saß, zu vertreiben. »Es tut mir leid, dass es nun doch so lange gedauert hat«, meinte sie. Sie war es auch, die ihn geweckt hatte. Die Kräuterfrau wirkte ebenfalls übernächtigt, war aber in etwas gnädigerer Stimmung als am gestrigen Tag. »Die Kranke hat mir wirklich große Sorgen gemacht.« Aaron sah sie ängstlich an. Mit einem Schlag war er hellwach. »Aber jetzt geht es ihr doch besser, nicht wahr? Sie wird doch nicht …?« Er ließ die Frage im Raum stehen, ohne sie zu Ende zu führen. Doch die panische Furcht, dass Cathy womöglich doch dem Fieber zum Opfer fallen würde, war ihm überdeutlich ins Gesicht geschrieben.

Er scheint tatsächlich einiges für das Mädchen zu empfinden, dachte Martha und entschied sich dafür, ihn etwas zu beruhigen, obwohl Cathys Zustand die halbe Nacht über ausgesprochen besorgniserregend gewesen war. Doch nun war sie – Gott sei Dank – endlich über den Berg. Das Fieber war in den letzten Stunden merklich gesunken, und Cathy hatte ihr sogar, wenn auch nur kurz, verständlich antworten können auf die Fragen, die Martha ihr gestellt hatte. Nun schlief das junge Mädchen erschöpft seiner Gesundung entgegen. Die Kräuterfrau hatte sie in der Obhut von Mrs Branagh, die gar nicht so streng und ungnädig war, wie mancher aus der Dienerschaft vielleicht glauben mochte, zurückgelassen.

»Du brauchst dich nicht so sehr zu sorgen. Das Fieber ist gesunken. Sie wird noch einige Tage brauchen, um sich zu erholen, aber es besteht keine Gefahr mehr, denke ich, obwohl das letztlich nur Gott entscheidet.« Der junge Mann reagierte mit sichtlicher Erleichterung. Dann erhob er sich eilig, um ihrer am Abend zuvor geäußerten Bitte, sie nach Hause zu fahren, Folge zu leisten. Doch Martha hatte noch etwas auf dem Herzen. »Bevor du mich nach Hause bringst, sollte ich noch bei Wildhüter Finley vorbeischauen. Ich habe etwas mit ihm zu besprechen.« Aaron nickte folgsam. Doch dann hielt er inne, als beschäftige ihn noch etwas und fragte: »Was ist denn mit Cathy? Warum hatte sie plötzlich so hohes Fieber?«

Martha wiegte in Bedenken den Kopf hin und her und meinte dann: »Das ist einer der Gründe, warum ich mit Finley sprechen möchte. Ich hatte es mir fast gedacht, nach dem, was du mir berichtet hast, dass das Fieber zumindest zum Teil durch eine übergroße seelische Belastung hervorgerufen wurde. So etwas kommt gar nicht so selten vor. Offenbar war Cathy auch zusätzlich dadurch geschwächt, dass sie einige Tage nichts mehr gegessen hat. Die Mägde haben ihr wohl das Leben zur Hölle gemacht. Aber am meisten macht sie sich große Sorgen darüber, was aus ihr werden soll.«

»Oh!« Aarons Augen wurden dunkel vor Mitgefühl und zärtlicher Sorge. Er hat wirklich besonders hübsche Augen, dieser Stallknecht, dachte Martha. Vor allem kann er wohl seine Gefühlsregungen schlecht verbergen. Als fühlte er sich ertappt, wandte Aaron seinen Blick ab und fragte: »Hat sie sonst noch etwas gesagt? Ich meine, hat sie etwas erzählt von dem …?«. Offenbar zog er es vor, den Satz nicht zu beenden.

»Was sollte sie denn erzählt haben?«, fragte Martha lauernd. »Sie hat nichts über dich gesagt, wenn du das meinst.« Der junge Mann schwankte sichtlich zwischen Erleichterung und einer gewissen Enttäuschung. Doch dann besann er sich und wechselte das Thema. »Wenn wir zu Finley wollen, sollten wir uns auf den Weg machen, bevor er womöglich in den Wald geht«, sagte er schlicht und hielt ihr höflich die Tür auf, die in den Durchgang zum Arbeitshof führte.

Branford House, London, 1. Juni 1838

Kapitel 25

Isobel ließ sich erschöpft auf das seidenbespannte französische Sofa sinken. Froh, der stickigen Kutsche entronnen zu sein, hatte sie sich in den geräumigen Salon des eleganten Stadthauses zurückgezogen, wo die Familie des Earls am Montpellier Place im aristokratischen Stadtteil Kensington residierte. Die Fahrt nach London zusammen mit Lady Branford und ihren beiden Cousinen war alles andere als erquicklich gewesen. Nicht nur waren die Straßen durch die vergangenen langen Regenfälle in einem beklagenswerten Zustand, sodass sie zwei Mal stecken geblieben waren und sogar hatten aussteigen müssen (wobei sie sich ihre Seidenschuhe völlig ruiniert hatte!), damit der Kutscher und seine beiden Begleiter das schwere und hoch beladene Gefährt wieder flott bekamen, auch der mehrstündige Aufenthalt im zumindest gut gepolsterten Innenraum der Kutsche mit ihren todlangweiligen Cousinen und der entsetzlich steifen und ermüdenden Lady Branford war eine ausgesuchte Folter gewesen. Wie sollte sie deren Gesellschaft nur über die ganze Dauer ihres Aufenthaltes in London – dieses überaus bedeutsamen Abschnittes in ihrem jungen Leben – ertragen? Eine grauenhafte Vorstellung! Zu dumm, dass die Verwandtschaft mit diesen peinlichen, wenn auch adeligen Frauen unbedingte Voraussetzung für ihre eigene glänzende Einführung in die gehobene Gesellschaft Londons, ja, sogar des ganzen *Kingdoms* war. Denn dieses schickte sich erfreulicherweise an, sich der Krönung wegen in London einzufinden. Wirklich ein gut gewählter Zeitpunkt für ihr Debüt, wenn auch die Umstände mehr als lästig waren.

Lady Florence war es in den vergangenen Monaten, seit sie sich das letzte Mal gesehen hatten, tatsächlich gelungen, noch dicker zu werden, als sie es ohnehin schon war. Das verzweifelt eng geschnürte Mieder ihres bräunlichen Kleides, von dem Lady Branford fälschlicherweise annahm, es stehe Florence gut zu Gesicht, hatte die siebenundzwanzigjährige älteste Tochter des Earls während der Reise mehrfach an den Rand einer Ohnmacht getrieben. Das hatte jedes Mal zu einer erheblichen Aufregung geführt. Erst als man schließlich übereinkam, die Schnürung etwas zu lockern, hatte sich der gesundheitliche Zustand von Lady Florence schlagartig wieder normalisiert, was man allerdings vom Umfang ihrer Taille nicht behaupten konnte. Isobel verkniff sich ein Lachen. Es war wirklich zu komisch gewesen, wie die in der stickigen Hitze des Kutscheninnenraums puterrot angelaufene fette Gans um Erlösung von ihren Qualen bettelte, was Lady Branford nur ungern akzeptierte, aber schließlich gezwungenermaßen gewährte. Isobel verspürte wenig Mitleid. Es war schließlich ganz Florences eigene Schuld, wenn sie es vorzog, ihre Jugend als Fass zu beschließen. Auch Lady Mary-Ann, nunmehr vierundzwanzig Lenze zählend und ebenfalls noch nicht verehelicht, ebenso wie ihre groteske ältere Schwester, war eine rechte Plage. Sie war zwar nicht so fett wie diese, besaß dafür aber noch weniger weiblichen Reiz. Während Florence wenigstens ein einigermaßen hübsches Gesicht mit netten Grübchen auf der äußerst dürftig ausgestatteten Liste ihrer Vorzüge verbuchen konnte, war Mary-Ann nur unerträglich fade, rechthaberisch und überdies geradezu hässlich mit ihren mausbraunen stumpfen Haaren, dem leicht fliehenden Kinn und der markanten Nase. Einer Nase, die die Ärmste wohl ihrem Vater zu verdanken hatte. Obwohl ihre Mutter immer wieder – offenbar mit Blindheit geschlagen – beteuerte, es bestehe eine gewisse Ähnlichkeit mit der jungen Victoria, konnte Isobel nicht umhin zu konstatieren, dass dies die traurigen Tatsachen in keiner Weise verbesserte. In diesem Fall war auch die angehende Queen Victoria sehr zu bedauern.

Es war wirklich zum Ärgern, dass sie die ersten Tage nun auch noch allein mit ihren Verwandten in London verbringen sollte. Ihr Vater hatte ihr am Tag ihrer Abreise mitgeteilt, dass ihn geschäftliche Verpflichtungen noch etwas aufhielten, er aber, sobald es ihm möglich sei, nachkommen würde. Auch der Earl, der bereits in London weilte, hatte alle Hände voll im Oberhaus zu tun, das jetzt so kurz vor der Krönung in emsige Betriebsamkeit verfallen war. Jedenfalls war eine Krönung ein Anlass, der den Hochadel in hellste Aufregung und peinlichst genaue Planung des vorgesehenen Zeremoniells, verbunden mit den entsprechenden Pflichten und Privilegien, versetzte. Und dies sollte eine ganz besondere Krönung werden, das verhieß schon die vom Oberhaus dafür zur Verfügung gestellte Summe von exorbitanten zweihunderttausend[9] englischen Pfund – mehr als vier Mal so viel wie für den glücklosen und unbeliebten Vorgänger, Wilhelm IV. So war Isobel dazu verurteilt, zu den ersten gesellschaftlichen Anlässen ganz auf die Begleitung durch Lady Branford und deren abstoßende Töchter angewiesen zu sein. Ärgerlich – aber leider nicht zu umgehen! Aber was würde es für einen Eindruck machen, wenn sie zusammen mit einer Vettel und einer Betschwester, die zudem hässlich wie die Nacht war, das öffentliche Parkett betrat? In so einer Begleitung würde womöglich ihr eigener Glanz ebenfalls matter erscheinen, und damit würden ihre Aussichten auf einen guten Fang unter den Galanen geschmälert. Das musste unbedingt verhindert werden. Auf alle Fälle konnte sie durch eine entsprechend exquisite Garderobe bestimmt das Schlimmste verhindern. Jedenfalls gab es in dieser Hinsicht noch einiges zu tun.

Für den Aufenthalt in Branford House stand ihr dafür eine eigene Zofe zur Verfügung, das hatte ihr Lady Branford auf ihre Nachfrage gnädig mitgeteilt, und diese würde sie gleich einmal in Augenschein nehmen. Für die Krönungsfeierlich-

9 Entspricht etwa 10.000.000 €

keiten würde sie sich auch noch hier in London bei einem geeigneten Schneider ein entsprechendes Gewand fertigen lassen. Seltsamerweise hatte ihr ihr Vater bezüglich dieser Frage die Bitte mit auf den Weg gegeben, sich bei den Ausgaben für den Schneider doch etwas zurückzuhalten. Solche Beschränkungen war sie von ihm nicht gewohnt. Sonst konnte ihm nichts zu kostbar für sie sein. Ob er wohl doch Geldsorgen hatte? Immerhin war es ihm auch nicht möglich gewesen, sie wie geplant direkt nach London zu begleiten, stattdessen wollte er noch einiges mit diesem ihr etwas unangenehmen Havisham regeln. Darüber hatte sie sich mehr als alles geärgert. Dass ihr Vater es für passender hielt, sich mit seinen Geschäftsfreunden abzugeben, die er doch alle Tage sehen konnte, anstatt seine einzige Tochter bei ihrer ungemein wichtigen Reise nach London zu begleiten, empfand sie als einen Schlag ins Gesicht und deshalb würde sie sich auch keinen Deut um seine Bitte um Sparsamkeit kümmern. Strafe musste sein! Das hatte er davon, wenn er anderes ihr voranstellte.

»Ah, Isobel, da bist du also. Ich hatte dich schon gesucht.« Lady Branford war in den Salon eingetreten und musterte ihre Nichte mit leichter Missbilligung. »Deine Cousinen wollten dir das Haus zeigen und insbesondere dein Zimmer. Danach werden wir uns zurückziehen und uns dann in einer halben Wache zum Dinner einfinden. Ich erwarte eine angemessene Garderobe. Es werden der Baron of Tounton nebst seiner Gattin Lady Fountley und ihrer beider Sohn Mr Godfrey Fountley zu Gast sein.« Isobel horchte auf. Das versprach ja, interessant zu werden. Gleich am ersten Abend mit adeligen Gästen zu speisen, die zudem einen Sohn mitbrachten – der hoffentlich schon volljährig war –, schien wenigstens unterhaltsamer, als sich auch den verbliebenen Rest des Tages mit ihrer unerträglichen Verwandtschaft abgeben zu müssen.

»Gewiss, Tante«, antwortete Isobel lächelnd. »Wo sind denn meine beiden reizenden Cousinen nun?« Es kostete sie gewisse Mühe, denn Satz auszusprechen, ohne in spöttisches Gelächter auszubrechen. Die Konversation in diesem Hause würde sicher noch einiger Übung in Selbstbeherrschung bedürfen.

»Sie sind bereits oben in ihren Räumen. Lady Florence wünschte ihre Garderobe zu wechseln.«

»Oh, dabei stand ihr das braune Kleid doch so gut!«, meinte Isobel in gespieltem Bedauern und amüsierte sich insgeheim köstlich über den befriedigten Gesichtsausdruck von Lady Branford, den diese über Isobels mit treuherzigem Augenaufschlag vorgebrachte Lüge aufsetzte. Die tat ihre erwünschte Wirkung.

»Geh nur, mein liebes Kind!«, sagte Lady Branford ohne die geringste Spur von Misstrauen. »Cedric, unser Butler, wird dich nach oben begleiten.« Sie zog an dem neben dem Kamin herabhängenden Klingelband. »Wir sehen uns dann zum Dinner wieder.«

Mr Godfrey Fountley war – wie erhofft – tatsächlich schon seit einigen Jahren volljährig, aber darin und in der Tatsache seiner adeligen Herkunft erschöpften sich seine Qualitäten bereits, wie Isobel, als die Gäste zum Dinner eintrafen, mit Bedauern zu Kenntnis nahm. Umsonst hatte sie sich also mit Hilfe ihrer durchaus geschickten Zofe in ein schulterfreies blutrotes Gewand über einem eng geschnürten Mieder gezwängt, das ihre ohnehin schlanke Taille auf das inzwischen von der Mode wieder geforderte überschlanke Maß zusammenpresste. Sie war sich des beeindruckenden Anblicks, den sie besonders im Vergleich mit der jämmerlichen Vorstellung ihrer Cousinen abgab, überaus bewusst. Lord Fountley und auch seinem Sohn fielen fast die Augen aus dem Kopf, was allerdings auch kein Wunder war, da beider Augenpaare ohnehin zu froschartigem Herausquellen neigten. Auch der Gesichtsschnitt Mr Fountleys, den der Bedauernswerte von seiner vierschrötigen Mutter geerbt zu haben schien, unterstrich den amphibischen Eindruck, den er bei Isobel hinterließ, aufs Nachdrücklichste. Fast erwartete sie, dass er sich beim Dinner mit herausschnellender Zunge eine frech im Zimmer herumsurrende Stubenfliege schnappte, aber diesen amüsanten Gefallen tat er ihr leider nicht. Auch sonst hüllte er sich in stures Schweigen, kaum dass er die Begrüßung der Damen mit linkischem Handkuss hinter sich gebracht hatte. Er schien sich recht unwohl in der Gesellschaft der weiblichen Fraktion des Hauses Branford zu fühlen, und bald erkannte Isobel den Grund dafür.

Die beiden Mütter hatten sich offensichtlich in den Kopf gesetzt, Lady Florence und den unglücklichen Mr Godfrey Fountley zu einer Verbindung zu drängen und unterstützen dieses Vorhaben dadurch, dass man die beiden bei Tisch nebeneinander platziert hatte. Lady Fountley erging sich während des Mahls in wahren Lobeshymnen über ihren Spross und Lady Branford stand dem, was Florence betraf, in nichts nach. Die Folge war, dass die beiden hilflosen Protagonisten dieser Posse mit peinlicher Röte übergossen tunlichst jeden Augenkontakt vermieden. Isobel vernahm im Laufe des Dinners amüsiert, dass Lady Florence ein wahrer Ausbund an Tugend, Anmut und Kunstverständnis sei, während Mr Godfrey Fountley sich anscheinend der besonderen Anerkennung seiner ungewöhnlichen Geistesgaben durch seine Professoren in Oxford rühmen konnte. Weder das eine noch das andere entsprach, wie Isobel vermutete, auch nur annähernd der Wahrheit, und das war wohl auch den beiden unglücklichen Opfern des Kuppelversuchs nur zu gegenwärtig. Immerhin versuchte der Sohn des Barons, dem Redefluss seiner krötengesichtigen Mutter durch bittende Blicke Einhalt zu gebieten, was diese aber nicht im Geringsten zur Kenntnis nahm. Schließlich flüchtete er sich in eine eingehende Betrachtung der nackten Schultern Isobels, die offenbar sein besonderes Interesse erregt hatten. Isobel war sich sicher, an diesem Abend bereits eine, wenn auch indiskutable, Eroberung gemacht zu haben. Sie beschloss, den jungen Mann ein wenig zu reizen und richtete das Wort an ihn: »Welches Fach studieren Sie denn, Mr Fountley?«

»Jura!«, gab dieser erschrocken zur Antwort. Er hatte offenbar nicht damit gerechnet, dass die Besitzerin dieser verlockenden Schultern auch über die Fähigkeit zu sprechen verfügte.

»Das ist ja ungemein interessant!«, log Isobel schamlos, »fürchten Sie sich denn nicht vor dem schrecklichen Abschaum, mit dem Sie es in dieser Profession zu tun bekommen werden? Allein der Gedanke, einer Verurteilung zum Tode beiwohnen zu müssen, lässt mein schwaches Frauenherz erzittern. Und dann erst die entsetzlichen Zustände in den Gefängnissen. Man hört ja so einiges! Müssen Sie auch dahin?«

»Ähm ...«, sagte Mr Godfrey Fountley und schwieg eine geraume Weile, womit er die Lobeshymnen seiner Mutter ob seiner ungewöhnlichen Geistesgaben zunächst Lügen strafte. Dann aber fasste er erstaunlicherweise – vielleicht auch wegen des strengen Blicks derselben – Mut. »Tatsächlich habe ich mich aus diesem Grund auf das Gebiet der wirtschaftsrechtlichen Tätigkeit konzentriert. Ich muss zugeben, dass mich die Besuche, die ich im Gefängnis studienbedingt machen musste, sehr erschüttert haben. Die Verhältnisse sind unaussprechlich und menschenverachtend. Ich empfand es als unerträglich und es hat mich über die Maßen belastet, nicht eingreifen zu können. Wenn man bedenkt, dass schon Kinder von acht Jahren und jünger wegen Kleinigkeiten wie einem gestohlenen Brot zur Deportation verurteilt werden – was kaum eines von ihnen überlebt, wenn es denn wider Erwarten den Aufenthalt im Untersuchungsgefängnis übersteht –, kommt einem doch der eine oder andere kritische Gedanke zur Rechtsprechung. Ich habe mich deshalb …«

Hier wurde er von seinem Vater, den Baron of Tounton, energisch unterbrochen: »Godfrey, ich denke nicht, dass du die Damen mit diesen äußerst unappetitlichen Geschichten ermüden solltest. Noch dazu beim Essen! Deine seltsame Vorliebe für die Unterschicht ehrt dich zwar als mitfühlenden Menschen, ist aber meines Erachtens völlig unangebracht. Dieser Abschaum gehört mit aller Härte bestraft. Es nimmt ja auch überhand damit. In der Eastside von London kann ein ehrbarer Gentleman es nicht einmal mehr wagen, auf der Straße zu gehen, ohne von verwahrlostem Gesindel und Trunkenbolden angefallen zu werden. Skandalös ist das, sage ich Ihnen!«, wandte er sich auf Bekräftigung hoffend an Lady Branford, die auch beifällig nickte. Da öffnete zum ersten Mal an diesem Abend Mary-Ann den Mund, um sich am Gespräch zu beteiligen: »Drakonische Strafen können den Missständen wohl kaum beikommen, sind diese doch durch die beklagenswerten äußeren Umstände, in denen so viele unserer Mitbürger leben müssen, verursacht.«

»Mary-Ann!« Lady Branford bedachte ihre jüngere Tochter mit einem vernichtenden Blick. »Wirklich niemand an dieser Tafel ist an deinen ungehörigen Ansichten zu diesem Thema interessiert.« Sie wandte sich mit einem entschuldigenden Lächeln an Lord und Lady Fountley. »Meine Tochter hat sich wohl leider von Schriften einiger Fantasten beeinflussen lassen. Ich hoffe, Sie schreiben ihre unbedachten Äußerungen der Unvernunft der Jugend zu und sehen es ihr nach.«

Lord Fountley lächelte säuerlich, sagte aber nichts dazu. Sein Sohn wandte sich jedoch der von ihm bisher kaum beachteten Mary-Ann mit plötzlich erwachtem Interesse zu. »Sie haben sich mit diversen politischen Schriften beschäftigt, Lady Mary-Ann? Um welche Schriften handelte es sich dabei?«

Die Angesprochene zögerte einen Augenblick, entschied dann aber angesichts des ehrlichen Interesses des jungen Mannes, sich dem erzürnten Blick ihrer Mutter zu widersetzen. »Ich las kürzlich Schriften von Richard Cobden[10], der sich für den freien Handel einsetzt. Seines Erachtens sind vor allem die hohen Preise für die Grundnahrungsmittel mit Ursache des Elends in der Bevölkerung.«

»Sie haben tatsächlich Richard Cobden gelesen?« Godfrey Fountley reagierte mit erstaunter Bewunderung. »Das hätte ich nicht erwartet, muss ich ehrlich zugeben.«

Lady Branfords Stimme hingegen wirkte inzwischen leicht panisch: »Wissen Sie, Mr Fountley, ich kann mir auch gar nicht erklären, wo sie so etwas herbekommt. Ich habe es natürlich sofort unterbunden, als ich davon hörte.«

Der bisher so tumb erschienene junge Mann wurde plötzlich regelrecht lebhaft. »Aber wieso denn nur, Lady Branford? Meines Erachtens ist dieser Mr Cobden ein überaus gescheiter Kopf. Unsere Regierung täte gut daran, seinen zahlreichen Petitionen Gehör zu schenken. Die Lage der Bevölkerung besonders in den Städten ist prekär, die Menschen hungern, haben keine medizinische Versorgung, die Kinder wachsen unter trostlosen Bedingungen auf … wenn nicht bald etwas geschieht, könnte es wieder zu blutigen Aufständen kommen wie vor einigen Jahren in Manchester – und das womöglich landesweit. Wer sollte es den Menschen verdenken?«

Lady Branford lächelte hilflos. Wie sollte sie diese gefährlichen Gefilde nur wieder verlassen? Derartig aufrührerische

10 Richard Cobden, (1804 – 1865) war ein englischer Unternehmer und die führende Figur des Manchesterliberalismus und der Freihandelsbewegung. Aus armen Verhältnissen stammend, sah er als wesentlichen Grund für die Verelendung der Arbeitermassen die durch die britische Handelsbeschränkungspolitik hervorgerufenen hohen Brotpreise. Er schrieb zahlreiche Petitionen, gründete die Anti-Corn Law League (1839) und schaffte 1846 den Sprung ins Unterhaus, sehr zum Missfallen der konservativen Tories. Besonders durch seinen Einsatz fielen immer mehr die Freihandelsgrenzen, wovon das Empire letztlich profitierte, vor allem aber auch die Masse der verarmten Arbeiterschaft. Für Cobdens Verdienste haben ihm englische Arbeiter Denkmäler aufgestellt. Richard Cobden bekam den Ehrennamen *Champion of the Poor*. Siehe auch Nachwort.

Gespräche im Hause des Earls of Branford, eines geachteten Mitgliedes des Oberhauses und Anhänger der konservativen Tories, waren einfach ein Ding der Unmöglichkeit. Zum Glück war der Earl selbst nicht zu Hause. Nicht auszudenken, wie er reagiert hätte. Mr Fountley schien das Unbehagen seiner Gastgeberin nicht noch verstärken zu wollen und beendete die Diskussion taktvoll, indem er die bevorstehende Krönung und die damit zusammenhängenden Feierlichkeiten zum Thema des allgemeinen Gesprächs machte, was alle überaus dankbar aufgriffen. Aber für den Rest des Abends ruhten seine Augen immer wieder auf Mary-Ann, die ihm ebenfalls den einen oder anderen warmen Blick zukommen ließ.

Hier haben sich zwei verwandte Seelen gefunden, dachte Isobel mit Spott, aber auch mit gewissem Neid. Dass die unansehnliche Mary-Ann das Interesse eines, wenn auch noch so unattraktiven Mannes, der aber immerhin von vornehmer Herkunft war, gewinnen konnte, hätte sie nicht für möglich gehalten. Und das auch noch so sehr, dass dieser darüber sogar seine Bewunderung für Isobels zarte Rundungen vergessen hatte. Nun denn, sollte er doch! Sie hatte ohnehin kein Interesse an ihm. Und weder Lady Branford noch seine eigene Mutter schienen erfreut darüber zu sein, dass die unglückliche Lady Florence ins Abseits seiner Aufmerksamkeit geraten war. Es war unbedingt notwendig, dass Lady Florence zumindest eine Verlobung in Aussicht hatte, bevor Mary-Ann auch nur im Entferntesten an eine Verbindung denken konnte. Außerdem würde ihr Vater wohl kaum eine Verbindung mit einem – wenn auch adeligen – möglichen Unruhestifter, denn als solcher hatte sich Mr Fountley soeben und zu ihrem größten Erstaunen entpuppt, gutheißen.

Kapitel 26

»Ich würde diesen Stoff bevorzugen.« Isobel schob die vor ihr ausgebreiteten exquisiten Erzeugnisse in- und ausländischer Webarbeit achtlos beiseite und wies auf das mit Abstand teuerste Gewebe aus edlem weißen Damast, auf den in aufwändiger Handarbeit Blütenranken mit goldgelbem chinesischen Seidenfaden gestickt waren.

»Eine hervorragende Wahl, Miss«, bestätigte der Schneidermeister mit breitem und äußerst zufriedenem Lächeln. Zusammen mit den Volants und Schleifen aus feinster chinesischer Seide und den üppigen Stoffbahnen, die für den von ihm vorgeschlagenen weitausladenden Rock des Gewandes nötig sein würden, kostete dieses Kleid eine stattliche Summe, an der er gut verdienen würde. Die junge Dame hatte wirklich einen sicheren, wenn auch für ihr zartes Alter etwas unangemessen verschwenderischen Geschmack, aber ihm sollte es recht sein. Er wäre der Letzte, der ihr davon abraten würde.

»Wann wird das Kleid fertig sein?«, fragte seine junge Kundin mit leicht schnippischem Ton, den sie anscheinend gegenüber einem Handwerker für angemessen hielt.

»Drei Tage vor der Krönungszeremonie bestimmt, verehrte junge Dame. Wir haben, das können Sie sich bestimmt denken, zurzeit außerordentlich viele Aufträge, die auch besondere Sorgfalt erfordern. Ich bin sehr froh, dass ich Ihnen überhaupt noch eine ausreichende Stoffauswahl vorstellen konnte. Sie glauben nicht, was jetzt so kurz vor den Krönungsfeierlichkeiten in London los ist.« Seine Kundin wirkte sichtlich enttäuscht. »Aber sollte es mir nicht gefallen, habe ich keine Möglichkeit mehr, noch etwas ändern zu lassen.«

»Oh, da darf ich Sie doch beruhigen. Wir arbeiten immer zur vollsten Zufriedenheit unserer, so darf ich wohl anmerken, vorwiegend hochwohlgeborenen Kundschaft. Selbst die vornehmsten Familien lassen bei uns arbeiten. Gunther's[11] hat einen ausgezeichneten Ruf und das schon seit über neunzig Jahren. Sie werden gewiss höchst erfreut sein über das Ergebnis unserer Bemühungen und das Kleid wird Ihre Schönheit in einem noch helleren Licht erstrahlen lassen.«

Die junge Dame lächelte geschmeichelt. »Nun, dann erwarte ich das Kleid zu eben diesem Datum und keinen Tag später«, sagte sie hoheitsvoll und schickte sich an zu gehen.

Mr Sullivan, der Verkäufer, konnte aber zu seinem Leidwesen seine Kundin noch nicht entlassen. »Und die Rechnung? Verzeihen Sie, Miss, aber bei neuen Kunden pflegen wir eine Zwischensumme in Rechnung zu stellen. Man hat doch hin und wieder schlechte Erfahrungen gemacht bei Auftraggebern, die durch widrige Umstände plötzlich nicht mehr zahlungsfähig waren. Natürlich gehe ich in Ihrem Fall nicht davon aus.«

»Das sollten Sie auch nicht, Mr Sullivan. Selbstverständlich wird mein Vater, Mr de Burgh, der morgen in London eintreffen wird, die Rechnung, so hoch sie auch immer sein möge, begleichen. Guten Tag, Mr Sullivan!«

Isobel verließ einigermaßen verstimmt das Schneidergeschäft in der Bond-Street, das zu den besten Londons gehörte. Seltsame Gepflogenheiten hatte man hier. Zu Hause würde es niemand auch nur entfernt in den Sinn kommen, sie oder ihren Vater um eine Abschlagszahlung anzugehen.

In der Kutsche warteten ihre beiden Cousinen ungeduldig auf sie. Florence hatte es sich in den Kopf gesetzt, heute unbedingt eine Kunstausstellung in der Royal Academy besuchen zu wollen, wo auch ein gewisser Henry Thornton[12] ausstellte.

11 Eines der bekanntesten Schneidergeschäfte Londons schon im Regency.

12 Die nicht historische Romanfigur von Henry Thornton orientiert sich künstlerisch an William Turner (1775 – 1851), einem aus ärmlichen einfachen Verhältnissen stammenden hochbegabten Künstler, der als bedeutendster Vertreter der englischen Romantik gilt. Mit seinem Spätwerk nahm er maßgeblich Einfluss auf die Entwicklung des französischen Impressionismus. Die beschriebenen Bilder lehnen sich an Werke Turners an.

Offenbar schien das gerühmte Kunstverständnis ihrer älteren Cousine doch nicht so ganz dem Reich der Märchen entsprungen zu sein, wie Isobel bei jenem Dinner vor einigen Tagen selbstverständlich angenommen hatte. Auf der Fahrt schwärmte sie ausführlich von den beeindruckenden, seelenvollen Landschaften und vor allem Meeresbildern, die dieser junge Künstler zu erschaffen in der Lage sein solle.

Tatsächlich kannten die beiden Töchter des Earls den angeblich so talentierten jungen Mann persönlich, da sie ihm bei einem ihrer Besuche in London vorgestellt worden waren. Er hatte sie sogar auf Einladung des Earls einige Zeit in Wilton besucht, da der Earl dem jungen aufstrebenden Künstler zugetan war und ihn gerne fördern wollte. Dann aber war durch einen Umstand, zu dem weder Florence noch Mary-Ann näher Auskunft geben wollten, das herzliche Verhältnis plötzlich abgekühlt und Mr Thornton hatte Wilton House mehr oder weniger im Zorn verlassen. Eine Tatsache, die offenbar besonders Florence großen Kummer bereitete, wie Isobel mit staunender Neugier bemerkte.

Es war alles andere als einfach für den Kutscher des zweispännigen Gefährts, sich durch die völlig verstopften Straßen Londons bis zum Trafalgar Square, wo die Royal Academy erst seit letztem Jahr im Ostflügel der National Gallery untergebracht worden war, zu wühlen. Zuvor hatte die Academy, die der Förderung und Ausbildung der jungen vielversprechenden Künstler des Kingdoms diente, ihren respektablen Standort in Sommerset House gehabt, war dann aber aus allen Nähten geplatzt und hatte nun am Trafalgar Square ein noch renommierteres Zuhause gefunden, wie Mary-Ann Isobel in ihrer typischen, äußerst ermüdenden Art erläuterte. Als ob Isobel derlei Details interessiert hätten! Allerdings war auch sie von der Pracht des Trafalgar Squares sehr beeindruckt. Auf dem weiten Platz, auf dem mächtige steinerne Brunnen das Zentrum bildeten, herrschte ein reges Treiben. Auch hier sah sich Mary-Ann unnötigerweise veranlasst zu bemerken, dass die Brunnen bald einer Neugestaltung des gesamten Platzes weichen sollten, dessen Zentrum dann eine gewaltige Säule mit dem verehrten Retter der englischen Nation, Lord Nelson, einnehmen sollte. Man hoffe, damit weiteren Zusammenrottungen der – wie Mary-Ann frevlerisch anmerkte – mit Recht unzufriedenen Bevölkerung auf dem bekannten Platz vorzubeugen. Inzwischen rollten weitere Kutschen heran, entließen immer mehr gut gekleidete Menschen vornehmer Herkunft aus ihrem Inneren und fuhren dann eilig davon, um dem nächsten Gefährt Platz zu machen. Sollte Isobel bisher nicht den Eindruck gewonnen haben, dass London wegen der bevorstehenden Krönung regelrecht überfüllt war mit vornehmer Gesellschaft aus allen Teilen Englands, ja des ganzen Empires, so bekam sie nun eine Anschauung davon. Viele der Herrschaften strömten ebenfalls dem Ziel zu, das sie selbst in Angriff genommen hatten. Es war ein ziemliches Gedränge, als die drei jungen Damen die Stufen zum Eingang der Academy erklommen. Isobel wurde mehrfach angerempelt und wäre am liebsten wieder umgekehrt, aber ihre Neugier obsiegte. Wenn halb London meinte, dass es hier etwas Bemerkenswertes zu sehen gab, wollte sie bei diesem Ereignis auf jeden Fall zugegen sein.

Tatsächlich war sie auch einigermaßen beeindruckt vom Aufgebot des Adels, der sich hier eingefunden hatte, um die Ausstellung der neuesten Werke der von der Academy geförderten und bereits hoch geschätzten jungen Künstler zu bewundern. Isobel hatte dergleichen noch nie gesehen. Die Gemälde auf Whitefell waren, wenn auch zahlreich, deutlich älteren Datums und stellten entweder Landschaftsszenen, Porträts oder aber üppige, mit Bedeutung überfrachtete, allegorische Szenen im manieristischen Stil dar. Das Deckengemälde in der großen Eingangshalle Whitefells, das Cathy immer so bewundert hatte und auf das Isobels Vater mächtig stolz war, stellte ein besonders grandioses Beispiel dieser bis zur Übertreibung ausgeprägten und auch sehr farbenfrohen Kunstform dar.

Die Gemälde, die sie nun zu sehen bekam, sprachen eine ganz andere Sprache. Zwar spielte auch hier die Farbe eine überragende Rolle, aber die Szenen blieben seltsam verwischt und unwirklich. Sie konnte nicht allzu viel damit anfangen und fragte sich, warum so ein Aufheben darum gemacht wurde. Doch Florence schien ganz in ihrem Element. Sachkundig begann sie, der wenig interessierten Isobel eine ganz in goldenen und schwarzvioletten Farbtönen gehaltene Darstellung einer Seeschlacht zu erläutern, auf der die beiden Schiffe, von denen eines bereits in Flammen stand, kaum zu erkennen waren. »Man sieht doch kaum etwas!«, maulte Isobel schließlich. Doch Florence ließ sich nicht beirren: »Die gegenständliche Darstellung ist auch nicht das oberste Ziel des Künstlers. Vielmehr will er durch seine Farbwahl eine Empfindung hervorrufen. Erzeugt das Gold bei dir nicht auch eine Ahnung von der Heiligkeit und dem Ernst des Kampfes, während der nahe Heldentod der Kämpfenden durch die schwarzen Wolken am Himmel, die sich mit dem Brandrauch zum Opfer vermischen, deutlich wird?«

»Ja, ja, ich sehe es deutlich!«, stöhnte Isobel. Wenn sie noch ein weiteres Bild von Florence erklärt bekommen würde, müsste sie schreiend das Gebäude verlassen. Da wurden die jungen Damen durch einen dichten Pulk von Bewunderern, die einen blonden, schlaksigen jungen Mann von beachtlicher Körpergröße umlagerten, rüde beiseitegedrängt. Isobel öffnete schon den Mund, um sich zu beschweren, da hörte sie, wie jemand rief: »Mr Thornton, bitte erläutern Sie uns doch auch noch dieses, eines Ihrer neuesten Werke.« Offenbar war die verschmierte Seeschlacht gemeint.

Erstaunt und gespannt schloss sie den Mund wieder. Das war also der berühmte Mr Thornton, von dem Mary-Ann gesprochen und den Florence nur zu offensichtlich so glühend verehrte. Verzweifelt versuchte Isobel, eine bessere Position in dem Gedränge zu ergattern, um den fraglichen jungen Mann näher in Augenschein zu nehmen. Nach mehreren unsanften Knüffen, die ihr den einen oder anderen empörten Blick eintrugen, gelang es ihr schließlich. Sie stand nahe genug bei ihm, um seinen Ausführungen lauschen und ihn dabei auch noch näher inspizieren zu können. Seine Stimme war leise, dennoch aber gut vernehmbar, da er eine deutliche und wohlüberlegte Aussprache hatte. Was er sagte, interessierte sie nicht sonderlich, aber seine dunklen Augen in dem schmalen Gesicht beeindruckten sie. Sie schienen von einem inneren ungezügelten Feuer erleuchtet. Während er sprach, röteten sich vor Eifer seine Wangen und seine Augen sprühten vor Lebendigkeit, doch waren seine Schultern schmal und seine Glieder wirkten zu lang und etwas ungelenk. Henry Thornton war nicht schön genug, um Isobel auch nur annähernd zu gefallen, und doch hatte er etwas Beeindruckendes, ja Anziehendes an sich.

Ob sich Florence in den jungen Künstler verliebt hatte, als dieser in Wilton House weilte? Isobel kicherte bei dem Gedanken. Die dickliche Florence in den Armen dieses charismatischen jungen Mannes war einfach eine zu komische Vorstellung. Zu lächerlich, sich das auch nur annähernd auszumalen. Unwillkürlich sah sie sich nach ihrer Cousine um und war doch überrascht, als sie sah, dass Florence tief errötet war. Ihr Blick hatte sich an Mr Thornton buchstäblich festgesaugt, während der sie noch nicht einmal bemerkt hatte. Es hätte fast Isobels Mitleid erregt, wenn es sie nicht gleichzeitig so überaus amüsiert hätte, dass sie mit ihrem spontanen Verdacht offenbar recht hatte. Lady Florence, Tochter des Earls of Branford, liebte einen Künstler, der zudem aus einfachen Verhältnissen stammte! Isobel konnte sich nun gut vorstellen, was der wahre Grund für das Zerwürfnis des Earls mit seinem Protegé war. Dass dieser seine älteste Tochter einem dahergelaufenen Künstler zur Frau gab oder gar ein Verhältnis geduldet hätte, stand außer Frage.

Da hatte Henry Thornton seine Ausführungen, die die Menge mit begeistertem Beifall honorierte, beendet. Man zerstreute sich langsam wieder, da der junge umschwärmte Liebling der Kunstgemeinde für heute scheinbar nichts mehr von sich geben wollte. Dieser wandte sich um und erblickte Florence, die aus gebührender Entfernung immer noch zu ihm hinüberschaute. Er erstarrte, sein Mund öffnete sich zu einem stummen Schrei der Überraschung. Ja, er war so sehr von Florences Anblick in Anspruch genommen, dass er nicht einmal mitbekam, dass ihn ein hartnäckiger Bewunderer erneut ansprach. Unschlüssig machte er einen Schritt auf Florence zu, die ihm einen warnenden Blick zukommen ließ und unmerklich den Kopf schüttelte. Abrupt hielt er in der Bewegung inne. Seine Augen füllten sich mit Tränen. Dann wandte er sich brüsk ab und eilte mit qualverzerrtem Gesicht die Galerie hinunter. Isobel konnte nicht fassen, was sie soeben beobachtet hatte. Konnte es wirklich sein, dass Henry Thornton, der Liebling der Londoner Gesellschaft, ein Auge auf die fette Florence geworfen hatte? War er ein Verrückter? Nun, vielleicht neigten Künstler ja zu solch unsinnigen Leidenschaften. Offenbar besaß er immerhin einen Sinn für Skurrilität, zumindest wenn man seine Gemälde betrachtete, deren Pinselführung bei Isobel nur unverständiges Stirnrunzeln hervorrief. Ob Lord Branford wusste, dass seine Tochter die Ausstellung nur aufgesucht hatte in der Hoffnung, ihres möglichen Geliebten – die Vorstellung war nicht nur absurd, sondern auch in höchstem Maße abstoßend – ansichtig zu werden? Isobel spielte mit dem Gedanken, Florences apartes kleines Geheimnis zumindest Lady Branford kundzutun. Das würde einen Tanz geben! Vielleicht sollte sie es tun. Aber nicht heute! Diesen Spaß würde sie sich für eine besondere Gelegenheit aufsparen.

Eine besondere Überraschung wartete auf Isobel, als sie in Begleitung einer in sich gekehrten und äußerst schweigsamen Florence sowie Mary-Ann, die immer wieder besorgte und mitfühlende Blicke auf ihre ältere Schwester warf, nach Branford House zurückkehrte. Mr de Burgh war endlich aus Whitefell eingetroffen. Stürmisch umarmte Isobel ihren Vater. Endlich würde sie sich auch ohne die lästige Begleitung ihrer unsäglichen Cousinen in die Öffentlichkeit wagen können. Sie brannte unendlich darauf. Da sah sie, dass noch jemand aus dem Salon heraustrat, um die drei jungen Damen zu begrüßen. Es war Havisham. Was um alles in der Welt hatte der hier zu suchen? Und warum bewegte er sich mit einer solch penetranten Selbstsicherheit im Haus ihres Onkels? Wie konnte ihr Vater es wagen, diesen lästigen Menschen nun auch noch mit hierherzuschleppen? Wütend starrte sie ihren Vater an. Der senkte fast schuldbewusst den Blick.

»Isobel, meine Liebe«, setzte er an, »Mr Havisham ist von deinem Onkel, dem Earl, eingeladen worden, die Tage bis zur Krönung in diesem Hause zu verbringen. Ist das nicht überaus reizend von ihm? Sicher bist du auch hocherfreut, Mr Havisham zu sehen. Du kennst ihn ja bereits lange und wirst bestimmt gerne das Deinige dazu tun, unserem geschätzten Gast den Aufenthalt so angenehm wie möglich zu gestalten, nicht wahr, mein Kind?«

Isobel fehlten die Worte. War ihr Vater närrisch geworden? Nicht nur, dass er so dreist war, diesen aufgeblasenen Emporkömmling mitzubringen, nun verlangte er auch noch, dass sie sich mit ihm abgab. So hatte sie sich ihre Zeit in London nicht vorgestellt. Sie hatte doch ausgehen, tanzen und ausgiebig mit den zahlreich vorhandenen jungen Männern flirten wollen! Am liebsten hätte sie sich wie früher als kleines Mädchen vor Wut schreiend auf den Boden geworfen, aber das ging natürlich nicht. Vor allem nicht im Beisein von Lady Branford, die nun ebenfalls in die Halle getreten war. So zwang sie sich, dem zufrieden lächelnden Havisham huldvoll die Hand zu reichen und seinen Handkuss über sich ergehen zu lassen. »Ich freue mich, Sie hier zu sehen, Mr Havisham«, hörte sie sich selbst gemessen sagen, doch dann hielt sie es nicht länger aus. »Leider bin ich von unserem Ausflug in die Stadt sehr ermattet, es war doch ein großes Gedränge dort. Ich würde mich gerne etwas zurückziehen.« Ihr Vater nickte verständnisvoll, wenn auch mit einem seltsam ängstlichen Blick in den Augen. »Sicher, mein Kind. Allerdings erwarte ich, dass du mich und Mr Havisham heute Abend auf einen Ball begleitest, der in Cunningham-Palace stattfinden wird. Mr Havisham hofft, dort einige Bekannte zu treffen und hat um unsere Begleitung gebeten. Vor allem an deiner Anwesenheit ist ihm sehr gelegen.« Isobel sah ihren Vater konsterniert an. Was sollte diese Farce? Wieso ordnete er sich diesem selbstherrlichen und ihr zunehmend unangenehm werdenden Mann, der sie zudem auf eine befremdliche Weise anstarrte, plötzlich so unter? Dergleichen war sie von ihrem sonst sehr standesbewussten Vater nicht gewohnt. Brüsk drehte sie sich um und stieg die Treppen zu ihrem Gemach hinauf. Das konnte ja heiter werden!

Whitefell House, Wiltshire, 10. Juni 1838

Kapitel 27

Aaron fuhr aus dem Schlaf hoch. Jemand hatte an die Tür seiner Knechtekammer geklopft und ihn damit geweckt. Ob mit den Pferden etwas war? Es war doch noch längst nicht die Zeit aufzustehen. Müde rappelte er sich hoch, zog sich seine Hosen an und warf sich rasch das offene Hemd über. Da klopfte es wieder. Es war ein recht vorsichtiges Klopfen. Das klang nicht nach Frederick. Neugierig öffnete er.

Es war Cathy, die dort im Morgengrauen vor ihm stand. Vor Überraschung fehlten ihm die Worte. Doch Cathy ließ ihm auch kaum Zeit für Äußerungen der Verwunderung.

»Verzeih mir, Aaron, dass ich dich so früh wecke. Darf ich kurz hereinkommen?«

Immer noch sprachlos vor Staunen trat er zur Seite und ließ sie ein. Sie trug ein sorgfältig zusammengeschnürtes Paket, das augenscheinlich einiges an Gewicht hatte, bei sich. Dann fand er endlich seine Sprache wieder: »Cathy! Ich bin so froh zu sehen, dass du wieder wohlauf bist. Ich hatte mir solche Sorgen um dich gemacht. Geht es dir wirklich wieder gut?«, sagte er und trat einen Schritt auf sie zu. Beinahe hätte er sie in seiner ehrlichen Erleichterung, sie wieder gesund und munter zu sehen, in den Arm genommen, hielt dann aber doch inne. Wie konnte er vergessen, was vorgefallen war? Verzagt sah er sie an.

»Ich … ich will dir nicht zur Last fallen, Aaron«, begann Cathy zögernd, den Blick unsicher gesenkt, »aber ich hatte die Hoffnung, du würdest mir helfen.« Nun sah sie ihn doch an.

»Du wirst mir nie zur Last fallen, Cathy!«, sagte er schnell und sehr wahrheitsgemäß.

Sie nickte erleichtert. »Ich wollte dich um einen Gefallen bitten.«

Nichts hätte er lieber getan! Er war selig, dass sie sich überhaupt an ihn wandte, nach allem, was geschehen war ... »Was kann ich für dich tun? Ich will dir wirklich sehr gern helfen in allem, was auch immer in meiner Macht steht.«

Ein scheues Lächeln huschte über ihr Gesicht. »Das glaube ich dir, Aaron. Mrs Branagh hat mir erzählt, dass du mich nach Hause gebracht hast, als es mir so schlecht ging und dich sehr um mich gesorgt hast. Ich weiß gar nichts mehr davon. Es ist alles so verworren in meiner Erinnerung. Dabei hätte ich gut verstanden, wenn du dich nicht um mich gekümmert hättest. Ich konnte mich auch noch gar nicht bei dir bedanken.«

Er hörte es mit ängstlicher Hoffnung. Vielleicht hatte sie ja auch nicht mitbekommen oder erinnerte sich wenigstens nicht mehr daran, was er mit Isobel de Burgh dort unter den Pappeln getrieben hatte.

»Ach, Cathy!« Aaron streckte seine Hand aus und strich ihr sanft über die immer noch blassen Wangen. Sie ließ es tatsächlich geschehen, ohne ihm auszuweichen. Eine Welle des Glücks durchströmte ihn. »Wenn du wüsstest, was ich für eine Angst um dich hatte. Ich dachte für einen Augenblick, du stirbst mir womöglich da draußen. Du wolltest gar nicht mehr zu dir kommen. Wie konnte Miss de Burgh dich mitnehmen, wo du doch so krank warst! Ich war so wütend auf sie!« Er schämte sich nicht wenig dafür, dass er sie so in Ahnungslosigkeit über seinen Anteil am Geschehen ließ, aber er brachte es einfach nicht über sich, ihr die Wahrheit zu sagen. Zu sehr hoffte er, ihr Vertrauen zurückzugewinnen. Nichts war ihm wichtiger!

Cathy senkte den Blick und seufzte. »Es nutzt nichts, sich zu wehren, Aaron! Das weißt du doch sicher genauso gut wie ich. Ich muss tun, was Miss Isobel sagt, so wie du auch, so wie jeder hier auf Whitefell. Außerdem ... du kannst nicht wissen ...« Sie geriet ins Stocken, rang um Worte.

»Was kann ich nicht wissen?«, fragte er drängend. Plötzlich hatte sie Tränen in den Augen. »Lass gut sein, Aaron. Es tut mir wirklich leid, dass ich so lange nicht mehr mit dir gesprochen habe. Bitte glaube mir: Es lag nicht an dir, nicht daran, dass du mich geküsst hast.« Sie sah ihn an, bittend, liebevoll. Sein Herz tat einen schmerzhaften Sprung. War es möglich, dass sie doch etwas für ihn empfand?

»Cathy …!«, sagte er und machte hoffnungsvoll einen raschen Schritt auf sie zu.

Doch sie wich vor ihm zurück. »Nein, lass! Es ist nun so: Ich muss Whitefell heute verlassen«, sie schob seine Verblüffung über diese Neuigkeit mit einer Handbewegung zur Seite. »Ich werde zurückkommen, sobald klar ist, ob und wann Miss de Burgh zurückkehrt. Sie wünscht ausdrücklich, dass ich ihre Zofe werde. Das hat sie mir an dem Tag, als ich krank wurde, gesagt.«

»Und du willst das nicht, nicht wahr?«, stellte Aaron lapidar fest. Nun wurde ihm zumindest ein Grund für ihre plötzliche Erkrankung klar. Er wusste doch, wie sehr sie Mr de Burgh geradezu darum angefleht hatte, ihr anderswo eine Stellung zu besorgen – ein außerordentlicher Vorgang, wenn man Cathys übergroße Schüchternheit bedachte!

Cathy zuckte mit den Schultern. »Sie wünscht es so. Was könnte ich dagegen tun?«

Am liebsten hätte Aaron sie gepackt und geschüttelt. Ihre Ergebenheit machte ihn rasend. »Warum gehst du denn nicht einfach fort?«, fragte er, kaum dass er den zornigen Unterton in seiner Stimme verbergen konnte.

»Das kannst du nicht verstehen, Aaron. Ich kann nicht fortgehen. Ich kann nicht tun, was ich will. Das würde wahrscheinlich schlimme Folgen haben.«

Sie sprach in Rätseln. Er konnte es tatsächlich nicht verstehen, aber er sah überdeutlich, dass sie etwas quälte. Wie konnte er sie nur zusätzlich bedrängen? Es tat ihm augenblicklich leid. Wenn er ihr Vertrauen, das er so unverdient zurückerhalten hatte, nicht noch einmal verlieren wollte, dann musste er sie in Ruhe lassen und ihr helfen, so gut er es vermochte. Sicher gab es einen Grund für ihr seltsames Verhalten und vielleicht würde er es, so wie Martha Pole gesagt hatte, irgendwann verdienen, dass sie ihm ihre Beweggründe offenlegte. »Nun, du wirst sicher deine Gründe haben«, meinte er deshalb. »Wohin wirst du jetzt gehen? Zu deiner Familie?« Erstaunt nahm er wahr, dass sie bei seinen Worten deutlich zusammenzuckte. Sie schüttelte den Kopf. »Martha hat mit Mr Finley gesprochen. Ich werde zunächst zu ihm gehen. Seine Frau kann eine helfende Hand auf dem Hof gebrauchen. Vielleicht werde ich später zu meiner Familie gehen«, sie schluckte krampfhaft, »wenn sie mich aufnehmen will.«

Aaron verbot sich jede weitere Frage diesbezüglich. Aber irgendetwas lag hier sehr im Argen. Stattdessen sagte er sanft: »Und was kann ich nun für dich tun?« Cathy hielt ihm ihr Paket hin. »Ich wollte dich bitten, ob du dies für mich verwahren könntest, bis ich zurückkomme. Sollte es dir nicht möglich sein, verbrenne es einfach. Du musst mir nur ganz fest versprechen, dass du es niemand anderem geben wirst. Kannst du das für mich tun?«

»Natürlich!«, Aaron nahm erstaunt das recht schwere Bündel entgegen. »Was ist denn so Geheimes darin, dass es niemand sehen darf?«

»Bücher! Meine Tagebücher!« Sie sah ihn ängstlich an. »Du musst mir versprechen, dass keiner sie sehen wird. Auch du sollst sie nicht lesen, bitte!«

Er lachte ein wenig spöttisch auf: »Da brauchst du dich nicht zu sorgen, Cathy. Ich kann gar nicht lesen.«

»Das ist gut!«, entfuhr es ihr. Doch dann schob sie schnell nach: »Ich wollte dich nicht kränken. Ich meine nur, es ist besser, wenn das, was darin steht, meine Sache bleibt. Bestimmt wäre es besser, ich würde sie selbst verbrennen, aber ich bringe es einfach nicht über mich. Sie sind mein größter Schatz.« Cathy sah ihn bei diesen Worten so flehend an, dass er buchstäblich alles für sie getan hätte. »Mach dir keine Sorgen, Cathy. Ich werde deine Bücher hüten, als wären es die Kronjuwelen«, versprach er ernsthaft und lächelte beruhigend.

Draußen auf dem Hof hörte man Schritte. Das musste Frederick sein, der sich in den Stall aufmachte. Plötzlich spürte er Cathy ganz dicht bei sich. Sie gab ihm einen flüchtigen Kuss auf die Wange. »Danke, Aaron! Du bist sehr lieb!« Ehe er sich von seiner Überraschung erholen konnte, war sie schon fast zur Tür hinaus. »Kann ich dich besuchen kommen bei Finley?«, fragte er hoffnungsvoll. Sie warf ihm einen gehetzten Blick zu. »Ich muss gehen, Aaron. Bitte, sag keinem, dass wir miteinander gesprochen haben. Es … es wäre nicht gut.« Dann lief sie davon. Aaron blieb zurück, das Paket in der Hand. Seine Wange, die ihre Lippen zart berührt hatten, brannte.

»Cathy Thomson«, murmelte er leise, »sollte sich Gott doch um uns arme Menschenkinder scheren, was ich bezweifle, dann bete ich, dass ich dich bald wiedersehe.«

Branford House, London, 20. Juni 1838

Kapitel 28

Isobel stöhnte gequält auf, als Margret, ihre Zofe, ihr das Knie in den Rücken stemmte, um die Schnürung des Korsetts noch enger zu ziehen. Aber was tat man nicht alles, um angemessen schön zu sein. Heute würde sie zum Ball wieder einmal das blutrote Damastkleid tragen, das die Männerwelt jedesmal über die Maßen beeindruckte, wie sie mit sicherem Gespür längst erkannt hatte. Nach sechs Bällen und acht Teegesellschaften war ihre Bilanz recht zufriedenstellend. Zweiundvierzig Mal war sie zum Tanz aufgefordert worden und bereits zwei junge Männer hatten sich offenbar unsterblich in sie verliebt. Leider war der eine nur Offizier und nicht von adeliger Herkunft, der andere war zwar immerhin der dritte Sohn eines Baronets und auch recht hübsch, hatte aber bedauerlicherweise nur die Aussicht auf zwölfhundert Pfund im Jahr und war deshalb vollkommen indiskutabel. Ein weiterer Makel auf ihrer Erfolgsliste war der Umstand, dass von den zweiundvierzig Tänzen leider elf auf das Konto des überaus lästigen Mr Havisham gingen, der sie und ihren Vater auf Schritt und Tritt begleitete und mit seiner besitzergreifenden Präsenz sicher den einen oder anderen aussichtsreichen und interessanten Kandidaten abgeschreckt hatte. Mehr als einmal hatte sie beobachtet, dass junge Männer, die sie zum Tanze auffordern wollten, wieder kehrtmachten, als sie Havishams grimmigen Gesichtsausdrucks ansichtig wurden. Es war wirklich unerträglich! Auch verstand sie nicht, dass ihr Vater dies duldete. Lag ihm denn nicht selbst daran, dass sie nicht nur einen gut aussehenden, sondern auch vermögenden und am besten adeligen jungen Mann einfangen konnte und so lange, bis ihr das gelang, das gesellschaftliche Leben in vollen Zügen genoss? Sie verstand ihren Vater wirklich nicht, der sie sonst immer buchstäblich angebetet hatte.

Nicht nur, dass er es gewagt hatte, ihr heftige Vorwürfe wegen der Schneiderarbeit für die Krönungszeremonie zu machen, die zugegebenermaßen auch eine Summe kostete, die sie selbst hatte erbleichen lassen. Er drängte sie auch immer wieder dazu, sich um Mr Havisham zu bemühen. Man konnte fast den Eindruck gewinnen, dass er eine Verbindung zwischen ihr und diesem *Kaufmann* anstrebte. Ein absurder Gedanke! Das war nicht nur lächerlich, sondern auch geradezu eine Beleidigung. Sie, Isobel de Burgh, hatte es sicher verdient, dass ihr die Männerwelt zu Füßen lag und sie aus einer angemessenen Anzahl von Bewerbern frei wählen konnte.

Sie sollte doch weit entfernt von den jämmerlichen Aussichten zum Beispiel Mary-Anns sein, die sich inzwischen rettungslos in den trostlosen, sterbenslangweiligen und überdies nachthässlichen Mr Godfrey Fountley verliebt hatte. Aber immerhin war diese ja selbst keine Schönheit, und so war der tapsige und seltsamen politischen Ansichten zugeneigte junge Adelige wohl die beste Wahl, die sie treffen konnte. Der Earl war jedenfalls nicht sehr glücklich über die sich anbahnende Verbindung, hatte sich aber schließlich dem Rat seiner Frau angeschlossen, die vorbrachte, dass Mr Fountley immerhin einen Baronatstitel in Aussicht hatte, dazu ein akzeptables Vermögen, und dass es auch für Mary-Ann höchste Zeit war, wollte sie nicht als übrig gebliebenes spätes Mädchen enden. Für Florence, die man bereits als ein solches bezeichnen musste, würde sich wahrscheinlich nur mit äußerster Mühe noch jemand finden, und so wäre es ratsam, von der statthaften üblichen Reihenfolge abzusehen.

Mit boshaftem Vergnügen erinnerte sich Isobel daran, dass Florence bei diesen wenig zartfühlenden Worten ihrer eigenen Mutter hochrot angelaufen und dann schluchzend aus dem Zimmer gerannt war. Am nächsten Morgen hatte die Köchin einen Wirbel veranstaltet, weil aus der Speisekammer unter mysteriösen Umständen eine für die nächste Abendgesellschaft bereitete Schokoladenpastete verschwunden war und Lady Branford in erstaunlicher Ignoranz der nur zu offensichtlichen Fresslust ihrer Tochter fälschlicherweise das Dienstpersonal beschuldigte, sich daran vergriffen zu haben. Isobel hatte sich darüber ausschütten wollen vor Lachen, was ihr allerdings einen strafenden Blick ihres ohnehin zurzeit wenig umgänglichen Vaters eingebracht hatte.

Doch dies alles interessierte sie eigentlich nicht wirklich. Was ging sie die lächerliche Florence an, die überdies weiterhin von diesem grotesken Künstler träumte. Das hatte sie erfahren, als sie heimlich ein Gespräch der beiden Schwestern belauschte. Isobel hatte sich dagegen fest vorgenommen, ihrem Vater gründlich die Meinung zu sagen, sollte er sie weiterhin nötigen, sich in die ungeliebte Gesellschaft Mr Havishams zu schicken. Sie hatte das wirklich bis zum Überdruss satt. Mr Havisham stand ihren amourösen Zielen mehr als im Weg und die Zeit ihres Aufenthaltes in London neigte sich bereits dem Ende zu. Schon in acht Tagen war die Krönung Victorias und wie lange sie dann noch in London bleiben konnte – und vor allem, wie lang der Adel es noch in dieser drangvollen Enge in der Stadt auszuhalten gedachte –, konnte niemand genau wissen. Schon jetzt machte sich eine gewisse gereizte Nervosität in der Stadt breit, die sicher den enormen Menschenmassen und den damit einhergehenden Unannehmlichkeiten wie Gedränge, Versorgungsengpässe, Kutschenunglücke und anderem geschuldet war.

Doch nun musste sich zunächst einmal Margret ihrer Frisur widmen, was noch mindestens zwei Stunden in Anspruch nehmen würde. Es war keine Zeit mehr zu verlieren.

Pünktlich zur fünften Wache trat Isobel strahlend schön in die Eingangshalle von Branford House. Ihr Vater sowie der Earl mit seiner gesamten Familie und leider auch der lästige Mr Havisham standen schon bereit. Florences Augen wirkten wenig apart gerötet und verquollen, wie häufig in letzter Zeit, da sie die meiste Zeit des Tages schluchzend in ihrem Zimmer verbrachte. Man wollte in zwei gemieteten Kutschen zu einem Ball fahren, zu dem heute Lord und Lady Blinsted geladen hatten. Lord Blinsted war ein weitläufiger Verwandter von Lady Branford, ein respektabler und hochgeachteter älterer Herr der Londoner Gesellschaft. Die Blinsteds hatten keine Kinder. Der einzige Sohn war im zarten Alter von zwei Jahren, ohnehin von Geburt an kränkelnd, an den Pocken[13] verstorben und so hoffte nicht nur der Earl, dass einer seiner Söhne vielleicht als Erbe des nicht unbeträchtlichen Blinsted'schen Vermögens infrage kam.

Wie selbstverständlich bot Havisham Isobel seinen Arm, um sie hinauszugeleiten. Unwillig nahm Isobel an. Konnte dieser Mensch nicht endlich die Finger von ihr lassen? Warum kümmerte er sich denn nicht um Florence, die seinem fortgeschrittenen Alter doch viel näher kam?

Während der Fahrt durch die drangvollen Straßen Londons, die jetzt zu Beginn der üblichen abendlichen Ausgehzeit völlig verstopft waren, schwieg Isobel beharrlich, obwohl sich ihr Vater krampfhaft bemühte, eine Konversation in Gang zu bringen. Befriedigt bemerkte sie, dass Havisham ihr Verhalten äußerst missfiel. Seine Finger strichen ärgerlich durch seinen Bart und seine Kiefermuskeln zuckten. Dann starrte er aus dem Fenster. Sollte er doch! Was bildete er sich auch ein? Sie würde ihn auf alle Fälle den ganzen Abend mit Missachtung strafen und sich auch nicht von ihm zum Tanz auffordern lassen, auch wenn es nicht gerade höflich war und mit Sicher-

13 Eine der tödlichsten Krankheiten Ende des 18., Anfang des 19. Jahrhunderts, die auch vor dem Adel nicht haltmachte. Die fünfthäufigste (Massen-)Infektionskrankheit nach Tuberkulose, Lungenentzündung, Scharlach und Typhus. Jedoch eine der ersten Krankheiten, gegen die mit (zunächst äußerst umstrittenen) Impfungen erfolgreich angekämpft wurde, sodass die Seuche in England 1880 als besiegt gelten konnte.

heit nicht den Wünschen ihres Vaters entsprach, der immer nervöser wurde. Was ihn nur umtrieb? Vielleicht waren seine Geldprobleme, die er einmal im Gespräch mit dem Earl vorsichtig angedeutet hatte, tatsächlich ernsthafterer Natur. Ob sie sich Sorgen machen musste? Nein, das war nicht nötig. Isobel war sich sicher, heute die entscheidende Eroberung zu machen, die ihr eine glänzende gesellschaftliche Karriere in Aussicht stellte. Und dann konnte es ihr glücklicherweise eigentlich gleichgültig sein, ob es mit den Finanzen ihres Vaters nicht zum Besten stand. Schließlich würde dann ein Ehemann für sie sorgen. Hauptsache, es reichte noch für eine angemessene Mitgift.

Endlich erreichten die Kutschen das hell erleuchtete Gebäude, dem schon zahlreiche festlich gewandete Herrschaften zuströmten. Leider konnten die Kutschen wegen einer bereits bestehenden größeren Ansammlung von solchen nicht direkt am Fuße der gewaltigen Treppe vor dem Eingangsportal von Blinford House halten. Man war gezwungen, mehr als hundert Yards davor auszusteigen und den Rest des Weges auf der aufgewühlten Straße zurückzulegen. Zu ärgerlich! Sie würde sich ein weiteres Paar Schuhe ruinieren.

Wütend stieg sie aus der Kutsche und ignorierte die ihr von Havisham hilfreich dargebotene Hand. Er wollte wohl noch nicht aufgeben. Sie aber war wild entschlossen, ihn endlich auf den ihm zukommenden Platz zu verweisen.

Unter einem Angehörigen der Peers würde sie sich nicht zufriedengeben. Mr Havisham musste von Sinnen sein, wenn er glaubte, sie gewinnen zu können. Ganz abgesehen von seinem Alter war er nur ein gewöhnlicher Kaufmann, wenn auch sehr vermögend, und auch sein Äußeres, wenn es auch andere als stattlich bezeichnen mochten, sagte ihr nicht im Mindesten zu. Flüchtig eilten ihre Gedanken zu Aaron Stutter und seiner beeindruckenden Männlichkeit, die sich vor ihr aufgerichtet hatte, bevor ihr das Miststück Cathy dazwischengekommen war. Inzwischen hatte sie keinen Zweifel mehr daran, dass diese, so krank sie auch gewesen sein mochte, sich mit Absicht ausgerechnet vor Aaron Stutters Augen einer Ohnmacht hingegeben hatte.

Doch auf der anderen Seite war sie auch ganz froh darüber, dass es nicht zum Äußersten gekommen war und sie ihre so kostbare Jungfräulichkeit nicht an einen gewöhnlichen Stallknecht verschwendet hatte. Sie war nicht so dumm, wusste sie doch genau, dass Jungfräulichkeit die beste Handelsware war. Kein besserer Gentleman, zumindest kein Angehöriger der adeligen Kreise, würde sich eine Frau nehmen, die bereits einem anderen gehört hatte. Dennoch bedauerte sie diesen Umstand auch ein wenig: Männer hatten es da zweifellos leichter, auch die jüngeren. Ihnen wurde es als geradezu notwendig für einen jungen Mann nachgesehen, wenn sie ihre Erfahrung mit leichten Mädchen in den zahlreichen Freudenhäusern oder mit anderen willigen Geschöpfen machten. Eine junge Frau von Stand machte ihre ersten Erfahrungen mit diesen Dingen frühestens – so es nach dem Willen und der Erwartung der Gesellschaft ging, und diese war eben maßgeblich – in der Hochzeitsnacht. Und sollte sich der Ehemann dann als wenig erquicklich herausstellen, hatte man eben Pech gehabt. Isobel seufzte! Allein der Gedanke, dass gar ein Mr Havisham dieser Glückliche sein sollte, war außerhalb jeder akzeptablen Vorstellung.

Sie bereute es nicht, zumindest ein wenig Lust mit Aaron Stutter gekostet zu haben, der selbst im Vergleich mit den zahlreichen jungen Männern in London Erhebliches zu bieten hatte, was Aussehen und Leidenschaft betraf, auch wenn er nur ein gewöhnlicher Mann aus dem Volk war. Manchmal war das Schicksal eben ungerecht. Heute gedachte sie jedenfalls, das Beste aus diesem, ihrem eigenen Schicksal zu machen. Zügig eilte sie zusammen mit ihren Cousinen und gefolgt von ihrem Vater und Mr Havisham die breite Eingangstreppe hinauf, die der Earl nebst Gattin bereits betreten hatten, als sie mit einer anderen Dame zusammenstieß und ins Straucheln kam, was Mr Havisham dazu veranlasste, sie um die Taille zu fassen, um sie vor dem Fallen zu bewahren. Auch das noch! Konnte das Weib nicht aufpassen, wohin es trat! Ein unwilliger Laut entfuhr ihr, als die Dame sich zu ihr umwandte.

»Verzeihen Sie, meine Liebe«, meinte diese leichthin, »ich hatte Sie nicht bemerkt.« Doch dann weiteten sich die Augen der Lady, denn eine solche war sie zweifellos, vor Überraschung. »Imogen?«, fragte sie tonlos. Isobel starrte sie irritiert an. Imogen war der Name ihrer Mutter gewesen – der Mutter, die sie nie kennengelernt hatte. Mittlerweile war ihr Vater, der die Dame ebenfalls bemerkt hatte, hinzugekommen. Der Besucherstrom, sichtlich gestört von dem unerwarteten Hindernis auf der Treppe, drängte sich derweil unwillig und schimpfend an ihnen vorbei.

»Lady Craven«, sagte ihr Vater und verbeugte sich galant, wenn auch nicht gerade mit übergroßer Freude. Offenbar kannte er die Dame.

»Mr de Burgh«, Lady Craven war vollendete Eleganz, »ich bin ehrlich überrascht, Sie wiederzusehen nach all der Zeit, zwanzig Jahre sind es bestimmt, nicht wahr?«

»Vermutlich! Darf ich Ihnen meine Tochter Isobel vorstellen?«, meinte ihr Vater steif.

»Tatsächlich, Imogens Tochter! Mein liebes Kind, du bist deiner Mutter wie aus dem Gesicht geschnitten. Wir waren lange Zeit die allerbesten Freundinnen, musst du wissen, bevor sie in den Stand der Ehe trat und nach Wiltshire übersiedelte. Wie habe ich es bedauert, von ihrem Tod zu hören. Welch unerwartete Freude, nun auf ihre Tochter zu treffen und zu sehen, dass sie ganz das Ebenbild ihrer schönen Mutter ist.«

Isobel lächelte geschmeichelt. Sie liebte es, auf die Ähnlichkeit mit ihrer Mutter angesprochen zu werden. Doch warum verhielt sich ihr Vater so reserviert? Wenn diese Dame der Gesellschaft eine gute Freundin ihrer Mutter gewesen war, sollte es ihren Vater doch freuen, sie zu sehen.

»Und wie geht es Ihnen, Mr de Burgh? Ich hoffe gut! Was macht Ihr Sohn Daniel? Ist er auch in London?«

»Nein«, schnappte der Angesprochene in ungewöhnlich rüdem Ton, »er kommt seinen Verpflichtungen in Indien nach und ist nicht abkömmlich.«

»Wie außerordentlich bedauerlich!«, meinte Lady Craven, um dann anzufügen: »Allerdings denke ich, sollten wir uns in den Saal begeben. Unsere Unterhaltung auf der Treppe führt doch zu erheblichen Behinderungen für die übrigen Gäste.« Sie wandte sich um und stieg, sich ausgesprochen feminin in den Hüften wiegend, die lange Treppe hinauf. Isobel folgte ihr fasziniert. Lady Craven war zwar nicht mehr jung, aber eine ausgesprochen schöne Frau. Ihr dunkles Haar, das an der rechten Schläfe schon erstes Grau zeigte, war glänzend, lang und hervorragend frisiert. Auch ihr Gesicht mit dunklen, intelligenten Augen war edel und schön geschnitten und zeigte trotz ihres Alters von wohl knapp vierzig Jahren noch kaum Falten. Ein weiteres Plus war ihr mädchenhaft schlanker Körper und die weißen üppigen Brüste, auf die das verwegen weit geschnittene Mieder des orangefarbenen Seidengewandes einen deutlichen Einblick gewährte. Sie zog die Blicke etlicher Männer auf sich, was Lady Craven keineswegs in Verlegenheit brachte. Sie stieg wie eine Königin die Treppe hinauf. Isobel nahm sich vor, diese Dame unverzüglich näher kennenzulernen. Wenn sie wirklich eine Freundin ihrer Mutter gewesen war, konnte sie aus ihrem Munde vielleicht etwas mehr über sie erfahren als das, was ihr Vater und auch Mrs Branagh zu erzählen hatten.

Doch der griff sie unsanft am Arm und hielt sie zurück. Lady Craven entschwand in unerreichbare Ferne im Gedränge der Anwesenden.

»Isobel! Wenn ich dir einen guten Rat geben darf, dann hältst du dich von dieser Dame fern. Sie hat einen etwas … sagen wir … ähm, nebulösen Ruf. Das könnte zum Schaden für dich sein.«

Isobel riss sich unwillig los. »Zum Schaden für mich wird sein, wenn du mich weiterhin zwingst, mich mit Mr Havisham abgeben zu müssen. Ich kann ihn nicht ausstehen. Er macht mir mein ganzes Debüt kaputt, Vater.«

Mr de Burgh sah seine Tochter entsetzt an. »Isobel, ich versichere dir, dass nichts mir ferner liegt, als dir Schaden zuzufügen. Aber ich möchte dich sehr bitten, nicht so über Mr Havisham zu urteilen. Er schätzt dich sehr.«

Isobel lachte spöttisch auf. »Gewiss, Vater, deshalb starrt er mich auch immer so unverschämt an und fingert an mir herum, wenn sich auch nur die Gelegenheit bietet.«

»Kind, bitte!« Mr de Burgh sah sich nervös um. Havisham hatte glücklicherweise von der Unterredung der beiden nichts mitbekommen, da er in geringer Entfernung ins Gespräch mit einem ihm bekannten Gentleman vertieft war. »Mr Havisham hat mir anvertraut, dass er in der Tat hofft, deine Zuneigung zu gewinnen.«

»Was?« Isobels Stimme war etwas zu laut geworden, was die Umstehenden dazu veranlasste, irritiert herüberzuschauen. Schnell senkte sie ihrerseits den Blick, um die Aufmerksamkeit der Anwesenden nicht länger zu fesseln. »Vater, das kann nicht dein Ernst sein!«, flüsterte sie erregt, als sie sicher sein konnte, dass niemand mehr zuhörte, »Mr Havisham ist nicht im Geringsten meine Wahl und wird es auch nie sein, das versichere ich dir.«

»Ich bedaure das zu hören, Isobel!«, meinte ihr Vater noch eine Spur nervöser. »Du solltest deine Haltung zu Mr Havisham noch einmal überdenken. Er ist ein sehr respektabler Mann und überdies sehr vermögend. Du solltest dich geehrt fühlen, dass er auf dich aufmerksam geworden ist.«

Isobel sah ihren Vater ungläubig an. Hatte er den Verstand verloren? Solche Reden waren ganz und gar ungewöhnlich für ihn, dem es doch mehr als wichtig war, sich vom Stande der gewöhnlichen Bürger abzuheben. »Vater, ich kenne dich gar nicht wieder«, beschwerte sie sich, »Mr Havisham ist nichts weiter als ein gewöhnlicher Kaufmann aus Salisbury, der durch Zufall in den letzten Jahren zu Vermögen gekommen ist. Sein Vater hatte einen Laden in der Silver Street!«

»Durch Zufall wohl kaum, verehrte Miss de Burgh, sondern durch kluge Geschäftsentscheidungen, die manch anderem wohl anstünden«, ließ sich da Mr Havishams schneidende Stimme hinter ihr vernehmen. »Allerdings darf ich Sie davon in Kenntnis setzen, dass mir inzwischen achtzehn stattliche Ladengeschäfte gehören, davon neun allein in Salisbury, dazu Anteile an dreiundzwanzig weiteren Geschäftsunternehmen sowie Aktien und Besitzanteile im Stahlbau, der Maschinenproduktion und bei Webereien, nicht zu vergessen ein ansehnliches Barvermögen. Bin ich nun in Ihren Augen wert genug, junge Dame?« Sein Blick aus hellen, graublauen Augen ruhte mit gefährlichem Zorn auf ihr. Isobel biss sich auf die Lippen. Sie war zu weit gegangen. Mr Havisham war offenbar wirklich beleidigt. Sie murmelte eine undeutliche fadenscheinige Entschuldigung von unaufschiebbaren persönlichen Bedürfnissen und floh vor der Wut ihres wenig geschätzten Galans. Dieser richtete derweil seine grauen Augen ungnädig auf ihren Vater. »Auf ein Wort, verehrter de Burgh!«, hörte sie ihn noch drohend sagen, bevor es ihr gelang, in der Menge zu verschwinden. Tränen der Wut und der Ohnmacht traten ihr in die Augen. So hatte sich ihr schlimmer Verdacht bestätigt: Mr Havisham strebte eine Verbindung mit ihr an und anstatt ihm die Tür vor der Nase zuzuschlagen, hieß ihr Vater ein solches Vorhaben gut. Am liebsten hätte sie vor Wut geschrien. Das würde sie nie mit sich geschehen lassen, und wenn sie sich Mr Havishams unverbrüchlichen Zorn zuziehen sollte. Das war ihr völlig gleichgültig. Wie konnte ihr Vater es wagen, eine solch absurde Idee auch nur in Betracht zu ziehen? Wollte er sie denn tatsächlich ohne Rücksicht auf ihre Wünsche an diesen von sich selbst eingenommenen Menschen verschachern? So groß konnten seine Geldsorgen doch nicht sein, oder? Angst überkam sie. Und wenn die Sorgen ihres Vaters doch ernsterer Natur waren? Wo sollte sie nur so schnell einen akzeptablen Ersatz eines geeigneten Ehekandidaten herbekommen, damit wenigstens sie abgesichert war? Und würde ihr Vater den notwendigen Segen zu so einer Wendung geben?

Verunsichert zog sie sich in eine stilleren Nebenraum des überfüllten Festsaals zurück. Sie musste dringend überlegen, was zu tun war. Irgendeine Möglichkeit musste ihr einfach einfallen, wie sie die Dinge doch noch in ihrem Sinne beeinflussen konnte. Plötzlich hörte sie hinter einer Reihe Schränken, die man wohl um des Balls willen hierhergeschafft hatte, eine ihr nicht unbekannte Stimme seufzen. Das musste Florence sein! Was trieb diese in einem solchen Versteck? Heulte sie etwa schon wieder? Doch dieses Seufzen klang nicht nach Trauer, ganz im Gegenteil! War etwa jemand bei ihr? Bei Florence, der fetten Florence? Einen Augenblick war Isobel versucht nachzusehen, doch dann zog sie es vor, heimlich zu lauschen. Was ging da vor? Wenn sie sich nicht ganz täuschte, waren da zwei Personen damit beschäftigt, heimlich Zärtlichkeiten auszutauschen. War das möglich?

»Oh, Henry!«, hörte sie nun wieder Florence hingebungsvoll seufzen, »Ich liebe dich so sehr. Was soll nur aus uns armen Geschöpfen werden?«

Der unsichtbare Henry war offenbar zu sehr mit dem Verteilen von Küssen beschäftigt, um Antwort geben zu können. Kein Wunder, gab es doch genügend Fläche, auf denen er diese unterbringen konnte, dachte Isobel voll boshaftem Spott, aber nicht ohne Neid. Dass selbst die dicke Florence mehr Glück in der Liebe haben sollte als sie, ließ sie angesichts ihrer eigenen Misere vor Wut zittern. Dann erklang erstmals Henry Thorntons recht angenehme Stimme: »Florence, du musst mit mir kommen. Ich ertrage diese Qual nicht länger! Dich hier in London zu wissen und dich nicht sehen zu dürfen, nicht mit dir zu sprechen, dich nicht berühren zu können … es bringt mich um. Ich habe, seit ich dich in der Academy gesehen habe, nichts mehr zustande gebracht, nicht einen Pinselstrich. Ich kann an nichts anderes als an dich denken. Ich verzehre mich nach dir, meine Blume. Ich bitte dich, quäle mich nicht länger und komm mit mir.«

Nun begann Florence doch wieder zu schluchzen. »Ich kann es auch nicht mehr ertragen, Henry. Seit du aus Wilton fort bist, bin ich nur noch elend. Aber mein Vater will nichts davon hören, da er weiterhin denkt, du interessierst dich nur für mich um meiner adeligen Herkunft willen. Er kennt dich nicht, Henry! Er weiß nicht, wie unwichtig dir solche Dinge sind. Und meine eigene Mutter demütigt mich auch in ihrer Unwissenheit, wo sie nur kann. Wenn ich Mary-Ann nicht hätte, die mit mir fühlt, ich glaube, ich hätte mir schon etwas angetan.« »Bitte, sag so etwas Schreckliches nicht, Florence. Sollte dir etwas geschehen, will auch ich nicht mehr leben!«, begehrte Thornton theatralisch auf. Isobel verdrehte entnervt die Augen. Mussten die beiden so unerträglich melodramatisch daherreden? Ihr wurde fast schlecht. Immerhin – wahrscheinlich würde sich Florence am ehesten totfressen. Ob das in Henry Thorntons Sinne war?

Wieder war geraume Zeit nur das Geräusch feuchter Küsse, unterdrücktes Stöhnen und das verdächtige Geraschel von Seide zu hören. Dann war wieder Henry Thorntons Stimme zu vernehmen. Sie klang nun weniger weinerlich als vorher, offenbarte sogar überraschenderweise eine beachtliche männlich-sachliche Entschlossenheit: »Hör zu, Florence, ich habe ein Angebot aus Italien bekommen. Man hat in Rom und Florenz Interesse an meiner Malerei bekundet und mich auf unbestimmte Zeit dorthin eingeladen, um mich meinen Studien des Lichtes zu widmen und dort auch interessierten Künstlern an der römischen Akademie der Künste Unterricht zu geben. Es wurde mir sogar ein recht ansehnliches Gehalt in Aussicht gestellt. Ich bin fest entschlossen zu gehen.«

»Henry, was soll dann nur aus mir werden? Wenn du so weit fort bist, werde ich endgültig in Verzweiflung versinken.« Florence schluchzte herzzerreißend.

»Du sollst nicht hierbleiben, Florence. Ich will, dass du mit mir kommst als meine Frau! Es ist mir gleichgültig, was dein Vater dazu sagt. Du bist längst volljährig, du kannst auch ohne seine Zustimmung den Bund der Ehe eingehen.« Thornton klang nun fast zornig.

»Ich ... ich ...«, Florence stammelte unsicher, »du meinst, ich soll mit dir durchbrennen?« »Wenn du es so nennen willst, Florence, ja! Ich kann so nicht weitermachen. Wenn du nicht mit mir kommst, werden wir uns nie wiedersehen, auch wenn ich dann nie wieder lieben kann.«

Isobel spürte selbst durch die sie verbergende Schrankwand hindurch Florences ängstliches Zaudern. Nicht weiter verwunderlich! Der Earl war eine überaus willensstarke und eindrucksvolle Persönlichkeit. Sich ihm in dieser Weise zu widersetzen, erforderte schon einigen Mut. Mut, den die lachhafte Florence sicher nie aufbringen würde. Und wenn man gar bedachte, um welchen Preis: als mittellose Frau eines Künstlers, der weit unter ihrem Stand war. So dumm konnte selbst Florence nicht sein.

Doch dann fiel Isobel fast in Ohnmacht, als sie Florences Antwort hörte. Alle Albernheit und unangemessene Theatralik war aus ihrer Stimme gewichen. »Du hast recht, Henry. Ich bin alt genug und ich liebe dich von Herzen. Und selbst wenn meine Eltern nie wieder mit mir sprechen werden, bedeutet mir das nichts gegenüber dem Geschenk deiner Liebe. Ich werde mit dir kommen, koste es, was es wolle.« »Florence!«

Henry Thorntons Stimme schwankte vor kaum zurückgehaltenen Tränen, »du machst mich zum glücklichsten Menschen unter dem Himmel. Wie ich dich liebe!«

Isobel kniff zornig die Lippen zusammen. Grenzenloser Neid durchflutete sie. Sie gönnte es Florence nicht, dass ein Mann wie Henry Thornton sie erwählte – immerhin ein Künstler, der doch ein erhebliches Ansehen in London genoss, was schon durch seine Anwesenheit auf diesem Fest belegt wurde. Ausgerechnet Florence! Dabei war die ihr selbst, was Schönheit, Anmut und Witz anbetraf, himmelweit unterlegen! Und doch konnte sich dieses groteske, fresssüchtige, späte Mädchen immerhin der leidenschaftlichen Liebesbezeugung eines recht interessanten Mannes erfreuen. Mary-Ann, die hässliche Kuh, hatte sich sogar in kürzester Zeit einen Baron geangelt! Und was hatte sie selbst bis jetzt erreicht? Nichts! Außer einem nur halb erfolgreichen Schäferstündchen mit einem Stallknecht und den unerwünschten Avancen eines widerlichen, wenn auch reichen Gockels, der zudem bedeutend älter war als sie. War denn die ganze Männerwelt verrückt geworden? Hatten sie keine Augen im Kopf? Flammende Empörung über diese Ungerechtigkeit ließ ihr das Blut in den Adern rauschen. Das konnte sie nicht zulassen! Es musste unbedingt verhindert werden!

Entschlossen bahnte sie sich ihren Weg durch die Menge zu den Branfords, die zusammen mit den Fountleys in der Nähe des Büfetts standen und zu denen sich inzwischen auch ihr Vater gesellt hatte. Mr Havisham war zu ihrer Erleichterung nirgends zu sehen.

»Ah, Isobel, wir haben uns schon gewundert, wohin du verschwunden warst«, begrüßte sie Lady Branford mit beunruhigter Stimme, während sie weiter ihre Augen durch die Menge der Besucher wandern ließ, »hast du vielleicht Lady Florence gesehen? Wir vermissen sie schon seit einiger Zeit. Wohin kann sie nur gegangen sein?«

Isobel lächelte unschuldig. »Nun, gesehen habe ich sie nicht, aber ich denke doch, sie gehört zu haben.« Erstaunte Gesichter wandten sich ihr zu. Isobel räusperte sich und zögerte in gespielter Schüchternheit. »Ich weiß nicht, ob ich es sagen soll, aber ich glaube, Lady Florence ist im Begriff eine große Dummheit zu machen. Ach, liebster Onkel«, sie wandte sich nun direkt an den Earl, »ich glaube gehört zu haben, dass Lady Florence plant fortzulaufen und heimlich Mr Thornton, den Maler, zu heiraten. Sie haben darüber in dem Raum dort, versteckt hinter den Schränken, gesprochen. Ich wurde unfreiwillig Zeugin und bin voller Sorge sofort hierhergeeilt. Lady Florence wird sich gewiss ins Unglück bringen. Wie kann Mr Thornton sie nur zu so etwas überreden? Aber er ist ja Künstler und hat wahrscheinlich andere Vorstellungen von Moral und Anstand als unsereins.«

Der Earl of Branford starrte sie einen Augenblick entgeistert an, doch dann stürzte er mit wehenden Rockschößen, gefolgt von seiner Gattin und Isobels Vater, hinüber zu dem Raum auf der anderen Seite des Saales, auf den Isobel gewiesen hatte. Isobel konnte ein zufriedenes Grinsen kaum verbergen. Jetzt würde es zum Eklat kommen. Genau das hatte sie auch bezweckt. Sie schickte sich an, ebenfalls hinüberzugehen, um sich dieses exquisite Schauspiel nicht entgehen zu lassen, da hielt Mary-Ann sie am Arm fest. »Isobel, das war gemein und hinterhältig. Wir beide wissen, dass du dich nicht die Spur um Florences Reputation sorgst. Du gönnst es ihr nur nicht, dass sie geliebt wird. Und Mr Thornton liebt sie wirklich! Niemand weiß das besser als ich. Denkst du, ich sehe nicht, dass du dich insgeheim vor Lachen über sie ausschüttest, dass du sie verachtest, weil sie nicht so hübsch und schlank ist wie du. Genauso, wie du dich über mich lustig machst. Aber sei versichert, Isobel, weder Florence noch ich sind so dumm und gefühllos, das wir nicht längst gemerkt haben, wie du dich über uns erhebst und was für ein verzogenes, charakterschwaches

Geschöpf du in Wahrheit bist. Ich verachte dich, Isobel de Burgh, für das, was du meiner Schwester heute angetan hast.« Mary-Ann bedachte sie noch einmal mit einem angewiderten Blick und durchquerte dann, treu gefolgt von Mr Fountley, den Saal, wo inzwischen – wie kaum anders zu erwarten – ein kleiner Tumult losgebrochen war.

Isobel schnappte nach Luft. Dass Mary-Ann ihr so unverblümt die Meinung sagen würde, hatte sie nicht erwartet. Betreten sah sie sich um. Um sie herum hatte sich ein leerer Raum gebildet. Natürlich waren die nächsten Umstehenden Zeugen der harschen Worte Mary-Anns geworden. Lord und Lady Fountley rückten ebenfalls unmerklich von ihr ab. Die Situation wurde mehr als peinlich. Isobel konnte es nicht länger ertragen. Was für ein grauenvoller Ball war dies doch! Sie wollte nur noch nach Hause. Rasch entfernte sie sich aus der starrenden Gesellschaft, um ihren Vater zu bitten, sie nach Hause zu geleiten.

Der kam ihr entgegen, als er sie herankommen sah. Die Aufregung hatte sich inzwischen zumindest etwas gelegt. Mr Thornton eilte soeben mit hochrotem Gesicht dem Ausgang zu, während Florence mühsam versuchte, ihr tränenüberströmtes Gesicht vor der gaffenden Menge zu verbergen. »Isobel, deine Motive in allen Ehren, aber das war nicht eben geschickt und auch nicht sehr zartfühlend von dir«, tadelte sie ihr Vater, sichtlich erbost. »Der Earl wird dir das nicht vergessen. Zwar ist er wohl froh darüber, dass du seine Tochter vor dieser grandiosen Dummheit bewahrt hast, aber gleichzeitig hast du auch ihn und seine Familie vor Lord Blinsted bloßgestellt, der natürlich Zeuge dieses Vorfalls werden musste. Das wird Folgen haben. Hättest du mit deiner Eröffnung nicht ein wenig warten können? So war Lord Branford gezwungen, unverzüglich zu handeln. Das Ganze hätte sich auch diskreter lösen lassen.« Er rang nervös die Hände. »Wirklich, Isobel, heute hast du dich selbst übertroffen mit dem Schaden, den du in kürzester Zeit angerichtet hast.«

Nun machte ihr eigener Vater ihr auch noch Vorhaltungen. Isobel flüchtete sich in blanken Trotz, um nicht in Tränen auszubrechen. »Ich habe doch überhaupt nichts getan. Alle hacken auf mir herum, nur weil ich die Wahrheit gesagt habe.«

»Die Wahrheit, mein liebes Kind, ist eine sehr dehnbare Sache. Das wirst du noch lernen müssen. Außerdem habe ich mit dir zu reden. Es ist an der Zeit, dass ich dir meinerseits die Wahrheit über meine Lage berichte, bevor du noch mehr Schaden anrichtest. Wer weiß, ob es überhaupt noch wieder gutzumachen ist.« Er geleitete sie zu einer weniger lauten Ecke des Raumes in der Nähe der Treppen, die in die oberen Bereiche des Hauses führten und wischte sich mit einer fahrigen Geste über die Stirn. »Ich hätte es dir vielleicht schon früher sagen sollen, aber ich brachte es nicht über mich. Ich wollte dir deine Zeit in London nicht unnötig beschweren.« Er schluckte ängstlich und sah ihr dann in die Augen. »Isobel, ich bin praktisch mittellos.« Isobel starrte ihren Vater fassungslos an. Das konnte doch nicht sein Ernst sein! Die de Burghs waren wohlhabend, das wusste doch jeder. Ihr Mund öffnete sich in hilflosem Erschrecken.

»Ich weiß, dass dich das schockiert, mein Kind, aber es ist die nackte Wahrheit. Ich habe das meiste unseres Vermögens an der Börse verloren und unsinnigerweise auch noch Geld aufgenommen für ein, wie sich nun herausstellte, betrügerisches Geschäft. Ja, ich weiß! Ich hätte klüger handeln sollen, aber nun ist es einmal geschehen. Immerhin bin ich nicht der einzige Gentleman, der plötzlich vor dem finanziellen Nichts steht. Weißt du, der Goldpreis ist plötzlich empfindlich eingebrochen und ...«

Isobel unterbrach ihn ungehalten: »Ist das der Grund für Mr Havishams Anwesenheit? Was um alles in der Welt hast du ihm versprochen, Vater?«

Mr de Burgh wich dem entsetzten Blick seiner Tochter betreten aus. »Mr Havisham hat mir aus unserer prekären finanziellen Not geholfen und auch dafür gesorgt, dass dieses vermaledeite Minengeschäft, wenn ich Glück habe, wieder rückgängig gemacht werden kann. Er hat sogar dein unvernünftig teures Kleid bezahlt, das du dir für die Krönung bestellt hast. Ich weiß nicht, ob ich Whitefell werde halten können. Wahrscheinlich werden wir in bescheidenere Verhältnisse umziehen müssen, es sei denn …«

»Es sei denn, was?« Isobel wurde übel. Sie ahnte nur zu gut, was ihr Vater ihr gleich eröffnen würde.

»Kind, Mr Havisham findet großes Gefallen an dir. Solltest du dich für ihn erwärmen können und ihn heiraten, wird er sicher alles daran setzen, unseren Familiensitz zu halten. Er hofft ausdrücklich, dass du dich ihm in Kürze für die großzügige Hilfe, die er mir und damit auch dir angedeihen ließ, erkenntlich zeigen wirst. Obwohl er heute Abend mehr als erzürnt war über deine Respektlosigkeit, konnte ich ihn noch einmal überreden, dir etwas Zeit zu lassen. Allerdings erwartet er in den nächsten Tagen eine Entscheidung von dir.«

»Ich soll mich ihm erkenntlich zeigen? Für was denn? Für deine Unvernunft, Vater?« Isobels Stimme wurde schrill. Es war ihr egal, dass die Ballbesucher wieder zu ihnen herübersahen. Das Ganze war einfach entsetzlich! »Wie kannst du es auch nur in Erwägung ziehen, mich ihm zu verkaufen? Meine Entscheidung kann er schon jetzt haben, wenn er will! Wo ist er überhaupt?«

»Schhh, leise, Kind, ich bitte dich!« De Burgh sah sich ängstlich um. »Mr Havisham ist vorhin zurück nach Branford House gefahren. Er zieht es aber vor, den Rest der Tage bis zur Krönung im Hause eines Freundes verbringen, hat er mir mitgeteilt. Er war sehr erbost über dich, Isobel!« Er leckte sich die trockenen Lippen, sein Mund war wie ausgedörrt. Wenn Isobel nicht einlenkte, war er verloren. »Bitte, mein liebes

Kind, so nimm doch Vernunft an. Bedenke doch, er ist sehr reich und wird dir ein äußerst angenehmes und interessantes Leben bieten können. Mit vielen Reisen und allen Annehmlichkeiten, die du dir nur wünschst.«

»Und dafür muss ich mich ihm hingeben, so ist es doch! Dafür und für dein Fortkommen.« Isobel bedachte ihren Vater mit einem vernichtenden Blick. Was war er doch schäbig in ihren Augen! Er hatte sie ohne zu zögern verschachert! Seine eigene Tochter, die er doch angeblich so liebte! Sie hielt es nicht länger aus. Sie raffte ihr Gewand und stürmte die Treppe hinter ihr hinauf in die oberen Stockwerke von Blinsted House. Nur weg von ihm. Sie musste sich erst einmal wieder beruhigen.

Die Musik und die aufgeregten Gespräche wurden merklich leiser, als sie den breiten Korridor in der ersten Etage auf der Suche nach einem Ort der Ruhe entlangrannte. Dort hinter der großen Tür am Ende des Ganges war bestimmt ein Salon, wie in den meisten größeren Stadthäusern. Dort würde sie sich verstecken, um sich wieder zu fassen. Der Abend hatte sich in einen blanken Albtraum verwandelt und sie war mittendrin. Nun liefen ihr wirklich Tränen die Wangen hinunter, Tränen der Demütigung, des Zorns und des Trotzes. Wie konnten sie es nur wagen, so mit ihr umzugehen! Aber sie würden schon noch sehen, was sie davon hatten. Sie würde sich rächen! Schnell öffnete sie die unverschlossene Tür des Salons, denn ein solcher verbarg sich tatsächlich dahinter, und warf sich schluchzend in einen großen Sessel vor dem Kamin, über dem ein großer Spiegel hing. Kein Feuer brannte im Kamin, aber es war ja auch Sommer, zudem waren Brennholz und Kohle zurzeit knapp in London. Nach einer geraumen Weile beruhigte sie sich wieder. Ihre Situation war wirklich fatal. So wie die Dinge standen, blieb ihr wohl nichts anderes übrig, als Mr Havishams Antrag anzunehmen, wollte sie nicht in prekären Verhältnissen enden. Nicht auszudenken! Womöglich musste sie sich dann ihren Lebensunterhalt selbst verdienen, so wie Miss Hunter. Lieber brachte sie sich um!

Aber die Vorstellung, mit Havisham das Bett zu teilen, widerte sie über die Maßen an. Was sollte sie nur tun? Sie starrte ratlos auf die verwaiste Feuerstelle, als plötzlich die Tür zum Salon aufging und eine lustvoll gurrende Frauenstimme ertönte. Isobels Blick wanderte erschreckt zum Spiegel, der über dem Kaminsims hing und ihr einen Blick in den gesamten Raum ermöglichte, wobei die gewaltige Sessellehne sie jedoch vor den Blicken der unerwarteten Eindringlinge verbarg. Sie meinte ihren Augen nicht trauen zu können. Es war Lady Craven in Begleitung eines gut aussehenden Gentlemans, der ebenfalls etwa um die vierzig Jahre alt war. Er war Isobel vorher bereits aufgefallen, da er, von einem Pulk interessierter Zuhörer umringt, Anekdoten aus dem Oberhaus zum Besten gegeben hatte. Er schien sehr amüsant zu sein, aber definitiv nicht Lord Craven.

»Nun, Matthew«, meinte Lady Craven lächelnd und schmiegte sich an ihn, das Kinn weit nach hinten gereckt. Sie bot ihm ihren schlanken Hals dar, den er auch leidenschaftlich küsste, »was glaubst du, wie viel Zeit uns bleibt, bis deine so liebe und so ahnungslose Gattin sich dein Fehlen nicht mehr erklären kann?«

Matthew, sein voller Name war Isobel nicht bekannt, schloss mit einer Hand hastig die Tür hinter sich, während er seine andere hinunter zum Gesäß der Frau gleiten ließ. »Zeit genug, die ich auch *auszufüllen* gedenke.« Er lachte anzüglich. »Komm, meine Schöne, mich verlangt nach deinen Hügeln und verborgenen Tälern.« Er senkte seinen Kopf hinunter zu ihrem weiten Ausschnitt und begann, mit der Zunge die Spalte zwischen ihren Brüsten entlangzugleiten. Seine kräftigen Hände pressten Lady Craven gegen seinen Unterleib. Sie stöhnte lustvoll auf und reckte sich noch weiter nach hinten. Ihr Busen hob sich ihm entgegen.

Isobel, die eben noch erwogen hatte, sich bemerkbar zu machen, wagte kaum zu atmen. Fasziniert beobachtete sie die Szene und konnte den Blick nicht abwenden. Die beiden waren absolut schamlos, und das jagte ihr ebenfalls Schauer der Erregung durch den Körper.

Nun befreite Matthew eine der weißen Brüste Lady Cravens aus ihrem Mieder und näherte sich mit kreisendem Lecken dem dunklen Hof, den er, als er endlich dort angelangt war, gierig mit dem Mund umschloss. Er begann daran zu saugen, was Lady Craven kleine spitze Schreie entlockte. Es gefiel ihr offenbar über die Maßen, was er tat. Isobel spürte, wie sich in ihr eine seltsame Erregung Raum schaffte. Mit eigener Hand hob Lady Craven nun ihre andere Brust aus dem engen Gefängnis ihres Mieders und bot sie ihrem eifrigen Liebhaber ebenfalls dar. Auch dieser wendete er sich in ähnlicher Weise zu, während er deren Schwester weiterhin mit Daumen und Zeigefinger bearbeitete. Dann griff er endlich mit beiden Händen nach den dunkelroten Spitzen und knetete sie heftig, während er verlangend nach Lady Cravens Mund gierte. Diese ließ ihre Hände nach unten zu seiner Hose gleiten und öffnete sie mit wissendem Zugriff. Eine weitere beiläufige Handbewegung ließ sein bereits steifes Glied sichtbar werden. Steil ragte es zwischen den beiden auf. Lady Craven sank langsam zu Boden, bis ihr Gesicht auf Höhe seiner steifen Männlichkeit verharrte. Und dann tat sie etwas, dessen Anblick Isobel gleichermaßen schockierte wie faszinierte …

Sie ließ ihre kleine spitze Zunge hervorschnellen und begann lustvoll, am Glied des vor Erregung heftig stöhnenden Mannes zu lecken. Dann nahm sie es ganz in den Mund. Matthew begann, seine Hüften rhythmisch nach vorne zu schieben. Er keuchte, ließ nun doch Lady Cravens Brüste los und gab sich völlig seiner Lust hin. Seine Hände drückten ihren von schönen dunklen Locken gekrönten Kopf seiner prallen Männlichkeit entgegen. Lady Craven ließ ein ersticktes, aber wohliges Lachen hören. Die außerordentliche Erregung des Mannes gefiel ihr offenbar. Matthew streckte schließlich in höchster Lust seine Arme aus wie Christus am Kreuz und nahm die Huldigung ihrer Zunge dankbar entgegen. Seine Lenden begannen zu zucken. Dann stöhnte er erneut laut auf. »Was bist du nur für ein verdorbenes Weib, Jemina!«, seufzte er lüstern. »Aber gerade das gefällt mir so an dir.«

Doch dann schob er sie an den Schultern zurück. »Noch nicht, mein Schatz! Ein bisschen Spaß wollen wir noch haben.« Wieder griff er nach ihren Brüsten. Isobel hätte viel darum gegeben, jetzt an Lady Cravens Stelle zu sein. Die Erregung, die sie ergriffen hatte, war ungeheuerlich. Sie sah, wie der Mann die Frau gegen einen schweren Schrank drängte und ihre Röcke anhob. »Mal wieder nichts drunter, du kleines Luder!«, stellte er lapidar fest. »Keine Zeit zu verlieren, nicht wahr?«

»So ist es, mein Lieber! Ich kenne dich und weiß, was du so gerne hast.«

»In der Tat, das weißt du!«, sagte Matthew und seine Stimme klang rau vor Lust. Dann hob er sie an den Schenkeln hoch, presste sie gegen den schweren Schrank und drang in sie, während ihre schlanken Beine sich um seine Lenden schlangen. Seine Hose sank zu Boden und ließ Isobels Blick frei werden auf sein wohlgeformtes, kräftiges Gesäß, das nun heftige aufwärts gerichtete Stöße vollführte. Lady Craven warf ihren Kopf hin und her und gab bei jedem seiner Stöße tiefe lustvolle Töne von sich. Sie trieben es miteinander wie wilde Tiere. Wieder saugte er an ihren Brüsten, was ihre Lust noch zu erhöhen schien. Und dann nach endlosen Minuten sich steigernder Raserei schrie er plötzlich auf und reckte sich ihr entgegen. Fast gleichzeitig begann sie zu zucken und zu beben und sank dann kraftlos gegen seine Brust.

»Oh, Gott!«, stöhnte er schwach. »Das war ein Ritt.«

»Und stell dir vor, wir waren nicht einmal allein dabei«, sagte Lady Craven gleichmütig, löste sich von ihrem Liebhaber und fing an, ihre Kleidung in Ordnung zu bringen.

»Was?« Er fuhr herum, sich nicht darum scherend, dass er dem unbekannten Beobachter, den er noch nicht entdeckt hatte, seine entblößte Männlichkeit offenbarte. Isobel erstarrte. So war sie doch gesehen worden. Warum hatte sich Lady Craven dann nichts anmerken lassen? Diese Frau war entweder eine Hure im Gewand einer Lady oder aber die selbstbewussteste Person, die ihr je begegnet war. Vielleicht war sie auch beides.

»Isobel, meine Liebe, du brauchst dich nicht mehr zu verstecken. Komm heraus«, meinte Lady Craven in freundlich plauderndem Tonfall. Der Mann lächelte verdutzt, zeigte aber erstaunlich wenig Verlegenheit. Als wäre es die natürlichste Sache der Welt, zog er seine Pants wieder hoch und schloss sie. Isobel wusste nicht, wie sie sich verhalten sollte. Betreten erhob sie sich von ihrem Sessel, auf dem sie sich fälschlicherweise in sicherer Hut gewähnt hatte. Doch angesichts der sorglosen Natürlichkeit in Lady Cravens und Matthews Auftreten, warum sollte sie da übertriebene Scheu an den Tag legen? Sie hatte die pikante Vorstellung, wenn sie ehrlich war, so sehr genossen, dass sie ihre ernsten Schwierigkeiten für den Moment völlig vergessen hatte. Mutig hob sie ihr Kinn und blickte den beiden in die Augen.

»Lord Farnham, darf ich vorstellen: Dies ist Miss Isobel de Burgh, schönes und überraschend erblühtes Töchterchen meiner lieben Freundin und begabten Lehrerin Imogen Cunningham, die uns leider viel zu früh verlassen hat!«

Whitefell House, Wiltshire, 21. Juni 1838

Kapitel 29

Wieder hatte er kein Glück gehabt. Enttäuscht wendete Aaron das Pferd, um seinen Ausritt fortzusetzen. Schon drei Mal hatte er nun bei den Finleys vorbeigeschaut, um Cathy zu besuchen, aber das erwies sich als ausgesprochen schwierig. Nie war sie da gewesen. Auch die eher wortkarge aber nicht unfreundliche Mrs Finley, die ihm die anderen beiden Male mitgeteilt hatte, Cathy sei nicht im Hause, hatte er diesmal nicht angetroffen. Eines der Kinder hatte gemeint, Mrs Finley sei ins Dorf gegangen und Cathy habe sie begleitet, wolle aber wohl einen Besuch bei ihrer Familie machen, aber so genau wisse es das nicht. Immerhin war das eine interessante Information. So wohnte Cathy wohl nach wie vor bei den Finleys im Haus, hatte aber wieder Kontakt zu ihrer Familie aufgenommen. Er hoffte für sie, dass dies zu ihrer Zufriedenheit verlaufen war. Ob er sein Glück bei den Thomsons versuchen sollte? Doch dann entschied er sich dagegen. Er würde eben ein anderes Mal wieder kommen. Mit einem Schnalzen der Zunge trieb er den immer noch ungebärdigen aber edlen Schimmel an, den er regelmäßig ritt, um ihn an die Führung eines Reiters zu gewöhnen. Diese Aufgabe hatte ihm Frederick gnädig überlassen, wohl auch deshalb, weil dem Alten mehr und mehr die Hüftgelenke zu schaffen machten. Allzu lange würde er seine Stelle als verantwortlicher Stallmeister nicht mehr ausfüllen können. Vielleicht konnte Aaron dann seine Aufgabe übernehmen, wenn ihm Mr de Burgh diesen Posten zugestehen wollte. Für Aaron eine sehr erstrebenswerte weitere Stufe hin zu einer sicheren Anstellung, die ihn auch wirklich würde ernähren können. Aber wer konnte wissen, ob sich Mr de Burgh für ihn erwärmen könnte? Auf keinen Fall durfte dieser jedenfalls erfahren, was Aaron mit seiner Tochter getrieben hatte. Niemand bedauerte das Geschehen inzwischen mehr als er selbst. Was war er doch für ein Idiot gewesen, sich mit ihr einzulassen! Aber wenn das Glück ihm hold war, so würde Miss de Burgh vielleicht gar nicht mehr oder nur noch für kurze Zeit nach Whitefell zurückkehren. Hatte sie nicht so etwas erwähnt? Er hoffte inständig, dass dieses so besitzergreifende, reiche Mädchen aus seinem und auch aus Cathys Leben verschwand. Vielleicht wäre dann auch Cathy endlich bereit, seine Zuneigung zu erwidern – zumindest hatte er sich das, sich schlaflos auf der Strohmatratze in seiner Knechtekammer wälzend, immer wieder hoffnungsvoll ausgemalt. Ein Gedanke, der seinen Puls auch jetzt beschleunigte. Das wünschte er sich mehr als alles andere.

Der Schimmel verfiel, die Erregung seines Reiters spürend, in einen leichten Galopp. Seine Hufe wirbelten den Staub der sommertrockenen Erde auf. Aaron ließ dem rassigen Tier die Zügel schießen und der Hengst jagte nun wie entfesselt über die Wiesen Whitefells dahin, setzte mühelos über ein Holzgatter hinweg und bog dann, dem leichten Schenkeldruck seines Reiters gehorchend, in einen Hohlweg ein, der in das ausgedehnte Waldgelände führte. Aaron liebte diesen Wald und versäumte es nie, wenn er Gelegenheit zu einem Ausritt hatte, zumindest einen Teil seiner Route dorthin zu verlegen. Es war ein gut gepflegter Wald, denn Finley tat seine Arbeit hervorragend. Er war als Wildhüter nicht nur für die Wildpflege zum Jagdvergnügen Mr de Burghs und für die Versorgung des Herrenhauses mit Wildbret zuständig, sondern hatte auch die jährlichen Fällarbeiten für den Holzbedarf des Gutes und manchmal sogar für den Verkauf zu organisieren und zu beaufsichtigen. Dabei waren alle Pächter, so Bedarf bestand, aber vor allem auch alle männlichen Angestellten außer dem Dienstpersonal des Wohnhauses zur Mitarbeit verpflichtet. Auch Aaron würde sich im Spätherbst an dieser schweißtreibenden Arbeit beteiligen müssen. Aber er scheute die Arbeit nicht.

Ganz im Gegenteil! Er liebte die körperliche Tätigkeit im Freien geradezu, genauso wie er die zu seinen Pflichten gehörenden Trainingsausritte mit den noch unerfahrenen Pferden genoss. Er hätte sich auch gut vorstellen können, einen eigenen Pachthof zu bewirtschaften. Auf seinen bisherigen Wanderungen und bei den vielen Gelegenheitsarbeiten in den vergangenen Jahren hatte er sich die notwendigen Fähigkeiten dafür allemal angeeignet. Aber solche Wünsche waren nichts weiter als Tagträumereien. Es würde ihm nie gelingen, in den Besitz eines Pachthofs zu kommen. Dazu musste man Verbindungen haben und aus der Gegend stammen. Die Höfe wurden meistens von einer Generation zur nächsten übergeben, außer es fand sich kein männlicher Nachkomme. Und selbst dann standen schon unzählige andere berechtigtere Anwärter auf den Listen des jeweiligen Pachtherrn, die in den Genuss eines solchen Privilegs, so es denn eines war, kommen würden. Denn obwohl eine Pacht für einen Angehörigen der einfachen Bevölkerung ein erstrebenswertes Ziel war, so waren durch die fragwürdige Politik der Krone die Pächter nahezu rechtlos und konnten sich oft kaum noch von ihren Höfen, die ihnen oder ihren Vorfahren womöglich zuvor weggenommen worden waren, ernähren. Den Herren der Landstriche war es nämlich durch die Enclosure[14] erlaubt worden, sich die Gebiete der Bauern in ihrem Einzugsbereich anzueignen und ihrem Besitz hinzuzufügen. Den angestammten Bauern blieb nur noch das Dasein von rechtlosen Pächtern, die einen Großteil ihrer Einkünfte dem Gutsherrn abzuliefern hatten, oder aber die zweifelhafte Aussicht, ihr Glück als Arbeiter in den

14 Verfahren, das Ende des 18. und Anfang des 19. Jahrhunderts seinen Höhepunkt fand (1760 – 1832) und zum Schaden für die freien Bauern wurde. Seit Jahrhunderten von der Bevölkerung agrarisch genutztes Land wurde von den Gutsherren annektiert und in intensiv genutzte Großbetriebe umgewandelt. Nur wenige Höfe blieben davon ausgenommen. Die bisher freien Bauern wurden zu Pächtern. Viele verloren ihre Lebensgrundlage, weil sie sich den Erwerb des Landes, das sie bewirtschafteten, nicht leisten konnten. Diese Vorgehensweise wurde in ganz Europa nach englischem Vorbild kopiert. In Deutschland kennt man das den Adel und die Gutsherren begünstigende Gesetz unter dem Begriff »Verkoppelung« (Sachsen) oder auch »Bauernlegen« (Mecklenburg und Preußen).

Fabriken zu suchen. Das meiste des Gewinns aus der Landwirtschaft floss nun den meist adeligen Pachtherren zu, deren Lebensstil und Verpflichtungen offenbar ungeheure Summen verschlangen. Deshalb zog es auch immer mehr Menschen der sich vergrößernden armen Bevölkerung in die Industriestädte der Midlands und des Nordens, wo man auf ein besseres Auskommen hoffte.

Auch Aaron hatte schon mit dem Gedanken gespielt, seinen Lebensunterhalt als Arbeiter zu verdienen, hatte sich aber bisher davor gescheut, da er auch genügend wenig ermutigende Berichte über die teilweise haarsträubenden Lebensbedingungen in den Städten gehört hatte. Man hatte es eben nicht leicht, wenn man nicht zur herrschenden Klasse gehörte. Da ging es oft genug nur darum, sich sein Auskommen von einem Tag zum anderen zu sichern. Natürlich schimpften die Menschen darüber und immer wieder kam es auch zu Aufständen. Aber die Krone hatte noch jedes Mal die Mittel gefunden, solches Aufbegehren im Keim zu ersticken, meistens mit roher Gewalt. Es war ungerecht und oft genug brutal, aber was blieb den Leuten anderes übrig, als sich irgendwie dareinzufinden. Doch zumindest, solange er noch ungebunden, jung, kräftig und geschickt war, konnte er einigermaßen sicher sein, überall eine Anstellung als ungelernter Helfer oder Knecht zu finden … aber mit einer Familie, die zu versorgen wäre, sähe die Zukunft schon wesentlich bedrohlicher aus. Aaron zog an den Zügeln und zwang den Schimmel zurück in eine langsamere Gangart. Dass ihm solche Überlegungen überhaupt durch den Kopf gingen? Was fragte er sich denn, ob er in seiner Situation eine Familie würde durchbringen können? Solche Gedanken hatten ihn bis vor Kurzem nicht einmal im Ansatz gestreift. Er hatte, möglichst ohne an das Morgen und besser nicht an das Gestern denkend, in den Tag hineingelebt. Aber nun ertappte er sich schon wieder dabei, dass er sich wünschte, eine Familie, ein Heim zu gründen. Kaum, dass er sich dessen bewusst wurde, huschte ein Lächeln über sein Gesicht. Daran war ein überaus scheues, sehr schönes rothaariges Mädchen schuld. Was hatte sie nur mit ihm angestellt?

Er lenkte seinen Hengst auf einen schmalen, kaum zu erkennenden Wildpfad, der ihn zum Blinden Weiher führen sollte. Der See lag tief im Wald verborgen und er hätte ihn sicher nicht entdeckt, wenn Frederick ihm nicht vor ein paar Wochen den Weg dorthin beschrieben hätte. Dort würde er sich den Luxus eines kühlen Bades in der gleißenden Junihitze gönnen, und auch der Schimmel, dem der Schaum vom Maul troff, konnte dort saufen.

Nach einiger Zeit tauchte das dunkelblaue Wasser zwischen den Laubbäumen auf, deren tiefhängenden Ästen er immer wieder ausweichen musste. Der See war fast gänzlich unberührt und an den meisten Stellen durch dichtes Dornendickicht den Blicken eines zufällig vorbeikommenden Wanderers entzogen. Selten kam überhaupt jemand hierher, um unerlaubterweise zu angeln. Deshalb fanden sich hier auch seltenere Wasservögel und eine wilde unberührte Pflanzenwelt. Finley ließ es offenbar dabei bewenden. Vielleicht schätzte er den See und seine nähere Umgebung als besonders exquisites, naturbelassenes Jagd- und Angelgebiet für sich und seinen Herrn. Noch wenige Meter und dann wartete das angenehm kühle Wasser des Weihers auf Aaron. Er sprang aus dem Sattel und streifte sich im Laufen das verschwitzte Hemd über den Kopf. Doch dann hielt er verdutzt inne. Heute war er nicht allein. Jemand anderes hatte noch seinen Weg hierhergefunden. Rechts von ihm, in der Nähe eines wahren Knäuels von dornigen Himbeerranken, die dort im Halbschatten prächtig gediehen, stand ein kleiner Weidenkorb schon fast zur Hälfte mit den Beeren gefüllt. Doch der fleißige Sammler war nirgends zu sehen.

Nach einem kurzen Augenblick des Zögerns zuckte Aaron mit den Schultern und wollte sich gerade seiner Hose entledigen, als er plötzlich ein Geräusch hörte, das ihn herumfahren ließ. Er spähte angestrengt durch die Dornenranken und entschied sich dann, doch erst nachzusehen, wer außer ihm noch um die Vorzüge dieses verborgenen Ortes wusste. Langsam ging er um das Beerendickicht herum in die Richtung, in der er den Verursacher des Geräusches vermutete. Plötzlich meinte er, rotes Haar zwischen den Ranken leuchten zu sehen. Cathy!, schoss es ihm augenblicklich durch den Kopf. Mit klopfendem Herzen ging er noch ein paar Schritte weiter. Tatsächlich, da kniete sie. Tief eingetaucht ins Beerendickicht, um auch noch die letzten saftigen Früchte zu ergattern, war sie so vertieft in ihr Tun, dass sie den Neuankömmling am Weiher bisher nicht bemerkt zu haben schien. Aaron war so überrascht, ihr hier an diesem schönen und vor aller Augen verborgenen Ort zu begegnen, dass er zwei Anläufe brauchte, um sie zu begrüßen.

»Hallo, Cathy!«, sagte er schließlich wenig einfallsreich. Diese fuhr erschrocken auf, wandte sich nach ihm um und verfing sich dabei mit ihren langen offenen Haaren in den Dornen.

»Oh! Hallo, Aaron!«, meinte sie hilflos und versuchte dabei mit der einen freien Hand ihre rote Haarpracht aus den Ranken zu befreien, während ihre andere den kleinen Emailletopf mit der Beerenernte umklammerte.

»Warte, ich helfe dir!«, bot Aaron schnell an, wühlte sich nun selbst ins Gestrüpp, die unangenehmen Kratzer, die die Himbeerranken auf seinem nackten Oberkörper dabei hinterließen, ritterlich ignorierend und bemühte sich, die lange Flut ihres Haares aus den Ranken zu befreien, in die es sich inzwischen rettungslos verheddert hatte.

Cathy begann nach einem kurzen Augenblick der Verlegenheit zu kichern und steckte damit auch Aaron zum Lachen an. Doch schließlich war es dem hilfreichen Ritter gelungen, die Gefangene aus ihrem Dornenkerker zu befreien und beide traten, die stachligen Zweige vorsichtig zur Seite schiebend, aus dem Gestrüpp heraus.

»Ich hätte mir die Haare vorher zum Knoten binden sollen«, erklärte Cathy etwas verlegen, »aber ich wollte eigentlich gar nicht so viel pflücken. Irgendwie erschienen mir aber die Früchte im Inneren der Hecke viel größer und saftiger zu sein und ich bin immer tiefer hineingegangen.«

Aaron sah sie fasziniert an. Sie war so schön, dass es ihm buchstäblich den Atem verschlug. Sie schien völlig verändert. Nie hatte er sie bis jetzt mit offenem Haar gesehen. Wie ein dunkelrot leuchtender, seidener Fluss reichte es in weichen Wellen über ihre Schultern bis weit hinunter auf den Rücken. Auch ihre Haut wirkte nun nicht mehr so kränklich blass, sondern erschien, obwohl immer noch von einer reinen milchweißen Farbe, gesund und blühend. Die dunkelblauen Augen strahlten sanft und einladend wie die Oberfläche des Weihers hinter ihr. Aarons Herz klopfte heftig. Er wusste, dass er nun eigentlich etwas hätte sagen sollen, aber er brachte einfach kein Wort heraus. Er konnte seinen Blick nicht von ihr lösen. Statt des üblichen grauen Gewands war sie nun in einen einfachen blauen Miederrock gekleidet, unter dem sie eine weiße Baumwollbluse trug. Deren Schnürung am Ausschnitt hatte sie wohl der Hitze wegen gelockert. Das gewährte ihm einen verlockenden Blick auf den Ansatz ihrer Brüste.

Cathy bemerkte Aarons sprachloses Staunen, wusste aber weder wie sie darauf reagieren noch wohin sie schauen sollte. Verlegen zupfte sie mit ihrer freien Hand den lockeren Ausschnitt ihrer Bluse zurecht und ging dann mit ihrer Ernte schnell hinüber zum Weidenkorb, um die Beeren den anderen schon gepflückten hinzuzufügen.

»Ich … äh … ich wollte eigentlich schon längst bei meiner Familie sein«, erklärte sie hastig und zog derweil die Kordel ihrer Bluse wieder enger. »Ich wollte sie heute besuchen und dann dachte ich mir, Billie und der kleine Wycliff – der Junge heißt wie mein Vater, weißt du«, schob sie fahrig ein, »würden sich sicher über die Beeren freuen. Und dann war es so warm und ich bin schwimmen gegangen im See und habe mir dann das Haar mit etwas Seifenkraut[15], das ich dort am Ufer fand, gewaschen.« Sie wies nervös mit der Hand auf die andere Seite des Sees. »Deshalb habe ich es auch nicht zusammengebunden, als ich die Beeren pflückte. Es musste doch trocknen …« Ihre Worte vertröpfelten. Aaron schaute sie immer noch einfach nur stumm an. Cathy lächelte unsicher.

Dann endlich fand Aaron seine Sprache wieder. Er räusperte sich. »Ich bin auch hergekommen, um mir ein Bad zu gönnen.«

»Ja, dann werde ich mich wohl auf den Weg machen!«, meinte Cathy und griff schnell nach ihrem Weidenkorb.

»Nein!«, entfuhr es ihm.

Sie zögerte.

»Ich meine, kannst du nicht noch etwas bleiben? Bitte!«, fügte er an.

Einen Augenblick besann sie sich, doch dann nickte sie schließlich. Aaron war überglücklich. Was war er doch für ein Glückspilz!

»Hat dir Mrs Finley nicht erzählt, dass ich dich besuchen wollte?«

»Doch!«, Cathy sah zu Boden.

»Ich hoffte, du würdest dich darüber freuen!«

»Doch … ja! Aber ich glaube nicht, dass es so gut ist, wenn wir uns sehen«, antwortete sie zweifelnd. Dann lächelte sie gezwungen, als wolle sie einen unguten Gedanken beiseiteschieben. »Gut, ich bleibe ein wenig! Ich freue mich wirklich, dich zu sehen, Aaron.« Sie setzte sich ans Ufer des Sees und stellte

15 Blütenpflanze Mitteleuropas, die viele Saponine enthält und schon seit der Frühzeit der Menschheit gerne zur Körperpflege genutzt wurde. Wird die Pflanze mit einem Stein und etwas Wasser weichgeklopft, entsteht eine schäumende seifenartige Substanz. Seifenkraut findet sich häufig an Wasserstellen und Bachläufen.

den Korb mit den Früchten neben sich. Aaron folgte ihr. Er wurde einfach nicht richtig schlau aus ihr.

Die Sonne brannte auf seine nackte Haut und der Schweiß sickerte ihm schmerzhaft in die Kratzer, die er sich in den Dornen geholt hatte. Er war – und das erstaunte ihn selbst – ziemlich ratlos, wie er sich jetzt verhalten sollte. Deshalb beschloss er, sich erst einmal eine Abkühlung zu gönnen. Er entledigte sich seiner Reitstiefel, behielt aber, weil er Cathy nicht in Verlegenheit bringen wollte, seine Hose an und stellte sich dann bis zu den Schenkeln ins Wasser. Die Kühle des Weihers tat ihm gut und half ihm sich zu sammeln. Cathy beobachtete ihn stumm. Mit einer schwungvollen Bewegung schöpfte er das Wasser und spritzte es sich immer wieder ins Gesicht und auf den Oberkörper. Wenigstens ließ dadurch das unangenehme Beißen der Kratzer nach, wenn auch seine Verunsicherung nicht im Mindesten abnahm. Mit der hohlen Hand nahm er noch etwas Wasser auf und trank gierig. Dann watete er zurück zum Ufer und warf sich neben Cathy ins Gras. Sie wandte ihm ihr Gesicht zu und ließ ihren Blick still auf ihm ruhen. Was sollte er nur sagen?

»Willst du ein paar Beeren?«, fragte sie nach einer Zeit, die angefüllt war mit Schweigen.

Er nickte – dankbar, dass sie die Initiative ergriff.

Sie sammelte eine Handvoll Früchte aus dem Korb und hielt sie ihm auffordernd hin. Er ergriff ihre Hand, nahm die Beeren aber nicht heraus, sondern führte sie zum Mund und aß die Beeren direkt aus ihrer Hand. Sie zitterte nicht, hielt vollkommen still und ließ ihn gewähren. Sein Blick suchte den ihren, während er eine Beere nach der anderen aß, als wären sie erlesene Köstlichkeiten. Er versank in der blauen Tiefe, wurde von ihr aufgesogen. Langsam zog er Cathy näher zu sich. Leicht zeichneten seine Finger die Linien ihrer Wangen nach, glitten hin zu ihrem weißen Nacken unter dem seidigen Mantel ihres Haares und streichelten ihn. Sie ließ auch das geschehen. Dann näherte er sich ihr langsam, unendlich vorsichtig. Sie schloss die Augen, als seine Lippen auf die ihren trafen. Sanft ließ er seine Zunge darübergleiten. Sie schmeckten süß, nach den reifen Himbeeren, die auch sie wohl genascht hatte. Er spürte beglückt, dass ihre Lippen sich öffneten, um ihn einzulassen und richtete sich halb auf, während er sie mit wachsendem Begehren küsste, fühlte, wie ihre Hände sacht über seine Oberarme und dann über seine nackte Brust glitten. So zart! Und doch war die Berührung ihrer Finger für ihn wie aus Feuer, entfachte ungeheure Glut in seinem Körper, seinen Lenden. Sein Griff wurde fester, er spürte, wie Leidenschaft in ihm emporzüngelte, seinen Verstand benebelte. Die Hand, die ihren Hals gestreichelt hatte, sank tiefer, strich schon mutiger über die Rundungen ihrer Brüste unter dem dünnen Stoff. Oh, Gott, wie er sie begehrte!

Da entwand sie sich ihm, flüchtete geradezu und stieß dabei den Korb mit den Beeren um. Die rote Flut ergoss sich halb ins üppige Gras des Ufersaums.

»Nicht!«, keuchte sie ängstlich, ihr Gesicht von ihm abgewandt.

In jäher Verzweiflung verschränkte Aaron die Arme über seinem Kopf. War er etwa zu weit gegangen? Das alles machte ihn noch wahnsinnig! Sein Körper schrie vor Verlangen nach ihr. Noch nie hatte er so intensiv empfunden. Er meinte fast, den Verstand verlieren zu müssen. Und doch wusste er nur zu gut, dass er, sollte er jetzt nur noch den kleinsten Schritt in ihre Richtung tun, alles für immer zerstören könnte. Er stöhnte auf vor Enttäuschung und zorniger Verzweiflung, verbiss sich dann aber seine Empfindungen mit Mühe. Warum um alles in der Welt wehrte sie sich so gegen ihn? Ausgerechnet sie, mit der es ihm doch wirklich und zum allerersten Mal ernst war. War er ihr denn nicht gut genug? »Cathy!«, flehte er.

Sie antwortete nicht.

Plötzlich machte sich ein schrecklicher Gedanke in ihm breit. Was, wenn sie ihm nicht traute? Wenn sie gar gespürt hatte, welche schrecklichen Abgründe er in sich verbarg? Wie hatte er das vergessen können? Hatte sie womöglich etwas von seiner großen Schande entdeckt – die Schande, die ihn für immer und ewig mit Cecil Turner verband?

Entsetzt starrte er Cathy an, die, das Gesicht noch immer von ihm abgewandt, in sicherer Entfernung im Gras kauerte. Jäh umfing ihn ein eiskalter Hauch von Furcht, schloss sich um seine Brust und nahm ihm den Atem. Eine entsetzliche Furcht – so sorgsam im geheimsten Winkel seiner Erinnerung verschlossen! Die Furcht eines zwölfjährigen, hübschen Jungen. Sie sprang ihn unvermittelt an, stärker denn je, wie ein Raubtier, schüttelte ihn gnadenlos und warf ihn zu Boden. Er wollte es nicht, aber er konnte sich nicht dagegen wehren. Hilflos schlang er die Arme um sich und rang nach Luft.

Er roch den Alkohol im Atem des Mannes, das gierige Keuchen krallte sich in seine Ohren – Nein, nicht! … Bitte … nicht! – Der Schmerz der Faustschläge explodierte grell vor seinen Augen – Blut, wie warmes Metall in seinem Mund – Weglaufen! – Er wollte weglaufen, doch er wusste genau, das hatte keinen Zweck: Wie könnte er es wagen, sich zu wehren gegen den Herrn, dem alles gehörte – Er musste es eben einmal mehr ertragen – Die groben Fäuste zwangen ihn nach unten, zerrten an seiner Hose – Und dann, dann kam Cecil Turner über ihn … Ekel würgte den Jungen, er wollte schreien, aber er wagte es nicht – Niemand durfte davon wissen. Niemand!! Niemals!! – Er fühlte sich schmutzig und schlecht, er konnte nur noch weinen …

Plötzlich war Cathy bei ihm, streichelte ihn mit sanften Händen und sprach beruhigend auf ihn ein. Er hatte Mühe zu verstehen, was sie sagte, aber ihre Stimme war wie eine hilfreich ausgestreckte Hand in diesem Meer des Ekels und der Angst, das ihn zu ertränken drohte. Die Stimme leitete ihn herauf aus der dunklen Tiefe. Er klammerte sich an sie, an die

Stimme und an die junge Frau, wie an die Mutter, die ihm keinen Schutz hatte geben können, die nicht wissen durfte, was Turner mit ihm tat. Er war doch schuld, war doch nichts weiter als Dreck, wie Turner ihm wieder und wieder zugeflüstert hatte, jedes Mal, ja, bei jedem einzelnen seiner gottverdammten, gierigen Stöße. Abgesehen davon hätte ihm kein Mensch geglaubt. Der ehrenwerte Mr Turner war nicht nur reich, sondern auch ein hoch angesehenes Mitglied der Gemeinde, Besitzer des größten Gestüts der Gegend und dazu noch Kirchenältester! Und er, der Knabe Aaron, unehelicher Sohn einer niederen Magd, war ein Nichts, ein Staubkorn unter den genagelten schweren Stiefeln Cecil Turners.

»Es ist alles gut. Beruhige dich, Aaron!« Cathy sprach zu ihm wie zu einem kleinen Kind. Langsam kehrten seine Sinne wieder in die Realität des warmen Sommertages zurück. Er schämte sich bis ins Mark für seine Schwäche, seine jämmerlichen Tränen! Warum hatten ihn seine Dämonen gerade jetzt überfallen? Wie hatte das nur geschehen können? Er wandte sich von ihr ab. Da ließ sie ihn los.

Hastig stand er auf, entfernte sich noch weiter von ihr, lehnte sich rücklings an den Stamm einer der Buchen und verschränkte die Arme erneut schützend vor seiner Brust. Er wagte es nicht, ihr in die Augen zu sehen und spürte endlich mit einer freudlosen Erleichterung, dass er zumindest seine Fassung wiedergewann.

Dann fühlte er mehr, als dass er es sah, dass sie sich ihm näherte. Zutiefst beschämt und abweisend sah er demonstrativ in die andere Richtung. Cathy war soeben Zeugin von etwas geworden, das um keinen Preis hätte offenbar werden dürfen. Ohne es verhindern zu können, hatte er ihr seine Dämonen gezeigt, die ihn seit Jahren quälten und verhöhnten. Cathy musste ihn jetzt von ganzem Herzen verachten! Vorbei der irrsinnige Traum einer wie auch immer gearteten Zukunft mit ihr!

»Ist es wegen Isobel?«, hörte er Cathy fragen.

Er lachte kurz auf in spöttischem Erstaunen. Wegen Isobel? Was um alles in der Welt hatte Isobel de Burgh damit zu tun? Doch dann beschlich ihn ein weiterer schlimmer Verdacht.

»Du hast uns gesehen, nicht wahr?«, fragte er tonlos. Noch immer konnte er sie nicht ansehen.

»Es ist mir wieder eingefallen!«, bestätigte sie mit so leiser Stimme, dass es fast nur ein Flüstern war.

Am liebsten wäre er im Boden versunken. »Cathy, es tut mir so leid. Das alles tut mir sehr leid.« Er schlug die Hände vors Gesicht. Das war ein Albtraum. »Glaube mir, ich wollte das nicht, ich wollte dich nicht erschrecken. Am besten, du gehst jetzt«, sagte er stockend. Die Scham drohte ihn erneut zu übermannen.

»Es gibt nichts, dessen du dich schämen müsstest, Aaron Stutter«, sagte sie und eine sanfte Traurigkeit schwang in ihrer Stimme. »Ich weiß, wie es ist. Wie könnten wir uns wehren? Wie dürften wir das? Du bist deshalb nicht schlecht, jedenfalls nicht schlechter als ich, Aaron.«

Was sagte sie da? Ein großes Staunen erfasste ihn. Doch die Angst saß zu tief, hatte sich in seiner Brust verbissen. Verzweifelt versuchte er die Beklemmung seines Atems zu überwinden, doch er vermochte einfach nicht den Blick zu heben, etwas zu sagen. Er hörte, wie sich ihre Schritte entfernten, nachdem sie ihm ein letztes Mal sanft den Arm gestreichelt hatte. Als er endlich wieder halbwegs seine innere Balance zurückgewonnen hatte, war sie längst fort. Niedergedrückt zog er sein Hemd und seine Stiefel an, stieg auf den Schimmel, der am Ufer gegrast hatte, und ritt zurück nach Whitefell.

Branford House, London, Nacht zum 23. Juni 1838

Kapitel 30

Ein lauter dumpfer Schlag, als sei etwas Schweres auf den Boden gefallen, dann ein weiteres polterndes Geräusch! Zu Tode erschrocken fuhr Isobel im Bett hoch. Einbrecher!, war ihr erster Gedanke. Doch dann hörte sie, dass schon mehrere Türen aufgerissen wurden und eilige Schritte über den Gang hasteten. Nun hielt auch sie es nicht mehr in ihrem Bett aus.

»Florence!« Mary-Anns Stimme klang geradezu panisch, als sie hilflos an der Tür zu Florences Gemach rüttelte, in dem diese seit dem Vorfall auf dem Ball – angeordnet von dem höchst erbosten Earl of Branford – eingeschlossen worden war. Isobel hatte sie seitdem nicht mehr gesehen, nur ihr unaufhörliches Schluchzen und Klagen gehört, wenn sie an ihrer Tür vorbeigekommen war. Doch Gewissensbisse hatte sie deshalb nicht verspürt. Wenn der Earl es für richtig hielt, seine siebenundzwanzigjährige Tochter in seinem Hause einzukerkern, um deren Flucht zu verhindern, dann war das seine Entscheidung. Die ganze Affäre wurde ohnehin immer mehr zur Farce. Lady Branford lief im Haus herum wie ein kopfloses Huhn und seufzte in regelmäßigen Abständen theatralisch auf, während Mary-Ann, immer wenn sie glaubte, Isobel bemerke es nicht, ihren Blick voller Zorn auf sie richtete. Als ob sie, Isobel, Schuld an den Vorfällen trüge! Hatte *sie* Henry Thornton, diesen mittellosen Emporkömmling, nach Wilton House eingeladen? Hatte *sie* Florence geraten, sich mit ihm einzulassen? Und hatte *sie* diese in dem Vorhaben unterstützt, sich hier in London heimlich wieder mit ihm zu treffen? An all dem traf sie nicht die geringste Schuld, auch wenn sie je länger desto mehr spürte, dass ihr die Branfords – allen voran Mary-Ann – diese nur zu gern aufgeladen hätten.

Inzwischen war auch Cedric, der Butler, mit dem Schlüssel zu Florences Gemach herbeigeeilt, so schnell ihn seine zittrigen alten Beine trugen, und schloss nun unter Mary-Anns flehentlichen Rufen die Tür auf.

Der Anblick, der sich den ins Zimmer Stürzenden bot, war von einer solchen erschütternd erbärmlichen Lächerlichkeit, dass Isobel ungewollt ein nervöses Kichern entfuhr.

Florence hatte offenbar versucht sich zu erhängen, war damit aber auf die beschämendste Weise gescheitert. Sie lag mit einer zur Schlinge geknüpften Vorhangschnur um den Hals da und heulte herzzerreißend. Das Blut, das ihr aus der Nase und ein wenig aus der aufgebissenen Unterlippe drang, mischte sich mit dem herabrieselnden Gips der Stuckverzierung und den Überresten des völlig zerstörten Kristalllüsters, tropfte zäh auf ihr Nachthemd und befleckte es. Neben ihr lag ein Tischchen umgestürzt auf dem Boden, auf das sie sich, um ihr Vorhaben durchzuführen, gestellt haben musste. Offenbar hatte sie die Vorhangschnur am Haken des Lüsters befestigt und sich dann vom Tischchen aus mit der Schlinge um den Hals in den Tod stürzen wollen. Aber der Haken und die Zimmerdecke drumherum hatten ihrem nicht unbeträchtlichen Gewicht nicht standgehalten. Und so war ihr kläglicher Versuch, dramatisch aus dem Leben zu scheiden, glücklicherweise, abgesehen von einer blutigen Nase und einem roten Striemen um den Hals, glimpflich abgelaufen.

Isobel konnte es nicht fassen. Ihre Cousine war selbst in der Tragik grotesk. Wie konnte Henry Thornton nur Gefallen an ihr gefunden haben? Sie musste die Lippen fest zusammenpressen, um nicht in haltloses Gelächter auszubrechen. Mary-Ann schien jedoch keinerlei Sinn für die unglaubliche Lachhaftigkeit der Situation zu haben. Sie kniete neben ihrer Schwester, hatte diese tröstend umarmt und wiegte die völlig außer sich Geratene wie ein Kind.

Da stürzten der Earl und seine Gattin, gefolgt von Mr de Burgh, ebenfalls ins Zimmer. Lady Branford stöhnte, als sie des Chaos ansichtig wurde, schwach auf und sank dann ohnmächtig in die hilfreich ausgestreckten Arme des gerade noch rechtzeitig herbeigeeilten Mr de Burgh.

»Was um alles in der Welt soll das bedeuten?«, donnerte der Earl of Branford mit lauter Stimme, in der sich Zorn und Entsetzen exakt die Waage hielten. Isobel konnte es ihm nicht verdenken. Seine Tochter hatte sich mit diesem missglückten Versuch, ihrem Leben ein Ende zu setzen, bis auf die Knochen blamiert. Eine Dame brachte sich schließlich, wenn überhaupt, mit Gift um oder ging ins Wasser und schied damit stilvoll aus dem Leben. Davon war Isobel, geschult durch entsprechende Lektüre, überzeugt. Von Florence war auf die Frage des Earls keine Antwort zu erwarten. Sie begann zu schreien, geriet immer mehr in Hysterie und wirkte umso mehr wie eine Verrückte. Mary-Ann umklammerte sie verzweifelt.

»Einen Arzt, Vater!«, schrie sie. »Schnell, wir brauchen einen Arzt!«

Auch der Earl wirkte nun völlig hilflos. Sein Zorn verrauchte so schnell, wie er gekommen war. Fassungslos sah er erst auf die kreischende Florence, dann auf seine ohnmächtige Gattin, nickte dann folgsam und eilte aus dem Raum, um die erforderlichen Anweisungen zu geben. Cedric folgte ihm diensteifrig. Isobel setzte sich auf einen Sessel in einer Ecke des Raumes und wartete ab, was nun geschehen würde.

»Lieber Onkel, bitte bringen Sie meine Mutter doch in mein Zimmer und bitten Sie Fanny, meine Zofe, sich um sie zu kümmern«, wies Mary-Ann, die als Einzige der Familie der Branfords einen klaren Kopf zu behalten schien, Isobels Vater an. »Und du«, wandte sie sich mit unverhohlenem Hass in der Stimme an Isobel, »machst entweder, dass du hinauskommst, oder hilfst mir, die arme Florence aufs Bett zu legen. Ich dulde nicht, dass du dich an ihrem Leid auch noch ergötzt.« Isobel schnitt eine Grimasse. Sie hatte es satt, ständig kritisiert zu werden. Was erlaubte sich dieses rechthaberische Ding eigentlich? Doch dann stand sie auf und half Mary-Ann, die immer noch schreiende Florence aus den Trümmern der Zimmerdecke und des Kristalllüsters zu befreien und sie auf ihr Bett zu verfrachten. Nichts in der Welt hätte sie nun wieder zurück in ihr Zimmer gebracht. Das Ganze war einfach zu aufregend. »Florence, so beruhige dich doch!«, flehte Mary-Ann ein ums andere Mal, doch diese reagierte nicht weiter auf die gut gemeinten Appelle ihrer jüngeren Schwester und fuhr fort zu schreien. Schließlich wurde es Isobel, die eine Weile schweigend dabeigestanden hatte, zu dumm. »Hör jetzt endlich auf, Florence!«, herrschte sie sie an, »Deine Vorstellung ist beschämend und unwürdig. Wie kann man sich nur so aufführen?«

Wahrscheinlich hatte mehr ihr Tonfall als ihre Worte die erwünschte Wirkung. Florence verstummte, starrte sie mit großen Augen an, schlug dann die Hände vor das Gesicht und verlegte sich auf ein leises Wimmern. Das war wenigstens so lange leidlich zu ertragen, bis der Arzt kurze Zeit später in Begleitung des Hausherrn auftauchte. Ein schneller Blick auf die chaotische Unordnung im Zimmer und den Zustand seiner Patientin sagte dem erfahrenen Mediziner umgehend und ohne weitere Erklärung, was vorgefallen war. Er seufzte. Es nahm überhand mit den Selbstmördern in der letzten Zeit. Allein im vergangenen Vierteljahr waren es acht Tote in seinem Praxisumfeld gewesen, die durch eigene Hand aus dem Leben geschieden waren. Die unvorhergesehenen wirtschaftlichen Turbulenzen an der Börse hatten einen nicht unbeträchtlichen Anteil daran, aber auch Liebesleid. Zum Glück war es dieser jungen adeligen Dame, der Tochter des allseits geachteten Earls of Branford nicht gelungen, sich zu erhängen. Der Skandal wäre ungeheuerlich gewesen! So wie die Dinge lagen, brauchte die junge Frau zunächst einmal eine große Dosis Beruhigungsmittel, dann würde er sie untersuchen. Möglicherweise hatte das Genick doch Schaden genommen. Man konnte nie wissen. Er holte eine Ampulle mit einem Opiat aus seiner Arzttasche, füllte die Flüssigkeit in einen länglichen schmalen Glaszylinder mit metallener Schubvorrichtung, schraubte eine vergoldete Nadel[16] auf und verabreichte der jungen Dame eine Injektion in die Armbeuge. Kurz darauf fielen ihr die Augen zu und sie sank in einen ohnmachtsähnlichen Schlaf. Eine kurze Untersuchung ihres Halses, den ein breiter blutunterlaufener Striemen verunstaltete, zeigte keine größeren Verletzungen des Bewegungsapparates. Allerdings legte der Arzt dennoch einen stützenden und gleichzeitig die hässlichen Zeugen des Selbstmordversuches verdeckenden Verband an. Dann wandte er sich an den Earl, der betreten dabeigestanden hatte: »Wissen Sie etwas über den Grund für diese Verzweiflungstat, Mylord?«

Lord Branford zögerte, doch dann nickte er. »Es gibt da eine unglückliche, da nicht standesgemäße Liebesbeziehung, die meine Tochter unbedachterweise eingegangen ist. Ich habe das natürlich unterbunden. Es ist eine reine Narretei.«

Der Arzt hob in Bedenken die Augenbrauen. »Für die junge Lady scheint es mehr als das gewesen zu sein. Es ist, so muss ich sagen, recht unüblich, dass eine Frau sich erhängt. Meistens schneiden sie sich die Pulsadern auf oder nehmen Gift, was dazu führt, dass sie oft genug noch gerettet werden können. Möglicherweise hoffen einige dies geradezu, und der Selbstmord ist eher eine Art Hilferuf. Doch das Vorhaben, sich zu erhängen, zeugt schon von beträchtlich mehr Entschlossenheit. Sie scheint mir recht verzweifelt zu sein.«

---

16 Injektionen waren bereits seit dem 17. Jahrhundert in der Medizin bekannt und wurden auch eingesetzt. Wegen mangelnder Hygiene waren diese aber mit erheblichen Risiken behaftet. Die Nadeln waren im 19. Jahrhundert oft vergoldet, um ein Rosten zu vermeiden. Die Stahlproduktion war zu dieser Zeit noch nicht so ausgefeilt, als dass Kanülen hätten hergestellt werden können.

Lord Branford mahlte mit den Kiefermuskeln, sagte aber nichts dazu. Stattdessen ergriff nun Mary-Ann, die immer noch auf dem Bettrand bei ihrer Schwester verharrte, das Wort: »Allerdings war sie sehr verzweifelt. Man hat sie in ihrem Zimmer eingesperrt, um sie daran zu hindern, mit dem jungen Mann, dem sie seit langer Zeit in aufrichtiger Liebe zugetan ist, davonzulaufen«, erklärte sie dem Arzt.

»Vater …«, ihre Stimme klang nun sehr eindringlich, »willst du nicht endlich Erbarmen mit den beiden haben? Gewiss ist Mr Thornton nicht von adeliger Herkunft, hat sich aber doch einen glänzenden Ruf erarbeitet aus eigener Kraft. Willst du wirklich das Blut deiner Tochter an den Händen kleben haben? Wir wollen Gott danken, dass Florence ihr Vorhaben nicht geglückt ist. So gibt es vielleicht die Möglichkeit, dass man das, was man ihr angetan hat, noch korrigieren kann.«

»Ich …«, hob der Earl an, doch dann versagte ihm die Stimme. Er kämpfte mit den Tränen, hob hilflos die Hände, um sie dann wieder kraftlos auf den Rahmen des Bettes sinken zu lassen.

»Schreib ihm, Vater!«, drängte Mary-Ann, »Bitte ihn hierher und gib ihnen beiden deinen Segen. Die Zeiten habe sich geändert, Vater, auch wenn du es nicht wahrhaben willst. Den jungen Leuten ist Stand und Ansehen nicht mehr so wichtig wie deiner Generation. Zwinge doch Florence nicht in eine unglückliche Ehe oder gar trostlose Altjungfernschaft, nur damit unser Stand gewahrt wird. Sie wird daran zugrunde gehen, sie ist es ja fast schon.« Sie wandte sich wieder ihrer Schwester zu. Sanft streichelte sie deren Wangen.

»Nun gut!« Die Stimme des Earls schwankte bedenklich. »Ich will es mir überlegen.« Er wandte sich ab und schlich mit hängenden Schultern aus dem Zimmer. Von seiner sonstigen strengen Würde war in diesem Augenblick nichts mehr zu sehen.

Isobel konnte es nicht fassen. Nun hatte Florence mit dieser Inszenierung doch erreicht, was sie wollte. Sie bekam ihren Geliebten zum Mann und den Segen – vermutlich verbunden mit einer größeren Mitgift – des Vaters dazu. Unbändiger Ärger stieg in ihr auf. Der Arzt wandte sich derweil mit anerkennendem Respekt an Mary-Ann. »Ihrer Mutter geht es ebenfalls nicht gut, teilte man mir mit …?«

»Ja!«, bestätigte diese in sachlichem Ton, »Sie erlitt einen Ohnmachtsanfall, als sie dieses Unglücks hier«, sie ließ ihren Blick schweigend über die fatale Unordnung im Zimmer gleiten, »ansichtig wurde. Aber ich denke, es ist nicht ganz so schlimm. Sie liegt in meinem Zimmer, meine Zofe kümmert sich um sie. Cedric wird Sie hinüberbegleiten. Ich würde gerne noch bei meiner Schwester bleiben.«

»Das halte ich auch für das Beste«, bestätigte Dr. Miller. »Ich empfehle auch sehr, die junge Dame in den nächsten Tagen auf keinen Fall allein zu lassen. Mit einem so ausgeprägten Fall von Schwermut sollte nicht leichtfertig umgegangen werden. Ich komme morgen auf alle Fälle noch einmal vorbei.« Er packte rasch seine Sachen zusammen, um sich seiner anderen Patientin zu widmen. Doch dann hielt er noch einmal inne. »Das waren sehr mutige Worte von Ihnen, Mylady! Ich hoffe doch, Lord Branford hat ein Einsehen. Das wird die beste Medizin sein. Habe ich vorhin richtig gehört? Handelt es sich bei dem jungen Mann, der dieses Herzeleid mitverursacht hat, tatsächlich um Mr Henry Thornton, den Maler?«

»Ja, genau um diesen. Die beiden lieben sich von Herzen, und Mr Thornton hat bei meinem Vater vor über einem Jahr um Florences Hand angehalten. Aber der Earl hat ihn hinauswerfen lassen. Er hatte den Verdacht, dass es Mr Thornton nur um eine Verbesserung seiner Beziehungen und weniger um Florence ging. Dabei liegt Mr Thornton nichts ferner. Er lebt nur für seine Malerei und die Liebe zu meiner Schwester.«

Dr. Miller lächelte freundlich. »Wenigstens haben die beiden eine gute Fürsprecherin gefunden. Außerdem ist Mr Thornton ein im London dieser Tage außerordentlich geschätzter junger Künstler. Ich denke, es ist für Lord Branford keine Schande, ihn als Schwiegersohn zu bekommen.« Mit diesen Worten nickte er zum Abschied und verließ den Raum.

Auch Isobel zog es vor, sich zurückzuziehen. Es gab hier ohnehin nichts mehr zu sehen. Sie wunderte sich selbst darüber, dass sie eine solch namenlose Wut über den Fortgang des Geschehens empfand. Es war aber auch wirklich ungerecht! Ein bisschen Theater und Geschrei – und für Florence wendete sich alles zum Guten. Niemand hatte Mitleid mit Isobel und ihrer trostlosen Situation. Vielleicht sollte sie es auch mit Gift oder etwas Ähnlichem versuchen? Dann verwarf sie den abstrusen Gedanken gleich wieder. Was hätte das geändert? Das Hauptproblem war schließlich, dass ihr Vater seines ganzen Vermögens verlustig gegangen war und sie an Mr Havisham versprochen hatte. Gewiss, er würde sie nicht zwingen, diesen zu ehelichen, aber wenn sie es nicht tat, wären die Konsequenzen entsprechend und ausgesprochen unangenehm auch für sie selbst. Die Vorstellung, in ärmlichen Verhältnissen zu leben, sich möglicherweise gar als Gouvernante verdingen zu müssen, jagte ihr einen Schauer über den Rücken. Aber auch die Aussicht auf ein Leben – und vor allem auf die Nächte – mit Havisham war alles andere als verlockend, schien aber angesichts der Tatsachen kaum abzuwenden. Sie seufzte schwer. Wenn ihr doch nur jemand raten könnte! Die Einladung Lady Cravens fiel ihr wieder ein. Diese hatte sie, trotz der Peinlichkeit der Situation, freundschaftlich in den Arm genommen, ihr immer wieder mit warmen Worten bestätigt, wie überglücklich sie sei, der Tochter ihrer geliebten Freundin begegnet zu sein, sähe sie doch, dass sie ihrer Mutter nicht nur äußerlich ausgesprochen ähnele, und hatte sie dann ausdrücklich zu sich eingeladen. Nichts sei ihr wichtiger, als sie kennenzulernen, hatte sie wieder und wieder beteuert. Isobel, die aufgewühlt und erregt gewesen war von der zuvor erlebten pikanten Szene, hatte nicht recht gewusst, wie ihr geschah, und trotzdem hatte sie die Bekanntschaft mit dieser außergewöhnlichen und überaus freizügigen Dame außerordentlich gereizt. Nachdem Lady Craven sie hinausgeleitet hatte – denn diese wollte sich wohl noch etwas ihrem heimlichen, aber umso exquisiteren Vergnügen mit Lord Farnham widmen –, stand sie erst wie erstarrt vor der Tür des Salons. Doch dann hatte sie nach kurzem Zögern ihren Vater aufgesucht, um dessen Erlaubnis für einen Besuch bei Lady Craven einzuholen. Dieser hatte brüsk abgelehnt, was sie über die Maßen erzürnt hatte. Aber sie wollte nicht neues Aufsehen erregen und zog es vor, ihren Vater zur Heimkehr nach Branford House zu bewegen, was dieser nur zu gern gewährte.

Doch nun wusste sie, wie sie es anstellen musste, ihren Kopf durchzusetzen, zumindest, was Lady Craven betraf. Etwas immerhin hatte sie aus Florences Vorstellung gelernt.

Kapitel 31

Und wenn du mich nicht gehen lässt, Vater, dann wird das meine Entscheidung bezüglich Mr Havisham nicht positiv beeinflussen. Das versichere ich dir.« Isobel blickte ihren Vater unnachgiebig an. Noch vor dem Frühstück hatte sie ihn in seinem Zimmer aufgesucht. Er war noch nicht einmal aufgestanden nach der turbulenten Nacht. Sie erklärte ihm, sie wünsche unverzüglich einen Besuch bei Lady Craven zu machen, da sie diese ausdrücklich eingeladen habe und die Stimmungslage in Branford House wirklich unerträglich sei. Es sei eine Zumutung für sie, noch länger hier verweilen zu müssen.

Zunächst reagierte ihr Vater, wie sie es erwartet hatte, wieder heftig ablehnend. Offenbar hegte er wenig Sympathie für

Lady Craven. Aber dann setzte Isobel ihn ohne Skrupel unter Druck. Sie wusste ja, dass seine Existenz vom Wohlwollen Havishams und ihrem Einverständnis abhing. Folgerichtig lenkte ihr Vater ein. Beinahe hätte sie laut herausgelacht. Wie einfach zu lenken und berechenbar Männer doch waren! Seltsam, dass der Vater ihr früher immer so stark vorgekommen war. Nun sah sie ihn mit völlig neuen Augen. Er war im Grunde nichts weiter als ein lächerlicher Narr! Fast verachtete sie ihn. Ohne sich noch einmal umzusehen, verließ sie das geräumige Zimmer, in dem ihr Vater untergebracht worden war, und ging zurück in den Westflügel des Stadthauses, wo ihr eigenes und die Zimmer ihrer Cousinen gelegen waren. Das Frühstück würde sie sich von ihrer Zofe aufs Zimmer bringen lassen. Sie verspürte wirklich kein Bedürfnis, sich weiter den moralisch entrüsteten Blicken Mary-Anns auszusetzen. Dann würde sie eine Kutsche rufen lassen und sich zu Lady Craven begeben, die ihr ihre Karte überreicht hatte, verbunden mit dem Hinweis, dass Isobel sie jederzeit aufsuchen dürfe, wann immer ihr der Sinn danach stünde. Genau dies gedachte sie auch zu tun.

Als sie die Eingangshalle passierte, wäre sie beinahe mit einem hochgewachsenen, aufgeregten jungen Mann zusammengestoßen, den sie zweifelsfrei als Mr Henry Thornton wiedererkannte. So hatte der Earl also nicht gezögert, Mary-Anns Rat Folge zu leisten. Erstaunlich, dass diese so viel Überzeugungskraft entwickeln konnte. Das hätte sie diesem faden Ding gar nicht zugetraut.

»Verzeihen Sie, Miss …?« Mr Thornton sah sie fragend an.

»Miss Isobel de Burgh!«, erklärte sie schnippisch. Dieser Künstler auf Freiersfüßen mit seinen besorgt aufgerissenen Augen hatte ihr gerade noch gefehlt.

»Wissen Sie, wie es Lady Florence geht? Ist sie wohlauf?«, fragte er bettelnd. Seine Stimme zitterte leicht und er rang sichtlich um Fassung. Sie musterte ihn mit einer gewissen Abscheu. Der Mann war mindestens so lächerlich wie seine angebetete Florence.

»Ich denke doch! Sie ist nicht verletzt, wenn Sie das meinen. Allerdings hat man ihr Beruhigungsmittel gegeben, nach dieser grandiosen Dummheit letzte Nacht. Ich weiß nicht, ob sie Sie empfangen kann.«

»Oh, wie konnte sie das nur tun?«, klagte er und brach beinahe in Tränen aus. »Wenn wir doch nur nicht entdeckt worden wären! Aber nun wird alles gut, hoffe ich. Meine arme Florence!«

Isobel hütete sich, ihm zu sagen, dass sie die Ursache für den Eklat beim Ball gewesen war. Sie entfernte sich hastig, als Mary-Ann, die wohl die Stimme Mr Thorntons gehört haben musste, die Treppe herunterkam, um ihn in Empfang zu nehmen. Thornton wendete sich auch sofort Mary-Ann zu, als er ihrer ansichtig wurde. »Lady Mary-Ann, wie geht es meiner geliebten Florence? Kann ich sie sehen?«, hörte Isobel ihn noch erregt stammeln, als sie sich eilig in Richtung ihres Zimmer begab. Nun, die Dinge würden ihren Lauf nehmen. Es würde mit Sicherheit zu tränenreichen Aussprachen und einer großartigen Versöhnung kommen, und dann würde Mr Thornton so bald als möglich mit Florence Branford zum Traualtar schreiten. Die Vorstellung widerte sie an. Besser, sie beeilte sich nun, um nicht noch Zeugin dieser vorhersehbaren Komödie werden zu müssen.

Zurück in ihrem Zimmer, wählte sie nach einiger Überlegung ein hübsches lindgrünes Tageskleid mit einem passenden Sonnenschirmchen und wies ihre Zofe an, noch eine Kutsche kommen zu lassen, bevor diese ihr beim Ankleiden half. Sie gedachte eine morgendliche Ausfahrt zu unternehmen, und zwar so rasch wie möglich.

Das Haus machte einen sehr einladenden Eindruck. Obwohl diese Bezeichnung reichlich untertrieben war angesichts des überaus prächtigen mit einer säulenumkränzten Vorhalle ausgestatteten und – für das beengte London außergewöhnlich genug – in einem kleinen Park gelegenen Schlösschens von Lord und Lady Craven. Die Besitzer hatten einen sicheren Geschmack mit Freude an Leichtigkeit und Lebenslust. Isobel zweifelte nicht einen Augenblick daran, dass es Lady Cravens Hand gewesen war, die hier gestaltend gewirkt hatte. Das Schlösschen passte zur Wesensart seiner Bewohnerin wie eine exquisite Schatulle zu dem darin verborgenen Schmuckstück. Erwartungsvoll entstieg Isobel der Kutsche und schritt die Stufen zum Eingangsportal, das jetzt am frühen Vormittag noch im Schatten der Vorhalle lag, hinauf. Ohne zu zögern, betätigte sie mutig den Türklopfer in Form eines schweren Eisenrings, den ein eiserner Faun im aufgerissenen Rachen hielt. Kurze Zeit später wurde ihr geöffnet. Den Bediensteten erstaunte ihre frühe Ankunft keineswegs. Man schien sie geradezu erwartet zu haben und geleitete sie sofort in einen von der strahlenden Morgensonne erleuchteten Salon. Sie solle sich bitte nur einen Augenblick gedulden, da Lady Craven gerade noch mit ihrer Morgentoilette beschäftigt sei, sie dann aber unverzüglich empfangen würde. Zufrieden sah Isobel sich um. Das war doch endlich ein Umgang mit ihr, wie er ihr auch zukam. Die Missbilligung ihrer Person im Hause Branford hatte sie heftiger gekränkt, als sie sich eingestehen wollte. Neugierig sah sie sich derweil um. Der Raum war ein Kleinod moderner Innenarchitektur. Die Wände waren schlicht weiß gehalten, aber die Ecken und der Übergang zur Decke waren mit feiner farblich hervorgehobener Stuckarbeit verziert. Der helle glänzende Parkettboden strahlte einladende Wärme aus, die durch die weißen, luftigen Vorhänge mit den in zarten Pastelltönen gehaltenen Schleifen und Volants und den exquisiten Möbeln, die dem neuesten Londoner Schick entsprachen, nur noch unterstrichen wurde. Alles wirkte leicht, zierlich und gemütlich zugleich. An den Wänden befanden sich Bilder mit allegorischen Darstellungen der vier Jahreszeiten. Allesamt, bis auf den Winter, sehr freizügig bekleidete Frauen, die sich den Freuden des Daseins hingaben. Besonders der Frühling hatte es Isobel angetan. Eine liebliche Jungfrau, ihr selbst nicht unähnlich mit ihren blonden Locken, gab sich, kaum eingehüllt in ein Stückchen Stoff, das ihre lockende Weiblichkeit mehr unterstrich als verbarg, einem griechisch anmutenden, ausgesprochen wohlgeformten Jüngling hin, der sich verlangend über sie beugte. Er erinnerte Isobel, zumindest was seinen Körperbau betraf, stark an Aaron. Die Damen auf den anderen Bildern – ebenfalls im Liebesakt mit mythischen Wesen begriffen – waren mit den Attributen der Jahreszeit umgeben und jeweils in fortschreitendem Alter, was ihrer Sinnlichkeit aber keinen Abbruch tat. Lediglich der Winter in Gestalt eines einsamen alten Weibes blickte allein und sinnend aus dem Fenster eines halbverfallenen Raumes, vermutlich in die Erinnerung an lustvollere Tage versunken. Aber was interessierte sie der Winter? Der lag in weiter Ferne. Isobel widmete sich eingehend und interessiert den Darstellungen, kehrte dann aber wieder zum Frühling zurück, als plötzlich die Tür aufging und Lady Craven, strahlend schön mit locker aufgesteckten Haaren und in ein bequemes fließendes Seidengewand gehüllt, eintrat. »Isobel, meine Liebe! Endlich!«, Lady Craven streckte ihr freundschaftlich beide Hände entgegen und drehte Isobel, als diese sie ergriff, einmal im Kreis herum, offenbar zutiefst beglückt über den Besuch. »Nicht wahr, ich darf dich doch so nennen?«, fragte Lady Craven mit einem herzlichen Lächeln. »Ich bringe es einfach nicht über mich, die Tochter meiner liebsten Freundin nicht fast auch als meine Tochter zu betrachten.«

Isobel fühlte sich angezogen von den warmen Worten der Frau. »Aber gewiss doch, Lady Craven. Ich fühle mich sehr geehrt.«

»Lady Craven! Nein, wie förmlich!« Lady Craven schnalzte ungehalten mit ihrer kleinen spitzen Zunge, die, wie Isobel wohl wusste, über beachtliche Fertigkeiten verfügte. »Du musst mich Jemina nennen, Isobel. Die steife Förmlichkeit unserer englischen Gesellschaft ist mir ein Gräuel, weißt du.«

Isobel konnte sich ein Glucksen nicht verkneifen. »Ich weiß, Lady Craven! Verzeihung, ich meine natürlich: Jemina!«

Auch diese lächelte spitzbübisch und zwinkerte ihr zu. »Nun, Isobel, ich sehe, wir werden uns gut verstehen. Komm, setz dich zu mir.« Sie geleitete Isobel zu einer gemütlichen französische Récamiere, ließ sich darauf nieder und lud mit einer auffordernden Handbewegung ihren jungen Gast dazu ein, dicht bei ihr Platz zu nehmen. »Nein, wie hübsch du bist! Und so sehr das Ebenbild deiner Mutter! Ach, es ist so traurig, dass sie so früh von uns gehen musste. Hast du überhaupt eine Erinnerung an sie?« Isobel schüttelte den Kopf. »Leider nicht. Sie starb ja schon, als ich erst ein Jahr alt war. Vater sagt, die Geburt hätte sie so geschwächt, dass sie nicht wieder richtig auf die Beine kam und dann in Folge einer Erkrankung starb. Ich bedaure das sehr. Ich hätte meine Mutter gerne gekannt. So blieben mir nur die Erzählungen meines Vaters und Mrs Branaghs, unserer Haushälterin, die aber nicht viel spricht, und ein schönes Bild von meiner Mutter, das sie zeigt, als sie noch ein Mädchen war.«

»Ach, du armes Kind! Und natürlich möchtest du gern mehr wissen von deiner Mutter, nicht wahr?«

»Oh, ja! Sehr gern sogar!« Isobel nickte eifrig. Lady Craven, vielmehr Jemina, schien eine verständige Frau zu sein. »Vor allem«, sie zögerte, gab sich dann aber einen Ruck, »vor allem würde ich gerne wissen, warum mein Vater …«

»Mir gegenüber so viel Abneigung zeigt!«, vollendete Lady Craven den Satz und lachte hell. »Meine liebe Isobel, dafür gibt es eine einfache und doch äußerst komplexe Antwort, die zu erklären viel Zeit in Anspruch nehmen wird.«

»Oh, ich habe Zeit!«, beeilte sich Isobel schnell zu versichern. »Wenn es sein muss, den ganzen Tag.«

»Das höre ich sehr gern. Hast du denn heute sonst keine Verpflichtungen, was die Familie des Earls betrifft? Der Earl of Branford ist ein Cousin von Mr de Burgh, nicht wahr?«

»Ja, er ist unser Verwandter. Und nein, ich habe keine Verpflichtungen!«, sagte Isobel schnell und konnte nicht verhindern, dass in ihrer Stimme der Ärger, den sie über ihre Verwandtschaft und besonders über ihre fürchterlichen Cousinen empfand, mitschwang. Die intelligente Lady Craven schien auch dies sofort zu spüren und richtig zu interpretieren.

»Ah, ich verstehe. Sicher ist es nicht leicht für eine hübsche und lebenshungrige junge Dame, wie du es bist, Isobel, sich mit der erlauchten, aber wenig unterhaltsamen und, was deine Cousinen betrifft, auch wenig anregenden Gesellschaft deiner Verwandten zu arrangieren.«

»Florence hat heute Nacht versucht, sich aufzuhängen!«, platzte es aus Isobel heraus, »und selbst dazu ist sie zu ungeschickt. Sie heult den ganzen Tag, weil sie in Henry Thornton, diesen Maler, verliebt ist. Aber nun hat sie mit dieser Schmierenkomödie heute Nacht erreicht, dass sie ihn doch heiraten darf.«

»Tatsächlich? Sie wollte sich umbringen? Was für eine grandiose Dummheit! Und das für einen Mann! Wie unglaublich albern manche junge Frauen doch sind!« Lady Craven lachte wieder ihr silberhelles Lachen. »Sie träumen von romantischer immerwährender Liebe, und dann verwelken sie in Langeweile und Enttäuschung, eingepfercht in ihre Häuser, und wundern sich, dass der stürmisch Liebende von einst sich nach kürzester Zeit bestenfalls noch des Nachts ihres Namens erinnert und sich ansonsten, wenn sie Glück haben, um den Beruf und das Vermögen oder, wenn sie Pech haben, um andere Damen kümmert.« Isobel sah Lady Craven groß an.

Dass diese Frau so sorglos und despektierlich von Männern und deren Schwächen sprach, erstaunte und faszinierte sie zugleich.

»Ach, Kind«, Lady Craven ergriff ihre Hand, »glaube mir: Die Männer sind meistens sehr dumm und wankelmütig. Sie sind amüsant, wenn eine Frau es versteht, sie zu locken. Dann tun sie fast alles für die Frau ihres Interesses, zumindest eine Zeit lang. Manche machen sich regelrecht zum Narren, wie Mr Thornton auf jenem Ball. Was für eine umwerfend komische Vorstellung da geboten wurde! Es war eine rechte Komödie! Aber es ist Unsinn, wenn unsereins erwartet, dass sie uns auf ewig lieben. Dazu sind wir Menschen nicht gemacht, und der Mann am allerwenigsten, auch wenn uns die Dichter das weismachen wollen.«

»Ist denn Lord Craven auch so?«, fragte Isobel, etwas ernüchtert über die wenig romantischen Ansichten Lady Cravens.

Lady Craven lächelte. »Mein Gatte ist ein sehr alter, sehr reicher und sehr verständnisvoller Mann, der mich vielleicht auch einmal geliebt hat. Vermutlich liebte er aber vor allem die Freuden, die ich ihm bereitet habe. Nun ist er zu alt, um sie noch wirklich genießen zu können, und zieht es deshalb vor, die meiste Zeit auf dem Land zu verbringen und sich seinen Memoiren und seinen Büchern zu widmen, während ich mich hier in London auf meine Art beschäftige. So hat jeder, was er will. Er hatte seinen Spaß mit mir, und ich habe ein äußerst angenehmes Leben als Lohn und kann tun, nach was mir der Sinn steht.«

»Und Matthew, ich meine Lord Farnham?«, wagte Isobel vorzubringen. »Lieben Sie ihn denn?«

»Matthew?« Lady Craven lächelte in sich hinein. Offenbar verweilte sie in Gedanken bei dem, was Lord Farnham und sie miteinander trieben. »Wir bereiten uns Vergnügen, wenn uns danach ist. Matthew ist recht amüsant, muss ich zugeben. Ich würde fast sagen, er ist mir in seinem Wesen nicht unähnlich und wir hegen Sympathie und Respekt füreinander.«

Isobel sah Lady Craven ungläubig an. Sie erinnerte sich nur zu gut daran, dass Lord Farnham Lady Craven ein verdorbenes Weib und kleines Luder genannt hatte. Lady Craven schien buchstäblich Isobels Gedanken lesen zu können. »Oh, meine unwissende kleine Isobel. Worte, die im Liebesspiel fallen, gehören dazu wie das Sahnehäubchen auf einem Dessert und haben auch genauso viel Gewicht. Sie bedeuten nichts, erhöhen jedoch den Reiz.«

»Ich bin nicht so unwissend!«, begehrte Isobel trotzig auf. Ihr Blick wanderte unwillkürlich zur Darstellung des Frühlings. Lady Cravens Blick folgte dem ihren. »Du hast also schon Erfahrungen gemacht? Nun, das verwundert mich nicht. Nicht bei der Tochter Imogen Cunninghams.«

Isobel fühlte sich wie bei einer Lüge ertappt und senkte den Blick: »Zumindest ein wenig. Aber ich würde gerne mehr wissen!« Sie sah die ältere Frau nun mit brennenden Augen an. »Meine Mutter war wohl nicht so unerfahren wie ich, zumindest hat mein Vater so etwas angedeutet, aber genau weiß ich es nicht. Aber wie hätte ich auch Erfahrungen machen können? Ich war ja auf Whitefell regelrecht eingesperrt mit meiner unerträglichen Gouvernante, Miss Hunter, die sich wohl noch nicht mal selbst nackt gesehen hat, geschweige denn einen Mann. Und mit Cathy ist es auch nicht viel besser gewesen. Obwohl, vielleicht täusche ich mich auch in dem kleinen Miststück«, fügte sie nach kurzem Nachdenken mit einem bedrohlichen Zorn in der Stimme an.

Lady Craven hob erstaunt die Augenbrauen. Da schwang erhebliche Eifersucht mit. Das konnte ein unterhaltsamer Tag werden.

Whitefell House, Wiltshire, 23. Juni 1838

Kapitel 32

Mrs Branagh legte mit zitternden Händen das Schreiben zur Seite, das soeben von einem Boten überbracht worden war. Es gehörte zu ihren Befugnissen, in Abwesenheit des Hausherrn wichtig erscheinende Briefe und Nachrichten zu lesen, um notwendige Maßnahmen in die Wege leiten zu können. Sie hatte den Eilbrief, der mit dem Siegel der East-India-Trading-Company versehen war und dennoch mehr als drei Wochen bis nach Whitefell gebraucht hatte, mit schlimmen Vorahnungen geöffnet, die sich nun auch bestätigten.

Wir bedauern mitteilen zu müssen, dass Mr Daniel de Burgh, Offizier in den Diensten der East-India-Trading-Company, an den Folgen einer Verletzung verstorben ist,

hieß es da lapidar. Beigefügt war ein amtlich beglaubigtes Schreiben eines Arztes, der den Tod des jungen Mannes bestätigte und als Ursache Komplikationen in Folge einer kampfbedingten Verletzung angab.

Sie konnte es nicht fassen! Daniel de Burgh war so ein fröhlicher, dabei auch aufrichtiger und pflichtbewusster junger Mann gewesen, dem alle Einwohner Whitefells herzlich zugetan waren. Mit großem Bedauern, das sie natürlich gegenüber dem aufbrausenden Herrn von Whitefell niemals geäußert hätte, hatte sie Daniels Abschied im Streit mit seinem Vater zur Kenntnis genommen und auf seine Rückkehr und eine Versöhnung gehofft. Ach, es war wirklich eine Tragödie! Sie seufzte tief, wusste sie doch nur zu gut, was dies für Konsequenzen haben würde. Whitefell hatte nun keinen männlichen Erben mehr. Das würde bedeuten, dass Miss de Burgh – so sie sich verehelichte, und daran bestand kein Zweifel – zur Herrin von

Whitefell werden würde, vielmehr ihr Ehemann, sobald Mr de Burgh starb oder aber freiwillig der jüngeren Generation Platz machte. Diese Aussicht würde, abgesehen von der sicherlich ehrlichen Trauer bei all denen, die Master Daniel gekannt hatten, niemanden von den Angestellten erfreuen. Alle hatten mit verstohlener Erleichterung die Abreise der so launischen und herrschsüchtigen jungen Dame zur Kenntnis genommen und gehofft, dass sie in London einen Ehemann finden und sich mit ihm anderswo niederlassen würde. Diese Hoffnung schien nun ebenfalls dahin. Schweren Herzens erhob sie sich und legte den Brief auf ihr Schreibpult. Auf alle Fälle musste nun Mr de Burgh so schnell wie möglich vom Tod seines Sohnes und Erben unterrichtet und die Rückkehr der Herrschaft vorbereitet werden. Auch Cathy Thomson musste geholt und auf ihre Pflichten als Zofe vorbereitet werden. Es blieben wohl kaum drei Tage Zeit dazu. Ruby war entlassen worden, da Miss de Burgh, bevor sie Whitefell verließ, noch den Wunsch geäußert hatte, dass in Zukunft Cathy ihre Zofe sein solle. Als Mrs Branagh Ruby dies mitteilte und ihr das Entlassungsschreiben übergab, hatte diese sich nicht gescheut, der kleinen Thomson dafür die Schuld zu geben und sich in heftigen Schimpftiraden und Drohungen zu ergehen, so lange, bis Mrs Branagh sich genötigt sah, sie umgehend zur Ordnung zu rufen und des Hauses zu verweisen. Trotzdem machte das Gerücht, Cathy Thomson hätte Ruby mit einer List sowohl Anstellung wie auch Auskommen gestohlen, die Runde unter den Bediensteten. Mrs Branagh wusste es allerdings seit Cathys schwerer Erkrankung besser und hatte sich vorgenommen, in Zukunft ein Auge auf das Mädchen zu haben, besonders, was weitere Angriffe seitens des Personals betraf. Es ging nicht an, dass so ein Unfrieden im Hause herrschte, zumal es sich bei Cathys Anstellung als Zofe um eine ausdrückliche Anordnung von Miss de Burgh handelte. Und sie hatte beileibe nicht den Eindruck gewonnen, dass Cathy sehr glücklich darüber war.

Nun, sie würde Aaron zu den Finleys hinüberschicken. Am besten, er nahm den Pritschenwagen, dann konnte Cathy gleich mitkommen und würde keine weitere Zeit verlieren, denn Zeit war jetzt kostbar. Das Anlernen des Mädchens würde sie, neben den anderen notwendigen Vorbereitungen für die Rückkehr der Herrschaft und die Trauerfeier, die selbstverständlich auch abgehalten werden musste, noch jede freie Minute kosten. Miss de Burgh war erfahrungsgemäß sehr anspruchsvoll, was ihre persönlichen Belange anging. Schnell eilte die Haushälterin hinunter zu den Stallungen, in der Hoffnung, Aaron dort anzutreffen. Zum Glück war er gerade nur mit dem Ausbessern des Zaumzeuges beschäftigt, was auch verschoben werden konnte. In dürren Worten erteilte sie ihm den Auftrag. Erstaunlicherweise zuckte der sonst so charmante junge Mann sichtlich dabei zusammen und hatte Mühe, ihr in die Augen zu sehen, aber das sollte sie jetzt nicht weiter kümmern, sie hatte wahrlich andere Sorgen.

Aaron schluckte schwer. Er sollte Cathy bei den Finleys abholen. Wie würde sie darauf reagieren, wenn sie ihn wiedersah? Seit dieser Sache am Weiher hatte er sie nicht mehr aufgesucht. Zu groß war seine Scham. Die Fahrt vom kleinen Anwesen des Wildhüters bis nach Whitefell würde auch mindestens eineinhalb Glocken[17] in Anspruch nehmen. Zeit, die er mit ihr allein verbringen würde. Tatsächlich hatte er nach diesem letzten, so katastrophal verlaufenen Zusammentreffen mit Cathy erwogen, wieder einmal davonzulaufen, hatte sogar schon seine Sachen gepackt. Aber dann waren ihm ihre Tagebücher, die sie ihm anvertraut hatte und für die er sich verantwortlich fühlte, in die Hände gefallen. Er hatte sie unter seinem Bett bei seinen anderen Habseligkeiten verstaut gehabt. Da hatte er es nicht über sich gebracht zu gehen. Letztlich wusste er ja längst, dass das Davonlaufen ihn auch nicht

17 Eine Dreiviertelstunde. Eine Glocke umfasst 30 Minuten.

von seiner Vergangenheit befreien konnte. Seine Angst würde ihn weiterverfolgen – diese entsetzliche Angst, die ihn meist des Nachts überfiel, dann, wenn er aus widerwärtigen Träumen hochschreckte. Sicher, es hatte auch Zeiten gegeben, wo dies weniger oft geschah, Zeiten, in denen es ihm gelang, das Geschehene und die gierig keuchende Stimme Cecil Turners zu verdrängen. Aber nun, seitdem die Angst ihn im Beisein Cathys überfallen hatte, war es schlimmer als je zuvor. Als wären die Dämonen unruhig geworden in ihm.

Und dennoch hatte gerade Cathys Nähe ihm auch eine Linderung verschafft, wie er sie nie zuvor gespürt hatte und das hatte ihn letztlich zum Bleiben bewogen. *Du bist nicht schuld!* Das waren ihre Worte gewesen, und er hatte ihnen so sehr Glauben schenken wollen. Vielleicht hatte sie recht. Wie hätte er sich auch gegen Turner wehren sollen, wie hätte er es wagen sollen, aufzubegehren? Wie konnte ihn eine Schuld dafür treffen, dass der Mann sich wieder und wieder an ihm vergangen hatte? Er war damals ein hilfloser Junge von zwölf Jahren gewesen, nichts weiter.

Aaron schüttelte sich, um die bedrängenden Gedanken zu vertreiben. Er musste Blossom, das Kutschpferd, einspannen und seinen Auftrag ausführen. Mrs Branagh hatte sehr dringlich geklungen. Irgendetwas Schwerwiegendes musste vorgefallen sein. Nun, er würde es früh genug erfahren. Es tat ihm nur um Cathy leid, die jetzt wieder zurück nach Whitefell musste, um sich auf ihre künftige Aufgabe als Zofe Isobel de Burghs vorzubereiten. Sie fürchtete sich davor, das wusste er mit Sicherheit. Würde sie dem standhalten können oder erneut so krank werden? Auch dieser Gedanke machte ihm regelrecht Angst. Schließlich hatte er das Pferd eingespannt, schwang sich auf den Kutschbock und machte sich mit sehr gemischten Gefühlen auf den Weg.

»Cathy soll nach Whitefell kommen!« Aaron hatte Mrs Finley im Gemüsegarten, der nahe beim Haus lag, entdeckt und ihr vom Kutschbock aus zugerufen. »Ist sie da?«

Mrs Finley wischte sich die erdverschmutzten Hände an der Schürze ab und richtete sich fragend auf. »Schon? Ich dachte, die de Burghs wollten länger in London bleiben.«

»Da muss irgendetwas passiert sein. Mrs Branagh wirkte recht aufgeregt. Auf jeden Fall kommt Miss de Burgh wohl in den nächsten Tagen nach Hause und Cathy soll noch in ihre Pflichten eingewiesen werden.«

»Tatsächlich? Cathy wird nicht gerade glücklich darüber sein. Sie ist im Haus und bessert die Kleider der Kinder aus. Du kannst selbst hineingehen und ihr Bescheid sagen.«

Aaron nickte, rastete die Bremse des Pritschenwagens ein und sprang vom Kutschbock. Da öffnete sich schon die Tür des Wildhüterhauses und ein kleines braunhaariges Mädchen von etwa drei Jahren, das jüngste Kind der Finleys, schaute neugierig heraus. »Na, was gibt es da so Interessantes, Rosie?«, hörte er Cathys Stimme freundlich von innen rufen. Sie klang ganz anders als früher, freier und kräftiger und dennoch sanft. Ein Schauer der Erwartung durchrann ihn, als er auf das Haus zuging. Da erschien auch Cathy in der Tür.

»Guten Tag, Aaron!«, sagte sie, legte ihre Hand auf den lockigen Kopf des Kindes und sah ihn freundlich an. Augenblicklich schwand die ungute Beklemmung, die er empfand. Da war nichts von Abscheu, von Misstrauen in ihrem Blick, nur Wärme und Verständnis. Dennoch wahrte er die Distanz, die ihr so wichtig schien, wenn andere zugegen waren. »Guten Tag, Cathy!«, begrüßte er sie nun auch, wandte sich dann dem Kind zu und sagte freundlich. »Und guten Tag auch dir, kleine Rosie. So heißt du doch, nicht wahr?«

Die Kleine nickte, steckte einen Finger in den Mund und entschied sich dann doch lieber dafür, den sicheren Platz am Schürzenzipfel ihrer Mutter im Gemüsegarten aufzusuchen. So schnell sie ihre kurzen Beinchen trugen, sprang sie davon.

»Mrs Branagh schickt mich«, erklärte er schnell, um ihrer Frage zuvorzukommen. Wie er es vermutet hatte, weiteten sich ihre Augen erschrocken bei seinen Worten.

»Soll ich wieder nach Whitefell kommen?«, fragte sie und ihre Stimme zitterte merklich. Aaron nickte mitfühlend. Am liebsten hätte er sie in den Arm genommen, versagte es sich aber. Sie seufzte und senkte den Blick. »Ich hatte gehofft, Miss Isobel würde länger fortbleiben.« Sie holte tief Luft. »Ja, dann muss es wohl sein …! Schade, ich hätte mich so gerne noch von John und seinen beiden Jungen verabschiedet. Die beiden sind mir wirklich ans Herz gewachsen. Aber er hat sie heute mit in den Wald genommen. Sie werden erst am späten Abend zurückkehren.« Ihr Blick wanderte über Aarons Schulter zum Pritschenwagen, der im Hof stand. »Ist es denn so dringend, dass du mit dem Wagen kommst, um mich zu holen?«

»Es scheint so«, bestätigte Aaron. »Aber ich weiß auch nicht, was dahintersteckt. Sicher wird es dir Mrs Branagh erklären.«

»Ja, sicher!«

»Ich warte hier auf dich, bis du deine Sachen gepackt hast.«

Sie lächelte ein wenig. »Da gibt es nicht viel zu packen. Ich bin gleich fertig.« Mit diesen Worten verschwand sie im Haus und kam kurze Zeit später mit einem kleinen Bündel wieder zurück. Sie hatte sich wieder ihr graues Gewand angezogen und ihr Haar zu dem losen Zopf gebunden, ganz so, wie er sie kennengelernt hatte.

»Lass uns gehen«, sagte Cathy, nachdem sie sich von Mrs Finley und dem Kind verabschiedet hatte, und setzte sich ohne weitere Verzögerung auf den Kutschbock. Aaron ließ sich neben ihr nieder, löste die Bremse des Wagens, nahm die Zügel auf und schnalzte mit der Zunge. Das Kutschpferd setzte sich folgsam in Bewegung, schwenkte mit dem Wagen auf den einsamen Waldweg ein und trottete voran. Aaron trieb den Grauen nicht an. Wenigstens etwas Ruhe sollte Cathy noch gegönnt sein. Diese saß still und in sich gekehrt neben ihm, sichtlich bedrückt. Er konnte es gut verstehen, kehrte sie doch, nachdem sie eine kurze Zeit der Freiheit genossen hatte, zurück in Abhängigkeit und eine ungute Situation, der sie doch so sehr versucht hatte zu entfliehen.

»Wie geht es deiner Familie, deinen Geschwistern?«, fragte er schließlich, um ein Gespräch in Gang zu bringen.

Sie schreckte aus ihren Gedanken auf. »Oh, es geht ihnen gut.«

»Sie haben dich also wieder willkommen geheißen?«, riet er ins Blaue hinein. Er wusste ja nicht wirklich, was hinter dieser seltsamen Geschichte steckte.

»Ja, sie ...«, sie zögerte, gab sich dann aber einen Ruck. »Es blieb meinem Vater wohl nichts anderes übrig, als es zuzulassen, dass ich von Zeit zu Zeit vorbeischaue.« Sie schluckte krampfhaft. »Mr Finley hat mit meinem Vater gesprochen und ihm gesagt, dass Miss Isobel es ausdrücklich so angeordnet und Mr de Burgh ihr darüber die Verfügungsgewalt gegeben hat. So musste er es akzeptieren, hat sich aber ausbedungen, dass ich weiter bei den Finleys wohne, da kein Platz für mich auf dem Hof sei. Wenigstens konnte ich so ein wenig Ruby, die neue Frau, kennenlernen und den kleinen Wycliff. Er ist ein liebes Kerlchen, jetzt schon über vier Jahre alt.«

»Und dein anderer Bruder? Du erzähltest von einem Billie«, fragte Aaron, mehr um das Gespräch in Gang zu halten, als aus wirklichem Interesse an diesem ihm unbekannten Jungen. Zu seinem Erstaunen füllten ihre Augen sich plötzlich mit Tränen, die sie aber schnell wegblinzelte.

»Er ist gewachsen«, sagte sie rasch und sah in die andere Richtung, »und er hat auch gerne die Beeren genommen, die ich für ihn gepflückt habe.« Aaron schaute sie verwundert an. Warum reagierte sie so seltsam auf seine harmlose Frage?

Doch inzwischen hatte er gelernt, dass er nicht gut daran tat, wenn er sie bedrängte

»Aaron, da neulich am Blinden Weiher …«, begann Cathy stockend. Jetzt war er es, der den Blick peinlich berührt abwandte. »Ich wollte dir nur noch einmal sagen, dass ich es nur zu gut verstehe, dass du und Isobel … Ich meine, dass ihr euch geliebt habt. Sie wollte es unbedingt, ich weiß, und sie ist ja auch sehr schön.«

»Sie ist nicht halb so schön wie du«, entfuhr es ihm.

Sie sah ihn überrascht an. Doch was sollte er zu der Angelegenheit mit Isobel auch sagen? Es wäre lächerlich zu behaupten, dass er nichts für Isobel de Burgh empfand, auch wenn dies völlig der Wahrheit entsprach. Schließlich straften seine Taten seine Worte Lügen. Kurz erwog er, ihr den wahren Grund für sein beschämendes Verhalten am Weiher zu nennen, aber er brachte es einfach nicht über sich. Sein Geheimnis war zu widerwärtig, als dass er es hätte jemandem erzählen können – und schon gar nicht Cathy. »Ich wollte nicht, dass du mich so siehst, Cathy. Ich habe dich sicher erschreckt.«

Sie schwieg. Eine Zeitlang sagte keiner von ihnen etwas. Dann sagte sie: »Nein, du hast mich nicht erschreckt. Wie könntest du? Ich habe mich gewundert, das ist wahr. Aber da ist wohl etwas, das dich quält. Vielleicht ist es die Sache mit Isobel, aber wahrscheinlich etwas anderes. Niemand versteht das besser als ich.«

Aaron biss sich auf die Lippen. Sollte er es ihr doch erzählen? Konnte er ihr sagen, was ihm widerfahren war? Nein, das war ausgeschlossen! Er brachte es einfach nicht fertig, das, was dieser Mann ihm angetan hatte, in Worte zu fassen. Als würde es durch das Aussprechen wieder wirklicher. Er spürte, wie die Angst wieder in ihm aufflackerte, kämpfte sie aber entschlossen nieder. Irgendwann würde er es ihr vielleicht sagen, aber nicht jetzt. Jetzt genügte es ihm, dass sie nicht vor ihm zurückschreckte, obwohl sie einen Blick in seine Abgründe getan hatte wie niemand sonst zuvor. Eine Welle der Zärtlichkeit für sie überrollte ihn und er sagte leise: »Ich habe dich sehr gern, Cathy. Weißt du das?«

Sie schenkte ihm einen warmen Blick aus ihren dunkelblauen Augen und legte ihre Hand auf die seine, die die Zügel hielt. »Ich habe dich auch gern, Aaron.« Für einen Augenblick war ihm fast schwindelig vor Freude, doch sie fuhr fort: »Trotzdem: Wir dürfen es zwischen uns nicht mehr so weit kommen lassen.« Sie nahm ihre Hand weg, rückte etwas von ihm ab und meinte stockend: »Jetzt, wo Isobel zurückkommt, unter keinen Umständen mehr. Das würde Isobel auf keinen Fall dulden. Sie will nicht einmal, dass ich noch mit dir spreche. Sie war sehr wütend, dass ich bei dir hinten im Stall war, an dem Tag, als das Fohlen zur Welt kam.« Sie schluckte ängstlich. »Du weißt nicht, wie sie sein kann …«

Das war also der Grund für Cathys plötzliche Ablehnung. Er hätte es eigentlich wissen müssen. Einmal mehr stieg Wut in ihm auf. »Cathy, du gehörst ihr doch nicht! Wer zwingt dich denn, ihr weiter zu dienen? Wenn du nun einfach mit mir fortgingst?«, drängte er.

»Aaron, du verstehst das nicht. Ich kann nicht fortgehen, selbst wenn ich wollte!«

»Aber ich würde für dich sorgen«, protestierte er heftig.

»Das ist es nicht.«

»Aber, was ist es dann?«, fragte er mit wachsender Verzweiflung.

»Ich … ich habe Angst, dass Isobel dann meine Familie von Whitefell vertreibt. Das würde sie bestimmt tun, glaube mir! So ist sie! Und was soll dann aus ihnen werden? Das kann ich nicht zulassen!« Sie begann zu schluchzen.

Aaron sah sie ratlos an.

»Hör auf zu weinen, Cathy!«, sagte er schließlich sanft und legte den Arm um sie. »Ich wollte dich nicht drängen, aber …«, er holte tief Luft, »ich liebe dich.« Nun hatte er es gesagt und weiß Gott, er meinte es ehrlich! Sie erwiderte nichts darauf, ließ es aber zu, dass er sie weiter im Arm hielt. Noch immer weinte sie heftig. Er spürte, wie sie sich schutzsuchend an ihn lehnte und streichelte sie sacht. Schließlich beruhigte sie sich. Sie fuhr sich mit einer energischen Bewegung über die Augen, wischte die Tränen fort und setzte sich wieder gerade hin. »Fahr los, Aaron!«, sagte sie gefasst. »Sie warten sicher schon auf uns.«

Er tat wie geheißen. Wie hätte er auch anders handeln können, obwohl sie ihm eine Antwort schuldig geblieben war. Vielleicht würde die Zeit eine Lösung bringen.

Craven House, London, 24. Juni 1838

Kapitel 33

Sie sind also der Meinung, ich sollte Havisham heiraten?«

»Aber sicher, meine liebe Isobel. Etwas Besseres als der Antrag dieses Mannes konnte dir gar nicht passieren.«

»Aber er ist so alt und er gefällt mir nicht.« Isobel rümpfte die Nase. »Er ist so überhaupt nicht hübsch.«

Lady Craven lächelte geduldig. »Das Aussehen eines Mannes, selbst sein Benehmen, ist zu vernachlässigen im Hinblick auf den Umfang seiner Börse, und da hat Mr Havisham – der, da muss ich dir widersprechen, überdies ein recht ansprechendes Mannsbild ist, wie ich meine – doch Erhebliches zu bieten. Weißt du, mein Liebes, auch deine Mutter war sich dieser Tatsache überaus bewusst. Der Altersunterschied zwischen deinem Vater und ihr war ebenfalls nicht unerheblich, größer als der zwischen Mr Havisham und dir. Immerhin war dein Vater bereits dreiundvierzig und deine Mutter gerade erst zwanzig, als sie seiner recht nachdrücklichen und stürmischen Werbung nachgab.«

Isobel dachte nach. So hatte sie es noch nie betrachtet. Konnte es denn wirklich sein, dass ihre Mutter ihren Vater lediglich aus Gründen der finanziellen Absicherung geehelicht hatte? Hatte ihr Vater nicht immer voller Stolz darauf hingewiesen, dass Imogen Cunningham trotz erheblicher Konkurrenz schließlich ihn erwählt hatte? Isobel hatte Zeit ihres Lebens an eine romantische Liebesgeschichte zwischen ihren Eltern geglaubt, aber nachdem sie den gestrigen Tag und auch die Nacht im Hause Lady Cravens verbracht hatte, stellten sich die Dinge doch anders dar. Überhaupt hatte sie einen Einblick in das Leben und Wesen ihrer Mutter gewonnen, der sie einerseits fast schockiert, andererseits aber auch fasziniert hatte. Sie war ihrer Mutter offenbar wirklich sehr ähnlich, nicht nur vom Aussehen her, sondern auch, was ihr Wesen anbelangte. Lady Craven hatte mit dieser spontan getroffenen Feststellung mehr als recht gehabt.

Imogen Cunningham und Jemina Bentley hatten sich, so hatte ihr Lady Craven ausführlich und überaus spannend berichtet, auf einem Institut für höhere Töchter kennengelernt. Die junge Jemina war erst später auf diese Schule geschickt worden, nicht zuletzt deshalb, weil ihre Mutter – eine Witwe, aber durchaus wohlhabend – sich nicht mehr in der Lage sah, ihr vorwitziges, längst ins Backfischalter gekommenes Töchterchen zu bändigen und sich von der Erziehung in der renommierten und angeblich für ihre Disziplin bekannten Londoner Schule Hilfe und Entlastung in der für sie zu schweren Aufgabe versprach. Disziplin war ein Attribut, das die Schule der Mrs Potter wohl einmal vor Jahren ausgezeichnet haben mochte, das aber war schon lange Vergangenheit. Mrs Potter hatte, wie Imogen der ihr völlig ergebenen Jemina bald mitteilte, sich dem Trunke ergeben, obwohl sie es gegenüber den oft recht wohlhabenden Eltern ihrer Elevinnen zu verbergen wusste. Das Personal war in der Folge nachlässig geworden, da die Leitung es sträflichst versäumte, ihre Pflichten wahrzunehmen.

Die beiden früh erblühten Mädchen hingegen waren fasziniert von den Verlockungen, die ihnen ihr erwachender weiblicher Körper versprach. Vor allem Imogen, neugierig und von einem unbändigen Freiheitsdrang beseelt, verstand es spielend, ihre Bewacherinnen auszutricksen, an der Nase herumzuführen und schließlich auch zu bestechen. Mehr als einmal hatten die beiden inzwischen sechzehnjährigen jungen Mädchen sich des Nachts davongestohlen und in London vergnügt. Natürlich in männlicher Begleitung. Imogen hatte nämlich kurz zuvor auf einer harmlosen Gesellschaft einer Freundin ihrer Mutter die Bekanntschaft eines adeligen, sehr erfahrenen und weltläufigen Mannes gemacht. Dieser hatte sie nicht nur – natürlich ohne Wissen der mit ihrer Erziehung Beauftragten – in die Zerstreuungen des nächtlichen Lebens in London eingeführt, sondern ihr bei heimlichen Treffen auch die Freuden des Liebesspiels eröffnet. Eine Kunst, die er in Perfektion beherrschte und gerne an seine überaus wissensdurstige Schülerin weitergab. Da er über einen ebenfalls einschlägig interessierten Freundeskreis verfügte, ergab sich auch bald die Gelegenheit für Jemina, sich in diesen Dingen fortzubilden. Die ausgewählten Herren, die sich in dem privaten Club des besagten Adeligen einfanden, erwiesen sich erfreulicherweise gegenüber den in der Regel deutlich jüngeren Damen als äußerst charmant und überaus freigiebig, was die Möglichkeiten zur Bestechung des Lehrpersonals von Mrs Potter für Imogen und ihre Freundin Jemina erheblich erweiterte. Mehrere Monate führten die beiden jungen Damen sozusagen ein Doppelleben, bis die Sache dadurch aufflog, dass Imogen schwanger wurde. Eine die Umstände kaschierende Heirat mit dem besagten Adeligen erwies sich leider als nicht durchführbar, da er, wie es sich nun zeigte, natürlich bereits verheiratet war und eine Scheidung kategorisch ablehnte, jedoch bereit war, für den Unterhalt des Kindes einzustehen. Imogen Cunningham und ihre Freundin Jemina wurden unverzüglich der Schule verwiesen, die aber bald darauf ohnehin geschlossen wurde, da der Presse auf verborgenem Wege – Lady Craven hatte an dieser Stelle des Berichts durchblicken lassen, dass Imogen Cunningham durchaus rachsüchtig sein konnte – die Verfehlungen der Schulleitung und die Verstrickung des Instituts in amoralische Umtriebe bekannt gemacht wurde, was zu erheblicher Aufregung in der gehobenen Londoner Gesellschaft geführt hatte. Der adelige Freund der jungen Damen zog es nach Bekanntwerden seiner Verwicklung in die skandalösen Vorgänge vor, sich überaus spontan auf eine längere Reise ins Ausland zu begeben, und der von ihm bis dahin gepflegte private Club fand ein jähes Ende. Imogen, deren Name ebenso wie der Jeminas aus dem Skandal herausgehalten worden war (eine entsprechende Vereinbarung hatte sie mit der Zeitung getroffen), kehrte bis zur Niederkunft auf das Gut ihrer Eltern zurück. Das Kind wurde in Pflege gegeben und starb bald darauf an einer Krankheit. Jemina hingegen wurde von ihrer Mutter in ein diesmal wirklich strenges Mädchenpensionat im Norden Englands verbannt.

Zwei Jahre konnten sich die Freundinnen nicht sehen, sondern nur heimlich schreiben, doch dann trafen sie sich anlässlich ihrer gesellschaftlichen Einführung in London wieder. Imogen, schöner und selbstbewusster denn je, scherte sich auch jetzt nicht um die Bedenken ihrer Eltern und verdrehte den jungen Männern aus besten Kreisen reihenweise den Kopf. Allein, die Herren, meist beseelt von romantischen Gefühlen, interessierten sie nicht wirklich. Was sie kümmerte, war finanzielle Absicherung. Sie hatte erkannt, dass allein ein ausreichendes finanzielles Polster einer Frau größtmögliche Freiheit versprach. Als dann Mr de Burgh mit seiner Werbung an sie herantrat, erhörte sie ihn. Jedoch, ihr Ruf hatte zu diesem Zeitpunkt bereits Schaden genommen. Ganz hatte sich ihre und Jeminas Verwicklung in den damaligen Skandal doch nicht geheim halten lassen, und es war ja auch eine Tatsache, die spätestens bei der Ehevereinbarung zur Sprache kommen musste, dass sie keine Jungfrau mehr war. Ein außerordentlicher Makel, den auch die Cunninghams nicht schönreden konnten, wiewohl die bereits erfolgte Geburt eines Kindes keine Erwähnung fand. Imogen legte Mr de Burgh gegenüber dar – natürlich mit dem Einverständnis ihrer immer noch treu ergebenen Freundin – dass sie damals von Jemina Bentley zu dem auch nur einmal erfolgten Fehltritt überredet worden war. Alle anderslautenden Gerüchte seien ausschließlich bösartige Nachrede, die wohl andere junge Damen (hier nannte sie einige Namen) mehr betreffen mochten als sie selbst. Daraus resultierte dann eine überaus große Abneigung seitens Mr de Burghs gegenüber Miss Jemina Bentley, die er als Verführerin seiner angebeteten Imogen schmähen konnte. Eine Abneigung, die – wie Isobel selbst wusste – bis heute anhielt. Nun verstand sie die heftige Abwehr ihres Vaters gegenüber der Einladung von Lady Craven, auch wenn sie sich umso mehr freute, sich erfolgreich dagegen zur Wehr gesetzt zu haben. Nicht auszudenken, welch wertvolle Bekanntschaft ihr dadurch entgangen wäre!

Doch nun, im Licht der strahlenden Morgensonne, holten Isobel ihre eigenen Schwierigkeiten wieder mit Macht ein. »Aber wenn ich Havisham heirate, dann bin ich gefangen in der Ehe mit ihm. Allein die Vorstellung widert mich an. Und ich habe im Gegensatz zu Ihnen und meiner Mutter noch kaum die Gelegenheit gehabt, Erfahrungen zu sammeln«, begehrte Isobel einmal mehr auf. Obwohl sie Lady Craven in deren Argumentation weitgehend recht geben musste, fühlte sie sich, als würde sie mit dieser Eheschließung ihrer eigenen Einkerkerung zustimmen. »Hattest du nicht davon gesprochen, bereits deine Erfahrungen gemacht zu haben?«, fragte Lady Craven mit einem süffisanten Lächeln. Isobel sah beschämt zur Seite. Im Gegensatz zu ihrer Mutter war sie ein regelrechter Ausbund an Tugend, wenn sie an ihre bisherigen Unternehmungen dachte. Allerdings nur, das musste sie sich selbst eingestehen, mangels Gelegenheit.

»Nun«, begann sie zögernd, »ich hatte auf Whitefell nicht wirklich die Möglichkeit dazu. Mein Vater hat das Interesse an Festen verloren und Daniel, mein älterer Bruder, hält sich, weil er sich mit Vater wegen irgendetwas zerstritten hat, schon seit Jahren in Indien auf. So haben wir auch nur selten Besuch. Ich war nur auf wenigen Gesellschaften und wenn, dann in Wilton, und die waren meist sehr langweilig. Allerdings haben wir einen Stallknecht auf Whitefell …«

»So so, einen Stallknecht«, bemerkte Lady Craven trocken, »der klassische Fall! Ich hoffe doch, er ist es wert.« Isobel drängte den kurz aufkommenden Ärger bei den Worten Lady Cravens zurück. Wenn sich ihr die Gelegenheit zu einem würdigeren Gespielen geboten hätte, hätte sie sich sicher dieser Variante zugewandt. Aber, so musste sie insgeheim zugeben, Aaron Stutter war es allerdings wert, sich ein wenig herabzulassen. In ganz London war ihr kein junger Mann begegnet, der ihm, was das Aussehen und die Anziehung, die er auf eine Frau ausübte, anbetraf, auch nur annähernd das Wasser reichen konnte. Es war zu schade, dass er nur ein Knecht war. Störrisch blickte sie ihrer Gastgeberin in die Augen. Diese lenkte sofort ein. Es war ihr offenbar daran gelegen, das vertrauensvolle Verhältnis, das sich zwischen ihnen aufgebaut hatte, nicht zu gefährden. »Bestimmt wird er es sein. Wahrscheinlich ist er sehr hübsch?«

»Oh, ja!«, bestätigte Isobel eifrig, »und ich glaube, *er* beherrscht es auch, dieses Liebesspiel.«

»Schöne und charmante Männer haben meist genug Gelegenheit, sich darin zu üben«, stellte Lady Craven sachlich fest. »Hast du denn schon mit ihm geschlafen?«

Isobel keuchte auf vor Überraschung über diese unverblümte Frage, doch dann huschte, ohne dass sie es verhindern konnte, ein verstecktes Lächeln über ihr Gesicht. Auch Lady Craven lächelte nun wissend. »Aha!«, sagte sie.

»Aber nicht wirklich«, erklärte Isobel nun ehrlich, »Cathy hat uns leider gestört, die dumme Gans.«

»Und wer ist Cathy?«, wollte Lady Craven nun wissen.

Isobel seufzte. »Sie ist … wie soll ich es beschreiben? Nun, sie war einige Jahre meine Spielgefährtin, die mir half, die Langeweile zu vertreiben. Allerdings ist sie nur die Tochter unseres Feldpflegers und wirklich dumm«, fügte sie bissig hinzu, um dann hasserfüllt festzustellen: »Aber offenbar doch nicht so dumm, um nicht einen passenden Moment auszunutzen und Aaron schöne Augen zu machen. Das wird sie noch bereuen.«

Lady Craven seufzte mitfühlend. »Ich habe den Eindruck, Mr de Burgh hat nicht viel Einfühlungsvermögen in die berechtigten Bedürfnisse seiner Tochter nach angemessener Unterhaltung bewiesen. Aber er war nie ein sehr gewandter Mann. Allerdings reich – und das wiegt vieles auf.«

Isobel rutschte unruhig auf ihrer Sitzbank hin und her. »Das ist nun leider auch nicht mehr der Fall. Mein Vater hat sein ganzes Vermögen an der Börse verloren. Das ist ja der Grund, warum ich unbedingt Havisham heiraten soll. Havisham hat versprochen, meinen Vater aus seiner selbst verschuldeten Finanzmisere zu retten, und hat dabei die Eheschließung mit mir zur Bedingung gemacht.«

»Oh!« Lady Craven wirkte nun erstmals wirklich erschüttert. »Das ist allerdings eine bedenkliche Lage. In diesem Fall kann ich dir nur umso mehr dazu raten, dem Antrag dieses Mr Havisham zuzustimmen. Glaube mir«, sagte sie beschwörend, »nichts ist schlimmer, als arm zu sein. Vor allem für eine Frau.«

»Aber ich wollte doch noch so viel erleben! Ich bin noch nicht bereit für eine Ehe, schon gar nicht mit so einem alten Mann!«, schrie Isobel nun fast verzweifelt auf. Lady Craven stand von ihrem Sessel auf, in dem sie sich nach dem Frühstück im Morgenzimmer – einem Raum, den sie sehr zu bevorzugen schien – niedergelassen hatten, und setzte sich neben Isobel auf die zierliche Polsterbank mit den gedrechselten Beinen. Zärtlich umarmte sie ihren Gast. »Mein liebes Kind, nun hör mir einmal gut zu: Die Ehe ist nichts weiter als eine geschäftliche Vereinbarung. Warum also übermäßige Erwartungen daran knüpfen? Vergiss die ganze Romantik, die den jungen Frauen weisgemacht wird. Das alles ist eine Lüge. Tatsache ist, dass Männer das Bedürfnis haben, sich selbst ein Denkmal zu setzen, indem sie möglichst Söhne zeugen. Die Frau hat die Aufgabe, ihnen diese zu gebären. Sie stellt ihren Körper der Selbstverwirklichung des Mannes zur Verfügung. Dafür zahlt dieser den Preis der umfassenden Versorgung. Wenn die Frau klug ist, bereitet sie ihrem Mann darüber hinaus sexuelle Freuden, damit er sie nicht allzu bald woanders sucht, denn das wird er zwangsläufig tun. Ich kenne die Männer nur zu gut, glaube mir! Gelingt ihr das, kann sie ihm manche zusätzlichen Vergünstigungen entlocken. Allerdings kann sie auch versuchen, ihn mit Moral an sich zu binden. Viele so ehrenwerte Frauen der Gesellschaft, wie zum Beispiel meine liebe Freundin Lady Farnham, versuchen es auf diesem Wege. Ich fürchte nur, es ist ihnen nicht allzu viel Erfolg dabei vergönnt.« Der Spott in Lady Cravens Stimme war nicht zu überhören. Sie stand auf, ging zu einem der Fenster, das den Blick in den herrlichen sommerlichen Park von Craven House eröffnete und sah hinaus. Dann fuhr sie fort. »Ich denke, es ist ganz gut, dass ihr, du und dieser schöne Knecht, nicht ganz zum Ziel gekommen seid. Ich nehme an, du bist noch Jungfrau?« Sie wandte sich um und sah Isobel auffordernd an. Isobel spürte, dass sie nun unbedingt ehrlich sein musste. »Ich bin es noch, obwohl ich versucht war, mich ihm hinzugeben, aber irgendetwas hielt mich zurück. Ich hatte plötzlich Bedenken, und dann kam auch Cathy dazwischen.«

»Das ist sehr gut! Du bist ein kluges Mädchen!«, sagte Lady Craven, indem sie sich wieder zu Isobel umwandte. »Das wird diesen Havisham bestimmt zufriedenstellen. Den Männern ist es seltsamerweise, entgegen ihrer eigenen Gepflogenheiten, nämlich in den allermeisten Fällen sehr wichtig, dass ihre zukünftigen Gattinnen noch jungfräulich sind. Das erhöht den Wert, den man für sie hat, erheblich. Allerdings«, sie machte eine vielsagende Pause, »ist deine Pforte erst einmal vom rechtmäßigen Besitzer geöffnet worden, kannst du sie, wem immer du magst, zur Verfügung stellen. Natürlich ist dabei absolute Diskretion vonnöten! Aber eine kluge und geschickte Frau kann sich ihre Freuden gönnen und muss dabei doch nicht auf die Vorteile der finanziellen Absicherung durch die Ehe verzichten. Versteht du mich?«

Isobel nickte. Und wie sie verstand! Doch da gab es ein Problem, das auch ihrer Mutter zum Verhängnis geworden war. »Aber wenn man schwanger wird?«, fragte sie atemlos. Wie stellte es nur Lady Craven an, dieser Gefahr auszuweichen? Hatte sie überhaupt Kinder?

»Da hast du recht. Dies ist die Ungerechtigkeit der Natur. Die Männer leisten sich ihre Eskapaden und niemand erfährt es. Wird die Frau aber schwanger, werden ihre Geheimnisse leider nur zu offenbar. Jedoch, auch hier sind wir nicht ganz machtlos.«

Isobels Lippen formten lautlos ein staunendes »Oh!«

»Meine liebe Isobel, deine Frage ist so alt wie die Menschheit selbst, das kann ich dir versichern. Und frühere Völker waren weitaus weniger unfähig damit umzugehen, als die so abstoßend vordergründig moralische Gesellschaft heutzutage.« Sie setzte sich wieder in ihren Sessel. Isobel beugte sich gespannt nach vorne. Was sie jetzt zu hören bekommen würde, waren Informationen von unschätzbarem Wert. Lady Craven musste darüber verfügen.

»Es gibt eine große Anzahl von Empfehlungen zur Vermeidung einer Schwangerschaft«, erläuterte Lady Craven nun, indem sie ihre gelehrige Schülerin aufmerksam ins Auge fasste. »Zugegebenermaßen sind etliche von ihnen unsinnig und mit finsterstem Aberglauben verbunden. Sicherlich ist es Unsinn, sich, wie es von fehlgeleiteten Kirchenvätern im Mittelalter empfohlen wurde, den Finger eines Fötus um den Hals zu binden oder einer Kröte ins Maul zu spucken. Das gehört doch mehr ins Reich der Sagen und Märchen und erscheint mir zudem ausgesprochen unappetitlich zu sein. Allerdings haben verschiedene ebenfalls aus dieser Zeit überlieferte Kräuterrezepte schon erhebliche Wirkung, auch wenn sie teilweise nicht ganz ungefährlich sind. Ich kann dir da zum Beispiel den

Sadebaum[18] empfehlen. Der war schon den Griechen, die in dieser Frage sehr findig waren, bekannt. Aus seinen Zweigtrieben kann man ein Öl gewinnen, das die Stockung des Blutes, die bei einer Schwangerschaft eintritt, wieder aufhebt. Aber man darf auf keinen Fall zu viel davon nehmen, hörst du? Schon sechs Tropfen des Öles können dich umbringen. Dennoch ist es ein recht zuverlässiges Mittel, das kann ich bestätigen, da ich es selbst schon einige Male angewendet habe, wenn es auch ziemlich schmerzhaft war.« Lady Craven verzog das Gesicht, strich sich nachdenklich mit den Fingern durch ihr schönes dunkles Haar, und fuhr dann fort: »Die Ägypter empfahlen Scheidenspülungen, die – immerhin weit weniger gesundheitsgefährdend als das Sadeöl – allerdings so schnell wie möglich nach dem Akt durchgeführt werden müssen. Ein amerikanischer Arzt, ein Mr Charles Knowlton, hat das dankenswerterweise in einem Buch mit dem seltsamen Titel ›Die Früchte der Philosophie‹[19] empfohlen. Seitdem setze ich diese oft ein, da sie nicht so gefährlich sind wie das Sadebaumöl. Die notwendigen Ingredienzen für eine solche Spülung kannst du dir sicher problemlos in der Küche oder bei einem Apotheker besorgen, ohne dass jemand Verdacht schöpfen wird. Es handelt sich um Essig, Alaun oder Zinksulfat. Lösungen aus jeder der drei Chemikalien haben die Wirkung, den Samen des Mannes zuverlässig abzutöten, sofern er sich noch nicht mit dem Blut der Frau vermischt hat.[20] Sollte es aber doch geschehen, dass du schwanger wirst, empfiehlt es sich, dass du dir deine Liebhaber so aussuchst, dass du deinem Mann ein Kind von einem anderen glaubhaft unterschieben kannst. Wie sieht dein Aaron denn aus? Ist er blond wie Mr Havisham?

---

18 So beschrieben im Kräuterbuch des Hieronymus Bock (1498 – 1554). Seit dem 19. Jahrhundert wurde deshalb vor allem in Deutschland der Anbau des Sadebaums, auch Jungfrauenrosmarin oder Kindsmord genannt, unter Strafe gestellt bzw. bestehende Pflanzen durch Gitter abgeschirmt, damit keiner herankam.

19 Das Buch erschien 1832. Die Scheidenspülung mit Essig war vor allem in Frankreich ein sehr beliebtes Mittel zur Vermeidung von Schwangerschaften.

Das dürfte die Sache erheblich erleichtern, falls du deine *Bekanntschaft* mit ihm fortsetzen möchtest.«

Isobel schüttelte den Kopf. »Nein, er ist eher dunkel.« Sie ließ seine Gestalt vor ihrem inneren Auge entstehen. Einmal mehr wurde ihr bewusst, wie sehr er sie erregte. »Er hat dunkles Haar, bemerkenswerte bernsteinfarbene Augen und einen wirklich beeindruckenden Körper, ganz abgesehen von seiner noch beeindruckenderen Männlichkeit.« Sie kicherte. Lady Craven zwinkerte ihr belustigt zu. »Ich sehe, du lernst schnell, mein liebes Kind. Aber das wundert mich nicht, schließlich bist du Imogens Tochter. Doch auch der Unterschied im Aussehen zu Mr Havisham ist kein wirkliches Problem. Glücklicherweise war dein Vater früher dunkelhaarig, wenn er auch jetzt längst ergraut ist, und auch seine Augen sind braun, wenn ich mich recht erinnere. So kannst du dich immerhin darauf hinausreden, so es denn wider alle Bemühungen dazu kommen sollte, dass du ein Kind von diesem offenbar sehr verlockenden jungen Mann empfängst, dass es eben nach deinem Vater gerät. Das dürfte dich auch der immerwährenden Unterstützung deines Vaters versichern. Denn schlimmer als Väter sind Großväter. Sie benehmen sich geradezu albern in ihrem absurden Stolz. Ich möchte dabei gar nicht wissen, wie viele von ihnen stolz auf eine Nachkommenschaft blicken, die gar nicht die ihre ist.« Lady Craven lachte spöttisch auf. »Dennoch, angesichts der Gefahren, die Schwangerschaft und Geburt für uns Frauen bereithalten, abgesehen von den normalen Beschwernissen, empfehle ich dir, solches solange es nur geht zu vermeiden. Erst wenn dein Gatte ausdrücklich nach einem Kind verlangt, solltest du dich darum bemühen – uner-

20 Bis zur Jahrhundertwende war man auch wissenschaftlich davon überzeugt, dass die Entstehung von Leben abhängig war vom Zusammentreffen des männlichen Samens mit dem angeblich vorhandenen Samen im weiblichen (Menstruations-)Blut. Zwar waren Vorgänge des Zyklus bereits bekannt, wurden aber nicht mit der Entstehung einer Schwangerschaft in Verbindung gesetzt. Daher auch die im Text erwähnte »Stockung des Blutes« als Anzeichen einer Schwangerschaft.

heblich, ob es dann das seine sein wird. Du musst eben nur darauf achten, so du anderweitigen Vergnügungen nachgehst, dass du regelmäßig das Bett mit Mr Havisham teilst. Du wirst dich daran gewöhnen, glaube mir. Die kurze Zeit, die die Männer brauchen, um ihren Samen abzusondern, ist letztlich zu ertragen. Deine Lust kannst du woanders befriedigen.«

Isobel dachte nach. So gesehen war es wirklich das Klügste, was sie tun konnte, den Antrag Havishams so schnell wie möglich anzunehmen, bevor er sich eines anderen besann. Sie zweifelte keinen Augenblick daran, dass es ihr gelingen würde, diesem Mann alles, nach dem es sie nur verlangte, abzuschmeicheln. Sicher würde sie es auch schaffen, Aaron Stutter in ihrer Nähe zu halten, und wenn nicht, dann würde sie eben nach einer Alternative suchen müssen. Irgendeine Gelegenheit würde sich schon ergeben.

In diesem Augenblick trat ein Bediensteter Lady Cravens, ebenfalls ein augenfällig hübscher junger Mann, ein. Isobel betrachtete die Umgebung ihrer Lehrerin nun mit ganz anderen Augen. »Mylady, ein Mr de Burgh wünscht Miss Isobel de Burgh zu sprechen. Ich habe ihn hereingebeten. Er wartet im Salon. Es scheint sehr dringend zu sein.«

»Danke, Charles!«, sagte Lady Craven und schenkte dem Diener ein offenes und ungewöhnlich freundliches Lächeln, das Isobels vage Vermutung bestätigte. Lord Farnham war offenbar längst nicht die einzige Quelle der lustvollen Vergnügungen von Jemina Craven. »Sage ihm, wir werden ihn sofort aufsuchen.«

»Sehr wohl, Mylady!«, erwiderte Charles formvollendet, wie es von ihm erwartet wurde. Isobel überlegte sich, ob er wohl im Bett von Lady Craven auch so höflich war. Dann verließ der hübsche Bedienstete den Raum, um die Nachricht weiterzugeben.

»Was Vater hier wohl will? Wahrscheinlich hat ihn Havisham unter Druck gesetzt und verlangt eine Entscheidung«, mutmaßte Isobel. Sie hatte ihm schriftlich unmissverständlich mitgeteilt, dass sie die restlichen Tage bis zu den Krönungsfeierlichkeiten bei Lady Craven zu verbringen gedachte. Eine Rückkehr in das Tollhaus der Branfords schien ihr völlig indiskutabel. »Nun, ich denke, ich habe mich entschieden«, sagte sie fest und stand auf.

»Das freut mich zu hören, mein Kind«, erwiderte Lady Craven. »Vielleicht gestattest du mir, ein wenig meinen Anteil an der Entscheidung, die sicher im Sinne Mr de Burghs ist, herauszustreichen. Vielleicht mildert das seine ablehnende Haltung mir gegenüber. Dann können wir uns auch öfter sehen. Wäre das nicht schön?«

»Ja, das wäre es wirklich«, stimmte Isobel zu, obwohl es etwas seltsam anmutete, dass Lady Craven augenscheinlich auch eigene Zwecke mit ihrem Beistand in Isobels Situation verband. Aber, so überlegte Isobel, vermutlich würde sie selbst ähnlich handeln.

»Isobel!«, Mr de Burgh war erregt von seinem Platz aufgesprungen, als die beiden Damen in den Salon traten. »Es ist etwas Schreckliches geschehen! Wir müssen sofort nach Whitefell zurück.«

»Ich denke nicht daran!«, fauchte Isobel erbost. Sie hatte nun wirklich genug von den unangenehmen Überraschungen, die ihr Vater seit Neuestem offenbar auf Vorrat für sie bereithielt. Und wenn Whitefell abgebrannt war, sie würde auf alle Fälle in London bleiben! Mr de Burgh betrachtete seine Tochter irritiert. Ohnehin schien er völlig durcheinander zu sein.

»Mein lieber Mr de Burgh, so setzen Sie sich doch erst einmal! Soll ich Ihnen einen Tee oder besser etwas Stärkeres bringen lassen? Sie sind ja völlig außer sich!«, versuchte nun Lady

Craven die Wogen zu glätten, während die Damen ebenfalls Platz nahmen.

Tatsächlich ging Mr de Burgh auf diesen Vorschlag ein und sank in einen Sessel. Bald war er mit Hochprozentigem versorgt und hielt sich krampfhaft an seinem Glas fest.

»Vater, ich habe dir meinerseits etwas mitzuteilen, bevor du mich mit weiteren Katastrophen belästigst«, hob Isobel in einem ausgesprochen schnippischen und respektlosen Ton an. Sie sah in ihrem Vater inzwischen kaum mehr etwas anderes als einen lächerlichen Narren, der durch seine unsinnigen Entscheidungen ihr Fortkommen gefährdete. Das konnte und wollte sie ihm nicht verzeihen. »Ich werde Mr Havisham das Jawort geben. Das kannst du ihm mitteilen.«

»Wirklich? Das freut mich zu hören, Isobel. Dann bist wenigstens du gut versorgt«, murmelte Mr de Burgh abwesend. Es schien ihn nicht sonderlich zu interessieren.

»Aber mein lieber Mr de Burgh! Ich denke, Sie sollten sich doch sehr über den Entschluss Ihrer Tochter freuen, zu dem ich ihr auch sehr geraten habe. Schließlich ist es eine Ehre, von einem so erfolgreichen und bedeutenden Mann wie Mr Havisham erwählt zu werden«, bemerkte Lady Craven.

Isobel verzog das Gesicht. Sie hätte gerne auf die Ehre verzichtet, aber ein jüngerer, adeliger und vor allem reicher Galan, der vielleicht zusätzlich noch ein gutes Aussehen aufzuweisen hatte, war leider in der Kürze der Zeit nicht aufzutreiben gewesen. Nun, dann nahm sie eben Havisham.

»Doch, doch! Bestimmt! Ich freue mich ja darüber.« Mr de Burgh fuhr sich müde mit der Hand über die Augen. Er wirkt um Jahre gealtert, stellte Isobel kühl fest.

»Also?«, fragte sie ungeduldig. »Was ist denn nun so Schreckliches geschehen, Vater?«

»Ich habe heute in den frühen Morgenstunden eine Nachricht durch einen Boten erhalten. Er überbrachte ein Schreiben von der East-India-Trading-Company, zusammen mit einer Nachricht von Mrs Branagh. Es handelt sich um Daniel.« Mr de Burgh schluckte krampfhaft. Offenbar war er den Tränen nahe. »Daniel ist tot.«

Isobel schwieg. Das war durchaus eine unerwartete Nachricht. Dennoch berührte es sie nicht sonderlich. Sie kannte ihren Halbbruder kaum mehr, hatte er doch Whitefell verlassen, als sie sechs Jahre alt war. Sie verstand nicht, warum ihr Vater plötzlich so übermäßig erschüttert auf die Nachricht vom Tode seines Sohnes reagierte. Hatten die beiden sich nicht hoffnungslos zerstritten? Mr de Burgh sah seine Tochter Hilfe suchend an. Er hoffte, wie es schien, auf ihre tröstende Hand. Isobel war aber weit davon entfernt, ihm diese zu gewähren. Lady Craven durchbrach die unangenehme Stille. »Ich bedaure sehr, das zu hören, Mr de Burgh. Sie haben mein vollstes Mitgefühl. Wie grausam muss es für einen Vater sein, seinen einzigen Sohn und Erben zu verlieren!«

Der Angesprochene nickte stumm. Nun rannen dicke Tränen über seine Wangen. Isobel wandte angewidert den Blick ab.

»Wie tröstend muss es dann für Sie sein, dass Sie an dem Tag, da Ihnen die Nachricht vom schrecklichen Verlust Ihres geliebten Sohnes übermittelt wurde, einen neuen Sohn, nämlich Mr Havisham, hinzugewinnen. Ich weiß, das vermag den Schmerz nicht zu lindern, aber mein lieber Mr de Burgh, immerhin haben Sie damit wieder einen Erben.« Lady Craven lächelte aufmunternd.

Isobel hob ruckartig den Kopf. Das war allerdings ein überaus interessanter Aspekt. Das würde ja bedeuten, dass sie Herrin auf Whitefell werden würde. Ihr Herz machte einen Satz. Nun würde sie alles daran setzen, Havisham so schnell wie möglich zu heiraten. Hatte nicht ihr Vater gesagt, dass dieser versprochen hatte, im Falle einer Eheschließung den Familiensitz vor seiner Veräußerung zu retten? Erregt erhob sie sich. »Vater, das Ganze ist natürlich traurig. Trotzdem solltest du so bald wie möglich Mr Havisham mitteilen, dass ich ihn heiraten werde, und das in nächster Zeit.«

»Du wirst doch mit mir nach Whitefell zurückkehren, da kannst du es ihm selbst mitteilen. Er wird uns auf der Fahrt zurück begleiten. Ich sprach mit ihm, bevor ich zu dir kam«, sagte Mr de Burgh, sichtlich um Fassung bemüht. Isobel zögerte. Dann würde ihr ja die Teilnahme an den Krönungsfeierlichkeiten entgehen. Aber angesichts dessen, was auf dem Spiel stand, war es wohl besser einzulenken. Es war nicht ratsam, den alten Gockel Havisham weiter zu verärgern. Seltsam, dass er mit ihnen zurückfahren wollte. Jedoch, so überlegte sie, Havisham war vor allem ein kluger Geschäftsmann. Die Nachricht vom Tode des Erben von Whitefell würde auch für ihn eine Eheschließung noch attraktiver machen.

Whitefell House, Wiltshire, 20. Juli 1838

Kapitel 34

Isobel betrachtete sich im Spiegel. Das Kleid war ein Wirklichkeit gewordener Traum. Selbst die frischgekrönte Königin Victoria konnte bei der Krönung und den anschließenden rauschenden Feierlichkeiten in ganz London, die die Bevölkerung in einen wahren Begeisterungstaumel versetzt haben mussten, nicht prächtiger gewesen sein. Zumal die Königin selbst ja auch ein leicht pummeliges und eher unscheinbares Geschöpf war, wie hinter vorgehaltener Hand in London gemunkelt wurde. Davon konnte bei Isobel natürlich keine Rede sein. Ihre Schönheit wurde durch das kostbare weiße Kleid mit den üppigen goldgelben Stickereien nur noch unterstrichen. Wütend warf sie den dazugehörigen Fächer auf den Schminktisch neben dem Spiegel. Cathy zuckte zusammen.

»Warum musste mein Bruder ausgerechnet jetzt sterben, der rücksichtslose Mensch? Das ist ungerecht! Hätte er mit seinem lästigen Ableben nicht noch ein wenig warten können«, schimpfte Isobel mindestens zum zwanzigsten Mal an diesem Morgen ungehalten. Cathy senkte den Blick. Sie wusste nicht, wie sie auf Isobels Worte, auch wenn sie nur in der Privatheit von deren Mädchenräumen geäußert wurden, reagieren sollte. Es schien ihr fast ein Frevel zu sein, dessen Isobel sich gegenüber ihrem verstorbenen Bruder schuldig machte. Hatte sie keine Angst davor, sich zu versündigen?

Natürlich zeigte sich Isobel in der Öffentlichkeit angemessen trauernd. Es waren sowohl in der Privatkapelle Whitefells als auch in der Dorfkirche Trauerfeiern für den jungen Herrn abgehalten worden, damit nicht nur die Familie und die Angestellten, sondern auch die Bevölkerung angemessen Abschied nehmen konnte vom Erben der weitläufigen Güter Whitefells. Isobel hatte, wie es von ihr erwartet wurde, ihrem

Vater zumindest im Beisein von anderen Trauergästen Gesellschaft geleistet, war mit ernster Miene einhergeschritten und hatte zu den Gottesdiensten und eine Woche danach Schwarz getragen. Dennoch wusste Cathy, die Isobel wie keine andere kannte und durch jahrelange Erfahrung jede noch so kleine Geste und Grimasse zu deuten wusste, dass Isobel sich innerlich wand vor unterdrückter Wut. Der Tod ihres Bruders hatte ihr nicht nur ihr Debüt in London empfindlich verhagelt, sondern sie auch noch der berauschenden Aussicht beraubt, in ihrem Kleid für die Krönungsfeierlichkeiten vor dem anwesenden Adel und den Honoratioren aus dem In- und Ausland zu glänzen. Das Kleid war ihr auf Anweisung von Mr Havisham nach Whitefell gebracht worden und eine Angestellte der Londoner Schneiderei Gunther's war extra mitgekommen, um die notwendigen Anpassungen an dem kostbaren Stück vorzunehmen. Von ihr hatten sie auch eingehende Schilderungen der ausgelassenen Feiern in London zu hören bekommen, was Isobel einerseits mit Neugier, andererseits mit noch mehr Zorn erfüllte. Cathy hatte der erfahrenen Schneiderin bei der Arbeit geholfen und dabei ebenfalls neugierig deren Ausführungen gelauscht. Isobels schlechte Laune war, neben der verpassten Gelegenheit, sich der Öffentlichkeit zu präsentieren, vor allem darin begründet, dass auch die bald nach der Trauerfeier verabredete Hochzeit Isobels mit Mr Horace Havisham nur in kleinstem Kreise und, aus Gründen der Pietät, ohne die dazugehörigen anschließenden Tanzfeierlichkeiten stattfinden würde. Der legendäre Ballsaal Whitefells würde also bis auf Weiteres ungenutzt bleiben. Zwar sollte das von Mr Havisham bezahlte Kleid, das auch gleichzeitig das Hochzeitsgeschenk darstellte, die junge Braut schmücken, aber die Hochzeit war eben nur ein formaler Akt ohne jeden Pomp im Beisein einiger Verwandter und enger Familienangehöriger von Mr Havisham und dem Earl of Branford. Seine Frau, Lady Branford, ließ sich entschuldigen, da sie selbst zwei Hochzeiten vorzubereiten habe, und Isobels Cousinen hatten kommentarlos abgesagt samt zukünftigen Ehemännern. Wer also sollte Isobel in ihrem spektakulären Gewand bewundern? Zu allem Übel kam auch noch hinzu, dass selbst Lady Craven, deren Teilnahme an der Hochzeit sie fast flehentlich erhofft hatte, nicht beiwohnen konnte. Wütend betrachtete Isobel das Schreiben, dass ihr Mrs Branagh vor nicht ganz einer Stunde heraufgebracht hatte. Dass Lady Craven auch ausgerechnet jetzt krank werden musste! Vielleicht war ihre Freundschaft und Teilnahme auch nur gespielt gewesen und sie wollte sich in Wirklichkeit der Verpflichtung zu einer Reise nach Whitefell entledigen, obwohl sich Isobel das kaum vorstellen mochte. Es konnte doch nur in Lady Cravens Sinn sein, dass sie wieder Kontakt zur Familie der de Burghs bekam.

Erneut griff Isobel nach den in der schwungvollen Handschrift Jemina Cravens verfassten Zeilen.

London, 18. Juli 1838

Meine liebe Isobel,

es bricht mir fast das Herz, Deine Einladung zur Hochzeit mit dem ehrenwerten Mr Havisham absagen zu müssen, aber leider bin ich doch ernsthafter erkrankt. Wie Du weißt, hatte ich ja schon Deine – durch die traurigen Umstände bedingte – verfrühte Abreise aus London sehr bedauert. Nur zu gerne hätte ich Dich an Deinem Festtag in Deinem schönen Gewand bewundert, von dem Du mir erzählt hast. Zu schade auch, dass ich Dich nicht an meiner Seite hatte bei der Krönung Victorias. Wir hätten uns sicher köstlich amüsiert über den versammelten Adel. Doch sei nicht allzu betrübt darüber. Auch wenn alle Welt davon spricht, dass es ein außergewöhnliches Ereignis gewesen sei, eine Krönung, wie sie die Welt noch nicht gesehen habe, so war doch der Mittelpunkt des ganzen Aufstandes kaum einer Erwähnung wert. Die junge Königin ist – man wagt es kaum zu sagen – noch unscheinbarer und ungeschickter, als man gemeinhin munkelt. Lord Melbourne[21] *musste sich höchstselbst während der gesamten Feierlichkeiten darum bemühen, unserer jungen Königin zu einem wenigstens einigermaßen majestätischen Auftritt zu verhelfen. Ob seine Ambitionen der jungen Dame gegenüber nur väterlich-wohlwollender und nicht eher amouröser Natur sind, sei dahingestellt. Es gibt Stimmen in London, die dies bezweifeln … Nun, selbst wenn es so wäre, es sei dem jungen Ding gegönnt. Sie hat ja bisher kein allzu schönes Leben gehabt, eingesperrt in Kensington Palace von ihrer herrschsüchtigen Mutter und diesem widerlichen John Conroy*[22]*, einem unsäglich machtgierigen Menschen. Ich hatte vor einigen Jahren das Missvergnügen, diesen im Rahmen einer Gesellschaft kennenzulernen.*

Dennoch – bei allem Mitgefühl für die junge Königin – fürchte ich, mit diesem unbedarften Lämmchen an der Spitze wird die Londoner Gesellschaft einen herben Rückschritt hinsichtlich Esprit und kulturellem Leben erfahren. Man sollte am besten auswandern! Wie die

21 William Lamb (1779 – 1848), 2. Viscount of Melbourne, Baron of Kilmore, Baron Melbourne of Melbourne, nahm sich in nahezu väterlicher Weise der jungen, völlig unbedarften Königin an und wurde als amtierender Whig-Premierminister nicht nur in politischen Fragen ihr Mentor, was auch einige Kritiker auf den Plan rief. Als die Tories die Macht übernahmen im Jahr darauf, weigerte sich Victoria ihren Hofstaat entsprechend auszutauschen, auch aus Loyalität Melbourne gegenüber, der nicht glücklich über diese Entscheidung der jungen Königin war.

22 William IV. (1765 – 1837) hegte eine große Abneigung gegen die Mutter Victorias, die Duchess of Kent, und duldete sie nicht bei Hofe. Dennoch entschied sich die Duchess, in London zu bleiben. In dem Bestreben, ihren Einfluss über ihre Tochter auszudehnen, schottete sie Victoria von der Außenwelt nahezu völlig ab. Der Hofmeister der Duchess, John Conroy, der eifrig an der Isolierung der Thronanwärterin mitwirkte, auch aus eigenem Machtkalkül, hoffte, Victoria dazu zwingen zu können, ihm nach der Übernahme der Regentschaft weitgehende Machtbefugnisse einzuräumen. Diesem Ansinnen widersetzte sich Victoria erfolgreich. Die Angelegenheit führte zum völligen Bruch mit ihrer Mutter.

Damen bei der Krönung hinter ihren Fächern höchst empört erörterten, ziehen die Berater des Königshauses jetzt auch noch einen deutschen Prinzen als Gefährten der Königin in Erwägung. Einen gewissen Albert von Sachsen-Coburg. Er soll alles andere als ein lebenslustiger, weltoffener Mann sein, sondern vielmehr ein prinzipienergebener Langweiler, ein typischer Deutscher eben. Möge der Himmel so etwas verhüten, es wäre nicht auszudenken! Man kann nur auf Victorias Durchsetzungswillen in dieser Sache hoffen (sie scheint ihn nicht zu mögen – Gott sei Dank!). Immerhin hat sie ja bereits starken Willen gegenüber ihrer Mutter und diesem Conroy bewiesen bei dieser hinterhältigen Intrige, was ich ihr trotz aller Mängel ihre Person betreffend zu Gute halten mag.
Überhaupt musst Du nicht allzu traurig sein, dass Du nicht dabei sein konntest. Alles in allem waren die fünf Stunden, die die Krönungszeremonie andauerte, doch recht ermüdend. Lediglich unsere Peers und Angehörigen des House of Lords hatten wieder einmal Gelegenheit, ihre Wichtigkeit mit todernster Miene zu demonstrieren. Wenn diese Männer wüssten, wie lächerlich sie in ihrer Gockelhaftigkeit sind! Allerdings mussten sie die bittere Medizin schlucken, dass sie diesmal durch die Angehörigen des Unterhauses bei der Vorführung ihrer Prächtigkeit gestört wurden. Die Abgeordneten konnten kaum stolzer sein über ihr neu errungenes Privileg, der Krönung beiwohnen zu dürfen. Man stelle es sich nur vor, es waren gewöhnliche Kaufleute und einfache Bürger darunter! Es hat den Lords nicht behagt, das war unverkennbar.
Auch Dein Onkel, der Earl of Branford, war wohl wenig erfreut. Deine Tante hat sich des Langen und Breiten darüber ausgelassen. (Ich war leider gezwungen,

mir das unerträgliche Geschwätz Lady Branfords die meiste Zeit über anhören zu müssen, da sie in meiner Nähe auf der Empore saß.) Nun, vermutlich war sie so geschwätzig, um mögliche Fragen über das Fehlen ihrer älteren Tochter gar nicht erst aufkommen zu lassen. Diese sei plötzlich erkrankt, teilte sie auf Nachfragen ungewöhnlich einsilbig mit. Ich musste mir das Lachen verbeißen, da ich doch – dank Dir – wusste, dass eine »plötzliche Hanfunverträglichkeit« die Ursache war.
Aber ich will Dich nicht mit weiteren Schilderungen der Feierlichkeiten ermüden oder gar enttäuschen. Tatsächlich waren die Tage der nachfolgenden Festivitäten sehr ausgelassen, zumindest diejenigen, bei denen die junge Königin nicht zugegen war. Sie achtet wohl übermäßig auf Moral und Anstand und ist durch jede noch so kleine Unschicklichkeit über die Maßen schockiert, wurde mir berichtet. Die armen Hofdamen können einem jetzt schon leidtun.[23]
Ich selber habe mich dagegen sehr vergnügt. Lord Farnham war auch einige Male zugegen … Schade, dass Du nicht dabei sein konntest, aber vielleicht hätte das auch Mr Havisham weniger erfreut.
Ich hoffe aber sehr, dass Du nach Deiner Eheschließung bald einmal wieder nach London kommst. Du wirst sehen, dass Du als verheiratete Frau weit mehr Möglichkeiten hast, zu tun und zu lassen, was Du willst. Nur widrige Umstände können eine verheiratete Frau

23 Tatsächlich kam es 1839 zu einer ernsten Krise der Regentschaft Victorias durch die sogenannte Hofdamenaffäre (siehe Fußnote 21), gefolgt von der Flora-Hastings-Affäre, die ebenfalls eine Hofdame betraf. Victoria verdächtigte eine ihr nahestehende und bis dahin unbescholtene, verheiratete Hofdame, ein außereheliches Verhältnis zu unterhalten und ein Kind empfangen zu haben. Sie verlangte die Entfernung der Dame aus ihrem Gefolge. Dies führte zu erheblicher Empörung in Adelskreisen und der Bevölkerung sowie zu einer Regierungskrise, da die Symmetrie des Hofstaats Victorias noch weiter gestört wurde. Kurze Zeit später stellte sich heraus, dass die Hofdame mitnichten schwanger war, sondern an einem bösartigen Lebertumor litt, an dem sie bald darauf verstarb. Victorias Ansehen war öffentlich zutiefst beschädigt.

von Stand davon abhalten, Gesellschaften und Feierlichkeiten zu besuchen, und dabei ist nicht einmal unbedingt die Begleitung ihres Gatten vonnöten. Ein solcher widriger Umstand hält mich nun von Deiner Hochzeit auf Whitefell fern. Es scheint wohl eine Art Fieber zu sein. Vielleicht habe ich mich in der letzten Zeit etwas übernommen. Ich kann es mir nicht recht erklären, aber es wird mir sicher bald wieder bessergehen und dann freue ich mich schon sehr auf Deinen Besuch hier in London.

Meine liebe Isobel, nun bleibt mir nur noch, Dir für den wichtigen Schritt in den Stand der Ehe alles nur erdenklich Gute zu wünschen. Ich habe aber keinen Zweifel daran, dass Du die Vorteile, die Dir aus dieser Verbindung – und auch aus Deinem neuen gesellschaftlichen Stand – erwachsen, ausgezeichnet zu nutzen wissen wirst. Schließlich bist Du die Tochter Deiner Mutter!

Grüße bitte Deinen künftigen Gatten und auch Deinen Vater auf das Herzlichste von mir.

Deine Dich liebende Freundin
Jemina

Etwas besänftigter legte Isobel das Schreiben wieder zurück. Das waren immerhin doch auch gute Aussichten. Die Vorstellung, als verheiratete und wohlhabende Dame der Gesellschaft in Begleitung von Lady Craven das Leben und Treiben in London zu genießen, ließ ihr Herz höherschlagen. Havisham war ja ein vielbeschäftigter Mann, vielleicht würde es ihr bald gelingen, ihn dazu zu überreden, dass er sie für einen Besuch in London freigab. Sie hatte wirklich nicht vor, bis zum Jüngsten Tag hier in Whitefell festzusitzen. Eine eigene Residenz in London wäre vielleicht eine gute Idee. Isobel schürzte die Lippen. Für ein repräsentatives Stadthaus in London würde sie Havishams nächtliche Bemühungen, die sie bald zwangsläufig über sich ergehen lassen musste, schon ertragen.

In der ihr so eigenen Weise reckte sie ihr Kinn mit entschlossenem Blick ihrem Spiegelbild entgegen und stampfte leicht mit dem Fuß auf, was Cathy, die immer noch mit dem Umstecken des Schleppensaums beschäftigt war, leise seufzen ließ. Isobel blickte ärgerlich auf deren rotes, sorgsam unter dem gekräuselten, weißen Zofenband hochgestecktes Haar. Cathy war nun, auf Geheiß von Mrs Branagh, als Zofe nicht mehr in das übliche graue Kleid, sondern in ein besser geschnittenes, blaues Zofengewand mit weißer Schürze gekleidet, das ihr ärgerlich gut stand. Solange sie hier auf Whitefell lebte – und wie es aussah, würde sie dies zumindest noch eine Weile tun, denn Havisham hatte deutlich gemacht, dass er plante, nach der Hochzeit nach Whitefell überzusiedeln – war Cathy für sie ein notwendiges Übel. Nicht zuletzt, um sich eine gewisse Freizügigkeit zu bewahren. Was für London galt, galt für die ländliche Umgebung keineswegs. Trotz aller tröstenden Worte Lady Cravens war sich Isobel nur zu bewusst, dass auf dem Lande, weit fort von der lebendigen Weltstadt London, es auch für eine verheiratete Frau enge Grenzen in der Bewegungsfreiheit gab. Und da war Cathy nach wie vor der Schlüssel zur Freiheit. Doch irgendetwas hatte sich in Cathys Verhalten seit Isobels Rückkehr aus London verändert. Sie wirkte gegenüber früher einerseits noch schweigsamer und in sich gekehrter, aber da war auch etwas anderes in ihren Augen: eine innere Distanz, eine Nachdenklichkeit, die Isobel früher so nicht bemerkt hatte. War in den Wochen ihrer Abwesenheit etwas mit Cathy geschehen? Die Frage nagte an Isobel und störte ihre Selbstsicherheit. Wenn sie Cathy verlor, wenn diese ihr gar wegliefe, würde es nicht so einfach sein, einen entsprechend verschwiegenen Ersatz zu finden. Sie musste Cathy irgendwie an sich binden, und zwar so lange, wie sie sie brauchte. Schließlich bestand die Gefahr, dass selbst ein so verschrecktes Geschöpf wie Cathy Thomson einmal ihre überaus praktischen Schuldgefühle in den Wind schlagen und fortlaufen könnte. Nachdenklich ließ Isobel ihren Blick auf ihrer Zofe ruhen. Cathy musste wohl Isobels Blick auf sich spüren, denn sie gab sich sichtlich alle Mühe, ihre Arbeit so unauffällig wie möglich zu verrichten, um ihre Herrin nicht unnötig zu reizen. Die roten Locken des verkrüppelten Bruders von Cathy kamen Isobel unwillkürlich in den Sinn. Zufrieden lächelte sie ihr Spiegelbild an: Sie hatte einen Weg gefunden!

Kapitel 35

Endlich hatte Isobel genug gehabt von der mit sichtlichem Genuss zelebrierten Anprobe ihres Hochzeitsgewandes. Für den Tee war Cathy aus ihren Pflichten entlassen. Erleichtert schloss sie die Tür zu Isobels Privaträumen hinter sich und begab sich in die Küche, um dort mit den anderen Bediensteten, deren Pflichten ihnen etwas Zeit ließen, ebenfalls Tee und einen trockenen, mit Kardamom, Honig und Muskat gewürzten Kuchen aus grobem Mehl einzunehmen. Für gewöhnlich war dies vor allem ein Privileg für die Lakaien und Leibdiener der Herrschaft, also auch für sie als Zofe, da diese Mitglieder des Gesindes oft während der Mahlzeiten Dienst tun mussten. Aber manchmal kamen auch die Knechte und Mägde dazu. Vielleicht würde heute auch Aaron in der Küche sein, dachte sie hoffnungsvoll.

Aaron war, seit sie wieder nach Whitefell hatte zurückkehren müssen, der wichtigste, wenn auch nicht der einzige Grund, warum es ihr – und das trotz Isobels Launen – nicht ganz so schwerfiel, ihre ungeliebte Aufgabe als Zofe auszufüllen. Aaron ließ keine Gelegenheit ungenutzt, ihr mit Gesten und aufmunternden Blicken Mut zu machen und kleine Inseln der Freude zu schaffen. Nicht, dass er seine Zuneigung im Beisein der anderen offen gezeigt hätte. Er wusste ja nun, dass das für sie unangenehm werden konnte. Auch sonst hatte sich einiges zum Besseren gewendet. Daran war nicht zuletzt Mrs Branagh maßgeblich beteiligt. Diese hatte sich nahezu mütterlich – wenn man sich eine solche Regung bei der strengen und respektgebietenden Frau überhaupt vorstellen mochte – um Cathy und deren Einarbeitung als Zofe bemüht. Ihre frühere, oft genug zu Tage getretene Missbilligung der Anwesenheit Cathys auf Whitefell war einer freundlichen Anteilnahme gewichen. Das hatte dazu geführt, dass Cathy, trotz der Einwände Isobels, die Mrs Branagh aber mit der Autorität der Hauswirtschafterin zurückwies, das verlassene Zimmer Rubys im neuen Gesindetrakt beziehen konnte. Zwar musste sie dieses mit Elfie, einem der Küchenmädchen, teilen, aber das Zimmer war hell und trocken und bot sogar den Komfort eines guten Bettes, was Cathy sehr zu schätzen wusste. Sogar ein abschließbarer Schrank gehörte ihr nun. Dennoch hatte sie ihre Tagebücher bei Aaron gelassen. Zu groß war die Gefahr, dass die neugierige und geschwätzige Elfie diese in die Finger bekam.

Mrs Branagh hatte auch in einer strengen Rede vor allem den Küchenmägden die Leviten gelesen und sich weitere Angriffe auf Cathy verbeten. Die zunächst murrenden Mägde waren unmissverständlich darauf hingewiesen worden, dass es in keinem Fall Cathys Schuld gewesen sei, dass Ruby ihre Stellung verloren habe. Das sei ausschließlich in dem Wunsch Miss de Burghs begründet gewesen. Zudem habe zu einem nicht unbeträchtlichen Teil auch Rubys Impertinenz zu ihrem Rauswurf beigetragen, denn sonst hätte sich sicher eine andere Aufgabe für sie auf Whitefell finden lassen. Dies sollten sich die Mägde – und hier hatte Mrs Branagh sehr drohend ihre Augenbrauen zusammengezogen, was selbst die freche Emily augenblicklich verstummen ließ – ruhig als Warnung dienen lassen. Unfrieden und Gehässigkeit würden in Whitefell nicht weiter geduldet.

Seitdem herrschte Ruhe.

Und wenn Cathy auch nach wie vor nicht eben den Eindruck hatte, beliebt zu sein, so hatte sich ihre Situation doch deutlich gebessert. Dazu trug sicher auch bei, dass niemand von der Hand weisen konnte, dass sie ihre Arbeit gewissenhaft und fleißig unter den erschwerten Bedingungen tat, einer äußerst launenhaften und oft genug rachsüchtigen Isobel de Burgh dienen zu müssen. Das unberechenbare Verhalten der zukünftigen Herrin von Whitefell war beim Gesinde, dann, wenn Mrs Branagh nicht zugegen war, die solcherlei respektloses Geschwätz sicher sofort unterbunden hätte, durchaus Gesprächsthema und Anlass zur Besorgnis. Auch fragte man sich, wie der zukünftige Hausbewohner, Mr Havisham, sich geben würde. Manche fürchteten sehr, dass vielleicht personelle Veränderungen folgen würden im Zuge der Hochzeit – und was sollte dann aus ihnen werden? Arbeit war schwer zu bekommen und nicht wenige trugen mit ihrem Lohn zur Versorgung etlicher hungriger Münder bei.

Als Cathy die Küche betrat, kündigte sich die erste dieser Veränderungen gerade an. Tatsächlich war auch Aaron in der Runde. Cathy fing seinen Blick auf, als sie sich ihm schräg gegenüber an den Gesindetisch setzte. Auch Frederick war mit hereingekommen vom Stall und richtete nun, die Tasse mit dem dampfenden Tee in der abgearbeiteten, rauen Hand haltend, sein Wort an Mrs Reed: »Ich habe es mir lang und breit überlegt. Es wird wohl das Beste sein, wenn ich mich jetzt zur Ruhe setze. Meine Tochter bewirtschaftet mit ihrem Mann einen Pachthof östlich von Wilton. Die hat mir angeboten, dass ich bei ihnen wohnen kann. Ich will nicht warten, bis meine alten Knochen mir völlig den Dienst aufkündigen. So kann ich wenigstens noch ein wenig bei meinem Schwiegersohn auf dem Hof helfen.«

Mrs Reed zuckte mit den Schultern. »Das steht irgendwann für uns alle an. Wir werden nicht jünger. Wenn es bei mir so weit ist, werde ich zu einer Schwester meines verstorbenen Mr Reed ziehen. Ich habe ja leider keine Kinder wie du, Frederick, die für mich sorgen könnten. Aber ich habe mir auch ein wenig Geld beiseite legen können, sodass ich wenigstens nicht werde hungern müssen.«

Frederick brummte verlegen. Er hatte keineswegs genug zurückgelegt, woran vor allem seine große Vorliebe für das Stout im dörflichen Pub schuldig war. »Ich denke, ich werde Mr de Burgh vorschlagen, Aaron die Leitung des Stalles zu übertragen«, nahm er wieder das Thema auf. »Habe bisher keinen Besseren gefunden, dem ich das zugetrauen würde. Er hat wirklich ein Händchen für Pferde. Dass er das Fohlen und die Stute für Mr de Burgh gerettet hat, war schon eine Meisterleistung.« Er schlug Aaron, der neben ihm saß, wohlwollend zwischen die Schulterblätter. Dieser wurde rot und senkte verlegen, aber doch mit freudiger Überraschung in den Augen den Blick, um dann erwartungsvoll zu Cathy hinüberzuschauen. Cathy lächelte zurück. Diese Entwicklung gönnte sie Aaron von Herzen. Sie wusste, das hatte er sich sehr gewünscht. Auch Mrs Reed meinte wohlwollend: »Tja, Stutter, dann wirst du uns ja wohl erhalten bleiben. Hast dir die Chance auch verdient. Du wirst sehen, Mr de Burgh lässt mit sich reden in diesen Dingen. Besonders wenn er nach der Hochzeit seiner Tochter vielleicht wieder etwas besserer Stimmung ist. Der Tod seines Sohnes hat ihn ja sehr mitgenommen. Er isst kaum mehr was.« Sie seufzte mürrisch. »Ich frage mich, warum ich hier überhaupt noch tagaus, tagein in der Küche stehe.«

Das Gespräch wendete sich daraufhin der Befindlichkeit von Mr de Burgh und dem großen Bedauern über den Tod von Master Daniel de Burgh zu, den zumindest einige der Anwesenden noch gekannt und auch sehr geschätzt hatten. Man war sich einig darüber, dass dessen Tod ein unersetzlicher Verlust für

Whitefell war. Obwohl es keiner wagte laut auszusprechen, war die Aussicht, irgendwann Isobel de Burgh oder vielmehr in Kürze Mrs Havisham als Herrin ertragen zu müssen, ein über die Maßen gefürchtetes Übel, aber man hatte ja keine Wahl.

Schließlich erhob man sich nach und nach, um sich wieder der Arbeit zuzuwenden. Auch Cathy stand auf. Sie hatte noch mehr als eine halbe Glocke, bis Isobel wieder nach ihren Diensten verlangen würde. Ein kurze Zeitspanne, die sie unter den wärmenden Strahlen der nachmittäglichen Sonne auf dem Gerätehof verbringen wollte. Ein weiteres Privileg, das ihr durch die klarer abgesteckten Pflichten als Zofe vergönnt war und das sie sich keinesfalls entgehen lassen wollte. Aaron hatte die Küche bereits kurze Zeit zuvor zusammen mit Frederick verlassen. Als sie den schmalen Gang und die wenigen Treppenstufen hinunter zur Waschküche ging, durch die sie auf den Gerätehof gelangen konnte, wurde sie plötzlich von einer kräftigen Hand in eine Nische, die zum Abstellen von verschiedenen Gerätschaften genutzt wurde, gezogen. Sie erkannte schnell, dass es Aaron war, der sich dort verborgen und sie abgepasst hatte, um unbeobachtet mit ihr sprechen zu können. In dem wenigen Raum, den ihnen das Gerümpel dort ließ, standen sie dicht beieinandergedrängt. Aaron legte ihr die Finger auf die Lippen, um ihren überraschten Laut zu unterdrücken. Sein Gesicht strahlte vor Freude.

»Was sagst du dazu, Cathy?«

»Ich freue mich sehr für dich, Aaron. Du hast es dir wirklich verdient. Du verstehst in der Tat viel von Pferden.«

Ihre Antwort schien ihn nicht ganz zu befriedigen. Offenbar lag ihm etwas anderes weit mehr am Herzen. Sein Blick wanderte für einen Moment an die niedrige Decke, als hoffe er, dort die richtigen Worte für sein Anliegen zu finden.

»Ich …«, begann er stockend, gab sich dann aber einen Ruck, »Cathy, du weißt ja, dass ich dich wirklich sehr gern habe.«

Cathy senkte schüchtern den Blick, aber sie nickte. Ja, sie wusste es! Jedes seiner Worte, jeder Blick, jede Geste zeigte ihr dies täglich aufs Neue. Es war kaum zu glauben, aber Aaron Stutter liebte sie. Sie spürte, wie seine Hand zärtlich über ihre Wange strich, seine Wange die ihre streifte, als er ihr nun zuflüsterte: »Wenn ich Fredericks Stelle übernehmen kann, werde ich mehr verdienen. Frederick sagt, er habe ein Pfund die Woche bekommen. Das ist wirklich ein guter Lohn. Es würde sicher reichen! Ich meine, es würde reichen, um eine Familie zu ernähren.«

Cathy meinte, nicht richtig verstanden zu haben. War das etwa ein Heiratsantrag? War er denn von Sinnen? Verblüfft sah sie Aaron an.

»Was sagst du, Cathy? Willst du …«, er verhaspelte sich vor Aufregung, «willst du mich heiraten?«

Sie schüttelte den Kopf. »Ach, Aaron! Glaubst du denn, Isobel würde das dulden? Nicht im Traum würde sie es uns erlauben!«

Aaron reagierte erwartungsgemäß mit ärgerlichem Aufbegehren. »Wieso sollte sie darüber zu bestimmen haben?«

Sie konnte ihm seine Reaktion nicht verdenken, dennoch war sein Ansinnen außerhalb jeder Realität. Ein Wunschtraum – nichts weiter! »Das hat sie, glaube mir! Mr de Burgh hat ihr schon immer nachgegeben und jetzt, nachdem er nur noch ein Schatten seiner selbst ist, umso mehr. Du weißt genau, dass wir für eine Heirat die Erlaubnis des Herrn erfragen müssen. Wenn sie es will, wird er es verbieten. Und sie wird das nie zulassen. Schon um ihrer Eifersucht willen. Du kennst sie nicht gut genug. Du weißt nicht, wozu sie fähig ist. Sie wird ihre Rache nehmen, wenn wir es je wagen sollten, glaub mir!«

»Aber …«

»Nein! Es geht einfach nicht, Aaron! Vergiss es!« Die Stimme versagte ihr fast. »Das musst du doch verstehen! Ach,

Aaron, es geht nicht!« Als sie sah, wie das Leuchten in seinen Augen zusehends erlosch, kamen ihr die Tränen. Es brach ihr fast das Herz, ihn abzuweisen, und doch wusste sie, dass es keinen Weg für sie beide gab. Nicht, solange Isobel Anspruch auf sie und vor allem auf Aaron erhob. Abrupt wandte sie sich ab und rannte davon.

Kapitel 36

Die kleine Kapelle von Whitefell war trotz der sehr spärlichen Anzahl von Hochzeitsgästen immerhin leidlich gefüllt. Havishams Eltern waren zugegen, beide recht betagt, dazu eine Tante und zwei weitere entfernte, ebenfalls ältliche Verwandte. Von Isobels Seite her waren nur ihr Vater und der Earl anwesend. Eine Einladung an Miss Hunter, wie es eigentlich zum guten Ton gehört hätte, hatte Isobel vehement und mit Nachdruck abgelehnt. Das hätte ihr noch gefehlt, um ihr diesen ohnehin wenig erquicklichen Tag völlig zu verderben. Nur Mrs Branagh als offizielle Vertreterin des gesamten Hausstandes verharrte in gemessenem Abstand zu den anderen Gästen im Hintergrund des kleinen Sammlungsraumes.

Und das war nun ihre Hochzeit! Der angeblich schönste und wichtigste Tag im Leben einer Frau, die Krönung und Vervollkommnung einer romantischen Liebesgeschichte! So wurde es schließlich in sämtlichen Büchern, die sie bisher nur zu gern verschlungen hatte, frech behauptet. Jemina Craven hatte ja so recht! Das alles war eine abgefeimte Lüge und sie, Isobel, war das unschuldige Opfer. Nicht einmal ihr wirklich traumhaft schönes Hochzeitsgewand konnte ihr über die wütende Enttäuschung, die sie verspürte, hinweghelfen. An allem war allein ihr Vater schuld, dieser unglaubliche Narr! Hätte er sich nicht völlig verspekuliert in seiner an Dummheit kaum mehr zu überbietenden Unfähigkeit in wirtschaftlichen

Dingen, wäre sie nicht gezwungen, sich nun mit einem *Mister* Havisham zu bescheiden.

Dieser stand, sichtlich mit sich und der Welt zufrieden, in seinem neuen, aus edelstem Tuch und nach der neuesten Herrenmode geschnittenen Anzug neben ihr und lauschte den ermüdend salbungsvollen Worten, die Pfarrer Browning unnötigerweise seit geraumer Zeit glaubte, über die beiden Ehewilligen ergießen zu müssen. Isobel betrachtete, während sie ihre Gedanken zu der einschläfernden Begleitmusik des priesterlichen Geschwätzes schweifen ließ, ihren zukünftigen Ehemann verstohlen genauer. Schließlich würde sie nun für eine lange Zeit auch sehr privat mit ihm verkehren. Geschmack und Sinn für Stil hatte er jedenfalls. Auch schien er Wert auf exquisite Kleidung zu legen. Das immerhin versprach Erfolg für ihre eigenen Wünsche diesbezüglich. Sicher, er war deutlich älter als sie, aber seine breite Stirn und das energische Kinn zeugten von großem Durchsetzungsvermögen. Ihm würde gewiss kein solches finanzielles Desaster wie ihrem närrischen Vater widerfahren. Dass er Geschäftssinn hatte, hatte er mehr als bewiesen, und nun war ihm durch die Eheschließung mit ihr auch noch das Anrecht auf einen der begehrtesten Herrensitze in ganz Wiltshire zugefallen. Keine schlechte Karriere für den Sohn eines gewöhnlichen mittelständischen Kaufmanns aus Salisbury. Beiläufig durchrann Isobel das ungute Gefühl, dass sie selbst vielleicht nur ein weiteres Mosaiksteinchen in der unverkennbar zielstrebigen Karriereplanung dieses Mannes sein könnte. Obwohl – er hatte schließlich schon um sie geworben, als er noch nicht darauf hoffen konnte, Whitefell einmal zu übernehmen. Daniels frühen Tod hatte er nicht vorausahnen können, oder?

Oder …?

Diese kleine zweifelnde »oder« ließ sie erstarren. Daniels Tod hatte sich wirklich sehr überraschend und für Havisham mehr als günstig ereignet. Der Mann hatte ausgezeichnete geschäftliche Kontakte in alle Welt. Was, wenn diese Kontakte nicht nur geschäftlicher Natur waren? Es wäre immerhin möglich … Sie wagte nicht weiterzudenken – der Gedanke war schlicht ungeheuerlich. Aber sie betrachtete ihren Fast-Ehemann plötzlich mit einem neuen und mit vager Unsicherheit gepaarten Respekt. Sie würde sich in Acht nehmen müssen.

Fast hätte sie wegen ihrer Überlegungen die von Pfarrer Browning an sie gerichtete Frage nach ihrer Einwilligung in das Ehegelöbnis nicht mitbekommen. Ein ungeduldiges Räuspern seitens Havishams ließ sie erschreckt zusammenfahren. Sie hauchte, auf die Vermutung hin, dass dieses entscheidende Wörtchen nun angebracht war, ein irritiertes »Ja« und nahm dann wie von ferne wahr, dass er ihr einen Ring an den Finger steckte. Seine Hände waren kräftig und besitzergreifend. Und ehe sie es sich versah, hatte er ihr einen festen, salzig und feucht schmeckenden Kuss auf die trocken gewordenen Lippen gedrängt. Sie war nun offiziell vor Gott und den Menschen die rechtmäßige Mrs Havisham.

Der verhaltene und ausgesprochen spärliche, obligatorische Jubel der Anwesenden ließ sie wieder zur Besinnung kommen. Sie schüttelte leicht den Kopf. Diese Gedankengänge waren völlig absurd. Was war nur in sie gefahren? Ihre Nerven mussten überreizt sein. Selbstverständlich hatte Havisham einfach einen Narren an ihr gefressen und alles andere war eben als eine glückliche Fügung zu betrachten. So musste es sein! Sie reckte kämpferisch ihr Kinn, entschlossen, sich auch von Mr Havisham, so willensstark und einflussreich er auch sein mochte, nicht von ihren eigenen Plänen abhalten zu lassen.

Die Hochzeitsgesellschaft war quälend langweilig. Die recht ergrauten Gäste unterhielten sich leise und wenig interessant.

Man hatte auf das Wohl des Brautpaares angestoßen und die unsäglichen Reden derer, von denen man es traditionsgemäß erwartete, endlich glücklich hinter sich gebracht (Pfarrer Browning war nach einer weiteren ausladenden Rede nachdrücklichst zu einem Umtrunk genötigt worden, der seinen Redefluss gezwungenermaßen so abrupt unterbrach, dass er für die restliche Dauer des üppigen Banketts beleidigt schwieg). Isobel, die es schließlich enerviert aufgegeben hatte, sich – und sei es auch nur der Höflichkeit halber – in die Gespräche einzubringen, war gezwungen, weiter dem Gefasel der Alten zu lauschen. Dabei stellte sich auch heraus, dass sowohl die Tante als auch ihre Schwiegermutter Mrs Havisham bereits weit über die Zeit hinaus waren, in der man einen wachen und regen Verstand erwarten konnte. Isobel war angesichts dieser Umstände nun doch sehr froh, dass Havisham nach Whitefell übersiedeln wollte und sie nicht gezwungen war, ihre Tage mit der schwachsinnigen Alten in Havishams Stadthaus in Salisbury zu verbringen. Zumal ihr die Stadt, nachdem sie nun Londons Luft geatmet hatte, mehr als kleinbürgerlich und provinziell und ihrer nicht im Geringsten würdig vorkam.

Nichtsdestotrotz langweilte sie sich auf ihrer eigenen Hochzeitsfeier fast zu Tode. Ihr Vater starrte teilnahmslos vor sich hin und Havisham schien von der nutzlosen Zeitvergeudung auch bald genug zu haben, obwohl er wenigstens dem Mahl, für das sich Mrs Reed wirklich ins Zeug gelegt hatte, kräftig zusprach. Man hatte die Hochzeit auf den Nachmittag gelegt, ahnend, dass nicht allzu viel Feststimmung aufkommen würde, und so verabschiedeten sich die wenigen Gäste bald nach dem Dinner, da sie alle in der Umgebung wohnten und noch nach Hause fahren wollten. Havisham blieb natürlich in Whitefell. Er hatte schon in den Tagen zuvor etliches an Möbeln, Kleidung und Geschäftsunterlagen ins Herrenhaus transportieren lassen und man war übereingekommen, dass

Mr de Burgh seine bisherigen Zimmerfluchten für das frischgebackene Ehepaar räumen würde. Er bewohnte bereits seit letzter Woche die deutlich kleineren Räume seines verstorbenen Sohnes. Eine nicht eben glückliche Wahl, wie Isobel – eher wenig interessiert an der Stimmung ihres Vaters – befand. Die Räume, die Daniel bewohnt hatte und die nach seinem Fortgang einfach so belassen worden waren, schienen die düstere Gemütslage ihres Vaters nur noch zu verstärken. Doch letztlich waren ihr die Empfindungen ihres Vaters mehr als gleichgültig, vielmehr begann jetzt ein weit wichtigerer Umstand ihre Aufmerksamkeit zu fordern.

Auf die Hochzeitsfeier folgte unausweichlich ihre Hochzeitsnacht und damit zweifellos die damit verbundene Entjungferung. Einmal mehr war sie froh darüber, bereits mit Aaron eine Erfahrung gemacht zu haben und nicht zuletzt durch Anschauung und Erklärung von Lady Craven bestens vorbereitet worden zu sein. Die Vorstellung, sich völlig unbedarft einem solchen Ereignis ausliefern zu müssen, wie es die meisten ihrer Leidensgenossinnen wohl tun mussten, war für sie einfach unerträglich. Mit einer Mischung aus Neugier und Widerwillen warf sie Havisham einen verstohlenen Seitenblick zu, als er neben ihr die große Treppe der Eingangshalle hinaufschritt. Schade, dass er nicht jünger und schlanker war. Sie versuchte sich vorzustellen, wie ihr Gemahl wohl nackt aussehen würde. Die Vorstellung war leider nicht sehr anregend. Er entsprach einfach nicht ihrem Geschmack. Würde er jetzt gleich sein Recht von ihr einfordern?

Doch noch gewährte ihr Havisham einen Aufschub.

»Meine Liebe«, wandte er sich, oben am Treppenabsatz angekommen, mit einem Lächeln an sie, »ich werde mich mit deinem Vater noch ein wenig ins Herrenzimmer auf einen Brandy und eine Zigarre zurückziehen, bevor ich zu dir komme. Nimm dir die Zeit, die du brauchst, um dich von den Strapazen des Tages zu erholen. Dann allerdings werde ich mich darauf freuen, dir meine private Aufwartung in unserem Schlafzimmer zu machen.« Er lächelte noch breiter. Eine gewisse Anzüglichkeit lag jetzt in seiner Miene, die er nur schlecht verbergen konnte. Isobel schob die unguten Gefühle, die in ihr aufflackerten, entschlossen beiseite. Sie würde es schon überstehen. Das war nun einmal der Preis der finanziellen Absicherung, sie hatte dem Handel schließlich bereitwillig zugestimmt. Allerdings würde sie ihrerseits ebenfalls ihren Preis fordern. Havisham sollte sich nur nicht einbilden, dass er sie billig bekam! »Ich erwarte Sie voller Ungeduld, mein Gemahl«, sagte sie forsch und genoss seine Verblüffung. Was glaubte er vorzufinden? Ein verschrecktes Mauerblümchen? Eine de Burgh war einem Havisham allemal in *jeder* Situation gewachsen! Das sollte er sich ruhig merken. Hoheitsvoll stieg sie weiter die Treppe hinauf, ihren frisch angetrauten Gatten auf dem Absatz zurücklassend, um in ihr neues Reich zu gelangen.

Kapitel 37

Es war schon ein seltsames Gefühl, die Räume ihres Vaters, die er vor vielen Jahren mit ihrer Mutter bewohnt hatte, nun selbst als Ehefrau zu betreten. Durch ein kleineres holzgetäfeltes Zimmer mit einem zierlichen Tischchen vor dem Kamin, flankiert von zwei Sitzgelegenheiten und einem Schreibtisch in der Nähe des Fensters, betrat man das weitaus größere Schlafzimmer. Die Räume waren nacheinander parallel zum Gang, der in der Mitte des Hauses lag, angeordnet, und man konnte von einem ins andere Zimmer durch weitere Türen gelangen. Nach dem Schlafzimmer, dem ein begehbares Ankleidezimmer beigeordnet war, folgte eine Kammer für den Leibdiener, die jetzt aber nicht mehr in dieser Funktion genutzt wurde, sondern als Raum für die persönlichen hygienischen Bedürfnisse diente. Dieser Raum war allerdings kein Durchgangsraum, sondern lag bei einem weiteren kleinen Flur, der in zwei nachfolgende saalähnliche Zimmer führte, die dem Zeitvertreib und als Besprechungssalon dienten. Letzterer leitete über in die offizielleren Räume Whitefells, die aus mehreren großen Salons, der Bibliothek und einem kleineren Speisesaal bestanden, in dem die de Burghs alltags in der Regel Lunch und Dinner einzunehmen pflegten. Alle Räume waren mit bunten Seidentapeten ausgekleidet, die allerdings hoffnungslos altmodisch waren, wie Isobel einmal mehr mit einem Naserümpfen bemerkte. Auch waren sie mit vielen Gemälden bestückt. Seit sie in London gewesen war, betrachtete sie sich als ausgewiesene Kennerin moderner Innenarchitektur. Sie gedachte die Räume so bald als möglich in der Art umgestalten zu lassen, wie sie es in Craven House – für Isobel der Gipfel gelungener Wohnkultur – gesehen hatte. Nun, es gab viel zu tun in nächster Zeit und für Havisham viel zu bezahlen, dachte sie mit einem kleinen Lächeln auf den Lippen, als sie das Schlafzimmer betrat. Cathy erwartete sie bereits. Abwartend und geduldig saß sie auf einem Stühlchen in der Nähe des Fensters, sprang aber sofort auf, als Isobel hereinkam. Der recht große Raum wurde von einem mächtigen, geradezu thronähnlichen Ehebett dominiert. Auf dieses ausladende, baldachingekrönte Möbel hatte sie bereits Isobels Nachthemd für die Hochzeitsnacht gebreitet. Es war aus edler englischer Spitze gefertigt, mit vielen Rüschen und Schleifen versetzt und sorgfältig gestärkt. Das eher schlichte Nachthemd des Ehegatten lag auf der anderen Seite des Bettes. Isobel lächelte amüsiert. Eingewickelt in Spitze wie ein französisches Praliné sollte sie wohl die zweifelhafte Beglückung durch ihren Gemahl erwarten. Dabei war das Anlegen dieses Kleidungsstücks sicher kaum der Mühe wert, da sie das exquisite, bis zur Durchsichtigkeit zarte Gebilde vermutlich ohnehin würde ausziehen müssen. Doch sie würde tun, was man von ihr erwartete, zumindest für diese

Nacht. In naher Zukunft jedoch würde sie ihre eigenen Wege verfolgen. Es war eben leider nötig, dass Havisham die Gelegenheit hatte, ihre jungfräuliche Pforte zu durchbrechen, so wie es Jemina Craven ihr erklärt hatte.

Ob es wohl wehtun würde? Ihre kundige Freundin hatte auf ihre drängenden Fragen diesbezüglich nur bedächtig den Kopf gewiegt und gemeint, das hinge stark ab von den Liebeskünsten des Mannes.

Hoffentlich würde sich Havisham nicht allzu ungeschickt anstellen!

Zumindest hatte sie im Hinblick auf die möglichen Folgen der Unternehmung vorgesorgt. In einer Hutschachtel im Ankleideraum, die Havisham sicher nie öffnen würde, hatte sie den Glaszylinder mit der Kolbenvorrichtung und der breiten vergoldeten Kanüle, den ihr Jemina zum Abschied geschenkt hatte, zusammen mit einer Essiglösung vorbereitet. Sie würde sich unmittelbar nach dem Vollzug der ehelichen Pflichten entschuldigen und dann heimlich das Gerät aus dem Ankleidezimmer holen, um im glücklicherweise gleich nebenan liegenden Raum für die körperlichen Bedürfnisse die erforderliche Scheidenspülung vorzunehmen. Ganz bestimmt würde sie nicht in die gleiche Falle wie ihre verstorbene Mutter tappen!

Etwas nervös ließ sie sich von Cathy aus ihrem Kleid helfen, fuhr sie ungeduldig an, als sie meinte, dass diese es nicht sorgfältig genug auf einen Kleiderbügel hängte, und legte dann ihr berüschtes Nachtgewand an. Vor dem Spiegel sitzend ließ sie sich von Cathy das blonde Haar auskämmen, das diese für die Trauung überraschend gekonnt in sorgfältig geringelte Korkenzieherlocken gedreht und in Höhe der Schläfen festgesteckt hatte. Die Haube, die ihr als Ehefrau eigentlich zustand, lehnte sie selbstverständlich ab. Nicht im Traum dachte sie daran, ihr engelsgleiches Haar unter dieser matronenhaften Nachthaube zu verbergen. Havisham sollte sich des unerhörten Glücks, dass er sie ergattert hatte, durchaus bewusst sein.

Dann war es endlich soweit. Eine gewisse Erregung erfasste sie nun doch.

»Du kannst dich zurückziehen! Ich erwarte dich morgen nach dem Frühstück, das ich im Bett einzunehmen gedenke, wieder«, sagte sie obenhin und entließ Cathy mit einer beiläufigen Handbewegung, die ihr nun, als verheiratete Frau von Stand, angemessen schien. Cathy knickste folgsam und schickte sich an, sich wie befohlen zurückzuziehen. Es war ohnehin erstaunlich, wie nahtlos und willig sich ihre ehemalige Spielgefährtin in die Rolle der Dienerin gefunden hatte. Sie selbst hätte das nicht so einfach akzeptiert, sinnierte Isobel. Sie verfolgte Cathys Rückzug im Spiegel. Als diese die Tür erreicht hatte, fiel Isobel doch noch etwas ein: »Übrigens, Cathy, selbstverständlich nennst du mich ab jetzt Madam oder Mrs Havisham, solltest du meinen, das Wort an mich richten zu müssen. Haben wir uns verstanden?« Ihre Worte klangen unnötig scharf. Es bereitete ihr einfach eine gewisse Genugtuung, ihre Überlegenheit gegenüber Cathy auszuspielen.

Cathy räusperte sich. »Wie Sie wünschen, Madam!«, sagte sie schlicht, um sich dann mit einem erneuten Knicks eilig zurückzuziehen.

Isobel begab sich zu dem gewaltigen Ehebett, auf dem in Kürze ihre Defloration stattfinden sollte, und setzte sich darauf. Spielerisch prüfte sie die Matratzen, indem sie etwas auf und ab wippte. Das alte Möbel begann leicht zu quietschen, was sie zu einem nervösen Kichern veranlasste. Sollte sie Havisham sitzend empfangen oder aber sich schon schlafend stellen? Sie probierte einige Möglichkeiten von völliger Bedeckung bis hin zu verführerischen Posen aus und entschied sich schließlich für eine halbsitzende Stellung mit den Beinen unter der Zudecke, was ihr die Gelegenheit gab, den mit einem Seidenband zusammengehaltenen weiten Ausschnitt ihres Nachtgewandes zu lockern und den Ansatz ihrer Brüste sichtbar werden zu lassen. Das würde es gewiss tun. Da hörte sie, wie Havisham das Schreibzimmer betrat und kurz darauf die Tür zum Schlafzimmer öffnete. Gespannt hielt sie die Luft an. Bedächtig, aber mit entschlossenem Schritt trat er ein.

»Ich sehe, du hast dich schon zurechtgemacht, meine Liebe«, meinte er, sichtlich zufrieden mit dem Anblick, der sich ihm bot. Er kam näher und setzte sich auf die Bettkante auf ihrer Seite des riesigen Möbels. »Bevor wir uns unseren ehelichen Pflichten widmen, habe ich allerdings noch eine kleine Überraschung für dich, meine liebe Isobel.« Er machte eine vielsagende Pause. »Mir ist durchaus bewusst, dass die Hochzeit vielleicht nicht ganz so rauschend verlief, wie du es dir gedacht und gewünscht haben magst.«

Isobel lächelte säuerlich. Das war allerdings fast schon eine Untertreibung. Die Hochzeit war ein völliger Fehlschlag gewesen. Havisham übersah ihre wenig freundliche Miene geflissentlich. »Deshalb möchte ich dir«, er kramte in den Rockschößen seines edlen Anzugs und brachte schließlich ein kleines mit Samt bezogenes Kästchen hervor, »dies hier überreichen, als kleinen Trost und Verheißung auf bessere Tage.«

Isobel beugte sich neugierig vor. Das war ja wirklich eine Überraschung. Havisham ließ sich wenigstens nicht lumpen. Schnell öffnete sie das samtene Kästchen und fand darin eine außerordentlich hübsche, aus feinstem Silber gefertigte Brosche, in deren Mitte eine beachtlich große Perle prangte. Es war in der Tat ein überaus schönes und auch gewiss nicht ganz billiges Schmuckstück! Entzückt nahm sie die Brosche heraus und betrachtete sie. Meine Güte, man könnte fast glauben, Havisham hätte ein schlechtes Gewissen! Sie sah ihn an, doch er wich rasch ihrem Blick aus und erhob sich geschäftsmäßig.

»Ich nehme an, sie gefällt dir«, sagte er. Ehe Isobel antworten konnte, begann er seine Kleidung abzulegen. Isobel stockte der Atem. Es hatte ihr, ganz entgegen ihrem erklärten

Willen, nun doch die Sprache verschlagen. Stumm beobachtete sie ihn, wie er langsam seine Weste aufknöpfte und sich seines Hemdes entledigte. Seine breite, mit rötlichblonden, gekräuselten Haaren bedeckte Brust wurde sichtbar. Seine Haut war weiß und an manchen Stellen etwas gerötet. Dann öffnete er seine Pants und Unterhosen, ließ sie zu Boden sinken und stieg heraus. Isobel starrte auf sein entblößtes Geschlecht. Ihre nervöse Anspannung verstärkte sich zusehends. Havisham ließ sich dadurch nicht beirren. Mit einem demonstrativen und unmissverständlichen Rucken seines Kinns, das ihr plötzlich deutlich männlicher vorkam, befahl er ihr, sich zurückzulehnen. Sie gehorchte. Was hätte sie auch anderes tun sollen? Es war ihre Pflicht und er hatte alles Recht der Welt zu verlangen, was er von ihr forderte.

Es herrschte völlige Stille, die nur durch das leise Knarren des Bettrahmens durchbrochen wurde, als er sich auf den Knien zwischen ihre Beine drängte. Noch hing seine Männlichkeit schlaff zwischen seinen Schenkeln. Durchdringend sahen seine graublauen Augen sie an. Dann griff er nach der seidenen Schnürung ihres Ausschnitts, löste sie und streifte den hauchzarten Stoff von ihren Schultern, bis sie halbnackt vor ihm lag. Kühl abschätzend betrachtete er ihre Brüste eine Weile, wie ein Pferdehändler die Muskeln und Läufe eines edlen Reitpferdes betrachten mochte. Schließlich streckte er seine Hand aus und berührte ihre linke Brust. Noch immer sah er sie nur stumm und etwas forschend an. Dann aber packte er plötzlich fester zu und begann, die Brust zu kneten. Isobel wusste nicht, was sie davon halten sollte, merkte jedoch bald, dass er sich dadurch erregte. Sein Atem begann sich nun zu beschleunigen. Er nahm die andere Hand zu Hilfe, um sich auch ihrer rechten Brust zu widmen. Sein Mund öffnete sich gierig, während sein Geschlecht, wie Isobel nun bemerkte, langsam prall wurde und sich hob. Flüchtig erinnerte sie sich an Aarons steil aufgerichtete Männlichkeit, als er sie damals unter den Pappeln hatte nehmen wollen. Der Gedanke erregte sie. Sie ließ sich etwas tiefer in die Kissen sinken und spreizte ihre Beine. Das war offenbar das, was er von ihr erwartete. Ein flüchtiges Lächeln huschte über sein gerötetes Gesicht und er begann leise zu stöhnen, während er weiter ihre Brüste bearbeitete. Es tat etwas weh, denn sein Griff war kräftig. Doch gerade dieser feine, ungewohnte Schmerz erregte sie auch auf eine seltsame Art. Fast wünschte sie, er würde noch härter zupacken, ihr wirklich wehtun. Doch dann wurde ihre Aufmerksamkeit jäh von seiner steil aufragenden Männlichkeit in den Bann gezogen. Interessiert beobachtete sie, wie ein Tropfen Feuchtigkeit aus der kleinen Öffnung an dessen Spitze austrat und langsam an dem festen Schaft heruntergliitt. Havisham war nun offenbar bereit, in sie einzudringen. Hastig zerrte er ihr Nachthemd über die Schenkel bis hoch zu ihrer Taille, drückte dann ihre Beine noch weiter auseinander und schob sich dazwischen. Er ächzte ein wenig dabei. Gespannt erwartete sie das Gefühl, das sein erregtes Glied in ihr auslösen würde. Würde es sich so anfühlen wie bei Aaron? Doch Havisham hielt sich nicht mit ihrem kleinen lustvollen Hügel auf, den Aaron so überaus kundig zu reizen gewusst hatte. Kräftig senkte er seinen Schaft in ihre Höhlung und drang besitzergreifend in sie ein. Isobel war enttäuscht. Es tat sogar weh. Sein Glied rieb schmerzhaft an ihrer Scheide. Als sie deshalb ihre Schenkel wieder etwas zusammendrückte, presste Havisham sie jedoch mit Nachdruck wieder auseinander. Da wagte sie es nicht mehr, sich zu wehren. Das war eben der Preis. Sie hatte sich ohnehin keine Illusionen gemacht. Ergeben nahm sie sein Eindringen hin, lediglich, als er ihre Pforte durchbrach, entfuhr ihr ein leichter Schmerzensschrei, was ihn weiter zu erregen schien, denn er gab jetzt gierige Laute von sich. Auch die Stöße, mit denen er sein Glied in ihrem Unterleib rumoren ließ, wurden deutlich heftiger. »Ja … ja!«, stöhnte er dabei in regelmäßigen Abständen. Aber das Ganze dauerte ihr einfach entschieden zu lang. Ob er sie überhaupt noch wahrnahm? Irgendwie schien er nur noch mit seinen eigenen Empfindungen beschäftigt zu sein. Gelangweilt ließ Isobel ihren Blick zum Stoff des Baldachins schweifen und verfolgte die verschlungenen Linien von dessen Webmuster. Hoffentlich war er bald fertig!

Havisham schien ihre Abwesenheit plötzlich doch zu bemerken. Sein Auf und Ab wurde mechanischer. Grob packte er Isobel am Kinn und fixierte sie ungehalten. »Ein bisschen mehr Leidenschaft wäre schon hilfreich, Weib!«, knurrte er verärgert. Dann küsste er sie fordernd, drängte sich ihr geradezu auf. Weit bohrte sich seine Zunge in ihren Mund, so wie sein schwellendes Glied in ihren Unterleib. Seine andere Hand krallte er gleichzeitig in ihre entblößte Brust. Für einen kurzen Augenblick empfand sie echten Schmerz. Das schien erstaunlicherweise eine Barriere in ihr zu lösen. Plötzlich spürte sie, wie ihr Schoß heftig zu fließen begann. Ein ungewolltes Stöhnen entfuhr ihr. Da schien es auch ihm wieder leichter zu fallen. Er begann ebenfalls laut zu stöhnen, stemmte sich über ihr hoch und legte alle Kraft in seine gewaltigen Stöße. Ehe sie es sich versah, schrie er auf und kniff mit gefletschten Zähnen die Lider zusammen. Ein Augenblick der völligen Erstarrung, dann sank er auf ihr zusammen.

Sie kannte diesen Moment, hatte sie ähnliches doch bei Lord Farnham beobachtet, als er es mit Jemina Craven getrieben hatte. Offenbar war es nun vorbei. Hoffentlich kam sie nun schnell genug dazu, ihre Scheidenspülung vorzunehmen.

Als sie sich unter ihm herauswand und ihm mit einem entschuldigenden Lächeln erklärte, dass sie ein dringendes Bedürfnis plage, bemerkte sie erstaunt, dass ihr etwas Blut den Schenkel hinunterrann. Auch auf dem Laken entdeckte sie einen kleinen roten Fleck. Havisham sah ihn ebenfalls und strich langsam mit dem Zeigefinger darüber. Befriedigt hob er den Blick und sah sie an in ihrer Nacktheit. Ein selbstbewusstes, in seiner Siegesgewissheit etwas unangenehmes Lächeln umspielte seinen Mund. Er schien recht zufrieden mit dem vollzogenen Akt und vor allem mit sich selbst. Dann drehte er sich ohne ein weiteres Wort zur Seite und wickelte sich in seinen Teil der Bettdecke.

Isobel zuckte mit den Schultern. Ihr sollte es recht sein, wenn er sie jetzt in Ruhe ließ. Der Akt ihrer Entjungferung hätte immerhin auch weniger erträglich sein können. Hastig beeilte sie sich nun, die notwendigen Maßnahmen zur Vermeidung einer Schwangerschaft vorzunehmen.

Whitefell House, Wiltshire, 22. Juli 1838

Kapitel 38

Aaron wartete gespannt darauf, dass Cathy endlich die Gesindeküche betreten würde. Er hatte die Einnahme seines morgendlichen Porridges bereits über Gebühr hinausgezögert, was ihm ein unverständiges Kopfschütteln von Frederick eingebracht hatte. Der hatte sich bereits wieder in den Stall aufgemacht. Aaron musste einfach wissen, wie Cathy auf sein Geschenk reagieren würde, das er am Vorabend, als sie ihren Pflichten bei Isobel – oder vielmehr: der frischgebackenen Mrs Havisham – nachkam, heimlich unter das Kopfkissen in ihrer Mägdekammer gelegt hatte.

Er hatte sich nach seinem überstürzten und dann auch erwartungsgemäß so kläglich gescheiterten Heiratsantrag zunächst geärgert und dann mit Selbstvorwürfen geplagt. Wie hatte er nur so ungeschickt, ja dumm sein können? Hatte er immer noch nicht gelernt, dass er bei Cathy nichts erreichte, wenn er sie bedrängte? Das Einzige, was er zu seiner Entschuldigung vorbringen konnte, war, dass es im Zuge der Aussicht auf die unverhoffte Beförderung schlicht mit ihm durchgegangen war. Schließlich war mit einer Anstellung als Stallmeister eine deutliche Verbesserung seiner Möglichkeiten verbunden, die er sich kaum zu erträumen gewagt hatte. Und er sehnte es mehr als alles andere herbei, mit Cathy zusammen sein zu können, sie sein Weib nennen zu dürfen. Es schien ihm fast wie eine Verheißung, wie ein Versprechen auf Frieden und Glück – und Cathy Thomson hielt zweifellos den Schlüssel dazu in den Händen. Doch er hatte sie stattdessen einmal mehr zum Weinen gebracht. Dennoch wollte er die Hoffnung einfach nicht aufgeben, konnte es nicht. Sie liebte ihn doch auch, das fühlte er trotz allem. Aaron seufzte schwer, was Mrs Reed erstaunt aufblicken ließ, die bereits mit der Zubereitung des Frühstücks für die Herrschaft beschäftigt war. Es hatte keinen Zweck, er konnte sich nicht länger grundlos in der Küche herumdrücken. Auch wenn er gar zu gern wissen wollte, ob Cathy seine Geste verstanden hatte. Er war am Vortag, als den Knechten im Zuge der Hochzeit ein halber freier Tag außer der Reihe gewährt worden war, nach Wilton gewandert und hatte im Kolonialwarenladen bei Mr Pembry ein Schreibbüchlein, eingebunden in glänzende chinesische Seide, für den erschreckend hohen Preis von fünf Schillinge und acht Pence – das entsprach fast drei Vierteln seines derzeitigen Wochenlohns – erstanden. Er hätte allerdings gerne auch noch mehr bezahlt, wenn Cathy dadurch verstand, wie ernst es ihm war und dass er die Hoffnung nicht aufgegeben hatte. Vielleicht würde sich ja im Laufe des Tages eine Gelegenheit ergeben, Cathy noch einmal abzupassen.

❧

Isobel nahm sich noch etwas Bacon zu ihrem gerösteten Brot. Man speiste nun doch gemeinsam im Frühstücksraum – entgegen ihrem erklärten Wunsch, das Frühstück im Bett einzunehmen, denn ihr Gatte schien kein Freund von solchem Müßiggang zu sein –, allerdings in lastendem Schweigen. Etwas lag in der Luft, sie spürte es fast körperlich. Der Morgen hatte bereits recht früh begonnen, als Havisham, kaum dass die ersten Sonnenstrahlen durch das Fenster auf ihr Bett fielen, erwachte und mit straffer Männlichkeit erneut sein Recht als Ehemann von ihr einforderte. Immerhin war es ihr gelungen, ihn offenbar zufriedenzustellen, indem sie sich in Gedanken das Bild des mit entblößtem Gesäß kopulierenden Lord Farnham konzentriert vor Augen gerufen hatte. Das hatte beachtliche leidenschaftliche Regungen bei ihr ausgelöst, die ihr angesichts des über ihr keuchenden Havishams einfach nicht kommen wollten. Er gefiel ihr einfach nicht! Nichtsdestotrotz

– es hatte seinen Zweck erfüllt und ihren Ehemann in den stolzen Glauben versetzt, seine Bemühungen würden Entsprechendes bei ihr hervorrufen. Über ihr erneutes dringendes Bedürfnis, das diesmal nicht einmal gelogen war, schien er sich auch nicht weiter zu wundern und somit schien zunächst alles in bester Ordnung zu sein.

Nun aber baute sich spürbar eine Spannung zwischen ihrem Vater und Havisham auf. »Verehrter Schwiegervater«, begann Havisham in der für ihn so typischen Art geschäftlich geprägter Freundlichkeit, hinter der er sein eigentliches Kalkül zu verbergen wusste, »ich schätze mich überglücklich, Ihre reizende Tochter nun endlich zu meinem angetrauten Weibe gemacht zu haben. Ich bin mir sicher, dass die Verbindung lang und erfolgreich sein wird.« Isobel blickte ihn indigniert an. Seltsam, wie er von ihrer Ehe sprach. Fast als handele es sich dabei um ein erfolgreich abgeschlossenes Geschäft, von dem er zu profitieren hoffte. Allerdings war dieser Gedankengang ja auch nicht ganz von der Hand zu weisen. Sie selbst hatte ja auch unübersehbare Vorteile davon. Ihr Vater schreckte aus seinen düsteren Gedanken auf, denen er, wie häufig seit der Nachricht von Daniels Tod, nachhing. »Gewiss, gewiss!«, murmelte er abwesend. »Ich hoffe, die Räume sind zufriedenstellend und das junge Ehepaar hat eine glückverheißende Nacht verbracht.«

»Oh, sicher! Danke der Nachfrage!«, bestätigte Havisham selbstbewusst lächelnd und streifte Isobel dabei mit einem Blick, in dem er nur unzureichend eine gewisse Lüsternheit verbarg. Sie nahm es gelassen hin. Sollte der Dummkopf doch in dem Glauben leben, er habe ihr tatsächlich Vergnügen bereitet. Wenn das der Schlüssel zu seiner Börse war, würde sie ihn schon zu bedienen wissen.

»Allerdings habe ich mir Gedanken gemacht, wie Sie, mein lieber de Burgh, die nächste Zukunft zu gestalten gedenken. Die untergeordneten Räumlichkeiten Ihres verstorbenen Sohnes können einem Mann von Ihrem Stand und Format doch sicher nicht genügen.« Havisham blickte ihren Vater betont unschuldig mit seinen hellen graublauen Augen an. »Doch leider benötigen wir als junges Ehepaar auch mehr Raum. Zudem scheint meine geschätzte Gattin einige Pläne zu hegen hinsichtlich baulicher Veränderungen, wie mir scheint. Ich will ihren Eifer da keinesfalls bremsen«, meinte Havisham, beugte sich zu Isobel hinüber und tätschelte ihr jovial die Hand. »Nicht wahr, meine liebes Täubchen, so ist es doch?«

Was hatte der alte Fuchs nur vor? Allerdings konnte es Isobel nur recht sein, wenn er ihr damit im Grunde die Erlaubnis gab, umgehend mit der durchaus kostspieligen Umgestaltung ihrer Wohnräume zu beginnen. Sie brannte darauf. Erstaunlich, was sich mit ein wenig leidenschaftlichem Stöhnen und einem jugendlich straffen Körper erreichen ließ! Sie musste das bei Gelegenheit Jemina Craven schreiben.

Auch ihr Vater schien jetzt den Worten Havishams mehr Aufmerksamkeit zu schenken. Ein Anflug von Furcht huschte über sein Gesicht.

»Was meinen Sie damit, Horace? Ich kann mich durchaus einschränken, wenn es nötig ist.«

»Aber, aber, mein lieber de Burgh! Sich einschränken! Nein, das kommt doch überhaupt nicht infrage!«, beteuerte Havisham, dabei lachend sein kräftiges Gebiss zeigend. Isobel kam blitzartig der aufgerissene Rachen eines Raubtieres in den Sinn. Dieser Mann war doch besser nicht zu unterschätzen. »Nein, da habe ich eine viel bessere Idee!« Havisham war plötzlich wieder ernst. Sein eben noch betont fröhliches Lachen war einer lauernden Entschlossenheit gewichen. »Ich habe mir erlaubt, für Sie, mein lieber de Burgh, in London ein geräumiges Apartment anzumieten. Ganz in der Nähe des Stadthauses des Earls of Branford.«

Isobels Vater blieb vor Verblüffung der Mund offen stehen. »Sie haben für mich ein Apartment angemietet?«, stotterte er, dümmlich Havishams Worte wiederholend. »Aber ... aber wie soll ich dann meine Pflichten als Gutsherr wahrnehmen? Immerhin haben wir Sommer, die Ernte steht bald an. Mein Gesinde ist es nicht gewohnt, dass ich so lange abwesend bin.«

»Tja, das ist ein Problem, über das ich auch schon nachgedacht habe, das sich aber nur zu leicht lösen lässt.« Havisham lächelte wieder sein Raubtierlächeln. »Ich werde das selbstverständlich für Sie übernehmen, werter Schwiegervater, und meine teure Gattin kann mir in den Fragen, die auftreten, sicher raten, nicht wahr, meine Liebe?«

Jetzt war es heraus! Havisham ließ tatsächlich keine Zeit ungenutzt verstreichen, dachte Isobel mit steigender Anerkennung. So also hatte er sich das gedacht. Kaum hatte er sie geheiratet, die Ehe vollzogen und damit rechtlich unantastbar gemacht, verdrängte er ihren Vater unter lächerlichen Vorwänden aufs Altenteil, um selbst Herr auf Whitefell zu werden. Rücksichtslos, aber effektiv, das war nicht zu leugnen. Ihrem Vater waren die Tatsachen offenbar genauso deutlich. War er erst einmal in London, gab es für ihn keine Rückkehr mehr. Havisham hatte alle Trümpfe in der Hand, hatte ihn selbst in der Hand. Welche vernünftigen Argumente hätte ihr Vater anführen können, um sich gegen dessen Herrschaftsanspruch zu stellen? Nur der Einspruch seiner Tochter, seines eigenen Fleisches und Blutes, konnte ihn vielleicht noch vor dem Verlust seiner Privilegien als Herr über Whitefell retten. Er wandte sich mit bittenden Augen Isobel zu. Stumm flehten seine Lippen. Doch Isobel wandte den Blick demonstrativ ab und biss genussvoll in ihr Röstbrot. Wenn Havisham Herr über Whitefell wurde, war sie im selben Augenblick die Herrin. Das ging ja bedeutend schneller, als sie es sich erhofft hatte. Was kümmerte sie ihr närrischer Vater?

Whitefell House, Wiltshire, 8. August 1838

Kapitel 39

Auf dem Gerätehof von Whitefell war ein ziemliches Gedränge. Nicht nur die gesamte Dienerschaft, auch die Knechte und das Gutspersonal mitsamt allen Angehörigen hatten sich eingefunden. Der neue Herr, Mr Horace Havisham, hatte es so angeordnet. Finley runzelte die Stirn. Es war schließlich ruchbar geworden, dass Mr de Burgh anscheinend nicht ganz freiwillig das Feld für seinen Schwiegersohn geräumt hatte. Einer der Bediensteten hatte so etwas in der Gesindeküche verlauten lassen und dann war es natürlich von einem Ohr zum anderen gegangen, im Pub des Dorfes zur Sprache gekommen und schließlich bei so ziemlich jedem Bewohner der Umgebung bekannt geworden. Man munkelte von ernsten finanziellen Schwierigkeiten, in die Mr de Burgh geraten war. Dazu kam der überraschende Tod seines Erben, der, wie in einem ausführlicheren Schreiben der East-India-Trading-Company gestanden hatte – auch diese Neuigkeiten fußten auf Gerüchten –, nicht etwa an den Folgen einer Verletzung verstorben war, die er sich im tapferen Kampf gegen aufständische Inder zugezogen hatte. Der Grund war in Wahrheit eine Kopfverletzung, die ihm im Zuge eines feigen Überfalls in den dunklen Gassen Bombays zugefügt worden war. Die Täter, so hieß es, seien unerkannt entkommen. Das war ein weiterer Schicksalsschlag für den unglücklichen Mr de Burgh gewesen. Er konnte einem wirklich leidtun, wenn er auch nicht unschuldig an der ganzen Misere war. In dieser Art und Weise allerdings von seinem Besitz verdrängt zu werden, war schon eine Schmach, die er bei aller Kritik wegen seiner Unvernunft nicht verdient hatte. Aber was zählte schon die Meinung der Bediensteten, Pächter und Angestellten des Guts? Gespannt erwartete man nun die Entscheidungen des neuen

Herrn, der, wie ebenfalls bekannt geworden war, ein überaus erfolgreicher Geschäftsmann aus Salisbury war. Es stünden auch einige Personalentscheidungen sowie bauliche Veränderungen auf Whitefell an, hieß es, als der Befehl an alle erging, sich heute, eine halbe Wache vor dem Tee, auf dem Gesindehof einzufinden.

Wenigstens war der neue Herr pünktlich. Kurz nach der angegebenen Zeit fand er sich nebst seiner jungen Frau auf dem Gerätehof ein und bestieg ein Podest, das er eigens dort hatte errichten lassen. Die anwesenden Angestellten sollten ihn gut sehen und auch gut hören können, was er ihnen zu sagen hatte. Er war ein stattlicher und respektabel wirkender Mann, dessen Stimme sowohl Entschlossenheit als auch eine gewisse Schärfe enthielt, stellte Finley sachlich fest. Einer, der nur zu genau wusste, was er wollte. Sicher kein schlechter Ehemann für die junge Mrs Havisham, der es nicht schaden konnte, wenn ihr jemand endlich Grenzen setzte.

Havisham begrüßte die Anwesenden und stellte sich selbst als der neue Herr von Whitefell vor. Dann kündigte er einige Veränderungen an. Das unsichere Gemurmel, das sich daraufhin unter der Menge erhob, schnitt er mit einer nachdrücklichen, herrischen Geste wirksam ab. Entgegen anderslautender Gerüchte plane er nicht, Entlassungen vorzunehmen, teilte er knapp mit. Es erhob sich vorsichtiger Applaus. Allerdings seien die Personalausgaben nach Überprüfung der Bücher unvernünftig hoch und er überlege sich, wo eingespart werden könne. Am gerechtesten erschiene es ihm, den Lohn aller um etwa einen halben Schilling zu kürzen. Das täte keinem wirklich weh – einige Stimmen wagten dies zu bezweifeln, wurden aber von einer unwirschen Geste des neuen Gutsherrn zum Schweigen gebracht – und erschiene ihm als die beste aller Lösungen. Wer dies nicht mittragen wolle, sagte er, betont in die Richtung der Unzufriedenen blickend, dem stehe es natürlich frei, den Dienst zu quittieren.

Finley setzte ein schräges Lächeln auf. Als ob irgendeiner von ihnen eine Wahl gehabt hätte! Alle waren bitter auf das ohnehin für die arbeitende Bevölkerung sehr knappe Gehalt angewiesen. Die Lebenshaltungskosten waren in den letzten Jahren unverhältnismäßig gestiegen, während die Löhne ebenso kontinuierlich sanken. Das Geld reichte gerade noch für das Nötigste, oft nicht einmal für das. Wer kein Land bewirtschaften konnte, um sich zu ernähren oder wie er die Möglichkeit zur Jagd hatte, hatte echte Schwierigkeiten, die hungrigen Münder zu stopfen. Die Alternative zu Havishams Angebot waren andere Güter. Ein lächerlicher Gedanke! Niemand der Angestellten mit Familie würde dort eine Arbeit finden. Oder aber man entschied sich, sein Glück in den anwachsenden Industrien der mit Dampfmaschinen betriebenen Fabriken zu versuchen. Doch da waren die Arbeitsbedingungen wohl sehr hart und auch ungesund. Man musste sich bescheiden und Havisham war das zweifellos klar. Er saß am besseren Ende der Tafel und hatte das Recht, zu geben und zu nehmen, wie er wollte. Er hätte auch noch mehr kürzen können. Immerhin behielten alle ihre Arbeit. Was konnte man mehr fordern?

Nachdem dieser Punkt also ohne nennenswerten Widerstand verkündet worden war, wandte sich Havisham den anstehenden baulichen Veränderungen zu. Man plane, Whitefell in Teilen zu modernisieren. Besonders die Wohnräume, die er mit seiner Gattin bewohne, sollten in nächster Zeit renoviert werden. Die junge Herrin würde die Arbeiten überwachen. Dazu würden Fachleute und Handwerker aus London geholt werden, aber auch die Mithilfe der Gutsangestellten wurde erwartet, die Holz- und Malerarbeiten zu leisten sowie Transporte zu übernehmen hätten. Selbstverständlich würde erwartet, dass die normale Arbeit jedes Einzelnen weiterhin in vollem Umfange erledigt werde. Keiner würde über Gebühr belastet werden. Zwölf bis vierzehn Arbeitsstunden zusätzlich pro Woche wären schließlich zu schaffen und könnten wohl erwartet werden. Das überaus unwillige Murren, das sich auf diese Ankündigung hin erhob, ließ Mr Horace Havisham nicht im Geringsten unsicher werden. Er lächelte breit, hob beide Hände und wünschte allen einen guten Tag. Dann bot er seiner Gattin galant den Arm und geleitete sie vom Podest. Finley seufzte. Das bedeutete, dass etliche von ihnen ihre Arbeit auf den Feldern und in den Ställen bis spät am Abend zu leisten haben würden, um die zusätzlichen Stunden wieder hereinzubekommen. Wahrscheinlich aber würden die Kinder noch mehr anpacken müssen. Hoffentlich würden die Umbauarbeiten nicht allzu viele Wochen in Anspruch nehmen, denn Arbeit gab es schon jetzt wahrlich genug. Eines jedoch war unmissverständlich klar geworden: Es wehte ein neuer, rauer Wind auf Whitefell.

»Ach, mein Lieber«, Isobel lächelte gewinnend ihren Ehemann an, »ich würde mich gerne noch mit einigen der Leute unterhalten, die ich schon eine Weile nicht gesehen habe. Das verstehen Sie sicher!« Sie hatte sich nach wie vor und obwohl er sie bisher fast jede Nacht genommen hatte, noch nicht zu einer vertraulicheren Anrede durchringen können. Sie hatte Respekt vor ihm, manchmal sogar etwas Furcht. Er war ein außerordentlich entschlossener und auch gerissener Mann. Ihn zu etwas, das er nicht wollte, zu bewegen oder ihn gar zu hintergehen, würde schon etwas Mut und noch mehr Geschick erfordern. Kein Vergleich zu ihrem, wie sie nun inzwischen überdeutlich erkannt hatte, schwachen und auch dummen Vater. Trotzdem reizte sie der Gedanke. Sich für den Rest ihres Ehelebens auf die immer gleiche Weise, wie er es seit zwei Wochen praktizierte, besteigen zu lassen, stand jedenfalls keineswegs zur Debatte.

Havisham nickte wohlwollend. Er hatte wieder einmal erreicht, was er wollte. Die Einsparungen beim Personal, die übrigens keinesfalls so notwendig gewesen waren, wie er die

Leute glauben gemacht hatte, würden ihm übers Jahr gesehen doch ein hübsches Sümmchen einbringen. Sollte sich Isobel ruhig mit dem einfachen Volk unterhalten. Derlei wurde vom weiblichen Teil der Herrschaft ohnehin erwartet und gerne gesehen.

»Ich werde mich dann in mein Büro zurückziehen, wir sehen uns nachher zum Tee, mein Täubchen.«

Isobel neigte den Kopf, ihren Widerwillen geschickt verbergend. Diesen albernen Kosenamen benutzte er nur, wenn andere zugegen waren. Privat verhielt er sich dagegen eher kühl ihr gegenüber, abgesehen von seinen ehelichen Forderungen. Einerlei, das interessierte sie jetzt nicht. Sie hatte die Thomsons in der Menge entdeckt und sah nun endlich die Gelegenheit, ihren vor der Hochzeit gefassten Plan in die Tat umzusetzen. Sie schüttelte freundlich einige Hände, fand hier und da ein lobendes Wort und bewegte sich zielsicher auf die kleine Familie zu. Cathy stand nicht bei ihnen, wohl aber in gemessenem Abstand und beobachtete Isobel aufmerksam. Das sollte sie ruhig. Es konnte nicht schaden, wenn sie sah, was vor sich ging. »Ah, Mr Thomson, ich hoffe, es geht Ihnen und Ihren Angehörigen gut!«, sagte Isobel hoheitsvoll. Der Mann mit dem harten und etwas misstrauischen Gesicht wusste offenbar nicht, wie er die unerwartete Aufmerksamkeit seiner jungen Herrin einzuschätzen hatte. Vorsichtig nickte er. »Danke der Nachfrage Ma'am! Wir sind soweit ganz zufrieden.«

»Tatsächlich? Das freut mich zu hören!« Isobel lächelte gewinnend. »Dann hat sich sicher eine Lösung für Ihren verkrüppelten Jungen gefunden.«

Thomson erstarrte sichtlich. Isobel konnte sehen, dass er sich mit einem Anflug von Panik fragte, ob sie plante, den nutzlosen Esser vom Gut zu verstoßen. Schützend legte er seine Hand um die Schultern des Jungen, der beschämt den Kopf senkte, seinen verkümmerten Arm, so gut es ihm möglich war, verbergend. »Billie hilft uns, so gut er kann. Er hütet das Vieh und passt auf Wycliff auf, damit er sich nicht verletzt, wenn wir arbeiten müssen.«

»Das glaube ich ganz bestimmt.« Isobel lächelte wieder überaus freundlich. So manches konnte man von Havisham lernen. »Ich habe mir allerdings überlegt«, Vater und Sohn starrten sie furchtsam an, doch sie fuhr unbeirrt fort: »ob sich für Billie nicht hier auf Whitefell die eine oder andere Gelegenheit fände, sich nützlich zu machen. Ich könnte gelegentlich einen Laufburschen gebrauchen, spätestens, wenn die Bauarbeiten im Haus beginnen. Wäre das nicht eine gute Idee? Natürlich würde das als Arbeitsleistung angerechnet und würde Ihre angeordneten zusätzlichen Arbeitsstunden ersetzen, Mr Thomson.«

Die Erleichterung im Gesicht des Mannes war augenfällig. »Wenn Sie meinen, dass Billie dafür der Richtige ist, Ma'am! Ich muss zugeben, es wäre mir schon eine Hilfe, wenn ich um die Arbeitsstunden herumkäme. Ich weiß sonst nicht, wie ich die Ernte schaffen soll. Komme schon jetzt kaum herum.« Isobel lachte ihr perlendes Lachen, das sie in langen Jahren im Umgang mit ihrem Vater bestens trainiert hatte. »Aber sicher ist er der Richtige! Seine Beine sind doch stramm und gesund und seine Augen schauen munter. Er soll sich morgen bei mir melden.«

Billie konnte sein Glück kaum fassen. Die Begeisterung sprang ihm förmlich aus den Augen. Auch Mr Thomson lächelte nun voller Dankbarkeit. »Ich weiß nicht, was ich sagen soll, Ma'am. Dann vielen Dank auch! Selbstverständlich wird Billie sich morgen bei Ihnen melden.«

»Gut, dann ist das abgemacht!« Sie fuhr dem Jungen gönnerhaft über das lockige rote Haar. Er würde ein leichtes Opfer werden. Dann wandte sie sich ab. Beifälliges Gemurmel unter den Umstehenden versüßte ihr zusätzlich den geglückten Vorstoß. Da hatte sie tatsächlich zwei Fliegen mit einer Klappe geschlagen. Sie hatte ihren geheimen und natürlich gegenüber dem kleinen nutzlosen Krüppel, für den sie nicht das geringste Mitleid empfand, nicht sehr freundlichen Plan glücklich eingefädelt und sich dabei auch noch die wohlwollende Anerkennung der Angestellten gesichert. Havisham wäre sicher stolz auf sie gewesen, wenn er nur eine Ahnung von ihren Plänen hätte haben dürfen. Auf ihr hübsches Gesicht stahl sich ungewollt ein boshaftes Lächeln. Das stand allerdings keinesfalls zur Debatte! Das ängstliche Misstrauen in Cathys Blick störte sie kein bisschen. Ganz im Gegenteil! Dass Cathy im Gegensatz zu den Umstehenden offensichtlich spürte, dass sie etwas plante, konnte ihr nur recht sein. Cathy sollte sich fürchten.

Havisham hob die Teetasse an den Mund, aufmerksam die Wirtschaftsnachrichten in seiner Tageszeitung studierend, die er sich täglich aus London kommen ließ. Ein nicht ganz billiger Service, aber seinen Worten nach unbedingt notwendig für eine erfolgreiche Geschäftsführung.

»Ich werde übrigens die nächsten Tage nicht zugegen sein können. Ich muss dringend geschäftlich nach Portsmouth«, teilte er Isobel lapidar mit.

Sie nahm es überrascht zu Kenntnis. Das lief ja besser, als sie hoffen konnte. »Ich hoffe, du hast deshalb keine Einwände. Tatsächlich werde ich nun, nachdem sich die Dinge hier geklärt haben, wieder öfter geschäftlich unterwegs sein.«

»Es macht mir nichts aus, seien Sie dessen versichert. Ich habe hier ja mit dem Umbau genug zu tun«, sagte Isobel schnell. »Habe ich freie Hand, was die Wahl der Handwerker und Materialien betrifft?«

Havisham ließ die Zeitung sinken und lächelte sein Raubtierlächeln. »Selbstverständlich, meine *Teure*! Allerdings zähle ich auf dein Augenmaß.«

»Selbstverständlich!« Isobel wusste nun, woran sie war. Ganz so verschwenderisch würde sie sich nicht gebärden können. Sie vermutete, dass Havisham in so einem Fall sehr unangenehm werden konnte. Das wollte sie nicht ausprobieren. Zumindest jetzt noch nicht!

Havisham wechselte das Thema, indem er sich noch einen mit Buttercreme bestrichenen Teekuchen nahm. »Übrigens hat mich der alte Frederick vorhin noch angesprochen. Er möchte sich zur Ruhe setzen. Er hat mir diesen Aaron Stutter als Nachfolger vorgeschlagen. Ist er fähig? Oder soll ich ihn entlassen und einen anderen Stallmeister suchen?«

Isobels Herz setzte fast einen Moment aus. Sie zwang sich zur Ruhe. Die Anwesenheit Aarons war das zentrale Moment in ihren Plänen. Nicht auszudenken, wenn er entlassen würde. »Nun«, begann sie gedehnt, verzweifelt nach überzeugenden und trotzdem offensichtliches Desinteresse heuchelnden Worten suchend, »dieser Stutter ist seit dem Frühjahr auf Whitefell beschäftigt. Ich habe ihn als fähig und überaus fleißig erlebt und mein Vater war sehr angetan davon, dass er ihm ein wertvolles Fohlen gerettet hat. Fast wäre es mitsamt seiner Mutter bei der Geburt eingegangen. Nur dank seines Eingreifens konnte der finanzielle Verlust verhindert werden. Ich denke, er ist die richtige Wahl.« In demonstrativer Gleichgültigkeit ließ sie ihren Blick aus dem Fenster schweifen.

»Nun gut!«, meinte Havisham, indem er die Zeitung wieder aufnahm. »Er soll die Stelle übernehmen. Du kannst es ihm mitteilen und Mrs Branagh entsprechend Anweisung geben, seinen Lohn auf den des Stallmeisters, abzüglich des halben Schillings, aufzustocken. Sie verwaltet in meiner Abwesenheit die Lohnzahlungen. Mit allem, was du sonst auszugeben gedenkst in den nächsten Tagen, kannst du sie ebenfalls betrauen.«

Isobel konnte gerade noch verhindern, dass sie erleichtert ihren Atem entweichen ließ. Stattdessen genehmigte sie sich einen großen Schluck Tee.

Kapitel 40

Am nächsten Tag verließ Havisham Whitefell schon früh, um zunächst noch einmal in seinem Haus in Salisbury nach dem Rechten zu sehen und dann weiter nach Portsmouth zu fahren, wo er eine wichtige Schiffsladung erwartete und einige geschäftliche Besprechungen zu führen hatte, wie er Isobel in ungewohnter Gesprächigkeit mitgeteilt hatte. Isobel interessierte es nicht sonderlich. Sollte er doch machen, was er wollte. Hauptsache, er verschwand für ein paar Tage!

Nach dem Frühstück wurde Billie Thomson zu ihr gebracht. Der Junge wirkte sehr aufgeregt und starrte sie unentwegt aus großen Augen an. Es war lästig, aber leider nicht zu vermeiden. Sie musste sich mit dem kleinen Krüppel abgeben, wollte sie ihren Plan ausführen. Isobel bemühte sich angestrengt darum, ihn sehr freundlich zu behandeln. Cathy, die dabei zugegen war, wurde Zeugin, wie Billie mit stolzgeschwellter Brust seinen ersten Auftrag entgegennahm. Obwohl sie eine starke Beunruhigung deswegen empfand, ließ sie sich nichts anmerken, sondern strich ihrem Bruder nur zärtlich über die Locken, als er das Zimmer verließ, was er unwillig und mit einem zornigen Blick abwehrte.

Isobel sandte ihn zum Apotheker nach Wilton, wo er ihr, wie sie es auf einem Zettel notiert und mit ihrer Unterschrift bestätigt hatte, eine geringe Menge Alaun besorgen sollte. Das Geld dazu hatte sie sich vorsorglich von Mrs Branagh geben lassen. Es handelte sich nur um eine geringe Summe. Ärgerlich, dass ihr Havisham nicht selbst die Verwaltung der häuslichen Finanzen übertragen hatte. Aber das traute er ihr wohl ob ihrer Jugend nicht zu. Vielleicht misstraute er ihr auch, wegen der unverschämt hohen Kosten für das Kleid, das sie sich in London ausgesucht hatte.

Tatsächlich erregte auch ihr steigender Bedarf an Essig bereits Misstrauen bei Mrs Reed, die hatte anfragen lassen, wozu sie denn den Essig brauche und ob man ihr eventuell sonst irgendwie dienlich sein könne. Natürlich hatte sie sich darüber ausgeschwiegen. Außerdem verursachten die ständigen, sehr sauren Spülungen bereits ein unangenehmes Brennen in ihrer Scheide, die durch Havishams fortgesetzte Inanspruchnahme ohnehin ein wenig gereizt war. Sie wollte deshalb für die Spülungen auf Alaun umsteigen, das noch effektiver in der zuverlässigen Abtötung des männlichen Samens war. Zumindest hatte Lady Craven diese Ansicht vertreten. Aber in den ersten Wochen ihrer Ehe, unter den wachsamen Augen von Havisham, war ihr eben nur der unverdächtige und auch leicht verfügbare Essig zur Hand gewesen.

Endlich war die Sache mit dem Knaben eingefädelt. Befriedigt schickte sie Cathy in die Ankleidekammer, um das Chaos dort aufzuräumen, das Isobel in ihrer Ungeduld, sich ein passendes Gewand für ihr Vorhaben auszusuchen, dort angerichtet hatte. Sie hatte ein gutes Dutzend ihrer Kleider anprobiert und sich schließlich für ein leichtes, himmelblaues Sommerkleid mit bereits eingearbeitetem Mieder entschieden. Es stand ihr ausgezeichnet, wie sie fand. Auf weitere Unterwäsche hatte sie, bis auf die üblichen leichten Unterröcke, wohlweislich verzichtet. Bevor sie das Zimmer verließ, trug sie Cathy eine lange Liste weiterer Aufgaben auf, die mit der Leerung ihrer Kleiderschränke in ihren Mädchenräumen und der Einlagerung der nicht mehr benötigten Kleidungsstücke unter dem Dach begann und mit der Ausbesserung ihrer zahlreichen Unterwäsche noch längst nicht aufhörte. Cathy sollte ihr heute nicht wieder in die Quere kommen! Dann begab sie sich hinunter zu den Ställen.

Frederick schlurfte mit steifen Hüften durch den Mittelgang zwischen den Pferdeboxen. Am nächsten Tag schon wollte er sich auf den Weg in den lang ersehnten Ruhestand machen, aber noch war ärgerlicherweise seine Nachfolge nicht geklärt. Ohne ein Wort diesbezüglich zu verlieren, war der neue Herr in aller Frühe mit dem Zweispänner nach Portsmouth abgereist. William, der Gärtnergehilfe, der auch gleichzeitig mit Kutschdiensten betraut wurde, wenn Aaron oder er nicht konnten, hatte die Fahrt übernommen und würde mit dem Herrn mehrere Tage fortbleiben. Auf die Dauer würde sich Havisham wohl noch einen Kutscher und einen weiteren Knecht zulegen müssen, da er mehr unterwegs sein würde als Mr de Burgh, wie er beiläufig mitgeteilt hatte. Frederick war froh, dass er nicht mehr gezwungen war, unter dem neuen Herrn seinen Dienst zu tun. Mit Mr de Burgh war, trotz seines Eigensinns, den er manchmal bis zur Unvernunft ausgelebt hatte, letztlich doch ein Auskommen gewesen. Aber der Neue …? Es herrschte ein ziemlicher Missmut unter den Angestellten wegen der Lohnkürzung und des zeitraubenden Bauvorhabens, aber was blieb ihnen anderes übrig, als gute Miene zum bösen Spiel zu machen? Er zuckte mit den Schultern. Das alles musste ihn nicht mehr kümmern, nur die Sache mit seiner Nachfolge plagte ihn noch.

Da betrat die junge Herrin den Stall – das erste Mal, seit sie wieder aus London zurückgekehrt war. Sie hatte sich verändert, wirkte fraulicher und noch selbstbewusster als früher. Bewundernd sah Frederick sie an. Sie war recht hübsch in ihrem blauen Kleid. Sicher wollte sie ausreiten.

»Nun, Frederick«, begrüßte sie ihn freundlich, »hast du deine Sachen schon gepackt? Du verlässt uns ja nun bald!«

Er verbeugte sich andeutungsweise und nickte dann. »Ja, das meiste habe ich verstaut, manches auch verschenkt. Was soll ich noch damit! Ich werde ja bei meiner Tochter wohnen.

Aber ich habe noch immer genug Gerümpel herumstehen. Was sich so alles ansammelt im Laufe der Zeit!«

»Ah, bei deiner Tochter. Ich wusste gar nicht, dass du Kinder hast.«

Das war die Art der jungen Herrin. Sie hatte sich nie sonderlich für die Belange und Lebensumstände der Menschen um sie herum interessiert, schon gar nicht für die, die nicht zu ihrer gesellschaftlichen Schicht gehörten. Seine Antwort fiel entsprechend distanziert aus. Immerhin tat er nun schon seit fünfzehn Jahren auf Whitefell seine Arbeit und sie wusste nichts von ihm. Nicht einmal, ob er Kinder hatte!

»Ich habe zwei Söhne, von denen einer bei der königlichen Marine dient, der andere arbeitet auf einem Gut hinter Salisbury, und diese eine Tochter, Jane heißt sie. Sie bewirtschaftet mit ihrem Mann einen Pachthof bei Wilton.«

»Ja, schön ... schön!« Mrs Havishams Interesse an diesen Details war auch jetzt äußerst mäßig. Suchend blickte sie sich um. »Wo ist denn Aaron? Ich habe ihm im Namen meines Mannes eine Mitteilung zu machen.«

»Hat Mr Havisham eine Entscheidung getroffen wegen der Nachfolge?«, wollte Frederick neugierig wissen.

Mrs Havisham lächelte ein wenig geheimnisvoll. »Du wirst es früh genug erfahren, Frederick. Also, wo ist er nun?«

Frederick deutete mit dem Daumen in den Hintergrund des weitläufigen Stalles. »Er ist in der Sattelkammer.«

»Ah, gut! Lass nur ...«, wehrte die junge Herrin ab, als er sie dorthin begleiten wollte, »ich finde mich schon selbst zurecht. Du hattest doch noch etwas zu packen. Lass dich nicht aufhalten.«

Mit forschem Schritt verschwand sie in Richtung Sattelkammer. Frederick blickte ihr kopfschüttelnd nach.

Aaron erschrak regelrecht, als plötzlich die Tür zur Sattelkammer aufging und Isobel eintrat. Demonstrativ machte sie die Tür hinter sich fest zu und legte den Riegel vor. Aaron starrte sie an. Was um alles in der Welt sollte das werden?

»Guten Tag, Aaron! Bist du überrascht? Nicht doch! Du freust dich doch sicher, dass ich dich besuche?«, fragte sie und lächelte süß.

Aaron nickte vorsichtig. Seit ihrer Hochzeit war sie nicht mehr im Stall gewesen. Und jetzt, da ihr frischangetrauter Ehemann kaum aus dem Haus war, tauchte sie schon bei ihm auf. Das war, besonders angesichts des Riegels, den sie gerade vor die Tür geschoben hatte, ziemlich beunruhigend. Er hatte genug Erfahrung mit hungrigen Weibsbildern, jedoch weiß Gott keine Neigung, die gefährlichen Spiele mit der neuen Hausherrin fortzusetzen. »Gewiss, Mrs Havisham. Kann ich Ihnen behilflich sein? Wollen Sie ausreiten?«, fragte er unsicher.

Nervös leckte er sich die Lippen. Herrgott, musste sie ihm so nahe kommen? Zudem schienen ihr seine förmlichen Worte gar nicht zu behagen. Ihr Blick wurde um eine Spur unwilliger. »Nein, aber ich habe dir etwas mitzuteilen. Mein Mann und ich haben eine Entscheidung getroffen hinsichtlich deiner Anstellung auf Whitefell.«

Gespannt wandte Aaron ihr seinen Blick zu. Würde er hierbleiben können, hier in Cathys Nähe?

»Du wirst Fredericks Nachfolge antreten.«

»Oh!«

Das war wirklich eine gute Nachricht. Er hätte sich allerdings deutlich mehr über die Nachricht gefreut, wenn er sie nicht aus dem Munde Isobels zu hören bekommen hätte. Die sah ihn spöttisch an und meinte dann, beiläufig mit dem Zaumzeug, das an der Wand hing, spielend: »Ich denke, du schuldest mir Dank. Mr Havisham hatte eigentlich vor, jemand Erfahreneres einzustellen, aber ich konnte ihn davon überzeugen, dass du der richtige Mann für diese Stellung bist.«

Was sollte er darauf erwidern? Er ahnte nur zu deutlich, dass sie mit ihrer angeblichen Güte ein ganz anderes Ziel verfolgte, als nur dies, ihm eine gute Stellung zu verschaffen. Sein Eindruck trog ihn nicht.

Wieder kam sie ihm sehr nahe. »Wie sieht es aus, mein hübscher Stallmeister? Willst du mir nicht ein wenig Dankbarkeit erweisen, die du mir schuldest?«, fragte sie, gefährlich lächelnd. Begehren flackerte unübersehbar in ihren Augen.

Er wich zurück. »Mrs Havisham, Ma'am! Ich bin Ihnen sehr dankbar für Ihre Fürsprache.« Verzweifelt griff er erneut auf die förmliche Anrede zurück, die angesichts der Dinge, die er mit ihr zu seinem tiefsten Bedauern unter den Pappeln getrieben hatte, mehr als seltsam schien. Er hoffte vergeblich, dass es sie in ihrem nur zu offensichtlichen Verlangen bremste. Isobel war weit davon entfernt, ihn aus ihren Fängen zu lassen. Sie drängte ihn noch weiter zurück zwischen die an der Wand aufgehängten Sättel. Er saß in der Falle! Wenn er noch aus dieser Kammer hinauswollte, musste er sie zur Seite stoßen. Das war völlig unmöglich. Wie hätte er es wagen können, handgreiflich gegenüber der Herrin von Whitefell zu werden? Schon glitten ihre Hände unter sein Hemd und strichen begierig über seine Brust. Aaron hob abwehrend die Hände, scheute sich aber davor, sie nur irgendwie zu berühren. Sie war sich ihrer Macht über ihn offenbar nur zu gewiss. Was sollte er nur tun? Ihre Zunge drängte sich in seinen Mund. Sie stöhnte gierig und ihre Finger wanderten in Richtung seiner Lenden. Mit einem kühnen Ruck öffnete sie den derben Gürtel seines ledernen Beinkleids. Aaron erstarrte. Sie konnte es doch nicht ernstlich hier mit ihm treiben wollen?

Doch seine Befürchtung bestätigte sich umgehend. An seinen Lippen saugend, griff sie beherzt nach seiner Männlichkeit. Ihr Atem ging schneller, als sie ihre Finger lüstern an seinem Schaft hinabgleiten ließ. Sie stöhnte erregt. Und die verräterische Schlange zwischen seinen Beinen reagierte folgsam, wie die Herrin von Whitefell es erwartete. Er hasste sich dafür. »Aaron!«, seufzte Isobel schwer atmend, ließ dann von seinen Lippen ab und kniete sich vor ihn. Er beobachtete fassungslos den blonden Lockenkopf, der sich zwischen seine Beine senkte und wimmerte verzweifelt auf, als er spürte, wie ihr Mund seine aufragende Männlichkeit gierig umschloss. Er wollte es nicht, aber es erregte ihn, was sie tat. Seine Hände zuckten hilflos. Endlich kapitulierte er, warf den Kopf zurück und gab sich dem lodernden Gefühl hin, das zwischen seinen Schenkeln tobte. Es war übermächtig. Sie ließ einfach nicht von ihm ab, trieb ihn zu immer neuen Höhen der Erregung. Dann, als er glaubte, es nicht mehr ertragen zu können, kam sie wieder hoch. Ihre Lippen glänzten feucht. Sie drängte sich zu ihm zwischen die Sättel, hob ihre Röcke und spreizte auffordernd die Beine. »Nun komm!«, befahl sie ihm. Sein Verstand versagte ihm den Dienst. Sein praller Schaft schmerzte vor Erregung, schrie nach Erlösung aus der Qual. Da griff er nach ihren Schenkeln, hob das wollüstige Weib hoch und bohrte rücksichtslos sein pochendes Glied in sie. Wieder und wieder stieß er zu, gierte nach dem Gipfel der Lust, der ihm endlich Frieden verhieß und verachtete sich im selben Maße dafür. Sie hatte die Augen geschlossen, bot ihm keuchend ihre aus dem Ausschnitt des Kleides hervorquellenden Brüste dar als zusätzlichen unerträglichen Reiz. Er zerrte ungeduldig den Stoff so gut es ging herunter und begann, an den roten Höfen ihrer Brustwarzen zu saugen, als diese endlich sichtbar wurden. Dann erbebte sie plötzlich, schrie auf in ihrer Lust und sank zuckend gegen seine Brust. Das kühlte ihn etwas ab und es gelang ihm gerade noch rechtzeitig, sein Glied aus ihrer Scheide zu ziehen, bevor auch er sich entlud. Sein Samen verteilte sich nutzlos auf ihren Schenkeln. Sie begann zu kichern. »Da hast du mir ja sogar einen Gang gespart!« Sie zwang ihm noch einen Kuss auf und ließ dann ihre Röcke sinken. Er konnte ihr nicht in die Augen sehen.

»Sagen wir, ich bin fürs Erste zufrieden mit deiner Dankbarkeit!«, meinte sie abschätzig. »Allerdings erwarte ich in Zukunft mehr davon. Du verstehst, was ich meine, Aaron?«

Als er nicht darauf antwortete, wiederholte sie drohend seinen Namen. Dann befahl sie kühl: »Wir treffen uns morgen im Wäldchen mit der Trinkquelle. Ich denke, zum Ende der vierten Wache ist eine gute Zeit. Sieh zu, dass du pünktlich bist.«

Seelenruhig brachte sie ihre Kleidung in Ordnung und entließ ihn endlich aus seinem Gefängnis. Aaron stand immer noch mit heruntergelassener Hose da, außerstande sich zu rühren. Er konnte nicht fassen, was eben geschehen war. Cecil Turners verhasste Stimme beschimpfte ihn hämisch in seiner brennenden Scham.

»Es wird besser sein, du bedeckst dich wieder!«, ätzte Isobel. »Frederick könnte sonst falsche Schlüsse ziehen … oder vielmehr die richtigen.« Sie lachte vergnügt. »Es hat Spaß gemacht, Aaron, mein Schöner!«

Dann verließ sie mit einem selbstgefälligen Lächeln auf den Lippen die Sattelkammer.

Einen Augenblick stand er noch wie versteinert, dann zog er seine Hose hoch und schloss mechanisch den Gürtel. Doch plötzlich überkam ihn das überwältigende Bedürfnis, sich zu reinigen. Er stürzte aus der Kammer durch das hintere Tor des Stalles auf den Hof, der zu den Weiden der Einjährigen führte und begann sich hektisch am Brunnen, der auch als Tiertränke diente, das Gesicht, den Oberkörper und vor allem sein Geschlechtsteil zu waschen. Erst als sein Körper schon rot war von der Kälte des frischen Brunnenwassers und seinem verzweifelten Schrubben, ließ er von sich ab. Er hätte sich am liebsten übergeben.

Etwas ruhiger setzte er sich auf die Bank an der Stallmauer und versuchte, das eben Geschehene zu verdauen. Scham überwältigte ihn aufs Neue. Nicht nur, dass er es gegen seinen erklärten Vorsatz nun doch mit der Herrin von Whitefell getrieben hatte, sie hatte ihn auch noch buchstäblich dazu gezwungen. Wenn es ihn in seinem Selbstverständnis als Mann nicht so sehr verletzt hätte, wäre ihm der Ausdruck »Vergewaltigung« sicher eher in den Sinn gekommen. Doch er war sich auch so darüber im Klaren, dass das eben Geschehene nicht weit von dem entfernt war, wozu Cecil Turner ihn als Jungen gezwungen hatte. Er konnte nicht fassen, dass es ihm wieder zugestoßen war. Er war doch nun kein hilfloses Kind mehr! Hätte er sich nicht doch mehr wehren sollen? Und warum nur hatte er solche Erregung, ja Lust empfunden, obwohl er das nicht wollte? Obwohl er doch Cathy liebte …!

Er wusste keine Antwort darauf, wie sehr er sich auch das Hirn zermarterte. Nur eines wusste er mit Bestimmtheit: Er würde sicher nicht am nächsten Tag, wie Isobel es von ihm verlangte, in diesem Wäldchen zu einem weiteren Stelldichein erscheinen. Unter keinen Umständen! Sie konnte ihn nicht dazu zwingen. Und wenn sie ihn dann hinauswarf, konnte er es nicht ändern. Dann würde er Cathy eben irgendwie überreden müssen, doch mit ihm zu kommen.

Aaron fuhr sich mit der Hand übers Gesicht und stand auf. Er musste seine Arbeit erledigen. Am besten tat er so, als wäre nichts geschehen.

Kapitel 41

»Ich soll morgen wiederkommen, hat Mrs Havisham gesagt, und ich hätte es sehr gut gemacht.« Billies blaue Augen leuchteten vor Stolz. Müde und abgekämpft war er nach Hause gekommen, was aber seiner Begeisterung keinen Abbruch tat. Nun schaufelte er sich gierig den üblichen Hammeleintopf mit Feldgemüse in den hungrigen Mund. Die acht Meilen nach Wilton in einem knappen Tag hin und her zu laufen, war eine beachtliche Leistung für einen zehnjährigen Jungen, der zudem eine körperliche Beeinträchtigung aufwies. Ruby lächelte Billie wohlwollend zu und strich ihm über den Kopf. Sie gönnte es ihm, dass er eine sinnvolle Aufgabe erhalten hatte. Ihr Ehemann machte sich Sorgen um Billie und dessen Zukunft auf dem Gut. Das wusste sie genau, obwohl Wycliff Thomson sich sonst ausgesprochen verschlossen und wortkarg gab. Der Junge war sein Augapfel. Warum sonst hatte er seit Jahren mit seiner erstgeborenen Tochter, die er für Billies Unglück nach wie vor verantwortlich machte, kein Wort mehr gewechselt? Das Mädchen tat ihr leid. In ihrer einfachen Art empfand Ruby Thomson es als ungerecht, ja geradezu unchristlich, dass Wycliff seiner Tochter nicht vergeben wollte und sie mit Missachtung strafte. Selbst als sie vor einigen Wochen wieder auf dem Hof aufgetaucht war, hatte er sich starrköpfig geweigert, sie überhaupt zur Kenntnis zu nehmen. Es mochte einem das Herz brechen, wenn man sah, wie Cathy darunter litt. Da half es auch nicht viel, dass sie, Ruby, doch heimlich das eine oder andere freundliche Wort mit ihr gewechselt hatte, wenn ihr Ehemann es nicht mitbekam. Immerhin, Wycliff hatte Cathys Anwesenheit wohl oder übel aushalten müssen, da deren Besuche auf ausdrücklichen Wunsch der jetzigen Mrs Havisham stattgefunden hatten. Der kleine Wycliff, Rubys eigener vierjähriger Sohn, hatte mittlerweile eine starke Zuneigung zu seiner ihm bis vor Kurzem unbekannten Halbschwester gefasst, die sich mit viel Wärme um ihn gekümmert, ihm vorgesungen und mit ihm gespielt hatte, wenn sie nicht Ruby bei der Hausarbeit etwas zur Hand gehen konnte. So pflichtvergessen und faul, wie ihr Mann ständig behauptete, war Cathy gar nicht. Das hatte Ruby doch erstaunt – nachdem, was sie von ihrem Mann dazu gehört hatte und was Billie eifrig nachplapperte. Dabei konnten die beiden ihr doch dankbar sein. Nun, da Cathy die begehrte Stelle als Zofe der jungen Herrin innehatte, war es ihr offenbar gelungen, ein gutes Wort für das verkrüppelte Kind einzulegen und ihm somit doch noch etwas Gutes zu tun. Wie anders war es sonst zu erklären, dass sich Mrs Havisham überraschenderweise so überaus freundlich Billies angenommen hatte? Die Herrin war doch dafür bekannt, eher launisch und wenig am Schicksal anderer interessiert zu sein. Auf jeden Fall war der kleine Rotschopf überglücklich über die Aussicht, schon am nächsten Tag wieder kleine Dienste für die »wunderwunderschöne Mrs Havisham« – so hatte er sich ausgedrückt – übernehmen zu dürfen.

Isobel erwachte in bester Stimmung. Heute würde ein erfolgreicher Tag werden. Zunächst wollte sie ihr Frühstück im Bett einnehmen. Etwas, das Havisham keineswegs schätzte und das sie sich jetzt in seiner Abwesenheit gönnen wollte. Dann würde sie einen Architekten aus London empfangen, den Havisham kürzlich einbestellt hatte, um die Umbauarbeiten zu besprechen. Den kleinen Krüppel Billie musste sie – lästig genug – zwischendurch auch noch beschäftigen. Immerhin hatte er ihr überraschend flink das Alaun aus Wilton besorgt, mit dem sie sich gestern eigenhändig noch eine Lösung mit abgekochtem Wasser angesetzt und dann heimlich in einer kleinen sauberen Flasche verkorkt hatte. Schließlich hatte sie heute noch etwas Besonderes vor und wer konnte wissen, ob Aaron im Eifer des Gefechts wieder so rücksichtsvoll und vorausschauend sein würde. Sie lächelte süffisant. Das *Tête-à-Tête*, das sie sich gestern in der Sattelkammer mit ihm gegönnt hatte, hatte ihr außerordentliches Vergnügen bereitet. Erstaunlich, zu welch rauschhafter Erregung er ihr verhalf. Das war Havisham trotz seiner allmorgendlichen und oft nächtlichen Bemühungen nicht im Mindesten gelungen. Sie hatte schon irrigerweise begonnen zu glauben, dass nur die Männer dabei Spaß hatten. Aaron hatte sie gestern im Nu eines Besseren belehrt. Obwohl …? Sie runzelte die Stirn. Offenbar war er nicht wirklich daran interessiert gewesen. Es hatte schon mehr als einer deutlichen Aufforderung ihrerseits bedurft, damit er in Rage geriet. Seltsam! Sie war bisher selbstverständlich davon ausgegangen, dass ihm nichts lieber wäre. Ob er Havishams Eifersucht fürchtete und sich deshalb so sonderbar zurückgehalten hatte? Oder steckte gar etwas anderes dahinter? Womöglich immer noch seine ärgerliche Schwäche für Cathy? Unsinn! Achtlos wischte Isobel ihre Zweifel an Aarons Bereitschaft zu weiteren Vergnügungen beiseite und zuckte mit den Schultern. Das alles brauchte sie letztlich nicht zu kümmern. Havisham war fort und bekam nichts von ihren Unternehmungen mit, und das Problem Cathy würde sich – wenn es überhaupt bestand – mit Billies Hilfe wirksam lösen lassen. Sie würde sich ihres verdienten Vergnügens auf keinen Fall berauben lassen. Beiläufig zog sie am Klingelzug.

Bald darauf saß Isobel, in ein hübsches elfenbeinfarbenes, mit dunkelroten Stickarbeiten verziertes Tageskleid gewandet, im Besprechungssalon, den Havisham vorsorglich zusätzlich mit einem größeren Damensekretär hatte ausstatten lassen, und ließ den Londoner Architekten, dessen Ankunft ihr von Mrs Branagh bereits vor einer Glocke gemeldet worden war, bitten.

Mr Kenneth MacInroy hatte sich im Laufe der Jahre nicht nur in London, sondern auch in den angrenzenden Grafschaften einen respektablen Namen mit der Planung von Renovierungsarbeiten gemacht. Er hatte einen tadellosen Ruf vorzuweisen, wie er mehrfach und nachdrücklich betonte. Er war Isobel jetzt schon lästig. Sie hasste es, wenn andere sich vor ihr spreizten und die eigenen Vorzüge hervorhoben. Sie fühlte sich dadurch in ihrer Person weniger geschätzt und beachtet. Dennoch schien er brauchbare Ideen und auch genügend Erfahrung in zeitgemäßer Wohnkultur zu besitzen. Nachdem sie eine Weile die Möglichkeiten diskutiert hatten, erhob sich Isobel gnädig, um ihn durch die angrenzenden Räumlichkeiten zu führen und das Nähere zu besprechen. Dabei stellte sich allerdings schnell heraus, dass Havisham ihm bereits recht klare Anweisungen hinsichtlich des Umfangs der vorzunehmenden Arbeiten gegeben hatte. Ihr Ehemann schien ihr nicht zu trauen. Isobel war ausgesprochen verärgert. Hatte er ihr nicht freie Hand zugesagt? Sie beschloss, sich gegen die Einschränkungen zu wehren.

»Ich bin aber doch der Meinung, dass eine umfangreiche Neumöblierung notwendig sein wird. Außerdem wünsche ich eine Verlegung des Schlafzimmers und den Ausbau von jeweils eigenen Bade- und Ankleideräumen. Die jetzige Lösung halte ich doch für sehr unzureichend.« Sie bedachte Mr MacInroy mit einem hoheitsvollen Blick. Er sollte es nur wagen, ihr zu widersprechen! Dieser hatte lediglich angeboten, die Decken der Räume etwas abzusenken, einige neue Möbel zu besorgen und die Wandverkleidung insgesamt heller zu gestalten.

»Aber Mr Havisham hat mir bereits in seinem Schreiben mitgeteilt …«, wandte der Architekt kläglich ein.

»Mr Havisham wird sicher keine nennenswerten Einwände gegen die Änderungen vorzubringen haben. Ich denke, ich habe sein Einverständnis, alles Notwendige zu veranlassen. Das Schlafzimmer ist in seinem derzeitigen Zustand einfach unerträglich klein und die Ankleideräume genügen mir nicht im Mindesten. Ich musste bereits einen Großteil meiner Garderobe verstauen lassen.« Isobel verschwieg geflissentlich, dass es sich dabei um Kleidung handelte, die sie ohnehin nicht mehr zu tragen gedachte. Außerdem wollte sie unbedingt einen eigenen Raum für ihre hygienischen Bedürfnisse. Das war für ihr Eheleben sozusagen zwingend notwendig. Nicht auszudenken, wenn Havisham sie eines Tages dabei ertappen sollte, wie sie eine Scheidenspülung vornahm. Wie sollte sie ihrem Ehemann den pikanten Vorgang erklären? McInroy zog es klugerweise vor, nicht weiter zu opponieren: »Nun, Madam, wie Sie wünschen. Ich werde Ihnen in Kürze meine Entwürfe zukommen lassen.«

Isobel beschied dem Architekten mit einer, wie sie fand, sehr gnädigen Geste ihr Einverständnis. »Versäumen Sie bitte auch nicht, mir bereits Stoffmuster der Tapeten und auch einige Möbelentwürfe beizulegen. Ich werde mir noch Gedanken machen wegen weiterer Wünsche. Zum Beispiel wäre ein Zimmer für meinen persönlichen Rückzug sehr wünschenswert. Man könnte einen der Räume, die an unsere privaten Zimmer anschließen, dafür nutzen oder aber meine früheren Mädchenräume dazu umbauen. Ich werde es mir noch überlegen. Sie werden mich jetzt entschuldigen.«

Mit diesen Worten wies sie Mr MacInroy die Tür. Sie hatte jetzt keine Lust mehr, sich ihm zu widmen. Sie würde sich nun doch auf einen Kampf mit Havisham einlassen müssen. Er sollte nur nicht glauben, dass er so billig davonkam. Sie würde ihm schon so viel aus den Rippen pressen, wie es ihr notwendig erschien. Schließlich hatte Havisham nicht nur sie, sondern obendrauf noch Whitefell bekommen. Dafür sollte er zahlen, und nicht zu knapp!

Auf dem Flur trat Billie ihr diensteifrig entgegen, der von Thomas, einem der dienstältesten Lakaien ihres Vaters, begleitet wurde. Natürlich traute man dem Knaben nicht und befürchtete, er könne unbeobachtet in den kostbaren Räumlichkeiten der Herrschaft Schaden anrichten oder gar etwas stehlen. Angesichts seines ungeschickten Benehmens und seiner schmutzigen Füße – nicht einmal Schuhe hatte das Kind an! – sicherlich eine berechtigte Sorge. Was sollte sie jetzt mit ihm anfangen? Schließlich brauchte sie seine Dienste nicht notwendig. Aber wenn sie ihn für ihre eigentlichen Zwecke nutzen wollte, musste sie sich etwas einfallen lassen und ihn so gut es ging an sich binden. Nun, sie schickte ihn am besten erneut nach Wilton, um ihr Briefpapier und Zeichenutensilien zu besorgen. Zwar hatte sie noch von beidem, aber so war der Junge wenigstens beschäftigt. Befriedigt stellte sie fest, dass seine Blicke schon jetzt geradezu hündisch jeder ihrer Bewegungen folgten. Nicht mehr lange und sie würde ihre Falle zuschnappen lassen können. Vielleicht war es sinnvoll, ihn jetzt schon noch ein wenig mehr anzulocken. Sie befahl Thomas, etwas Zuckerkuchen und eine Limonade aus der Küche herauf und ins Schreibzimmer neben dem Schlafzimmer bringen zu lassen. Dann legte sie Billie, der sein Glück kaum zu fassen vermochte, die Hand auf die Schulter und führte ihn in den kleinen holzvertäfelten Raum. Dort ließ sie ihn am Tischchen vor dem Kamin Platz nehmen. Die Tür zum ehelichen Schlafzimmer stand noch offen von der vorangegangenen Besichtigung der Räumlichkeiten mit Mr MacInroy. Sie hörte, dass Cathy dort ihre Arbeit verrichtete. Isobel lächelte zufrieden. Gut, dass Cathy ihr Gespräch mit dem Jungen mit anhören konnte. Sie wandte sich dem Kind zu, das ehrfurchtsvoll auf dem polsterbezogenen, hochlehnigen Stuhl saß und sich zutiefst beeindruckt im Raum umsah.

»Du erstaunst mich, Billie«, begann sie. Der Blick des Jungen sprang im Nu furchtsam zu ihr zurück. Hatte er etwa einen Fehler gemacht?

Isobel lachte hell auf. »Nein, nein, habe keine Furcht. Ich war nur sehr überrascht, dass du so flink bist. Ein wirklich hervorragender Laufbursche bist du! Ich könnte mir keinen besseren denken.«

Erwartungsgemäß schwoll dem Kleinen der Kamm. »Ich kann sehr schnell laufen. Fast so schnell wie der Hund von Mr Finley.«

»Tatsächlich?«, antwortete Isobel, großes Erstaunen heuchelnd, »wirklich so schnell! Da habe ich aber wirklich Glück gehabt, dass ich dich als Laufburschen anstellen konnte. Wer so flink ist, hat sich eine Belohnung verdient.« Billies Augen leuchteten auf. Er war es nicht gewohnt, Belohnungen einzuheimsen. Wer sollte ihn schon für irgendetwas loben?

Inzwischen hatte Thomas den Kuchen und die Limonade hereingebracht und auf Isobels Wink hin vor dem Kind auf dem Tischchen abgestellt. Seine Verwunderung behielt er für sich. Es war besser, sich gegenüber der jungen Herrin in äußerster Zurückhaltung zu üben. Sie schätzte keinerlei Einmischung seitens der Dienstboten. Es bedurfte noch einer ausdrücklichen Aufforderung der Herrin Whitefells, bis Billie es wagte, den Kuchen auch zu essen. Dann aber stopfte er sich das Gebäck gierig in den Mund und stürzte die Limonade hinunter, als habe er Angst, seine angebetete Herrin würde es sich im letzten Augenblick noch anders überlegen. Isobel wandte den Blick ab. Das Kind widerte sie an! Aber schließlich war es ein wichtiger Teil ihres Plans. Sie ging also hinüber zum Schreibtisch, holte ein Blatt Papier heraus und schrieb eine kleine Liste der Dinge, die Billie ihr von Mr Pembry, dem Kolonialwarenhändler in Wilton, holen sollte. Sie legte auch das Geld dafür dazu, vier glänzende Schillinge. Dann holte sie noch einen weiteren Schilling aus der Tasche ihres Rockes. Das blanke Geldstück zwischen Daumen und Zeigefinger haltend, wandte sie sich wieder zu dem Jungen um. Dieser war eilfertig aufgesprungen und wischte sich mit dem leicht verschmutzten Ärmel seines einfachen Hemdchens über den Mund. Wie abstoßend und bäuerlich er doch war! Trotzdem lächelte sie freundlich. »Und das hier ist für dich ganz allein, Billie. Bewahr es gut auf, damit niemand es dir fortnehmen kann!«

Ehrfürchtig nahm der Junge das Geldstück entgegen. Das war ein ungeheuerlicher Reichtum. »Da… danke, Mrs Havisham!«, stammelte er und steckte die Münze hastig in seine Hosentasche. »Ich verspreche Ihnen, ich werde so schnell laufen wie der Wind.« Dann stürzte er voller Eifer zur Tür hinaus. Isobel lächelte zufrieden. Das war wirklich einfach gewesen.

»Billie?« Cathy war eilends durch die Zimmer gelaufen und auf den Mittelgang hinaus, in der Hoffnung, ihren kleinen Bruder noch abzupassen, bevor er Whitefell verließ. Sie musste ihn warnen! Isobel heckte zweifellos eine Teufelei aus. Es war völlig absurd anzunehmen, dass der Junge sie auch nur annähernd interessierte oder sie gar Mitleid mit ihm hatte. Was hatte sie nur vor?

Sie hatte Glück! Billie hatte gerade den Treppenabsatz erreicht, hielt aber inne, als er ihren Ruf hörte. »Was willst du, Cathy?«, fragte er unwillig.

Schnell lief sie zu ihm hinüber. »Billie, was hat Mrs Havisham dir gegeben?«

Sein sommersprossiges Gesicht verschloss sich. »Das geht dich gar nichts an!«, schnappte er. Schon wollte er die Treppe weiter hinunterlaufen, da griff sie nach seinem Arm und hielt ihn zurück. Wütend versuchte er sie abzuschütteln.

»Billie, bitte glaube ihr nicht. Sie ist nicht so lieb, wie sie tut.«

Tränen des Zorns stürzten ihm unvermittelt aus den Augen. »Lass mich!«, schrie er.

»Billie! Ich will dir doch nur helfen!« Auch Cathy war den Tränen nah. Plötzliche Angst schnürte ihre Brust zusammen, Angst um ihren kleinen, hilflosen Bruder.

»Das willst du nicht!«, schrie er, außer sich vor Wut, »du bist bloß eifersüchtig, weil Mrs Havisham jetzt mich gern hat und nicht dich! Lass mich, du bist böse!« Er riss sich los und rannte die Treppen hinunter. »Billie!«, rief Cathy noch einmal. Doch Billie drehte sich nicht einmal nach ihr um.

Kapitel 42

Isobel fieberte seit dem Lunch ungeduldig ihrer heimlichen Verabredung mit Aaron entgegen, doch die Zeiger der mit einem Glaszylinder überwölbten und von vier goldenen Sphinxen getragenen Pendeluhr wollten einfach nicht vorwärtsrücken. Längst schon hatte sie sich umgezogen und blätterte nun gelangweilt in einem Bildband mit Kunstdrucken über die Fauna Indiens, die sie nicht im Mindesten interessierte. Die so kostbare Vorrichtung für die Scheidenspülung und die Flasche mit der Alaunlösung hatte sie längst in einen flachen Korb gepackt – das schien ihr weniger auffällig als ein Beutel – und mit einem Buch und einem kleinen Plaid abgedeckt. Wie gut, dass sie sich auf Cathys absolute Verschwiegenheit verlassen und diese wertvollste aller Qualitäten ihrer Zofe auch bald mit Billies Hilfe zusätzlich sichern konnte. Cathy hatte ihr sowohl Korb als auch Buch und Plaid besorgen müssen und wusste sicherlich, dass zumindest das Buch nur der Tarnung diente. So würde ein zufälliger Beobachter glauben, die Herrin von Whitefell wolle sich an einem hübschen Plätzchen in der freien Natur dem Studium guter Literatur widmen. Isobel lächelte bei dem Gedanken, dass entgegen des Anscheins ihr Interesse sich in Wirklichkeit mehr der Anatomie einer ganz besonderen Person zuneigte. Abgesehen von ihrer Vorfreude auf die neuerlichen Genüsse, die sie mit Aaron auszukosten gedachte, verspürte sie auch einen angenehmen Schauer bei der Vorstellung, ihren lästigen Gatten zu betrügen und damit etwas unbeschreiblich Verbotenes zu tun. Fast wie ein Kind, das umso mehr Vergnügen beim Naschen empfand, wenn es die süße Beute zuvor heimlich aus der Vorratskammer der Mutter gestohlen hatte. Schließlich hielt sie es nicht mehr aus. Deutlich vor der Zeit machte sie sich auf den

Weg. Forsch ignorierte sie den erstaunten Blick Mrs Branaghs, der sie in der Eingangshalle begegnete. »Ich habe mich entschlossen, nach dem anstrengenden Vormittag an die frische Luft zu gehen. Ich werde wohl erst in ein paar Stunden zurück sein«, teilte sie der Haushälterin vorsorglich mit. Was sollte diese auch dagegen einzuwenden haben? Das war eben einer der Vorteile, die sie nun als verheiratete Frau von Stand und Herrin Whitefells genoss.

Erwartungsvoll machte Isobel sich auf den Weg, der sie in Richtung des Wäldchens führen sollte. Der Gang würde nicht mehr als eine Glocke in Anspruch nehmen. Welch ein gut gewählter Ort, um sich zu einem Schäferstündchen zu treffen, beglückwünschte sie sich selbst. Es war nicht zu weit, was bei der drückenden Hitze des sommerlichen Tages ein weiterer Vorteil war, und doch konnte sie sich sicher sein, dass niemand das Wäldchen zu dieser Zeit aufsuchen würde. Von den Bediensteten würde mitten am Tag dort erst recht niemand auftauchen. Kurz streifte sie die Sorge, ob Aaron die Möglichkeit dazu fand, sich vom Stall zu entfernen, ohne dass es auffiel, aber sie schob den Gedanken schnell beiseite. Natürlich würde er kommen, welch lächerlicher Gedanke! Wie sollte er ihr widerstehen?

Schweiß lief ihr den Rücken hinunter, als sie endlich in den Schatten des Wäldchens trat. Selbst hier war die Hitze einfach unerträglich und stand zwischen den Bäumen wie eine Wand. Vielleicht würde es ein Gewitter geben, wie Cathy schon am Morgen gewarnt hatte. Isobel stöhnte ermattet, als sie dem sorgfältig angelegten Fußpfad zur Trinkquelle folgte, der, wie sie von zahllosen Ausritten wusste, auf einer kleinen gefälligen Lichtung enden würde. Diese war von den Herren Whitefells in früheren Jahren bei der in Stein gefassten Trinkquelle gerodet worden. Es war ein lauschiger und verschwiegener Platz. Dort angekommen gönnte sie sich zuerst einen Schluck des kühlen Quellwassers und befeuchtete dann Gesicht und

Nacken. Danach fühlte sie sich schon etwas besser. Sie breitete ihre Decke aus und setzte sich in den Schatten. Es war eine weise Entscheidung gewesen, sich schon etwas früher als notwendig auf den Weg gemacht zu haben, so konnte sie wenigstens noch etwas ausruhen, bevor sie sich mit Aaron erneut schweißtreibenden Vergnügungen widmen würde. Sie konnte seine Ankunft kaum noch erwarten. Im Gegensatz zu Havishams männlichen Vorzügen, die sie nicht wirklich erregten, war Aarons junger, muskulös fester Körper entschieden jede Sünde wert, obwohl er gesellschaftlich weit unter ihr stand. Doch bevor sie erneut Bedauern über seinen niedrigen Stand überkam, dachte sie an Lady Cravens Worte. Was kümmerte sie Aarons Stand? Liebe und lebenslange Verbindung mit dem Mann der Träume – die närrischen Ideale ihrer Backfischzeit, genährt vom lebensfernen Geschmier der Romanciers – war es nicht, was sie von ihm wollte. Es war wirklich vollkommen unerheblich, welcher Gesellschaftsschicht er entstammte. Hauptsache, er brachte es in dem, was sie von ihm erwartete, zur Meisterschaft. Und hatte sie nicht auch ein natürliches Anrecht auf etwas Vergnügen, nach all diesen Unsäglichkeiten, die man von ihr verlangt hatte? Hatte sie nicht, wie ihr Vater es gewünscht hatte, Havisham geehelicht und damit den Familiensitz erhalten? Stellte sie ihren Körper nicht oft genug dessen ermüdenden Bedürfnissen zur Verfügung, obwohl es sie, weiß Gott, nicht im Mindesten danach verlangte? So viel Luxus konnte Havisham ihr gar nicht bieten, dass es diese lästige Pflicht aufwog! Es war nur ihr gutes Recht, dass sie nun ihrem eigenen Verlangen nachgab. Und wer sich ihr bei der Erfüllung dieser berechtigten Wünsche in den Weg stellte, der sollte sich vor der Rache Isobel Havishams in Acht nehmen!

Da wehte von Ferne der Glockenschlag der Kirche herüber. Die vierte Wache war längst vorbei, doch Aaron kam nicht. Es dauerte nicht lange, da breitete sich in Isobel statt der erwartungsvollen Erregung Wut und Enttäuschung aus. Die Hitze, die sie vorher, abgelenkt durch ihre Gedanken, leicht ertragen hatte, begann sie nun über die Maßen zu stören und steigerte ihre rasch wachsende Verärgerung in gefährliche Dimensionen. Zudem kündete nun auch noch ein fernes Grollen von einem tatsächlich aufziehenden Gewitter. Es war zum Aus-der-Haut-Fahren! Sie sprang auf, um sich erneut an der Quelle etwas Kühlung zu verschaffen. Noch immer war nichts zu hören außer ihrem eigenen Atem, dem Rascheln ihrer Gewänder und der abwartenden Stille des Waldes. Die Befürchtung wurde endlich zur Gewissheit: Aaron hatte sie versetzt! Wütend schmetterte sie die Schöpfkelle auf die steinerne Umrandung der Quelle und trat erneut danach, als diese mit lautem Scheppern zu Boden fiel. Was bildete sich der freche, ja dreiste Kerl nur ein? Wie konnte er es wagen? Es war nicht zu fassen! Keinen Augenblick länger würde sie sich hier zum Narren machen! Aaron Stutter sollte ihre Krallen schmerzhaft zu spüren bekommen.

Cathy hörte beunruhigt, wie die Tür des Schreibzimmers unsanft zugeschlagen wurde. Isobel kehrte zurück von ihrem Spaziergang, den sie, obwohl für jeden sichtbar ein Gewitter in der Luft hing, uneinsichtig und eigensinnig wie immer noch vor dem Tee hatte unternehmen wollen. Cathy hatte sich auch über die seltsame Glasvorrichtung mit dem Metallkolben und der Kanüle gewundert, die Isobel mitgenommen hatte, aber nicht gewagt, danach zu fragen. Isobel hielt diese sonst sorgfältig in einer Hutschachtel verborgen, deshalb nahm Cathy an, dass sie nicht darauf angesprochen werden wollte. Draußen goss es inzwischen in Strömen, das erwartete Sommergewitter ging lautstark über der Landschaft Whitefells hernieder. Da stürzte Isobel mit wutverzerrtem Gesicht ins Zimmer. Die

Herrin von Whitefell war erwartungsgemäß vollkommen durchnässt. Ihr Kleid war mit Matsch bespritzt und die sorgfältig gelegten Locken klebten ihr in beklagenswertem Zustand am Kopf.

Ärgerlich an ihrem Kleid zerrend und offenbar völlig außer sich, schrie Isobel sie unvermittelt an: »Beweg dich und hilf mir schon aus diesem dummen Kleid, oder soll ich mir den Tod holen?«

Cathy zog es vor, darauf nicht zu antworten und beeilte sich, dem Befehl Folge zu leisten. Was hatte Isobel nur dermaßen in Rage gebracht? Sie war doch in außerordentlich guter Stimmung gewesen, als sie sich auf den Weg machte. War es die Tatsache, dass sie Cathys Warnung ignoriert hatte und prompt ins Gewitter geraten war?

Cathy grob zur Seite stoßend, eilte Isobel, kaum dass sie sich ihrer nassen Kleidung entledigt hatte, in den Baderaum. »Warum ist hier kein warmes Wasser in der Schüssel?«, tobte sie. »Du hast dafür Sorge zu tragen, dass hier immer Wasser für mich bereitet ist!« Hasserfüllt starrte sie Cathy an, die ihr beflissen nacheilte und nun nach dem wohlgefüllten Wasserkrug neben der Waschschüssel griff und die flache Schale füllte. Ein Anflug von Ärger stieg in Cathy auf. So schnell konnte sie nun wirklich kein warmes Wasser besorgen. Doch Isobel war offenbar viel zu sehr auf Streit aus, um zu warten, bis Cathy dieses aus der Küche heraufgeholt haben würde. Unschlüssig, was sie zuerst tun sollte, um den unerklärlichen Zorn Isobels nicht noch weiter anzustacheln, wandte sich Cathy um, um zumindest ein Badetuch und einen Leinenlappen bereitzulegen. Die Tücher lagen sorgfältig gefaltet in einem offenen Schränkchen für den Gebrauch bereit.

Isobel beobachtete sie dabei mit steigender Wut. Cathys adrette, sorgfältig gestärkte Zofentracht und ihr so beneidenswert dichtes, rotes Haar spottete Isobels aufgeweichter und reichlich in Mitleidenschaft gezogener Erscheinung. Das Gefühl der Demütigung wuchs in absurde Höhen. Sie selbst kam sich vor wie eine nasse Ratte, die nackt und mit traurig herabhängenden tropfenden Haaren, verhöhnt von ihrem Personal, dort vor dem Spiegel stand. Wie konnten sie es wagen? Wie konnte Aaron es wagen? Wie konnte Cathy es wagen …?

Rasende Eifersucht durchflutete Isobel jäh. Das Bild Aarons tanzte vor ihren Augen, wie er der fiebernden Cathy zärtlich durch dieses verfluchte, glänzende rote Haar strich, Liebe und ängstliche Besorgnis in den Augen. Wie hatte sie nur so blind sein können? Nur das konnte der wahre Grund für Aarons Ausbleiben sein! Cathy hatte Aaron nicht nur schöne Augen gemacht. Vermutlich hatte das hinterhältige Luder inzwischen längst seine Finger nach ihm ausgestreckt! Während sie selbst – gedemütigt von ihrer Verwandtschaft – in London von ihrem eigenen Vater mit Havisham verkuppelt wurde, gegen ihren erklärten Willen. Das musste es sein! Nur deshalb wollte er jetzt nichts mehr von ihr wissen. Das sollte Cathy bereuen! In ohnmächtigem Zorn griff Isobel nach dem nächstbesten Gegenstand, der ihr in die Finger kam. Es war ein großer Flacon aus geschliffenem Kristallglas, gefüllt mit Rosenwasser. Sie hob die Hand. Und dann, als Cathy sich mit den Tüchern im Arm wieder zu ihr umwandte, ließ sie den Flacon mit aller Kraft auf deren Kopf niedersausen.

Sie beobachtete mit einer seltsamen Befriedigung, wie Cathy entsetzt die Augen aufriss, wie hellrotes Blut jäh aus der aufplatzenden Wunde am Haaransatz über der rechten Schläfe hervorschoss, wie sie wankte, erbleichte und dann, ohne noch einen Laut von sich zu geben, zusammenbrach.

Den Flacon immer noch in der Hand haltend, stand Isobel über Cathys leblos am Boden liegenden Körper. Blut rauschte in ihren Ohren und sperrte jedes andere Geräusch aus. Ihr Atem ging stoßweise. Dann – unvermittelt – erfasste sie heftige Panik. Sie taumelte zurück und stieß dabei gegen die Waschschüssel, die ins Wanken kam und überschwappte. Sie hatte

Cathy umgebracht! Blut sickerte in einem breiten Strom aus der klaffenden Wunde an deren Stirn. Isobel zitterte beim Anblick der sich ausbreitenden Blutlache noch heftiger als zuvor. Sie war unfähig, sich zu rühren.

Doch dann bemerkte sie plötzlich, dass Cathys Brust sich immer noch hob und senkte. Gott sei Dank, sie lebte noch! Vorsichtig stieß Isobel sie einige Male mit dem Fuß an. Endlich regte sich Cathy ein wenig. Kurz entschlossen griff Isobel nach der Waschschüssel und goss den verbliebenen Rest des Wassers der immer noch Ohnmächtigen ins Gesicht. Das schien deren Lebensgeister zumindest teilweise wieder zu wecken. Unsicher kam sie auf die Knie. »Steh auf!«, befahl Isobel in harschem Ton, hinter dem sie ihre eigene Angst verbarg. »Stell dich nicht so an! Es ist nur ein Kratzer.« Immer noch wachsbleich leistete Cathy dem Befehl so gut es ging Folge. Blut, vermischt mit Wasser, lief ihr über die Stirn ins Auge, über das Gesicht und befleckte ihr Kleid. Es war kein schöner Anblick. Isobel verzog voller Ekel das Gesicht. »Geh!«, sagte sie. Als Cathy nicht gleich reagierte, fuhr sie sie an: »Du kannst gehen. Ich komme hier allein zurecht. Du brauchst erst morgen früh wiederzukommen.« Benommen und verständnislos starrte Cathy sie an. Sie war offenbar immer noch nicht ganz bei sich. Ihre Schürze, ihr Gesicht, alles war besudelt mit Blut. Der Anblick war unerträglich, eine Zumutung! »Geh!«, schrie Isobel. Da endlich ging Cathy, taumelnd und sich an den Wänden abstützend. Isobel schloss erleichtert die Augen. Ihr Zorn war verraucht.

Cathy wankte hinaus auf den Mittelgang. Alles drehte sich vor ihren Augen und der Boden unter ihr schlug seltsame Wellen. Ihr war so elend und sie sah nicht gut. Da – der Treppenabgang! Hoffentlich schaffte sie es noch bis in ihre Kammer. Sie musste sich unbedingt hinlegen. Doch der Weg dorthin schien unendlich weit.

Als sie die Treppe halb hinuntergegangen war, traten ihre unsicher tastenden Füße ins Leere. Undeutlich nahm sie den Schemen einer anderen Person war, dann begannen sich die Wände zu verzerren …

Thomas fing sie auf. Die gestärkten und mit einem heißen Eisen sorgfältig geplätteten Damasttücher, die er gerade in den kleinen Speisesaal hatte tragen wollen, fielen achtlos zu Boden. Gott sei Dank war er gerade die Treppe heraufgestiegen, sonst hätte sich das hübsche kleine Ding womöglich noch den schlanken Hals gebrochen. Was, um Himmels willen, war nur geschehen? Wer hatte das Mädchen so entsetzlich zugerichtet? Sie sah aus, als wäre sie einem Mörder in die Hände geraten, über und über voller Blut. Sein altes Herz klopfte wild. So etwas war einfach zu viel für einen Mann in seinen Jahren! Kurz stand er da auf der Treppe, stützte die Ohnmächtige und besann sich, was er nun wohl tun sollte. Doch dann siegte seine, wenn auch nur noch schwach vorhandene, männliche Entschlusskraft. Er nahm die Zofe, die glücklicherweise gertenschlank und deshalb nicht zu schwer war, auf die Arme und trug sie hinunter in die Gesindeküche. Mrs Branagh hielt sich gerade dort auf, um die notwendigen Besorgungen für die nächste Woche mit Mrs Reed zu besprechen, wie an jedem Freitag der Woche. Sollte besser sie entscheiden, was zu geschehen hatte.

»Um Gottes willen, Thomas!« Mrs Branagh war ehrlich entsetzt, als der alte Bedienstete mit Cathy, die blutüberströmt und leblos in seinen Armen lag, in die Küche stolperte. Auch Mrs Reed, die nichts so leicht zu erschüttern vermochte, war aufgesprungen.

»Was …?«, keuchte die Haushälterin.

Thomas legte seine Last auf der hölzernen Bank am Gesindetisch ab und fuhr sich erschöpft über die Stirn. »Sie ist mir auf dem Weg zu den Räumen der Herrschaft buchstäblich vor die Füße gefallen. Ich weiß auch nicht mehr.«

Auf Mrs Branaghs Gesicht zeichnete sich noch größeres Entsetzen ab. »Ist etwas mit Mrs Havisham? Schnell, lauf nach oben und sieh nach! Sofort!«, setzte sie nach, als Thomas nicht gleich reagierte. Er war nicht gerade der Mutigste. Womöglich hatten sie ja einen Einbrecher im Haus! Doch dann ermannte er sich tapfer und eilte den Weg zurück, den er gekommen war.

Die praktische Mrs Reed hatte sich schon der bewusstlosen Cathy zugewandt. »Sie hat einen kräftigen Schlag auf die Stirn abbekommen«, stellte sie sachlich fest. Mit Fleisch und Knochen kannte sich die Köchin aus. »Am besten, ich nähe das wieder zusammen, bevor sie zu sich kommt.«

Derlei Platzwunden oder schlimme Schnitte kamen öfter einmal vor auf dem Gut, wo die Arbeit nicht immer ungefährlich war, und man wusste sich in solchen Situationen selbst zu behelfen. Kein Grund, aus dem Häuschen zu geraten. Dass die junge Frau allerdings nach wie vor ohnmächtig war, war bedenklich und bereitete auch Mrs Reed Sorge. Hoffentlich hatte sie keinen ernsten Schaden genommen. Schnell kramte sie einen Faden und eine gebogene Nadel, die sie auch zum Zusammennähen von gefüllten Wachtelbrüstchen oder anderem zarten Geflügel verwendete, aus einer Schublade, goss dann etwas Kräuterschnaps auf ein sauberes Tuch, tupfte das Blut von der Wunde und setzte mit geübter Hand ein paar schnelle Stiche. Mrs Branagh sah mit verhaltenem Widerwillen dabei zu. Die derbe Sachlichkeit der Köchin war ihre Sache nicht. Doch als Cathy durch die Schmerzen, die das Nähen hervorrief, sich in ihrer Ohnmacht zu regen begann, fasste sie schnell nach der Hand der jungen Frau, für die sie in den letzten Wochen ein gewisses Gefühl der Verantwortung entwickelt hatte. Mrs Reed legte noch einen mit Alkohol getränkten kleinen Leinenlappen auf die Wunde und wand dann ein sauberes Tuch um den Kopf der Verletzten. Sie hatte die Erfahrung gemacht, dass die Wunden dann schneller heilten und sich auch nicht entzündeten.[24] Da kam Cathy wieder zu sich. Sie stöhnte auf, drehte sich zur Seite und übergab sich. Geistesgegenwärtig hielt ihr Mrs Branagh eine Schüssel hin, die auf dem Tisch stand. Die Köchin zog angesichts des bedenklich schlechten Zustands der jungen Frau besorgt die Augenbrauen in die Höhe. »Das sieht nicht gut aus«, meinte sie. »Wir sollten sie in ihr Bett schaffen.« Mrs Branagh nickte zustimmend, ebenfalls höchst besorgt, hielt die Köchin aber noch zurück, als diese Cathy aufhelfen wollte.

»Cathy?«, sprach sie die junge Frau sanft, aber eindringlich an. »Cathy, kannst du mir sagen, was geschehen ist?« Angespannt wartete sie auf eine Antwort. Sie kam nicht sofort, dann aber brachte Cathy stammelnd ein paar Worte hervor: »Isobel ... so wütend ... ich weiß nicht ...« Ihre linke Hand griff hilflos ins Leere, als suche sie Halt oder wolle etwas abwehren. Ihr Blick flackerte unstet. »... Ich weiß nicht, warum ...« Die beiden älteren Frauen tauschten entsetzte Blicke. War es möglich, dass die neue Hausherrin ihre Zofe und frühere Spielgefährtin in einem Anfall ihres berüchtigten Zorns niedergeschlagen und in solch inakzeptabler Weise zugerichtet hatte? Mrs Branagh sprang die Empörung aus den Augen. Das ging nun wirklich zu weit, viel zu weit! Sie würde das nicht weiter dulden.

Doch da drängten sich die Mägde in die Küche, die Mrs Reed zuvor, um in Ruhe ihre Besprechung mit Mrs Branagh abhalten zu können, zum Bohnenpflücken in den Küchengar-

24 Desinfektion war bis Mitte des 19. Jahrhunderts in der Medizin nicht bekannt (obwohl im römischen Reich bereits beachtliches Wissen darüber vorhanden gewesen war, das aber im Laufe der Jahrhunderte wieder in Vergessenheit geriet). Als Erster wies der Klinikarzt Dr. Ignaz Semmelweis (1818 – 1865) 1840 den Zusammenhang der Sterberate von Frauen, die am Kindbettfieber starben, und verunreinigten ärztlichen Instrumenten bzw. unsauberer Kleidung nach. Dadurch senkte sich die Sterberate in seiner Einrichtung von 12,7 auf 1,3 Prozent. Dass aber eine Art Gebrauchswissen in der Bevölkerung schon vorher vorhanden war, ist trotzdem denkbar.

ten geschickt hatte. Sie hatten die aufregenden Neuigkeiten von einem der Lakaien erfahren, dem Thomas kopfschüttelnd berichtet hatte, was geschehen war. Thomas hatte die junge Hausherrin unversehrt und in demonstrativem Erstaunen ob seiner Besorgnis in ihren Räumen vorgefunden. Nein, es sei nichts, es sei eben zu einer kleinen Auseinandersetzung gekommen, nichts von Belang, hatte sie auf seine verdutzten Fragen bezüglich des Vorgefallenen in betonter Sorglosigkeit geantwortet. Thomas hatte sich daraufhin wegen seines unverschämten Eindringens in die Privaträume der Hausherrin entschuldigt und sich zurückgezogen. Hatte die junge Mrs Havisham völlig den Verstand verloren? Wie konnte sie sich so an ihrer Zofe vergreifen? Das war wirklich unerhört, obwohl man ja von der Tochter Mr de Burghs im Laufe der Jahre schon einiges gewohnt war. Was wohl zwischen der Herrin und ihrer Zofe vorgefallen sein mochte?

Diese spannende Frage beschäftigte in Windeseile das gesamte Hauspersonal. Schließlich empfand man den Angriff auf eine Angehörige der Dienerschaft, die Cathy als Mrs Havishams Zofe nun einmal war, auch als einen Angriff auf den gesamten Hausstand.

Cathy bekam von alledem nichts mehr mit. Sie war von den Mägden auf die bärbeißige Anordnung von Mrs Reed hin, die sich jede Störung der Unglücklichen ausdrücklich verbat, in ihre Kammer verbracht worden und lag nun im Halbdämmer in ihrem Bett, gequält von hämmernden Kopfschmerzen und heftigem Schwindel, aber dankbar, dass man sie wenigstens nicht weiter mit Fragen bedrängte.

»Hast du es schon gehört, Aaron?« Emily schaute über die Wandung der Pferdebox, die er gerade verbissen ausmistete. Ihre vollen Wangen glühten vor Aufregung.

»Was soll ich gehört haben?«, murrte Aaron unwillig. Emily hatte ihm gerade noch gefehlt. Er verspürte wirklich keine Neigung, sich ihr naseweises Geschwätz anzuhören.

»Bist du denn blind und taub?«, versetzte sie schnippisch, »Das ganze Haus weiß es schon, selbst die Knechte in den Ställen draußen.«

Aaron setzte die Mistgabel ab, wischte sich mit dem Ärmel über die Stirn und schaute die füllige Küchenmagd kurz auffordernd an. »Nun, dann sag schon, bevor du platzt.«

Emily zog eine Schnute. Sie hatte die unhöfliche Anspielung wohl verstanden. Aaron war es gleichgültig. Emilys fortwährende Annäherungsversuche waren ihm zuwider. Alles war ihm zuwider – am meisten er sich selbst. Den ganzen Tag schuftete er schon wie ein Berserker, um die Erinnerung an den Vorfall in der Sattelkammer loszuwerden. Es gelang ihm nur schlecht.

»Falls es Mr Stutter interessiert: Mrs Havisham hat Cathy beinahe umgebracht! Sie hat sie niedergeschla...«

»Was? ... Cathy!« Aaron hatte das Gefühl, jemand hätte ihm einen Faustschlag in den Magen versetzt und ihm gleichzeitig den Boden unter den Füßen weggezogen. Das Letzte, was er im Sinn gehabt hatte, war Cathy in Gefahr zu bringen! Nie hätte er geglaubt, dass Isobel Havisham so weit gehen würde. Und das aus purer Eifersucht, aus Zorn, weil er ihren Begierden nicht noch einmal nachgeben wollte! Das durfte nicht wahr sein!

Er ließ die Mistgabel fallen und stürzte aus der Pferdebox, Emily grob beiseite stoßend, die ihm mit ihren ausladenden Hüften den Weg versperrte. »Lass mich durch!«, fauchte er. Ihre lautstarke Empörung war jetzt seine geringste Sorge.

Nackte Angst schüttelte ihn, als er, sorgfältig darauf achtend, dass ihn niemand dabei beobachtete, heimlich in den hinteren Eingang des Gesindetrakts schlüpfte. Er musste einfach selbst sehen, was mit Cathy geschehen war, musste sich vergewissern. »Oh Gott, lass es nicht wahr sein!«, murmelte er unablässig, ohne sich dessen bewusst zu werden.

Leise öffnete er die Tür zu ihrer Kammer, huschte hinein und verschloss die Tür sofort wieder. »Cathy?«, flüsterte er ängstlich.

Mit einem unterdrückten Stöhnen wandte sie sich zu ihm um. Er sah die getrockneten Spuren des Blutes, das ihr über das Gesicht gelaufen war, den rötlich verfärbten Verband um ihre Stirn, das schrecklich blutbefleckte Kleid, das achtlos auf den Boden geworfen worden war. Erneut packte ihn blankes Entsetzen. Im nächsten Augenblick lag er neben ihrem Bett auf den Knien und hielt sie in seinen Armen. »Oh, Cathy! Cathy!« Er schluchzte trocken auf, bedeckte ihr Gesicht mit Küssen. Er spürte, wie sie sich an ihn klammerte und hielt sie umso fester. »Was ist passiert?«, stieß er hervor, »Erzähle es mir. Ich muss es wissen.«

»Ich weiß nicht … es war Isobel … ich weiß nicht, was in sie gefahren ist!« Cathy begann zu weinen.

»Schhh … ganz ruhig!«, versuchte Aaron sie zu beruhigen. Cathy gelang es trotzdem kaum, zusammenhängend zu berichten: »Ich erinnere mich nicht richtig. Es sind nur Bruchstücke. Sie kam nach Hause und war ganz nass vom Regen und sie schrie.«

»Was hat sie geschrien?«, fragte Aaron und spürte, wie ein banges Gefühl in ihm aufstieg. Was, wenn Isobel Cathy verraten hatte, weshalb sie im Wäldchen gewesen war?

»Ich weiß nicht mehr. Sie war furchtbar wütend. Es gab keinen Grund dafür, ich hatte nichts getan …«

Aaron entspannte sich ein wenig, obwohl der Hass auf Isobel ihn fast wahnsinnig machte.

»Sie wollte, dass ich ihr beim Umziehen helfe und dann hat sie plötzlich eine Flasche genommen und dann …«, wieder quollen Cathy Tränen aus den Augen. Sie begann heftig zu zittern und klammerte sich noch fester an ihn. »Aaron, ich habe solche Angst.«

Er küsste sie zärtlich. »Du sollst keine Angst mehr haben, Cathy! Es ist jetzt genug. Sobald es dir bessergeht, gehen wir fort von hier, du und ich.«

Sanft wiegte er sie in seinen Armen, doch plötzlich spürte er, wie sie sich versteifte.

»Nein! Ich kann nicht gehen … ich kann nicht!«

Irritiert sah er sie an. »Um Himmels willen, warum denn nicht? Etwa wegen deiner Familie? Cathy, das muss jetzt ein Ende haben! Ich verstehe ja, dass du dich um deine Leute sorgst. Aber wenn du selbst in Gefahr gerätst … das kann auch deine Familie nicht von dir verlangen.«

Sie schob ihn jäh von sich und krümmte sich zusammen. Ihr Weinen ging in krampfartiges Schluchzen über, das sie regelrecht schüttelte. »Das verstehst du nicht … Ich kann sie einfach nicht verlassen … ich muss Billie beschützen.«

Eine verwirrende Mischung aus Zorn und Mitleid stieg in ihm auf. »Nein, das verstehe ich wirklich nicht, Cathy! Sei doch nicht dumm! Billie kann schon allein auf sich aufpassen.«

Die Antwort war nur noch heftigeres Schluchzen. Ihr hilfloses Weinen schnitt ihm ins Herz wie eine Klinge. Er ertrug ihr Leid einfach nicht. Erneut umfing er sie. Sie wehrte sich kurz, aber dann ergab sie sich seiner Nähe. Schließlich beruhigte sie sich unter seiner sanften Berührung langsam wieder und schlief irgendwann erschöpft in seinen Armen ein. Aaron betrachtete lange ihr blasses Gesicht mit den hohen Wangenknochen, das er so liebte, das leichte Zucken ihrer Augenlider im Schlaf … und dann fasste er einen Entschluss.

Whitefell House, Wiltshire, 11. August 1838

Kapitel 43

Sir, ich muss in dieser Angelegenheit ernsthaft protestieren. Mir obliegt die Haushaltsführung und damit auch das Wohl und Wehe der Hausangestellten. Es geht nicht an, dass es, was immer auch der Grund dafür gewesen sein mag, zu solchen Züchtigungen kommt.« Mrs Branagh stand hochaufgerichtet im Salon, ihre Miene drückte helle Empörung aus. »Cathy ist noch immer nicht in der Lage, ihren Aufgaben bei Mrs Havisham nachzukommen. Ich musste es selbst übernehmen, da sich die Mägde weigerten. Das ganze Haus befindet sich in Aufregung!«

Mr Havisham, der am späten Nachmittag von seiner Reise nach Portsmouth zurückgekehrt war, seufzte und goss sich noch einen Gin ein. Mrs Branagh hatte nach dem Dinner um eine dringende Unterredung mit den Herrschaften ersucht und ihm in dürren Worten von der Auseinandersetzung seiner Frau mit ihrer Zofe berichtet. Gewiss, Mrs Branagh hatte nur zu recht: Das Ganze war in der Tat ein ungeheuerlicher Vorgang. Dennoch schien es ihm im Augenblick wichtiger, die Integrität seiner jungen, offenbar sehr unbeherrschten Gattin gegenüber den Hausangestellten zu wahren. »Wird die Zofe denn in absehbarer Zeit ihren Dienst wieder aufnehmen können, oder muss jemand anderes gefunden werden?«, fragte er in sachlichem Tonfall, wohl wissend, dass dieser Punkt Mrs Branaghs Sorgen noch verschärfen würde. Es war mitnichten in ihrem Interesse, dass die misshandelte junge Frau auch noch entlassen wurde. Mrs Branagh trat folgsam in die Falle, die er ihr gestellt hatte und beteuerte: »Sicher, ich denke doch! Es geht ihr schon besser. Sie wird wohl morgen wieder arbeiten können, wenn sie noch einige Tage etwas geschont wird.«

»Nun gut, dann scheint der Vorfall ja nicht ganz so dramatisch zu sein, wie Sie mich glauben machen wollten. Die Angestellten sollten sich hüten, die Sache so aufzubauschen. Ich schätze das nicht.«

Mrs Branagh zog die Augenbrauen zusammen und blickte ihn zornig an. »Ich denke, Sir, die *Sache* ist im Gegenteil schlimm genug. Ich habe so etwas noch nicht erlebt!«

»Tatsächlich?« Havisham heuchelte blankes Erstaunen. »Nun, Mrs Branagh, wenn Sie sich mit der Situation überfordert fühlen, steht es Ihnen natürlich frei, sich ein leichteres Betätigungsfeld andernorts zu suchen.«

Erwartungsgemäß sank die Empörung der Haushälterin auf ein deutlich geringeres Maß zusammen. »Ich denke nicht, dass das nötig sein wird, Sir!«, murmelte sie verunsichert.

»Das freut mich zu hören«, meinte der Hausherr und lächelte breit. »Sicher wird es einen nachvollziehbaren Grund für die Auseinandersetzung, die Mrs Havisham mit der Zofe hatte, geben. Vermutlich hat sie sich über sie geärgert, wiewohl ich natürlich auch nicht glücklich bin über den Verlauf der Angelegenheit. Wir sollten meiner Gattin Gelegenheit geben, selbst dazu Stellung zu nehmen. Isobel, meine Liebe, was hast du dazu zu sagen?«

Er wandte sich seiner Gattin zu, die sichtlich unangenehm berührt in einem Sessel Platz genommen hatte. Er hoffte, dass diese eine gute Begründung zum Besten geben würde, unabhängig davon, ob es der Wahrheit entsprach. Aber es war wichtig, die Schuld der Zofe bei dem Vorfall herauszustreichen. Seine Gattin enttäuschte ihn nicht. War sie auch äußerst unbeherrscht, so war sie doch nicht dumm. »Cathy hat sich sehr aufsässig mir gegenüber benommen. Ich habe sie zurechtgewiesen und da ist sie regelrecht frech geworden. Sie wissen ja, Mrs Branagh, dass Cathy lange meine Spielgefährtin war. Offenbar hat sie noch Schwierigkeiten, sich in ihre neue Stellung als meine Dienerin zu finden. Dennoch liegt es mir am Herzen, sie bei mir zu behalten. Ich bin doch sehr an sie gewöhnt und kann mir nicht vorstellen, ohne sie zu sein. Die Zeit wird ihr schon helfen, ihre jetzige Stellung besser anzunehmen. Sicher habe ich zu heftig reagiert, aber es war auch mehr ein Unfall. Die Flasche ist mir praktisch aus der Hand gefallen, und Cathy befand sich gerade auf den Knien, da sie das Wasser im Bad verschüttet hatte. Das Ganze war wohl mehr ein Unglück, ich bin bereit, den Vorfall zu vergessen, wenn Cathy sich ihrerseits besser in ihre jetzige Rolle fügen mag.«

Mrs Branagh blickte zweifelnd, aber Havisham breitete seine Arme aus. »Da sehen Sie, Mrs Branagh: Offenbar ist das Ganze doch mehr eine Auseinandersetzung zwischen zwei ehemaligen Spielgefährten gewesen, die unglücklich ausging. Wir sollten der Sache nicht zu viel Beachtung schenken. Sicher wird so etwas nicht mehr vorkommen, da beide daraus gelernt haben, nicht wahr, mein Täubchen?« Er wandte sich zu Isobel um und fixierte sie drohend. Er würde nachher unter vier Augen noch ein deutliches Wort mit ihr zu reden haben. Isobel beeilte sich, eifrig zu nicken. »Ganz bestimmt nicht! Es tut mir auch sehr leid wegen Cathy. Es war mir nicht bewusst, dass ihre Verletzung doch schwererer Natur war. Sagen Sie ihr bitte die besten Genesungswünsche von mir und dass ich mich freue, wenn sie morgen wieder die Arbeit aufnehmen kann.«

»Hm …«, Mrs Branagh war offenbar nicht ganz zufrieden mit dem Verlauf des Gesprächs, sah aber keine Möglichkeit, noch ein Argument ins Feld zu führen. Schließlich kapitulierte sie. »Ich werde es ihr ausrichten und heute Abend eine der Mägde zu Ihnen hinaufschicken.«

»Ja, danke, Mrs Branagh!« Isobel lächelte hold. Das war überraschend gut ausgegangen. Dennoch fürchtete sie sich ein wenig vor der Auseinandersetzung mit ihrem Ehemann, die wohl noch stattfinden würde. Sein Blick verhieß nichts Gutes.

Kaum hatte Mrs Branagh den Raum verlassen, kam er zu ihr hinüber, packte sie am Arm und zwang sie, aufzustehen und ihn anzusehen. »Ich muss mich doch sehr wundern, meine Teuerste!«, herrschte er sie an. »Du bist dir wohl nicht im Klaren darüber, dass ein solcher Vorfall absolut inakzeptabel ist. Ich denke, es wäre sinnvoll, wenn du dir in absehbarer Zeit eine andere Zofe suchen würdest. Vor allem solltest du lernen, deine Launen besser zu kontrollieren! Ansonsten sehe ich mich gezwungen, nötigenfalls auch korrigierend einzugreifen. Offenbar ist in deiner Erziehung einiges versäumt worden.«

Isobel empfand durchaus Furcht. Hatte er ihr gerade etwa eine Tracht Prügel angedroht? Noch nie hatte jemand es gewagt, sie zu züchtigen. Doch sie traute Havisham eine solche Maßnahme durchaus zu. Sie schluckte, doch dann reckte sie kämpferisch ihr Kinn.

»Ich war eben sehr verärgert!«, insistierte sie. »Vor allem darüber, dass mir schon am Morgen durch diesen Architekten mitgeteilt wurde, dass ich mitnichten freie Hand habe beim Umbau der Räume. Dabei haben Sie mir die Leitung der Umbauarbeiten übertragen. Da hat Cathy eben das Fass zum Überlaufen gebracht«, log sie. »Außerdem tun Sie mir weh!«

Sein eiserner Griff lockerte sich etwas. Seltsam! Es hatte durchaus etwas Männliches, wenn er sie so hart anpackte. Ein leichter Schauer der Erregung durchfuhr sie, den sie nicht recht einzuordnen wusste.

»Ich denke, du solltest lernen, deine Empfindungen besser zu kontrollieren«, sagte er etwas ruhiger und ließ sie dann ganz los. »Dein Vater hat mir erzählt, dass du gerne reitest. Das hast du doch schon länger nicht mehr getan. Vielleicht würde mehr Bewegung helfen«, schlug er vor.

Isobel hätte beinahe laut herausgelacht. Allerdings würde ihr mehr Bewegung helfen, vielleicht nur nicht von der Art, die er im Sinn hatte. Jedoch, wenn er sie selbst in den Stall schickte … Sie würde tatsächlich noch ein Wörtchen mit Aaron zu reden haben. Scheinbar folgsam senkte sie den Kopf.

»Ich werde es mir zu Herzen nehmen, mein Gemahl!«, säuselte sie brav. »Ich würde mich dann gerne zurückziehen.«

Er hatte sich schon abgewandt. »Ja, geh nur. Gute Nacht, Isobel! Was die Angelegenheit mit dem Umbau betrifft, das werden wir morgen besprechen.«

Kapitel 44

Cathy atmete noch einmal tief durch und betrat dann das Schlafzimmer der Eheleute. Mr Havisham war, wie immer, früh auf den Beinen und hatte das Zimmer bereits verlassen. Bevor Isobel geruhte sich zu erheben, ging der Hausherr bereits am frühen Morgen seinen Geschäften nach – selbst an den Sonntagen. Dann nahmen die Eheleute, da er darauf bestand, für gewöhnlich gemeinsam ihr Frühstück im Salon ein.

Isobel bedachte Cathy mit einem Lächeln, als diese leicht zitternd vor ihr knickste, wie Isobel es von ihr erwartete. »Nun, wie ich sehe, hast du dich erholt von unserem kleinen Zwist«, meinte sie leichthin, die nur zu offensichtliche Furcht und die rotblau verfärbte, kaum geschlossene Wunde ihrer Zofe geflissentlich übersehend. »Wir wollen nicht mehr darüber sprechen. Du hast mich eben verärgert. Wenn du deine Arbeit in Zukunft gewissenhafter erledigst und alles tust, was ich dir sage, wird so etwas auch nicht mehr nötig sein. Hast du verstanden?«

»Ja, Mrs Havisham!«, antwortete Cathy. Das war vermutlich das Höchstmaß an Einsicht und Bedauern, das sie von Isobel erhalten würde.

»Gut. Dann brauchst du dich auch nicht zu sorgen.« Isobel erhob sich von ihrem Bett. »Ich werde heute nach dem Frühstück eine Besprechung mit meinem Gatten haben und noch einige Korrespondenz erledigen. Nach dem Lunch werde ich dann ausreiten. Ich werde mich heute also mehrfach umziehen müssen und wünsche direkt nach dem Ritt ein ungestörtes Bad zu nehmen. Du wirst dafür Sorge tragen, dass das Bad gerichtet ist, wenn ich eintreffe. Aber sieh zu, dass das Wasser nicht zu heiß ist.« Sie ließ sich von Cathy aus dem Nachthemd helfen. »Falls dir das alles für heute noch zu mühsam ist, darfst du dir auch Hilfe holen … ausnahmsweise!«, fügte sie, wie sie selbst fand, überaus gnädig hinzu. Aber man sollte durchaus sehen, dass sie bereit war, guten Willen zu zeigen.

»Ja, Mrs Havisham«, antwortete Cathy demütig, ohne den Blick zu heben. Isobel war doch erstaunt. Offenbar hatte der Schlag, den Cathy erhalten hatte, diese so in Angst versetzt, dass sie es im Traum nicht wagen würde, sich gegen ihre Herrin aufzulehnen. Da war nicht einmal mehr ein Hauch der leisen kritischen Distanz zu spüren, den Isobel meinte, in den vergangenen Wochen in den Augen Cathys entdeckt zu haben. Das konnte ihr nur recht sein. Müßig ließ sie den Blick auf ihrer Zofe ruhen, die sich gerade bückte, um ihrer Herrin in die Strümpfe zu helfen. Wie konnte Aaron Stutter nur etwas an diesem verschreckten, unterwürfigen Hühnchen finden, wenn er stattdessen sie haben konnte? Das war doch einfach lächerlich! Vielleicht, so überlegte sie, war ihr Verdacht ja ganz unbegründet gewesen, vielleicht gab es eine ganz normale Erklärung für sein Ausbleiben. Sie würde das heute nach dem Lunch in Erfahrung bringen.

Aaron wappnete sich innerlich, als er sah, wie Isobel etwa eine Glocke nach dem Lunch den Stall betrat. Nun war es also soweit! Er hatte sich bereits eine gute Ausrede für sein Nichterscheinen neulich zurechtgelegt. Sie trug Reitkleidung, wollte also offenbar ausreiten, aber ihn bestimmt auch zur Rede stellen. Niemand war bei ihr. Umso besser! So hatte er Gelegenheit, umgehend seinen Entschluss in die Tat umzusetzen. Er bemühte sich um einen Gesichtsausdruck, der Interesse und Verlockung gleichermaßen hervorrief und trat ihr entgegen. Schließlich hatte er die Kunst des Spiels zwischen den Geschlechtern in langen, wenn auch nicht sehr glücklichen Wanderjahren nur zu gut erlernt. Er konnte diese zarten Hinweise mühelos und auf Abruf erzeugen. Der Blick, der daraufhin in die Augen von Cathys Peinigerin trat, zeigte ihm, dass sie durchaus bereit sein würde, ihm zu glauben, dass sein Ausbleiben neulich lediglich widrigen Umständen geschuldet war.

»Aaron«, begann sie dennoch in dem schnippischen Tonfall, den er zur Genüge von ihr kannte, nur unzureichend verbarg sie dahinter ihren verletzten Stolz. »Wie du siehst, möchte ich ausreiten. Sattle mir den Schimmel! Das heißt, wenn mein neuer Stallmeister die Möglichkeit sieht, seine kostbare Zeit für mich zu erübrigen.«

Sollte er noch einen Zweifel gehabt haben, warum sie Cathy so brutal und rücksichtslos niedergeschlagen hatte, so bewies ihm dieser Satz, dass er mit seiner Vermutung nur zu richtig lag. Isobel de Burgh war unberechenbar und gefährlich, ja durchaus bereit, bis zum Äußersten zu gehen, um ihren Willen zu behaupten. Er tat gut daran, sich in Acht zu nehmen. Trotzdem gelang es ihm, ihr glaubwürdig einen verheißungsvollen Blick zuzuwerfen. Er gab sich, weiß Gott, alle Mühe. »Ich wüsste nichts, was mir lieber wäre«, log er.

»Tatsächlich?« Sie hob in gespieltem Erstaunen die Augenbrauen. »Da habe ich aber kürzlich einen ganz anderen Eindruck gewonnen.«

Nun war es an der Zeit, den Stier – oder vielmehr die Kuh – bei den Hörnern zu packen. Schnell trat er zu ihr hin und nahm sie mit festem Griff um die Taille. »Isobel«, hauchte er in ihr Ohr, »ich sage dir, du irrst dich. Ich konnte einfach nicht fassen, dass es wahr ist. Wie könnte ich denn glauben, dass eine schöne und begehrenswerte Frau wie du nicht nur mit mir spielt? Isobel, ich träume Tag und Nacht von dir. Niemand kann mich so erregen!«

Die Worte gingen ihm kaum über die Lippen, dennoch spürte er, wie sie ihren Körper willig an den seinen drückte. Ach Gott, sie war trotz ihrer Eitelkeit und ihres Stolzes doch sehr einfach zu überzeugen. Eigentlich ist sie nichts weiter als eine Dirne – allerdings mit viel zu viel Macht ausgestattet, dachte er angewidert.

Doch dann spürte er, wie sie sich plötzlich wieder merklich versteifte. »Und Cathy?«, fragte sie lauernd. »Ich meine, du hattest eine gewisse Schwäche für sie.« Aufmerksam sah sie ihm in die Augen in der offensichtlichen und leider auch berechtigten Hoffnung, die verräterische Wahrheit darin zu lesen. Es gelang ihm gerade noch rechtzeitig, ihr einen Verlangen heuchelnden Kuss auf den Hals zu drücken. Dann hatte er sich wieder in der Gewalt. »Cathy?«, fragte er betont beiläufig. »Was soll mit ihr sein? Ich habe mir ein wenig die Zeit mit ihr vertrieben – ich bin eben nur ein Mann, wie du weißt!« Er lächelte süffisant. »Dann habe ich aber schnell festgestellt, dass sie einem Vergleich mit dir nicht standhalten kann.« Wieder verstärkte Aaron seinen Griff und ließ, wie zur Bestätigung, seine freie Hand begehrlich über ihre Hüfte gleiten. Erleichtert las er in ihrem Gesicht, dass sie sehr geneigt war, ihm Glauben zu schenken. Doch sie war noch nicht ganz zufrieden. »Und warum bist du dann nicht gekommen?«, fragte sie. »Ich bin wie eine Närrin an dieser dummen Quelle gestanden und habe gewartet.«

Nun konnte er seine sorgfältig zurechtgelegte Ausrede endlich einsetzen. Er flunkerte schamlos von einer Keilerei bei den Fohlen und dass er habe dazwischengehen und sie auf unterschiedliche Weiden habe treiben müssen, um Schaden von den wertvollen Tieren abzuwenden. Jetzt, da Frederick fort sei, hinge ja nun die ganze Verantwortung an ihm. Es sei schließlich auch seine Pflicht, den Besitz der Herren von

Whitefell zu schützen und zu vermehren. Sie ließ sich tatsächlich mit dieser Lüge besänftigen. Er entspannte sich erleichtert.

»Komm!«, sagte sie begehrlich.

Er ließ seinen Blick fragend in Richtung Sattelkammer wandern.

»Nein, nicht hier«, meinte sie, neckisch kichernd. Wie er sie hasste! »Havisham ist zu Hause und jemand könnte uns vielleicht doch überraschen. Du wirst mich auf meinem Ausritt begleiten. Sagen wir: zu meinem Schutz. Immerhin hat mich der Schimmel schon einmal fast abgeworfen.« Sie sah ihm aufreizend in die Augen.

Es gelang ihm, ein schräges Lächeln aufzusetzen. Das schien ihr zu gefallen. »Ich weiß eine hübsche Lichtung im Wald«, sagte er. Lüstern ließ sie ihre Hand über die Vorderseite seiner Hose gleiten. Es widerte ihn an, doch er würde tun, was sie von ihm wollte, und zwar mit aller Hingabe, zu der er fähig war. »Nimm eine Decke mit«, befahl sie ihm, » ich habe nicht vor, meine Kleider anzubehalten.«

Reform Club, London, 28. Oktober 1838

Kapitel 45

Havisham beglückwünschte sich insgeheim zu der gelungenen Transaktion. William Witherton, ein Industrieller aus Manchester, mit dem er in intensive geschäftliche Beziehungen getreten war und der vor Jahren bereits einen Sitz im Unterhaus hatte ergattern können, hatte ihn in den exklusiven Reform Club[25] in London eingeführt. Dieser höchst angesehene Club stand nur den Mitgliedern der führenden Whigpartei offen. An seinem Zutritt zu den erlauchten Hallen hatte Havisham schon seit Monaten gearbeitet. Das war auch letztlich das Kalkül gewesen, als er sich in dic ctwas in Schieflage gekommene Dampfmaschinenproduktion von Witherton eingekauft hatte. Er hatte dessen Geschäft dadurch saniert und ihn ermutigt, von den veralteten Maschinen auf einen neueren Typ von Hochdruckdampfmaschinen umzusatteln, die zwar durchaus erhebliche Gefahren bargen[26], aber einen weitaus höheren Wirkungsgrad versprachen. In der Verbesserung des Wirkungsgrades der Dampfmaschine – sprich im weiteren Absenken des Energiebedarfs bei gleicher oder besserer Leistung –, das wusste Havisham nur zu genau, lag die Zukunft. Und er gedachte, daran seinen Anteil zu haben. Nichtsdestoweniger hatte er nunmehr auch politische Ambitionen, allein der wirtschaftliche Erfolg reichte ihm nicht mehr. Ein Mann von seinen Qualitäten war zu Höherem berufen.

25 Dieser überaus bekannte Club, der nur Herren offenstand und sogar Eingang in die Weltliteratur (Jules Verne) fand, wurde 1832 gegründet.

26 Die Hochdruckdampfmaschinen, die erstmals als Prototyp 1812 gebaut wurden, neigten, da sie mit sehr hohem Dampfdruck arbeiteten, zu Kesselexplosionen. Neue belastungsfähigere Metallwerkstoffe und erheblich genauer gefertigte Maschinenteile wurden dadurch erforderlich. Da sie aber einen wesentlich höheren Wirkungsgrad aufwiesen als die »sicheren« Niederdruckdampfmaschinen nach James Watt und auch den Einsatz in Fortbewegungsmitteln erlaubten (Dampflokomotive), wurde intensiv daran geforscht.

Zwar war Lord Melbourne nicht anwesend, aber doch einige einflussreiche Mitglieder der Whigs, die seit 1832 die Regierungsmehrheit stellten. Die Partei der Whigs, einst als Viehtreiberpartei verlacht, hatte einiges erreicht und stellte für Männer wie ihn, die sich aus der bürgerlichen Schicht erfolgreich und aus eigener Kraft emporgearbeitet hatten, genau die richtige Plattform dar. Gewiss, einige der politischen Ziele wie die Einschränkung der Macht der East-India-Trading-Company und das nach langem Ringen erzielte Verbot der Sklaverei in den britischen Kolonien vor vier Jahren[27] waren ihm gleichgültig. Was die Company betraf, hatte er sogar eine entschieden gegenteilige Auffassung – und das aus gutem Grund. Aber die besonders aus Manchester erklingende Forderung nach dem Fall der Handelsgrenzen erregte sein Interesse. Darin lag vor allem erhebliches wirtschaftliches Potenzial, das etliche der liberalen Idealisten der Partei, zu denen er sich nun wirklich nicht zählte, noch nicht erkannt hatten. Jenen ging es um die Lösung der *sozialen* Frage. Aber was interessierte ihn eine soziale Frage? Das war seiner Meinung nach nur unnötiger ideologischer Ballast und er wusste, dass er mit dieser Ansicht nicht alleine stand. Nun, mit seinem erheblichen Kapital im Rücken und der Übernahme von Whitefell, die ihn zum Landbesitzer machte – die zwingende Voraussetzung für die Teilhabe an politischer Macht, konnte er damit beginnen, seine Netze bei den Whigs auszuwerfen. Und das gelang ihm auch vorzüglich, gerade in diesem Moment.

»Sie denken also daran, im nächsten Turnus für den Wahlbezirk in Wiltshire zu kandidieren?«, fragte Adam Green, einer der Wahlkampfstrategen der Whigs, mit dem er sich so-

27 Ein seit 1787 ausschließlich aus humanitären Gründen geborenes Anliegen von William Wilberforce (ebenfalls Angehöriger der Whigs), dem es nach Jahren mit Hilfe seines Freundes, des Premierministers William Pitt, gelang, dieses gegen den Widerstand der Tories durchzudrücken, zunächst 1807 mit dem Verbot des Sklavenhandels. Nach fünf Jahrzehnten der Herrschaft der konservativen Tories im Parlament, konnte die liberale Whigregierung ab 1832 etliche dringende Reformen auf den Weg bringen. Dazu zählte auch 1834 das endgültige Verbot der Sklaverei.

eben in eine ruhige Ecke zu einem intimeren Gespräch zurückgezogen hatte.

»Ich habe ein ernsthaftes Interesse daran«, bejahte Havisham. »Die Frage ist nur, ob der bisherige Kandidat bereit wäre, seine Kandidatur für den nächsten Turnus zurückzuziehen. Immerhin hat er momentan den Sitz im Unterhaus inne.«

»In der Tat, das halte ich für unwahrscheinlich«, gab Green zu bedenken. »Und die Schaffung eines weiteren Sitzes gibt das Wahlrecht nicht her.«

Havisham zuckte mit den Achseln. »Man müsste ihn eben dazu bewegen, den Rückzug anzutreten und einem neuen Mann Platz zu machen. Immerhin ist er nicht mehr der Jüngste, wie ich hörte.«

»Ha, Mr Havisham, ich wüsste nicht, wer das erfolgreich übernehmen sollte! Baker ist ein Idealist durch und durch, der seinen Lebensinhalt in der politischen Arbeit und im sozialen Engagement sieht. Obwohl selbst Fabrikbesitzer, ist er kein Mann der harten Fakten wie Sie. Gleichwohl sähe ich es nicht ungern, wenn Sie an seine Stelle träten. Baker mit seiner allzu humanitären Gesinnung der Arbeiterklasse gegenüber ist auch unter den Whigs nicht unumstritten. Es kursiert das Gerücht, er interessiere sich seit Kurzem sogar für die Ideen der Chartisten[28]. Unglaublich, wirklich! Das könnte uns womöglich sogar treue Wähler kosten.«

Green lächelte ihm gewinnend zu. Havisham grinste zurück. Green war nicht dumm und wusste auch genau, wo er durchaus mit finanziellen Zuwendungen rechnen konnte, wenn er seinen Einfluss in die Waagschale warf.

»Oh«, meinte Havisham leichthin, »sollte er *klingenden* Argumenten nicht zugänglich sein«, er unterstrich die Bemerkung mit einer entsprechenden Handbewegung, indem er

---

28 Erste basisdemokratische Arbeiterbewegung, die aber letztlich scheiterte. Siehe auch Nachwort.

Daumen und Zeigefinger aneinanderrieb, »so ließe sich sicher auch bei ihm ein dunkles Fleckchen auf seiner weißen Weste finden, wenn er seinen Platz nicht freiwillig räumen will. Ich kenne keinen Mann, der nicht wenigstens einige davon aufzuweisen hätte. Ich nehme an, Sie, Mr Green, verfügen über ein entsprechendes Netz von Fachleuten, die sich auf das Sichtbarmachen solcher Flecken verstehen. Natürlich würde ich mich an den Kosten beteiligen.« Er nickte seinem Gesprächspartner vielsagend zu. Dieser erfasste das darin enthaltene Angebot, selbst auch zum Nutznießer der im Zuge einer solchen Transaktion fließenden Gelder zu werden, sofort.

»Nun denn, Mr Havisham, ich werde sehen, was sich machen lässt. Ich denke, wir werden bald voneinander hören.« Green lächelte noch breiter und lud ihn dann ein, sich zu den anderen in die Runde zu setzen.

»Ach, Mr Green«, Havisham hielt seinen Gesprächspartner noch einmal zurück. Es war ihm wichtig, den Mann – nun, da er ihn einmal interessiert hatte – nicht vom Haken zu lassen. »Ich denke, es wäre sinnvoll, wenn wir die Planung der Dinge am besten noch einmal in Ruhe besprechen könnten. Ich fahre übermorgen zurück nach Whitefell, meinem Landsitz. Hätten Sie Interesse, mich zu begleiten? Ich könnte Ihnen bei dieser Gelegenheit auch meine reizende junge Gattin vorstellen, die eine Verwandte des Earls of Branford ist.«

»Tatsächlich? Sie sind mit einer Verwandten des Earls of Branford verheiratet? Hat seine jüngere Tochter nicht kürzlich Mr Fountley, den angehenden Baron of Tounton, geheiratet? Er gehört zwar nicht zu uns, steht aber den Ideen des Freihandels offenbar sehr aufgeschlossen gegenüber. Ein interessanter junger Mann, von dem man meines Erachtens noch hören wird. Nun, das ist ein überaus positiver Aspekt, gibt es doch seit einiger Zeit von beiden politischen Lagern Bestrebungen, einander näherzukommen. Selbstverständlich würde ich Ihre Gattin sehr gerne kennenlernen. Außerdem scheint es mir sinnvoll, vielleicht auch einen guten Bekannten von mir, Mr Armindale, dazuzubitten. Er könnte dann auch bald mit seinen Nachforschungen bezüglich Mr Bakers beginnen.«

Whitefell House, Wiltshire, 30. Oktober 1838

Kapitel 46

Es war empfindlich kalt geworden, die Nächte zeigten regelmäßig Temperaturen um den Gefrierpunkt und das Wetter verschlechterte sich zusehends. Zum Glück war die späte Ernte vollständig eingebracht und man beschäftigte sich auch auf Whitefell bereits mit dem Einlagern von Früchten, Gemüse und weiteren Vorräten für den Winter. Es wurde geschlachtet, Pökel- und Rauchfleisch für den Winter zubereitet und jede Menge Würste mussten gefüllt werden. Die Männer hatten inzwischen unter Finleys sachkundiger Anleitung auch im Waldgebiet im Westen Holz geschlagen. Es bestand erhöhter Bedarf, da die gelagerten Holzreserven Whitefells, besonders des Bauholzes, restlos erschöpft waren. Man hatte in letzter Zeit sogar noch von den Nachbargütern zukaufen müssen, da die Umbauarbeiten im Haus sich doch recht umfangreich gestaltet hatten. Über Wochen hatte man zusätzlich auch Handwerker und Künstler aus London beherbergen müssen. Auch Mr MacInroy, der Architekt, weilte wenigstens jede zweite Woche für einige Tage im Herrenhaus. Jetzt waren die Arbeiten endlich und zur allergrößten Erleichterung der Angestellten und Arbeiter auf dem Gut abgeschlossen. Es war doch sehr mühsam geworden, aber nun waren die ihnen von Mr Havisham wie selbstverständlich auferlegten zusätzlichen Arbeitsverpflichtungen, die allen letztlich recht schwergefallen waren, endlich Vergangenheit. Dieser Anlass sollte demnächst mit einem kleinen Fest unter den Angestellten in der dem Pferdestall angeschlossenen Scheune gefeiert werden, die mit dem Heu der weitflächigen Wiesen um Whitefell herum wohlgefüllt war. Die Herrschaften würden dem Fest allerdings nicht beiwohnen. Mrs Havisham plante stattdessen, Anfang Dezember einen Ball abzuhalten zur Feier der Renovierung und auch, um die Eheleute Havisham endlich der gehobenen Gesellschaft der Grafschaft als die neuen Herren Whitefells vorzustellen.

Isobel war mit dem Ergebnis der Umbauarbeiten, vor allem mit deren Umfang, sehr zufrieden. Sie hatte ihr privates großes Schlafzimmer mit eigenem Bade- und Ankleideraum, abgeteilt von den entsprechenden Räumen ihres Gatten, neue Möbel und sogar einen persönlichen Salon, in den sie sich zurückziehen konnte. Zudem war das meiste des Mobiliars ausgetauscht und die Decken waren – wie von Mr MacInroy vorgeschlagen – abgesenkt worden. Die Räume waren nun hell und modern gestaltet, und sie fühlte sich weit mehr als rechtmäßige Herrin des Hauses als noch vor einigen Wochen. Der Geist ihres Vaters war vollständig aus Whitefell getilgt. Sie weinte ihm keine Träne nach, wie sie auch kaum noch etwas von ihm hörte. Auch Havisham weilte immer öfter anderswo, kümmerte sich um die florierenden Geschäfte und neuerdings auch um seine politische Karriere, die er mit Verbissenheit verfolgte. Er ließ ihr mehr und mehr freie Hand. So war es ihr gelungen, ihm, da er nicht mehr so viel Interesse zu haben schien – weder an ihr noch an Whitefell –, mehr abzuschmeicheln, als ihm wohl bewusst war. Auch seine deutlich nachlassenden nächtlichen Aktivitäten waren ihr mehr als recht. Vermutlich stillte er seine männlichen Bedürfnisse auf seinen Geschäftsreisen in entsprechenden Etablissements … Es war ihr eigentlich gleichgültig. Immerhin teilte er noch hin und wieder das Bett mit ihr. Sollte es doch trotz ihrer Vorsichtsmaßnahmen zu einer Schwangerschaft kommen, wegen der hingegen sehr regelmäßigen und häufigen Vergnügungen, die sie sich mit Aaron Stutter gönnte, würde sie ihrem Gatten weismachen können, dass er selbst der Vater sei. Alles lief also bestens. Sie hatte einige weitere Briefe von Lady Craven erhalten, der es nach eigenem Bekunden nach einer längeren Krankheitsphase nun wieder besserging. Ausführlich hatte Isobel ihr ihrerseits schriftlich von ihren Erfahrungen als junge Ehefrau berichtet. Sie hatte Jemina Cravens damals so überraschend offen geäußerte Ansichten dazu in allen Punkten bestätigt und ihr mehr als einmal für die hilfreiche Unterweisung gedankt. Sicher würde sich auch ein Besuch in London, nun, da die Renovierungsarbeiten abgeschlossen waren und auch Havisham so etwas angedeutet hatte, bald verwirklichen lassen. Das Leben sah recht rosig aus. Allein ein einziger Punkt bereitete ihr Kopfzerbrechen: Die Verschlechterung der Witterung verbot es, dass sie sich weiterhin mit Aaron in der freien Natur vergnügte. Es war einfach zu kalt und nass geworden. Die Vorstellung, sich mit ihm wie im Sommer auf den blumengeschmückten Lichtungen in den Wäldern Whitefells den exquisiten und ausgesprochen anregenden Unternehmungen zu widmen, war jetzt mehr unangenehmer Art. Das lag aber einzig und allein an den äußeren Umständen, Aaron Stutter selbst hatte sie keinesfalls enttäuscht. Er erwies sich als ein wahrer Künstler auf dem Gebiet, ihre geheimsten Wünsche zu erahnen und prompt zu erfüllen. Lediglich ihrer starken Vorliebe für rauere – sehr viel rauere – Spielarten der Lust hatte er partout nicht nachgeben wollen mit dem Hinweis, dass verräterische Spuren auf ihrem Körper entstehen würden, was sie gegenüber Mr Havisham in Erklärungsnot bringen könnte. Ungern hatte sie ihm darin recht geben müssen, obwohl sie auch den Verdacht hegte, dass er noch andere Motive für seine Weigerung hatte, die in ihm selbst begründet lagen. Es ärgerte sie nicht wenig, dass ihr diese Erfahrung verschlossen bleiben musste, da sie sich ein unendliches Vergnügen, einen nicht zu überbietenden Reiz davon versprach. Immerhin konnte sie sich jedoch in der Regel darauf verlassen, dass er immer geistesgegenwärtig genug war, den Liebesakt gerade noch rechtzeitig abzubrechen, bevor er sich ergoss. So waren nicht einmal die lästigen Spülungen wie nach Havishams langweiligen Bemühungen notwendig. Lediglich zwei Mal war es ihm in der ganzen Zeit nicht geglückt. Selbstverständlich hatte sie ihm heftigste Vorwürfe deshalb gemacht. Aber nach einer Zeit der erhöhten Nervosität ihrerseits und ängstlichem Warten auf ihre monatliche Blutung hatten selbst diese beiden Missgeschicke nicht zu der befürchteten Stockung des Blutes geführt. Offenbar war also eine Schwangerschaft nicht immer die zwingende Folge eines Samenergusses, sodass sie auch in diesem Punkt etwas entspannter geworden war. Da Isobel heute in den späten Abendstunden noch die Rückkehr Havishams erwartete, hatte sie sich vorgenommen, sich zuvor noch ein kleines Vergnügen mit Aaron zu gönnen. Sie pflegte dies wegen der Möglichkeit einer Entdeckung sonst zu vermeiden, wenn ihr Gatte auf Whitefell anwesend war, obwohl sie diese aus Vorsicht getroffene Regelung auch mehr und mehr störte.

Isobel ließ den Blick von ihrem Damensekretär, der nun in ihren eigenen Räumen stand, hinaus auf die Weiden und Wälder Whitefells wandern, dort hatte der Spätherbst schon Einzug gehalten. Die Bäume waren schon fast kahl und die Wiesen hatten eine bräunliche Färbung angenommen. Zu dumm, es sah schon wieder nach Regen aus und es war heute auch ungemütlich kühl. Von einem Ausritt oder Spaziergang mit einem verabredeten Ziel würde sie wohl absehen müssen. Sie zog an der Klingelschnur und kurze Zeit später erschien Cathy im Zimmer. Der Befehl war schnell erteilt. »Cathy, ich möchte, dass du hier gründlich aufräumst.« Noch immer neigte Isobel dazu, innerhalb kürzester Zeit ihre Umgebung in ein Chaos zu verwandeln. »Ich werde noch etwas hinausgehen … nein, das beige Kostüm«, meinte sie nachdenklich, als Cathy ihr auf diese Bemerkung hin das dunkelblaue Kleid mit dem Cape herauslegen wollte, das Isobel in der letzten Zeit bei Spaziergängen zu tragen pflegte. Cathy beeilte sich zu tun, wie ihr geheißen war. Sie war seit jenem Vorfall, von dem nur noch eine schmale, weiße Narbe am Haaransatz geblieben war, eine vorbildliche, überaus fleißige, aber vor allem sehr stille Bedienstete. Selbst Isobel fiel die übermäßige Schweigsamkeit auf. Nicht, dass sie je wirklich einen Grund gehabt hatte, sich über Cathys Dienste zu beklagen, seit diese ihre Zofe geworden war. Isobel wusste selbst am allerbesten, dass die Begründung, die sie wegen des Vorfalls im Baderaum so forsch ins Feld geführt hatte, jeder Grundlage entbehrte. Doch nun schien es fast, als habe sich Cathy vollkommen in sich zurückgezogen. Fast wie ein mechanisches Geschöpf, ein Aufziehspielzeug, verrichtete sie ihre Pflichten gegenüber Isobel tadellos, wirkte aber wie erfroren. Ja, das traf es wohl am ehesten, überlegte Isobel in einem der seltenen Momente, in denen sie ihre Aufmerksamkeit auf die Menschen richtete, die sie umgaben. Es war, als ob Cathys Lebenskraft, ihre Daseinsfreude und auch der durchaus vorhandene feine Humor, der Isobel eigentlich gefallen hatte in der Zeit, als sie noch Kinder waren, sich wie die Natur im Winter zurückgezogen hatte, sodass man fast meinen konnte, es würde nie wieder etwas wachsen. Deshalb hatte Isobel bisher auch davon abgesehen, ihr sorgfältig bereitetes, wirksames Druckmittel gegenüber Cathy anzuwenden. Es war einfach nicht nötig gewesen. Zwar hatte sie den Verdacht, dass Cathy zumindest ahnte, dass Isobel intime Beziehungen außerhalb des ehelichen Schlafzimmers unterhielt und wahrscheinlich auch mit wem, aber Cathy hatte nie auch nur die leiseste Andeutung dazu gemacht oder gar gezeigt, dass sie Bescheid wusste. Längst mussten ihr die Grasflecken und andere verräterische Spuren auf Isobels Kleidung und Unterwäsche aufgefallen sein, wenn diese von ihren Ausritten, bei denen sie nun regelmäßig von Aaron begleitet wurde, oder den scheinbar einsamen Spaziergängen zurückkehrte. Schließlich oblag es ihr – so hatte Isobel es ausdrücklich angeordnet –, die Kleidung ihrer Herrin ausschließlich persönlich zu reinigen und zu pflegen. Isobel beglückwünschte sich selbst im Stillen zu diesem klugen Entschluss, da es sonst vielleicht doch Gerede bei den Waschweibern gegeben hätte, die ohnehin, wie ja jeder wusste, zum Tratschen neigten. Offenbar schien es Cathy gleichgültig zu sein, was Isobel mit Aaron tat. Vielleicht aber verstand sie es auch nur, ihre wahren Gedanken gegenüber ihrer Herrin zu verbergen. Einerlei, solange Cathy den Mund hielt, sollte es Isobel egal sein, wie diese darüber dachte oder ob es ihr gar etwas ausmachte, was immerhin denkbar war. Schließlich hatte Aaron ja zugegeben, dass er kurze Zeit Interesse an Cathy gehabt hatte, aber das brauchte Isobel inzwischen nicht mehr zu stören. Ihre Gedanken wandten sich wieder dem drängenderen Problem des nahenden Winters zu. Irgendwie musste sie eine Lösung dafür finden. Sie lächelte ihrem Spiegelbild zu. Heute würde sie wohl noch etwas wagen.

»Hervorragend, Billie, du sitzt schon sehr gut auf dem Pferd! Ein wenig gerader den Rücken und gib mehr Schenkeldruck! Das Pferd spürt am ehesten durch deine Haltung, was du von ihm willst, nicht so sehr durch das Ziehen an den Zügeln. Du kannst es leicht mit einer Hand lenken.« Aaron lächelte, als er sah, wie sich der Junge angestrengt bemühte, seinen Anweisungen Folge zu leisten. Seit kurzer Zeit erlaubte ihm Aaron hin und wieder, ein wenig auf einem der Zugpferde zu reiten, die, wenn sie nicht gebraucht wurden, tagsüber auf der Weide waren. Seit dem Sommer war Billie regelmäßig auf Whitefell, da er immer wieder von Isobel als Laufbursche eingesetzt wurde. Aaron wusste, dass Cathy deshalb höchst beunruhigt war. Unverändert hing sie an diesem Kind mit übermäßiger Sorge, und das, obwohl Billie sie offenbar nicht sonderlich mochte, ja, sogar schnitt. Jetzt, da die Bauarbeiten abgeschlossen waren, gab es für Billie aber nicht mehr allzu viel zu tun. Isobel schien auch ein wenig das Interesse an ihm verloren zu haben. Billie war recht unglücklich darüber, versuchte es aber nicht zu zeigen, denn das wäre ihm mit seinen zehn Jahren doch recht kindisch und unmännlich vorgekommen. Nur noch selten gab ihm seine angebetete Mrs Havisham jetzt einen Auftrag, was ihn aber nicht davon abhielt, in den höchsten Tönen von ihr zu schwärmen und strikt zu behaupten, dass Mrs Havisham seine Fähigkeiten als Laufbursche und als verschwiegener Vertrauter schätzte. Aaron hütete sich, dem Kind zu widersprechen, obwohl es ihm auf der Zunge lag. Er kannte eben diese Mrs Havisham, die Herrin von Whitefell, leider nur zu gut und wusste genau, dass ihr nichts an einem Bauernkind liegen konnte, das zudem noch verkrüppelt war. Besonders Billies felsenfeste Überzeugung, der Vertraute Isobels zu sein, schürte inzwischen auch Aarons Misstrauen. Als er Billie jedoch darauf ansprach, schüttelte dieser nur seinen Kopf, lächelte geheimnisvoll und meinte, das würde auf keinen Fall von ihm verraten werden, lieber bisse er sich die Zunge ab. Wahrscheinlich hatte Cathy doch recht damit, sich Sorgen zu machen.

Weit mehr Gedanken machte sich Aaron allerdings inzwischen um Cathy selbst. Eine beängstigende Starre und Schweigsamkeit hatte sich über sie gelegt, die ihm große Sorge bereitete und die er nicht zu durchdringen vermochte. Er hatte zunehmend die Furcht, dass ihre Seele Schaden nehmen, dass sie sich vielleicht sogar irgendwann etwas antun könnte. Wiederholt hatte er versucht, sie zu einem Gespräch zu bewegen, hatte gehofft, sie aus dieser scheinbaren Versteinerung herauszuholen und sei es auch nur für einige sorglose Momente, doch es war ihm nicht gelungen. Sie senkte nur den Kopf und schwieg. Er wusste sich bald keinen Rat mehr. Die anderen Bediensteten begannen bereits, über sie zu tuscheln und auch Mrs Branagh zog immer öfter ungehalten die Augenbrauen zusammen, wenn Cathy, ohne sich an den Gesprächen der anderen zu beteiligen, still bei Tische saß. Doch immerhin gab ihr Fleiß keinen Grund zu Beanstandungen. Allein Billie vermochte Cathy aus ihrer inneren Erstarrung zu lösen. War er auf Whitefell, dann wurde sie lebendiger, sprach mit ihm oder versuchte es wenigstens, doch gerade er stieß sie zurück. Aaron konnte es kaum noch ertragen zu sehen, wie sehr sie diese Zurückweisung quälte, und dennoch ließ sie nicht davon ab, es zu versuchen – gerade wie er selbst nicht davon abließ, einen Weg zu Cathys in Trauer und Angst eingefrorenem Herzen finden zu wollen.

»Genug jetzt, Billie. Steig ab! Morgen kannst du wieder kommen, wenn dein Vater dich gehen lässt.« Maulend sprang der Junge vom Rücken des Pferdes, lief dann aber eilig über die Wiesen nach Hause. Aaron ging über die Weide, nahm das Pferd beim Zügel und führte es zurück zu den Stallungen. Da sah er Isobel über den Hof kommen in Richtung Stall. Er seufzte, ahnte er doch, was sie im Stall wollte. Mr Havisham, so hatte Mrs Branagh am Morgen beim Gesindefrühstück verkündet, würde am Abend aus London zurückkehren. Offenbar hatte seine untreue Gattin nicht im Sinn, die letzten Stunden bis zu dessen Rückkehr ungenutzt verstreichen zu lassen.

Kapitel 47

»Wirklich ein prächtiges Anwesen, sehr ansprechend! Und dieser markante weiße Stein! Das sieht man wirklich nicht alle Tage.« Mr Green sah recht beeindruckt aus den regenverschleierten Fenstern der Kutsche. Trotz des schlechten Wetters und des trüben Lichts am späten Nachmittag bot Whitefell einen grandiosen Anblick. Gepflegte Weiden und Wälder umgaben das Herrenhaus wie ein samtenes Tuch, obwohl dieses Tuch wegen der schlechten Witterung an diesem Tag eher grau wirkte. In Havisham wallte Besitzerstolz auf und eine fast diebische Freude darüber, dass es ihm gelungen war, Green in Erstaunen zu versetzen. Es war ihm wichtig, dass der Mann erfuhr, mit wem er es zu tun hatte und welches Potenzial, auch an Macht und Einfluss, Havisham zu bieten hatte. Gut auch, dass die Renovierung Whitefells inzwischen vollständig abgeschlossen war. MacInroy hatte sich als die richtige Wahl erwiesen und die gröbsten Fehlentscheidungen Isobels, deren Geschmack zeitweise etwas ins Maßlose abglitt, glücklich verhindert, nicht ohne ihr trotzdem das Gefühl gegeben zu haben, die wahre Bauherrin zu sein. Havisham wollte seine junge Frau durchaus bei Laune halten. Noch und gerade jetzt brauchte er sie. Ihre Verwandtschaft mit dem Earl of Branford gedachte Havisham auch politisch für sich zu nutzen. War er erst einmal fest verankert in den politisch einflussreichen Zirkeln des Landes, würde man weitersehen, denn von Liebe und Zuneigung konnte wohl beiderseitig keine Rede sein. Nun war es aber als Nächstes wichtig, dass Isobel Mr Green mit ihrer durchaus vorhandenen Schönheit zusätzlich für ihn, Havisham, einnahm. Das konnte nicht schaden. Hoffentlich würde sie sich zu benehmen wissen! Isobels Eigensinnigkeit und ihre Launen waren manchmal schwer zu ertragen und für einen Mann wie ihn, der es nicht gewohnt war, dass man ihm Widerstand entgegensetzte, im Grunde eine Zumutung. Allzu lange würde er sich das auch nicht mehr bieten lassen.

»Sir, wir sollten uns dann auch noch bald zu einem vertraulichen Gespräch zusammensetzen, um die Informationen über Mr Baker, die ich bereits zusammentragen konnte, zu sichten und die notwendigen weiteren Schritte zu überlegen. Da Sie Wiltshire und die wirtschaftlichen und gesellschaftlichen Strukturen vor Ort genau kennen, ist es sicher sinnvoll, wenn wir diese besagten Schritte gemeinsam planen.« Mr Armindale, der Spezialist für die schmutzige Wäsche wichtiger Persönlichkeiten, den der erfahrene Stratege Green mit der

Suche nach dem dunklen Punkt in Mr Bakers untadeligem Ruf beauftragt hatte, hatte sich während der Fahrt als intelligenter, wenn auch etwas unangenehmer Gesprächspartner erwiesen. Havisham war das Gefühl nicht losgeworden, dass Armindale auch den Auftrag erhalten hatte, ihn selbst etwas genauer zu inspizieren. Vermutlich versuchte Green auf diese Art herauszufinden, mit welcher Art von Mann er sich gerade auf das gefährliche, wenn auch lukrative Ränkespiel einließ. Havisham war dementsprechend auf der Hut, brachte aber durchaus Verständnis für Greens Motivation auf. Das Problem dabei war nur, dass es auf seiner eigenen Weste tatsächlich einen mächtigen Schmutzfleck zu finden gab. Es hatte einige Zeit gedauert, bis er sich wieder daran erinnerte, wem die recht schmerzhafte Summe, die von seinem Konto in Portsmouth abgebucht worden war, zugutegekommen war und vor allem wofür. Als es ihm wieder eingefallen war, war ihm der Schreck so heftig in die Glieder gefahren, dass er sich einige Minuten nicht hatte bewegen können. Das Gespräch mit Sagar Trumble war eben doch kein Traum gewesen, wie er lange geglaubt hatte und am liebsten weiterhin glauben würde. Und dann hatte ihn die Nachricht von Daniel de Burghs Tod erreicht und in noch größerem Maße entsetzt. Doch er hatte sich mit gewohnter Disziplin und Härte zusammengenommen und die Dinge rational betrachtet. Er konnte die Sache nicht mehr ungeschehen machen, aber er konnte schließlich das Beste daraus machen und genau das hatte er auch getan. Sein protestierendes Gewissen zählte nicht, er war ein Geschäftsmann mit großen Ambitionen und da ging es eben nicht ohne Opfer ab.

Er nickte Armindale knapp zu. Es war alles gut, er durfte sich nur keine Blöße geben. »Sicher wird sich nach dem Dinner oder spätestens morgen Vormittag dafür eine Gelegenheit ergeben. Ich denke jedoch, Sie beide wollen sich zunächst einmal gründlich in Whitefell umsehen. Wir haben renoviert, meiner Gattin wird es sicher ein willkommenes Vergnügen sein, Ihnen ihr Werk vorzuführen. Sie hat nämlich den meisten Anteil daran und es war ihr in den letzten Monaten ein Herzensanliegen, vielleicht auch, um sich von ihrem Schmerz wegen des tragischen Verlusts ihres Bruders abzulenken.« Havisham lächelte gewinnend. Er hatte die Erfahrung gemacht, dass es immer besser war, den Stier bei den Hörnern zu packen, als zu warten, bis man von ihm aufgespießt wurde. Je ungezwungener er über den Tod Daniel de Burghs Auskunft gab, desto weniger Anlass würde es zu Spekulationen diesbezüglich geben.

Schließlich schwenkte die zweispännige geschlossene Kutsche in den Hof Whitefells ein und hielt. Mr Green lugte interessiert aus dem geöffneten Wagenschlag. »Mein lieber Mr Havisham, das Beste haben Sie mir ja völlig verschwiegen. Das sind ja herrliche Stallanlagen! Ich darf vermuten, dass Sie auch ein beeindruckendes Aufgebot an edlen Tieren dort untergebracht haben?«

Havisham, der inzwischen ebenfalls der Kutsche entstiegen war, wusste die Begeisterung seines Gastes sofort zu nutzen: »Selbstverständlich haben wir einige edle Pferde hier. Der Vater meiner Frau und auch meine Frau selbst haben ein besonderes Interesse daran. Mr de Burgh, mein geschätzter Schwiegervater, der ja nun in London lebt, nach dem herben Schlag, der ihn traf, hat sogar einige hervorragende Zuchtergebnisse erzielt. Auf ein vielversprechendes Fohlen sind wir hier besonders stolz. Es besteht die Hoffnung, es später auch bei Rennen einsetzen zu können. Es zeigt ausgezeichnete Anlagen.« Wie er es vermutet hatte, leuchteten Greens Augen auf vor Begeisterung. Der Mann schien ein Pferdenarr zu sein. Armindale, braun, fast dunkel und von bis zur Zierlichkeit drahtiger Statur, trat, nachdem er als Letzter der Kutsche entstiegen war, dicht hinzu. »Dann wäre es doch eine gute Idee, vielleicht schon gleich einen Blick in die Stallungen zu werfen, bevor wir ins Haus gehen … meinen Sie nicht?«

»Tatsächlich! Eine ausgezeichnete Idee!«, trompetete Green und stürmte, kaum dass er das natürlich nur zu gern gegebene Einverständnis des Hausherrn in dessen Augen abgelesen hatte, in Richtung des Stalltors davon. Havisham und Armindale folgten ihm.

Begeistert blickte Green sich um. »Wahrhaftig, schöne Tiere haben Sie hier stehen! Der Braune da hinten ist ja ein prächtiges Reitpferd.« Havisham blickte etwas irritiert in die Richtung, in die Green wies. Für ihn waren Pferde ein Fortbewegungsmittel und allenfalls ein Spekulationsobjekt. Er hatte sich nie für die Vierbeiner in dem Maße erwärmen können, wie es so manche Gentlemen taten, bei denen es sich fast zur Manie auswuchs. Bei dem Braunen handelte es sich um den zugegebenermaßen äußerst edlen Herzog, das bevorzugte Reitpferd von Francis de Burgh, das dieser nicht ganz freiwillig – ebenso wie vieles andere – auf Whitefell zurückgelassen hatte.

»Wenn Sie möchten, können Sie gerne, wenn ich mich morgen mit Mr Armindale bespreche, einen Ausritt auf Herzog unternehmen, vorausgesetzt, die schlechte Witterung hält Sie nicht davon ab. Mein Stallmeister wird Sie begleiten.« Havisham sah sich suchend um. »Wo ist der Kerl überhaupt? Stutter!« Havishams kräftige Stimme schallte laut durch die Stallung.

»Verdammt!« Aaron hatte die Kutsche längst gehört und mühte sich, sich in fliegender Hast wieder anzuziehen. Isobel Havisham hatte es sich ausgerechnet heute in den Kopf gesetzt, ihre Gelüste in den Stallungen zu befriedigen. Dazu hatte sie das Heulager im hinteren Bereich der Scheune auserwählt, das über einen Durchgang mit den Pferdeställen verbunden war. Ungern hatte er sich darauf eingelassen, zu groß war die Gefahr einer unfreiwilligen Entdeckung durch einen anderen Knecht. Doch wie immer hatte sie sich durchgesetzt. Was hätte er ihr auch entgegenhalten sollen? Dass allerdings der Hausherr selbst nun unerwartet und viel zu früh im Stall stand und nach ihm verlangte, trieb Aaron den Angstschweiß auf die Stirn. Ungeduldig zerrte er an seiner Hose, fuhr in sein Hemd und warf sich seine warme Lammfelljoppe über. Isobel, nackt wie Gott sie schuf, schien keineswegs so beunruhigt wie er. Ganz im Gegenteil, sie genoss die plötzliche Gefahr geradezu, räkelte sich aufreizend im Heu und störte, indem sie ihm immer wieder mit ihrer Fußspitze dazwischenfuhr, Aarons hastige Bemühungen, seine Kleidung in einen annehmbaren Zustand zu bringen. »Lass das, Isobel!«, zischte er, »Jetzt hör' endlich auf damit! Soll dein Mann uns etwa hier entdecken?« Isobel kicherte albern. »Na und?«, meinte sie leichthin und sah ihn mit einem übermütigen Funkeln in den Augen an. Verärgert wandte Aaron sich ab. Sie schien den Ernst der Situation nicht wirklich zu erfassen. Oder doch? Er war sich nicht sicher. Er wusste kaum zu sagen, was im Kopf der Herrin von Whitefell vor sich ging. Vielleicht reizte sie die Gefahr sogar.

»Stutter, zum Donnerwetter!« Wieder erschallte Havishams Ruf, diesmal schon erheblich ungeduldiger. Kurz erwog Aaron zu antworten, entschied sich dann aber dagegen. Das hätte womöglich auch Isobels Versteck verraten – und sie hatte noch nicht einmal etwas an! Eilends stürzte er nun, die Schnalle seines Gürtels im Laufen schließend, aus der Scheune in die Stallungen hinüber.

Mr Havisham war nicht allein. Zwei Gentlemen standen bei ihm und schauten dem herbeihastenden Gesuchten interessiert entgegen. Das süffisante Grinsen auf ihren Gesichtern verriet Aaron augenblicklich, dass es ihm nicht glücken würde, eine plausible Ausrede für sein Ausbleiben zu finden. Das Heu in seinen zerzausten Haaren und die unordentliche Kleidung sprachen leider unmissverständlich für sich. Ein Schauer lief ihm über den Rücken, als er Havishams höchst erbosten Gesichtsausdruck bemerkte.

»Ich schätze es nicht, wenn mein Personal seinen Pflichten nicht nachkommt«, fuhr dieser Aaron an, bevor er noch den Mund aufmachen konnte. Aaron schoss es blitzartig durch den Kopf, dass Havishams Gattin ihrem Stallmeister durchaus keine Pflichtvergessenheit bescheinigen würde, hütete sich aber auf den Vorwurf seines Herrn zu antworten.

»Ach, Mr Havisham«, Mr Green lachte herzlich, »wenn die Katze nicht im Haus ist, tanzen die Mäuse auf dem Tisch, das ist doch überall das Gleiche.«

Der Hausherr schien davon nicht allzu überzeugt. Seine Augen blitzten weiterhin wütend.

»Ach, kommen Sie, Havisham!«, setzte Mr Green noch einmal an, »lassen Sie es gut sein. Ihr Stallmeister ist, wie man sieht, ein hübscher Bursche, dem das Weibsvolk wohl kaum widerstehen kann. Wer sollte ihm das eine oder andere Schäferstündchen verdenken? Man war doch auch einmal jung!«

Havisham war nun geneigt einzulenken. Würde er nun auf einer Disziplinierung des Stallmeisters beharren, könnte ihn das in Misskredit gegenüber Green bringen, allerdings würde er sich Stutter zu einer anderen Gelegenheit noch einmal vorknöpfen. Er war weit davon entfernt, so ein Verhalten bei seiner Dienerschaft zu dulden. Sollte es sich bei dem Weib um eine der Mägde handeln, würde auch diese noch ihr blaues Wunder erleben. »Dass mir das nicht noch einmal vorkommt, Stutter!«, drohte er. »Mit wem treibst du dich da überhaupt herum im Heu? Antworte gefälligst!«

Aaron biss sich auf die Lippen und blickte unsicher von einem zum anderen. »Sir, ich möchte lieber nicht …«

»Antworte!«, herrschte ihn sein Arbeitgeber an. Aaron musste sich schnell etwas einfallen lassen. Die Wahrheit stand außer Frage. Ebenso wäre es eine schlechte Lüge, eine der Mägde zu benennen, womöglich würde Havisham der Sache auf den Grund gehen wollen.

»Ein Mädchen aus dem Dorf, Sir!«, behauptete er deshalb aufs Geratewohl und setzte einer Eingebung folgend hinzu, »bitte, Sir, lassen Sie es dabei bewenden. Der Vater weiß selbstverständlich nichts davon.«

Die beiden Begleiter seines Herrn konnten ihr Feixen kaum mehr verbergen. Auch Mr Havisham schien zu spüren, dass es nun an der Zeit war, die Dinge ruhen zu lassen. Streng gab er Aaron Anweisung, die Gäste durch die Stallungen zu führen und ihnen vor allem das Fohlen zu zeigen. Aaron beeilte sich, dem Befehl augenblicklich Folge zu leisten. Es war ihm gerade noch einmal gelungen, den Kopf aus der Schlinge zu ziehen, doch musste er ab jetzt damit rechnen, dass Havisham ihn vielleicht etwas genauer beobachtete. Es war gewiss noch mehr Vorsicht geboten. Die Frage war allerdings, ob Isobel die Notwendigkeit dazu auch sehen würde. Hoffentlich gelang es ihr, rechtzeitig ins Haus zurückzukehren und sich umzuziehen, bevor ihr Gatte nach ihr verlangte. Aaron gab sich alle Mühe, die Dinge in die Länge zu ziehen, um ihr genügend Zeit zu verschaffen, die sie hoffentlich zu nutzen wusste.

Kapitel 48

Isobel hatte sich schnell ihre Kostümjacke und den Rock übergeworfen, ihre Unterwäsche zusammengeklaubt und unter der Jacke versteckt und war flugs ins Haus geeilt, sobald sie hörte, dass Havisham mit Aaron sprach. Sie konnte sich ein Lachen kaum verbeißen. Havisham, dieser Narr! Wie mühelos konnte sie ihn an der Nase herumführen. Und er stand dort im Stall, kehrte den gestrengen Hausherrn heraus und ahnte nicht einmal im Traum, dass seine eigene Gattin es vor seinen Augen mit dem Stallmeister trieb. Sie empfand ein seltsames Prickeln bei der Vorstellung, von ihm ertappt zu werden. Ob er sie dann schlagen würde? Isobel wischte den Gedanken beiseite. Immerhin hätte eine Entdeckung ihres Treibens vor allem für Aaron mit Sicherheit fatale Folgen. Darauf wollte sie es nicht ankommen lassen. Noch hatte sie zu viel Spaß mit ihm.

Über einen Seiteneingang des Herrenhauses, der vom Stalltor aus nicht einsehbar war, eilte sie hoch in die ehelichen Gemächer. Ein kurzer Zug an der Klingelschnur und Cathy eilte atemlos aus der Waschküche herauf. Isobel warf ihre Kleider achtlos zu Boden – Cathys schockierten Blick nicht beachtend –, stürmte in ihr Bad und schlug die Tür hinter sich zu. Sie beglückwünschte sich einmal mehr dazu, nun über einen eigenen separaten Raum zum Baden wie zum Ankleiden zu verfügen. Havisham würde hier nicht eindringen und sie konnte ihm glaubhaft weismachen, sich ihrer Schönheitspflege zu widmen. Kurze Zeit später hörte sie, wie er tatsächlich das eheliche Schlafzimmer betrat.

»Cathy, wo ist deine Herrin? Ich bin mit Gästen hier und wünsche, dass sie diese in Empfang nimmt.« Havishams Stimme klang immer noch leicht gereizt. Isobel biss sich in die Hand, damit ihr kein ungewolltes Kichern entfuhr. Da hörte sie Cathys irritierte Antwort. Zu dumm, womöglich verriet sie sie durch ihre Unsicherheit! »Sie ist im Baderaum, Sir!«

»So? Im Baderaum? Was um alles in der Welt macht sie um diese Zeit dort?«

Isobel gab die Antwort sicherheitshalber lieber selbst. »Ich mache mich schön für deine Ankunft, mein lieber Havisham«, rief sie. »Doch du bist mir nun zuvorgekommen und hast auch noch Gäste mitgebracht. Das ist aber nicht sehr rücksichtsvoll gegenüber einer liebenden Gattin.« Sie hatte sich im Laufe der letzten Monate nun doch zu einer direkteren Anrede entschlossen, nannte ihren Gatten aber beharrlich beim Nachnamen. Einerseits, weil sie den Namen Horace nicht ausstehen konnte und andererseits, weil sie nach wie vor fühlte, dass sie mit ihrem Gatten lediglich eine Art geschäftlicher Vereinbarung verband. Da schien ihr der vertraulichere Vorname doch irgendwie unpassend.

»Hm!« Havisham brummte, nur halb besänftigt. »Nun gut, ich erwarte dich in Kürze unten bei unseren Gästen. Selbstverständlich gehe ich davon aus, dass du deinen Pflichten als Hausherrin denkbar zuvorkommend Genüge tun wirst. Die Gäste sind wichtig. Haben wir uns verstanden?«

»Voll und ganz!«, flötete Isobel hinter der verschlossenen Tür. Sie würde schon wissen, Hof zu halten.

Kaum hatte Havisham das Zimmer wieder verlassen, öffnete sie die Tür des Baderaumes. Cathy stand mitten im Zimmer mit einem seltsam starren Ausdruck auf dem Gesicht und hielt das zerknitterte beige Kostüm in den Händen, als hätte sie sich, seit Isobel ins Bad verschwunden war, nicht von der Stelle gerührt.

Isobel fasste sie scharf ins Auge. Irgendetwas schien in Cathy vorzugehen. War es ihr letztlich doch nicht so gleichgültig, was Isobel mit Aaron Stutter tat? Drohte die Gefahr, dass sie ihre Herrin verriet? Immerhin war Isobels Aufzug vorhin an Deutlichkeit hinsichtlich des Geschehens nicht zu überbieten gewesen. Vielleicht war es jetzt an der Zeit, ihr sorgfältig bereitetes Druckmittel zum Zuge kommen zu lassen? Isobel beschloss, die Karten auf den Tisch zu legen. »Nun, Cathy«, sagte sie betont beiläufig, »ich denke, es ist kein Geheimnis für dich, dass ich seit Monaten mit Aaron ein Verhältnis habe. Das dürfte dich nicht weiter wundern. Du hast doch nicht etwa geglaubt, er habe jemals etwas für dich empfunden?« Sie lachte spöttisch. »Du warst ja immer schon ein wenig dumm. Er hat dir etwas vorgemacht, was denn sonst? Das hat er mir selbst gesagt. Einer wie Aaron spielt eben gerne.«

Interessiert beobachtete sie, wie sich Cathys Hände in den edlen Stoff des Kostüms krallten. Es war ihr gelungen, sie zu verletzen. Also hatte sich das dumme Ding doch noch Hoffnungen gemacht. Interessant, wenn auch lächerlich! Es war nun an der Zeit, ihre Waffe zu zücken. »Hast dir wohl doch noch etwas aus ihm gemacht? Dummes Mädchen! Aaron ist mir vollkommen ergeben. Ich kann dir sagen, er versteht es, einer Frau Vergnügen zu bereiten. Und ich habe nicht vor, mir dieses Vergnügen nehmen zu lassen. Von niemandem! Auch nicht von dir, Cathy!« Ihre Stimme klang nun sehr drohend. »Solltest du also in Erwägung ziehen, irgendjemandem davon zu berichten oder gar etwas dagegen unternehmen zu wollen, wird das Folgen haben. Sehr ernste Folgen!«

Cathys Blick hob sich. Mit einer seltsamen Mischung aus Furcht, Schmerz und Enttäuschung, die sich auf ihren blasser gewordenen Zügen abzeichnete, starrte sie Isobel an.

»Oh, nicht etwa für dich, Cathy! Hab keine Sorge!« Isobel lächelte bewusst und gab ihrer Stimme wieder einen sanften Unterton. »Ich werde nicht noch einmal dein zartes Köpfchen touchieren. Nein, Gott bewahre! So etwas läge mir fern. Aber ich nehme an, du möchtest sicher nicht, dass Billie unangenehme Erfahrungen macht. Wo er doch – wie du ja selbst am besten weißt – ohnehin so schwer an seinem Los trägt, der kleine Krüppel.«

Erwartungsgemäß übernahm nun eindeutig die Furcht die Oberhand in Cathys Gesichtszügen. »Bitte, Isobel … Mrs Havisham«, stammelte sie, »nicht Billie! Er kann doch gar nichts dazu. Ich werde ganz bestimmt nichts verraten.«

»Oh, dessen bin ich mir sicher! Du wirst vernünftig sein. Denn …«, Isobel machte eine vielsagende Pause, »ich weiß aus dem berufenen Munde eines Sachverständigen in diesem Metier, dass unsere Gerichtsbarkeit mit Kindern nicht sehr zartfühlend umgeht. Und Billie ist ein Krüppel …« Sie legte sinnend einen Finger auf ihre Lippen. »Ich bin mir eigentlich fast sicher, dass er eine Deportation in die Kolonien nicht überleben würde. Allein die Gefängnisschiffe[29] in den Marschen müssen die Hölle sein. Wir wollen doch beide nicht,

29 Zur Deportation Verurteilte wurden von den Gefängnissen üblicherweise auf Gefängnisschiffe verlegt, die in den Marschen an der Ostküste Englands im Auslaufgebiet der Themse vor Anker lagen. Die hygienischen Verhältnisse an Bord waren, nach den Schilderungen der Zeitzeugen, unaussprechlich und menschenverachtend. Noch bevor die Gefangenen in die Schiffe, die sie nach Australien bringen sollten, verladen wurden, hatten sie in teilweise bis zu Monaten dauernden Wartezeiten bis zur Deportation bereits schlechte Überlebenschancen.

dass Billie solchen Unbilden ausgesetzt wird, nicht wahr?« Sie lächelte Cathy gewinnend zu. »Ich bin froh, dass wir das jetzt geklärt haben. Und nun solltest du mir flugs zur Hand gehen. Ich denke, das rote Seidenkleid wird die richtige Wahl sein für heute Abend, meinst du nicht?«

Isobel hatte schon seit einiger Zeit das Zimmer verlassen, beeindruckend zurechtgemacht in ihrem schulterfreien roten Seidenkleid, das sie bevorzugte, wenn es galt, Eindruck zu machen, doch Cathy stand immer noch im Halbdämmer des Raumes. Sie konnte sich nicht rühren. Es war ihr, als hätte ihr jemand einen Dolch in die Brust gerammt. Nein, nicht jemand: Isobel war es gewesen. Cathy spürte vage, wie ihre Beine zu zittern begannen und sie nicht mehr tragen wollten. Bis eben hatte sie noch funktioniert und ihre Pflicht getan, weil sie keine andere Wahl hatte. Im nächsten Moment brach sie zusammen, vor Entsetzen am ganzen Körper bebend, unfähig sich dagegen zu wehren. Sie wusste nicht, was schlimmer war: die Drohung Isobels, Billie einem grausamen Schicksal zu überantworten, oder aber die Tatsache, dass Aaron und Isobel ...

Sie hatte es ja gewusst. Sie hatte die verräterischen Spuren an Isobels Kleidung bemerkt und eins und eins zusammengezählt, aber sie hatte die Wahrheit einfach von sich fortgeschoben. Es hatte ihr zu wehgetan. Doch nun konnte sie der Tatsache nicht mehr ausweichen: Aaron und Isobel schliefen miteinander – schon seit Monaten!

Plötzlich breitete sich eine seltsame, fremde Taubheit unaufhaltsam in ihr aus und ließ nur noch einen Gedanken übrig: Sie musste Billie warnen. Das war das Einzige, was sie tun konnte. Es blieb ihr, wenn sie sich sehr beeilte, gerade genügend Zeit, schnell zum Hof ihrer Familie hinüberzulaufen, bevor Isobel wieder nach ihren Diensten verlangte. Mühsam rappelte sie sich auf und stürzte aus dem Zimmer.

Draußen tobte ein kalter Herbststurm, riss an den Fensterläden und brachte die ersten Boten des Winters in Form von Regen durchmischt mit Schnee. Aaron lauschte unruhig auf die Geräusche draußen, auf jeden Laut, jeden Schritt im Haus, doch die Tür zur Küche öffnete sich nicht. Cathy war nicht zum Abendessen der Bediensteten in der Gesindeküche erschienen. Keiner wusste, wo sie war. Sie hatte sich nicht abgemeldet.

Mrs Branagh zog in der für sie typischen Art ungehalten die Augenbrauen zusammen. »So geht das nicht weiter«, sagte sie, mehr zu sich selbst als zu Mrs Reed, die aber bestätigend nickte, und fuhr fort: »Nun ist es soweit, Cathy verletzt ihre Pflichten. Das war ja abzusehen! Ich werde morgen mit dem Herrn sprechen und darauf beharren, dass die Herrschaft Cathy aus ihren Diensten entlässt. Ich habe morgen früh ohnehin etwas Wichtiges mit ihm zu bereden. Vielleicht nimmt ihre Familie sie ja wieder auf oder aber sie kann anderswo als Magd unterkommen. Ich könnte vielleicht in Wilton House für sie um eine Stelle anfragen. Alles scheint mir besser, als wenn sie weiterhin unserer Mrs Havisham dient. Das Ganze war von Anfang an eine absurde Idee der jungen Herrin. Das konnte ja nicht gut gehen.«

Aaron rutschte nervös auf der Bank am vollbesetzten Gesindetisch hin und her und zerbröselte sein Brot zwischen den Fingern, kaum darauf achtend, was er tat. Irgendetwas musste geschehen sein, da war er sich sicher. Schließlich hielt er es nicht mehr aus. »Mrs Branagh, ich glaube, wir sollten Cathy suchen gehen. Da stimmt etwas nicht, ich weiß es.«

Mrs Branagh wandte sich erstaunt zu ihm um. »Wie kommst du darauf, Aaron? Hat sie dir etwa irgendetwas gesagt? Wo sie hinwollte, zum Beispiel?«

»Nein!«, Aaron schüttelte den Kopf. »Aber ich habe so ein ungutes Gefühl.« Er biss sich beunruhigt auf die Lippen. »Sie war ohnehin so seltsam und verschlossen in letzter Zeit. Ich mache mir wirklich Sorgen.«

»Uuh! Er macht sich Sorgen, unser Herr Stallmeister!«, tönte Emily, vorlaut und frech wie immer. Er hätte ihr am liebsten einen Hieb verpasst. »Die Heulsuse sitzt sicher wieder irgendwo herum und kritzelt in ihr geheimes Büchlein. Sie redet ja nicht mehr mit den gewöhnlichen Leuten!«, spottete sie abschätzig und erntete damit bei den anderen Mägden zustimmendes Gemurmel. Das Mitleid, das man für Cathy nach dem Angriff der Herrin empfunden hatte, war längst wieder dem Unverständnis gewichen. Da ging plötzlich die Tür auf und Cathy kam hereingestolpert, mit blaugefrorenen Lippen, völlig durchnässt und anscheinend am Ende ihrer Kräfte. Sie trug nicht einmal ein Cape, sondern war so wie sie war durch den Herbststurm gelaufen. Mit einem Ausruf der Erleichterung sprang Aaron auf, doch Mrs Branagh war schneller. »Cathy, wo um alles in der Welt kommst du jetzt her? Wir haben schon begonnen, uns Sorgen zu machen. So etwas darf nicht noch einmal vorkommen! Und solche Unvernunft! Du bist ja völlig durchgefroren.« In der Strenge ihrer Worte verbarg die Haushälterin ihre ehrliche Sorge. Auch sie sah, dass die junge Zofe völlig aufgelöst und kaum mehr Herrin ihrer Sinne war.

Cathy schaute sie verständnislos an. »Vater hat mich nicht einmal eingelassen«, murmelte sie zusammenhanglos. »Sie wollten mich nicht anhören! Was soll ich nur tun?«

»Einen Tee und ab mit ihr ins Bett!«, befahl Mrs Reed kategorisch und kümmerte sich höchstselbst darum, dass ihr Befehl umgehend in die Tat umgesetzt wurde. Mrs Branagh sah Elfie kopfschüttelnd nach, die ihre Zimmergenossin zu Bett zu bringen hatte. »Herrgott, was ist das nur mit diesem Mädchen? Es wird Zeit, dass hier eine Lösung gefunden wird.«

Kapitel 49

Sir, ich würde gerne jetzt gleich noch einige Dinge mit Ihnen besprechen. Ich denke, es ist dringend.« Mrs Branagh wandte sich mit entschlossener Miene an den Hausherrn, der, um seine Gattin zum Frühstück abzuholen, ins Zimmer getreten war. Sie hatte an diesem Morgen, wie schon am Abend davor, den Zofendienst bei der jungen Herrin übernommen – sehr zu deren Missfallen, wie Mrs Havisham unmissverständlich deutlich gemacht hatte.

»Hm!«, brummte Havisham unwillig und versuchte, seine Halsbinde vor dem Spiegel neu zu knüpfen. Er hatte sich wie immer schon zu früher Morgenstunde in sein Büro zurückgezogen, um seine Korrespondenz zu erledigen und legte nun eine erste kurze Arbeitspause ein. »Dazu habe ich eigentlich keine Zeit. Ich habe heute Morgen nach dem Frühstück noch eine längere Besprechung mit Mr Armindale zu führen, bei der ich unter keinen Umständen gestört werden will. Kann man das nicht verschieben?«

»Sir, es ist wirklich dringend. Ich denke aber, es wird nicht allzu viel Zeit in Anspruch nehmen. Wir können es auch gerne gleich hier besprechen.«

Havisham wandte sich mit kaum verhohlener Ungeduld, aber dennoch bereit, ein Quäntchen seiner kostbaren Zeit der durchaus fähigen Hauswirtschafterin zur Verfügung zu stellen, Mrs Branagh zu. »Nun, Mrs Branagh, was gibt es denn so Wichtiges? Ich vermute, hoffe es aber zu deren eigenem Besten nicht, dass es schon wieder um diese kleine Zofe meiner Frau geht. Ich bin nicht bereit, mir dieses alberne Getue noch weiter anzuhören, geschweige denn, mich damit auseinanderzusetzen.«

»Sir, in der Tat geht es auch um Cathy Thomson«, gab Mrs Branagh unumwunden zu und verschränkte ihre Hände in Höhe ihrer schlanken Taille – ein Bild erhabener Unnachgiebigkeit. Isobel musterte sie unsicher. War Cathy womöglich davongelaufen? Gespannt wartete sie auf die weiteren Ausführungen der Haushälterin.

»Sir, ich denke, es wäre sinnvoll, Cathy Thomson anderswo im Haus, vielleicht in der Küche oder bei den Hausmägden oder vielleicht besser in Wilton House zu beschäftigen. Sie scheint, zu meinem Bedauern, der Arbeit als Zofe speziell bei Ihrer Gattin aus diversen Gründen nicht gewachsen zu sein und ist nun schon wieder erkrankt. Ich bin allerdings davon überzeugt, dass sie eine andere Arbeit zufriedenstellend ausfüllen wird. Man sollte dringend ein anderes Arrangement treffen.« Sie räusperte sich.

In Isobel kroch Zorn hoch. Deshalb hatte Mrs Branagh, die schlaue alte Krähe, also nichts zu ihr gesagt und war ihren Fragen nach Cathy geschickt ausgewichen. Sie wollte die Sache mit Havisham besprechen, um sicherzustellen, dass Isobel eine Entlassung Cathys aus ihren Pflichten nicht verhinderte. Zu dumm! Gerade jetzt, wo Isobel sich so sicher war, Cathy völlig in ihrer Hand zu haben.

»Zunächst muss ich aber einen noch wichtigeren Punkt mit Ihnen besprechen«, setzte Mrs Branagh erneut an. Der Hausherr wedelte ungeduldig mit der Hand. »Nun, dann immer raus damit. Wir haben nicht den ganzen Tag Zeit.«

Mrs Branagh hob pikiert eine Augenbraue, kommentierte die Äußerung ihres Arbeitgebers aber selbstverständlich nicht. »Sir, Sie weilen, anders als Mr de Burgh, doch häufig nicht auf Whitefell. Das wirft gewisse Probleme in der Gutsführung auf.«

»Ach, tatsächlich? Sind Sie schon wieder überfordert, Mrs Branagh?«, meinte Havisham, kaum den Spott in seiner Stimme verbergend.

»Mitnichten, Sir!«, war die empörte Antwort der Haushälterin. »Allerdings bin ich lediglich für die Belange, die unmittelbar mit der Haushaltsführung des Herrenhauses zu tun haben, zuständig, nicht aber für Fragen hinsichtlich der Verwaltung des doch sehr großen Gutsbetriebs. Ich sehe mich jedoch in letzter Zeit immer öfter in der Verpflichtung, auch hinsichtlich dieser Fragen Entscheidungen treffen zu müssen, die nicht in meinem Aufgabengebiet liegen. Ich halte es deshalb für sinnvoll, wenn Sie einen Gutsverwalter einstellen, so Sie auch fürderhin planen, beträchtliche Zeit des Jahres nicht auf Whitefell zu verbringen.«

»Wieso? Welche Entscheidungen sollten Sie denn treffen? Kann man da nicht warten, bis ich wieder zu Hause bin?«, brauste Havisham auf. Es dämmerte ihm zwar, dass die Haushälterin mit ihrer Forderung durchaus recht hatte, jedoch lag es ihm fern, dieses Versäumnis seinerseits zuzugeben. Er hätte sich tatsächlich schon früher um eine solche Regelung kümmern sollen. Ein Gut war, wie er nun doch überrascht feststellte, eine zeitraubende Aufgabe und neben seinen anderen geschäftlichen Verpflichtungen und politischen Ambitionen trotz allem Fleiß und Gestaltungswillen nicht zu schaffen. Isobel war für derartige Aufgaben leider nicht geeignet. Es mangelte ihr zu sehr an Verantwortungsgefühl, wenn auch nicht an Durchsetzungsvermögen.

»Pfarrer Browning hat letzte Woche bei mir vorgesprochen. Es geht um die Pennywood Farm, vielmehr darum, was mit ihr geschehen soll«, erläuterte Mrs Branagh, den aggressiven Tonfall des Hausherrn nicht beachtend. Sie wusste sich völlig im Recht.

»Die was?«, schnappte Havisham.

»Die Pennywood Farm, Sir, ist einer der Pachthöfe von Whitefell«, klärte ihn die Haushälterin kühl auf. »Jahrzehntelang haben ihn die Barnacles bewirtschaftet. Leider ist Mr Barnacle nun letzte Woche verstorben. Das Paar hat keine lebenden Nachkommen, die die Pacht weiterführen könnten, und Mrs Barnacle … Tja, sie ist leider nicht mehr ganz Herrin ihrer Sinne. Das Alter, Sir!«, setzte die Haushälterin entschuldigend hinzu. »Die Pacht muss neu geregelt werden. Es steht auch noch Vieh auf dem Hof, das zurzeit von den Nachbarn mitversorgt wird. Mrs Barnacle wurde nun zunächst einmal auf Gemeindekosten versorgt.«

»Was soll das heißen? Ich werde doch nicht etwa für die Versorgung der Alten zur Kasse gebeten?«, meinte Havisham erbost.

Mrs Branagh kräuselte säuerlich die Lippen. »Nein, Sir! Man hat sie ins Armenhaus gebracht, wenn Sie es genau wissen wollen. Allerdings war es bisher in solchen Fällen üblich, dass der Gutsherr zumindest eine einigermaßen angemessene Summe als Spende an die Kirche gab.«

»Etwas anderes hätte mich auch gewundert«, murrte Havisham.

»Jedoch«, setzte Mrs Branagh wieder an, »es bestünde die Möglichkeit, dass der neue Pächter die Gerätschaften und das Vieh der Barnacles erwirbt. Eine Frau aus dem Dorf hat sich angeboten, für den Erlös des Verkaufs die alte Mrs Barnacle zu versorgen. Das erscheint mir doch eine humanere Lösung, Sir. Das Armenhaus ist weiß Gott kein schöner Ort, um seinen Lebensabend zu verbringen.«

»Nun, wo ist das Problem? Dann soll der zukünftige Pächter das doch tun.« Havisham ging diese ganze lästige Diskussion um das Fortkommen einer zahnlosen und verwirrten Alten, die er nicht einmal kannte, gehörig auf die Nerven. Vorgänge, die sich nicht in Zahlen und Zinsen fassen ließen, interessierten ihn nicht besonders.

»Das Problem ist, dass wir zwar Anwärter auf den Pachthof haben, aber keiner davon bereit ist, die erforderliche Ablösesumme zu bezahlen und alles zu übernehmen. Der Hof ist nicht gerade in bestem Zustand. Mr Barnacle war zum Schluss wohl etwas überfordert mit der Arbeit.«

Isobel hatte aufmerksam zugehört. Mit einem Mal kam ihr, fast wie eine Erleuchtung, ein kühner, aber geradezu genialer Einfall, der alle ihre Probleme mit einem Schlag lösen würde. »Ich glaube, ich hätte einen Vorschlag, wer die Pennywood Farm übernehmen könnte«, warf sie in die angespannte kurze Stille ein.

Mrs Branagh und Horace Havisham sahen sie erstaunt an. Offenbar hatte keiner von beiden erwartet, dass ausgerechnet sie etwas zur Lösung dieses Problems beizutragen hatte.

Aaron musste sich anstrengen, um die Fragen Mr Greens, des offenbar recht pferdeverliebten Gastes auf Whitefell, freundlich und zuvorkommend zu beantworten. Die Sorge um Cathy nahm in völlig gefangen. Sie war heute Morgen nicht zur Arbeit erschienen. Sie sei krank, hatte ihm Mrs Branagh auf seine besorgte Frage mitgeteilt. Nichts Ernstes, nur ein wenig Fieber, ausgelöst durch den unsinnigen Gang durch den Sturm am Abend vorher. Aaron wusste es besser. Das Fieber war wohl das kleinere Übel. Etwas hatte Cathy erneut zutiefst verstört und er war sich sicher, dass Isobel damit in direkter Verbindung stand.

»Wie sagtest du, hieß der Vater des Fohlens?«, fragte Mr Green nun schon zum zweiten Mal. Sein Blick war begehrlich auf das Fohlen gerichtet, das draußen auf der Weide auf seinen langen Beinen umherpreschte.

»Blackberry, Sir!«, antwortete Aaron abwesend, nahm sich dann aber zusammen, »ein Zuchthengst auf einem Gut nahe Chippenham, Sir!«

»Ah ja! Interessant!« Mr Green knetete seine Unterlippe. »Ich überlege, ob ich nicht auch eine meiner Stuten dahin zum Decken geben sollte.«

»Wie Sie meinen, Sir!«, sagte Aaron und wandte sich wieder Herzog zu, den er gerade für den Gast sattelte. Mr Green war mit Isobel in die Stallungen hinuntergekommen, um in seiner Begleitung an diesem Vormittag einen Ausritt auf den weitläufigen Gütern Whitefells zu unternehmen. Isobel, die, seitdem sie im Stall aufgetaucht war, ein Lächeln zu Schau trug, das Aaron sehr an den zufriedenen Gesichtsausdruck einer bei der Jagd erfolgreichen Katze erinnerte, blinzelte ihm wiederholt vielsagend zu. Irgendetwas führte sie wieder im Schilde.

Aaron seufzte und half der Hausherrin und dem Gast auf die Pferde. Isobel hatte sich den Schimmel für den Ausritt ausgesucht, der inzwischen ihr bevorzugtes Reitpferd war. Er selbst würde einen der beiden Apfelschimmel reiten.

Das schlechte Wetter hatte sich seit dem Sturm am Vorabend wieder geklärt und einem ruhigen, wenn auch kalten Vorwintermorgen Platz gemacht. Die drei Reiter wandten sich, Isobels Führung gehorchend, den westlichen Gefilden Whitefells zu. Während sie sich in einem weiten Bogen den entfernten westlichen Wäldern näherten, erging sich Green immer wieder in Lobeshymnen über die Umgebung Whitefells und das Herrenhaus selbst. Isobel war offenbar recht angetan von der Begeisterung ihres Londoner Gastes, der zudem ein einflussreicher Mann war, wie Aaron dem munter geführten Gespräch zwischen den beiden entnahm. Er hatte, so führte Mr Green aus, politischen Einfluss, und Mr Havisham plante wohl für einen Sitz im Unterhaus zu kandidieren. Vorsichtige Hoffnung keimte in Aaron auf. Vielleicht würde er ja dann seine Gattin mit nach London nehmen und sie hätten hier endlich eine Zeit lang Ruhe vor Isobel. So oder so, auf diese Weise konnte es einfach nicht weitergehen. Mrs Branagh hatte vollkommen recht.

Angewidert ließ er seinen Blick auf Isobel ruhen, die vor ihm ritt und sich angeregt mit Mr Green unterhielt. Der war offenbar recht angetan von ihr. Aaron spuckte aus. Er hatte sie so satt, ihren Körper, ihre rücksichtslose Gier, die vor nichts zurückschreckte. In einem plötzlichen Anflug von hilfloser Wut krallte er seine Hände um die Zügel. Da sah er, dass Isobel mit der Gerte vor sich wies und Mr Green daraufhin Herzog die Sporen gab und eine Anhöhe hinaufstürmte, die einen weiten Blick auf das Land und die der Anhöhe zu Füßen liegende Pennywood Farm freigab. Die Farm hieß so, weil vor etlichen Jahren – es mochte wohl ein halbes Jahrhundert her sein – jemand dort im nahe gelegenen Waldstückchen ein paar alte Kupfermünzen gefunden hatte. Geld, das wohl aus längst vergangener Zeit stammte, wie der damalige Pfarrer erklärt hatte. In der Bevölkerung hielt sich seitdem jedoch hartnäckig der Glaube, dass es sich dabei um Koboldgeld gehandelt haben musste und also die Farm besonders gesegnet sei. Das hatte ihm Frederick einmal erzählt. Den Barnacles hatte die Pacht allerdings kein Glück beschieden. Aaron kannte den alten Barnacle von seinen Ausritten, hatte hie und da ein paar Worte mit ihm gewechselt. Er war ein wettergegerbter, von der schweren Arbeit gebückter Mann gewesen, dem das Leben wohl auch hart mitgespielt hatte, aber darin unterschied er sich kaum von den meisten anderen Leuten. Wer nicht vermögend war – und das waren die wenigsten –, der hatte es eben nicht leicht. Und nun war der Alte gestorben, wie in der Küche Whitefells, dem Umschlagplatz aller wichtigen und unwichtigen Nachrichten, berichtet worden war.

Isobel hatte sich zurückfallen lassen und ritt nun mit ihm gleich auf. »So schwer in Gedanken, Aaron?«, fragte sie heiter. Aaron antwortete nicht. Er hatte weiß Gott keine Lust, sich auch noch mit ihr zu unterhalten. Sie lachte ein wenig. »Dabei hast du doch gar keinen Grund dazu, da du ja nun bald heiraten wirst.«

»Was?« Aaron starrte sie entgeistert an. Hatte sie jetzt endgültig den Verstand verloren?

»Da bist du wohl überrascht, nicht wahr? Tja, Aaron Stutter, wieder einmal habe ich mich nur zu deinem Wohle eingesetzt.« Sie lächelte zufrieden und ließ ihre kleine spitze Zunge sehen, mit der sie sich in Vorfreude auf die unerhörten Nachrichten, die sie für ihn hatte, die Oberlippe benetzte. »Ich habe meinem Gatten, dem Herrn von Whitefell, das Versprechen abgerungen, dass dir die Pennywood Farm zur Pacht überlassen wird. Schon in den nächsten Tagen! Was sagst du dazu, Aaron Stutter? Bin ich nicht eine wohlmeinende Herrin?«

Aaron war völlig sprachlos. Es dauerte eine Weile, bis er seine Worte wiederfand. »Aber warum …?«, fragte er stotternd.

»Weil wir doch eine Lösung für unser kleines Problem finden müssen, du Dummerchen. Wir wollen doch beide nicht, dass mein Mann noch einmal fragen muss, mit wem du dich im Heu vergnügst.« Sie lächelte anzüglich. »Dafür hat sich übrigens auch eine gute Erklärung gefunden. Ich habe meinem Gatten und Mrs Branagh gesagt, dass es Cathy gewesen ist.«

»Was hast du?«, keuchte Aaron entsetzt.

»Nun ja, das bot sich als Erklärung an. Schließlich musste ich einen Grund finden, warum dir die Pacht zufallen sollte. Da ist natürlich eine geplante Ehestandsgründung ein äußerst plausibler Grund. Zudem bestand Mrs Branagh, diese bösartige Wachtel, darauf, dass ich Cathy umgehend aus meinen Diensten entlasse, da das arme Häschen wohl zu zart und krank zum Arbeiten ist. Mr Havisham drang, spätestens, nachdem ich auf den Zusammenhang zwischen Cathy und deinem Aufenthalt im Heu hingewiesen hatte, auch darauf. Und ich möchte Cathy nach all den Jahren, die wir zusammen verbracht haben, ja auch nicht einfach verstoßen, sonst endet sie noch in der Gosse. So herzlos kann ich nun wirklich nicht sein«, fügte sie an und lächelte gehässig. »Ich hoffe, dass sie sich wenigstens für die Farmarbeit eignen wird, wenn sie sich schon als Zofe zu dumm anstellt. Schließlich ist sie ja bäuerlicher Herkunft.«

»Soll das heißen, ich darf ...«, schnell biss Aaron sich auf die Zunge, räusperte sich und setzte noch einmal an: »Soll das heißen, ich soll Cathy Thomson heiraten und mit ihr die Pacht der Pennywood Farm übernehmen?«, fragte er ungläubig.

Isobel sah ihn spöttisch an: »Grundgütiger, Aaron, manchmal seid ihr Männer doch sehr schwer von Begriff. Das ist doch die perfekte Lösung! Du bleibst hier in meiner Nähe und ich kann dich jederzeit sehen, wenn ich mag. Ich kann dann immer behaupten, ich wolle Cathy besuchen.« Sie kicherte vergnügt. »Stattdessen werden wir es warm und kuschelig haben. Cathy braucht dich nicht zu kümmern. Sie tut, was ich will, glaub mir!«, setzte sie kühl hinzu.

Aaron stockte der Atem. Sollte er diesem absurden, in seinem grenzenlosen Egoismus geradezu verächtlichen Angebot etwa zustimmen? Und dennoch, auch wenn er weiterhin von Zeit zu Zeit sich mit Isobel würde abgeben müssen, er würde mit Cathy zusammen sein, sie würde seine Frau werden und sie wären endlich fort vom Herrenhaus! Er schluckte mühsam, sein Herz raste vor Aufregung. Das war zu schön, um wahr zu sein. Vorsichtig ließ er seinen Atem entweichen und bemühte sich, das Leuchten, das sich auf seinem Gesicht ausbreitete, zu verbergen.

Isobel beobachtete ihn misstrauisch und fragte dann drohend: »Machst du dir vielleicht doch noch etwas aus ihr? Ich warne dich, Stutter! Das wird weder dir noch ihr gut bekommen.«

Aaron beeilte sich, verneinend den Kopf zu schütteln.

»Das will ich dir auch geraten haben!«, sagte Isobel scharf und trieb ihr Pferd vor ihm die Anhöhe hinauf. »Ach, und übrigens, Aaron«, rief sie ihm über die Schulter hinweg zu. »Du brauchst dich nicht zu bemühen. Ich werde es Cathy selbst mitteilen. Sie wird zustimmen, vertrau' mir.«

Kapitel 50

Sir, ich muss leider sagen, dass Mr Baker tatsächlich ein äußerst integrer Mann ist und deshalb sehr beliebt bei den Wählern, was auch seine Wahlsiege bedingt hat. Es muss also darum gehen, ihn zu einem Verzicht zu bewegen, nicht darum, ihn in der Wählergunst zu diskreditieren, denn das wird kaum gelingen«, begann Mr Armindale, der Havisham gegenüber an dessen großem Schreibtisch Platz genommen hatte. »Wie Sie sicher wissen, ist er ein Fabrikant aus Trowbridge[30]. Er besitzt eine der fünfzehn Fabriken in der Stadt und hält Anteile an einer Kohlemine. Seine Arbeiter bezahlt er, wie es aussieht, sogar recht gut und hat kürzlich sogar neue Wohnungen für sie bauen lassen. Allerdings prosperiert sein Geschäft wohl nicht allzu sehr. Die Konkurrenz aus dem Norden, die neue Maschinen einsetzt und auch die Löhne der Arbeiter gesenkt hat, drückt gewaltig. Baker sollte neu investieren, hat aber nicht das Kapital dafür. Er hat für seine Produktion sogar teilweise noch Dampfmaschinen nach dem Watt-Typ laufen.« Armindale räusperte sich und breitete seine Unterlagen auf Havishams gewaltigem Schreibtisch aus. »Ich habe mir über einen Freund eine Bankauskunft über die Vermögenslage unseres geschätzten Mr Baker besorgt.«

Havisham hob erstaunt eine Augenbraue. »Das ist so einfach möglich?«

Armindale lächelte schmal. »Sir, für Geld bekommt man im London unserer Tage jede gewünschte Information.«

»Tatsächlich?«, meinte sein Gegenüber trocken. »Mr Armindale, ich denke, Sie sind ein Mann, den man respektieren sollte.«

30 Eine der größten Städte Wiltshires. Trowbridge war ab dem 17. Jahrhundert in der Wollweberei führend, hatte aber schwer mit der Konkurrenz aus dem Norden zu kämpfen. Zu victorianischen Zeiten hatte Trowbridge etwa 20.000 Einwohner und war damit bedeutend wichtiger als Salisbury.

Armindale kommentierte diese Bemerkung nicht, sondern widmete sich den Schriftstücken vor ihm und ließ den Zeigefinger seiner schmalen, gebräunten Hand über einige Zahlenkolonnen wandern. »Nun, aus diesen Unterlagen geht hervor, dass Mr Baker spätestens seit dem Bau der Arbeitersiedlungen seine Geldreserven angegriffen hat. Sie sind noch nicht aufgebraucht, aber für eine Restrukturierung und maschinelle Neuausstattung seiner Fabrik wird es nicht reichen. Er muss aber modernisieren, da seine Kohlemine auch weniger fördert. Sie ist wohl in absehbarer Zeit erschöpft.«

»Ah ja, das ist allerdings nötig! Die Niederdruckdampfmaschinen nach Watt brauchen ja bis zu vier Mal soviel Kohle wie die Hochdruckdampfmaschinen neueren Typs«, stimmte Havisham zu. »Wenn er nicht modernisiert, fressen ihn die Produktionskosten auf.«

Armindale nickte. »Darin gebe ich Ihnen recht, Mr Havisham.«

»Nun«, meinte Havisham und strich sich gedankenvoll über sein glattrasiertes Kinn, »das wäre sicher eine Möglichkeit einzuhaken. Ich könnte ihn aufsuchen und ihm vorschlagen, seine Fabrik mit neuen Maschinen auszustatten – per Lizenz, versteht sich. Dabei mache ich sogar noch ein Geschäft, da ich ja selbst zusammen mit Witherton in Manchester solche Dampfmaschinen produziere. Allerdings ist der neue Typ noch nicht ganz ausgereift. Die ganze Sache könnte nicht mehr rechtzeitig vor den Neuwahlen zum Tragen kommen. Die sind ja schon nächstes Jahr im Herbst.« Er blickte seinen Gesprächspartner scharf an. »Eine andere Möglichkeit, eine, die schneller zum Ziel führt, haben Sie nicht vorzuschlagen?«

Armindale grinste. »Sir, bisher besprachen wir die Möglichkeit, die ein Gentleman wählen würde. Es gibt aber auch noch andere Wege.«

»Ich höre!«

»Ich habe mich umgehört unter den Whigs, und da gibt es zwei Umstände, von denen Mr Baker sicher nicht so gern hätte, wenn diese einer breiteren Öffentlichkeit bekannt würden.«

Havisham lächelte breit. »Es hätte mich auch Wunder genommen, wenn Mr Baker nicht doch das eine oder andere kleine Geheimnis hätte.«

»Oh, es sind nicht direkt seine Geheimnisse, vielmehr die seiner nahen Verwandten. Mr Baker hat Nachkommen, Sir, und wie es der Zufall will, sind nicht alle so wohlgeraten und gesittet wie der Vater.«

»Ach?«, bemerkte Havisham süffisant. »Das soll ja, so habe ich mir sagen lassen, in den besten Familien vorkommen.«

»Bis vor Kurzem«, fuhr Armindale ungerührt fort, »waren solche pikanten Geheimnisse auch noch nicht so ein Problem, da schließlich selbst unser höchster Repräsentant, der König, alles andere als einen christlichen Lebenswandel führte. Aber nun, seit Victoria herrscht, weht ein anderer Wind in London. Ich denke, dass es selbst den bürgerlichen Vertretern des Unterhauses nicht recht sein kann, wenn allzu viel Intimes über das eigene oder das Leben der nächsten Anverwandten bekannt werden sollte. Die Königin goutiert das nicht, wird berichtet, und da gerät man doch schnell ins gesellschaftliche Abseits.« Armindale wiegte in gespieltem Bedauern bedächtig den dunklen Schopf.

»Und um welche Geheimnisse handelt es sich denn?«, fragte Havisham interessiert.

»Nun, man munkelt, dass sowohl ein Sohn als auch eine Tochter einen recht lockeren Lebenswandel führen, obwohl beide verheiratet sind. Allerdings weiß ich nichts Genaues und müsste das erst noch recherchieren.«

»Tun Sie das, Mr Armindale!«, beschied sein Gesprächspartner und erhob sich. »Ich selbst werde zu gegebener Zeit Mr Baker aufsuchen und sicherheitshalber auch den erstgenannten Plan in die Wege leiten. Sie lassen mir bitte, sobald

Sie Genaueres wissen, die Informationen umgehend zukommen. Für die Kosten der Recherchen komme ich selbstverständlich auf, wäre Ihnen aber verbunden, wenn Sie die Rechnungen hierfür an Mr Green senden würden.«

»Selbstverständlich, Sir«, sagte Armindale, erhob sich ebenfalls und schob die Papiere auf dem Schreibtisch zusammen.

Havisham, der ans Fenster getreten war, winkte abwehrend mit der Hand. »Lassen Sie das hier, Armindale. Ich denke, die Unterlagen nützen mir momentan mehr als Ihnen. Werden Sie heute noch abreisen?«

Dieser nickte. »Ich habe es vor, Sir. Ich denke, es wird sinnvoll sein, wenn ich mich erst einmal unauffällig in Trowbridge umhöre.«

»Gut«, meinte Havisham, »dann wäre das also besprochen. Bleibt uns nur noch zu warten, bis Mr Green mit meiner Gattin von der Besichtigung der Ländereien Whitefells zurückkehrt.«

»Da haben Sie ja wirklich einen außerordentlich schönen Landsitz übernommen«, hakte Armindale im Plauderton ein. »Es ist ja schon sehr erstaunlich, dass Mr de Burgh, der wohl sehr daran hing, wie man hört, Ihnen so überraschend die Leitung übergeben hat. So alt ist er ja noch nicht.«

»Was wollen Sie damit sagen, Mr Armindale?«, fragte Havisham scharf.

»Nichts, Sir!«, antwortete Armindale mit einem freundlichen Lächeln. »Sicher gab es sehr gute Gründe für Mr de Burgh, eine solche Entscheidung zu treffen.«

»Allerdings, die gab es!«, sagte Havisham kühl. »Wenn Sie mich jetzt entschuldigen würden, Mr Armindale. Ich habe noch etliches an Korrespondenz zu erledigen. Die Geschäfte ruhen leider nie.«

Cathy nieste heftig und hielt sich den immer noch fiebrigen Kopf, der von der Erschütterung dröhnte. Sie schämte sich, dass sie schon wieder krank geworden war und das auch noch ihrer eigenen Unbesonnenheit wegen. Mrs Branagh mochte es wohl als eine rechte Belastung empfinden. Trotz allem war sie auch froh, dass ihr diese Stunden der Ruhe und Sammlung gewährt worden waren, ohne dass sie wieder Isobel hatte gegenübertreten müssen. Diese Vorstellung erfüllte sie mit Schrecken. Sie war sich nicht sicher, ob sie nach dem, was Isobel ihr eröffnet hatte, noch in der Lage dazu war, ja, ob sie es je wieder sein würde.

Cathy legte sich unruhig wieder zurück in ihr nassgeschwitztes Kissen, drehte fahrig am Zipfel ihrer Decke und plagte sich weiter mit den bohrenden Gedanken, die sie schon die halbe Nacht nicht hatten schlafen lassen. Sie hätte damals, als Isobel sie niedergeschlagen hatte, Aarons Bitten nachgeben sollen. Sie hätte mit ihm fortgehen sollen! Dann wäre das alles nicht geschehen, dann hätte sich Aaron nicht Isobel zugewandt, warf sie sich vor. Es war alles letztlich ihre eigene Schuld. Nun war es zu spät. Sie hatte ihn verloren. Wie dumm war sie nur gewesen! Doch da meldete sich eine andere drängende, ja, bedrohliche Stimme in ihr: Was wäre dann aus Billie geworden oder aus ihrer Familie? Und was sollte aus ihm werden, wenn sie nicht weiter ihre Pflicht tat? Sie kannte doch Isobels boshafte Rachsucht nur zu gut. Die Herrin Whitefells würde niemals ihren Besitzanspruch auf sie oder gar Aaron einfach aufgeben. Und wenn sie ihrer nicht habhaft werden könnte, hielt sie sich gewiss an Cathys Familie schadlos. Das Schlimmste war aber, dass sie nichts, gar nichts dagegen tun konnte. Sie war einfach machtlos. Isobel Havisham hatte alle Fäden in der Hand und ließ sie daran tanzen wie eine der willenlosen Gliederpuppen, die achtlos und mit verknoteten Schnüren unter den traurigen Überresten des Spielzeugs der einstmaligen Miss de Burgh lagen.

Cathy schrak zusammen, als sich plötzlich die Tür zu ihrer Mägdekammer öffnete. Niemand hatte geklopft. Ob es Elfie war, die ihr im Auftrag von Mrs Reed, die sich redlich um die Kranke mühte, noch einen Tee bringen sollte? Doch es war nicht Elfie, es war Isobel, die da mit von der Kälte geröteten Wangen und in leicht verschmutzter Reitkleidung ins Zimmer getreten war und sie nun mit einem abschätzigen, geradezu verächtlichen Blick musterte. »Ah, Cathy!«, begann sie, ohne den spöttischen Ton in ihrer Stimme zu dämpfen, »bist du wieder einmal zu schwach, um deinen Pflichten bei mir nachzukommen?« Sie schüttelte bedauernd ihre blonden Locken: »Das tut mir wirklich leid. Wenn ich gewusst hätte, dass du gleich wieder krank wirst, hätte ich mir noch einmal überlegt, ob ich so ehrlich zu dir bin. Dabei habe ich nur zu deinem Besten gehandelt. Jemand musste dir ja einmal die Augen öffnen, nicht wahr, meine liebe Cathy?«

Cathy schwieg und starrte Isobel an. Isobel seufzte demonstrativ und setzte sich in Ermangelung einer anderen Sitzgelegenheit auf die Kante von Cathys zerwühltem Lager. »Also, Cathy, ich fürchte, es hat keinen Sinn mehr, dich hier als meine Zofe im Herrenhaus halten zu wollen, so leid mir das tut. Mein Gatte wünscht, dass du entfernt wirst und zwar umgehend. Auch Mrs Branagh ist dieser Ansicht.«

Cathy war so schockiert, dass ihr Herzschlag einen Moment aussetzte. Man wollte sie fortschicken! Ohne eine andere Anstellung in Aussicht. Womöglich auch noch ohne Lohn, da man mit ihrer Arbeit unzufrieden war! Jetzt im anbrechenden Winter. Wo sollte sie dann nur hingehen, wo sollte sie Arbeit finden? Doch immerhin ließ Isobel sie endlich gehen. Ihre Gedanken begannen nun ebenso zu jagen wie ihr Herzschlag. Wo sollte sie heute Nacht in dieser Kälte einen Unterschlupf finden? »Ist Mrs Branagh denn so verärgert? Ich weiß, ich hätte gestern nicht hinausgehen sollen …« Sie biss sich erschrocken auf die Lippen, als sie den lauernden Ausdruck in Isobels Augen erkannte.

»Du bist also draußen gewesen? In dem Sturm gestern? Das kann nur wieder einer deiner grandios dummen Einfälle gewesen sein oder aber du hast versucht, mit Billie zu sprechen.«

In Cathy loderte jäh nackte Furcht auf. »Ich habe nicht mit ihm gesprochen«, beteuerte sie ängstlich, »mit niemandem von meiner Familie! Ich schwöre es! «

»Ich schwöre es Ihnen, *Mrs Havisham*!«, berichtigte Isobel kalt und packte die Kranke grob am Arm. »Du tust gut daran, jedes Gespräch über unsere Vereinbarung mit deiner Familie zu unterlassen. Es würde Billie sicher nicht gut bekommen.«

Cathy schluckte und nickte dann ängstlich. Das schien Isobel zu befriedigen. Sie ließ Cathys Arm wieder los und begann, mit ihrer Reitgerte zu spielen. »Sicher verstehst du, dass ich mich nicht gegen den erklärten Willen meines Mannes stellen kann und möchte. Aber natürlich liegt mir dein Wohl trotz allem sehr am Herzen. Deshalb habe ich eine Regelung für dich getroffen, die sicher deine Zustimmung finden wird.«

Cathy schob sich aus ihrem Kissen in eine sitzende Stellung und wartete ergeben auf das, was Isobel ihr zu verkünden hatte.

Die junge Herrin von Whitefell lächelte kühl. »Es wird dich sicher freuen zu hören, dass du wieder zu deinen bäuerlichen Wurzeln zurückkehren kannst.« Cathy hielt erschrocken den Atem an. Wollte Isobel sie etwa wieder zu ihrer Familie schicken? Ihre Leute würden sie gewiss nicht aufnehmen. Doch Isobel fuhr ungerührt fort: »Wie es sich leider gezeigt hat, bist du ja wohl zu nichts anderem zu gebrauchen. Die Pennywood Farm, die du sicher kennst, braucht neue Pächter. Du wirst die Bewirtschaftung übernehmen, zusammen mit Aaron Stutter, den du zu diesem Zweck heiraten wirst. Alles andere würde zu Gerede führen.«

Cathy glaubte, ihren Ohren nicht zu trauen. Das war das Letzte, was sie erwartet hatte. Mit offenem Mund starrte sie Isobel an. Diese stöhnte entnervt auf. »Mein Gott, Cathy, nun glotz mich doch nicht an wie eine Kuh! Es ist ein notwendiges und durchaus elegantes Arrangement, das Aaron und ich getroffen haben. Du kannst dir sicher denken, dass er ein Interesse daran hat, dem unmittelbaren Zugriff meines Mannes zu entweichen und gleichzeitig in meiner Nähe zu sein. Zudem ist das ein durchaus erstrebenswerter Aufstieg für ihn. Schließlich ist er nicht von hier und hätte sonst wohl nie die Aussicht auf eine Pacht gehabt. Allerdings würde die Übernahme eines Pachthofs durch einen fremden und alleinstehenden jungen Mann bei den anderen Pächtern vermutlich auf ziemlichen Widerstand stoßen. Deshalb bist du, vielmehr die Hochzeit mit dir, ein Teil des Plans, ein notwendiges Übel sozusagen. Nicht mehr und nicht weniger. Deine Familie dient uns seit Jahren und die Leute wissen, dass du fast genauso lange auf Whitefell lebst. Das wird ihnen das Maul stopfen. Immerhin ist das auch für dich eine akzeptable Regelung. Du kannst dann wieder so leben, wie du es gewohnt bist, und musst dich nicht dauernd im Bett verstecken.« Sie richtete einen abfälligen Blick auf Cathy. »Ich erwarte selbstverständlich von dir, dass du dieses Angebot annimmst. Aaron wird in vier Tagen das Aufgebot bestellt haben. Dann könnt ihr heiraten und umziehen. Ich werde euch einige Geldmittel vorstrecken, damit ihr über den Winter kommt.« Sie lächelte süffisant. »Schließlich möchte ich nicht, dass mein Liebster hungert. Ach ... aber dass wir uns richtig verstehen«, fügte sie an, erhob sich und ließ die geflochtene Spitze der Reitgerte spielerisch langsam über die weiße Narbe an Cathys Stirn gleiten, »Aaron zu heiraten bedeutet beileibe nicht, dass du auch das Bett mit ihm teilen wirst. Ich rate dir, das auf alle Fälle zu unterlassen.« Die Peitsche wanderte plötzlich mit schmerzhaftem Druck zu Cathys Kinn. Die wagte kaum zu atmen. »Aaron gehört mir! Merk dir das! Solltest du meinen, diesem guten Rat zuwiderhandeln zu müssen oder Aaron gar etwas von unserer kleinen Abmachung zu berichten, dann wirst du das bitter bereuen ... oder vielmehr dein kleiner Bruder.« Abrupt ließ sie die Peitsche sinken und wandte sich zum Gehen. Doch dann drehte sie sich noch einmal um. »Ich hoffe doch, dass wir uns verstanden haben, Cathy. Ich wünsche dir eine baldige Genesung«, flötete sie und verließ schwungvoll die enge Kammer.

Whitefell House, Wiltshire, 10. November 1838

Kapitel 51

In der vom sanften Licht der Stalllaternen erleuchteten Scheune herrschte schon reges Treiben. Alle Angestellten und Pächter Whitefells mit deren Familien hatten sich trotz des kalten und trüben Wetters an diesem Samstagabend eingefunden, um endlich das ersehnte Fest zu feiern, zu essen und wieder einmal ausgiebig zu tanzen. Bridges, der Stallmeister der Nutztierställe, hatte seine Fiedel ausgepackt und malträtierte das verschrammte Instrument erbarmungslos und mit deutlich mehr Enthusiasmus als Können. Den Tänzern war es gleich. Hauptsache, der herzhafte Rhythmus der ländlichen Musik drang bis in ihre Beine. Jeder hatte, so es irgend möglich war, auch etwas zu essen oder zu trinken mitgebracht, das meiste stammte aber aus der Küche Whitefells. Mrs Branagh hatte – kraft ihrer unbestreitbar vorhandenen Autorität – der Herrschaft schließlich einiges abringen können. Ein neuer Mann war auch auf dem Fest zugegen: Mr Timothy Gruber, der neue Gutsverwalter, den Mr Havisham im direkten Nachgang des Gesprächs mit Mrs Branagh vor einigen Tagen vom Gut eines ihm bekannten Geschäftsmannes nahe Reading abgeworben hatte. Wenn er etwas als notwendig erkannt hatte, zögerte Mr Havisham nie, einen Entschluss in die Tat umzusetzen – eine notwendige Voraussetzung seines überragenden Erfolges.

Mr Gruber war am Nachmittag des vergangenen Tages eingetroffen, hatte sich umgehend mit seinem neuen Arbeitgeber zu einem längeren Gespräch zurückgezogen, dann zwei Zimmer im Ostflügel von Whitefell bezogen und war seitdem, neben den überraschend bekannt gewordenen Hochzeitsabsichten von Aaron Stutter und Cathy Thomson, das beherrschende Gesprächsthema unter den Bewohnern Whitefells.

Mr Gruber goss sich noch ein Bier in den tönernen Krug und ließ seinen Blick über die Anwesenden wandern. Er war ein kräftiger, breitschultriger Mann mit dunkelblondem Haar und intelligenten grüngrauen Augen, der seinen seltenen Nachnamen einem deutschen Urgroßvater verdankte, der irgendwann einmal im letzten Jahrhundert in England hängen geblieben war. Möglich, dass von diesem deutschen Urgroßvater, der dem Vernehmen nach Kaufmann gewesen war, sein besonderes Talent zu Organisation und Effektivität stammte. Diese besondere Fähigkeit zur verantwortungsvollen Leitung eines Betriebes hatte ihm nun also die Stelle auf Whitefell zuzüglich eines recht großzügigen Gehalts von vierhundert Pfund im Jahr eingebracht. Eine erfreuliche Karriere für den dreiunddreißigjährigen Abkömmling eines kleinen Händlers deutscher Herkunft. Die Aufgabe reizte ihn aber auch. Ein so großes Gut wie Whitefell, das durchaus einen Namen über die Grenzen Wiltshires hinaus besaß, zu verwalten, war sicher eine Ehre und ein bedeutender Karriereschritt. Seine erste Amtshandlung am Vortag war es gewesen, die Überschreibung der Pacht für die Pennywood Farm an diesen Aaron Stutter vorzunehmen. Der schien auch ein fähiger Stallmeister zu sein. Jedenfalls waren, wovon er sich heute hatte überzeugen können, die Pferdeställe und die Tiere selbst in tadellosem Zustand. Schade, dass nun jemand anderes für diese Aufgabe gefunden werden musste, doch der junge Mann trug sich ja auch mit Heiratsplänen. Dem Vernehmen nach handelte es sich dabei um die Zofe der Hausherrin. Immerhin hatte er Stutter das Versprechen abgenommen, so lange, bis ein neuer Stallmeister eingestellt wäre, wenigstens an zwei Vormittagen der Woche noch zur Verfügung zu stehen, um nach dem Rechten zu sehen. Bis dahin würde man sich eben irgendwie behelfen müssen.

Mrs Havisham, Grubers neue Herrin – eine recht kapriziöse, aber nicht uninteressante junge Frau –, hatte zudem in diesem Zusammenhang noch einige recht seltsame Wünsche geäußert, die sie mit einer alten freundschaftlichen Verbundenheit zu Stutters Braut begründete. So sollten Cathy Thomson, neben den für die Ablöse der Pacht notwendigen Geldmitteln von achtzig Pfund, die Aaron Stutter bereits ausgehändigt worden waren, weitere zwanzig Pfund zur Verfügung gestellt werden. Dies verbunden mit der Auflage, das Geld für Nahrungsmittel und anderes für den Lebensunterhalt Notwendige, jedoch ausschließlich für das Paar zu verwenden. Diese ausdrückliche Forderung hatte ihn doch etwas erstaunt, aber mehr noch hatte er sich darüber gewundert, dass Mrs Havisham sich besonders um die Ausstattung des Schlafzimmers der jungen Leute zu sorgen schien. So war sie heute direkt nach dem Frühstück auf den Speicher Whitefells gestiegen und hatte höchstpersönlich einige der ausrangierten Möbelstücke herausgesucht und mit einem Wagen zur Pennywood Farm bringen lassen. Es handelte sich dabei um ein gutes Bett, eine Frisierkommode, wie sie eher zu einer Lady passte, und einen recht großen Standspiegel. Er hatte diesen Transport umgehend in die Wege geleitet, fand es aber seltsam, dass die Dankbarkeit Aaron Stutters sich angesichts der für eine einfache Farm sehr edlen Möbel in engen Grenzen hielt.

Da trat Mrs Branagh – eine fähige und sehr respektable Person, wie Timothy Gruber schnell festgestellt hatte – zu ihm und nahm ihn am Arm, um ihm etwas zu zeigen: »Das ist übrigens die kleine Thomson, die Braut von Mr Stutter. Ich hoffe, dass es ihr als Pächterin bessergehen wird als auf Whitefell.« Mr Gruber, hellhörig geworden durch die kryptische Bemerkung der Haushälterin, blickte angestrengt in die Richtung, die ihm ihr knochiger Arm wies. Bisher hatte er die junge Braut noch nicht zu Gesicht bekommen.Schließlich entdeckte er mit Mrs Branaghs Hilfe die Zofe zwischen den anderen Besuchern. Bei dem hübschen Anblick bedauerte er spontan, dass er erst jetzt nach Whitefell gekommen war. Dieses Mädchen hätte auch ihn reizen können.

Neugierig fragte er: »Was meinen Sie damit, dass es ihr dann bessergehen soll? Ich kann mir kaum vorstellen, dass sie die Position der Zofe so gern aufgibt. Viele wären froh, sie hätten eine solche Anstellung. Außerdem – so habe ich zumindest den Eindruck gewonnen – scheint ihr Wohl Mrs Havisham besonders am Herzen zu liegen.«

Mrs Branagh sah ihn nachdenklich an. Offenbar überlegte sie sich, ob sie ihre Äußerung näher erläutern solle. Schließlich räusperte sie sich und wandte ihren Blick wieder der ausgelassen feiernden Menge zu. »So, Sie haben diesen Eindruck gewonnen«, meinte sie gedehnt. »Nun, zumindest bestehen berechtigte Zweifel daran. Die letzten Monate, in denen Cathy Thomson die Stelle als Zofe unserer Mrs Havisham bekleidete, waren allerdings anderer Natur. Cathy ist sehr hübsch, wie Sie zweifellos bemerkt haben.« Mr Gruber, der immer noch vom inspirierenden Anblick der jungen Frau gefesselt war, errötete peinlich berührt und beeilte sich, seine Aufmerksamkeit völlig seiner Gesprächspartnerin zuzuwenden.

»Das täuscht ein wenig darüber hinweg, wie kränklich und schmal sie im Dienst der Herrin geworden ist«, fuhr die Haushälterin fort. »Ich bin wirklich froh, dass sich jetzt so schnell eine Lösung gefunden hat.«

Gruber schüttelte irritiert den Kopf. »Aber Mrs Havisham hat selbst – und ich darf hinzufügen, nicht gerade zur übermäßigen Begeisterung von Mr Havisham – Cathy Thomson einen nicht unbeträchtlichen Geldbetrag sozusagen als Mitgift übergeben. Allerdings erwähnte sie eine etwas eigenartige Auflage, das muss ich auch zugeben.«

Mrs Branagh sah ihn beunruhigt an, was ihn dazu brachte, ihr die Natur dieser Auflage näher zu erläutern. Nach einem Moment nachdenklichen Schweigens meinte die Haushälterin: »Ich hoffe doch sehr, dass Mrs Havisham Cathy jetzt endlich freigeben wird. Sie müssen wissen, dass Cathy Thomson schon seit Kindertagen von der damaligen Miss de Burgh zur

Spielkameradin bestimmt worden ist und seitdem auf Whitefell lebt. Ich meine aber, man hätte das Kind damals besser in seinem ursprünglichen Umfeld belassen. Der Vater ist übrigens Wycliff Thomson, der Feldpfleger von Whitefell, den Sie sicher kennenlernen wollen. Er steht dort drüben mit seiner Familie«, sie zeigte in die entsprechende Richtung.

»Nun, vielleicht wollte Mrs Havisham ihr ja einfach abschließend eine Wohltat zukommen lassen«, meinte der neue Gutsverwalter achselzuckend und beobachtete etwas neidisch, wie der als einer der letzten in die Scheune gekommene Aaron Stutter nun rasch zu der rothaarigen Schönheit ging und sie zärtlich in die Arme nahm. Seltsam, dass seine junge Braut diese doch sehr verliebte Geste nur zögernd, geradezu widerwillig erwiderte.

»Hoffen wir, dass Sie mit Ihren Ansichten über die Motive der Herrin recht behalten«, erwiderte Mrs Branagh abschließend und lud ihn dann ein, ihn allen Anwesenden vorzustellen.

Aaron hielt Cathys Hand fest umschlossen. Er hatte nicht vor, sie je wieder loszulassen. Seit Tagen – seit Isobel diesen wahnwitzigen und doch für ihn so glückverheißenden Plan ausgeheckt hatte – schwamm er in einer verwirrenden Mischung aus Seligkeit und schlimmen Ahnungen. Er wusste kaum mehr, wo ihm der Kopf stand, sehnte nur den Augenblick herbei, an dem Cathy endlich seine Frau wurde. Es war ihm seither nicht gelungen, mit ihr alleine zu sprechen. Mrs Branagh hatte sie eifersüchtig bewacht und ihn mit empörten Blicken bedacht. Daran war ohne Zweifel das von Isobel in die Welt gesetzte und an Boshaftigkeit kaum noch zu überbietende Gerücht über sein angebliches Schäferstündchen mit Cathy schuld, das sich wie ein Lauffeuer im Herrenhaus verbreitet hatte. Doch es gab ja keine Möglichkeit, die Dinge richtigzustellen. Er hätte Isobel dafür schlagen können, aber diese hatte sich seit dem Ausritt nicht mehr bei ihm blicken lassen. Aaron hatte seine Zeit damit verbracht, neben der Arbeit im Stall, bei der ihm jetzt William umfangreich half, die Hochzeit und ihr zukünftiges Heim vorzubereiten und die Tiere der Pennywood Farm zu versorgen. Das Anwesen war tatsächlich ziemlich heruntergekommen, hatte aber eine gute Substanz. Mit Arbeit und Fleiß ließe sich daraus sicher etwas machen. Alles andere, auch die Möbellieferung, die Isobel ihm gesandt hatte – und er hatte sehr wohl verstanden, was dies bedeutete – hatte er aus seinen Gedanken verbannt. Er weigerte sich einfach, diesen unangenehmen Teil der Abmachung zur Kenntnis zu nehmen. Doch nun, als er Cathy bei der Hand hielt und ihr Widerstreben spürte, holte ihn die Realität unsanft wieder ein. Unsicher sah er sie an. Doch im Stimmengewirr, Lachen und Stampfen der Leute, übertönt von Bridges falschem Fiedelspiel, gelang es ihm kaum, ein vernünftiges Wort an sie zu richten. Da zog Billie ihn an der Hand und brüllte: »Hallo, Aaron! Stimmt das, dass du Cathy heiraten willst? Die Leute haben das eben meinem Vater erzählt.«

»Ja, das stimmt!« Aaron presste die Lippen zusammen. Eigentlich hätte es sich gehört, dass er zunächst beim Vater der Braut um dessen Zustimmung nachfragte, zumal Cathy ja nicht volljährig war, aber dieser Gedanke war ihm angesichts der Umstände gar nicht gekommen. Das musste er umgehend nachholen. »Komm!«, sagte er zu Cathy, verstärkte entschlossen seinen Griff und zog sie hinter sich her. Als er ihren wachsenden Widerstand spürte, wandte er sich im Gewühl der Tanzenden zu ihr um und sah ihr in die Augen. Die seltsame Hoffnungslosigkeit in ihrem Blick machte ihn frösteln, doch er war sich sicher, dass er das Richtige tat. Dann waren sie auch schon bei den Thomsons angekommen. Wycliff Thomson empfing ihn kühl und mit abweisender Miene. Kein guter Auftakt für die Bitte um die Hand seiner Tochter.

»Mr Thomson, ich bin Aaron Stutter. Ich denke, Sie kennen mich bereits«, begann Aaron, indem er allen Mut zusammennahm. Am besten, er brachte das schnell hinter sich. Sein

Gegenüber hielt eine Antwort wohl nicht für nötig. Aaron fuhr dennoch tapfer fort: »Mr Thomson, Sir, ich möchte Ihre Tochter heiraten. Ich habe die Pennywood Farm übernommen und werde sicher gut für Cathy sorgen können. Es wird ihr an nichts fehlen, das verspreche ich Ihnen bei allem, was mir teuer ist.«

»Du bist ein Narr, Stutter! Aber wenn du es nicht vermeiden kannst, nimm sie dir. Es ist mir gleich. Du wirst schon sehen, was du davon hast«, presste Thomson verächtlich hervor und würdigte dabei seine älteste Tochter, die bei diesen harschen Worten förmlich in sich zusammensank, keines Blickes. Dann wandte er sich ab. Es schien, dass er das Gespräch für beendet hielt. Aaron spürte deutlich, wie Cathy versuchte, ihre Hand aus seinem Griff zu entwinden, doch er ließ sie nicht los. Es empörte ihn zutiefst, wie Wycliff Thomson seine Tochter behandelte, und offenbar nicht nur ihn. Eine Traube interessierter Zuhörer hatte sich um sie gesammelt. »Mr Thomson, ich denke nicht, dass Cathy eine solche Behandlung verdient hat. Sie ist der wunderbarste, der freundlichste Mensch, der mir je begegnet ist«, stieß er hervor, seinen Zorn nur mühsam im Zaum haltend.

Thomson fuhr plötzlich wütend herum. »Wer glaubst du zu sein, Stutter, dass du es wagst, über mich zu richten?«, zischte er. »Ich habe, bei Gott, gute Gründe dafür, von diesem gewissenlosen Geschöpf so zu denken. Wenn du es nicht glaubst, frag ihren Bruder. Ich wollte, sie wäre der Krüppel! Verdient hätte sie es!«

Ein Raunen ging durch die Menge. Das waren harte Worte! Aaron war jedenfalls nicht bereit, das Verhalten des Mannes einfach zu akzeptieren. »Wie können Sie …?«, begann er, doch da hatte sich Cathy endlich seinem Zugriff entwunden. Ehe er es verhindern konnte, rannte sie an den erstaunten Umstehenden vorbei hinaus in die Nacht. Aaron, hin und her gerissen zwischen dem Wunsch, Thomson seine wütende Empörung ins Gesicht zu schleudern und Cathy nachzulaufen, entschied sich schließlich für das Wichtigere. »Thomson, wir sprechen uns noch!«, drohte er zornig und stürzte dann Cathy hinterher.

Er erwischte sie in einiger Entfernung zur Scheune auf dem Weg in den Gesindetrakt und hielt sie mit sanfter Gewalt davon ab, weiter fortzulaufen. »Cathy, es tut mir leid!«, beteuerte er und schloss sie in seine Arme. Verzweifelt versuchte sie von ihm fortzukommen, doch er ließ sie nicht los. Er spürte nur zu genau, dass er sie jetzt nicht allein lassen durfte. Schließlich ergab sie sich, lehnte sich an ihn und weinte hemmungslos. »Meine arme Cathy«, flüsterte er und küsste sie sanft auf die Stirn, »das wird nicht noch einmal geschehen, ich verspreche es dir. Niemand darf dich so behandeln, nicht wenn ich es verhindern kann. Du wirst meine Frau sein und ich werde dich beschützen.«

Sie sagte etwas zu ihm, doch er hatte Mühe, es zu verstehen. »Was?«, fragte er und versuchte ihr ins Gesicht zu sehen, doch Cathy wandte den Blick von ihm ab. »Du lügst!«, wiederholte sie und diesmal verstand er es nur zu gut. Es verschlug ihm die Sprache. Natürlich musste sie so von ihm denken! Sie kannte mit Sicherheit die Wahrheit, wusste, was zwischen Isobel und ihm vorging. Wie hohl mussten seine Worte in ihren Ohren klingen. Er schluckte. »Cathy, ich weiß, dass dir das so vorkommen muss. Aber es ist nicht so, wie es aussieht«, brachte er hastig hervor, spürte aber selbst, wie abgedroschen und dumm seine Worte klangen, von Tausenden und Abertausenden untreuer Männer und Frauen schon seit Anbeginn der Menschheit wohl so beteuert. Und doch musste sie ihm einfach Glauben schenken. Furcht stieg in ihm auf. Es konnte doch nicht sein, dass gerade der Umstand, dass er Cathy vor der brutalen Eifersucht Isobels hatte schützen wollen, nun ihre Liebe zerstörte. Flehentlich sagte er: »Cathy, ich schwöre dir, es ist nicht so, wie es aussieht. Was hat Isobel dir erzählt?« Cathy schüttelte den Kopf, sah ihn immer noch nicht an. Da packte er sie bei den Schultern und wiederholte nachdrücklich: »Cathy, was hat sie dir erzählt? Du musst es mir sagen!«

»Sie hat gesagt, dass ihr seit Monaten ein Paar seid und dass du ihr Vergnügen bereitest!« Cathy wand sich vor Unbehagen. »Sie hat gesagt, dass du dir nichts aus mir machst und dass du ihr gesagt hast, ich wäre für dich nur ein Spiel gewesen. Nur ein Spiel!«, wiederholte sie nun heftiger und sah ihn anklagend an, Enttäuschung und Schmerz loderte in ihrem Blick.

»Oh, Cathy!« Er rang nach Worten. Wie sollte er ihr das alles nur erklären? »Das alles ist wahr und trotzdem nichts als Lüge! Ich sage dir …«

Sie ließ ihn nicht ausreden. »Ich weiß nicht, Aaron! Ich weiß gar nichts mehr, ich spüre nichts mehr – es ist alles wie tot in mir.« Wieder versuchte sie von ihm loszukommen. Er musste es einsehen: Es hatte einfach keinen Sinn, ihr jetzt alles erklären zu wollen, das würde Zeit und Ruhe brauchen. Jetzt war nur eines wichtig … Er sank vor ihr auf die Knie. »Cathy, wirst du trotzdem morgen meine Frau werden?«, fragte er, bebend vor Angst, sie könne es ihm verweigern. Sie senkte nur den Blick und schwieg.

»Bitte, Cathy!«, flehte er verzweifelt. »Werde meine Frau!«

Und endlich, endlich, als er die fürchterliche Ungewissheit schon nicht mehr ertragen konnte, sah er sie kaum merklich nicken. »Ja, Aaron!«, flüsterte sie leise.

Erlöst schloss er sie erneut in die Arme. Diesmal wehrte sie sich nicht. Da keimte in ihm die Hoffnung auf, dass alles gut werden könnte.

Little Langford, Wiltshire, 11. November 1838

Kapitel 52

Feierlich waberten die Töne der kleinen Standorgel durch das schmalschiffige Gotteshaus in Little Langford. Martha Pole zog Finley, der mit seiner Familie in derselben Kirchenbank Platz genommen hatte, am Ärmel und nickte mit erstaunt hochgezogenen Augenbrauen zum abgeteilten Raum für die Herren von Whitefell hinüber, der sonst eigentlich nie besetzt war. Heute aber hatte sich die junge Herrin von Whitefell höchstpersönlich und in Begleitung des neuen Gutsverwalters Mr Gruber in die Dorfkirche begeben. In einem hochgeschlossenen, grauen Kostüm saß sie dort und beobachtete mit unergründlicher Miene, die weiteren, zahlreich erschienenen Anwesenden nicht beachtend, das Brautpaar, das sich dort vor dem Altar das Jawort geben sollte – wenn Pfarrer Browning endlich seine unerträglich lange Trauungspredigt beendet haben würde. Sonst besuchte Martha immer seltener den Gottesdienst, weil ihr das selbstgerechte Geschwätz des Pfarrherrn sonst den Sonntag verdarb, aber dieses Ereignis hatte sie sich nicht entgehen lassen wollen. Sie gönnte es Cathy Thomson von Herzen, dass diese nun endlich mit dem jungen Stutter ein eigenes Leben auf der Pennywood Farm beginnen konnte. Erstaunlich war es ja schon, dass die junge Mrs Havisham ihre Zofe nun doch so plötzlich hatte gehen lassen, obwohl sie bisher so unnachgiebig auf deren Anwesenheit auf Whitefell bestanden hatte. Selbst Mrs Branagh hatte sich, als Martha Pole sie vor der Kirche getroffen hatte – denn natürlich hatte sich fast das ganze Hauspersonal von Whitefell ebenfalls in Little Langford eingefunden – ebenfalls recht verwundert darüber gezeigt. Auch darüber, dass sich die Herrschaft, oder vielmehr die Herrin, nun auch recht großzügig in finanzieller Hinsicht erwiesen hatte. Wenn man, so hatte Mrs Branagh eingewandt – und dabei einen drohenden Blick in Richtung der neidisch tuschelnden Mägde geworfen –, allerdings bedachte, dass Cathy in all den Jahren als Spielgefährtin der ehemaligen Miss de Burgh nie auch nur einen Penny bekommen hatte, so war diese Regelung nur recht und billig. Außerdem standen ihr ohnehin noch sieben Pfund und zwölf Schillinge Lohn zu für ihre Arbeit als Zofe. Einige der Pächter hatten sich auch weniger erfreut darüber gezeigt, dass Aaron Stutter nun, obwohl auch dieser ja die Ablöse nicht aus eigener Tasche hatte bezahlen können, die Pennywood Farm zugefallen war. Dieses Vorrecht hätte doch eher jemandem aus der Gegend gebührt. Aber letztlich war dies eben die Entscheidung der Herren von Whitefell und der hatte man sich zu beugen. Immerhin, Aaron Stutter war ein geschickter und sympathischer junger Mann, dem man auch Fleiß zugutehalten musste. Zumindest hatte sich der im Dorfpub bestens bekannte ehemalige Stallmeister von Whitefell doch immer sehr angetan über ihn geäußert, ja ihn sogar in den höchsten Tönen gelobt. Also war man geneigt, den beiden jungen Leuten eine Chance in der Gemeinde von Little Langford zu geben. Ein hübsches Paar gaben sie ab, das musste Martha wirklich zugeben. Obwohl die Hochzeit recht überstürzt in die Wege geleitet worden war (es war da wohl zu einem kleinen Vorfall gekommen, den Mrs Branagh mit Empörung in der Stimme nicht näher kommentieren wollte. Aber Martha dachte sich lächelnd ihren Teil und immerhin waren die beiden ja jung), hatte Aaron Stutter es nicht versäumt, für sich neue, einem Farmer angemessene Kleidung zu besorgen und vor allem einen Ring für die Baut. Er sah wirklich gut aus, in seinen neuen Sachen. Auch Cathy war außerordentlich hübsch anzusehen in ihrem blauen Miederrock, der festlichen weißen, mit feiner Stickerei verzierten Bluse, die zweifellos von Mrs Branagh stammte, und dem geflochtenen Kranz aus Immergrün in ihrem herrlichen Haar.

Als Martha sie das letzte Mal gesehen hatte, krank und fiebrig und in dieses unförmige graue Gewand gekleidet, das sie auf Anweisung zu tragen hatte, war ihr die erblühte Schönheit Cathys bereits aufgefallen. Nun aber, als sich die Eheleute einander zuwandten und Aaron ihr den Ring an den Finger steckte, ging ein entzücktes Raunen durch den Kirchenraum: Kein Zweifel, sie war eine wahre Augenweide und das Gefallen an ihr spiegelte sich überdeutlich im glücklichen Gesicht des Bräutigams wider. Seltsam nur, dass die junge Braut trotzdem recht bedrückt wirkte. Ob das damit zusammenhing, dass die Herrin von Whitefell, die das Geschehen gespannt verfolgte, mit einem eigenartigen, nahezu höhnischen Blick zur Braut hinübersah? Martha schüttelte ihr ergrautes Haupt. Was ging da nur vor sich? Dieser Gesichtsausdruck Isobel Havishams erschien ihr angesichts des Freudentages des jungen Paares doch sehr unangemessen. Auch Mr Gruber schien das aufgefallen zu sein. Er runzelte die Stirn, ließ sich aber sonst nichts anmerken.

Als der Bräutigam die Braut küsste, die diesen Kuss nur sehr zurückhaltend erwiderte, brach der volle Kirchenraum in Jubel aus, und im Nu war der Durchgang, den das Paar durchschritt, gefüllt mit Menschen, die den jungen Eheleuten die besten Segenswünsche auf den Weg mitgeben wollten. Für die Organisation einer Feier war ohnehin keine Zeit gewesen. Das wäre eigentlich Aufgabe der Familie der Braut gewesen, aber die Thomsons glänzten mit Abwesenheit. Martha reihte sich in die Schlange der Gratulanten ein.

»Wenigstens hätte Wycliff sich im Gottesdienst blicken lassen sollen«, knurrte Finley, der hinter ihr stand, erbost.

»Ist er denn immer noch so unversöhnlich wegen dieser Sache damals? Es war doch eigentlich nicht die Schuld des Mädchens, eher ein tragischer Unfall, der jederzeit hätte passieren können bei diesem eigensinnigen kleinen Burschen. Was denkt der Mann sich nur dabei, dass er sie immer noch mit Verachtung straft?«, sagte Martha und wandte sich zu Finley um. »Ich dachte, er hätte sich seit dem Sommer eines Besseren besonnen?«

Der Wildhüter schüttelte resigniert den Kopf und schürzte die Lippen, um sein Missfallen zu bekräftigen. »Du hättest erleben sollen, wie der sich gestern aufgeführt hat. Eine Schande ist das! Es wäre auf dem Fest in der Scheune beinahe zu einer Schlägerei zwischen Aaron und Thomson gekommen. Wenn Thomson so weitermacht, geht das Mädchen noch an ihrem Kummer zugrunde, aber er lässt nicht mit sich reden. Ich habe es auch schon versucht.«

Martha seufzte. »Er ist offenbar ein sturer Mann, obwohl ich trotzdem nicht schlecht von ihm denken mag. Vielleicht liegt es daran, dass er sich selbst so sehr quält mit irgendetwas. Das kann das Herz eines Menschen hart und unversöhnlich machen. Hoffen wir, dass Aaron Stutter Cathy ein guter Ehemann sein wird. Sollte er das nämlich nicht sein, dann bekommt er es mit mir zu tun. Vielleicht sollte ich ihm das nachher noch einmal ausdrücklich sagen!«, meinte sie entschlossen und mit drohend zusammengezogenen Augenbrauen.

Finley lächelte freundlich. »Das würde er nicht wagen, Martha! Wer traut sich auch schon, es sich mit dir zu verscherzen.«

Die Schlange der Gratulanten, die sich auf dem dörflichen Kirchplatz sammelte, war beachtlich. Timothy Gruber stellte sich auf eine längere Wartezeit ein, die er am Eingang der Kirche neben der Herrin von Whitefell stehend mit dem salbadernden und ermüdenden Geschwätz dieses Pfarrers Browning würde verbringen müssen. Er wunderte sich darüber, dass sich Mrs Havisham, die sich sonst offenbar – das hatte er trotz der Kürze seines Aufenthalts auf Whitefell bereits bemerkt – nicht gerade durch ein Übermaß an Geduld auszeichnete, dem wasserfallartigen Gerede des Mannes freiwillig aussetzte, aber ohnehin schien sie diesem nur oberflächlich zuzuhören. Wie schon während der Trauungszeremonie war ihre gespannte Aufmerksamkeit auf das junge Paar gerichtet. Das Verhalten seiner Arbeitgeberin schürte Grubers Misstrauen. Mit dem untrüglichen Instinkt des in Menschenführung erfahrenen Verwalters spürte er, dass zwischen den beiden Frauen, die doch so unterschiedlichen Standes waren, eine beunruhigende Spannung herrschte. Eine Spannung, die dem normalen Verhältnis einer Herrin zu ihrer Zofe nicht angemessen war. Angesichts des ausnehmend gut aussehenden Bräutigams keimte in ihm plötzlich ein Verdacht auf, den er aber wohl besser für sich behielt. War dieser – allerdings wirklich unerhörte – Verdacht womöglich der wahre Grund dafür, warum es zwischen den Eheleuten Havisham am Morgen beim Frühstück zu einer unschönen Auseinandersetzung gekommen war? Mrs Havisham hatte sich strikt geweigert, ihren Mann nach Salisbury zu begleiten, wie dieser es ausdrücklich gewünscht hatte. Gruber, der als leitender Angestellter des Guts das Recht hatte, mit den Herrschaften zu speisen, hatte sich schließlich, um die Wogen etwas zu glätten, angeboten, Mrs Havisham zu diesem Trauungsgottesdienst zu begleiten, der am Nachmittag stattfinden sollte. Nach einigem Zögern hatte sich der Herr wohl oder übel darauf eingelassen, denn seine Gattin war nicht bereit gewesen, auch nur einen Fuß breit nachzugeben. Als hinge ihr Leben davon ab, hatte sie darum gekämpft, dieser Trauung beizuwohnen, und das, obwohl es sich nur um die Vermählung zweier ehemaliger Angestellter handelte. Das war zumindest erstaunlich zu nennen. Allerdings schien offenbar nur er sich darüber zu wundern. Alle anderen Bewohner Whitefells nahmen das eigenartige Gebaren der Herrin hin, wie sie den aufkommenden Wintersturm hinnahmen. Keiner wunderte sich also darüber, dass Mrs Havisham nun zum Schluss, ohne den Pfarrer noch eines Blickes zu würdigen und dessen Redefluss rüde ignorierend, zum Brautpaar hinüberging. Sie sagte ein paar knappe Worte zum Bräutigam, die dieser mit unbewegter Miene hinnahm. Dann beugte sie sich zur Braut hinüber und flüsterte ihr etwas ins Ohr, was die junge Frau aber seltsamerweise eher verängstigte als erfreute. Dann wandte die Herrin von Whitefell sich mit einem zufriedenen Lächeln zu ihm um, gab ihm einen Wink, und ließ sich gnädig von ihm in die Kutsche helfen.

Kapitel 53

»Komm jetzt, Cathy!«, sagte Aaron sanft und führte seine junge Frau zum Pritschenwagen, vor den er das Arbeitspferd gespannt hatte. Cathy folgte ihm willenlos. Ihr nahezu apathischer Zustand beunruhigte ihn sehr, aber er hoffte, dass sie sich auf der Fahrt zur Pennywood Farm wieder erholen und die lähmende Furcht ablegen würde, die sie umgab wie eine Mauer. Er holte von der Ladepritsche des vierrädrigen Bauernwagens einen Kapuzenmantel aus dicht gearbeitetem Schafwollfilz, den er mit einigen anderen Kleidungsstücken und Nahrungsmitteln für Cathy und sich in Wilton gekauft hatte, und legte ihn ihr liebevoll um die Schultern. Cathy sollte nicht frieren auf der fast sechs Meilen dauernden Fahrt zur einsam gelegenen Farm. »Steig auf, mein Herz«, meinte er dann und gab seiner Stimme bewusst einen fröhlichen, aufmunternden Klang, »nun geht es in dein neues Heim. Ich bin gespannt, was du dazu sagen wirst. Ich hoffe, es gefällt dir.« Cathy antwortete nicht, setzte sich aber folgsam auf den Kutschbock. Aaron ließ erneut einen Moment lang besorgt seinen Blick auf ihr ruhen. Dann bestieg er den Kutschbock und setzte sich neben seine junge Ehefrau. Unsicher sah er sie von der Seite an. Sie saß da, still wie eine Puppe und starrte teilnahmslos vor sich hin. Eine noch größere ängstliche Unruhe erfasste ihn. War es nicht letztlich Wahnsinn, auf was sie sich nach Isobels Willen eingelassen hatten? Und doch … er konnte nicht anders, er liebte sie doch so sehr! Aaron seufzte tief auf, schnalzte dann mit der Zunge und gab dem Pferd durch ein Rucken an den Zügeln zu verstehen, dass es sich auf den Weg machen sollte. Folgsam setzte sich der kräftige Braune in Bewegung.

Bald hatten sie das kleine Dorf hinter sich gelassen und schwenkten auf den matschigen Feldweg ein. Der führte, an Erdwällen und Zäunen vorbei, über den Rücken der Anhöhe hinweg bis in das Tal, in das sich die Pennywood Farm inmitten winterlich-brauner Wiesen und Felder kauerte. Es war kalt. Einige Schneeflocken trieben vom grau verhangenen Himmel hinunter, setzten sich den beiden einsamen Reisenden auf Mantel und Gesicht und bedeckten die Welt um sie her mit einer dünnen, brüchigen weißen Decke, während sich die frühe Dämmerung langsam herabsenkte.

»Frierst du, Cathy?«, fragte Aaron nach einer Weile vorsichtig. Einen Augenblick zögerte sie, doch dann schüttelte sie unmerklich den Kopf.

»Du kannst es mir ruhig sagen, ich habe noch ein paar Schaffelle auf dem Wagen«, erklärte er eifrig, froh, dass sie wenigstens endlich eine Reaktion zeigte.

»Meine Füße sind kalt!«, sagte sie plötzlich.

»Oh!«

Kurz entschlossen ließ er den Braunen halten, lehnte sich nach hinten, zog eines der Schaffelle hervor und wickelte es ihr fest um die Füße. »Besser?«, fragte er hoffnungsvoll. Da endlich richtete sie den Blick ihrer blauen Augen, den er so sehr liebte, auf ihn und sagte mit leiser Stimme: »Ja, danke Aaron. Es ist gut!« Sie lächelte ihn kurz an und sah dann wieder nach vorn. Da legte er sanft den Arm um sie, nahm die Zügel wieder auf und ließ das Pferd antraben. Und obwohl sie ihm durch keine Regung zeigte, dass sie seine Sehnsucht nach ihrer Nähe erwidern würde, wehrte sie sich auch nicht. Das genügte ihm, bis sie endlich die Farm erreichten.

Aaron half Cathy vom Wagen und schirrte dann den Braunen ab, um ihn in den Stall zu führen.

»Wie heißt das Pferd?«, fragte Cathy, als sie ihm in den Stall folgte.

»Ich weiß nicht! Ich wollte es dir überlassen, den Tieren Namen zu geben. Schließlich bist du jetzt die Herrin der Farm«, antwortete Aaron und lächelte Cathy zu. Er war froh, dass sie nun doch Interesse an ihrer Umgebung zeigte. Das war ein gutes Zeichen. Als würde ihr die Bedeutung seiner Worte erst jetzt bewusst, sah Cathy sich mit großen Augen im Stall um. »Herrin der Pennywood Farm« formten ihre Lippen lautlos. Aaron lachte. »Das ist die Wahrheit, Cathy. Du kannst ab jetzt tun und lassen, was du willst!« Er wandte sich um, um dem Braunen etwas Heu in die Futterraufe zu geben und sprach dabei eifrig weiter: »Natürlich werden wir viel Arbeit haben, und das schränkt die Freiheit doch etwas ein, aber die Zeiten, in denen du dir Isobels Launen gefallen lassen musstest, sind vorbei.« Als er sich wieder umdrehte, bemerkte er erschrocken, dass sich ihr Blick schon wieder verschlossen hatte. Die Bemerkung über Isobel hättest du dir besser gespart, du Dummkopf!, warf er sich selbst im Stillen vor. Kurz rang er mit sich, ob er Cathy fragen sollte, was Isobel ihr dort auf dem Kirchplatz ins Ohr geflüstert hatte, aber dann entschied er sich dagegen. Besser, er lenkte sie ab.

»Komm«, sagte er liebevoll, »ich will dir unser Land zeigen, solange es noch nicht ganz dunkel geworden ist. Und dann gehen wir ins Haus, ja? Ich bin gespannt, wie du es findest. Ich habe es, so gut ich konnte, gesäubert, aber es gibt noch viel zu tun. Es war alles recht heruntergekommen. Du kannst es sicher auch besser gemütlich machen, als ich es kann, obwohl ich mir wirklich Mühe gegeben habe.« Er setzte ein schiefes Lächeln auf. »Wir Männer sind in solchen Dingen nicht so geschickt.«

Cathy senkte wortlos den Blick und verließ, gefolgt von Aaron, den Stall. Draußen empfing sie beide ein kalter, schneidender Wind. Es würde am Abend sicher noch einen schweren Sturm geben. Im Dämmer des schwindenden Tages lagen nun weiß überzuckert die Wiesen, Weiden und Felder sowie das Gehölz, in dem einst das Koboldgold gefunden worden war. Aaron wies mit ausgestreckter Hand in die Runde, beugte sich zu Cathys Ohr hinunter, um den Wind zu übertönen und sagte: »Siehst du das? Das alles gehört zur Pennywood Farm und auch noch ein paar Äcker hinter dem Wald. Ich bin vor zwei Tagen die Grenzen entlanggefahren und habe mich umgesehen. Leider hat der alte Barnacle es zuletzt nicht mehr geschafft, alles zu bewirtschaften. Vieles liegt brach und auch die Zäune und Wälle müssen ausgebessert werden, aber für das Vieh ist genug Futter da, sodass wir es über den Winter bringen werden. Kartoffeln, Zwiebeln und Rüben haben wir auch, aber Mehl und Hirse werden wir zukaufen müssen, Hafer wohl auch. Am besten, wir machen uns in den nächsten Tagen noch einmal zusammen auf nach Wilton, dann kannst du auch noch kaufen, was du für notwendig hältst für den Hausstand.« Er legte ihr den Arm um die Schultern und spürte dabei, wie sie zitterte. Das verunsicherte ihn, obwohl er versuchte, sich nichts anmerken zu lassen. »Aber jetzt lass uns hineingehen. Ich habe Feuer gemacht, bevor ich zur Kirche gefahren bin. Wir haben einen ganz besonderen Ofen, der wird dir gefallen.« Da fiel ihm ein, dass er noch die Felle auf dem Wagen liegen hatte. Schnell lief er hinüber, um sie in die Scheune zu legen, damit sie nicht dem Wetter ausgesetzt und durchnässt würden. Als er wieder aus der Scheune heraustrat, sah er enttäuscht, dass Cathy schon zum Haus gegangen war. Er hatte sie doch über die Schwelle tragen wollen! »Warte doch, Cathy!«, rief er. Doch obwohl sie ihn sicher gehört hatte, huschte Cathy schnell ins Innere des Farmhauses, gerade als wolle sie diese ehrwürdige und durchaus bedeutsame Tradition um jeden Preis umgehen. Mit sehr gemischten Gefühlen folgte er ihr. Jäh stieg in ihm die üble Befürchtung auf, dass die der Trauung folgende Hochzeitsnacht noch erhebliche Probleme aufwerfen würde. Isobel stand immer noch wie eine Wand zwischen ihnen. Aaron schluckte schwer, und eine beängstigende Mischung aus Beklommenheit und heftigem Überdruss machte sich in ihm breit. Nervös betrat er das Farmhaus. Wie er es befürchtet hatte, fuhr Cathy erschrocken herum, als sie ihn hörte. Ihr Blick flackerte unstet. Er streckte beruhigend die Hände aus und macht einige Schritte auf sie zu.

»Willst du nicht den Mantel ablegen?«, fragte er.

Immer noch blickte sie ihn geradezu verstört an, doch dann nestelte sie mit fahrigen Bewegungen an der Kordel ihres Umhangs herum. Der Anblick ihrer Hände, die sich an ihrer Kleidung zu schaffen machten, verwirrte ihn heftig auf eine seltsame Art, steigerte seine Anspannung und Nervosität ins Unerträgliche und jagte heiße Schauer durch seinen Körper.

»Warte, ich helfe dir!«, sagte er rau und kam auf sie zu.

Sie wich geradezu panisch vor ihm zurück und stieß dabei rücklings an den groben Holztisch, der in der Nähe des gemauerten Ofens stand. Von dort ging eine glühende Wärme aus. Einem plötzlichen jähen Impuls gehorchend, folgte er ihr, presste sich an sie und nahm ihr Gesicht in seine Hände. Sie konnte nicht mehr ausweichen. »Cathy, liebst du mich denn nicht?«, flüsterte er. Das Begehren erfasste ihn nun mit Macht. Der Duft, der von ihr, von ihrem herrlichen Haar ausging, betörte ihn. Er hatte so lange schon gewartet, er ertrug es nicht länger. Verlangend senkte er seine Lippen auf die ihren und küsste sie leidenschaftlich, kaum mehr Herr seiner Sinne. Cathy war doch nun rechtmäßig seine Frau, oder etwa nicht? Er spürte, wie sie erstarrte. Dann begann sie plötzlich, sich gegen ihn zu wehren.

»Aaron, nein! Bitte nicht!«

Da stieg ein gewaltiger, glühender Zorn in ihm auf, bemächtigte sich seiner wie ein tödliches Gift. »Warum?«, schrie er. »Warum willst du mich denn immer noch nicht? Bin ich nicht dein Mann?«

Entsetzt starrte sie ihn an. »Ich kann nicht!«, stammelte sie. »Wegen Isobel!«

»Verflucht!« Aaron geriet nun völlig außer sich. »Ich will von diesem gottverfluchten Weib nichts mehr hören! Ich will nicht!« Rasend in seinem Zorn und seiner Hilflosigkeit griff er sich einen der altersmorschen Holzstühle, die beim Tisch standen, und warf ihn von sich – wie im Irrsinn. Mit Getöse zerbrach das Möbelstück an der gegenüberliegenden Wand. Das Bersten des Holzes mischte sich mit seinen wütenden Schreien. Da floh sie voller Angst vor ihm, rannte, die Tür hinter sich zuschlagend, aus dem Haus und ließ ihn zurück in seiner tobenden Wut.

Kaum hatte Cathy ihn verlassen, wurde Aaron bewusst, was er gerade verbrochen hatte. Seine wahnsinnige Wut wandelte sich unversehens in Fassungslosigkeit. War er denn völlig verrückt geworden? Die Trümmer des Stuhles an der Wand klagten ihn unerbittlich an. Es war ihm, als starre er in den Abgrund der Hölle, als hätten die Dämonen – Dämonen mit der Fratze Cecil Turners – endgültig Besitz von ihm ergriffen! Panische Angst erfasste ihn, würgte ihn und nahm ihm die Luft zum Atmen. Nein! Das durfte nie wieder geschehen! Nie wieder durfte er so die Beherrschung verlieren! Alles, nur das nicht! Schnell lief er zur Tür und auf den Hof hinaus. »Cathy!« Seine Stimme überschlug sich. Der Sturm riss den Ruf von seinen Lippen. Da sah er, dass die Stalltür, die er vorher fest geschlossen hatte, einen Spalt offenstand. Ob sie in den Stall gelaufen war? Er rannte hinüber und drückte leise die Tür ganz auf.

Im Dämmerlicht des Stalles hoben sich die Leiber der Tiere unscharf von der sie umgebenden Dunkelheit ab. Aaron lauschte und meinte, neben dem Atmen und Schnauben des Viehs und dem Klagen des Windes ein unterdrücktes Weinen zu hören. Da griff er nach der Stalllaterne, die am Haken neben der Tür hing und entzündete sie. Gestört hoben die Tiere den Kopf, die Schafe im niedrigen Verschlag neben dem Strohlager drängten sich verängstigt zusammen und gaben im Schein der Laterne den Blick frei auf Cathy, die sich dorthin ins Stroh verkrochen hatte. »Oh, nein!« Scham und tiefes Mitleid mischten sich in Aarons Stimme, als er sachte in den Verschlag trat und sich neben sie hinkniete. Er sah ohne Mühe, dass sie bebte vor Furcht. Furcht vor *ihm*! Es war nicht zu ertragen! »Ich bin ein solcher Idiot, Cathy! Es tut mir so leid! Bitte verzeih mir!« Da sah er mit Erleichterung, dass sich Cathy immerhin, wenn auch zögernd, zu ihm umwendete. Aaron hob beschwörend seine Hände. »Ich verspreche dir, dass ich dich nie wieder berühren werde, wenn du es nicht willst. Ich habe gerade eine Riesendummheit gemacht und kann dich nur um Vergebung bitten. Es wird nicht noch einmal geschehen.«

»Du versprichst es mir?«

Aaron war ehrlich erstaunt, dass sie ihm überhaupt noch antwortete, aber dann sagte er mit aller Ernsthaftigkeit, zu der er fähig war: »Ich schwöre es dir bei meinem Leben!« Er bemerkte erleichtert, dass sie sich daraufhin etwas entspannte. Vielleicht war das der richtige Zeitpunkt, um ihr zu sagen, warum er sich mit Isobel eingelassen hatte. Sicher war es das Richtige, dies zu tun. »Cathy?«, fragte er vorsichtig. »Wirst du mir zuhören, wenn ich dir jetzt sage, warum ich Isobels Begehren erfüllt habe? Ich verspreche dir, dass ich aufrichtig sein werde.« Gespannt wartete er auf ihre Reaktion und als sie schließlich nickte, sagte er: »Sie hat dir gesagt, dass wir seit Monaten ein Paar wären und dass ich ihr Vergnügen bereitet habe …« Ein weiteres zögerndes Nicken zeigte an, dass sie wirklich bereit war, ihm zuzuhören. »Weißt du, wann es genau begann?«

Mit fragendem Blick wendete Cathy ihm ihr schönes Gesicht mit den jetzt im Licht der Stalllaterne noch größer und dunkler erscheinenden Augen zu. Die Narbe auf ihrer Stirn hob sich deutlich von ihrer milchweißen Haut ab. Aaron hob die Hand und berührte die Narbe sachte mit den Fingerspitzen. Erst zuckte Cathy zusammen, ließ ihn dann aber gewähren, als er die schmale Linie mit dem Finger nachverfolgte. Dann sah Aaron ihr in die Augen. »Es begann, als Isobel dich beinahe erschlagen hätte«, erklärte er. »Du wusstest nicht, warum sie damals so zornig war, was du falsch gemacht hattest. Ich sage dir, du hast nichts falsch gemacht, Cathy. Isobel war krank, ja wahnsinnig vor Eifersucht. Sie wollte, dass ich mich heimlich mit ihr treffe, um … nun, du kannst es dir denken.« Er schwieg einen Augenblick beschämt. Das Geschehen in der Sattelkammer würde sein Geheimnis bleiben. Das wollte er Cathy nicht auch noch zumuten. »Aber ich wollte nicht. Ich bin nicht hingegangen. Ich wollte nicht, weil ich mich in dich verliebt hatte, weil ich keine andere Frau mehr haben wollte, nur noch dich, mein Herz! Aber was ich nicht ahnte, war, dass Isobel zu solchem Hass fähig sein könnte. Ich kannte sie nicht so wie du, Cathy. Ich dachte nicht im Traum daran, dass sie sich in ihrer Wut an dir vergreifen würde. Aber genau das hat sie getan.« In Erinnerung an den furchtbaren Augenblick, als ihm das bei dem Bericht der Küchenmagd bewusst geworden war, senkte Aaron den Kopf und schloss die Augen. Er seufzte. »Du ahnst nicht, wie schrecklich das für mich war. Ich wollte so sehr, dass du mit mir fortgehst, aber du wolltest nicht. Du warst so voller Angst. Ich wusste nicht, was ich tun sollte, was ich tun konnte, um dich vor ihr zu schützen.« Seine Stimme schwankte unsicher. Plötzlich spürte er, wie ihre Hand zart über seine Wange strich. »Und da hast du dich mit Isobel eingelassen, damit ich in Sicherheit bin!« Aaron erschrak fast, als er plötzlich den Klang von Cathys Stimme hörte, leise, aber klar und deutlich. Doch dann nickte er, hob den Blick und sah ihr in die Augen. Er entdeckte Liebe darin. Sein Herz, eben noch so voller Furcht und Scham, öffnete sich weit. Cathy lächelte gequält. »Und ich dachte die ganze Zeit, du hättest dich von mir abgewandt, weil ich nicht mit dir kommen, weil ich dich nicht heiraten wollte und dich immer wieder zurückgestoßen habe. Ich war so traurig deshalb.«

»Wie könnte ich dich je verlassen, Cathy?«, fragte er verständnislos. »Das kann ich nicht. Ich gehöre dir doch.«

In ihren Augen schimmerten Tränen, doch sie lächelte dabei. »Ich gehöre dir auch, Aaron. Ich weiß nicht, warum du mich liebst, aber ich weiß, dass du die Wahrheit sagst.«

Ihr Gesicht war nah bei dem seinen. Tief sog Aaron den Duft ihrer Haut ein. Doch er würde nicht noch einmal denselben Fehler machen. »Cathy?«, fragte er stattdessen. »Warum wolltest du nicht mit mir fortgehen? Kannst du es mir jetzt sagen? Was ist das für eine Geschichte mit deinem Bruder Billie?« Wie er es befürchtet hatte, zog sie sich wieder etwas von ihm zurück. Sie schwieg einen langen Moment. Ängstlich lauschte er auf ihre Stimme, darauf, dass sie weiter mit ihm sprach. Dann sagte sie – und er spürte deutlich die Überwindung, die es sie kostete: »Ich kann dir sagen, womit ich an Billie schuldig geworden bin, warum mein Vater, meine Familie mich verstoßen hat, zu Recht verstoßen hat. Ich werde dir meine Strafe zeigen.«

Und dann wandte sie sich von ihm ab und löste dort im Stroh die Schnürung ihres Mieders, ließ den Rock über die Hüften gleiten und öffnete ihre Bluse, um auch sie sinken zu lassen. Ihre Schultern, die schöne Linie ihrer Taille wurde sichtbar, die Weiße ihrer samtenen Haut. Aaron wagte kaum zu atmen. Ihr langes rotes Haar bedeckte ihren Rücken. Sie kniete vor ihm im Stroh. Er sah die tiefe Spalte zwischen den festen Hälften ihres Gesäßes. Sein eigener Körper fing im Nu Feuer, brannte lichterloh, doch er bezwang sich. Er hatte es sich geschworen. Und dann sah er plötzlich die Narben, die sich in ihren Rücken gegraben hatten. Entsetzt schob er die Flut ihres Haares zur Seite und sah das erschreckende Ausmaß der Misshandlung, der sie ausgesetzt gewesen sein musste. Die Worte flohen von ihm. Er konnte es nicht fassen. Was hatte man ihr angetan?

»Wer war das?«, fragte er und konnte den Zorn, der erneut in ihm aufstieg, kaum noch unterdrücken. Schnell zog sie sich ihre Bluse wieder über die Schultern und bedeckte ihre Blöße vor ihm.

»Bitte, Aaron! Sei nicht wütend auf ihn. Er hatte das Recht dazu. Ich habe Billie im Stich gelassen und war doch verantwortlich für ihn.«

»Es war dein eigener Vater?«, keuchte Aaron entsetzt. In ihm entstand der spontane Wunsch, zum Hof des Feldpflegers zu laufen, Thomson herauszuzerren und ihn zu schlagen, bis dessen Gesicht eine blutige Masse sein würde. Er deutete mit zitternden Fingern auf ihren Rücken.

»Was auch immer du versäumt haben magst, Cathy, nichts rechtfertigt das da!« Sie ließ den Kopf hängen. »Doch, Aaron! Ich habe es verdient. Ich bin schuld an Billies Unglück, daran, dass er nun verkrüppelt ist. Ich war ungehorsam und bin fortgelaufen, um einen Blick auf Isobel zu werfen. Ich fand sie so schön in ihrem weißen Kleid. Ich bin so dumm gewesen …« Und dann erzählte ihm Cathy in allen Einzelheiten, was sich damals zugetragen hatte. »Dabei war ich doch verantwortlich für ihn«, schluchzte sie schließlich. »Seit er geboren wurde und meine Mutter dabei starb, war ich verantwortlich für ihn! Ich sollte Sorge tragen für ihn und für die Familie, aber ich habe aus dummem Eigensinn und Ungehorsam meine Familie zerstört.« Sie schlug die Hände vor ihr Gesicht und weinte leise in sich hinein.

Aaron schüttelte fassungslos den Kopf. Nun verstand er mit einem Mal, warum sie sich so schrecklich davor fürchtete, für sich selbst auch nur das kleinste Recht in Anspruch zu nehmen, warum sie sich geradezu panisch um das Wohl ihres kleinen Bruders sorgte. Unendliches Mitleid ergriff ihn. Zart legte er seine Arme um sie. Sie wehrte sich nicht. »Cathy«, flüsterte er, »lass uns ins Haus gehen. Komm!« Sie ließ es zu, dass er sie dicht an sich zog und sie aus dem Stall über den Hof und zurück zur im Wind schlagenden Tür des Farmhauses führte. Dort angekommen hob er sie auf die Arme. Da schlang sie die ihren dicht um seinen Hals und schmiegte sich vertrauensvoll an ihn. Und dann trug er sie über die Schwelle der Tür hinein in ihr gemeinsames Zuhause.

Whitefell House, Wiltshire, 26. November 1838

Kapitel 54

Das verbissene, geradezu aggressive Schweigen zwischen den Eheleuten Havisham empfand Timothy Gruber, nachdem es nun schon geraume Zeit andauerte, als außerordentlich unangenehm. Fast bedauerte er es, dass er dem Angebot Mr Havishams gefolgt war, die leitende Verwalterstelle auf Whitefell zu übernehmen, so verlockend das auch gewesen sein mochte. Es bereitete ihm wirklich keine Freude, sein Morgenmahl einmal mehr in der beklemmenden Disharmonie, die er sehr deutlich verspürte, einnehmen zu müssen. Schließlich war er kein gefühlloser Klotz. Begonnen hatte dieses zunehmende Zerwürfnis des Paares, als sich Mrs Havisham an jenem Sonntag geweigert hatte, ihren Gatten zu einem Besuch nach Salisbury zu begleiten. Dies hatte Mr Havisham nur sehr missbilligend gestattet und war, nachdem er noch am Abend zurückgekehrt war, umso mehr entschlossen, seinen Willen zu behaupten und seine Gattin auf seine nächste Geschäftsreise, bei der er auch noch mal in Salisbury vorbeischauen wollte, mitzunehmen. Mr Gruber konnte es ihm nicht verdenken. Schließlich gab es für die junge unwillige Ehefrau keine vernünftige Begründung, mit der sie sich dem Wunsch ihres Gatten verweigern konnte. Die Sorge um das Gut konnte sie jedenfalls, spätestens seit er in vollem Umfang den Dienst angetreten hatte, nicht anführen. So hatte sie sich schließlich fügen müssen und ihren Gatten zunächst nach Salisbury und später nach Portsmouth begleitet, wobei Mr Gruber vollkommen klar war, dass es seinem Herrn dabei eher um die Frage der Disziplinierung seiner ungebärdigen Frau ging, als dass er auf ihre Anwesenheit Wert gelegt hätte. Liebe oder eine wie auch immer geartete Zuneigung schienen die beiden füreinander jedenfalls nicht zu empfinden. Das würde er aber bei einer Ehe in diesen gehobenen gesellschaftlichen Kreisen auch nicht wirklich erwartet haben. Dass solche Ehen häufig nur aus wirtschaftlichem Kalkül geschlossen wurden, war eben eine Tatsache. Gruber kaute weiter unbehaglich an seinem Toast. Das Geräusch, das das Mahlen seiner Kiefer dabei verursachte, durchbrach vernehmlich die quälende Stille. Die Herrschaften waren erst vor drei Tagen zurückgekehrt, aber seitdem herrschte ein Klima im Hause Havisham, das nur noch durch die unfreundliche nasskalte Witterung, die seit Novemberbeginn herrschte, übertroffen wurde. Der Winter hatte dieses Jahr wirklich sehr früh eingesetzt. Das hielt den Verwalter allerdings nicht davon ab, auch in Regen und Sturm seine immer noch andauernde Erkundung der weitläufigen Ländereien Whitefells fortzusetzen, die ihm für eine fachmännische Aufgabenerfüllung notwendig schien. Oft begleitete ihn dabei entweder Mr Finley, der Wildhüter, oder aber der Feldpfleger Mr Thomson, dem Gruber seit jenem unerfreulichen Zwischenfall beim Gesindefest mit gewissem Misstrauen begegnete. Doch obwohl sich der Mann weiterhin unnahbar und wortkarg gab, war am Zustand der Felder und Landflächen, die er zu bewirtschaften hatte, wahrlich nichts auszusetzen. Alles war bestens gepflegt und für den Winter vorbereitet. So hatte Gruber keinen wirklichen Anlass, seine Vorbehalte gegenüber Wycliff Thomson zu vertiefen. Letztlich ging ihn der Vorfall auch nichts an. Hauptsache, der Mann erledigte seine Arbeit. Und das tat er jedenfalls gut!

Da trat Thomas in den kleinen Speisesalon, um seinem Herrn ein Schreiben auszuhändigen, das, wie er beflissen mitteilte, soeben von einem Boten überbracht worden war. In dem Bemühen, seine Überraschung zu verbergen, nahm der Hausherr das versiegelte Schreiben entgegen. Es kam tatsächlich nicht oft vor, dass schon zu so früher Stunde ein Brief durch einen Boten überbracht wurde. Sicher handelte es sich um wichtige Nachrichten. Auch die junge Herrin war nun neugierig geworden und unterbrach endlich das unangenehme Schweigen: »Was ist das für ein Brief, Havisham? Etwas Wichtiges? Ist vielleicht etwas mit meinem Vater? Ich habe schon lange nichts mehr von ihm gehört. Möglicherweise ist er krank?«

Mr Havisham antwortete nicht sogleich, sondern überflog mit gerunzelter Stirn die in säuberlicher, energischer Handschrift verfassten Zeilen. »Nein, keine Sorge, meine Teuerste. Das Schreiben ist an mich gerichtet … von Mr Armindale. Du erinnerst dich sicher an ihn.« Mr Havisham räusperte sich vernehmlich, bevor er fortfuhr: »Das Schreiben ist geschäftlicher Natur. Nichts, was dich bekümmern müsste. Allerdings sollte ich nach dem Frühstück umgehend nach Trowbridge aufbrechen. Die Angelegenheiten werden wohl einige Tage in Anspruch nehmen. Ich denke, dass ich spätestens zu Ende der Woche zurück sein werde. Es tut mir leid, dass du mich diesmal nicht begleiten können wirst.«

Mr Gruber hatte beileibe nicht den Eindruck, dass Mrs Havisham über diesen Umstand allzu bekümmert war. Im Gegenteil, er meinte, in ihren Augen ein hoffnungsvolles Leuchten aufblitzen zu sehen.

»Oh, ich werde mich hier schon zu beschäftigen wissen. Schließlich muss ich auch noch meine neue Zofe einweisen. Du siehst also, dass ich genug zu tun habe«, antwortete die junge Hausherrin mit einem fast ungehörig zufriedenen Lächeln. Doch Mr Havisham nahm keine Notiz davon. Das Schreiben schien ihn sehr zu beschäftigen. Schließlich faltete er es zusammen, fuhr sich mit der Serviette über den Mund und stand zügig auf. »Ich habe vor meiner Abreise noch einiges an Korrespondenz zu erledigen«, teilte er mit, »ich hoffe, meine Anwesenheit beim Frühstück ist entbehrlich.« Er wandte sich, ohne eine Antwort abzuwarten, an seinen Verwalter: »Ich denke, es gibt keine anstehenden Fragen die nächste Woche, bei denen eine Entscheidung von mir vonnöten wäre. Sollte dies jedoch der Fall sein, lege ich die Entscheidungsbefugnis in Ihre Hände, soweit es einen angemessenen Rahmen nicht übersteigt, Mr Gruber.« Dieser erhob sich und verbeugte sich knapp vor seinem Arbeitgeber. »Selbstverständlich, Mr Havisham. Ich wünsche Ihnen eine gute Reise.« Havisham nickte ebenfalls, bedachte seine Gattin noch mit einem kaum angedeuteten Kuss auf die Wange und begab sich auf den Weg in sein Arbeitszimmer. Gruber und die junge Herrin blieben allein zurück.

»Ich werde vermutlich nicht zum Lunch hier sein«, beeilte sich nun auch Gruber mitzuteilen. »Ich wollte heute mit Finley noch die Sägemühle besichtigen und die Holzvorräte inspizieren. Das wird wohl den Rest des Tages in Anspruch nehmen.«

Isobel Havisham nickte abwesend. Sie schien völlig eingenommen von eigenen Überlegungen.

»Wir werden uns dann zum Dinner sehen?«, fragte Gruber höflich.

»Wie? … Ja, sicher, Mr Gruber! Sie entschuldigen mich bitte!«, antwortete Mrs Havisham, sichtlich irritiert darüber, noch einmal von ihm angesprochen worden zu sein, nickte ihm dann mit einem oberflächlichen Lächeln zu und verließ beschwingten Schrittes den Speiseraum. Gruber zuckte mit den Schultern und ließ sich nun endlich sein Frühstück schmecken. Schließlich hatte er einen anstrengenden Tag vor sich.

Es war am späteren Vormittag, als Gruber die Stallungen betrat, um sich von William einen der Apfelschimmel satteln zu lassen, den er als zuverlässiges und temperamentvolles Reitpferd für seine Erkundungsritte gerne nutzte. Finley würde bei der Mühle auf ihn warten. Leider hatte sich seine Tagesplanung noch etwas verzögert, da er von einem der Pächter Whitefells überraschend aufgesucht worden war. Der Mann hatte um Aufschub seiner Pachtzahlung gebeten, da ihm überraschend Vieh eingegangen war, was Gruber ihm, nach eingehender Prüfung des Zahlungsverhaltens des Mannes in den letzten Jahren, auch schließlich gewährt hatte. Da er die Zahlungsmoral der Pächter bisher noch nicht einschätzen konnte und auch sein Herr über keinerlei Erfahrungswerte darüber verfügte, war dieses etwas umständliche Verfahren in solchen Fragen notwendig, wenn auch lästig. Gruber zog schaudernd die Schultern hoch. Das Wetter hatte sich nicht verbessert. Immer noch fiel ein kalter und ungemütlicher Nieselregen vom grau verhangenen Himmel. Mr Havisham hatte unter diesen Umständen selbstverständlich die geschlossene Kutsche für seine Reise nach Trowbridge bevorzugt. Dennoch würde die Fahrt beim aufgeweichten Zustand der Kutschwege vermutlich kein Vergnügen werden. Immerhin waren es fast fünfunddreißig Meilen von Whitefell nach Trowbridge. Umso erstaunter war der Verwalter allerdings, als er in den Stall trat und Mrs Havisham in Stiefeln und Reitkleidung dort antraf, offensichtlich gerade im Begriff, auf ihrem bevorzugten Schimmel einen Ausritt zu unternehmen.

»Madam«, fragte Gruber überrascht, »Sie wollen bei diesem Wetter ausreiten? Ich hatte angenommen, Sie wollten sich, wie Sie es gegenüber Mr Havisham heute Morgen erwähnten, der Einweisung Ihrer neuen Zofe widmen.«

Isobel Havisham zog eine unwillige Schnute. Es war nicht zu übersehen, dass ihr die Begegnung mit ihrem Verwalter mehr als unrecht war. »Ich glaube nicht, dass meine Entscheidungen bezüglich meiner Tagespläne eines Kommentars Ihrerseits bedürfen, Mr Gruber«, sagte sie schnippisch. »Aber wenn Sie es genau wissen wollen, so hat mein Gatte mir ausdrücklich ans Herz gelegt, regelmäßig auszureiten. Ein Vergnügen, dem ich mich in letzter Zeit zu wenig widmen konnte. Außerdem möchte ich meine ehemalige Zofe einmal besuchen und sehen, wie es ihr inzwischen ergangen ist.«

Gruber fand das doch etwas eigenartig. Kaum, dass Mr Havisham das Gut verließ, hatte seine Gattin offenbar nichts Besseres zu tun, als umgehend und trotz widrigster Wetterbedingungen zu einem Besuch auf der Pennywood Farm aufzubrechen. Erneut stieg Misstrauen in ihm auf. Aber er hütete sich selbstverständlich, die Pläne seiner Herrin weiter zu kommentieren. Ohne Zweifel wünschte Mrs Havisham keine weitere Unterhaltung darüber. Mit unnahbarem Gesicht bestieg sie mit Williams Hilfe den Schimmel, der bereits gesattelt bereitstand, nickte dem Verwalter noch einmal kühl zu und ritt dann hocherhobenen Hauptes in Richtung Norden davon.

Queens Hotel, Trowbridge, 26. November 1838

Kapitel 55

Es war um die Teezeit, als Havisham die Lobby des Hotels betrat, wo er sich laut der schriftlichen Mitteilung Armindales mit diesem treffen sollte. In dem Schreiben hatte Armindale nur angekündigt, jetzt wesentliche Informationen erhalten zu haben, sich aber nicht näher darüber ausgelassen. Eine nachvollziehbare Vorsichtsmaßnahme! In Geschäften wie diesem war es sinnvoller, schriftliche Mitteilungen, so sie nicht zwingend notwendig waren, zu vermeiden. Zu leicht konnten sich solche Schriftstücke unversehens zu gefährlichen Stolpersteinen entwickeln, je nachdem, wem sie in die Hände fielen. Eine unangenehme Erinnerung an einen ganz bestimmten Schuldschein streifte ihn, aber er wischte sie rasch beiseite.

Armindale war noch nicht zu sehen. So nahm sich Havisham in der Zwischenzeit ein Zimmer. Er war etwas früher, als er es erwartet hatte, in Trowbridge angekommen. Über der Stadt lag schwer der beißende Geruch brennender Kohle, was durch die schlechte Wetterlage noch verstärkt wurde. Dennoch war Trowbridge, trotz seiner immerhin fünfzehn Fabriken, längst nicht so schmutzig und abstoßend wie die großen nördlicheren Industriestädte. Ein Vergleich gar mit Manchester war nachgerade lächerlich. Darin lag auch das Hauptproblem der Stadt. Obwohl auch Trowbridge vom Wirtschaftsaufschwung im Bereich der Wollspinnerei profitiert hatte, war es nicht groß genug, um mit den enorm anwachsenden Industriezentren wirklich angemessen konkurrieren zu können. Dennoch hielt es sich erstaunlich gut im Vergleich etwa zu Wilton, das dem immer stärkeren Preisdruck aus den Industriezentren nicht hatte standhalten können und dessen Weberei kurz davor stand, in den Konkurs zu gehen. Was Trowbridge wohl auszeichnete, war die Findigkeit seiner Unternehmer und die Tatsache, dass die Arbeiterschaft sich aufgrund der geringeren Größe der Stadt nicht so geschlossen und organisiert gegen die Fabrikbetreiber auflehnen konnte, wie es zum Beispiel in Manchester vor mehr als zwei Jahren geschehen war. Vielleicht war es wirklich eine gute Idee, sich hier einzukaufen, unabhängig von seinen sonstigen Ambitionen, dachte Havisham, während er sich einen Tee servieren ließ.

Da trat endlich Armindale ein. Wie immer wirkte er unauffällig und strahlte dennoch eine unterschwellige Gefährlichkeit aus, ein wenig wie ein nachtaktives Raubtier. Obwohl er ihn brauchte, war sich Havisham nur zu sehr darüber im Klaren, dass er gut daran tat, Mr Armindale nicht zu unterschätzen. Dessen beiläufige Frage nach den Umständen, die mit der Übernahme Whitefells in Verbindung standen, hatte Havishams Misstrauen geschürt und beunruhigte ihn zusehends. Schließlich bestand die Möglichkeit, dass Armindale auch in diese Richtung – vielleicht im Auftrag von Mr Green – nachforschen würde. Das wäre schlicht eine Katastrophe! Vielleicht hätte er sich doch nicht auf dieses politische Abenteuer einlassen sollen. War ihm möglicherweise sein bisheriger Erfolg zu Kopf gestiegen und hatte seine vorsichtige Umsicht erlahmen lassen? So wie damals in jener verfluchten Nacht in Portsmouth? Wieder huschte ihm die beunruhigende Erinnerung an flackernde Lichter, den schlangengleichen Körper einer goldenen Göttin und den Geschmack jenes Weines durch den Sinn. Er verdrängte die Gedanken ängstlich. Havisham strich nervös über seinen Backenbart, erhob sich dann aber und lächelte entschlossen, als Armindale nun auf ihn zutrat. Es war wahrscheinlich das Beste, einfach alles zu vergessen und weiterzumachen wie bisher. Es war doch alles gut gegangen bis jetzt und alles andere würde Misstrauen erregen.

»Ah, Mr Havisham, schön, dass Sie so pünktlich sein konnten. Ich war mir nicht sicher, ob Sie es bei den schlechten Straßenverhältnissen zurzeit rechtzeitig schaffen würden.« Armindale schüttelte Havisham verbindlich die Hand. Sie waren nichts weiter als zwei völlig unverdächtige Geschäftsleute, die sich zu einer Unterredung hier in einem der besten Hotels in Trowbridge eingefunden hatten. Ein alltäglicher Vorgang, zweifellos! Armindales Blick streifte die halb ausgetrunkene Teetasse, die vor Havisham auf dem Tisch stand. »Ich nehme an, Sie sind auch einem guten Port nicht abgeneigt.« Ohne Havishams Antwort abzuwarten, winkte er einen der Kellner herbei und gab das Entsprechende in Auftrag. Beide setzten sich wieder, während der Bedienstete ihnen den Portwein servierte.

»Wie geht es Ihrer reizenden Gattin?«, begann Armindale das Gespräch.

»Gut, gut! Danke der Nachfrage«, antwortete Havisham etwas ungeduldig. Er war schließlich nicht Hals über Kopf in Matsch und Schnee hierhergeeilt, um sich über Isobel zu unterhalten, die ihn zudem in letzter Zeit mit ihren unerträglichen Launen erheblich verärgerte. Armindale lächelte genüsslich. Es machte ihm ohne Zweifel Spaß, seinen Gesprächspartner auf die Folter zu spannen. »Ich hoffe doch, auf Whitefell steht alles zum Besten«, fügte er in harmlosem Tonfall hinzu. Havisham starrte ihn verunsichert an und beschloss dann, zum Angriff überzugehen. »Mr Armindale, Sie dürfen versichert sein, dass mein persönliches Umfeld wohlgeordnet und in bestem Zustand ist. Jetzt allerdings würde ich es begrüßen, wenn wir uns dem Thema zuwenden könnten, dessenthalben ich den weiten Weg hierher unternommen habe.«

»Aber gewiss doch, Mr Havisham!« Armindale lächelte immer noch in dieser verbindlichen und doch etwas unverschämten Art, die Havisham zusehends bis aufs Blut reizte. Doch er hatte sich auf die Zusammenarbeit mit Armindale eingelassen und nun würde er es auch zu Ende bringen. Davon würden ihn auch die Unverschämtheiten dieses wieselhaften Mannes nicht abhalten. Da war er schon mit ganz anderen Gesellen fertig geworden. Havisham presste die Lippen zusammen und fixierte sein Gegenüber unnachgiebig. Armindale trug schließlich der steigenden Ungeduld seines Gesprächspartners Rechnung und schwenkte nun endlich über zu den Informationen, die er über Mr Baker und dessen Familie in Erfahrung gebracht hatte. Es sei, so berichtete er wortreich und ausführlich, alles andere als einfach gewesen, die Informationen zu erlangen. Mr Baker sei tatsächlich außerordentlich beliebt in der Bevölkerung und besonders bei seinen Arbeitern und Angestellten. Es habe etliche Tage gebraucht, bis er überhaupt jemanden gefunden habe, der bereit gewesen war, ihm entsprechende Auskünfte – natürlich gegen klingende Münze – zu erteilen. Zudem habe er schnell bemerkt, dass er bei seinen Nachforschungen ausgesprochen vorsichtig zu Werke gehen müsse. Sollte nämlich ein treuer Arbeiter Mr Baker davon berichten, dass jemand versuche, Auskunft über dessen Geschäfte und Familienverhältnisse zu erlangen, könne dies die ganze Unternehmung erschweren.

»Ich gehe davon aus, dass Sie entsprechend vorsichtig gewesen sind. Schließlich wurden Sie mir als Fachmann angepriesen und werden von mir auch wie ein solcher bezahlt«, knurrte Havisham ungnädig. Es wäre ja zu ärgerlich, wenn Armindale gepatzt haben sollte.

»Sie können meiner absoluten Diskretion versichert sein«, meinte Armindale dazu, fügte dann aber sinnend hinzu: »Allerdings weiß man natürlich nie, ob nicht doch jemand aus Unbedachtsamkeit oder Unwissenheit das eine oder andere verlauten lässt. Ich selbst baue ja bei meinen Nachforschungen auch gerade auf diese menschliche Eigenschaft. Ganz ausschließen kann man es bei solchen Unternehmungen nie.«

Havisham rutschte unbehaglich hin und her. Die ganze Sache schien sich nicht ganz so einfach darzustellen, wie er es sich erhofft hatte. Doch er versuchte, sich gegenüber Armindale keine Blöße zu geben. »Was haben Sie also herausgefunden, Mr Armindale?«

Armindale lächelte breit und nippte an seinem Port. »Wie ich Ihnen bereits auf Whitefell mitteilte, ist zwar Mr Baker über jeden Zweifel an seiner Integrität erhaben, jedoch seine Nachkommenschaft gibt sich dessen ungeachtet – oder vielleicht auch gerade deshalb – umso zweifelhafteren Vergnügungen hin. Da wäre zunächst einmal seine Tochter, verheiratete Mrs Emma Wakefield. Sie ist mit einem der Industriellen hier verheiratet. Die Ehe scheint jedoch alles andere als vorbildlich zu sein. Jedenfalls munkelt man, dass sie vor Jahren ein Verhältnis mit dem Hauslehrer ihres Sohnes unterhielt und mit ihm durchzubrennen gedachte. Die Sache flog jedoch auf und der wohl doch nicht ganz so entschlossene Galan war – sehr zum Leidwesen von Mrs Wakefield – schnell bereit, auf seine Angebetete zu verzichten und stattdessen einer monetären Entschädigung für die entgangenen Freuden mit der Dame des Hauses zuzustimmen. Die ganze Sache führte wohl zu einem Nervenzusammenbruch der Dame, die daraufhin längere Zeit in einer Anstalt verbrachte. Sehr zum Leidwesen des Vaters, wie man hört. Sie soll dann tatsächlich auch noch ein Verhältnis mit einem ihrer behandelnden Ärzte begonnen haben. Es war einige Zeit das Stadtgespräch, zumindest hat mir das meine sehr frömmelnde Zimmerwirtin berichtet.«

Havisham hob die Augenbrauen. »Mrs Wakefield scheint geradezu mannstoll zu sein, wie mir scheint. Allerdings ist das vielleicht auch durch ihre Erkrankung zu erklären. Ich glaube nicht, dass aus dieser Geschichte viel herauszuholen ist.«

Armindale nickte. »Da stimme ich Ihnen zu, Mr Havisham. Die Sache ruft wohl, trotz einer gewissen Pikanterie, doch eher Mitleid hervor, ist also für unsere Zwecke weniger zu gebrauchen. Wesentlich mehr Potenzial haben da allerdings die Gepflogenheiten von Mr Baker junior.«

»Tatsächlich?«, sagte Havisham. »Gemeinhin wird doch den Eskapaden junger Gentlemen weitgehend Verständnis gezollt. Außer sie machen sich krimineller Umtriebe schuldig.«

»Wie es der Zufall will, sind die tatsächlich recht anstößigen Unternehmungen des jungen Herrn auch von rechtlicher Brisanz, sollten sie sich als wahr erweisen«, bestätigte Armindale und lächelte geheimnisvoll. »Jedoch bräuchte ich Ihre Zustimmung, bevor ich nach London gehe und die Gerüchte auf ihren Wahrheitsgehalt hin überprüfe. Sollten sie sich jedoch als zutreffend herausstellen, haben Sie allerdings ein perfektes Druckmittel in der Hand.«

Havisham beugte sich nach vorn. »Da bin ich jetzt aber wirklich gespannt.«

Armindale betrachtete eingehend das schimmernde Rot in seinem Glas. »Der nicht mehr ganz junge Mann ist zwar verheiratet, aber die Ehe scheint doch mehr ein fadenscheiniges Deckmäntelchen für seine wahren Neigungen zu sein. Ich hatte das Glück, auf einen gesprächigen Wirt in den weniger vornehmen Vierteln von Trowbridge zu treffen. Der hat mir berichtet, dass Rupert Baker sich schon von jeher eher zum männlichen Geschlecht hingezogen fühlte. Er soll wohl verschiedentlich dadurch aufgefallen sein, dass er sich heranwachsenden Knaben unter der Arbeiterschaft seines Vaters in eindeutiger Weise genähert haben soll. Natürlich wollte das niemand von den Arbeitern anzeigen oder gar bestätigen. Das können die sich in ihrer Lage gar nicht leisten und haben es wohl auch aus Respekt gegenüber dem hochgeschätzten Mr Baker senior nicht getan. Dieser hat seinen Sohn, wohl auch um die gefährlichen Gerüchte möglichst zum Verstummen zu bringen, so schnell wie möglich mit einer verarmten Verwandten verheiratet. Ein unscheinbares Mauerblümchen, das seit längerer Zeit im Hause der Bakers lebt und ihrem Schwiegervater nicht von der Seite weicht. Sie begleitet ihn seit dem Tod von Mrs Baker sogar nach London, wo er sich die meiste

Zeit des Jahres aufhält – seiner parlamentarischen Verpflichtungen wegen. Ihr wenig interessierter Ehemann, der sich zudem auch nicht für das Unternehmen zu interessieren scheint, ging ebenfalls bald nach London und es ist schon zu vermuten, dass er dort seine widernatürlichen Neigungen weiter auslebt. Ich sollte mich dort auf alle Fälle genauer umhören. Wie Sie wissen, steht die Sodomie[31] strengstens unter Strafe und es wäre ein enormer Skandal, sollte ein Mitglied des Unterhauses auch nur annähernd damit in Verbindung gebracht werden. Mr Baker kann also keinesfalls ein Interesse daran haben, dass die Sache ruchbar oder sein Sohn gar angeklagt wird. Eine solche Anklage hätte für Mr Rupert Baker wohl im höchsten Maße unangenehme Folgen.«

Havisham fuhr sich mit der rechten Hand über das Kinn, während sich ein höchst zufriedenes Lächeln auf seinen Gesichtszügen ausbreitete. Das war ja besser, als er je zu hoffen gewagt hätte. Sollte sich diese Information tatsächlich als richtig und – was noch wichtiger war – auch als aktuell herausstellen, hatte er Baker völlig in der Hand. Eine Anklage seines Sohnes unter dem Vorwurf der Sodomie würde die Familie und auch die gesellschaftliche Stellung des Vaters vollkommen vernichten. »Mr Armindale, ich stelle fest, Sie haben recht gute Arbeit geleistet. Allerdings, so schätze ich es auch ein, ist es nun notwendig, dass Sie so schnell wie möglich nach London aufbrechen, um den Verdacht zu verifizieren. Aber wir wollen Mr Baker senior noch nicht gleich mit Kanonendonner erschrecken. Ich werde ihn morgen früh aufsuchen und ihm eine geschäftliche Verbindung vorschlagen, wie wir es bereits

31 Unter Sodomie wurden seit dem frühen 13. Jahrhundert sämtliche Formen der sexuellen Orientierung zusammengefasst, die nicht dem vorgegebenen Bild der Kirche entsprachen. Besonders der Beischlaf unter Männern, verbunden mit Analverkehr, wurde so bezeichnet und unter schwerste Strafe – häufig die Todesstrafe – gestellt (bis dahin wurde die »Sodomie« zwar als schwere Sünde betrachtet, blieb aber straffrei). In Frankreich kam es nach der Revolution zu einer Lockerung der Strafpraxis (Umwandlung in Gefängnisstrafen), nicht aber im victorianischen England wie auch in den englischen Kolonien. Dort waren Homosexualität und jede Form der sexuellen Andersartigkeit weiterhin sehr schwere Verbrechen.

besprochen hatten. Vielleicht ist ja auch auf diesem Wege das Ziel zu erreichen, ohne dass wir so unangenehme Maßnahmen ergreifen müssen. Das würde ich ehrlich gesagt auch vorziehen. Immerhin könnte es auch auf mich zurückfallen, wenn ruchbar wird, dass Green und ich hinter einer entsprechenden rufschädigenden Anzeige stecken. Ich werde Ihnen das weitere Vorgehen betreffend eine Nachricht über Mr Green zukommen lassen. Das erscheint mir am besten. Sie sollten sich jedoch auf jeden Fall um die Weiterverfolgung dieser wertvollen Information kümmern. Am besten, Sie brechen heute noch auf.«

Armindale nickte. »Das halte ich auch für das Beste und habe deshalb so schnell um eine persönliche Unterredung gebeten. Ich denke, die Zeit drängt bereits. Bis spätestens zur Jahreswende sollte die Frage Ihrer Kandidatur für Wiltshire abschließend geklärt sein.« Havisham erhob sich. Seine Bedenken gegenüber Armindale waren vollkommen verflogen. Den nahen Erfolg vor Augen, war er mehr als nur ein wenig daran interessiert, die Sache voranzutreiben. »Nun dann lassen Sie sich nicht aufhalten, Mr Armindale. Ich wünsche Ihnen eine gute Reise.«

Pennywood Farm, Wiltshire, 26. November 1838

Kapitel 56

»Hallo Cathy!«, sagte Isobel und schloss die Tür des Wohnhauses schnell hinter sich, um die unwirtliche Witterung auszusperren. »Ich hoffe, ich störe nicht.«

Cathy ließ erschrocken den Butterstampfer sinken und wischte sich die milchverspritzten Hände an ihrer Schürze ab. Sie hatte das Pferd im Hof gehört, aber nach diesen zwei Wochen Ruhe, die ihnen gnädig vergönnt gewesen waren, doch nicht damit gerechnet, dass Isobel sie ausgerechnet heute und bei diesem Wetter heimsuchen würde. Deren Tonfall ließ keinen Zweifel daran, dass es sie nicht im Mindesten interessierte, ob sie ungelegen kam. Sie betrachtete es offenbar als ihr natürliches Recht, auf der Farm aufzutauchen, wann immer ihr der Sinn danach stand – und leider war es das auch.

Isobel wartete ihre Erwiderung folgerichtig auch gar nicht ab. »Ihr habt es euch ja recht wohnlich gemacht.« Neugierig ließ sie ihren Blick durch den Hauptraum des Farmhauses streifen, verweilte kurz bei dem Lager, das Cathy für sich auf der Ofenbank aufgeschlagen hatte, und wandte sich dann mit einem wissenden Lächeln auf den Lippen Cathy wieder zu: »Wie ich sehe, hältst du dich an unsere Abmachung. Das ist auch sehr vernünftig von dir. Etwas anderes würde dir – oder vielmehr deinem kleinen Bruder – auch nicht gut bekommen, nicht wahr?« Sie ließ sich auf einem der Stühle nieder und seufzte unwillig: »Schreckliches Wetter heute! Ich bin ziemlich nass geworden. Der Schimmel steht draußen und sollte versorgt werden. Wo ist denn Aaron?« Es gelang ihr doch nicht ganz bei dieser letzten Frage, die Anspannung in ihrer Stimme zu verbergen. Cathy brauchte einen Augenblick, bis sie die Kraft fand, Isobel einigermaßen ruhig zu antworten. »Er ist draußen bei den Schafställen«, teilte sie der Herrin

Whitefells einsilbig mit und spürte dabei, wie jäh heiße Wut in ihr hochschoss und ihr eine verräterische Röte ins Gesicht trieb. Schnell wandte sie sich ab. Isobel durfte nicht sehen, was sie empfand. »Soll ich ihn holen?«

»Ich bitte darum«, antwortete Isobel kühl, »und er soll sich beeilen. Ich warte nicht gerne.«

Im nächsten Moment war Cathy aus dem Haus gestürzt. Keine Minute länger hätte sie Isobels Gegenwart ertragen.

Der kalte Regen, der ihr ins Gesicht schlug, brachte sie wieder etwas zur Besinnung. War sie denn toll geworden? Diese Wut, die ohne jede Vorwarnung in ihr aufgestiegen war, war äußerst gefährlich. Eine unbedachte Äußerung, ein sichtbarer Anflug von Widerstand gar, könnte Isobels Rachegelüste erwecken und was würde dann geschehen? Die Folgen wären nicht auszudenken! Wie konnte sie sich nur so gehen lassen? Völlig durcheinander machte sie sich auf den Weg zur hinteren Schafweide, auf der Aaron seit einigen Tagen an der Ausbesserung und Erweiterung eines festen Schafunterstandes arbeitete. Er hatte den Plan gefasst, den Schafbestand der Farm deutlich über ihren häuslichen Bedarf hinaus zu erhöhen, um dann auch Tiere auf dem Markt in Salisbury feilbieten zu können. Außer Atem kam sie schließlich bei dem festgefügten Holzverschlag an, aus dem gut vernehmbar das helle Geräusch einer fleißig benutzten Säge drang. Verdutzt blickte Aaron von seiner Arbeit auf, als Cathy plötzlich nach Luft ringend und durchnässt vom Regen vor ihm stand. Sein erfreutes Lächeln über ihr unverhofftes Auftauchen erstarb aber augenblicklich, als er den seltsamen Ausdruck in ihren Augen bemerkte.

»Ich nehme an, wir haben Besuch«, sagte er bitter und warf die Säge auf das Brett, das er gerade hatte kürzen wollen. Das glitt von der Sägebank und fiel mit einem lauten Krachen zu Boden. Cathy nickte stumm, die Hände krampfhaft ineinander verschränkt. »Sie verlangt, dich zu sehen. Sofort, wenn es geht!«

Aaron stand einen Augenblick ohne eine erkennbare Regung, eine Hand in die Hüfte gestützt, vor ihr. Wie gut er aussieht, dachte Cathy plötzlich. Sein dunkles, halblanges Haar fiel ihm jetzt, da er nachdenklich und in stummer Verbitterung zu Boden sah, ins Gesicht und verbarg einen Teil seiner schönen, gleichmäßigen Gesichtszüge. Wieder verspürte sie diese störende und ungewohnte Regung eines geheimen, ziehenden Verlangens in ihrem Innersten – eine Regung, die sie in den vergangenen Tagen immer öfter heimgesucht hatte und gegen die sie kaum mehr anzukämpfen vermochte. Doch bisher hatte sie sich strikt an das ihr von Isobel aufgezwungene Gebot gehalten. Verunsichert versuchte Cathy, das fremde und doch so intensive Gefühl wieder zu unterdrücken. Isobel saß dort in der Wohnstube der Pennywood Farm und verlangte nach Aaron, so wie sie es sorgfältig und leider auch klug geplant hatte. Es blieb ihnen keine Wahl, sie mussten ihr gehorchen. »Aaron!«, sagte sie drängend und mit bebender Stimme, »Sie wartet, ich denke, du solltest dich beeilen.«

Da richtete Aaron seinen Blick auf Cathy. In seinen Augen spiegelte sich derselbe Zorn und Überdruss, der sie selbst eben im Beisein Isobels erfasst hatte. Sie verstand nur zu gut, was er fühlte. »Und wenn ich nicht gehe?«, begehrte er störrisch auf. Plötzlich sah sie den Schimmer von Tränen in seinen Augen. »Cathy, glaube mir, ich will das nicht mehr«, klagte er, fast schluchzend. »Ich will sie nicht mehr, ich habe sie ja eigentlich noch nie gewollt! Das widert mich alles so sehr an! Wir müssen das doch nicht tun! Wir müssen ihr nicht mehr gehorchen, weder du noch ich, oder?« Dann trat er schnell, einem jähen Impuls folgend, auf sie zu und umarmte sie heftig, klammerte sich geradezu an sie. Der angenehme männliche Duft seiner von der anstrengenden Arbeit leicht verschwitzten Kleidung hüllte sie ein, lockte sie. Ohne zu überlegen, hob sie ihr Gesicht dem seinen entgegen und stahl sich begierig einen Kuss von seinen Lippen.

Da hörte sie von Ferne Isobels Stimme, die ungeduldig, ja, eindeutig zornig ihren Namen rief. Auch Aaron hatte es vernommen. Cathy fühlte deutlich, wie sich sein Körper, eben noch an den ihren geschmiegt, versteifte.

»Gottverdammt, soll sie doch der Teufel holen!«, zischte er hasserfüllt.

Erschrocken wich sie von ihm zurück. »Aaron, ich hätte das eben nicht tun dürfen. Bitte sag ihr nichts davon, wenn du jetzt zu ihr gehst. Bitte!« Ihre Hand krallte sich voller Angst in seinen Arm und sie begann zu zittern.

Er blickte sie verständnislos an, doch dann schien er plötzlich zu begreifen. »Isobel erpresst dich mit irgendetwas! Habe ich recht?«, sagte er aufgebracht und wand seinen Arm aus ihrem Griff. »Was ist es? Warum vertraust du mir denn nicht? Glaubst du denn ernsthaft, ich würde es ihr verraten?« Er schüttelte ungläubig den Kopf. »Das kannst du doch nicht wirklich annehmen!« Doch Cathy schüttelte den Kopf. »Ich … ich darf es dir nicht sagen. Ich darf es nicht! Wenn sie es herausbekommt, dann wird sie … oh, Gott!« Die Stimme versagte ihr.

»Du wirst es mir sagen müssen, Cathy!«, sagte Aaron unerbittlich. »Nur dann können wir uns gegen sie wehren. So kann das nicht weitergehen.«

Sie holte tief Luft. »Ich werde es dir sagen, wenn sie wieder fort ist. Ich schwöre es! Aber bitte gehe jetzt zu ihr, bevor sie noch zorniger wird. Bitte, Aaron! Du weißt nicht, was sonst geschehen wird.«

Er stand immer noch vor ihr, unschlüssig.

Sie verstand ja, dass er nicht gehen wollte, aber er musste einfach. »Bitte!«, flehte sie noch einmal.

»Gut!«, sagte er ärgerlich. »Ich werde zu ihr gehen, so wie du es von mir verlangst. Aber du wirst mir nachher Rede und Antwort stehen. Versprich es mir!«

»Ich verspreche es!«, sagte Cathy hastig. »Aber nun geh!«, fügte sie hinzu.

Und Aaron ging. Sie sah ihm nach, bis er das Farmhaus erreicht hatte. Dann kauerte sie sich im Unterstand zusammen und wartete.

Kapitel 57

Es war schon dunkel geworden, aber Cathy war immer noch nicht zurückgekehrt. Dabei hatte Isobel die Farm – nachdem sie bekommen hatte, was sie wollte – schon vor der Dämmerung verlassen. Nicht ohne mit fordernder Miene anzukündigen, dass sie am nächsten Tag noch einmal zu kommen gedachte. Schließlich hätten sie einiges nachzuholen und sie hoffe doch sehr, dass er dann auch zu alter Form zurückfände. Heute sei sie doch etwas enttäuscht von seiner geringen Leidenschaft gewesen.

Aaron verzog angewidert das Gesicht zu einer Grimasse. Was erwartete dieses rücksichtslose Weib in ihrer grenzenlosen Selbstsucht denn von ihm? Die Abscheu, die er ihr gegenüber empfand, war inzwischen so monströs, dass er heute nur mit äußerster Mühe seinen Mann hatte stehen können. Während er ihr Befriedigung verschaffte, hatte er sich insgeheim der Vorstellung hingegeben, seine Hand um ihren Hals zu legen und einfach zuzudrücken, bis ihr gierig keuchender Atem endlich verstummen würde. Natürlich hatte er es nicht getan – leider! Aber wenigstens hatte ihm der verlockende Gedanke dann doch noch geholfen, eine halbwegs akzeptable Leistung auf dem verhassten Liebeslager in der Schlafkammer zu vollbringen. Ob ihm das jedoch noch einmal gelingen würde, war allerdings sehr zu bezweifeln. Vielleicht war das ja eine Lösung für diese vertrackte Situation! Vielleicht würde sie die Lust an der Liaison verlieren, wenn er sie nicht mehr zufriedenstellte, dachte er hoffnungsvoll. Aaron verbiss sich einen sehr unchristlichen Fluch, der ihm auf den Lippen lag.

Diese ganze unerträgliche Farce würde ihn noch in den Wahnsinn treiben, wenn es ihm nicht gelang, dem endlich ein Ende zu setzen. Wenn er doch nur schon wüsste, womit dieses abscheuliche Geschöpf Cathy so völlig in der Hand hatte! Dann würde er auch endlich erfahren, warum sich ihm Cathy nach wie vor verweigerte und es zu seinem immer größer werdenden Kummer vorzog, auf der Schlafbank zu nächtigen. Dass Isobel dahinterstecken musste, war ihm längst klar gewesen, doch bisher hatten sowohl Cathy als auch er es sorgsam vermieden, darüber zu sprechen. Ohnehin – warum kam sie denn nicht endlich wieder zurück? Schon spielte er mit dem Gedanken, sich auf die Suche nach ihr zu machen, als er ihre Schritte vor dem Haus vernahm. Gleich darauf öffnete sich die Eingangstür und Cathy huschte in die warme Stube.

Den vorwurfsvollen Worten, die ihm schon auf den Lippen lagen, vorgreifend, sagte sie: »Verzeih, dass ich erst jetzt komme. Ich war mir nicht sicher, ob sie schon fort ist und ich wollte ihr auf keinen Fall begegnen. Aber als es dunkel wurde, dachte ich mir, dass sie sich nun bestimmt auf dem Heimweg gemacht hat.«

Aaron nickte verstimmt: »Du hättest schon früher wiederkommen können. Sie ging, bevor es dämmerte.«

Cathy sah ihn mitfühlend an. »War es sehr schlimm für dich?«

Aaron wandte wortlos den Blick ab und ging zurück zum Tisch, auf dem er etwas zu essen für sie beide bereitgestellt hatte.

»Oh, so schlimm!«

Er holte tief Luft. »Cathy, ich will das auf keinen Fall mehr fortsetzen«, sagte er mit Nachdruck und hieb mit der Hand zur Bekräftigung seiner Worte vernehmlich auf die Tischplatte. »Ich kann es einfach nicht, verstehst du! Ich muss jetzt wissen, was sie gegen dich in der Hand zu haben glaubt. Du hast es mir versprochen!« Furchtsam sah sie zu ihm hinüber, doch dann kam sie folgsam an den Tisch und setzte sich. »Ja, das habe ich. Und ich werde mein Wort halten.« Er sah, dass es sie erhebliche Überwindung kostete, aber dann begann sie tapfer: »Du weißt ja, dass Isobel während des Umbaus in Whitefell öfter meinen Bruder Billie für Botendienste in Anspruch genommen hat, zumindest für eine gewisse Zeit.«

Aaron nickte. Selbstverständlich war ihm dieser Umstand bekannt und es erstaunte ihn nicht, dass Cathys Ängste offenbar damit zusammenhingen. Er hatte ja selbst Verdacht geschöpft, dass Isobels Interesse an dem verkrüppelten Knaben keinesfalls wohlwollender Natur war. Cathy schüttelte mit vor Abscheu verzerrten Zügen ihren Kopf. »Sie hat ihn in voller Absicht und direkt vor meinen Augen beschwatzt und in eine Falle gelockt. So, wie sie es damals – wenn auch nicht ganz so berechnend – mit mir getan hat. Ich habe es mitbekommen, wie sie mit ihm sprach, sollte es wohl sogar hören, wie sie ihn lockte und ihn lobte, sodass er ihr nun arglos vertraut.«

»Ja«, bestätigte Aaron gespannt, »mir gegenüber hat er auch so etwas geäußert. Er sprach davon, Isobels Laufbursche und geheimer Vertrauter zu sein. Ich fand das auch reichlich merkwürdig. Aber er wollte mir nicht verraten, was es damit auf sich hat.«

Cathy sah ihn beunruhigt an. »Du hast ihn danach gefragt und nicht einmal dir hat er es verraten? Ich hatte so gehofft, dass er dich mag, weil du freundlich zu ihm warst.« Sie rang die Hände, stand auf und begann unruhig hin und her zu gehen. »Wenn er sich nicht einmal dir anvertraut, wie soll ich dann je aus ihm herausbekommen, was sie ihm gegeben hat?«

»Sie hat ihm etwas gegeben?«

»Ja, das vermute ich stark. Ich habe es einmal sogar selbst gehört, als ich im anderen Zimmer beschäftigt war. Aber damals wird es sich wohl nur um einen kleinen Geldbetrag gehandelt haben, denke ich inzwischen, obwohl mich auch das schon in höchste Sorge versetzt hat. Es war wohl nur eine

Maßnahme, um ihn anzulocken. Ich wusste schon damals genau, dass sie etwas im Schilde führte. Aber danach muss sie ihm einen Wertgegenstand anvertraut haben … vermutlich … ich weiß es nicht genau.« Sie setzte sich erschöpft und mit sorgenvoller Miene auf ihre Schlafbank.

»Wie kommst du darauf?«, fragte Aaron erstaunt.

Cathy biss sich auf die Unterlippe und sagte dann stockend: »Sie drohte mir damit, ihn vor Gericht bringen und verurteilen zu lassen. Sie sagte, er würde dann deportiert … nach Australien. Für gewöhnlich ist das, wie du weißt, die Strafe für Diebstahl. Sie muss ihm etwas gegeben haben und kann ihn nun jederzeit, wenn es ihr passt, des Diebstahls bezichtigen. Ich kann mir nichts anderes denken.« Plötzlich schlug sie die Hände vor ihr Gesicht. »Das ist alles so schrecklich!«, stöhnte sie verzweifelt. »Ich weiß, dass er das nicht überleben würde und ich wäre letztlich schuld daran. Ein falsches Wort von mir, ein Moment der Unachtsamkeit oder gar des Ungehorsams, und sie lässt ihn dafür büßen. Aber ich kann nicht zulassen, dass ihm ein Leid geschieht, nicht noch einmal! Sie hat mir sogar verboten, dass ich mich dir hingebe. Dabei bin ich doch deine Frau! Aber sie hat gesagt, wenn ich es tue, dann ist Billie verloren. Verstehst du es jetzt, Aaron? Ich bin schuld, wenn Billie etwas geschieht.«

»Cathy!«, sagte Aaron begütigend, setzte sich zu ihr und legte den Arm um sie, um sie zu beruhigen. »Wenn hier jemand eine Schuld auf sich lädt, dann ist es Isobel.« Ein wenig Angst machte sich nun auch in ihm breit.

»Seit wann droht sie dir damit?«, fragte er.

»Sie sagte es mir an dem Nachmittag, als Mr Havisham so überraschend früh aus London zurückkehrte. Ich denke, sie wollte damit verhindern, dass ich womöglich ihr Geheimnis verrate. Es ließ sich ja nicht mehr leugnen, dass sie ein Verhältnis mit dir unterhält. Aber das hätte ich doch Mr Havisham nie erzählt!«

Aaron zuckte unangenehm berührt zusammen. An diesen Tag – und seine lästige Pflichterfüllung mit Isobel Havisham im Heu – wollte er lieber nicht mehr erinnert werden. Cathy schluckte krampfhaft, bevor sie fortsetzte: »Es tat so weh, als sie mir lachend ins Gesicht sagte, dass ihr längst eine heimliche Liaison miteinander hattet. Und dann hat sie mir gedroht, dass sie Billie diesem grausamen Schicksal überantworten würde, wenn ich je wagen sollte, jemandem davon zu berichten.«

»Mein armer Liebling«, sagte Aaron und zog sie sanft an sich. Nun begann er zu verstehen, was geschehen war, warum sie so verstört gewesen war an jenem Abend. »Deshalb bist du damals, trotz des Sturms, zum Haus deines Vaters gelaufen. Du wolltest Billie und deine Familie warnen!«

Unfähig zu antworten, nickte Cathy stumm zur Bestätigung. »Aber sie wollten nicht mit mir sprechen. Vater hat mich nicht einmal eingelassen. Und ich durfte es doch auch sonst niemandem erzählen«, brach es plötzlich voller Schmerz aus ihr heraus. »Wie soll ich mich denn um Billie kümmern, wie kann ich ihn vor Isobel schützen, wenn sie mir nicht zuhören wollen, wenn ich niemanden um Hilfe bitten kann? Was soll ich denn tun?«

Aaron nahm sie bei den Schultern und zwang sie dazu, ihn anzusehen. »Hör' mir zu, Cathy! Es ist genug! Wir werden das nun ein für alle Mal beenden.«

Cathy schüttelte verzweifelt den Kopf. »Aber wie denn? Wie willst du denn etwas dagegen unternehmen? Unser Wort zählt nichts gegen das ihre. Sie ist viel mächtiger als wir.«

»Ich werde mit deinem Vater sprechen und wenn er mir nicht zuhören will, werde ich ihn dazu zwingen. Lass das nur meine Sorge sein! Ich werde schon herausfinden, was sie Billie zugesteckt hat, um ihn falsch anklagen zu können. Und dann werde ich es zurückgeben. Du brauchst dich nicht mehr zu fürchten, Cathy!« Wieder nahm er sie in den Arm, zog sie an sich und streichelte sie sanft. Aaron seufzte. Das war in der Tat eine abscheuliche Sache, doch heute würde er sich auch nicht mehr zu Wycliff Thomson aufmachen können. Es war schon zu spät und der Regen rauschte nun in Strömen herunter, das Vieh musste auch noch versorgt werden. Die Angelegenheit musste wenigstens bis zum nächsten Tag warten. Und leider musste er sich vorher auch noch einmal Isobel, dieser Teufelin, widmen, alles andere wäre zu gefährlich. Er musste sie noch einmal in Sicherheit wiegen, bevor er endlich handeln und damit ihr perfide gedrechseltes Joch abwerfen konnte.

Trowbridge, 27. November 1838

Kapitel 58

»Wen darf ich melden, Sir?« Der Butler nahm Mantel und Hut des frühen Besuchers mit gemessener, distanzierter Höflichkeit entgegen.

Gewiss, es war noch etwas früh für einen Geschäftsbesuch, aber Havisham hatte nicht die Absicht, seine Zeit mit nutzlosem Auf- und Abgehen in den nicht eben inspirierenden Straßen von Trowbridge zu vertändeln. Die Stadt hatte wenig Anziehendes. Trotz ihrer herausgehobenen Stellung in Wiltshire sah man ihr an, dass sie durch die Industrieansiedlung zu schnell und in ungesundem Maße gewachsen war. Der ältere Stadtkern mit ansehnlichen, aber nicht zu reichen Häusern wurde verschandelt durch den herüberwehenden Schmutz der Industrieviertel, die sich wie ein wucherndes Geschwür an die westliche Flanke der Stadt drängten. Selbst hier waren die Fassaden geschwärzt vom Ruß der Fabriken. Auch Bakers Haus lag in der Nähe seines Fabrikgeländes, wie es bei den Industriellen üblich geworden war, außer sie waren so erfolgreich, dass sie den Betrieb einem Geschäftsführer überlassen und sich selbst ein größeres Haus auf dem Land oder aber in London leisten konnten. Wer lebte schon gern freiwillig in dieser rußgeschwängerten Luft, die den Atem reizte und die Augen beleidigte? Immerhin, die Arbeitersiedlung Bakers, durch die Havisham sich mit der Kutsche hatte fahren lassen, war neu und geräumiger, als es gemeinhin üblich war. Kein Vergleich zu den menschenunwürdigen Rattenlöchern, in denen die Arbeiter in den großen Industriezentren des Nordens hausten. Auch war man von der üblichen Anordnung der Arbeiterunterkünfte abgewichen und hatte die Häuser zwar nebeneinander gebaut, aber doch jedes mit ausreichend Platz um wenigstens etwas Tageslicht einzufangen. Eine Maßnahme, die, wie inzwischen von manchen Ärzten gemutmaßt wurde, der Gesundheit der Arbeiter förderlich war. Das wäre eine tatsächlich vernünftige Maßnahme, wenn der Wert eines Arbeiters insgesamt höher einzuschätzen wäre, sinnierte Havisham. Aber genau das war der offensichtliche Fehler in Bakers geschäftlicher Kalkulation, wie es den Anschein hatte. Wie konnte er sein Kapital in Arbeiterunterkünfte investieren und nicht in modernere Maschinen? Was für ein Narr! Der Wert eines Arbeiters war doch als eher marginal zu beziffern. Wuchsen nicht jeden Tag neue Anwärter auf die Arbeitsplätze in der Industrie nach, weil sie sich davon ein besseres Leben erhofften und vermehrten sich die einfachen Menschen nicht ohnehin wie die Kaninchen? An Arbeitern würde es nie mangeln! Außerdem versprachen die neuen Raum- und Kohle sparenden Dampfmaschinen, deren Leistung gegenüber der alten Niederdrucktechnik immerhin um zweihundert bis dreihundert Prozent gesteigert worden war[32], zusammen mit den besser mechanisierten Webstühlen weiteren Profit. Nicht zuletzt deshalb, da das den Einsatz von teurer menschlicher Arbeitskraft reduzierte. Havisham straffte seine Schultern und lächelte selbstgefällig. Es würde ihm sicher ein Leichtes sein, Baker von der Notwendigkeit einer Investition in diesem Sinne zu überzeugen.

Der Butler führte den Gast, nachdem Havisham ihm seine Karte gegeben und den ungefähren Grund seines Besuches genannt hatte, in einen gediegen eingerichteten Salon im hinteren Teil des Hauses. An diesen Salon schloss sich ein eisengefügtes Gebilde mit viel Glas an, das etliche Pflanzen und sogar

32 Der Wirkungsgrad einer Dampfmaschine ist unter heutigen Gesichtspunkten als erschreckend gering zu betrachten. Die ersten Typen hatten eine Leistung von weniger als 1 Prozent. James Watt (1736 – 1819) konnte mit seinem Maschinentyp den Wirkungsgrad und damit die Leistung immerhin auf circa 3 Prozent steigern Die Hochdruckdampfmaschinen brachten eine Wende und hochgesteckte Hoffnungen der Ingenieure, was sich jedoch wegen Materialproblemen und der Erkenntnis, dass dieser Technik enge physikalische Grenzen gesetzt sind, letztlich nicht erfüllte. Moderne Dampfmaschinen erreichen heute eine Leistung von wenig über 30 Prozent.

einige Vögel in großen Volieren beherbergte und damit dem ungesunden Klima des Industrieviertels Hohn sprach. Eine blasse unscheinbare Frau in herrschaftlicher Kleidung war gerade damit beschäftigt, einige vertrocknete Blütenstängel mit einer zierlichen Schere abzuschneiden. Havisham vermutete sehr, dass es sich bei der Dame um die stark vernachlässigte Ehefrau von Mr Baker junior handelte.

»Madam!«, grüßte er sie mit einer höflichen Verbeugung. Die Dame hatte ihn noch kaum bemerkt und schien sichtlich vertieft in ihre Beschäftigung. Beim Klang seiner zusammengeschlagenen Absätze schrak sie jedoch aus ihrer Versunkenheit auf.

»Oh, Mr Havisham, nehme ich an … William hat Sie angekündigt. Mein Schwiegervater wird gleich kommen.« Sie ging auf ihn zu. So wenig hübsch, wie er zunächst vermutet hatte, war sie gar nicht – ganz im Gegenteil. Sie hatte einen zarten Teint, grüne, wirklich bemerkenswert schöne Augen und dunkelblondes, feines Haar. Jedoch schien sie keinen großen Wert auf eine aufwendige Garderobe zu legen, wie es zum Beispiel Isobel so überaus wichtig war. Warum auch?, dachte Havisham. Für wen sollte sie sich denn schmücken? Für einen Mann, der sich lieber anderen Männern zuwandte? Kurz erfasste ihn tatsächlich so etwas wie Mitleid für die junge und offenbar recht empfindsame Frau, die sich mit der beschämenden Tatsache konfrontiert sehen musste, dass sie dem einzigen Sinn und Zweck einer Ehefrau nicht genügen konnte, nämlich dem Manne die erforderlichen Nachkommen zu gebären. Aber er schob die ungewohnte Regung schnell zur Seite, das sollte nicht seine Sorge sein.

»Es ist für uns recht ungewohnt, dass wir zu so früher Stunde schon Besuch empfangen«, meinte Mrs Baker entschuldigend. Auch ihre Stimme war sanft und wohlklingend. »Mein Schwiegervater pflegt bis spät in die Nacht zu arbeiten und schätzt deshalb die morgendliche Ruhe.«

Havisham biss sich verärgert auf die Lippen. Diese Information hätte ihm Armindale gestern wirklich geben können, dann hätte er Baker zu einem späteren Zeitpunkt aufgesucht. Das waren nicht die besten Voraussetzungen für ein erfolgreiches Gespräch. Er war einfach wie selbstverständlich davon ausgegangen, dass jeder ernstzunehmende Geschäftsmann, so wie er selbst, den Wert der frühen Stunde zu schätzen wusste.

»Aber vielleicht darf ich Ihnen etwas Kaffee bringen lassen? Wissen Sie, sowohl mein Schwiegervater wie auch ich schätzen dieses Getränk, obwohl es ein wenig unenglisch ist, ganz außerordentlich.« Sie lächelte und bot ihm höflich einen Platz an.

»Das wird nicht nötig sein. Ich habe bereits im Hotel gefrühstückt«, lehnte Havisham ab, noch immer verärgert über den durch Armindale verursachten Fauxpas.

»Schade!«, meinte Mrs Rupert Baker und blickte, die Hände im Schoß gefaltet, sehnsüchtig zu ihren Pflanzen hinüber. Ein unangenehmes Schweigen trat ein, das nur durch das Ticken der großen Uhr auf dem Kamin unterbrochen wurde. Havisham ertappte sich dabei, dass er seinen Blick ungebührlich lange auf ihr ruhen ließ. Sie hatte etwas Besonderes, etwas Berührendes an sich, das er nicht zu erklären vermochte. Da endlich wurde die Tür zum Salon geöffnet und der Herr des Hauses trat ein. »Ah, Mr Havisham, verzeihen Sie, dass ich Sie habe warten lassen. Allerdings hatte ich aber auch nicht so früh mit einem Besuch gerechnet. Wissen Sie, in Trowbridge und bei meinen politischen Freunden ist es allgemein bekannt, dass ich eher ein Nachtmensch bin. Eine eingefleischte Angewohnheit, die wohl durch die jahrelange politische Arbeit hervorgerufen wurde. Man pflegt sich nämlich bei den Whigs die Nächte mit endlosen Diskussionen um die Ohren zu schlagen.« Er lachte jovial und setzte sich seinem Besucher gegenüber hin. »Ich hoffe, meine Schwiegertochter hat Ihnen die Zeit nicht lang werden lassen. Sie ist ein reizendes Geschöpf, nicht wahr?« Das »reizende Geschöpf« war, kaum dass Baker senior eingetreten und seine Schwiegertochter damit der Gastgeberpflicht enthoben hatte, schon wieder zu den Pflanzen enteilt.

»Gewiss, Mr Baker«, sagte Havisham unbestimmt. Wie sollte er die ätherische Erscheinung der jungen Mrs Baker auch kommentieren? Allerdings musste er sich eingestehen, dass er sie ohne Zweifel ebenfalls sehr bemerkenswert fand. Er ärgerte er sich jedoch zu sehr darüber, dass Armindale ihm die offensichtlich weiten Kreisen bekannte Information über Bakers Gepflogenheiten nicht hatte zukommen lassen, um dem Gedanken weiter Raum zu geben. Wollte Armindale womöglich, dass Havishams eigener Plan nicht erfolgreich war? Plötzlich überkam ihn wieder der Argwohn gegenüber Armindale. Dem Mann war jede Finte zuzutrauen.

»Sie haben übrigens Glück, mich hier in Trowbridge anzutreffen. Ich bin normalerweise eigentlich die meiste Zeit in London. Meine Pflichten als Abgeordneter, Sie verstehen? Was führt Sie also zu mir, Mr Havisham?« Mr Baker schien trotz aller Jovialität eine zupackende Art zu haben. Eine charakterliche Mischung, die wohl einen Teil seiner Popularität im Wahlbezirk begründete.

»Ja, man teilte mir mit, dass Sie sich momentan Ihrem Unternehmen vor Ort widmen, deshalb habe ich Sie hier aufgesucht. Ich nehme an, Sie haben jemanden, der in Ihrer Abwesenheit die Produktion Ihrer Fabrik betreut und den Verkauf organisiert?«

Mr Baker sah seinen Besucher etwas irritiert an: »Ich gehe doch wohl recht in der Annahme, dass Sie nicht hier sind, um mir Ihre Dienste in diesem Bereich anzubieten. Sie wirken nicht, wenn ich das so anmerken darf, wie jemand, der sich um Arbeit verdingen müsste. Außerdem habe ich ohnehin seit vielen Jahren einen vertrauenswürdigen Mann auf diesem Posten, einen Mr Samuel Halfbottle. Ich bin mit ihm vollauf zufrieden.«

Havisham verzog leicht verärgert die Lippen. Wie kam Baker auf die absurde Idee, dass er um einen Posten als leitender Angestellter ersuchen wollte? Das Gespräch lief ein wenig unglücklich, zu dumm! »Selbstverständlich bin ich nicht hier, um Sie um eine Anstellung zu bitten! Da vermuten Sie ganz recht. Das habe ich nun wirklich nicht nötig. Es erstaunt mich ein wenig, dass Ihnen mein Name nichts sagt. Ich bin Mr Horace Havisham aus Salisbury: Händler, Unternehmer und Besitzer weitreichender Anteile in etlichen Industriezweigen sowie seit Kurzem auch Herr über den Landsitz von Whitefell.«

Sein Gegenüber sah ihn mit plötzlichem Misstrauen an: »Doch! Jetzt, wo Sie es erwähnen ... tatsächlich hörte ich von Ihnen. Ich glaube, Ihr Name fiel kürzlich in einem Gespräch im Reform Club. Man sprach darüber, dass Sie politische Ämter anstreben.«

Havisham erstarrte. Green, dieser Narr! Hatte er etwa seinen Mund nicht halten können? Ihr Opfer wusste schon Bescheid, ahnte zumindest, dass das Anliegen seines Besuchers nicht rein geschäftlicher Natur war. Das würde sein Ansinnen erheblich erschweren, wenn nicht gar unmöglich machen. Er beschloss, nun da Baker offenbar klar war, dass ein Angriff bevorstand, diesen nicht kunstreich einzufädeln, sondern vielmehr auf offenem Felde in die Schlacht zu ziehen. Etwas anderes blieb ihm ohnehin kaum mehr übrig.

Er lächelte breit. »So ist es, werter Mr Baker. Ich habe in den vergangenen Jahren meine Karriere sehr, um nicht zu sagen enorm erfolgreich vorantreiben können und da ich mich politisch sehr interessiere, besonders, was die Pläne eines Flügels der Whigs bezüglich der Freihandelsgrenzen betrifft, habe ich tatsächlich ein großes Interesse daran, meine unbestreitbaren Fähigkeiten in Zukunft als Abgeordneter einzubringen.«

»Ich verstehe!«, sagte Mr Baker langsam und maß sein Gegenüber mit einem abschätzenden Blick. »Und ich stehe Ihnen nun im Wege, da ich den Sitz im Unterhaus innehabe und es nur ein Mandat für den Wahlbezirk zu vergeben gibt.«

Havisham lächelte immer noch, sagte aber nichts. Was sollte er dazu auch sagen? Der Mann hätte es nicht klarer formulieren können.

»Dann gehe ich davon aus, dass Sie mich heute aufgesucht haben, um mir vorzuschlagen, mein politisches Engagement zum neuen Wahlturnus aufzugeben.«

»Das ist tatsächlich der Kern meines Ansinnens«, gab Havisham freimütig zu und lehnte sich zurück. Er war gespannt, wie Baker auf diese klare Ansage reagieren würde.

»Mr Havisham, ich bin durchaus darüber im Bilde, dass nicht alle meiner Parteifreunde meiner Arbeit positiv gegenüberstehen. Manche halten mich für einen Idealisten, wobei diese Bezeichnung von ihnen keineswegs schmeichelhaft gemeint ist. Tatsächlich sind diese Realisten, wie sie von sich selbst sagen, daran interessiert, mehr Männer von Ihrer Art in die politische Arbeit einzubinden.« Baker machte eine gedankenvolle Pause, während der nur das schnipp, schnapp der Blütenschere seiner feenhaften Schwiegertochter zu hören war. »Aber sehen Sie, was die einen als weltfremden Idealismus bezeichnen, sehe ich begründet als absolute Notwendigkeit. Unsere Gesellschaft befindet sich seit dem Voranschreiten der technischen Neuerungen und der damit verbundenen Entwicklung der Produktionsmöglichkeiten in einem rasanten Wandel, so wie nie zuvor. Es entstehen Fragen und Notwendigkeiten, denen wir uns in früheren Jahrhunderten nicht stellen mussten. Vor allem das Wohl der unteren, arbeitenden Schichten sollte uns am Herzen liegen. Ich sehe, Sie lachen darüber, Mr Havisham. Das erstaunt mich nicht. So wie Sie denken viele, aber lassen Sie es sich von einem erfahrenen Unternehmer sagen: Wenn wir diese Massen nicht in menschenwürdige Lebensbedingungen bekommen, wird sich das schließlich als Sprengstoff für unsere Gesellschaft entpuppen, der auch unsere Schicht hinwegfegen kann. Die soziale Frage ist die eigentliche Frage dieses Jahrhunderts. Ein eindrucksvoller Vorgeschmack davon waren die Aufstände in Manchester vor nicht allzu langer Zeit ...«

»... die, dank des beherzten Eingreifens der Behörden, effektiv und nachhaltig niedergeschlagen wurden!«, ergänzte Havisham kühl. »Nun, ich sehe das allerdings anders. Sie überschätzen die Macht der niederen Schichten doch erheblich, scheint mir. Das ist doch ungebildeter Abschaum, der nur eine feste Hand braucht.« Das also war die Motivation für Mr Baker, sich dem Wohl seiner Arbeiterschaft zu widmen, anstatt seine Produktion zu optimieren, dachte Havisham. Mr Baker war tatsächlich ein Träumer und alberner Weltverbesserer. Vermutlich würde es sich doch als ziemlich schwierig erweisen, den Narren geschäftlich so an sich zu binden, dass er ihn in der Hand hatte.

»Oh, ich bin mir sicher, dass ein Mann wie Sie das anders sieht«, ließ sich da Baker mit einem Anflug von Bitternis in der Stimme vernehmen. »London ist dieser Tage voll von Männern Ihres Schlages. Erfolgreiche Geschäftsleute sind es, doch in Wirklichkeit rücksichtslose Kreaturen, denen der Wert eines Menschen nichts bedeutet im Verhältnis zum Profit ihrer Unternehmungen.«

Havisham reagierte mit wohldosierter Empörung. Dachte Baker wirklich, er ließe sich durch simple Beleidigungen aus dem Feld schlagen? Lächerlich! »Mr Baker, ich sehe keinen Grund, dass Sie hier ausfallend werden müssen!«, gab er pikiert zurück, ganz verletzte Würde. »Bei Ihrer Argumentation vergessen Sie doch, dass nur ein prosperierendes Unternehmertum sich auch dem Wohl seiner Arbeiter widmen kann, wie Sie es fordern. Mir ist allerdings bekannt, dass Ihr Unternehmen – gerade wegen der fatalen Überbetonung des Arbeiterwohls – keineswegs so glänzend dasteht, wie es sollte. Es sieht wohl nicht allzu gut aus, was die Finanzdecke betrifft und sollten Sie scheitern, werden auch Ihre hochgeschätzten Arbeiter bald nichts mehr zu beißen haben.« Havisham lächelte gefährlich. »Ich denke, Sie sollten sich darüber ernste Gedanken machen.«

Baker stockte sichtlich der Atem. »Woher wissen Sie das?«

»Das tut hier nichts zur Sache. Letztlich sind solche hilfreichen Informationen eine Frage kluger Investition, die Sie ja so verurteilen.«

»Sie haben jemanden beauftragt, mich auszuspionieren, nicht wahr? Dann war das also Ihre Kreatur, die hier seit Tagen herumschleicht und Auskünfte über mich und meine Familie zu erbeuten trachtet. Nicht einmal vor dem Bankgeheimnis haben Sie haltgemacht. Sie scheinen rücksichtsloser zu sein, als ich es befürchtet hatte.«

Baker wusste also auch darüber Bescheid. Armindale war nicht vorsichtig genug gewesen. Es hatte wohl keinen Sinn mehr, auf eine höfliche Lösung des Konflikts zu hoffen. Vermutlich würde er doch das zweite, wenig freundliche Druckmittel verwenden müssen, aber solange er diesbezüglich noch nicht über alle Informationen verfügte, wäre es pure Dummheit, Baker damit zu drohen. Allerdings war es vielleicht doch sicherer, er trieb die Sache umgehend selbst voran. Green und Armindale hatten sich letztlich doch als nicht so geschickt erwiesen. »Ich nehme mit Bedauern zur Kenntnis, dass Sie meinen doch eigentlich nur vernünftigen Nachforschungen, Ihr Unternehmen und Ihre Person betreffend, so unverständig gegenüberstehen. Als Unternehmer müssten Sie doch wissen, dass man sich gründlich informieren sollte, bevor man eine weitreichende Entscheidung trifft. Ich hatte gehofft, wir könnten geschäftlich kooperieren. Ich wollte Ihnen die kostengünstige Modernisierung Ihrer Produktionsanlagen vorschlagen, nicht zuletzt, um den Arbeitsplatz Ihrer Arbeiter zu sichern.« Havisham war sich im Klaren darüber, dass dieser eher offizielle Weg, Baker zu einem Verzicht auf seine Kandidatur zu bewegen, schon so gut wie versperrt war. Es war ihm andererseits wichtig, zumindest der Form halber noch ein Friedensangebot gemacht zu haben, hoffte jedoch, dass Baker es ausschlagen würde. Dann würde er zum vernichtenden Gegenschlag ausholen. Diesem sturen und selbstgerechten alten Narren würde er zeigen, dass es sehr unklug war, Mr Horace Havisham zu unterschätzen.

Baker tat ihm den Gefallen prompt! Er stand auf und blickte sein Gegenüber erbost an. »Sir, Sie dürfen versichert sein, dass ich mit Ihnen unter keinen Umständen eine geschäftliche Verbindung eingehen werde. Das wäre so, als wenn ich dem Teufel meine Seele verkaufte. Das widerspräche allen meinen Überzeugungen. Nein! So etwas werde ich niemals auch nur in Betracht ziehen. Gewiss, mein Unternehmen könnte wirtschaftlich besser aufgestellt sein, aber Sie können mir glauben, dass ich bereits Gegenmaßnahmen ergriffen habe und nicht im Geringsten auf Ihr zweifelhaftes Angebot angewiesen bin. Denken Sie, ich bin so dumm zu glauben, dass Ihr Angebot so ungemein günstig ist, wie Sie behaupten? Das ist es mitnichten! Es würde mich mein politisches Amt, meine Überzeugung sowie die Entscheidungsbefugnis in meinem eigenen Unternehmen kosten – und das zum Schaden der von mir abhängigen Menschen. Verzeihen Sie, Mr Havisham, aber gerade um Leuten wie Ihnen nicht zu viel politische Macht einzuräumen, ist es meine hehre Pflicht, Ihnen die Tür zu weisen. Guten Tag, Sir.«

Nun war Havisham richtig verärgert. Eine solch unverblümte und überhebliche Abfuhr hatte er in seiner ganzen Laufbahn noch nicht hinnehmen müssen. Offenbar hatten Armindales Nachforschungen den Mann auf das Höchste erbost und völlig gegen den Auftraggeber eingenommen. Doch letztlich war es Bakers Entscheidung! Wenn er offenen Krieg wollte, sollte er ihn bekommen. Havisham erhob sich ebenfalls und blickte dem Hausherrn scharf in die Augen. »Ich denke, damit sind die Fronten geklärt, Mr Baker. Sie werden zu gegebener Zeit von mir hören.« Da eilte die Schwiegertochter herbei, einige trockene Blüten seltener Pflanzen in den Händen. »Oh, Sie wollen uns schon verlassen, Mr Havisham? Ich hatte gehofft, Sie doch noch zu einem zweiten Frühstück überreden zu können.« In ihren jadegrünen Augen spiegelte sich Bedauern.

»Nein danke, Mrs Baker!«, schnappte Havisham grob, obwohl ihn der seltsam sanfte, empfindsame Ausdruck ihrer faszinierenden Augen merkwürdig anrührte. Die zarte Gestalt zuckte erschrocken zusammen ob seines harschen Tonfalls. Havisham verspürte jäh ein ungewohntes Gefühl des Bedauerns. Beinahe hätte er sich in aller Form entschuldigt. Doch dann riss er sich zusammen und wandte sich zur Tür. Das fehlte ihm ja gerade noch, dass er Mitleid für die junge Frau empfand, die zweifellos ebenfalls unter seinen nun zwangsläufig erfolgenden Maßnahmen zu leiden haben würde. Er verstand sich selbst nicht. So etwas kümmerte ihn doch sonst nicht! Besser, er machte wirklich, dass er diesem Haus und dieser Stadt so schnell wie möglich den Rücken kehrte. Hier konnte er ohnehin nichts mehr ausrichten.

Pennywood Farm, Wiltshire, 27. November 1838

Kapitel 59

Aaron saß in der Wohnstube und schnitzte missmutig an neuen Holzzinken zur Ausbesserung der Heurechen herum. Eine jener kleinen Arbeiten, denen sich die Landbevölkerung für gewöhnlich an langen, dunklen Winterabenden widmete, doch Aaron hatte schon am Vormittag damit begonnen. Das Wetter war nach wie vor schlecht. Immer wieder kam heftiger Wind auf und schüttete eiskalte Regengüsse über das wintergraue, aufgeschwemmte Land. Die Straßen wurden dadurch nahezu unpassierbar und auch der Querfeldeinritt zu Pferde, obwohl besser zu bewerkstelligen, war alles andere als ein Vergnügen. Dennoch hätte er diese Mühen nur zu gerne auf sich genommen, um heute Wycliff Thomson aufzusuchen, aber er konnte nicht. Noch nicht! Er musste erst noch Isobels erneuten Besuch abwarten und sie hatte ihm nicht gesagt, zu welcher Tageszeit sie sich auf den Weg zu machen gedachte. Vielleicht kam sie auch gar nicht. Es war typisch für sie, dass sie wie selbstverständlich davon ausging, dass er, trotz der Arbeit, die auf der Farm getan werden musste, den ganzen Tag damit verbringen würde, auf sie zu warten. Und leider blieb ihm auch nichts anderes übrig. Sie zu versetzen wäre überaus gefährlich. Aber heute, so schwor er sich erneut, würde es das letzte Mal sein, dass er mit der Herrin von Whitefell hurte. Aaron sog scharf den Atem ein. Ja, das war letztlich das Beste, was sie tun konnten: sich endlich von Isobel befreien und dann einfach alles vergessen und neu anfangen. Schließlich handelte er schon so, seit er ein Knabe war. Was konnten sie schon anderes tun? Man konnte vor denen, die Macht hatten, davonlaufen, so wie er damals vor Cecil Turner davongelaufen war. Man konnte sich ihrem gierigen oder ungerechten Zugriff – wenn man Glück hatte – entwinden, so wie sie es vorhatten, aber es war völlig undenkbar und ebenso unklug, zu glauben, dass die Peiniger je von einem englischen Gericht für ihre Verfehlungen zur Rechenschaft gezogen werden würden. Nicht, wenn die Klage aus dem Mund eines einfachen Mannes, einer Frau oder gar eines Kindes kam. Wütend hieb er mit seinem Schnitzmesser auf das Holzstückchen ein. Die Reichen und Mächtigen konnten sich gegenüber dem niederen Volk eben alles herausnehmen und verschaffte man sich selbst sein Recht, und sei es in Bedrängnis, so drohte einem der Galgen, ehe man es sich versah. Das englische Rechtssystem war effektiv, streng und in der Praxis leider ausgesprochen ungerecht. Daran hatten auch die lächerlichen Reformen vor einigen Jahren nichts ändern können. Das war jedem aus dem Volke so wohlbekannt, dass es niemand auch nur entfernt in den Sinn kam, dagegen aufzubegehren. Besser, man hatte mit den Richtern und Schergen der Krone gar nichts zu schaffen. Unversehens fand man sich sonst in einem Gefängnis oder auf einem Schiff in die Kolonien wieder, da wurde nicht lange gefackelt.

»Meinst du, sie kommt heute noch?«, fragte Cathy plötzlich. Aaron schrak beim Klang ihrer Stimme, die das angespannte Schweigen zwischen ihnen durchschnitt, zusammen. Er zuckte mit den Schultern und sah sie an. Plötzlich brach es aus Cathy heraus: »Aaron, es tut mir so leid! Ich wollte nicht, dass du da hineingezogen wirst. Was hast du auch mit meiner Familie zu schaffen? Zumal mein Vater dich nicht gerade freundlich behandelt hat. Ich schäme mich so dafür!« Verzagt ließ sie den Kopf hängen. Es rührte ihn, wie zierlich und doch so bereit, die Last der Welt einmal mehr auf ihre schmalen Schultern zu laden, sie dort mitten im Raum stand. Schnell legte er sein Werkstück zur Seite, ging zu ihr hinüber, nahm sie in die Arme und küsste den Scheitel ihres Haares. »Cathy, du hast mich in nichts hineingezogen. Es ist ganz allein meine Entscheidung!« Er lächelte. »Habe ich dir nicht in der Kirche versprochen, dir in allem beizustehen? *In guten wie in schlechten Tagen* ... ich denke, du erinnerst dich. Pfarrer Browning wird das andernfalls gerne bezeugen.« Dann aber wurde er wieder ernst. »Außerdem bin ich an der ganzen Situation genauso beteiligt. Wenn Isobel nicht so grauenhaft eifersüchtig auf dich wäre, wenn vor allem ich damals nicht so dumm gewesen wäre, mich mit ihr einzulassen, wäre das alles nicht passiert. Also bin ich genauso in der Verantwortung wie du.« Er drückte sie an sich. »Du bist nicht allein, Cathy. Wir gehören zusammen und wir werden dieses Elend gemeinsam beenden.« Er spürte, wie sie in ängstlicher Erwartung des Kommenden erbebte, doch sie nickte tapfer. »Ich wünschte nur, es wäre schon vorbei«, sagte sie und schluckte schwer, als könne sie damit die Furcht loswerden.

»Ja, bei Gott, das wünschte ich auch! Aber wir werden das auch noch durchstehen, nicht wahr, mein Herz?« Er legte seinen Finger unter ihr Kinn und hob ihr Gesicht an, damit sie ihm in die Augen sah. Grenzenloses Vertrauen spiegelte sich in ihrem Blick. Er konnte nicht widerstehen und küsste sie zärtlich, doch da erklang plötzlich der lang erwartete und gleichermaßen befürchtete Hufschlag von Isobels Schimmel auf dem Hof. Aaron straffte die Schultern und ließ seine Frau schnell los. Es war so weit, der letzte Kampf mit Isobel sollte beginnen!

Kurze Zeit später stand die Herrin von Whitefell im Raum. Man sah ihrer schlammbespritzten Kleidung an, dass der Ritt zur Pennywood Farm kein Vergnügen gewesen war, trotzdem hatten sie auch die widrigen Wetterverhältnisse nicht davon abgehalten, erneut ihr vermeintliches Recht einzufordern. Sie war offenbar nur zu wild darauf. »Wie ich sehe, wurde ich schon erwartet!«, sagte sie und lächelte huldvoll.

Aaron hätte sie am liebsten erschlagen. Doch er riss sich zusammen und zwang sich zu einem Lächeln. Es gelang nur mühsam. »Ich nehme an, du wirst ablegen wollen«, sagte er und ging auf sie zu.

»Lass nur, das kann Cathy besorgen«, wehrte Isobel ab, »nicht wahr, Cathy, das machst du ja gewiss sehr gerne!« Ihr verächtlicher Tonfall trieb Aarons Hass in ungeahnte Höhen. »Anschließend wirst du mein Pferd versorgen und dir außerhalb des Hauses etwas zu tun suchen, hast du verstanden? Ich möchte dich hier in den nächsten paar Stunden, die ich mit Aaron verbringen werde, nicht sehen! Sicher gibt es für eine Bauersfrau genug beim Vieh zu tun«, fügte sie mit einem spöttischen kleinen Lachen an. Aaron ballte die Hände zu Fäusten, um seine Wut im Zaum zu halten. Woher nahm sie nur den fatalen Glauben, dass es ihn nicht berührte, wenn sie Cathy verächtlich behandelte?, dachte er zornig. Doch auch wenn es ihm schwerfiel, er sagte nichts dazu. Es wäre unklug gewesen, sie zu reizen. Ohnehin leistete Cathy Isobels frechem Verlangen schon Folge, ob willig oder unwillig vermochte Aaron nicht zu sagen. Dann verließ sie widerspruchslos und schweigend, ihren Mantel um die Schultern gelegt, das Haus. Kaum war Cathy gegangen, ging Isobel mit raschem Schritt auf ihn zu und öffnete den Gürtel seiner Hose. Sie verliert wirklich keine Zeit, dachte Aaron voller Ekel. Ihr Mund presste sich hungrig auf den seinen, er konnte sich ihrer Gier kaum erwehren.

»Heute will ich jedenfalls mehr Spaß haben als gestern«, sagte sie forsch, »also lass dir etwas einfallen, Aaron Stutter.« Mit einem übermütigen Ausdruck in den Augen sah sie sich in der Wohnstube um. »Hast du es schon einmal auf einem Tisch getan?«, fragte sie plötzlich.

»Ja, schon«, sagte Aaron ausweichend. Tatsächlich hatte er vor drei Jahren einmal ein Verhältnis mit der in dieser Hinsicht recht unterversorgten Frau eines Schmiedes gehabt, die diesen Platz für den Liebesakt sehr bevorzugte. Damals hatte er aber auch selbst beachtliche Erregung empfunden, zumindest für den Augenblick. Die Vorstellung, es jetzt mit Isobel so zu halten, behagte ihm ganz und gar nicht. »Es ist nicht sehr bequem, wenn ich das so sagen darf.«

Isobel schnalzte ungeduldig mit der Zunge. »Bequem sollst du es dir auch nicht machen, du Dummerchen! Komm schon, mein Schöner, zeig mir, was du kannst!« Ungeduldig zerrte sie ihn an der Hand zum Tisch hinüber und begann ihn dort wieder mit ihrer Gier zu bedrängen. Er tat, was sie wollte und entkleidete sie rüde, so wie sie es mochte. Dann gab er ihr zügig, was sie von ihm verlangte. Was sollte er auch anderes tun? Der Gedanke, dass Cathy sich dabei nicht weit von ihnen entfernt im Stall aufhielt, wohl wissend, was im Wohnhaus geschah, machte ihn fast rasend vor Scham. Hoffentlich war es heute wirklich das letzte Mal, dass er Isobels Gelüste befriedigen musste! Er bemühte sich redlich, ihr Lust zu verschaffen, was ihm offenbar auch gelang. Sie stöhnte hingebungsvoll und räkelte sich mit weit gespreizten Beinen auf der Tischplatte, als er schnell und heftig in sie stieß. Ihre Hände krallten sich um die Tischkante und bald erreichte sie einen ersten Höhepunkt. Er war inzwischen ein wahrer Meister darin, sie zur höchsten Ekstase zu führen und sich selbst dabei zurückzuhalten. Vermutlich gelang ihm das so mühelos, da er nichts außer tiefster Verachtung für sie empfand, sinnierte er seltsam distanziert, während er sein hart gerecktes Glied weiter pausenlos in ihr weiches Fleisch bohrte. Geradezu kühl betrachtete er dabei ihre geröteten und mit Schweiß benetzten Gesichtszüge, während er sie noch einmal befriedigte. Dann ließ er jäh von ihr ab, da er spürte, dass seine eigene Entladung nun doch kurz bevorstand. Er musste mit seiner Manneskraft haushalten, kannte er doch Isobels Unersättlichkeit. Enttäuscht richtete sie sich auf. »Das kann aber noch nicht alles gewesen sein, Aaron!«, maulte sie in quengelndem Tonfall. »Dafür bin ich nicht durch den Regen geritten.«

Aaron seufzte. »Wir sollten in die Schlafkammer gehen, Isobel. Glaub mir, da ist es letztlich doch besser auszuhalten.«

Cathy hatte das Pferd Isobels im Stall neben dem braunen Kutschpferd angebunden, das sie Thomas getauft hatte, da die Miene des Tieres sie entfernt an den alten Lakaien auf Whitefell erinnerte. Sie hatte dem Schimmel Heu in die Raufe gegeben und sein nasses Fell mit einem Lumpen abgerieben. Dann hatte sie sich einen Augenblick der trächtigen Sau gewidmet, doch lange hielt sie es im Stall nicht aus. Eine seltsame Unruhe hatte sie ergriffen und trieb sie zurück zum Wohnhaus. Sie wusste selbst nicht, warum. Dort angekommen setzte sie sich still auf die Bank, die unter dem Fenster stand und lauschte. Ja, sie konnte die beiden hören.

Sie wusste ja, dass es keinen anderen Weg gab – Aaron hatte es ihr in der vergangenen Nacht immer wieder beteuert, während er sie auf der Schlafbank zärtlich und tröstend in den Armen gehalten hatte. Und sie wusste ebenso, dass er nur zu recht hatte, kannte sie doch Isobels rachsüchtige Entschlossenheit. Doch die Geräusche, die nun verräterisch, wenn auch durch das dünne Glas abgedämpft, aus dem Fenster drangen, erfüllten sie mit beängstigenden Gefühlen: Eifersucht, Verlangen und unbändiger Zorn! Sie vernahm Isobels Keuchen und Seufzen und das regelmäßige, schabende Geräusch von den schweren Holzbeinen eines Tisches, die langsam und ruckweise über den Dielenboden geschoben wurden. Vergnügte sich Isobel etwa mit Aaron auf dem großen Tisch in der Wohnstube? Cathy schluckte schwer und das ziehende Verlangen, das sie in ihrem Schoß verspürte, vertiefte sich. Sie konnte es sich selbst nicht erklären, doch dieses seltsame Empfinden, diese unbändige Kraft erhob mit Macht die Stimme, sie fand keine Gegenwehr. Da hörte sie plötzlich, wie Isobel in Ekstase aufschrie. Das war mehr, als sie ertragen konnte. Hastig zog sie ihren Mantel um die Schultern und floh über den Hof auf den Zufahrtsweg zur Farm, der Richtung Norden führte. Mit weit ausgreifenden Schritten rannte sie den aufgeweichten Feldweg entlang, rutschte aus auf der moorigen, schwarzen Erde, fiel und raffte sich wieder auf. Sie hatte nur den einen Gedanken, möglichst weit fort von der Farm und Isobel zu kommen. Ein Graupelschauer ging eiskalt aus den schweren grauen Wolken auf sie hernieder. Es war ihr gleich! Sie fühlte die Kälte kaum, so heiß brannte der Aufruhr ihrer Gefühle in ihr. Keuchend vor Anstrengung kämpfte sie sich geraume Zeit auf der Straße, in die der matschige Zufahrtsweg der Farm einmündete, in nördlicher Richtung durch die einsame Landschaft. Da kam ihr plötzlich eine geschlossene Kutsche mit einem Zweiergespann und einem missmutigen, tief vermummten Kutscher entgegen. Sie konnte dessen Gesicht nicht erkennen, aber die Kutsche und auch die Pferde kamen ihr im trüben Licht des regenverhangenen Nachmittags doch beunruhigend bekannt vor. Hastig sprang Cathy auf die Seite, um nicht unter die Pferde zu geraten und wurde dennoch von den großen Rädern des Gefährts über und über mit Schlammspritzern besudelt. Ein stattlicher Mann in feinen Kleidern und mit blondem Haar saß im Innern der Kutsche und blickte durch die regennassen Fenster neugierig zu ihr heraus. Sie konnte es ihm nicht verdenken. Schließlich musste es merkwürdig aussehen, wenn eine einsame Frau bei diesem Wetter auf einer Straße, die nicht ins Dorf führte, unterwegs war. Doch dann erstarrte sie in heillosem Schrecken. Der feine Herr war zweifellos Mr Havisham, der offenbar von einer Geschäftsreise zurückkehrte. Auch Mr Havisham hatte sie erkannt. Sie sah es an dem Ausdruck in seinem Gesicht, daran, dass er sich extra von seinem Platz erhob, um sie noch einmal kopfschüttelnd in Augenschein zu nehmen. Dann war das Gefährt auch schon an ihr vorbeigefahren, ohne Zweifel unterwegs nach Whitefell. Einen Augenblick stand sie wie versteinert, doch dann kam plötzlich Leben in sie. Mr Havisham kehrte nach Whitefell zurück und Isobel war nicht zu Hause, um ihren Gatten zu empfangen, wie er es mit Recht erwartete! Er würde wissen wollen, wo sie gewesen war und wenn sie dann in Unkenntnis von Cathys unverhofftem Zusammentreffen mit Mr Havisham von einem Besuch auf der Pennywood Farm berichtete, würde er eins und eins zusammenzählen. Es war Aaron, der nun in ernster Gefahr war, das Opfer des berechtigten Zorns eines gehörnten Ehemanns zu werden! Und den Zorn eines Mr Havisham sollte man lieber nicht herausfordern. Ihr Herz begann wild zu schlagen. Dann drehte sie auf dem Absatz um und eilte, wie von Furien gehetzt, zurück zur Pennywood Farm.

Kapitel 60

Cathy betrat erschöpft das Wohnhaus der Farm und ließ sich, um Atem ringend, gegen die Eingangstür sinken. Sie war völlig am Ende ihrer Kräfte. Dann hielt sie augenblicklich die Luft an, als sie die Geräusche aus der Schlafkammer vernahm. Isobel war noch hier – ein Glück! Doch Aaron war noch immer bei ihr …

Vorsichtig, leise einen Fuß vor den anderen setzend, durchquerte Cathy den großen Wohnraum. Die Durchgangstür zur Schlafkammer stand halb offen. Sie hatten die Tür wohl offen gelassen, um die Wärme aus dem Hauptraum des Hauses auch in die Kammer einströmen zu lassen. Jetzt im Winter war die Kammer, in der kein Ofen stand, sonst empfindlich kalt. Cathy fürchtete sich vor dem Anblick, der sie erwartete, und trotzdem fühlte sie sich unwiderstehlich angezogen von den leisen Geräuschen, die das Beisammensein der beiden verursachte. Warmer Kerzenschimmer drang aus der Kammer und erhellte einen kleinen halbrunden Bereich auf dem Dielenboden, der scharf durch den Schatten, den die halb offene Kammertür warf, begrenzt wurde. Sie hatten die beiden Kerzen entzündet, die auf der unpassend edlen Kommode – Isobels eigennützigem Hochzeitsgeschenk – standen. Cathy wagte es nicht näher zu treten und verharrte auf halbem Wege im Dämmer des Wohnraums. Doch sie konnte zumindest einen Teil dessen sehen, was Aaron und Isobel auf dem breiten Bett in der Kammer miteinander taten …

Es war vor allem Aaron, den sie sah, von Isobel waren nur die schlanken weißen Schenkel zu sehen, die sie um seine Lenden geschlungen hatte. Aaron war vollkommen nackt. Er kniete mit aufrechtem Oberkörper auf der unteren Hälfte des Bettes und hielt Isobels Beine zusätzlich mit festem Griff. Seine nackte, vom Schweiß der Anstrengung glänzende Haut schimmerte bronzen im sanften Schein der Kerzen, während er in einer kräftigen, regelmäßigen Bewegung seine Lenden zwischen Isobels Schenkel presste. Hin und her, hin und her …

Cathy stockte einmal mehr der Atem. Der Anblick schockierte und erregte sie gleichermaßen. Sie öffnete den Mund, um sich bemerkbar zu machen, aber es kam einfach kein Laut über ihre Lippen. Sie war unfähig sich zu rühren. Ihr Blick wanderte magisch angezogen über Aarons starken, männlichen Körper, seine Schultern, den wohlgeformten, muskulösen Brustkorb und die schmalen Hüften, die doch so viel Kraft bargen. Sie konnte ihre Augen einfach nicht von ihm abwenden. Stumm stand sie da und sah ihm zu, wie er mit konzentriertem Gesichtsausdruck und geschlossenen Augen, den Kopf mit dem zerzausten dunklen Haar leicht nach vorne gebeugt, Isobels Begierde stillte. Doch plötzlich schien er zu spüren, dass er mit Isobel nicht mehr allein war. Er öffnete die Augen und wandte sein Gesicht Cathy zu, die wie angewurzelt außerhalb des erleuchteten Kreises stand. Seine Augen wurden weit, seine Lippen öffneten sich wie zu einer unausgesprochenen Frage und er zögerte in seiner Bewegung, verharrte … ihre Blicke trafen sich … ein Moment, aus der Zeit gefallen … der Raum, die Farm hörten auf zu existieren, das Leben um sie herum hielt den Atem an …

»Was ist los? Warum hörst du auf? Ich bin noch nicht so weit!«, brauste Isobel auf. Der Moment zerplatzte jäh, wurde zerstört von Isobels gierig fordernder Ungeduld. Sich der Unwürdigkeit der Situation bewusst werdend, zog Aaron sich hastig von Isobel zurück. Cathy konnte sehen, dass seine Männlichkeit, die eben noch groß aus dem dunklen Haar zwischen seinen Schenkeln aufgeragt hatte, in sich zusammensank. Zutiefst beschämt wandte er den Blick ab und ließ gleichzeitig Isobels Beine los.

»Was soll das?«, schimpfte Isobel sichtlich erbost. »Was hast du denn plötzlich?«

»Cathy ist hier!«, sagte Aaron leise.

»Ja und?«, keifte Isobel. »Macht dir das etwas aus? Mir nicht! Ich dachte, du machst dir nichts aus ihr?!« Ihre Stimme hatte jetzt etwas Gemeines, geradezu Lauerndes. »Dann soll sie eben wieder verschwinden oder die Tür schließen, das dumme Schaf! Mir ist es jedenfalls herzlich egal, ob sie uns dabei zusieht.«

»*Isobel!*« Aaron konnte den Zorn, der angesichts Isobels unflätiger Respektlosigkeit in ihm aufbrandete, nicht mehr zügeln. »Es reicht jetzt, du hattest deinen Spaß! Ich kann das einfach nicht.«

»Du kannst nicht? Das heißt wohl eher: du willst nicht!« Isobel steigerte sich unversehens in einen ihrer gefürchteten Wutanfälle.

Cathy spürte den Tritt, als träfe er sie selbst, als Isobel plötzlich mit dem rechten Fuß heftig in Aarons Unterleib trat. Keuchend sank er vornüber und rang mit schmerzverzerrtem Gesicht nach Luft. Da griff Cathy ein. Sie konnte nicht zulassen, dass Isobel sich weiter in ihrer sinnlosen, selbstsüchtigen Wut erging. Es war wirklich keine Zeit mehr zu verlieren. »Isobel!«, rief sie laut, die von Isobel eingeforderte höfliche Anrede war ihr jetzt einerlei. »Ich wäre nicht gekommen, aber ich bin auf der Straße eben Mr Havisham begegnet. Er fährt mit der Kutsche nach Whitefell und wird bald da sein. Du musst schnell aufbrechen, damit du noch vor ihm ankommst. Du kannst es noch schaffen, wenn du dich jetzt sputest. Bedenke doch, sonst ist unser Geheimnis die längste Zeit ein Geheimnis gewesen! Bedenke, was dein Mann dazu sagen, was er tun wird!« Cathys Worte hatten eine erstaunliche Wirkung auf Isobel. Im Nu sprang sie, sichtlich erschrocken, aus dem Bett, warf die Tür zu und entzog die Szenerie damit den Blicken der Beobachterin. Dann riss sie die eben geschlossene Tür ungestüm wieder auf. Offenbar war ihr eingefallen, dass ihre Kleider in der Wohnstube verstreut herumlagen. Splitternackt rannte sie, blanke Panik auf ihrer sonst so selbstsicheren Miene, an Cathy vorbei und sammelte hektisch ihre Kleidungsstücke ein. Cathy spürte, wie ein starkes Gefühl der Befriedigung in ihr aufstieg. Es tat ihr seltsam wohl, die lodernde Angst in Isobels Blick zu sehen. Müßig verschränkte sie die Arme und beobachtete die sonst so stolze Herrin von Whitefell dabei, wie diese mit bebenden Händen versuchte, ihr Mieder zu schließen. Plötzlich wurde Cathy bewusst, dass Isobel Havisham, die Herrin von Whitefell, die Frau, die sie so lange gefürchtet, der sie sich vollkommen ausgeliefert gefühlt hatte, ja, die ihr so übermächtig erschienen war, in diesem Moment selbst vor Furcht wie erstarrt war, zu einem Häufchen Elend zusammensank. Zu nichts weiter als einem unreifen Kind, das, getrieben von verbotenen Gelüsten und dadurch schuldig geworden, sich nun vor dem drohenden Zorn des Vaters fürchtete. Es war Cathy, als fiele eine Last von ihr ab. Eine beklemmende und schwere Last, die ihr seit Jahren die Luft zum Atmen genommen hatte. Sicher, Isobel war trotz allem zu fürchten, aber letztlich war sie nichts weiter als ein unreifes und schlecht erzogenes Geschöpf, ein überaus gewöhnlicher – nun, vielleicht ungewöhnlich selbstsüchtiger – Mensch. Jedoch nicht mehr wert als jeder andere auch. Vor allem nicht wertvoller als sie, Cathy Stutter!

»Hilf mir wenigstens!«, schrie Isobel Cathy an. Ihre Stimme bebte vor Nervosität. Cathy tat ihr den Gefallen. Schließlich war es tatsächlich notwendig, dass Isobel die Farm so schnell wie möglich verließ. Auch Aaron trat nun, barfuß, aber wieder mit seiner Hose bekleidet, aus der Schlafkammer, streifte schnell eine Jacke und Holzpantinen über und eilte durch den Regen hinaus in den Stall, um den Schimmel für Isobel zu holen. Wenige Augenblicke später rannte die Herrin von Whitefell, nachdem ihr ihre ehemalige Zofe schnell und mit sicheren Händen in die Kleider geholfen hatte, hinaus auf den Hof und schwang sich hastig mit Aarons Unterstützung auf ihr Pferd. Das Tier zu gestrecktem Galopp antreibend, stürmte sie vom Hof der Pennywood Farm.

Aaron sah erleichtert dem Schimmel mit seiner Reiterin nach, bis der Regendunst sie seinem Blick entzog. Dann wandte er sich frierend um und ging eilig zurück zum Haus. Er zögerte jedoch, als er die Hand auf den Türgriff legte. Die Scham, die er wegen Isobel empfand, war übermächtig, selbst wenn sie beide wussten, dass er keine andere Wahl gehabt hatte. Cathy stand noch mitten im Raum, als er eintrat, und blickte ihm mit einem ruhigen, seltsam entschlossenen Gesichtsausdruck entgegen. Aaron lehnte sich mit dem Rücken an die Wand neben der Tür. Er wusste nicht, was er nun sagen, was er tun sollte. Es herrschte völliges Schweigen zwischen ihnen.

Wie unglaublich schön sie ist!, dachte er plötzlich. Gewiss, ihre Kleidung, mit Schlamm und Dreck besudelt, klebte ihr völlig durchnässt am Körper und ihr langes Haar troff vor Nässe – und doch: das alles spielte nicht die geringste Rolle. Machtvoll stieg das Verlangen in ihm auf. Er begehrte sie, wie er noch nie zuvor ein Weib begehrt hatte.

»Sie ist endlich fort?«, fragte Cathy in die Stille hinein.

Aaron nickte. »Ja, und ich hoffe bei Gott, sie bleibt fort für immer!« Ein Seufzen entrang sich ihm. Dann blickte er zu Boden. »Es tut mir sehr leid, dass du das mit ansehen musstest. Ich wollte das nicht.«

Da war sie plötzlich dicht bei ihm. »Es ist gut, Aaron. Es ist vorbei!«, sagte sie und als er den Mund öffnete, um noch einmal seine Abscheu zu beteuern, ängstlich besorgt darum, dass sie ihm auch wirklich glaubte, legte sie ihm die Finger auf die Lippen und flüsterte: »Ich weiß, Aaron. Ich weiß doch! Lass es gut sein!« Ihr Blick ruhte liebevoll auf ihm, stillte sanft seine Unruhe und linderte das starke Gefühl der Scham, das ihn quälte. Ja, es war vorbei und sie gehörten einander. Sie waren Mann und Frau.

Er legte seine Arme um sie und spürte, wie unterkühlt war. »Bist du während der ganzen Zeit im Regen herumgeirrt? Du solltest das ausziehen«, meinte er fürsorglich.

Sie lächelte: »Ja, das sollte ich wohl.«

Ihre Lippen berührten die seinen. Da schloss er die Augen, ergab sich ihrem sanften Kuss. Dann begann er langsam das Band ihrer Bluse zu lösen und streifte sie ihr zart von den Schultern. Achtlos fiel auch das wollene Unterhemd zu Boden. Bald darauf folgten ihrer beider restliche Kleider. Er keuchte auf, als er spürte, wie ihre samtene Haut, ihr schlanker Körper sich nun ohne Scheu an den seinen schmiegte. Die Empfindung war übermächtig, erweckte unbeschreibliche Leidenschaft in ihm. Verlangend erforschten seine Hände die Kurven ihrer Taille, ihrer Hüften, suchten schließlich ihren Weg über ihr Gesäß bis zu den Schenkeln und verweilten neugierig dort. Mehr und mehr erfasste ihn eine Erregung, die ihm nicht wie sonst die Sinne benebelte, sondern ganz im Gegenteil jede Regung, jedes kleine Detail ihres Körpers überdeutlich wahrnehmen ließ, während sein eigener Körper erschauerte. Es war wie ein Rausch. So hatte er noch nie empfunden. Er lechzte danach, dieses Gefühl mit ihr zu teilen, es vereinigt mit ihr bis zur Neige auszukosten. Wieder küsste er sie, hob sie schließlich hoch und trug sie hinüber zu der breiten Schlafbank, die sie für den Winter mit weichen Schaffellen ausgestattet hatte. Er bettete sie sanft darauf und legte sich dann zu ihr, wärmte sie mit seiner Nähe. Den Kopf auf eine Hand gestützt sah Aaron seine Frau an, ließ seinen Blick langsam über ihren Körper gleiten, der bis auf die verheißungsvolle rötliche Insel zwischen ihren alabasternen Schenkeln in einem fast überirdischen Weiß erstrahlte. Da, die sanften Hügel ihrer Brüste lockten ihn und er kam über sie und barg sein Gesicht zwischen ihnen, atmete tief den Duft ihrer Haut ein und wurde erneut von einer Welle dieser außerordentlichen Wachheit der Sinne übermannt. Neugierig erforschte sein Mund das zarte Tal zwischen ihren Brüsten, verweilte lange und genussvoll an deren rötlichen Spitzen und biss leicht hinein, als diese unter der Liebkosung seiner Lippen härter wurden. Da wölbte ihr Körper sich ihm in vollkommener Hingabe entgegen und er umfing ihn mit seinen Armen, zog ihn an sich, während ihrer beider Verlangen nach einander immer mächtiger wurde. Sie seufzte tief auf vor Begehren und er glitt hinunter zu ihrem lockenden weiblichen Schoß. Leicht ließ er seine Fingerspitzen über ihren Körper zu ihrer Scham wandern und dann sanft und unendlich vorsichtig in die von weichem Flaum umgebene Spalte gleiten. Die jähe, heftige Empfindung, die er damit auslöste, schien ihr fast die Sinne zu rauben. Sie schrie leise auf und ließ sich ganz in seinen Arm sinken, bot ihm erneut ihre Brüste zur Liebkosung dar. Ein Wunsch, dem er nur zu gerne Folge leistete. Ungestüme Wellen der Lust brandeten in ihr auf, während er langsam begann, mit sanftem Streicheln den kleinen, delikaten Hügel, der verborgen inmitten der weichen Blüte ihres Schoßes seiner Entdeckung geharrt hatte, zu umkreisen. Vertrauensvoll öffnete sie sich ihm. Feucht und verheißungsvoll glänzte der geheime Ort. Er konnte nicht widerstehen, tauchte sanft mit der Zunge hinein und umspielte zunächst langsam, dann lockender, hungriger die schwellende Wölbung dort. Ihre Lust wuchs mit der seinen, steigerte sich, bis fließende Süße sein Tun belohnte. Bald spürte er, wie ihr Körper in heftiger, zuckender Erregung erbebte. Dann öffnete sie sich weit, um ihn schließlich einzulassen. Eine staunende Dankbarkeit erfüllte ihn, ein ehrliches, warmes Gefühl der Verbundenheit, das er nie gekannt hatte. Er seufzte unwillkürlich und suchte ihren Blick, als er nun seine Männlichkeit vorsichtig in ihren Schoß senkte. Um keinen Preis wollte er ihr mit seinem Eindringen Schmerz bereiten. Doch was er sah, war nur das grenzenlose Vertrauen, das Glück, das sie empfand, als er tiefer in sie glitt. Dann stieß er jedoch an ihre jungfräuliche Pforte und verharrte einen Augenblick. Er scheute davor zurück, ihr wehzutun. Da spürte er, wie sie ihre Hände um seine Hüften legte und ihn entschlossen an sich zog. Er fühlte den kleinen Widerstand, fühlte, wie er unter ihrer Führung hindurchbrach, das erneute kurze Zucken ihres Leibes. Sie stöhnte auf. »Komm!«, hauchte sie und schloss die Augen, hieß ihn willkommen mit ihrem ganzen Wesen. Da packte ihn ein brennendes Verlangen, füllte ihn vollkommen aus, so wie seine Männlichkeit ihr Innerstes ausfüllte. Mit einem Stöhnen stieß er in sie, bäumte sich auf in seiner Lust, drang in sie, so tief er konnte. Ihre Körper vereinigten sich in wortloser Ekstase, bis er sich endlich in ihr verströmte, zu Asche verbrannt.

Kapitel 61

Wenigstens waren die unangenehmen Graupelschauer einem etwas wärmeren Regen gewichen, doch sie war inzwischen völlig durchnässt. Isobel trieb den Schimmel unbarmherzig an und nutzte die Peitsche, wenn das Tier auf dem schlammigen Untergrund rutschte. Ihre Kleidung war in einem katastrophalen Zustand. Hoffentlich würde es ihr gelingen, sich noch umzuziehen, bevor Havisham Whitefell erreichte. Dass er aber auch stets so unvermutet nach Hause kam! Hatte er nicht behauptet, ein paar Tage fortbleiben zu wollen? Diese fortwährende Unzuverlässigkeit war wirklich etwas, das sie in Rage brachte. Und sie konnte sich nicht einmal bei ihm darüber beschweren, war vielmehr dazu verdammt, freudige Überraschung über seine Heimkehr zu heucheln. Isobel lachte in bitterem Spott auf. Auf ihren Gatten hätte sie gut und gerne verzichten können. Sie war seiner, nach nicht einmal einem halben Jahr ihrer Ehe, schon mehr als überdrüssig. Und er ihrer wohl auch, das musste sie sich eingestehen. Aber während es Ehemännern offenbar erlaubt war, ihre sexuellen Bedürfnisse bei Kurtisanen oder in einschlägigen Häusern zu stillen[33], was die Ehefrauen schweigend hinzunehmen hatten, war es vollkommen undenkbar, dass eine Ehefrau dasselbe tat. Jemina hatte in ihren Briefen immer wieder und eindringlich darauf hingewiesen, äußerste Vorsicht walten zu lassen, wiewohl sie Isobel auch ermutigt hatte, trotz aller Widrigkeiten ihren amourösen Interessen nachzugehen. Schließlich habe sie sich das auch durch das Opfer der Eheschließung mit Havisham verdient.

Isobel nickte bekräftigend. So sah sie das allerdings auch. Sie ertrug dessen Nähe und uninspirierende Körperlichkeit nur deshalb, weil sie sich gleichzeitig bewusst war, dass Aaron Stutter sie für alles entschädigen würde. Plötzlich packte sie wieder die heftige Wut, die sie verspürt hatte, als Aaron sich in Cathys Anwesenheit geweigert hatte, den Akt zu Ende zu führen und ihr damit ihren Genuss verweigert hatte. Ein übler

33 Ein Vorgehen, das in einschlägigen (moralischen und medizinischen) Ratgebern der Zeit bis in die Mitte des 20. Jahrhunderts als »Ehehygiene« und für den Mann gesundheitlich notwendig verteidigt wurde. Auf der anderen Seite wurden Prostituierte als Abschaum angesehen und auf das Schärfste moralisch verurteilt. Eine Doppelmoral, sowohl hinsichtlich der Ehe als auch der gewerblichen Liebe, die später von den Frauenrechtlerinnen gerade auch in England zu Recht sehr angegriffen wurde.

Verdacht keimte in ihr auf. War es möglich, dass Cathy, diese Schlange, es tatsächlich wagte, sich nicht an die Abmachung zu halten? Trieb sie es womöglich doch mit ihm? Isobel biss sich unsicher auf die Unterlippe. Doch Aaron aufzugeben kam überhaupt nicht infrage, zumindest jetzt noch nicht. Vielleicht sollte sie den Druck auf Cathy noch ein wenig verstärken.

Da erreichte sie endlich die hinteren Weiden Whitefells und bog wenige Augenblicke später auf den Hof vor den Stallungen ein. Eine Kutsche mit einem Zweiergespann hatte dort gehalten und William, der Stallknecht, öffnete gerade die Tür des Gefährts für den heimkehrenden Hausherrn. Isobel wurde kreidebleich vor Schreck. Sie war zu spät gekommen!

»Isobel?«, Horace Havisham war allerdings mehr als erstaunt, ja konsterniert, seine Gattin abgehetzt und in dieser unaussprechlichen Aufmachung wie eine Verrückte auf den Hof Whitefells reiten zu sehen. Was, zur Hölle, machte sie draußen und das bei diesem Wetter? Auch William und der Kutscher rissen die Augen auf und starrten die Herrin Whitefells an, die mit ihrem geradezu peinlichen Auftritt auch ihren Ehemann vor den Bediensteten kompromittierte. Havishams Gesicht verzerrte sich zu einer wütenden Grimasse. Das hatte ihm gerade noch gefehlt! Seine ohnehin üble Laune verschlechterte sich in erschreckendem Maße.

»Isobel, ich möchte dich sprechen, sofort! Im Haus!«, kündigte er mit kalter Stimme an.

Die Herrin Whitefells wurde noch eine Nuance blasser, falls das überhaupt möglich war. Ungeduldig wartete Havisham, bis sie abgestiegen war, packte seine Gattin dann grob beim Arm und zerrte sie in Richtung des Herrenhauses.

»Lass mich, du tust mir weh!«, protestierte Isobel schrill, doch Havisham ließ sich dadurch nicht beirren. Er würde diesem widerspenstigen, ungezogenen Kind endlich zeigen müssen, wer der Herr im Hause war. Er betrat, Isobel rücksichtslos hinter sich her ziehend, die große Eingangshalle Whitefells. Da kam ihm Gruber, der sich dabei eilig den Rock zuknöpfte, aus dem Ostflügel entgegen.

»Sir, ich hatte Sie noch nicht zurückerwartet. Gerade habe ich von meinem Schreibtisch aus gesehen, dass Sie angekommen sind. Ich hoffe, die Rückreise aus Trowbridge war nicht allzu unangenehm.«

»Doch, leider! Das war sie allerdings!«, presste Havisham wütend zwischen zusammengebissenen Zähnen hervor. »Würden Sie mich bitte einen Augenblick entschuldigen.« Er wartete, bis Gruber sich etwas entfernt hatte und wandte sich dann Isobel zu, die er beim Anblick seines Verwalters vorsichtshalber losgelassen hatte. Dieser musste ja nicht unbedingt Zeuge von häuslicher Gewalt werden, auch wenn die Züchtigung einer ungehorsamen Ehefrau das gute und verbriefte Recht des Mannes war. »Und nun zu dir! Wo um alles in der Welt bist du gewesen? Und wie kannst du es wagen, mich in einem solchen Aufzug vor aller Augen lächerlich zu machen?«

Isobels Blick flackerte, dann aber setzte sie ein hochmütiges Lächeln auf, das er nur zu gut von ihr kannte. »Ich frage mich, wer sich hier lächerlich macht«, versetzte sie schnippisch, um ihn dann ihrerseits wutentbrannt anzukeifen: »Du machst dich viel mehr zum Narren, wenn du mich in dieser Weise vor den Bediensteten behandelst. Mein Vater hätte so etwas nie gewagt!«

»Das ist wahrscheinlich das Problem!«, gab Havisham gallig zurück. »Also? Du bist mir noch immer eine Antwort schuldig, meine Teuerste!«

»Ich war ausreiten, was sonst?«, meinte seine Frau und sah ihn provozierend an.

»Bei diesem Wetter?« Havisham lachte ungläubig auf.

»Es gab eine Regenpause und ich nahm an, dass es halten würde. Mir war sterbenslangweilig und so habe ich mich entschieden, einen Ausritt zu machen, wie du es mir ausdrücklich empfohlen hast.«

Das war allerdings richtig. Er konnte nichts dagegen einwenden, schließlich *hatte* er ihr körperliche Bewegung empfohlen. Dennoch glaubte er ihr keineswegs. Irgendetwas stimmte hier ganz und gar nicht, das sagte ihm sein Instinkt. »Du warst also ausreiten«, wiederholte er gedehnt, »und wie lange, wenn ich fragen darf?«

Isobels Lider zuckten erneut, doch sie gab ihm Antwort. Er war sich jetzt sicher, dass sie log. »Ich war gerade zufällig in der Nähe der Pennywood Farm, als es anfing zu regnen, und so beschloss ich, dort Unterschlupf zu suchen.«

»Tatsächlich?«, meinte er lauernd. »Es ist nur sehr seltsam, dass ich deine Vertraute auf der Straße nach Norden angetroffen habe, wo sie kopflos wie ein Huhn im Regen herumstolperte. Ich habe mich ohnehin darüber gewundert.« Doch Isobel blieb auch diesmal eine Antwort nicht schuldig. »Ja, das stimmt. Ich habe sie nicht angetroffen. Tatsächlich hatte sie wohl einen Streit mit ihrem Ehemann. Das soll ja vorkommen ...«, meinte sie zynisch. Es war klar, dass sie ihn damit ärgern wollte. »Nun, ich habe eine Weile gewartet, auch darauf, dass der Regen aufhörte, aber sie kam lange nicht zurück. Schließlich wollte ich ohnehin wieder aufbrechen, da kam sie angelaufen und berichtete mir, dass du auf dem Weg nach Whitefell seist. Ich habe, obwohl ich sehr überrascht war, natürlich keine Sekunde gezögert und bin so schnell ich konnte nach Hause geritten. Schließlich wollte ich dich, mein lieber Havisham, ja angemessen und freudig willkommen heißen, wie es sich für eine liebende Ehefrau, die ich fraglos bin, geziemt.« Sie verzog weinerlich das Gesicht. Havisham glaubte ihr kein Wort, aber was konnte er gegen diese Erklärung einwenden, es klang absolut plausibel. »Aber du schreist mich an und bist grob zu mir«, fuhr sie klagend fort. »Dabei wollte ich doch nichts, als dir zuvorzukommen, um dich begrüßen zu können.« Eine zierliche Träne rollte, ihn anklagend, über ihre Wange und sie rieb sich den Arm, an dem er sie ins Haus gezerrt hatte.

Der Hausherr und Gatte senkte schließlich den Blick und seufzte müde. Was konnte er tun? Er glaubte ihr nicht. Aber konnte er sie jetzt noch züchtigen, so wie er es eben in seinem ersten Zorn nur zu gerne getan hätte? Dennoch, es war an der Zeit sie nachhaltig in ihre Schranken zu weisen. Er hatte ihre Aufsässigkeit endgültig satt. Vielleicht sollte er Isobel im Schlafzimmer mit wesentlich geeigneteren Mitteln als bloßen Worten noch einmal unmissverständlich klarmachen, wer die Macht im Hause Havisham besaß. Diese Vorstellung brachte ihn tatsächlich in Wallung. Erstaunlich! Seine sehr kurze Leidenschaft für den jungen Körper seiner Frau war doch längst der üblichen Langeweile, die ihn in dieser Hinsicht schnell erfasste, gewichen. Er empfand zuweilen den starken Drang, im Liebesspiel grob zu werden, hatte diese Neigung aber bisher selbstverständlich sorgsam vor Isobel verborgen. Das gehörte gewiss nicht in ein eheliches Schlafzimmer, allenfalls in die Hinterzimmer von Bordellen, die er deshalb auf seinen Geschäftsreisen auch regelmäßig aufsuchte. Doch dann wischte er den verlockenden Gedanken schnell wieder beiseite. Das war einfach keine Option. So etwas tat ein Gentleman nicht mit seiner Ehefrau.

Allerdings, es war sehr angeraten, sie nicht mehr so oft allein zu lassen. Sonst würde sie ihm noch mehr Widerstand entgegenbringen. Dem galt es, schnell einen Riegel vorzuschieben. Sie würde ihn ab jetzt begleiten, wohin er auch ging, beschloss er. Zumindest so lange, bis sie hoffentlich endlich schwanger würde und dann gewiss keine Zeit mehr für Eskapaden welcher Art auch immer fand. Die dringend notwendige Reise nach London würde sie also schon morgen mit ihm antreten. Eigentlich hatte er Isobel nachkommen lassen wollen, sobald er ein geeignetes Haus in der Stadt gefunden hatte, da er einen längeren Aufenthalt plante, mindestens bis zur Nominierung der Wahlkandidaten im Frühjahr. Doch angesichts ihrer Widerspenstigkeit war er gezwungen zu handeln. Zumal er ihre Verwandtschaft mit dem Earl of Branford und den noch vorhandenen Liebreiz ihrer Jugend bei seinen potenziellen Parteifreunden zu nutzen gedachte.

»Nun gut, Isobel. Ich denke, es ist das Beste, du gehst nach oben und ziehst dich um«, meinte er deshalb mit wesentlich ruhigerer Stimme. »Wir sehen uns zum Dinner, ich habe dir dann noch einige wichtige Neuigkeiten mitzuteilen.«

Isobels erstaunten Blick bewusst ignorierend, wartete er ab, bis sie gegangen war. Dann machte er sich eiligen Schritts auf den Weg zu Grubers Arbeitszimmer. Sollte sie auf seinen Worten ruhig eine Weile herumkauen! Dass er sie in seine Pläne einweihte, hatte sie nun wirklich nicht verdient. Sie würde es früh genug erfahren. Er entdeckte den Verwalter auf halbem Weg in den Ostflügel. »Ah, Mr Gruber, auf ein Wort«, rief er. Gruber drehte sich sofort um und wartete, bis Havisham herangekommen war.

»Sir?«

»Mr Gruber, angesichts der jüngsten Umstände, die sich während meines Aufenthaltes in Trowbridge ergeben haben, bin ich geneigt, für eine gewisse Zeit nach London zu übersiedeln. Deshalb sollten wir das Notwendige für die Zeit meiner Abwesenheit noch heute Abend klären. Die Zeit drängt leider«, teilte ihm Havisham in sachlichem Tonfall mit. Gut, dass er Gruber so schnell eingestellt hatte. So stand einem Umzug nach London, zumindest was seine Verpflichtungen als Gutsherr betraf, nichts im Wege.

»Selbstverständlich Sir«, sagte dieser höflich. Mit keiner Regung seiner Miene verriet er, dass er, obwohl er sich entfernt hatte, doch noch unfreiwilliger Zeuge der Auseinandersetzung der Herrschaften geworden war. Mr Havisham war wirklich zu bedauern. Die junge Herrin war in der Tat ein launisches und unbotmäßiges Geschöpf, das eine Plage für jeden Ehemann darstellte. Gruber war sich außerdem inzwischen sicher, dass sie ihrem Mann Hörner aufsetzte – und zwar mit Aaron Stutter.

Kapitel 62

Aaron erwachte spät am Morgen und stellte im nächsten Atemzug fest, dass Cathy nicht bei ihm lag. Wo war sie hingegangen? Ihre Abwesenheit schmerzte ihn wie der Verlust eines Körperteils. Sie waren sich in der letzten Nacht so unendlich nah gewesen. Sie hatten sich wieder und wieder geliebt, waren völlig eins miteinander geworden. Er konnte es sich einfach nicht mehr vorstellen, auch nur einen einzigen Augenblick ohne sie zu sein. Schnell schlug er die Decke zur Seite, die noch zart nach ihr duftete, und sprang auf. Sie hatte ihn offenbar schlafen lassen und war aufgestanden, um das Vieh zu versorgen. Hastig schlüpfte er in seine Kleidung, warf sich die Filzjacke über und lief hinüber zum Stall, wo ihm das Muhen und Blöken der Tiere verriet, dass er mit seiner Vermutung recht hatte.

Die meiste Arbeit war schon getan, wie er mit schnellem Blick bemerkte. Cathy stand, die Heugabel in den Händen, drüben bei den Schafen und gab ihnen Heu in die Raufe. Sie trug Holzpantinen und hatte den langen Rock an den Seiten hochgeschlagen und in den Bund gesteckt, damit er nicht vom Dung beschmutzt wurde.

»Guten Morgen, Aaron!«, begrüßte sie ihn fröhlich. Ein weiches Lächeln umspielte ihre Lippen und ihre Augen strahlten. In seidigen Wellen floss ihr Haar weit über ihre Schultern. Ein paar Strohhalme lugten frech daraus hervor. Aaron blieb stehen und gönnte sich den Anblick seiner Frau, berauscht von ihrer verlockenden Schönheit. Offenbar bemerkte sie seine atemlose Verzückung, denn ihr Lächeln vertiefte sich und sie errötete ein wenig. Dann wandte sie den Blick ab. »Ich dachte, ich lasse dich noch schlafen«, meinte sie, um dann neckisch hinzuzufügen: »Zumal du heute Nacht ja nicht viel Schlaf gefunden hast.«

»Du doch genauso wenig!«, gab Aaron lachend zurück. Mit wenigen Schritten war er bei ihr, packte sie und küsste sie stürmisch. Er spürte, wie das unbändige Verlangen nach ihr schon wieder mit Macht über ihn kam. Wie sehr er sie liebte! Dass ein einzelnes, armes Herz so ein Übermaß an Gefühl fassen konnte, ging einfach über seinen Verstand. Nein, *sie* ging über seinen Verstand! Hatte er dieses Glück überhaupt verdient? »Cathy, ich liebe dich so sehr«, seufzte er hilflos, überwältigt von der Stärke seiner Empfindungen. Er war sich nicht sicher, ob er in Jubel ausbrechen oder vor Glück weinen wollte. Seine Seele schwamm in einem endlosen, leuchtenden Meer der Glückseligkeit. Er spürte ihre Hand, die sanft seine Wange streichelte. Da küsste er sie wieder und zog sie hinüber zum Heu, das einladend ihrer harrte. Wer sollte sie hindern? Sie gehörten einander. Sie konnten tun, was ihnen beliebte und wann es ihnen beliebte. Hastig streifte er ihre Kleider ab und danach die seinen, wollte nichts, als ihre warme Haut wieder nah an seiner eigenen spüren. Seine Hände glitten durch ihr herrliches Haar und er sank, sie in den Armen haltend, ins Heu. Er spürte, wie auch ihre Erregung schnell wuchs, lauschte beglückt ihrem seufzenden Verlangen, als seine Männlichkeit rasch emporstrebte. Sie lag auf ihm, deckte ihn zu mit der warmen Weichheit ihres schlanken Körpers, küsste und liebkoste ihn und richtete sich dann über ihm auf. Er nahm ihr Bild in sich auf wie eine himmlische Erscheinung, staunend, ergriffen. Allein der Anblick ihres Körpers raubte ihm erneut den Verstand, doch als er spürte, wie sie ihn jetzt in sich aufnahm, vibrierten seine Sinne förmlich. Er begann zu keuchen und sein Herz pochte wild, als sie langsam begann ihre Hüften kreisen zu lassen, ein entrücktes Lächeln auf den Lippen. Von ihrer früheren Scheu war nichts mehr zu spüren, die hatte sie im Laufe der vergangenen Nacht in seinen Armen vergessen. Cathy genoss ihr Beisammensein in vollen Zügen, hingegeben an den Moment. Wie in einem rasenden, wilden Tanz strebte sie dem Gipfel der Lust entgegen. Er ergriff ihre Hände und hielt sie fest, als sie ihren Höhepunkt erreichte, lauschte fasziniert dem Schrei ihrer Ekstase und stimmte für den herrlichen Augenblick der vollkommenen Verschmelzung ihrer Körper mit ein – dann sank sie schwer atmend auf ihm zusammen. Sie erschauerte leicht in der Kälte des winterlichen Morgens, die sie erst jetzt wieder spürten. Da umfing er sie liebevoll, bettete sie neben sich ins Heu und wärmte sie. »Danke!«, sagte er und küsste sie sanft. Erstaunt sah sie ihn an. »Für deine Liebe, für deine Schönheit, einfach dafür, dass es dich gibt«, antwortete er auf ihre unausgesprochene Frage und fügte dann in plötzlicher Entschlossenheit an: »Ich werde heute zum Hof deines Vaters hinüberfahren und diese leidige Angelegenheit endlich aus der Welt schaffen. Nichts soll uns mehr trennen, nie mehr, hörst du?« Er sah, dass die alte Furcht wieder in ihr aufstieg, aber sie nickte tapfer. »Ich hoffe, es gelingt dir. Weißt du, mein Vater ist nicht böse«, fügte sie beflissen an, in dem seltsamen Bestreben, die Hartherzigkeit dieses Mannes auch noch zu bemänteln. Er hatte wirklich kein Verständnis dafür. Wieso nahm sie Wycliff Thomson, der sie misshandelt und dann bedenkenlos verstoßen hatte, immer noch in Schutz? Aber er hütete sich, sie deshalb zurechtzuweisen. Er ahnte, dass diese tiefe Wunde in ihrer Seele längst nicht verheilt war, dass sie sich danach verzehrte, auch wieder als Tochter geliebt zu werden. Sanft streichelte er ihre Wange. »Hab' keine Angst, Cathy!«, sagte er. »Vertrau mir, es wird alles gut werden.«

Ruby staunte nicht schlecht, als sie zur Mittagszeit die Tür der Thomson'schen Kate öffnete und Aaron Stutter, Cathys Ehemann, vor ihr stand.

»Ist Wycliff hier?«, fragte der junge Mann, nachdem er sie mit einem knappen Nicken begrüßt hatte. »Ich muss ihn dringend sprechen.«

Ruby sah ihn neugierig an. »Ist etwas mit Cathy?« Stutter schüttelte den Kopf. Hübsch war er ja schon, Cathys Ehemann, dachte Ruby ein wenig kess.

»Nein! Das heißt, ja! Es ist … nun, ich sollte wirklich mit ihm sprechen.«

Ruby wies mit der Hand in den hinteren Bereich des Anwesens. »Er ist drüben in der Gerätescheune. Das Dach ist undicht geworden und er bessert es gerade aus.«

»Danke!«, meinte der junge Mann und machte sich mit einem angespannten Ausdruck auf dem Gesicht auf den Weg hinüber zur Scheune. Ruby schüttelte beunruhigt ihren runden Kopf. Hoffentlich würden die beiden Männer nicht wieder in Streit geraten. Wycliff konnte wirklich sehr stur sein.

Aaron hörte schon von ferne die Arbeitsgeräusche aus dem windschiefen Gebäude. Das Bedienstetenanwesen der Thomsons war der Pennywood Farm unterlegen, aber dennoch ein gutes Zuhause, mehr als das, was viele andere Familien ihr Eigen nennen konnten. Es war kein Wunder, dass Cathy so sehr Isobels Rache an ihrer Familie fürchtete. Immerhin bildete dieses kleine Anwesen die gesamte Lebensgrundlage der Thomsons. Als er das halb offenstehende Tor erreichte, hielt er kurz inne, sammelte sich und trat dann entschlossen ein. Erstaunt blickte Thomson auf, doch sein Blick verfinsterte sich sofort, als er sah, wer ihn da besuchte. »Was willst du hier, Stutter?«, knurrte er.

Aaron ließ sich durch den frostigen Empfang nicht aus der Ruhe bringen. Er war fest entschlossen, sein Ziel zu erreichen. Absichtlich wählte er einen bedächtigen Ton. »Guten Tag, Wycliff! Ich bin hergekommen, weil ich dringend mit dir sprechen muss. Es gibt etwas, das du wissen solltest.«

Thomson fuhr ihn unwirsch an: »Ich kann mir nicht denken, was. Sollte dich Cathy hergeschickt haben, kannst du ihr ausrichten …«

Aaron fiel dem Mann ins Wort, bevor er sich wieder in Schmähungen seiner Tochter ergehen konnte. Gut, dass Cathy nicht mit ihm gekommen war. Der Hass, den Wycliff Thomson gegenüber seiner Tochter empfand, hätte ihr mit Sicherheit einmal mehr das Herz gebrochen. »Cathy hat mich nicht hergeschickt. Ich komme aus eigenem Entschluss zu dir.«

Wycliff Thomson lachte spöttisch. »Und das soll ich nun glauben?«

»Glaube es oder nicht«, antwortete Aaron gleichmütig. »Allerdings solltest du wissen, dass Cathy sich sehr um euch und vor allem um Billie sorgt.«

Diese Worte schienen den tief sitzenden, sorgsam gepflegten Hass Thomsons erneut anzufachen. »Das hat sie ja bewiesen, wie sehr sie sich sorgt. Deshalb ist ihr Bruder nun ein hilfloser Krüppel. Ich spucke auf sie und auf ihre Sorge um uns!«, zischte er und spuckte Aaron tatsächlich vor die Füße.

Das war zu viel! Aaron spürte, wie auch in ihm jäher Zorn emporschoss. Er ertrug es einfach nicht, dass dieser Mann Cathy mit einer solchen Verachtung bedachte – und das nach all dem, was er ihr angetan hatte. »Schweig!«, schrie er ihn an. »Es reicht jetzt, Thomson! Du hast es ihr tausendfach vergolten. Du quälst sie mit einer Schuld, die keine ist! Ich habe gesehen, was du ihr angetan, wie sehr du sie misshandelt hast.« Wütend ballte er die Fäuste, seine Stimme überschlug sich fast. »Schande über dich! Ein Vater willst du sein? Ein Mörder bist du! Du vernichtest sie, wenn du so weitermachst, und deinen Jungen gleich dazu!«

Thomson wurde kreidebleich. Namenlose Wut verzerrte seine hageren Gesichtzüge zu einer Fratze. Dann stürmte er auf Aaron zu. Doch Aaron, jünger und wendiger als Thomson, wehrte den Angriff ab, packte den Tobenden bei den

Schultern und schmetterte ihn gegen die Wand der Scheune. Thomson wehrte sich heftig, doch er kam gegen Aaron einfach nicht an. Er trat, spuckte und schrie in seinem Zorn, aber Aaron presste ihn mit eisernen Händen gegen die Wand und hielt ihn so lange fest, bis die Raserei des Mannes schließlich verebbte. Ein Augenblick der Stille trat ein. Und plötzlich füllten sich die dunklen Augen Thomsons mit Tränen und er sank kraftlos zu Boden, weinend und schluchzend.

»Du hast recht, Stutter. Ich bin ein furchtbarer Vater und ein furchtbarer Ehemann dazu. Ich habe meine geliebte Jane getötet. Ich habe sie getötet, indem ich sie liebte.« Heiße Tränen rannen ihm über das Gesicht, als er fortfuhr: »Schon Marys Geburt hat sie kaum überlebt und die Hebamme hatte uns gewarnt, aber ich konnte nicht von ihr lassen. Ich liebte sie so und war doch nichts als selbstsüchtig. Und dann starb sie bei Billies Geburt. Zwei Tage lang hat sie geschrien ... so geschrien ... und dann war sie tot.« Das Entsetzen der Erinnerung schüttelte ihn. Stumm stand Aaron dabei und lauschte Thomsons Beichte. Der zog geräuschvoll die Nase hoch und sah sein Gegenüber in hilfloser Verzweiflung an. Die Qual, die sich auf seinem Gesicht abzeichnete, war übermächtig.

Und Aaron verstand ihn. Eine jähe Angst erfasste ihn bei der Vorstellung, dass auch Cathy bei der Geburt ihrer Kinder – Kindern, die seinen Lenden entspringen würden – sterben könnte. Der Gedanke war unerträglich.

Da fuhr Thomson fort: »Was mir von ihr blieb, war der Junge. Er hat ihre Augen und ihr Haar, Stutter, verstehst du? Wenn ich ihn sehe, dann sehe ich sie, dann ist sie mir noch nahe.« Thomson schluckte schwer und kämpfte erneut mit den Tränen. »Nach ihrem Tod wusste ich nicht, was ich tun sollte. Ich war wie von Sinnen. Da war das Neugeborene, das ich nicht zu versorgen wusste, und dann die Sorge für das tägliche Brot. Wir hatten ohnehin nicht viel. Ich musste noch zusätzlich Arbeit suchen auf einem größeren Hof in der Nähe und da musste eben Cathy die Arbeit der Hausfrau und die Sorge für ihre Geschwister übernehmen.«

Aaron ging in die Hocke, damit er dem weinenden Mann in die Augen sehen konnte. »Aber Cathy war doch selbst noch ein Kind, Wycliff. Sie war erst acht Jahre alt. Ist es dir nie in den Sinn gekommen, dass du ihr zu viel aufgebürdet hast?«

Thomson sah ihn groß an. Ein Hauch von Verstehen schien sich still in ihm auszubreiten, ein Erkennen. »Aber sie hat es doch getan. Sie hat sich nie beklagt«, sagte er zögernd.

»Nein, das hat sie nicht. Sie hat sich nicht beklagt. Sie hat alles getan, was nötig war, was du von ihr erwartet hast, hat geschuftet von morgens bis abends und Billie die Mutter ersetzt, so gut sie es eben vermochte. Mehr als das! Doch sie war eben auch nur ein kleines Mädchen, das es nach ein wenig Freude in seinem Leben verlangte, so wie es jeden von uns danach verlangt. Deshalb ist sie an jenem Tag nach Whitefell gelaufen, nur um einen kurzen, heimlichen Blick auf Isobel de Burgh in deren Märchenreich zu werfen. Das war ihre ganze Schuld, Wycliff. Sie wollte sofort wieder umkehren und dann hat Isobel sie gesehen.«

»Aber sie hätte umkehren müssen!«, insistierte Thomson, doch seine Stimme zitterte merklich von der Unsicherheit, die ihn ergriffen hatte. Konnte es denn sein, dass er seiner Tochter all die Jahre Unrecht zugefügt hatte?

»Sie konnte nicht, Wycliff, das kannst du mir glauben! Sie hatte doch keine Chance gegen den Willen einer Isobel de Burgh. Isobel hat sie zu ihrem Spielzeug gemacht und Cathy konnte sich nicht dagegen wehren. Sie konnte sich nicht wehren, weil sie euch schützen wollte.« Aaron legte Thomson die Hand auf die Schulter und sah ihm fest in die Augen. Eindringlich sagte er: »Verstehst du es jetzt, Wycliff? Sie hatte einfach keine Wahl. Wenn sie Isobel widerstanden hätte, hätte diese euch fortjagen lassen. Ich kenne Isobel de Burgh, ich kenne sie nur zu gut, glaub' mir! Sie ist eine rachsüchtige Teufelin. Das wirst du gleich selbst merken, wenn ich dir alles erklärt habe.«

Thomson öffnete den Mund in schierem Erstaunen. Er war nun offenbar endlich bereit, Aarons Worten Glauben zu schenken. Und Aaron begann und berichtete Wycliff dort im Schuppen, was sich zugetragen hatte. Er sprach von Cathys harten Jahren in Whitefell, von den Launen Isobels, die sie klaglos ertragen hatte, damit ihre Familie in Frieden leben konnte, von ihrer Hoffnung endlich freizukommen, die jäh zunichtegemacht wurde von Isobels eigensüchtigen Plänen. Und er berichtete auch von seiner unwürdigen Verbindung zu der jetzigen Mrs Havisham, die gierig ihre Hände nach ihm ausgestreckt hatte und dabei nicht einmal davor zurückgeschreckt war, Cathy in ihrer Wut fast totzuschlagen.

Es war ein langer Bericht und Wycliff schüttelte ein ums andere Mal ungläubig den Kopf, aber er hörte Aaron willig zu, ohne ihn zu unterbrechen. Da wusste Aaron, dass sie gemeinsam einen Weg finden würden, Isobels hartes Joch abzuwerfen. Dass tatsächlich alles gut werden konnte.

Endlich meinte Wycliff nachdenklich: »Ich war auch erstaunt, dass die Herrin sich plötzlich unserem Billie zuwandte und ihn fast täglich zu sich kommen ließ. Sie hat ihn mit unsinnigen Laufarbeiten beschäftigt, ihm zwei Mal sogar einen Schilling zugesteckt, aber dann hat sie ebenso plötzlich das Interesse an ihm verloren. Das hat dem Jungen fast das Herz gebrochen. Er betet die Herrin an, spricht von morgens bis abends von ihr. Ich kann es schon nicht mehr hören. Aber ich war auch froh, dass er zumindest für einige Zeit eine Aufgabe hatte. Mit dem nutzlosen Arm kann er mir nicht viel helfen. Je älter er wird, desto schlechter kommt er damit zurecht. Ich weiß nicht, was aus ihm werden soll.« Er seufzte schwer.

»Wir sollten herausfinden, was Mrs Havisham ihm noch zugesteckt hat. Denn solange er es behält, ist er, seid ihr alle in Gefahr!«, sagte Aaron eindringlich. Er hatte Wycliff von Cathys

Verdacht berichtet, auch davon, dass Isobel ihr gedroht hatte, Billie deportieren zu lassen. Wycliff war der Schreck gehörig in die Glieder gefahren, als er das hörte. Nun schien auch er zu begreifen, dass die junge Herrin Whitefells ausgesprochen rücksichtslos ihre Ziele verfolgte. »Wycliff«, sagte Aaron nun drängend und stand auf. »Mir wird Billie nicht verraten, was Mrs Havisham ihm gegeben hat, aber dir wird er es sagen, wenn du es von ihm forderst. Du bist sein Vater!«

Auch Thomson erhob sich. »Ja, du hast recht, Aaron. Ich werde mit ihm sprechen. Es ist das Wenigste, was ich tun kann, um das Unrecht wieder gutzumachen, das ich in meiner Verblendung angerichtet habe. Ich hoffe nur, dass Cathy mir jemals verzeihen kann, obwohl ich es nicht verdiene. Was habe ich nur getan?«

Aaron nahm seinen Schwiegervater für einen Augenblick fest in den Arm. »Das wird sie, denke ich. Cathy liebt euch noch immer, euch alle.« Wieder traten dem Mann Tränen in die Augen, aber er wischte sie mit einer rüden Handbewegung aus seinem Gesicht. Jetzt war nicht die Zeit für Tränen, sondern dafür, dass er handelte.

»Ich darf es nicht verraten, ich habe es Mrs Havisham versprochen!«, heulte Billie auf. Wycliff hatte wieder und wieder mit Güte und guten Worten versucht, seinem Sohn das Geheimnis zu entlocken, aber Billie weigerte sich standhaft, es preiszugeben. Um nichts in der Welt wollte er sagen, was seine geliebte, schöne Herrin ihm anvertraut hatte. Das wäre einem Verrat gleichgekommen und sie hatte ihm doch genau erklärt, wie überaus wichtig es war, dass er das Schmuckstück für sie aufbewahrte. Er sei ihr kleiner Ritter, hatte sie ihm gesagt, und dass böse Menschen ihr diese wertvolle Brosche rauben wollten. Eine Brosche, die sie von Mr Havisham bekommen habe, als Pfand seiner Liebe. Und dass dieser sicher sehr, sehr böse würde, wenn das Schmuckstück abhanden käme, und sie nicht mehr liebhaben würde. Es sei eine solche Not, sie wisse einfach nicht, wie sie es anstellen solle, die Brosche vor den bösen Dieben zu schützen. Er sei der Einzige, dem sie vertraue. Tapfer und flink, wie er sei, das habe er ihr ja bewiesen. Doch nun verlangte sein Vater von ihm, dass er seine Ehre dahingab. Undenkbar! Aaron Stutter, Cathys Mann, war auch dabei und versperrte vorsorglich den Ausgang aus der Kate und damit den einzigen Fluchtweg, als habe er seine Gedanken erraten. Sonst wäre er schon längst davongelaufen, so schnell ihn seine Beine trugen. Aber er kam einfach nicht hinaus.

Wycliff versuchte es erneut: »Billie«, sagte er eindringlich, »es ist überaus wichtig, dass du es uns erzählst. Cathy sagt, dass dir sonst ein schlimmes Schicksal droht. Ich will nicht, dass dir etwas zustößt. Es war falsch von der Herrin, so etwas von dir zu verlangen.«

Ah, Cathy steckte also dahinter. Dann war ihm ja alles klar! Die war doch nur neidisch, weil er jetzt der Vertraute der Herrin von Whitefell war. Eigensinnig presste Billie die Lippen zusammen und schüttelte langsam den Kopf. Er würde es nicht sagen. Nie und nimmer!

Da wurde es Wycliff Thomson zu bunt. Grob packte er seinen Jungen bei den Schultern und schüttelte ihn heftig. Aaron streckte erschreckt die Hände aus. Er wollte nicht, dass Billie deshalb verprügelt wurde. Doch er konnte nicht verhindern, dass Wycliff ausholte und seinem Sohn eine kräftige Maulschelle versetzte. »Es reicht, Billie!«, herrschte Wycliff den Jungen an. »Du bist zu jung, um das zu verstehen. Du musst mir jetzt sagen, was die Herrin dir gegeben hat und dann werden wir es ihr zurückgeben.«

Dicke Tränen strömten Billie aus den Augen. Sein Vater hatte ihn noch nie geschlagen. Voller Entsetzen starrte er ihn an und sah den bitteren Ernst in der Miene seines Vaters, des

Mannes, der ihn doch immer geliebt und beschützt hatte. Da senkte der Junge ergeben den Blick, wandte sich um und kroch wortlos unter seine Bettstatt, die an der hinteren Wand des Wohnraumes stand. Kurz darauf ertönte von dort ein leises Scharren und Schieben. Offenbar hatte er dort ein Versteck angelegt. Schließlich kam er mit einem kleinen, mit einem edlen Spitzentaschentuch umwickelten Päckchen in der Faust wieder unter dem Bett hervorgekrochen und legte dieses zögernd in die ausgestreckte Hand seines Vaters. Aaron trat hinzu. Die beiden Männer wechselten einen angespannten Blick. Was würde sich in dem Bündel finden?

»Oh, mein Gott!«, japste Wycliff, aschfahl im Gesicht, als sie die filigran gearbeitete Silberbrosche erblickten. Eine große, reinweiße Perle prangte in ihrer Mitte. Dieses Schmuckstück hatte ohne Zweifel einen beträchtlichen Wert. Wenn Billie deshalb des Diebstahls bezichtigt werden würde, war es nur zu wahrscheinlich, dass er nicht nur auf einem Deportationsschiff, was ohnehin einem Todesurteil gleichkam, sondern gleich am Galgen landete. Die englische Rechtsprechung nahm auf Jugend keine Rücksicht. Ein unterdrückter Fluch entwich Wycliffs bebenden Lippen und er setzte sich erschüttert an den groben Holztisch. »Du hattest recht, Aaron! Dies Weib ist eine wahre Teufelin. Wie kann sie den Jungen so benutzen? Was haben wir ihr getan?«

»Nichts!«, antwortete Aaron bitter. »Genauso wenig, wie Cathy jemals etwas getan hat. Isobel Havisham benutzt Menschen, wie es ihr beliebt, und sie tut, was ihr gefällt. Zumindest glaubt sie, das tun zu dürfen. Deshalb muss dieses verfluchte Ding schnellstens zurückgegeben werden. Vielleicht merkt sie dann endlich, dass auch ihre Macht begrenzt ist.«

»Aber wenn wir es zurückgeben, wird es Fragen geben. Sie wird Billie trotz allem beschuldigen, die Brosche gestohlen zu haben. Und sei es deshalb, um ihren Anteil dabei zu verbergen«, wandte Wycliff zutiefst besorgt ein.

»Das ist allerdings wahr!« Aaron biss sich nachdenklich auf die Unterlippe. Doch dann hatte er die rettende Idee: »Sie ist gestern und vorgestern bei uns gewesen. Ich nehme an, dass selbst ihr Gatte und auch jeder auf Whitefell das weiß. Sie musste es ja nicht verbergen. Ich werde einfach behaupten, ich hätte die Brosche heute bei der Farm gefunden. Was kann sie dagegen einwenden? Dann müsste sie ja zugeben, dass sie das Schmuckstück Billie ausgehändigt hat. Das wird sie keinesfalls tun. Und weder Billie noch eure Familie werden damit in Verbindung gebracht.« Aarons Züge wurden plötzlich hart. »Und sie wird wissen, dass ihre Pläne und Intrigen zunichtegemacht sind. Oh, ich freue mich schon auf ihr Gesicht, wenn sie das erkennen muss!«

Aaron ließ den Arbeitswagen, mit dem er und Wycliff zurückgefahren waren, auf dem Hof der Pennywood Farm halten. Sein Schwiegervater hatte nicht viel gesprochen auf der Fahrt, offenbar zu aufgewühlt und beschämt, um die neu gewonnene Vertrautheit fortzusetzen und dennoch fest entschlossen, bei seiner Tochter Abbitte zu leisten für das, was er ihr angetan hatte. Vielleicht hatte Cathy doch nicht so unrecht gehabt, überlegte Aaron. Wycliff Thomson war tatsächlich kein schlechter Mensch, nur verbittert und blind für die Nöte seiner Kinder, zumindest die seiner ältesten Tochter. Und er hatte Cathy – das hatte Wycliff auf der langen Fahrt mehr zu sich selbst als zu seinem Schwiegersohn gesagt – die ganzen Jahre zum Sündenbock für seine eigene Schuld gemacht. Vielleicht deshalb, weil er selbst sonst die Kraft zum Weiterleben endgültig verloren hätte. Ruhig wandte Aaron seinem Schwiegervater den Blick zu, der nun doch zaudernd und unsicher auf dem Kutschbock neben ihm saß.

Da öffnete sich die Tür des Wohnhauses und Cathy trat zögernd heraus. Angespannt sah sie ihnen entgegen. Aaron überlegte kurz, ob er zu ihr gehen sollte, entschied sich dann aber dagegen. Dieser Moment gehörte Wycliff Thomson und seiner ältesten Tochter. Wycliff atmete noch einmal tief durch und kletterte schließlich schwerfällig vom Kutschbock des Pritschenwagens. Dann drehte er sich langsam zu seiner Tochter um.

Stille trat ein, keiner von beiden sagte etwas. Was hätten Worte auch vermocht, angesichts der Jahre des Schmerzes, die zwischen ihnen lagen? Und plötzlich breitete Wycliff einfach seine Arme aus. Cathy schluchzte laut auf – es klang fast wie ein Schrei –, rannte auf ihn zu und warf sich weinend an seine Brust. Und Wycliff hielt sie fest, ebenfalls tränenüberströmt, so wie ein Vater seine Tochter festhalten und behüten sollte.

Aaron sah ihnen schweigend zu. Er war nichts als ein stummer Beobachter, ein außerhalb stehender Zeuge dieser späten Versöhnung. Er spürte, Vater und Tochter würden nun Zeit für einander brauchen.

Doch er hatte ohnehin Dringendes zu tun. Mit einem Schnalzen der Zunge ließ er den Braunen den Wagen wenden und machte sich auf nach Whitefell, um Isobels grausame Falle endlich unschädlich zu machen. Die Brosche hatte er noch in Wycliffs Kate an sich genommen. Das Schmuckstück musste so schnell wie möglich zurückgegeben werden, das war den beiden Männern nur zu bewusst gewesen. Leider hatte er nicht verhindern können, dass Billie davongelaufen war. Dieser hatte sich aus Rubys Armen herausgewunden und war wutentbrannt davongestürmt. Aaron war klar, dass der Junge nicht verstand, welche Gefahr ihm in Wirklichkeit von Isobel drohte. Für ihn war die Herausgabe dessen, was ihm seine geliebte Herrin anvertraut hatte, ein schrecklicher Vertrauensbruch, zu dem ihn die beiden Männer und letztlich auch Cathy gezwungen hatten. Es würde sicher noch einiges an Überredungskunst und Wohlwollen brauchen, um das Kind eines Besseren zu belehren. Doch jetzt war keine Zeit mehr zu verlieren. Wer konnte wissen, was Isobel als Nächstes aushecken würde? Er ruckte kurz an den Zügeln und der Braune fiel in schärferen Trab. Bis in einer halben Wache müsste er Whitefell erreicht haben.

»Mrs Reed, ist Mrs Branagh zu sprechen?«

»Oh, Aaron! Das ist aber eine nette Überraschung, dass du uns besuchst. Wie geht es euch draußen auf der Pennywood Farm?« Die Köchin, sichtlich erfreut über das unverhoffte Eintreten des ehemaligen Stallmeisters, dem sie immer – trotz ihrer sonstigen Bärbeißigkeit – recht zugetan gewesen war, wischte sich die Hände an der Schürze ab. Sie war gerade dabei, in einem großen flachen Holztrog Schweinefleisch zu pökeln. Eine Arbeit, die größte Sorgfalt erforderte und die sie deshalb immer selbst ausführte. Den Mägden traute sie das nicht zu. Bei schlampiger Arbeit konnte das wertvolle Fleisch verderben und madig werden, außerdem wurde ihr herzhaftes Pökelfleisch allseits gerühmt, worauf sie sich nicht wenig einbildete. Mr de Burgh war jedenfalls ganz versessen darauf gewesen.

Aaron lächelte sie freundlich an. Auch er mochte die ältere Frau.

»Mrs Branagh hat gerade eine sehr wichtige Besprechung mit Mr Gruber. Die Herrschaften sind heute Morgen – ausgesprochen überraschend, muss ich sagen – nach London abgereist.« Mrs Reed schürzte ungehalten die Lippen bei diesen Worten. »Mrs Branagh sagt, dass der Herr sich dort niederlassen möchte, zumindest für die nächsten Monate. Sie hat auch etwas davon erzählt, dass er einen wichtigen Posten dort anstrebt. Etwas Politisches, sagt sie. Nun, mir ist es gleich, was er dort treibt. Was mich ärgert ist, dass man so etwas nicht früher erfährt. Unmöglich ist das! Unter Mr de Burgh wäre man nicht so vor vollendete Tatsachen gestellt worden. Der war doch häuslicher und liebte das Landleben. Ich frage mich, warum er Mr Havisham das Gut überhaupt übergeben hat. Der Mann hat doch gar kein Interesse daran und verfolgt viel zu viele andere Geschäfte, die seine Zeit in Anspruch nehmen«, murrte sie ungehalten und wandte sich wieder ihrer Arbeit zu, um kurz darauf begütigend fortzufahren: »Obwohl ich mich über Mr Gruber nicht beklagen möchte, scheint ein fähiger Mann zu sein. Nun ja, Mrs Branagh wird jedenfalls einen Teil des Hauspersonals vorübergehend entlassen müssen. Einige werden jedoch, sobald der Herr und die Herrin ein Heim in London haben, dorthin nachfolgen. Emily liegt mir schon seit heute Morgen damit in den Ohren, dass sie unbedingt auch mit nach London möchte. Von mir aus! Sie ist ohnehin eine unerträgliche Schwatzbase.«

Aaron wagte seinen Ohren nicht zu trauen. Konnte es denn wahr sein? Isobel war fort und das mindestens bis zum Frühjahr, vielleicht – wenn sie Glück hatten – sogar noch länger. Die Erleichterung, die sich ob dieser überraschenden Nachricht in ihm ausbreitete, kannte keine Grenzen. Beinahe hätte er die stabile Mrs Reed bei den Schultern gefasst und im Kreis herumgewirbelt, doch dann besann er sich im letzten Augenblick eines Besseren. Das hätte vielleicht doch zu unangenehmen Fragen geführt. Die Köchin musterte ihn schon jetzt erstaunt. »Mrs Branagh spricht gerade mit Mr Gruber, sagten Sie?«, fragte er stattdessen. »In seinem Büro, nehme ich an?« Das kam ihm mehr als gelegen. Dann würde er zwei respektable Zeugen vorweisen können, die bestätigten, dass er das Schmuckstück ordnungsgemäß abgegeben hatte. Er glaubte nicht, dass diese an der Geschichte, die er sich zurechtgelegt hatte, zweifeln würden. Dass Isobel die Brosche bei ihrem Ritt in der Nähe der Pennywood Farm einfach verloren hatte, war immerhin sehr plausibel.

»Ja, richtig, du weißt ja, wo es ist.«

»Ja, sicher … danke, Mrs Reed! Und Ihnen wünsche ich einen wunderschönen Tag!«, rief Aaron ihr noch beschwingt über die Schulter zu und war bereits aus der Küche gestürmt, bevor die Köchin sich noch mehr über den plötzlichen Frohsinn des jungen Mannes wundern konnte.

London, 18. März 1839

Kapitel 63

»Wollen Sie die Sache wirklich bis zum bitteren Ende treiben, wenn Baker sich weiterhin so störrisch zeigt? Bedenken Sie, immerhin wären die Folgen doch gravierend. Menschenleben stehen auf dem Spiel! Nun, vielleicht nicht besonders wertvolle Leben … aber trotzdem. Ich weiß nicht recht, Havisham, möglicherweise gehen Sie damit einen Schritt zu weit. Wenn ruchbar werden sollte, dass Sie und letztlich auch ich in die Angelegenheit verwickelt sind, könnte sich das zu einem Bumerang für uns beide entwickeln, das haben wir doch oft genug erörtert.« Mr Green runzelte die Stirn und blickte seinen Gesprächspartner, der diese Vorgehensweise wieder einmal ernsthaft erwogen hatte, zweifelnd an. Dieses ganze Vorhaben verursachte ihm mehr und mehr Bauchschmerzen. Worauf hatte er sich da nur eingelassen? Havisham schnaubte unwillig und fletschte die Zähne. Tatsächlich hatte sich Mr Baker als unerwartet harter Gegner erwiesen. Er hatte durchaus noch starke Befürworter unter den Whigs, die er im Zuge des Angriffs von seinem Kontrahenten um sich geschart hatte. Schon jetzt stand die Kandidatur von Horace Havisham, Kaufmann und Unternehmer aus Wiltshire und darüber hinaus Herr von Whitefell, auf sehr wackeligen Füßen, selbst wenn Baker doch noch zurücktreten sollte. Green kam mehr und mehr zu der Ansicht, einen Fehler begangen zu haben, der ihn selbst in den Abgrund reißen konnte. Auch wenn die Informationen, die Armindale in Trowbridge aufgeschnappt hatte, sich als richtig erwiesen hatten. Es hatte einige Wochen gedauert, bis Armindale zweifelsfrei und auch durch Zeugen belegt bestätigen konnte, dass Rupert Baker immer noch seinen widernatürlichen Neigungen nachging. Nun konnten sie auch, wann immer es nötig sein sollte, auf dieses Druckmittel zurückgreifen. Wenn es je zu einer Anklage gegen Rupert Baker mit dem Vorwurf der Sodomie kommen würde, dann war eine Verurteilung angesichts der Fakten auf alle Fälle gewiss. Die Wahrscheinlichkeit, dass Rupert Baker am Galgen enden würde, war dementsprechend hoch. Die Anwendung dieses Druckmittels würde allerdings nicht nur Baker senior nachhaltig kompromittieren, sondern darüber hinaus leider erheblichen Wirbel verursachen. Vor dieser unerwünschten Wirkung scheute sowohl Green wie auch Havisham zurück. Dieser Schuss konnte auch vollkommen nach hinten losgehen und sie beide ernsthaft in Misskredit bringen – der Tod jeglicher politischer Ambition! Die Sache war einfach zu brisant. Wie es sich herausgestellt hatte, unterhielt Rupert Baker zurzeit regelmäßigen sexuellen Kontakt zu einem Neffen des Dukes of Beaufort, der dann sicher auch unter Anklage gestellt werden würde. Der Skandal wäre ungeheuerlich. Das war Green schneller als dem politisch noch unerfahrenen Havisham klar gewesen und er hatte sich entsprechend warnend geäußert. Guten Argumenten gegenüber war Havisham durchaus offen. Er lernte schnell und hatte es eingesehen. Demzufolge hatten beide bisher davon Abstand genommen, von diesem Druckmittel Gebrauch zu machen. Havisham hielt allerdings die Observation durch Armindale aufrecht. Man konnte nie wissen …

Green seufzte, nahm noch einen Schluck aus seinem Glas und ließ seinen Blick über die zahlreichen Gäste der Abendgesellschaft im Hause Havisham schweifen. Etliche wichtige Whigvertreter nebst Gattinnen waren anwesend, dazu auch einige Geschäftsleute aus dem Bekanntenkreis Havishams, die dieser noch für seine Kandidatur zu gewinnen suchte. Havishams junge Frau indes steckte schon wieder den Kopf mit Lady Craven zusammen. Green wusste, dass Havisham darüber alles andere als erfreut war. Lady Craven hatte in der Londoner Gesellschaft weiß Gott nicht den allerbesten Ruf. Allerdings war sie immer noch eine schöne Frau, wenn auch ihr gepflegtes Äußeres nicht ganz über die Anzeichen einer Erkrankung hinwegtäuschen konnte, die sie – wie man hörte – in den letzten Monaten mehrfach aufs Lager gezwungen hatte. Nicht nur Green hatte Havisham wiederholt dezent darauf aufmerksam gemacht, dass die Freundschaft seiner Frau mit Lady Craven letztlich auch den Ruf Havishams beschädigen konnte. Wieso nur hatte dieser zugelassen, dass diese Frau wieder auf die Abendgesellschaft eingeladen wurde? Green konnte sich kaum vorstellen, dass Isobel Havisham so viel Macht über ihren Mann besaß, obwohl der jungen Person durchaus ein ausgeprägter Wille, ja geradezu Eigensinn zu attestieren war. Es war zwar verständlich, dass das junge Ding ihr Vergnügen in London suchte, zumindest solange noch keine Mutterschaft in Sicht war, aber dass sie dies vorzugsweise ausgerechnet in Begleitung von Lady Craven tat, ließ diesen nachvollziehbaren Wunsch nach Zeitvertreib nicht gerade in vorteilhaftem Licht erscheinen. Außerdem schien es in der Ehe der Havishams ernsthafte Probleme zu geben. Green selbst war einmal unfreiwillig Zeuge eines Streits zwischen den Eheleuten geworden, der zumindest vonseiten der Ehefrau mit einer Heftigkeit ausgeführt worden war, die ihn doch erstaunt hatte. Am meisten hatte ihn dabei schockierte, dass Isobel Havisham offenbar keinerlei Scheu davor zu empfinden schien, sämtliche Anwesenden, einschließlich des Personals, zu Zuschauern dieses unerquicklichen Vorfalls werden zu lassen. Havisham, der damals den Streit dadurch beendet hatte, dass er seine Frau kurzerhand aus dem Zimmer beförderte, konnte einem fast leidtun. Isobel Havisham war zwar recht ansehnlich, verfügte aber über eine ausgesprochen scharfe respektlose Zunge, die Green bei seiner eigenen Frau keinesfalls geduldet hätte. Allerdings musste er zugeben, dass es nicht immer in der Hand des Ehemanns lag, eine widerspenstige Ehefrau zu disziplinieren. Auch die Hoffnung, durch die familiären Verbindungen Isobel Havishams den Earl of Branford oder gar seinen Schwiegersohn, den jungen Mr. Godfrey Fountley, für einen Übertritt zu den Whigs zu gewinnen, war zunächst gescheitert. Wie es sich herausgestellt hatte, gab es wohl gewisse Animositäten in der Familie. Angesichts des eigenwilligen Charakters von Mrs Havisham vielleicht auch nicht allzu verwunderlich.

Plötzlich bemerkte Green, dass einer der Lakaien auf sie zukam. Offenbar hatte er eine wichtige Nachricht zu überbringen. Der Bedienstete wandte sich leise an seinen Herrn: »Sir, vor der Tür wartet ein Gentleman, der seinen Namen nicht nennen will, Sie aber dringend zu sprechen wünscht. Er meint, es sei wichtig. Soll ich ihn wieder wegschicken oder möchten Sie ihn selbst in Augenschein nehmen?«

Havisham blickte verwundert auf, schien dann aber kurz zu überlegen. Offenbar hatte er einen Verdacht, um wen es sich bei dem geheimnisvollen Besucher handeln könnte. »Führe ihn in mein Arbeitszimmer, aber diskret. Benutze die hintere Treppe!«

»Sehr wohl, Sir!« Ohne eine sichtbare Regung seiner Miene zog sich der Domestik zurück.

»Kommen Sie, Green. Ich glaube, ich weiß, um wen es sich handelt. Das geht uns beide an.«

Isobel verzog ärgerlich das Gesicht zu einer Grimasse, als sie sah, wie Havisham gefolgt von Green den Raum verließ.

»Ich würde gar zu gern wissen, was die beiden wieder zu bereden haben«, meinte Lady Craven beiläufig, »offenbar scheint der Plan deines Gatten, Abgeordneter im Unterhaus zu werden, nicht so ganz gelingen zu wollen … oder sollte ich mich täuschen?«

Isobel sah ihre Freundin von der Seite an. »Du weißt, dass ich meinem Gemahl alles andere als zugetan bin, aber sei versichert, dass er in der Regel erreicht, was er sich vornimmt. Besonders, wenn es sich dabei um Fragen seiner Karriere handelt.«

»Oh, gewiss, Isobel! Das habe ich doch keinen Augenblick in Zweifel gezogen. Schließlich war das einer der wesentlichen Gründe, warum du ihn erwählt hast, nicht wahr?«

»Du hast mir ja auch sehr dazu geraten!«

»Allerdings, meine Liebe, und hatte ich nicht recht? Sieh dich um! Du hast ein schönes neues Haus in einer der besten Gegenden Londons, Dienerschaft, anregende Gesellschaften, genug Kleider, um mehrere Ankleidezimmer zu füllen und, was das Beste von allem ist, du hast deine Freiheit und kannst tun und lassen, was dir gefällt.«

Isobel verzog einmal mehr unwillig das Gesicht. »Das kann ich eben nicht! Havisham macht mir ständig Vorwürfe. Er möchte mich am liebsten ins Haus einsperren. Vor allem hat er etwas dagegen, dass ich deine Gesellschaft bevorzuge. Er fürchtet um meinen Ruf.«

»So, tut er das?«, bemerkte Jemina Craven trocken. »Da kann ich mich ja glücklich schätzen, heute hier Gast sein zu dürfen.«

»Allerdings«, meinte Isobel ein wenig spitz, »ich hatte am Morgen eine erhebliche Auseinandersetzung mit ihm deswegen. Er hat gesagt, er habe nun ein für alle Mal genug von meinen Eskapaden und dass er wirklich der Ansicht sei, es sei nun Zeit für eine Mutterschaft, damit ich zur Besinnung käme. Vor allem verbitte er sich meinen Umgang mit dir. Es schade seiner Karriere. Und ich kann dir versichern: Er sah nicht so aus, als ob er in diesem speziellen Punkt noch mit sich reden ließe. Ich konnte ihm gerade noch den heutigen Abend abtrotzen, mit dem Argument, dass es eine unverzeihliche Unhöflichkeit wäre, dich auszuladen.«

Lady Craven erwiderte nichts auf diese Einlassung. Es war ihr aber anzusehen, dass sie doch etwas erschrocken war. Isobel sah ihre Freundin an. Tatsächlich war sie deren ständiger Präsenz auch schon etwas überdrüssig geworden. Natürlich hatte auch sie bemerkt, dass die Leute anfingen, über sie und ihre Begleiterin zu tuscheln. Havisham hatte definitiv recht: der Umgang mit Jemina Craven, einer stadtbekannten Ehebrecherin, war alles andere als förderlich für sie, obwohl sie es am Anfang durchaus genossen hatte, sich mit ihr abzugeben. Schließlich war sie so auch in den Genuss des einen oder anderen amourösen Abenteuers gekommen. Die Tatsache, dass sie in Begleitung Lady Cravens, aber ohne ihren Gatten bei einigen Gesellschaften aufgetaucht war, hatte einige der männlichen Vertreter der feinen Gesellschaft ermutigt, sich ihr äußerst diskret, jedoch mit eindeutigen Absichten anzutragen. Natürlich hatte sie meistens abgelehnt. Was bildeten sich diese Laffen nur ein! Aber der eine oder andere Gentleman hatte durchaus Erhörung gefunden, vorausgesetzt er sah gut aus und versprach ein wenig Amüsement. Allerdings, über mehr als oberflächliche Körperlichkeiten waren diese heimlichen Treffen nicht hinausgegangen. Bei den meisten von ihnen war es bei einem schnellen Akt in irgendeinem ungenutzten Zimmer des jeweiligen Gastgeberhauses geblieben. Hatte sie dies zunächst noch erregt, so langweilte es sie jetzt zusehends. Die Männer waren in der Regel nicht sehr einfallsreich und es kam ihnen vor allen Dingen darauf an, selbst schnell zur Befriedigung ihrer Lust zu gelangen. Zudem bestand bei diesen beiläufigen *Tête-à-Têtes* immer die erhöhte Gefahr einer Schwangerschaft, denn es war natürlich nicht möglich, anschließend die erforderliche Scheidenspülung vorzunehmen. Zur Not könnte sie aber immer noch auf das Sadeöl zurückgreifen, sagte sie sich. Leider … so kunstreich wie Aaron Stutter in der Vermeidung des Ergusses, während sie zu höchster Lust gelangen konnte, waren ihre Londoner Liebhaber allesamt keinesfalls gewesen. Alles in allem waren sie eine Enttäuschung, einer wie der andere! Kein Vergleich zu Aaron Stutter, dem ehemaligen Stallmeister von Whitefell. Der Gedanke an Aaron steigerte ihre ohnehin gereizte Stimmung zur Wut. Sie war fast geplatzt vor Zorn, als Mrs Branagh ihr bei deren Ankunft im neuen Haushalt in London diese verfluchte Brosche überreicht hatte. Aaron Stutter hätte diese gefunden und ehrlicherweise abgegeben, hatte die Haushälterin dazu erklärt. Mrs Havisham habe das Schmuckstück wohl bei ihrem letzten Ausritt zur Pennywood Farm verloren. Isobel war natürlich nichts anderes übrig geblieben, als sich überrascht und überglücklich zu zeigen ob des angeblich schon schmerzlich vermissten, über die Maßen geschätzten Schmuckstücks, war doch auch ihr Gatte bei dieser Unterredung zugegen gewesen. Dieser hatte ihr anschließend auch noch heftige Vorwürfe gemacht, warum sie das teure Kleinod überhaupt zum Reiten getragen habe. Das hatte sie aber geschickt abgebogen mit der Erklärung, die Brosche trüge sie immer, wenn er aus dem Haus sei, als liebendes, seiner Heimkehr harrendes Eheweib. Havisham hatte ungläubig darüber gelacht, sich dann aber damit zufriedengegeben. Offenbar war seine Eitelkeit geschmeichelt. Männer waren doch erbärmlich einfach zu beeinflussen.

Dennoch hatte sie ihre Wut über den nur zu offensichtlichen Grund für die Rückgabe der Brosche nicht verwunden. Sie nagte an ihr, wie eine Ratte an einem Stück madigen Speck, hatte sich in der Zwischenzeit geradezu zur Besessenheit ausgewachsen, die sie in kurzen Momenten der Besinnung manchmal selbst erschreckte. Und doch – kaum dachte sie an die Brosche, wurde ihr bewusst, dass deren Rückgabe nur bedeuten konnte, dass sich Cathy ihrem Zugriff schließlich doch entwunden hatte. Und vor allem, dass Aaron Bescheid wusste und sich deshalb gegen sie gewandt hatte! Cathy hatte letztlich die Trophäe namens Aaron davongetragen. Die Vorstellung, dass sie selbst es gewesen war, die die beiden zu Eheleuten gemacht und ihnen die Pennywood Farm zur Verfügung gestellt hatte, ließ sie inzwischen fast wahnsinnig werden vor Eifersucht. Das Schlimmste daran war: Sie konnte absolut nichts dagegen unternehmen. Sie saß hier in London fest und es sah nicht so aus, als würde sie in absehbarer Zeit nach Whitefell zurückkehren

– zumindest hatte Havisham nichts Derartiges geäußert, aber er sprach ja ohnehin nicht mit ihr über seine Pläne. Das war seine Art ihr zu zeigen, dass er sie im Grunde nicht als Ehefrau schätzte. Cathy, die falsche Schlange, konnte sich in der Zwischenzeit Tag für Tag mit Aaron vergnügen und das sogar, ohne dass ein lästiger Ehemann sie daran hinderte. Es war zum Aus-der-Haut-Fahren! Wahrscheinlich hatte das rothaarige Luder das alles von Anfang an geplant und sie, Isobel, war nun die Dumme, hereingelegt von einer Bauerndirne. Wieder einmal überkam sie heftiges Mitleid mit sich selbst und Wut über die Ungerechtigkeit ihrer Situation. Schließlich hatte sie sich für ihren Vater opfern müssen, hatte ihren Körper buchstäblich verkauft an Havisham, diesen aufgeblasenen Emporkömmling, und jetzt war sie von dieser hinterhältigen Kreatur Cathy auch noch ihrer verdienten Freuden beraubt worden. Eines war sicher: Sobald sie nach Whitefell zurückkehrte, würde zumindest dieser Missstand aus der Welt geschafft werden. Cathy sollte sich nur in Acht nehmen. Keiner sollte es wagen, sich an Isobel Havishams Besitz zu vergreifen.

Kapitel 64

»Wie konnten Sie nur so unvorsichtig sein, Armindale? Ich komme mehr und mehr zu der Überzeugung, dass Sie das Geld, das ich in Sie und Ihre Nachforschungen bisher investiert habe, nicht wert sind.« Horace Havisham schlug ärgerlich sein Notizbuch zu und ließ es mit vernehmlichem Knall auf die Schreibfläche seines Schreibtisches niedersausen. Armindale starrte ihn gekränkt an. »Sir, Sie selbst haben mir den Auftrag gegeben, Mr Baker und seine Kontakte im Auge zu behalten. Es war nur eine Frage der Zeit, dass er meiner gewahr wurde. So eine Überwachung kann man nicht beliebig lange aufrechterhalten.«

»Ja, mag sein, aber nun weiß er durch Ihre unverzeihliche Nachlässigkeit, dass Sie immer noch hinter ihm her sind. Und da Sie so unvorsichtig waren, bereits in Trowbridge seine Aufmerksamkeit auf sich zu lenken und er Sie mit mir in Verbindung gebracht hat, weiß er nun vielleicht auch, dass ich hinter den aktuellen Nachforschungen ihn und seinen Sohn betreffend stecke. Das könnte sowohl für mich wie für Mr Green unangenehme Folgen haben. Wenn Baker das bei seinen Parteifreunden streut, kann ich die Kandidatur vergessen. So etwas werden mir die Whigs nicht verzeihen, die Wähler schon gar nicht. Durch Ihre Unvorsichtigkeit bin ich nun zum Handeln gezwungen. Sie glauben ja wohl nicht, dass ich diesen Dilettantismus Ihrerseits auch noch bezahle.«

»Sir, ich versichere Ihnen, ich habe mein Bestes getan. Es war einfach nicht zu vermeiden«, insistierte Armindale erneut. Er schien keineswegs erfreut darüber, dass man seine Kompetenz in Zweifel zog. Green räusperte sich vernehmlich. »Sie sagen also, Baker hat Sie vorhin persönlich aufgesucht? Woher wusste er, wo Sie wohnen?«

»Das möchte ich auch gern wissen. Offenbar hat auch er weitreichende Kontakte. Immerhin bin ich nicht der einzige Spion in London«, gab Armindale zerknirscht zu.

»Und was genau hat er von Ihnen gewollt?«, fragte Green beunruhigt. Die ganze Angelegenheit entwickelte sich mehr und mehr zu einem Desaster.

Armindale rutschte nervös auf seinem Stuhl hin und her. »Er hat mir auf den Kopf zugesagt, dass ich für Mr Havisham arbeite und dass ich Ihnen beiden bestellen könne, dass er diese *kriminellen Aktivitäten* – damit meinte er wohl meine Nachforschungen seine Person betreffend – an die Presse weitergeben werde.«

»An die Presse?« Green stöhnte entsetzt auf, griff nach seinem Einstecktuch und wischte sich damit über sein Gesicht. Das wurde ja immer schlimmer. »Weiß er darüber Bescheid, dass Sie auch Nachforschungen seinen Sohn betreffend unternommen haben? Ich hoffe nicht!«

»Nun, Sir, da Sie es offen ansprechen … er weiß es. Ich habe es ihm gesagt.«

»Sie haben was?«, brauste Havisham auf und sprang erregt auf. »Sind Sie des Wahnsinns, Mann? Wie konnten Sie ihn darüber in Kenntnis setzen, ohne vorher Rücksprache mit mir zu halten?«

Armindale sah seinen wütenden Auftraggeber störrisch an. »Es schien mir die einzige Möglichkeit, um zu verhindern, dass sich Mr Baker umgehend an die Presse wendet. Es war schlicht keine Zeit, Sie noch in Kenntnis zu setzen, Sir.«

»So?« Havisham ließ sich wieder in den lederbezogenen Sessel hinter seinem Schreibtisch fallen. Nervös knetete er seine Unterlippe. Dann blickte er Green fest an. »Die Würfel sind gefallen, denke ich. Ich werde Baker morgen früh aufsuchen und mit ihm sprechen. Ich kann nur hoffen, dass er noch nicht mit der Presse in Kontakt getreten ist. Andererseits wird er wohl angesichts der Informationen, die ihm Mr Armindale so freigiebig erteilt hat, auch davor zurückscheuen. Immerhin steht auch für ihn einiges auf dem Spiel. Es bleibt mir nur, ihm nun doch die Pistole auf die Brust zu setzen. Er muss jetzt so vernünftig sein und zurücktreten, sonst bin ich gezwungen, die Sache mit seinem Sohn zur Anzeige bringen. Nur wenn wir einen noch größeren Skandal lostreten, können wir hoffen, dass wir einigermaßen unbeschädigt aus der Sache herauskommen. Unsere Beteiligung daran wird in dem Medienrummel, der dann über London hereinbrechen wird, so hoffe ich, doch eher eine untergeordnete Rolle spielen. Wenn er jedoch einlenkt, dann wird die ganze Angelegenheit still beerdigt werden können.«

Green sah ihn zweifelnd an. »Havisham, ich glaube nicht, dass Sie das tun sollten. Eigentlich will ich mit der ganzen verfluchten Sache nichts zu tun haben.«

»Das kommt ein bisschen spät, mein verehrter Green.« Havisham lächelte gefährlich und senkte die Stimme. »Sie stecken bereits viel zu tief mit drin. Außerdem haben Sie mein Geld genommen. Sollten Sie jetzt abspringen wollen, werde ich diesen Umstand nicht weiter verschweigen. Ich gehe wohl recht in der Annahme, dass dann auch Ihre Tage in der Politik gezählt sein werden.« Green starrte Havisham schockiert an. Erneut sammelte sich Schweiß auf seiner Stirn, den er fahrig mit seinem bereits feuchten Einstecktuch abwischte.

Havisham sah es und grinste böse. Green war letztlich ein feiger und viel zu wankelmütiger Mann, kein echter Gegner für ihn. Armindale jedoch hatte sich, wie er es eigentlich schon in Trowbridge vermutet hatte, als echter Fehlschlag erwiesen. Wie hatte er ihm nur weiterhin geheime Aufträge erteilen können? Warum hatte er nicht auf die warnenden Stimmen in seinem Inneren gehört? Nun hatte dieser ihn erneut in Zugzwang gebracht und das schätzte Havisham ganz und gar nicht, obwohl er – anders als Green – davon überzeugt war, dass er nun die Frage seiner Kandidatur doch noch für sich entscheiden konnte. Green fehlte es eben einfach an dem Mut, im rechten Augenblick alles auf eine Karte zu setzen. Er war ein Taktierer, ein Diplomat, aber eben kein erfolgreicher Unternehmer wie er selbst. Havisham erhob sich. »Mr Armindale. Ich brauche Ihre Dienste nicht länger. Verlassen Sie bitte mein Haus.«

»Und mein Honorar?«, fragte Armindale verärgert. »Sie schulden mir noch die vereinbarten Zahlungen für die letzten vier Wochen zuzüglich meiner nicht unerheblichen Ausgaben im Zuge der Überwachung.«

»Mr. Armindale, an Ihrer Stelle wäre ich nicht so vermessen, auch noch auf eine Bezahlung für diese beispiellose Unfähigkeit zu bestehen. Sie können von Glück sagen, dass ich über Ihre unzureichende Tätigkeit Stillschweigen bewahren werde und Sie weiterhin Ihrem zweifelhaften Beruf werden nachgehen können. Sie sollten sich nicht mit mir anlegen.«

Armindale erhob sich, blass vor unterdrücktem Zorn. »Das werden Sie noch bereuen, Mr. Havisham!«

»Wollen Sie mir etwa drohen, Armindale?« Havisham lächelte maliziös. »Bedenken Sie, dass Ihre Tätigkeit Sie häufig alles andere als legale Wege gehen lässt. Das werden Sie ja wohl nicht bestreiten. Ich denke, Sie haben kaum eine Handhabe, sich gegen diese mehr als berechtigte Verweigerung Ihres sogenannten Honorars zu wehren. Außerdem hatten Sie bereits kürzlich einen großzügigen Vorschuss bekommen, der Ihre Auslagen mehr als gedeckt haben dürfte. Ich würde Ihnen doch sehr raten, es nun dabei bewenden zu lassen und Ihrer Wege zu gehen, die sich hoffentlich nicht mehr mit den meinen kreuzen werden. Guten Abend, Mr Armindale!«

Armindale öffnete den Mund, um erneut sein vermeintliches Recht einzufordern, aber der unnachgiebige Blick seines Auftraggebers brachte ihn dazu, sich eines anderen zu besinnen. Zornig griff er nach seinem Umhang und dem Zylinder, den er neben sich abgelegt hatte, und verließ den Raum. Green sah Havisham unsicher an, dann seufzte er tief. »Tun Sie, was immer Sie glauben tun zu müssen, Havisham. Ich sehe, ich kann doch nichts dagegen unternehmen.«

Havisham traf früh am nächsten Morgen vor Bakers Stadtwohnung ein. Beinahe wäre er beim Aussteigen aus der Kutsche mit einem Gentleman zusammengestoßen, der mit gesenktem Blick, eine große lederne Tasche wie sie Mediziner mit sich zu führen pflegten in der Hand, das Haus verließ. Der Mann grüßte flüchtig und eilte dann weiter, offenbar war er sehr beschäftigt. Havisham runzelte die Stirn. Was hatte das zu bedeuten?

Er klopfte an. Es dauerte eine Weile, bis sich innerhalb des schmucken, aber nicht zu eleganten Stadthauses etwas tat. Ein sichtlich besorgter Bediensteter öffnete die Tür und sah ihn fragend an. »Sie wünschen, Sir …?«

»Ich möchte zu Mr Baker. Es ist dringend!«, gab Havisham kurzangebunden zurück.

»Oh, ich fürchte, das wird nicht möglich sein, Sir. Mr Baker ist überraschend ernsthaft erkrankt. Aber Sie könnten mit der jungen Mrs Baker, der Schwiegertochter von Mr Baker, sprechen, wenn Sie es wünschen.«

Havisham stutzte. Das war ja sehr interessant! Konnte es sein, dass ihm das Schicksal so glücklich in die Hände spielte? Die Neugier, was hinter der plötzlichen Erkrankung Bakers stecken mochte, ließ ihn nach kurzem Überlegen auf den Vorschlag des Bediensteten eingehen. »Ja, gut! Ich werde mein Anliegen Mrs Baker vortragen.«

»Sehr wohl, Sir!«, sagte der Bedienstete und öffnete die Tür, um den Gast einzulassen. »Wen darf ich melden, Sir?«

Havisham zog es vor, seinen Namen nicht zu nennen. Wahrscheinlich würde man ihm sonst die Tür weisen. »Einen Geschäftsfreund aus Wiltshire. Das mag genügen. Mrs Baker kennt mich bereits.«

Der Bedienstete schien zu besorgt, um sich über seine ungenügende Auskunft zu wundern. Er nickte nur kurz und verließ dann schnell den Salon, in den er den Besucher geführt hatte. Kurze Zeit später ging die Tür auf und Mrs Meredith Baker, das bedauernswerte Eheweib von Bakers missratenem Sohn, trat ein. Sie erschrak sichtlich, als sie sah, um wen es sich bei dem Besucher handelte. Offenbar war sie kurz versucht, sich gleich wieder zurückzuziehen, aber dann besann sie sich, schluckte und blickte dem Feind ihres Schwiegervaters, der so unerwartet vor ihr stand, gefasst entgegen. Havisham räusperte sich. Wieder fiel ihm der sanfte, melancholische Blick ihrer bemerkenswert grünen Augen auf und berührte ihn eigenartig.

»Mr Havisham! Ich bin doch etwas erstaunt, dass Sie uns aufsuchen«, begann Mrs Baker das Gespräch. »Ich muss Ihnen leider sagen, dass es meinem Schwiegervater im Augenblick sehr schlecht geht. Der Arzt war eben hier.«

»Ja … ja!« Havisham schüttelte sich unwillig, um wieder einen klaren Kopf zu bekommen. Warum übte diese doch eigentlich eher unscheinbare Frau so eine starke Anziehungskraft auf ihn aus? Er konnte es sich nicht erklären. Solche Regungen kannte er sonst nicht von sich. »Ja, ich bin dem Arzt wohl eben auf der Straße begegnet«, bestätigte er. »Was hat Mr Baker denn? Ich hörte bereits, dass es ernst sein soll.«

»In der Tat, Sir! Mein Schwiegervater kam gestern sehr aufgebracht, um nicht zu sagen verstört nach Hause. Er wollte mir nicht sagen, um was es ging. Dann hat er sich in sein Arbeitszimmer zurückgezogen und als ich später nach ihm sehen wollte, fand ich ihn hilflos auf dem Boden liegen. Der Arzt spricht von einem Schlaganfall. Wir wissen noch nicht, ob er es überleben wird. Er ist sehr schwach und das Sprechen fällt ihm schwer.« Sie senkte traurig den Blick und seufzte. »Ich hoffe doch sehr, dass er sich wieder einigermaßen erholen wird, er ist ein so guter Mensch.«

Gegen seinen Willen fühlte Havisham beim Anblick ihrer Besorgnis ein leises, unangenehmes Gefühl der Schuld in sich aufsteigen. Er hatte keinen Zweifel daran, dass die Information, die Armindale Baker hatte zukommen lassen, zu diesem Schlaganfall geführt hatte. Er fragte sich plötzlich und zu seinem eigenen Erstaunen, was aus dieser sanften und völlig schuldlosen Frau werden würde, wenn er Rupert Baker tatsächlich der Justiz auslieferte. Die Meute der Presseleute würde auch sie zerreißen wie Wölfe ein Reh. Die Vorstellung war ihm seltsamerweise unerträglich. Was war nur los mit ihm? Um Rupert Baker tat es ihm nicht leid. Der Mann war ein verkommenes Subjekt, der mit seinen widernatürlichen Neigungen auf keinerlei Milde hoffen durfte. Auch Baker hatte sich die Folgen seiner Sturheit schließlich selbst zuzuschreiben, aber jetzt empfand er Mitleid gegenüber dieser zarten, so ätherisch wirkenden Frau. Ein starkes Mitleid, das er selbst angesichts der Trauer von Francis de Burgh über den Verlust dessen Sohnes nicht annähernd empfunden hatte. Unsicher ließ er seinen Blick aus dem Fenster schweifen. Es fiel ihm plötzlich schwer, den eigentlichen Grund seines Besuches anzusprechen.

Meredith Baker war es, die die Dinge nach einem Moment lastenden Schweigens beim Namen nannte. »Mr Havisham, wie Ihnen sicher bewusst ist, bin ich durchaus über Ihre Unstimmigkeiten mit meinem Schwiegervater, was diese Kandidatur für den Wahlkreis Wiltshire betrifft, informiert. Sie dürfen mir glauben, dass ich in den vergangenen Wochen redlich versucht habe, ihn davon zu überzeugen aufzugeben und Ihnen den Platz zu überlassen. Ich wusste, dass er gesundheitlich angeschlagen war. Er hat sich zu viel zugemutet in der letzten Zeit und macht sich Sorgen wegen der Geschäfte. Aber wie Sie selbst bemerkt haben, ist er jemand, der sehr entschieden seine Überzeugungen verteidigt. Ich hatte gehofft, diesen Zusammenbruch verhindern zu können, aber es ist mir nicht gelungen«, sagte sie und seufzte schwer. »Sie müssen wissen, mein Schwiegervater bedeutet mir viel. Er hat sehr viel für mich getan, seit ich ein Kind war.«

»Hm ...«, machte Havisham. Was sollte er dazu sagen? Hatte sie aus falsch verstandener Dankbarkeit in die Ehe mit Baker junior eingewilligt?

Doch da fuhr Mrs Baker fort, die Bitterkeit in ihrer Stimme kaum verbergend: »Ich denke nicht, dass angesichts des geschwächten Zustands meines Schwiegervaters, der vermutlich von Dauer sein wird, wie der Arzt meint, eine Fortsetzung seiner politischen Aufgaben möglich sein wird. Sie haben Ihr Ziel erreicht, Mr Havisham. Ich hoffe, Sie sind nun zufrieden.«

Sie sah ihm direkt in die Augen. Er wurde der Anklage, der Trauer in ihrem Blick gewahr und begann sich plötzlich zu schämen. Wo war seine übliche Selbstsicherheit, seine Unbeirrtheit geblieben? »Mrs Baker, ich versichere Ihnen meinerseits, dass ich die tragische Entwicklung sehr bedaure. Ich wünschte, ich hätte Mr Baker eher umstimmen können. Es tut mir leid«, hörte er sich zu seiner eigenen Verwunderung sagen.

In diesem Moment trat der Bedienstete ein, der ihn vorher hereingelassen hatte, ein Schreiben in der Hand haltend. »Madam, ich habe dies eben unter dem Schreibtisch gefunden. Es muss heruntergefallen sein, als der Herr zusammenbrach. Ich glaube, es ist wichtig. Am besten entscheiden Sie, was damit zu geschehen hat.«

»Danke, Tom!«, sagte Mrs Baker und nahm dem sichtlich betroffenen Bediensteten das Schreiben ab. Noch während dieser das Zimmer verließ, hatte sie begonnen das Schriftstück, das Baker kurz vor seinem Zusammenbruch noch verfasst haben musste, zu überfliegen. Plötzlich erbleichte sie. Entsetzt starrte sie zu Havisham hinüber, der ihr abwartend gegenüber stand. In ihm keimte der starke Verdacht, dass dieses Schreiben etwas mit dem Gespräch zu tun hatte, das Baker mit diesem verfluchten Armindale geführt hatte.

»Mr Havisham, das dürfen Sie nicht! Ich bitte Sie! Bitte tun Sie uns das nicht an, tun Sie Rupert das nicht an! Sie verstehen nicht …!« Plötzlich begann sie zu keuchen, griff sich nach Luft ringend an die Kehle und brach dann ohne Vorwarnung ohnmächtig zusammen. Schockiert stürzte Havisham zu ihr hin und fing sie gerade noch auf. Sie war überraschend leicht in seinen Armen. Suchend blickte er sich um und entschied sich dann mangels eines größeren Möbels, die Ohnmächtige in den Ohrensessel am Fenster zu betten. Dann läutete er hastig nach der Dienerschaft. Es dauerte einen Augenblick bis wieder Tom erschien, offenbar gab es im Haus nicht allzu viele Bedienstete. Beim Anblick seiner ohnmächtigen Herrin schlug der erschreckt die Hand vor den Mund, stöhnte: »Auch das noch!« und eilte dann davon, um Wasser und Riechsalz zu besorgen.

Havisham hob das Schreiben auf, das zu Boden gefallen war. Es handelte sich um einen halb fertigen Brief an Green. Darin teilte Baker Green seinen Entschluss mit, Havisham die Kandidatur zu überlassen und mit sofortiger Wirkung von allen seinen Ämtern zurückzutreten, wenn Green ihm dafür glaubhaft versichern könne, dass sein Kontrahent von dem Plan abließe, seinen Sohn Rupert wegen dessen Lebenswandels vor Gericht zu bringen. Er sei sich der prekären Lage durchaus bewusst und hoffe, dass sich die Angelegenheit noch rechtzeitig abbiegen ließe. Havisham faltete das Schreiben kurzerhand zusammen und steckte es ein. So hatte er nun wirklich umfassend erreicht, was er wollte, doch seltsam: Die Befriedigung darüber schmeckte ausgesprochen schal. Er wandte sich wieder der Schwiegertochter Bakers zu, die langsam zu sich kam.

»Geht es Ihnen besser?«, fragte er und bemühte sich ehrlich darum, sie sanft anzusprechen, um sie nicht noch mehr zu ängstigen.

»Was …?«, stammelte sie verwirrt. Doch dann schien ihre Erinnerung zurückzukehren. Furchtsam starrte sie ihn an. »Mr Havisham …«, sie begann zu weinen, »bitte, tun Sie das nicht. Ich könnte es nicht ertragen … bitte!« Sie umklammerte seine Hand und schickte sich an, vor ihm auf die Knie zu fallen. Havisham umfasste kurzerhand ihren schlanken Körper und setzte sie mit Nachdruck wieder zurück auf den Sessel. Die ganze Sache war ihm mehr als unangenehm. »Madam, ich werde nichts dergleichen unternehmen. Ja, es stimmt, ich habe Mr Armindale beauftragt, Erkundigungen über die Umtriebe Ihres Gatten einzuziehen – eine Information, die Mr Armindale aufgebracht hat, nicht ich! Aber wie ich Ihnen bereits sagte: Ich hoffte doch sehr, Ihren Schwiegervater mit Mitteln der Vernunft zum Einlenken zu bewegen!« Das stimmte zwar nicht ganz, schließlich war es Green gewesen, der ihn davon abgehalten hatte, aber er scheute sich plötzlich, das zuzugeben.

Wieder griff Mrs Baker flehentlich nach seiner Hand. Sie war immer noch sehr aufgeregt, geradezu außer sich. Angesichts der Konsequenzen, die ein solches Vorgehen auch für sie haben würde, auch nur zu verständlich, dachte Havisham. »Sie müssen es mir versprechen, Mr Havisham. Bitte … Sie dürfen Rupert nicht anzeigen. Die Dinge sind nicht, wie sie scheinen. Sie kennen Rupert nicht.«

Havisham wunderte sich ein wenig darüber, dass ihr das Schicksal ihres Gatten, der ihr doch kein rechter Ehemann sein konnte, so am Herzen lag, aber dann sagte er mit Nachdruck: »Madam, ich versichere Ihnen, das wird nicht notwendig sein und ich werde es auch nicht tun. Die ganze Angelegenheit wird unser Geheimnis bleiben, versprochen!«

»Oh … gut … Sie versprechen es, ja?«

»Ich verspreche es!«

Seine Worte schienen sie endlich zu beruhigen. Sie lehnte sich erschöpft im Sessel zurück und schloss die Augen. Ihre schmale weiße Hand, mit der sie nach der seinen gegriffen hatte, lag auf der dunklen Lehne des Sessels … zart wie ein abgefallenes Blütenblatt. Havisham schluckte trocken. Ein ungewohntes, überaus zärtliches Gefühl stieg in ihm auf. Er wusste nicht, was er tun, was er sagen sollte. Da betrat zum Glück Tom endlich wieder das Zimmer, ein Wasserglas und Riechsalz in der Hand. »Ich habe noch einmal nach dem Arzt schicken lassen«, japste er außer Atem, »wie geht es der Herrin?«

»Oh, ich denke, schon besser«, meinte Havisham, sich krampfhaft um seine gewohnte Festigkeit in der Stimme bemühend. »Ich denke, es ist wohl besser, wenn ich ein andermal wiederkomme. Meine Angelegenheit hat sich ohnehin erledigt. Bestellen Sie Mr Baker die besten Genesungswünsche von mir und dass ich seine Erkrankung sehr bedaure. Sollte er Hilfe benötigen, kann er sich an mich wenden.« Dann verließ er leise den Raum.

Isobel musterte ihren Gatten mit scharfem Blick. Er war gerade noch rechtzeitig zu ihrem gemeinsamen Frühstück heimgekehrt, auf das er nach wie vor großen Wert legte. Offenbar war dieses obligatorische Frühstück für ihn der Inbegriff eines geordneten Ehelebens. Was hatte er so früh schon zu tun gehabt? Nun, sie würde es wohl nicht erfahren, wie meistens. Er pflegte ihr in der Regel keine Auskünfte über seine Vorhaben zu erteilen, mit Ausnahme von Mitteilungen über Gesellschaften, die er geben wollte oder zu denen sie ihn zu begleiten hatte. Inzwischen war es ihr gleichgültig. Er gab ihr genügend Handgeld, um sich ihren Aufenthalt in London mit dem Besuch der exquisiteren Geschäftsstraßen angenehm zu gestalten, ansonsten kümmerte er sich nur noch wenig um sie. Inzwischen hatten sie auch getrennte Schlafzimmer, obwohl sie – eingedenk der sinnreichen Ermahnungen Jeminas – sorgfältig darauf achtete, dass er wenigstens alle zwei bis drei Wochen einmal seinen ehelichen Pflichten nachkam. Zu ihrem Erstaunen bemerkte sie an diesem Morgen eine ungewohnte Rastlosigkeit an ihrem Gatten. Seltsam … sonst war er die abgeklärte Selbstsicherheit in Person. Ob die geplante Kandidatur sich zerschlagen hatte? Green hatte am Vorabend, nachdem die beiden Herren wieder zur Gesellschaft zurückgekehrt waren, recht blass und beunruhigt gewirkt. Sie beschloss, ihren Ehemann nun doch zu fragen.

»Havisham, mein Lieber, du wirkst heute Morgen etwas unkonzentriert«, sagte sie in beiläufigem Ton. Der Angesprochene schrak buchstäblich zusammen, fing sich dann aber bemerkenswert schnell wieder. »Wie …?« Dann langte er, wie üblich, nach der morgendlichen Wirtschaftszeitung, der er sich wie jeden Tag ausgiebig widmete, und schlug diese demonstrativ auf. Offenbar war ihm nicht an einem Gespräch gelegen. Sonst störte sie das nicht, sie hatten sich ohnehin nicht viel zu sagen, doch heute ließ sie nicht locker. »Ich habe den Eindruck, dass dich irgendetwas beunruhigt. Sollte ich als dein Eheweib nicht Anteil nehmen an dem, was dich bewegt?«

Er sah sie erstaunt an. »Ich dachte nicht, dass dich das interessiert, meine Liebe«, bemerkte er spöttisch.

»Oh, Havisham, du tust mir unrecht!« Sie sah ihn mit gekränkter Unschuld an. »Selbstverständlich interessiere ich mich dafür. Was macht zum Beispiel deine Kandidatur?«

»Gut, dass du es ansprichst!« Havisham räusperte sich, faltete die Zeitung entschlossen wieder zusammen und wandte ihr nun seine ganze Aufmerksamkeit zu. »Mr Baker ist schwer erkrankt und ist im Zuge dessen von all seinen Ämtern zurückgetreten. Ich werde mich im Laufe des Vormittags deshalb noch mit Green treffen. Meiner Kandidatur steht nun nichts mehr im Wege. Das bedeutet, dass wir in ungefähr vier Wochen wieder nach Whitefell übersiedeln werden. Das Haus hier in London werden wir natürlich weiter behalten. Wir werden wegen der notwendigen Wahlveranstaltungen in Wiltshire den Sommer über unseren Hauptsitz wieder in Whitefell zu nehmen. Ich werde dann vermutlich sehr oft unterwegs sein. Von Zeit zu Zeit wirst du mich auch begleiten. Wie du sicher weißt, muss ich versuchen, die wahlberechtigten Bürger für mich zu gewinnen. Das wird nicht einfach werden. Sie sind an Baker gewöhnt. Außerdem ist in letzter Zeit eine gewisse Tendenz hin zu den Tories zu bemerken. Die Whigs bangen ein wenig um ihre Wiederwahl im Herbst.«

»So? Dann hast du dein Ziel ja erreicht. Meinen Glückwunsch!«

»Vorläufig ja, meine Liebe! Ich hoffe, du wirst auch deinen Teil dazu beitragen, dass meine Kandidatur von Erfolg gekrönt wird. Ich erwarte, dass du dich für die Zeit des Wahlkampfes ohne Wenn und Aber an meine Seite stellst. Keine Eskapaden und vor allem keine Alleingänge mit dieser Lady Craven mehr! Ich wünsche nicht – ausdrücklich nicht! –, dass du dich weiterhin mit dieser Person abgibst. Haben wir uns verstanden?«

»Das sagtest du bereits!«, giftete Isobel. »Hast du sonst noch irgendwelche Anweisungen für mich?«

Havisham sah sie kühl an. »Ich denke, eine Schwangerschaft stünde dir gut zu Gesicht. Es macht sich gut im Wahlkampf, wenn der Kandidat junges Familienglück für sich reklamieren kann.«

Isobel ließ spöttisch ein wenig Luft aus ihrem verächtlich verzogenen Mund entweichen. »Zweifellos bin ja nicht nur ich an dem Zustandekommen einer Schwangerschaft beteiligt. Du solltest dich vielleicht ein wenig konsequenter darum bemühen. Immerhin bist du nicht mehr der Jüngste. Möglicherweise fällt dir das Zeugen schwer.«

Befriedigt bemerkte sie, wie Ärger in ihm hochschoss. Es war ihr gelungen, ihn zu treffen. Kein Wunder – jeder Mann reagierte ungehalten, wenn man seine Zeugungskraft in Zweifel zog. Lächerlich!

Havisham schlug mit der Zeitung, die er gerade wieder aufgenommen hatte, erbost auf die Tischplatte. »Ich verbitte mir, dass du in diesem Ton mit mir sprichst, Isobel. Das hat hier und jetzt ein für alle Mal ein Ende. Ich denke, ich werde dich in Zukunft mehr disziplinieren müssen. Du tust gut daran, mich nicht mehr zu reizen. Das ist etwas, das ich keinesfalls schätze. Bisher habe ich, mit Rücksicht auf deine Jugend und Unerfahrenheit, noch Nachsicht walten lassen. Aber damit ist jetzt wirklich Schluss!«

»Was immer Sie wünschen, mein Gemahl!«, sagte Isobel sarkastisch und erhob sich. Bildete Havisham sich etwa ein, sie würde sich von ihm einsperren lassen und das brave Eheweibchen spielen? Diese welken Pflanzen, die zu Dutzenden auf den Gesellschaften in London herumstanden und sich offenbar zu Tode langweilten, widerten sie an. Sie würde sich das gewiss nicht bieten lassen. Doch seine ausdrückliche Forderung nach einer Schwangerschaft beunruhigte sie. Was, wenn es ihr genauso ergehen würde wie ihrer Mutter? Sie hatte wahrlich keine Lust, ihr Leben für Havishams Nachgelass aufs Spiel zu setzen. Irgendwie musste sie ihn hinhalten oder aber das Sadeöl zum Einsatz kommen lassen. Das einzig Positive an seiner Auskunft war, dass er plante, nach Whitefell zurückzukehren. Endlich! Dann würde sie mit Cathy Thomson ein Hühnchen rupfen.

Pennywood Farm, Wiltshire, 24. April 1839

Kapitel 65

Mit einem Stöhnen drückte Cathy, die Hand ins überlastete Kreuz gestützt, den Rücken durch. Aaron hatte ihr zwar aufgetragen sich zu schonen, aber es gab jetzt im Frühjahr einfach zu viel zu tun. Mit der anderen Hand strich sie über ihren geschwollenen Leib. Das Kind trat schon den ganzen Morgen heftig nach ihr. Es würde sicher ein kleiner Wildfang werden. Sie lächelte still in sich hinein. Anfangs hatte sie nicht gewusst wie ihr geschah, als noch im alten Jahr ihre monatliche Blutung aussetzte und sie immer öfter Übelkeit plagte. Aaron hatte sie schließlich besorgt genötigt, Martha Pole aufzusuchen. Die hatte ihr dann lächelnd erklärt, dass es sich bei ihrer Unpässlichkeit mitnichten um eine Krankheit handelte. Nun war sie im fünften Monat schwanger. Das Kind sollte, so hatte es ihr Martha geduldig und gespickt mit allerlei guten Ratschlägen auseinandergesetzt, wohl Anfang August auf die Welt kommen. Cathys Gefühle waren diesbezüglich gemischt. Sie freute sich auf das Kind, hatte aber auch ein wenig Angst vor der Niederkunft. Zu sehr waren ihr noch die furchtbaren Schreie ihrer Mutter im Ohr. Doch sie versuchte, nicht daran zu denken. Auch um Aarons willen nicht, der in seiner zärtlichen Besorgnis um sie geradezu rührend war. Sie wusste, dass es ihn zu sehr beunruhigen würde, wenn sie Angst zeigte. So schwieg sie sich über ihre Bedenken aus. Auch über die Frage, die sie am meisten beunruhigte. Wie würde Isobel reagieren, wenn sie davon erfuhr?

Diese war nun schon lange mit ihrem Gatten, Mr Havisham, in London. Hin und wieder drangen spärliche Nachrichten über die Herrschaft Whitefells aus der fernen Hauptstadt. Emily, die Küchenmagd, war vor Kurzem auf Besuch bei ihrer Familie im Dorf gewesen und hatte berichtet, dass es zwischen den Eheleuten nicht zum Besten stand. Es gebe viel Streit im Hause Havisham und jeder der Herrschaften ginge im Grunde seiner eigenen Wege. Auch sei die Herrin noch boshafter und launischer als früher. Mrs Branagh hätte sich sogar schon einige Male kritisch darüber vor den Dienstboten geäußert. Ein Umstand, der, wie Cathy wohl wusste, außerordentlich zu nennen war und auf eine weitere deutliche Veränderung zum Schlechten hinwies, was Isobel Havishams Benehmen betraf. Aber die Feste, Gesellschaften und die vielen wichtigen Leute, die im Haus in London ein und aus gingen, seien wirklich famos, so hatte Emily begeistert geschwärmt vor der andächtig lauschenden Gemeinde, die sich nach dem Gottesdienst auf dem Kirchplatz versammelt hatte. Cathy hoffte von Herzen, dass Isobel sie und vor allem Aaron über die Ablenkung und die vielen neuen Bekanntschaften vergessen hätte. Doch sie ahnte: Das war eine trügerische Hoffnung!

Aaron war allerdings anderer Meinung und ging davon aus, dass sie Isobels Rache nicht mehr zu fürchten hätten, denn – so hatte er versucht, sie zu beruhigen – was könnte Isobel ihnen noch antun? Gruber zeigte sich mit ihrer Führung der Pennywood Farm hochzufrieden, und solange sie ihre Pacht pünktlich bezahlten, konnte ihnen den Platz wohl keiner streitig machen … aber dennoch fürchtete Cathy den Unwillen der Herrin von Whitefell. Am letzten Sonntag hatte sie in der Kirche erfahren, dass diese schon bald mit ihrem Gatten nach Whitefell zurückkehren würde. Isobel würde es nicht ungestraft zulassen, dass man sie ihres Vergnügens beraubte.

Cathy seufzte und nahm den Eimer mit den Kartoffeln und Abfällen für die Schweine wieder auf. Die Sau hatte längst geworfen und Aaron war stolz darauf, dass sie neun von den zehn Ferkeln durch den Winter gebracht hatten. Die Jungschweine entwickelten sich prächtig und Aaron wollte sie bald, zusammen mit einigen Lämmern, auf dem Markt in Salisbury verkaufen. Er versprach sich sicher zu Recht einen guten Gewinn davon. Überhaupt blühte Aaron als Pachtfarmer regelrecht auf. Sie sah es in seinen Augen, in der Spannkraft, mit der er seine Vorhaben anging. Er war inzwischen sehr beliebt in der Gemeinde, hatte sich die Anerkennung der alteingesessenen Farmer erarbeitet und schien sich wohlzufühlen. Und hatten sie nicht auch allen Grund dazu? Es war alles so viel besser geworden. Vor allem die Aussöhnung mit ihrer Familie hatte auch ihr selbst den Frieden zurückgegeben, den sie so viele Jahre vermisst hatte. Erst jetzt, da ihr Vater durch die Zuwendung und das Interesse, das er ihnen beiden entgegenbrachte, die Jahre des Schweigens wieder gutzumachen versuchte, fühlte sie, wie sehr ihr seine Liebe gefehlt hatte. Mit Ruby und dem kleinen Wycliff, die sie ebenfalls hin und wieder besuchten, verstand sie sich ohnehin gut. Mary war zwar immer noch zurückhaltend, aber kürzlich hatte sie ihr im Vertrauen erzählt, dass sie und ein junger Farmerssohn Gefallen aneinander gefunden hätten. Der würde wohl in einigen Jahren den Pachthof bei den drei Eichen westlich von Whitefell von seinem Vater übernehmen können – und so schien sich auch hier alles zum Guten zu wenden. Sie konnte sich nicht vorstellen, dass ihr Vater etwas gegen eine Heirat Marys mit einem angehenden Pachtfarmer einzuwenden hätte.

Nur ein einziger Schmerz war ihr geblieben: Billie hasste sie nach wie vor, vielleicht stärker noch als früher. In seine verstockte Ablehnung hatte er nun auch Aaron mit eingeschlossen, den er dafür verantwortlich machte, dass der Vater ihn gezwungen hatte, das Schmuckstück der Herrin herauszugeben. Der hatte wieder und wieder versucht ihm das auszureden, aber Billie blieb stur. Er weigerte sich nach wie vor, mit ihr zu reden und rannte jedes Mal davon, wenn Aaron und sie einen Besuch auf dem Hof ihres Vaters machten. Es schnitt ihr ins Herz, aber es war nicht zu ändern. Was hatte Isobel ihm nur erzählt, dass er dieser so unverbrüchlich die Treue hielt? Die

Frage bewegte sie erneut, aber sie wusste, dass es sinnlos war, weiter darüber nachzugrübeln. Er würde ihr keine Antwort geben und so war sie gezwungen, die Dinge so zu belassen, wie sie waren. Es war eben nicht zu ändern.

Mit raschem Schritt ging sie über den aufgeweichten Boden des Hofs hinüber zum Schweinepferch. Jetzt im Frühjahr waren die Tiere tagsüber draußen. Nachts achtete Aaron sorgfältig darauf, sie in den Stall zu sperren. Er hatte Angst, dass ihnen womöglich sonst eines davon abhanden kam. Auch in der Gegend um Little Langford nahmen die Diebstähle zu, seit immer mehr Menschen ihre Lebensgrundlage verloren. Die Not war allgegenwärtig. Im Vergleich dazu ging es ihnen wirklich gut. Sie hatten genug zu essen, ein Dach über dem Kopf und sie hatte sogar noch etwas von den zwanzig Pfund übrig, die ihr Isobel für den Winter und Aarons Versorgung gegeben hatte. Ohnehin hatte Aaron wütend darauf bestanden, das Geld – wenn überhaupt – dann für ihren gemeinsamen Bedarf und Neuanschaffungen für die Farm einzusetzen. Doch sie waren sparsam damit umgegangen. Es war gut, ein wenig Geld auf der Seite zu haben. Man konnte nie wissen …

Die Schweine drängten sich grunzend und quiekend um sie, ungeduldig die Schnauzen in den Eimer steckend, als sie das Gatter des Pferchs öffnete. Der Lärm war ohrenbetäubend. So bemerkte sie erst, als sie wieder aufsah, dass eine Reiterin in den Hof eingeritten war und sich eben von ihrem Reittier schwang. Es war Isobel.

Cathy fuhr der Schreck in die Glieder, lähmte sie fast. Doch dann gab sie sich einen Ruck. Die Zeiten, da ihr Isobel Havisham eine namenlose Furcht einflößte, sollten ein für alle Mal der Vergangenheit angehören. Das hatte sie sich geschworen, als Isobel damals an jenem denkwürdigen Nachmittag gehetzt und voller Angst vor Mr Havishams Zorn die Pennywood Farm verlassen hatte. Dieses Bild rief Cathy sich nun wieder in Erinnerung. Es gab ihr den Mut, der Herrin Whitefells entgegenzutreten. Sie verließ den Schweinepferch und verschloss das Gatter sorgfältig hinter sich. Isobel hatte sie ohnehin längst dort entdeckt. Doch als Cathy sich umwandte und auf sie zukam, erkannte Isobel ihren Zustand. Augenblicklich verzerrte sich die hochmütige Miene, die sie aufgesetzt hatte, zu blankem Hass. Cathy erschrak nun doch. Instinktiv legte sie schützend die Hand auf ihren Bauch. Angst stieg in ihr auf. Warum nur war Aaron nicht hier? Er wollte heute in der Nähe des Wäldchens einen Acker für die Saat vorbereiten. Es war nicht weit von hier. Sollte sie versuchen, nach ihm zu rufen? Doch noch bevor sie etwas sagen oder tun konnte, stürzte Isobel wutentbrannt auf sie zu. »Du Hure!«, kreischte sie, blass vor Wut. »Ich habe es doch gewusst, dass du alles daran setzen würdest, dir Aaron zu nehmen, sobald ich dir den Rücken kehre. Du Dirne! Dass du dich nicht schämst!«

»Isobel …«, versuchte Cathy sie zu beschwichtigen, doch Isobel war weit davon entfernt, sich beruhigen zu wollen. Cathy ahnte, dass sie nur Kraft sammelte für einen ihrer gewaltigen Wutausbrüche. Sie spürte instinktiv die Gefahr, die von Isobel ausging, wusste sie doch nur zu gut, dass diese in ihrer rasenden Eifersucht vor nichts zurückschreckte. Wie sollte sie sich nur gegen sie wehren? Oh, wenn doch nur Aaron hier wäre! Zögernd machte Cathy ein paar Schritte zur Seite. Vielleicht würde es ihr gelingen, das Haus zu erreichen. Doch ihre ausweichende Bewegung schien Isobels Wut nur noch mehr anzustacheln.

Ihre Stimme stieg in schrille Höhen. »Wie konntest du es wagen, mich zu hintergehen? Hatte ich dir nicht deutlich gesagt, was ich von dir erwarte? Aaron gehört mir! Mir! Und das weißt du genau!«

Mit welcher Selbstverständlichkeit die Herrin Whitefells ihren Anspruch auf Aaron reklamierte, ihre Hand auf ihn legte! Plötzlich brandete auch in Cathy heiße Wut auf. Als ob

Aaron ein Gegenstand wäre, wie diese elende Brosche! Mit welchem Recht nur glaubte Isobel Havisham, Menschen als ihren Besitz betrachten zu können?

»Er gehört dir nicht!«, sagte Cathy fest und schaute ihrer Gegnerin gerade in die Augen. »Er gehört niemandem außer sich selbst und er hat nie auch nur das Geringste für dich empfunden, damit du es weißt.«

»Hat er dir das erzählt, ja?«, höhnte Isobel. Doch Cathy sah, dass ihre Worte sie getroffen hatten.

»Oh, ja! Das hat er mir erzählt und ich habe keinen Grund, an seinen Worten zu zweifeln, Isobel Havisham! Er hat nur mit dir gehurt, weil er mich vor dir schützen wollte. Du bedeutest ihm rein gar nichts und du hast kein Anrecht auf ihn. Du hast nie eines gehabt, genauso wenig wie auf mich. Aaron ist nun mein Mann, das wirst du respektieren müssen.«

»Du wagst es …? Was glaubst du, wer du bist? Das wirst du bereuen! Du Hure!«, schrie Isobel, kam dann rasch auf Cathy zu und schlug ihr mit der Reitgerte ins Gesicht. Ein brennender Schmerz fraß sich in Cathys Wange.

Doch Cathy war nicht mehr bereit sich zu ducken. »Geh! Lass uns in Frieden, Isobel Havisham!«, sagte sie zornig. Und obwohl ihre Stimme, ihr ganzer Körper bebte, war sie nicht willens nachzugeben. »Du hast keine Macht mehr über uns! Das ist vorbei!«

»Nichts ist vorbei«, zischte Isobel und kam ihr gefährlich nahe. Ihr Atem ging heftig. Ein wenig Speichel aus ihrem geifernden Mund traf Cathy an der Wange, die ihn mit der Hand fortwischte. Sie wurde sich des Blutes bewusst, das ihr aus der aufgeplatzten Haut an der Wange sickerte. Blanker Irrsinn flackerte in Isobel Havishams Blick. Cathy wurde klar, dass sie zu weit gegangen war. Das war dumm gewesen, sehr dumm! Einem plötzlichen Impuls des Selbstschutzes folgend, wandte sie sich um und begann zu rennen. Sie musste unbedingt das schützende Haus erreichen. Isobel war gefährlich.

Doch sie war nicht schnell genug. Plötzlich spürte sie einen heftigen Stoß von hinten. Sie stolperte und fiel, versuchte im Fallen das Kind in ihrem Leib zu schützen. Da prasselten schon Peitschenhiebe auf sie nieder. Vergeblich versuchte sie, den Schlägen auszuweichen. Es gelang ihr nicht. »Nicht, Isobel!«, keuchte sie. »Bitte! … lass mich … das Kind …« Doch Isobel schrie nur noch lauter. Sie war wie von Sinnen, eine Furie! Nun trat sie ihr heftig in den Leib … es schmerzte so … ihr wurde schlecht. Cathy wusste plötzlich mit grausamer Klarheit: Isobel würde nicht von ihr ablassen, sie würde sie töten, würde das Kind in ihr – Aarons Kind – töten. Entsetzt krümmte sie sich zusammen. Nicht das Kind! Sie musste es schützen! Da traf sie ein Stiefeltritt mit voller Wucht am Kopf. Plötzlich nahm sie alles wie durch einen Schleier wahr. Das Licht zog Schlieren wie geronnene Milch und Isobels Geschrei klang seltsam entfernt – Da! – Aarons aufgeregte Stimme – es war ihr, als ob zwei Menschen miteinander rangen – sie wusste es nicht zu sagen – dann wurde es dunkel.

Kapitel 66

»Fort von ihr! Lass sie in Ruhe!« Aarons Stimme überschlug sich. Von Ferne hatte er den Schimmel mit seiner schlanken Reiterin beobachtet, der sich auf das Haus zubewegte, und war augenblicklich losgerannt, als er Isobels kreischende Stimme hörte. Doch er kam zu spät. Schockiert, fassungslos sah er, dass Isobel wie von Sinnen auf Cathy einschlug. Cathy lag am Boden und rührte sich nicht mehr. Da! Sie trat nach ihr, noch einmal und noch einmal! Er schrie auf in hilfloser Angst. Endlich war er nah genug, um die Tobende zu packen. Heftig riss er sie an den Schultern nach hinten und schleuderte sie von sich. Der Länge nach fiel sie in den Dreck. Es kümmerte ihn nicht weiter. Panisch warf er sich neben seiner Frau auf die Knie. War sie tot?

Da war Isobel wieder über ihm. Sie riss an seinen Haaren, kreischte, spuckte, kratzte, als wäre sie völlig wahnsinnig. Grob wehrte er sie ab, damit sie von ihm abließ, doch sie ließ sich einfach nicht abschütteln.

Da schlug er nach ihr.

Seine Faust traf sie mitten ins Gesicht. Blut schoss aus ihrer zierlichen Nase hervor und sie taumelte zurück. Auch ihre Oberlippe blutete. Der Schmerz schien sie offenbar endlich zur Besinnung zu bringen. Schwer atmend starrte sie ihn an.

Aaron wandte sich von ihr ab. Was war mit Cathy? Gott sei Dank, sie atmete noch, begann sich jetzt auch wieder zu bewegen.

»Cathy!«, flehte er, »Sag was! Sprich mit mir!« Er hatte solche Angst.

»Es geschieht ihr recht, der falschen Schlange. Diese Hure!«, keifte Isobel. »Sie hat mich hintergangen! Sie …«

Zornbebend fuhr Aaron herum. »Schweig!«, schrie er, völlig außer sich. »Hast du uns noch nicht genug angetan, du Biest? Wie kannst du es wagen, noch hierherzukommen? Was hast du noch hier zu suchen? Verschwinde, bevor ich dir antue, was du ihr angetan hast!«

Isobel starrte ihn völlig entgeistert an. »Aaron? Was soll das? Was willst du denn mit diesem dummen Schaf? Weißt du nicht mehr, wie viel Spaß wir miteinander hatten?«

Aaron spuckte aus und ballte die Fäuste. Was war sie ihm verhasst! Wenn sie noch einen Augenblick länger hierblieb, dann würde er vermutlich nicht mehr an sich halten können. »Spaß?«, keuchte er. Die Wut raubte ihm fast den Verstand. »Du glaubst, ich hatte *Spaß*? Nicht eine Sekunde, Isobel, das schwöre ich dir, so wahr ich Aaron Stutter heiße. Du widerst mich an, hast es immer schon getan! Cathy war es, die ich wollte, für die ich mich vor dir erniedrigt habe, vom ersten

Tag an. Cathy, niemand anders! Die Hure bist du, Isobel Havisham! Und ich verfluche den Tag, an dem ich dich zum ersten Mal gesehen habe!«

Da endlich schien Isobel die Wahrheit zu dämmern. Ihr Gesicht verhärtete sich und sie richtete sich stolz auf. »Das hast du nicht umsonst gesagt, Aaron Stutter! Das wird Folgen haben, das schwöre ich!«

Aaron hörte kaum hin, er hatte sich wieder neben die stöhnende Cathy gekniet und nahm sie nun schützend in den Arm. Isobel wischte sich das Blut ab, das ihr übers Kinn lief. Dann wandte sie sich wortlos um, bestieg ihren Schimmel und ritt davon.

Horace Havisham klappte die Bücher zu, die ihm Mr Gruber zur Überprüfung vorgelegt hatte. Alles war peinlich sauber und zu seiner vollsten Zufriedenheit erledigt und dokumentiert. Der Mann war wirklich ein wahrer Glücksgriff. Das Gut war besser geführt, als es das je zu Zeiten von Francis de Burgh der Fall gewesen war. Der Verwalter kostete ihn zwar eine Stange Geld, doch warf Whitefell unter seiner Leitung auch – wie es in den Büchern in erfreulichen Zahlenkolonnen dokumentiert wurde – deutlich mehr Gewinn ab als früher. Das überwog die Ausgaben bei Weitem. Trotzdem war Havisham nicht so zufrieden, wie er es hätte sein können. Seit jenem Vorfall im Hause Baker verspürte er eine tiefe Verunsicherung, die er bisher nicht an sich gekannt hatte. Er scheute davor zurück, dieses Gefühl beim Namen zu nennen, aber wenn ihn, wie häufiger in den letzten Wochen, Schlaflosigkeit plagte und er sich in seinem Bett hin und her wälzte, wusste er nur zu gut, dass es sein Gewissen war, das ihn drückte. Als hätte Meredith Baker mit ihrer zarten, weißen Hand eine Tür in seinem Inneren geöffnet, die er bisher sorgsam verschlossen gehalten hatte.

Sicher, er konnte eigentlich stolz darauf sein, was er erreicht hatte. Seine Kandidatur war in allen Bereichen bestätigt worden und selbst seine Kritiker hatten sich inzwischen damit abgefunden. Bei einem erfolgreichen Wahlergebnis winkten ihm sogar einige der Ämter, die Baker krankheitshalber (das war die offizielle Version, Green hatte natürlich alles daran gesetzt, diese auch entsprechend zu propagieren) aufgegeben hatte. Green hatte sich auch beflissen und sehr öffentlichkeitswirksam um eine angemessene medizinische Versorgung für Baker bemüht. Das, so hatte Green bei jeder sich bietenden Gelegenheit verkündet, sei man einem verdienten Parteifreund schießlich schuldig. Man hatte eine Pflegerin gefunden, die sich nun um Mr Baker kümmerte und die Schwiegertochter entlastete. Bakers Zustand hatte sich, wie der Arzt es prophezeit hatte, nicht sehr gebessert. Er war halbseitig gelähmt, lag die meiste Zeit im Bett und konnte zwar verstehen, was man zu ihm sagte, aber nicht mehr verständlich antworten. Er behalf sich – so hatte Green, der den Kranken aufgesucht hatte, berichtet – mit dem Schreiben kleiner Zettel. Auch beherrschte Meredith Baker wohl in hohem Maße die schwierige Kunst, ihrem Schwiegervater jeden Wunsch von den Augen abzulesen. Schlimm war, wie es schien, nur die finanzielle Situation der Bakers. Vermutlich würde die Fabrik bald verkauft werden müssen. Zwar hatte Baker selbstverständlich einen Geschäftsführer, aber solange der Inhaber außerstande war Entscheidungen zu treffen – und es sah nicht so aus, als würde dies je wieder der Fall sein –, war die Weberei auf Dauer nicht mehr konkurrenzfähig. Wieder einmal dachte Havisham darüber nach, ob er Bakers Fabrik nicht über einen Treuhänder erwerben sollte. Zu einem Verkauf an ihn direkt würde Baker, so angeschlagen er auch war, sicher nie seine Zustimmung geben. Aber wenn er seine Beteiligung verschleierte …? Vielleicht konnte er dann einen Teil seiner Schuld an der bedauerlichen Entwicklung wieder gutmachen. Das wäre vielleicht auch eine gute Maßnahme für seinen Seelenfrieden. Er würde einen anständigen, vielleicht sogar einen überhöhten Preis dafür zahlen und vor allem dafür sorgen, dass das Geld auch Meredith Baker zugutekäme. Die Vorstellung, dass diese durch seine Schuld – und ganz allein mit der Last des missratenen Ehemanns und kranken Schwiegervaters konfrontiert – auch noch in Armut und Schulden versinken würde, war ihm einfach unerträglich. Vielleicht würde sie ihm dann auch verzeihen können. Ihr anklagender und ängstlicher Blick verfolgte ihn immer wieder bis in seine Träume … wie auch die Erinnerung an ihren zarten Körper in seinen Armen.

Havisham schüttelte den Kopf, räusperte sich und rief sich zur Ordnung. Er tat gut daran, sich diese Erinnerung aus dem Kopf zu schlagen. Das alles schwächte auf Dauer seine Entschlusskraft. Was war nur mit ihm los? Begann er etwa weich zu werden? Dann konnte er seine Kandidatur gleich vergessen. Harte, anstrengende Wochen standen ihm bevor. Anstrengend vor allem im Hinblick auf seine Ehefrau. Heute hatte er sich schon in den Morgenstunden wieder heftig mit ihr gestritten. Sie war daraufhin in ihre Räume gerannt und hatte Whitefell kurze Zeit später hoch zu Ross verlassen. Dabei hatte er sie ausdrücklich darum gebeten, an der Unterredung mit Gruber teilzunehmen, da die nächsten Wochen auch hinsichtlich der vielen Termine durchgeplant werden mussten. Bei etlichen dieser Wahlveranstaltungen sollte sie ihn ja begleiten. Aber wie es den Anschein hatte, war ihr diese Verpflichtung als Ehefrau herzlich egal, ja, sie sah es sogar als unverschämte Forderung an, der sie keinesfalls Folge zu leisten gedachte. Sie wurde immer aufsässiger. Er befürchtete ernsthaft, sie könnte ihn in ihrer launischen Unbeherrschtheit bei wichtigen Wahlveranstaltungen oder aber bei anderen gesellschaftlichen Anlässen bloßstellen. Es war wirklich an der Zeit, dem einen Riegel vorzuschieben, wenn es sein musste mit Gewalt. Weiß Gott, er hatte sich die Ehe mit diesem Kind wirklich leichter vorgestellt! Doch Isobel de Burgh schaffte es in ihrer Rolle als Mrs Havisham, ihm seine Tage gründlich zu vergällen. Zorn stieg in ihm hoch. Er würde sie sich nachher noch einmal gründlich vorknöpfen. Vielleicht sollte er ihr zunächst einmal die großzügigen Geldbeträge, die er ihr für ihre Kleider und anderen Tand zur Verfügung stellte, empfindlich zusammenstreichen. Vermutlich würde das ihre Launenhaftigkeit fürs Erste ein wenig im Zaum halten.

Plötzlich wurde die Tür zu seinem Arbeitszimmer aufgerissen und der Gegenstand seiner wenig freundlichen Überlegungen stand schwer atmend und in einem fürchterlichen Aufzug im Raum. Entgeistert starrte Havisham seine Frau an. Was um Himmels willen war nun schon wieder vorgefallen? Offenbar hatte sie einen kräftigen Hieb ins Gesicht bekommen. Spuren von getrocknetem Blut klebten ihr noch an Nase und Lippen. Ihre Kleidung war vollkommen verdreckt, als ob sie gestürzt wäre.

»Was um alles in der Welt …?«, keuchte er bestürzt. »Bist du etwa vom Pferd gefallen?«

Ohne ihm auf seine Frage zu antworten, kam Isobel, das Gesicht zu einer wütenden Fratze verzerrt, auf ihn zu und ließ ihre Peitsche mit einem scharfen Zischen auf den Schreibtisch niedersausen.

»Ich wünsche, dass du sofort die Polizei kommen lässt!«

»Die Polizei?« Havisham traute seinen Ohren kaum. Was war da nur geschehen? »Bist du etwa überfallen worden auf unserem eigenen Grund und Boden? Du siehst fürchterlich aus, wenn ich das sagen darf!«

»Ja, überfallen … und zwar von Aaron Stutter, deinem ehemaligen Stallmeister!«

»Von Aaron Stutter? Entschuldige Isobel, aber das kann ich kaum glauben! Er mag ein Weiberheld sein, aber dumm ist er doch nicht. Warum um alles in der Welt sollte er so etwas tun? Er hat doch gar keinen Grund dazu!« Zweifelnd sah Havisham seine junge Frau an. Wieder keimte in ihm ein Verdacht auf, der ihm schon an jenem Tag im November vor ihrer Abreise nach London gekommen war. Diese häufigen und völlig unnötigen Besuche seiner Gattin auf der Pennywood Farm hatten vielleicht noch einen anderen Grund als nur die angebliche freundschaftliche Verbundenheit zu ihrer ehemaligen Spielkameradin und Zofe. Diese alberne Geschichte hatte er ihr ohnehin nie geglaubt. Isobel empfand bestimmt für niemanden freundschaftliche Zuneigung, außer für sich selbst. »Also wirklich, Isobel, entweder tischst du mir hier eine freche Lüge auf, oder aber ich fürchte, du hast dich wieder an dieser Cathy vergriffen und die hat dir diese Blessuren zugefügt. Ich will nicht hoffen, dass dem so ist. Das kann ich nicht dulden. Ich habe mich um meinen Ruf zu kümmern und ich werde nicht zulassen, dass du ihn durch deine Eskapaden beschädigst.«

Isobel wechselte von einer Sekunde auf die andere vom Zustand kalter Wut in schrilles Keifen. »Ist das alles, was du dazu zu sagen hast? Schau mich an! Er hat mich angefasst und geschlagen! Ich verlange, dass er dafür zur Rechenschaft gezogen wird.« Wütend schlug sie erneut mit der Peitsche auf seinen Schreibtisch. Die Gerte traf das Tintenfass. Die schwarze Flüssigkeit spritzte über einige ausgebreitete Schriftstücke und beschmutzte auch Havishams wie immer exquisite Kleidung. Das Blut wich ihm aus den Wangen und er sprang auf, bebend vor Zorn. »Isobel, das reicht jetzt endgültig! Ich habe deine Launen satt! Ich glaube dir kein Wort! Nimm dich zusammen oder du wirst meine Hand zu spüren bekommen.«

Sie lachte schrill, fast irre. »Du bist mir ein schöner Ehemann! Ein schmutziger Bauer fasst deine Frau an und es kümmert dich nicht einmal.«

»Isobel, nimm dich in Acht!«

»Ha, was willst du mir denn tun? Ich werde schreien, dass es das ganze Haus hört. Ich will, dass dieser Stutter verhaftet wird. Und wenn du dich nicht darum kümmerst, werde ich persönlich zur Polizei gehen und ihnen auch erzählen, dass es meinen Mann, den ehrenwerten Mr Havisham, nicht kümmert, wenn seine Frau von einem dahergelaufenen Kerl verprügelt wird.« Sie starrte ihn böse an, öffnete dann den Mund und setzte zu einem durchdringenden Schreien an.

Plötzlich war ihm, als ob etwas in ihm riss. Der Anblick ihres aufgerissenen Mundes, an dem noch Reste von Blut klebten, machte ihn verrückt. Sein Verstand, seine sonstige kühle Besonnenheit ließ ihn völlig im Stich, in seinen Adern begann es zu kochen. Er fühlte unbändigen Zorn, Überdruss und gleichzeitig eine starke Erregung. Eine Erregung, die ihm weiß Gott nicht fremd war, die er aber sonst sorgfältig vor dem Licht des Tages verbarg. Er konnte sich nicht dagegen wehren, wollte es plötzlich auch nicht mehr. Sein Zorn mischte sich mit Gier. Es war genug. Er würde ihr zeigen, wer ihr Herr und Meister war, jetzt sofort! Er würde ihr endlich geben, was sie verdiente.

Mit wenigen raschen Schritten war er um den Tisch herum und packte sie mit einer Hand am Arm. Sie schrie noch immer. Da holte er mit der anderen Hand aus und verabreichte ihr einige kräftige Ohrfeigen. Dann stieß er sie in Richtung seines Schreibtisches und zwang sie grob, sich darüber zu beugen, sodass sie ihm ihre Kehrseite entgegenstreckte. Sie wehrte sich heftig, doch er war stärker als sie. Unerbittlich drückte er sie nieder, während er hastig seine Pants öffnete. Sein Glied ragte schon steif hervor, schmerzte vor Erregung. Geschickt wich er ihren hilflosen Tritten aus, als er ihre Röcke nach oben zerrte. Wieder versuchte sie zu schreien, aber er presste ihren Kopf nachdrücklich auf die Tischplatte. Da war nur noch ein gedämpftes Gurgeln zu hören. Gierig leckte er sich die Lippen. Gott, wie ihn das erregte. Dann stieß er in sie, zwang sich ihr auf, demütigte sie. Es kümmerte ihn nicht, ob er ihr Schmerzen damit zufügte, begrüßte es sogar. Seine Lust steigerte sich rasch, wie er es von sich kannte, wenn er mit den Huren in den heruntergekommenen Bordellen so verfuhr. Dass er nun sein eigenes Eheweib in dieser Weise misshandelte, war ihm im Augenblick fast entfallen. Es war, als ob die Bestie in ihm, die er wohl kannte und durchaus fürchtete, ihr wildes Haupt erhob und ihm einmal mehr die Herrschaft über sich selbst entriss.

Doch plötzlich, als er schon glaubte sich gleich zu ergießen, bemerkte er erstaunt, dass sich in Isobels erstickte spitze Schreie ein lustvolles Stöhnen mischte. Er lockerte seinen Griff, mit dem er sie auf die Schreibtischplatte presste, versuchsweise ein wenig. Und tatsächlich: sie verharrte in der Stellung, in die er sie gezwungen hatte, reckte ihm noch ihr Gesäß entgegen und keuchte hingebungsvoll.

War es das, was sie wollte? Schätzte sie seine rücksichtslose Gier etwa? Bisher war ihm noch kein Weib begegnet, das an derlei Gefallen gefunden hätte. Die Huren, die sich ihm sonst auslieferten, jedenfalls bestimmt nicht, aber die hatten keine andere Wahl. Außerdem war diese Sorte Weiber Schläge und Grobheiten gewohnt.

Aber Isobel? Er konnte es kaum glauben. Sein eigenes Weib benahm sich schamloser als jede Hure. Wieder durchzuckte ihn heftige Lust und gleichzeitig würgte ihn die Abscheu vor ihr. Eine Abscheu, die er genauso vor sich selbst empfand, wenn er seiner Begierde in dieser Weise nachgab. Und doch konnte er nicht anders. Seine Lust war übermächtig. Gierig stöhnend packte er Isobel bei den Hüften und gab ihr den Rest.

Dann war er fertig. Er wandte sich schnell ab und brachte seine Kleidung in Ordnung.

Abwartend stand er im Zimmer. Er wusste nicht recht, wie er sich nun verhalten sollte. Langsam richtete sich nun auch Isobel aus ihrer vornübergebeugten Stellung wieder auf, bedeckte ihre Blöße und drehte sich zu ihm um. Ihre Blicke trafen sich. Er entdeckte eine fremde Lüsternheit in ihren Augen, die ihn ungemein reizte und gleichzeitig erschreckte. Havisham räusperte sich. Er hatte sie doch zurechtweisen, demütigen, ja, seinen Herrschaftsanspruch als Ehemann ein für alle Mal reklamieren wollen, aber er spürte deutlich, dass er sich stattdessen nur lächerlich gemacht hatte. Im Grunde hatte er sich eben vor allem selbst gedemütigt. Auch Isobel schien sich dessen bewusst zu sein. Ein sarkastisches Lächeln nistete sich auf ihrem geschundenen Gesicht ein und verhöhnte seine eingebildete Überlegenheit. Langsam, sich aufreizend in den Hüften wiegend, ging sie dicht an ihm vorbei zur Tür. Wie zufällig streifte sie mit der Hand die Ausbuchtung an der Vorderseite seiner Hose.

»Die Polizei, Havisham, denk daran! Ich wünsche, dass du dich darum kümmerst, verstanden?« Dann verließ sie hoheitsvoll wie eine Königin sein Arbeitszimmer. Und Havisham wusste so gut wie sie selbst, dass er ihr nichts entgegenzusetzen hatte.

Kapitel 67

Aaron wusste sich nicht mehr zu helfen. Er hatte Cathy, die immer noch benommen war, ins Haus getragen und dort in der Schlafkammer auf das neu gezimmerte Bett gelegt. Sie hatte ihn stöhnend abgewehrt, als er nach ihr sehen wollte. Nun lag sie auf dem Bett, krümmte sich zusammen und hielt die Augen geschlossen. Anscheinend hatte sie starke Schmerzen. Aber sie sagte nichts, wimmerte nur hin und wieder leise. Aaron verfluchte sich selbst dafür, dass er nicht rechtzeitig bei ihr gewesen war. Sie hatte einmal mehr recht behalten mit ihrer Angst vor Isobels Rache. Das Weib war offenbar verrückt, anders konnte er sich diesen Gewaltausbruch nicht erklären. Hilflos saß er neben Cathy auf dem Bett und zermarterte sich das Hirn. Was sollte nun aus ihnen werden? Er hatte die Herrin Whitefells geschlagen. Gewiss, es war pure Notwehr gewesen, aber das würde keinen Richter interessieren und Isobel würde es schon verstehen, die Dinge in ihrem Sinne zu verdrehen. Sie war nicht nur verrückt, sondern leider auch schlau und intrigant.

Da begann Cathy mit einem Mal stärker zu stöhnen, unüberhörbar mischte sich Panik in ihren stoßweise austretenden Atem. »Cathy?«, fragte er ängstlich, »was ist denn nur? Sprich doch mit mir!« Statt einer Antwort richtete sie sich halb auf und schlug mit bebenden Händen ihre Röcke zurück. Entsetzen ergriff auch ihn bei dem Anblick, der sich ihm bot. Ein Strom von Blut trat unaufhaltsam zwischen ihren Beinen hervor und färbte Röcke und Laken rot. Sie begann zu schreien, außer sich vor Angst. Auch er war kurz davor in Panik auszubrechen, aber er wusste mit absoluter Gewissheit, dass es jetzt darauf ankam, dass er einen klaren Kopf behielt.

»Cathy, du musst dich beruhigen!«, sagte er bestimmt, packte sie bei den Handgelenken und zwang sie, ihn anzusehen. »Ich bringe dich zu Martha. Jetzt sofort! Sie wird wissen, was zu tun ist. Verstehst du mich?« Sie starrte ihn an, ihr Schreien verstummte abrupt. Sie war offenbar kaum mehr in der Lage, die Bedeutung seiner Worte zu erfassen. Er hob sie rasch mitsamt dem blutigen Bettzeug auf die Arme und trug sie so schnell er konnte aus dem Haus und hinüber zum Pritschenwagen, der im Hof stand. Dort legte er sie auf die Ladefläche und versuchte, ihr mit ein paar Schaffellen ein wenig Annehmlichkeit zu verschaffen. Doch er wusste genau, er hatte keine Zeit. Sie mussten Martha erreichen, bevor es zu spät war. Er stürzte hinaus zur Weide hinter dem Stall, um den Braunen zu holen und in fliegender Hast vor den Wagen zu spannen. Obwohl ihm die Angst um Cathy und das Kind fast den Verstand raubte, gelang ihm das in kürzester Zeit. Dann sprang er auf den Kutschbock, warf noch einen prüfenden Blick auf seine

Frau, die mit geschlossenen Augen und wieder leise wimmernd auf der Ladepritsche lag, wandte sich dann um und gab dem erschreckten Arbeitspferd die Peitsche.

»Aaron Stutter, solltest du deine Frau in dieser Weise zugerichtet haben, wirst du mich kennenlernen!« Martha funkelte ihn böse an. Eben war sie aus ihrer Kate getreten, nachdem sie sich zunächst um Cathy gekümmert hatte. Der Braune troff noch immer vor Schweiß und zitterte, so sehr hatte Aaron ihn hergenommen und die sechs Meilen bis zu Marthas kleiner Hütte am Rande des Dorfes in kürzester Zeit zurückgelegt. Zum Glück war Martha tatsächlich zu Hause gewesen. »Was ist mit ihr?«, fragte Aaron, ohne auf Marthas anklagende Worte einzugehen. »Sie wird doch überleben?«

»Ich hoffe es!«, sagte Martha mit finsterem Blick. »Ich tue, was ich kann. Sie blutet immer noch. Das Kind werde ich nicht retten können. Es wird eine Fehlgeburt, es tut mir leid. Aber ich hoffe, ich kann Cathy das Leben erhalten. Ich habe ihr Kräuter gegeben, die die Wehen vorantreiben. Nur wenn sie die absterbende Frucht in ihrem Leibe schnell loswird, wird sie überleben können. So hoffe ich zumindest.«

Aaron biss die Zähne zusammen und blickte schnell zu Boden. Tränen sammelten sich hinter seinen Lidern. Seine Stimme schwankte unsicher, als er fragte: »Sie verliert das Kind?«

Martha nickte. »Es gibt keine andere Möglichkeit. Es tut mir wirklich leid, Aaron. Aber nun will ich wissen, was da vorgefallen ist. Ihr Bauch ist rot und blau von Tritten. Das Kind ist ihr buchstäblich aus dem Leib getreten worden. Und dann diese Spuren von Peitschenhieben überall! Ich bin nicht blind, Aaron Stutter. Jemand hat Cathy schwer misshandelt und wenn du es gewesen bist, dann gnade dir Gott.«

»Sie hat es dir nicht erzählt?«

Martha schüttelte den Kopf. »Sie ist immer noch wie erstarrt vor Furcht. So hat sie auch schon früher reagiert, das ist wohl ihre Art. Aus ihr ist nichts herauszubekommen. Also will ich es von dir wissen. Und ich rate dir, mir die Wahrheit zu sagen.«

»Isobel Havisham! Das war Isobel Havisham!«, presste Aaron mühsam hervor. Das alles war ein Albtraum. Wie hatte das nur geschehen können?

»Isobel Havisham?« Martha schüttelte ungläubig das graue Haupt. »Wie kann das sein? Was hat sie noch mit euch zu tun? Ich denke, sie ist noch in London.«

»Nein, Nicht mehr!«, sagte Aaron mit erstickter Stimme und blickte Martha wieder in die Augen. Das alles war unerträglich. »Bitte, kann ich zu Cathy?«

Einen Augenblick lang zögerte die ältere Frau, dann aber nickte sie. »Es geht ihr nicht gut, aber wenn du wirklich nicht für diese Schandtat verantwortlich bist, dann will ich es dir gewähren … für einen Moment zumindest.«

Aaron nickte nur kurz zum Dank und drängte sich dann eilig an Martha vorbei in die Kate.

Der Raum wurde nur durch ein wenig Tageslicht, das durch die winzigen Fenster drang, erhellt. Aaron roch den betäubenden Duft der vielen Kräuter, die von der rauchgeschwärzten Decke herabhingen. Das wurde noch zusätzlich durch die Essenzen verstärkt, die Martha für die Behandlung auf der Feuerstelle erhitzt hatte. Cathy lag wieder in dieser zusammengekrümmten Haltung, die sie auch schon vorher eingenommen hatte, auf einem Lager, das Martha wohl zeitweise für Kranke zu nutzen pflegte, und atmete schwer. Hin und wieder stieß sie auch klagende Laute aus. Martha hatte sie inzwischen entkleidet und ihr ein Baumwolllaken zur Bedeckung ihrer Blöße gegeben. Im Raum war es fast zu warm, sie musste nicht frieren. Ihr Körper wirkte nahezu kindlich unter dem Laken, so schmal, bis auf die Wölbung ihres Leibes. Selbst im

Halbdämmer des Raumes konnte Aaron sehen, dass sich auf ihren nackten Armen und Schultern deutlich die rötlichblau verfärbten Striemen von Isobels Peitschenhieben abzeichneten. Sein Herz krampfte sich zusammen bei dem Anblick und gleichzeitig stieg erneut das Gefühl von Ohnmacht und unbändigem Hass in ihm auf. Hilflos ließ er sich neben Cathy nieder. Er wusste nicht, was er sagen sollte. Er hatte ihr geschworen sie zu beschützen, aber es war ihm nicht gelungen. Isobel hatte schreckliche Rache genommen.

Cathys Hand ragte unter dem Laken hervor. Es drängte ihn danach, ihre Nähe zu fühlen, zu spüren, dass sie lebte, und so legte er seine Hand auf die ihre. Doch sie entzog sie ihm wortlos. Das schmerzte ihn fast mehr als alles andere. Würde sie ihm je verzeihen, dass er sie nicht vor Isobel hatte bewahren können? Da betrat Martha den Raum. Sie erkannte Aarons Verzweiflung mit einem Blick. Rasch kam sie herüber und strich Cathy über den Kopf. »Kleines, es ist nicht gut, wenn du dich vor uns verschließt«, sagte sie mit einer Sanftheit, die Aaron gar nicht hinter ihrer sonst so selbstsicheren und entschlossenen Art vermutet hätte. »Du darfst dich nicht verkriechen in deinem Schmerz. Tu das nicht, Cathy. Gib uns die Möglichkeit dir beizustehen, gib sie deinem Aaron. Es wird alles wieder gut werden, auch wenn es dir jetzt nicht so vorkommen mag. Sieh, dein Mann ist hier, der dich liebt. Das ist das Wichtigste. Ihr werdet es schaffen, wenn ihr zusammenhaltet, hörst du? Aber du musst uns helfen. Du musst jetzt stark sein. Nicht aufgeben, Cathy!«

Da plötzlich brach Cathy in Tränen aus. Aaron erging es nicht besser, auch ihm strömte das Wasser unaufhaltsam aus den Augen. Das alles war zu viel für ihn. Doch er spürte dankbar, wie sich Cathy nun endlich Schutz suchend an ihn klammerte. Fest legte er seine Arme um sie. »Oh, Cathy!«, schluchzte er. »Ich wünschte so sehr, ich hätte das verhindern können, glaub mir!«

»Ihr werdet es gemeinsam schaffen!«, meinte Martha noch einmal tröstend. »Es wird wehtun, wenn du die Frucht deines Leibes jetzt herausstoßen musst, aber ich bin an deiner Seite. Und ihr werdet andere Kinder haben.«

Cathys Weinen wurde nur noch lauter, aber Aaron spürte trotzdem, dass sie bereit war, ihn und Martha wieder teilhaben zu lassen. Gewiss, der Verlust des Kindes war schrecklich. Der Schmerz darüber drückte ihm buchstäblich den Atem ab. Um wie viel schlimmer musste es da für Cathy sein? Und trotzdem hatte Martha nur zu recht. Kinder kamen und gingen. Das war das Los aller, vor allem aber der unteren Schichten. Wie viele Kinder starben noch in der Wiege? Das war schwer. Es brach den Weibern das Herz, aber es war doch Alltag. Das Wichtigste für ihn war, dass Cathy am Leben blieb. Doch das konnte er ihr in ihrem Schmerz jetzt nicht sagen. Er konnte sie nur halten und ihr nahe sein in ihrem Leid.

Plötzlich krampfte sich Cathy stärker zusammen und stöhnte laut. Prüfend ließ Martha die Hand unter das Laken gleiten.

»Es geht los, Aaron. Ich glaube, es ist besser, du gehst jetzt hinaus. Das ist Frauensache. Glaube mir, es ist besser so!«

Widerstrebend ließ Aaron Cathy los, fügte sich dann aber den Worten der erfahrenen Kräuterfrau.

Draußen vor der Tür wusste er kaum etwas mit sich anzufangen. Er war zum Warten verurteilt. Unschlüssig blickte er umher und gesellte sich schließlich zu dem Braunen hinüber. Wieder kamen ihm die Tränen. Er drückte seine Stirn an den warmen Hals des Tieres. Cathys lauter werdende Schmerzensschreie drangen unüberhörbar aus der Kate. Jeder einzelne von ihnen war für ihn eine Qual.

Er seufzte. Es war schrecklich! Nicht nur, dass Cathy das Kind verlor, ihr gutes Leben auf der Pennywood Farm hatte mit der Auseinandersetzung ein jähes Ende gefunden. Sie mussten fliehen, davonlaufen wie Diebe in der Nacht. Ihre Lebensgrundlage war mit einem Schlag zerstört worden. Aaron wusste nur zu gut, dass Isobel ihre Drohung wahr machen würde. Sie konnten nicht zurück zur Pennywood Farm. Selbst der Aufenthalt bei Martha war gefährlich. Wie lange würde es dauern, bis Isobel den Übergriff auf sie angezeigt hatte? Und die Polizei würde ihr, oder besser ihrem Ehemann Mr Havisham, ohne Weiteres Glauben schenken. Die Spuren in Isobels Gesicht sprachen ja eine deutliche, wenn auch irreführende Sprache. Dass Isobel Cathy vorher beinahe totgeschlagen und das Kind in ihrem Leib umgebracht hatte, würde vermutlich niemanden interessieren. Einfachen Leuten glaubte in solchen Fällen ohnehin kein Richter, nicht, wenn Angehörige der Oberschicht in den Fall verwickelt waren. Aaron lächelte bitter. Wenn sie seiner habhaft werden konnten, würden sie ihn aufhängen wie einen räudigen Hund, das stand außer Frage. Aaron schüttelte es bei dem Gedanken an die Gehenkten, die die Gerichtsbarkeit zur Abschreckung jeweils an den Wegkreuzungen vor den Städten verrotten ließ, bis man sie nach einiger Zeit, je nach Schwere des Verbrechens, abnahm und achtlos verscharrte. Wie lange würden seine faulenden Überreste dort hängen? Drei oder vier Wochen? Was kostete der Fausthieb in Isobel Havishams Gesicht?

Es blieb ihnen keine Wahl: Sie mussten davonlaufen. Wieder einmal! Dieses Schicksal war wohl untrennbar mit ihm verbunden. Er hatte keine Ahnung, wie sie das bewältigen sollten. Schließlich war er nicht mehr allein auf der Welt und Cathy ging es alles andere als gut. Was sollte jetzt aus ihnen werden?

Da trat Martha vor die Tür, ein blutiges Bündel in der Hand. Aaron stockte der Atem, als ihm bewusst wurde, was dieses Bündel enthielt. Martha winkte ihn zu sich. Ihre Augen waren voller Mitgefühl, als sie sagte: »Cathy geht es den Umständen entsprechend gut. Sie wird es überstehen, denke ich. Mach' dir keine Sorgen, Aaron.« Aaron nickte stumm. Er sah sich außerstande zu sprechen, fürchtete er doch, beim Klang seiner eigenen Stimme endgültig die Fassung zu verlieren. Martha sah wohl ohnehin die Spuren der frischen Tränen auf seinem Gesicht. Sie räusperte sich und sagte leise: »Ich weiß, dass die Kirche das eigentlich nicht gerne sieht, aber ich habe einen Platz hinten bei der alten Weide«, sie wies hinüber zu einem mächtigen Baum im hinteren Teil ihres Gartens in der Nähe einer Ziegelmauer. Scillas bildeten einen hübschen leuchtend blauen Teppich an seinen Wurzeln, »dort magst du das kleine Wesen begraben. Einen Spaten findest du bei der Mauer.« Fest legte sie ihre alte abgearbeitete Hand einen Augenblick auf seinen Unterarm, als sie ihm das Bündel übergab. Das gab ihm ein wenig Trost. Trotzdem fiel es ihm unendlich schwer, den Weg hinüber in das schattige Grün der Weide anzutreten.

Die weit herabhängenden Zweige umgaben ihn wie eine stille Halle, als er nach dem Spaten griff und mit kräftigen Bewegungen ein Loch aushob. Die Erde war schwer und feucht. Dann endlich glaubte er, genug Raum geschaffen zu haben. Fast scheu ergriff er das Bündel, das er vorsichtig neben sich abgelegt hatte. Er bückte sich, um es in die frisch ausgehobene Kuhle zu legen, doch plötzlich hielt er inne. Ein einziges Mal wollte er sein totgeborenes Kind ansehen. Es sollte nicht ohne den liebevollen Blick seines Vaters vom Antlitz der Erde gehen müssen. Der Anblick des kleinen zerbrechlichen Körpers, kaum so groß wie ein Püppchen, brach ihm buchstäblich das Herz. Ein Schrei drängte seine Kehle hinauf, kraftlos fiel er auf die Knie und gab sich seiner Qual hin.

Da spürte er Marthas Hand, die sich auf seine Schulter legte. Unbemerkt war sie hinter ihn getreten. »Lass es gehen, Aaron. Es ist besser so!«, sagte sie leise. Er zögerte, doch dann nahm er sich zusammen und befolgte ihren Rat. Bald hatte die schwarze Erde das kleine leblose Bündel bedeckt. Martha schlug das Kreuzzeichen darüber und verharrte einen Augenblick schweigend.

»Und nun Aaron, lass uns hineingehen. Du musst mir genau erzählen, was vorgefallen ist und dann werden wir sehen, was ich für euch beide tun kann.«

Kapitel 68

Aaron, Cathys Vater ist gekommen!« Emma war leise in die Kammer getreten, die ihnen auf dem kleinen Hof elf Meilen vor Salisbury in den letzten Tagen zur Verfügung gestanden hatte. Diesen Zufluchtsort hatte Martha ihnen besorgt. Emma war eine Nichte von ihr und Mutter dreier Söhne, die alle durch Marthas kundige Hilfe das Licht der Welt erblickt hatten. Emmas Ehemann war vor zwei Jahren gestorben, aber die inzwischen fast erwachsenen Söhne bewirtschafteten das Anwesen auch alleine gut.

Hinter ihr betrat Wycliff den dämmrigen, kleinen Raum. Unschlüssig drehte er seine Kappe in den Händen. Er sah Aaron an, öffnete den Mund und schloss ihn wieder. Offenbar wusste er nicht, was er sagen sollte. Ohnehin war er, wie Aaron wohl wusste, niemand, der sein Herz auf der Zunge trug. Eine Eigenschaft, die er seiner ältesten Tochter vererbt hatte.

»Hast du alles bewerkstelligen können?«, fragte Aaron angespannt. Wycliff nickte. »Ja, es ist gelungen. Zwei Tage lang hat sich die Polizei bei der Pennywood Farm herumgedrückt. Die ganze Gegend summt wie ein Bienenkorb, das kannst du mir glauben! Auch bei uns waren sie und haben nach euch gefragt. Aber ich habe gesagt, ich wüsste von nichts.«

»Danke, Wycliff! Du bist eine unschätzbare Hilfe für uns.«

»Es ist das Mindeste, was ich für euch tun kann, Aaron!«, sagte Wycliff mit gepresster Stimme. »Am liebsten würde ich mich euch anschließen. Es stößt mir sauer auf, weiter auf Whitefell meine Arbeit zu tun. Nach dem, was diese Teufelin meiner Cathy angetan hat.« Wycliffs von der schweren Arbeit verkrümmte Finger krallten sich in hilflosem Zorn in seine Mütze.

Aaron zuckte mit den Schultern. »Was sollte das nützen, Wycliff? Du hast immerhin vier Mäuler zu stopfen. Glaubst du, das ist im Norden leichter? Ich weiß nicht, was uns dort erwartet. Ich hoffe, ich kann uns durchbringen.«

Wycliff legte ein zu einem kleinen Bündel zusammengeknotetes Tuch auf den Tisch. »Zumindest wird euch das eine Weile über Wasser halten können. Es ist der Rest von Cathys Geld und das, was ich an Vieh auf die Schnelle versilbern konnte. Ich habe Gruber gesagt, ich würde das Vieh zum Markt treiben und das Geld so lange verwalten, bis ich etwas von euch höre. Er hat sich darauf eingelassen, hat aber von mir die Auslösung der Farm eingefordert, die dir von Mrs Havisham zur Verfügung gestellt worden war. Ich habe gut gehandelt und konnte außer dem Erlös für die Lämmer und die Ferkel auch noch etwas Überschuss für das restliche Vieh erzielen. Aber das Pferd und den Wagen, die ihr auf eurer Flucht mitgenommen habt, wollte Gruber auch bezahlt haben. So sind es letztlich nur achtzehn Pfund und elf Schillinge.« In Wycliffs Gesicht zeichnete sich ehrliches Bedauern ab.

»Mehr war wohl nicht zu erwarten. Trotzdem danke ich dir, Wycliff.«

»Wenn ich euch nur irgendwie helfen konnte …« Wycliff senkte den Blick. »Und wie geht es Cathy? Hat das Fieber nachgelassen?«

»Ja!«, Aaron nickte und blickte hinüber zu Cathy, die auf der grob gezimmerten Liege schlief. Ihre Haut schimmerte blass im Halbdunkel. »Ich glaube, sie hat es überstanden. Gott sei Dank hat Martha uns geholfen. Ich wüsste nicht, was wir ohne sie gemacht hätten.«

»Sie ist wirklich eine gute Frau. Das habe ich erst jetzt so richtig verstanden«, stimmte Wycliff zu. »Und? Wie geht es nun weiter?«

»Ich denke, es ist zu gefährlich, wenn wir uns noch lange in der Gegend aufhalten. Sobald Cathy fieberfrei ist, werden wir uns auf den Weg machen. Hast du auch etwas vom Hausrat und der Kleidung einpacken können?«

Wycliff nickte erneut. »Ich habe es draußen auf dem Wagen. Nicht allzu viel, das hätte vielleicht Verdacht erregt. Aber das, was ich verantworten konnte.«

»Gut!«

Aaron trat zu seinem Schwiegervater und nahm ihn fest in den Arm. »Nun werden wir uns verabschieden müssen, Wycliff! Ich fürchte, wir werden uns nicht wiedersehen. Aber ich verspreche dir, dass ich auf deine Tochter achtgeben werde. Was immer in meiner Macht steht, werde ich tun, damit es ihr gut geht, das schwöre ich.«

Wycliff schluckte schwer. Offenbar stand er kurz davor, in Tränen auszubrechen. Aaron spürte, wie der ältere Mann ihn kräftig an sich drückte, dann löste er sich aus seiner Umarmung.

»Abschiede fallen mir schwer, Aaron«, sagte er entschuldigend. Sein Blick wanderte hilflos zu seiner schlafenden Tochter hinüber. »Bitte sage ihr …«, er schluckte noch einmal krampfhaft, »… sage ihr, dass ich sie sehr liebe und meine Gebete euch begleiten werden.«

Er blickte Aaron in die Augen. »Sie hat in dir einen guten Mann, Aaron. Ich vertraue sie dir an. Was könnte ich sonst tun? Passt gut auf euch auf.«

Einen Moment hielt er noch den Augenkontakt, dann wandte er sich schnell ab und verließ den Raum.

Aaron blieb im Dämmer der Kammer zurück. Am nächsten Morgen schon würden sie aufbrechen.

Armindale händigte seine Karte der Haushälterin von Mr de Burgh aus. »Ist Mr de Burgh nun zugegen?«

Die Haushälterin nickte. »Ja, der Herr ist vorhin aus dem Club zurückgekehrt. Er erwartet Sie bereits.«

Armindale folgte ihr die Treppe hinauf ins obere Stockwerk des schlichten Stadthauses. London war teuer, aber es hatte ihn doch gewundert, dass Mr de Burgh, immerhin der ehemalige Herr Whitefells, derart bescheiden residierte. Als er den Raum betrat, erblickte er einen Mann, der wesentlich älter wirkte, als sein Alter von kaum sechzig Jahren erwarten ließ. Francis de Burgh, der auf einem Sessel in der Nähe des vor sich hin glimmenden Kamins saß, wandte sich ihm mit leerem Blick zu. »Ah, Mr Armindale. Sie haben sich noch einmal herbemüht, wie ich sehe. Setzen Sie sich doch. Was kann ich für Sie tun?«

Armindale nahm ihm gegenüber Platz. »Mr de Burgh«, begann er, »ich wollte mich bei Ihnen nach den genaueren Umständen des Todes Ihres Sohnes und Erben Daniel de Burgh erkundigen.«

Fortsetzung folgt.

Teil 2 der Saga heißt:
Stadt der Schuld
(erscheint im Frühsommer 2013)

Nachwort und historische Erläuterungen

Nach Abschluss meines Regency-Romans »Pflicht und Verlangen«, der gemäß eines Großteils britischer Romantradition des 19. Jahrhunderts ausschließlich in der Adelsgesellschaft spielt, trieb mich immer mehr die Frage um, wie es denn um die Lebenswirklichkeit des weitaus größeren Teils der Bevölkerung in jener Zeit bestellt war. Schließlich repräsentiert die in romantischen Geschichten geschilderte Welt der Lords und Ladys nur einen verschwindend geringen Teil der Gesellschaft. Wir erleben die »normalen« Leute, wenn überhaupt, in den zeitgenössischen Romanen oft genug nur als stumme Diener der Protagonisten, lediglich in den Erzählungen von Charles Dickens begegnen uns die weniger vom Glück Begünstigten. Zeitgenössische Romanautoren und -autorinnen, die darüber hinaus die Welt der einfachen Bevölkerung fokussierten, sind hierzulande eher wenig bekannt. Anthony Trollope, George Eliot – auf die ich später noch eingehen will – und auch Elizabeth Gaskell sind hier zu nennen.

So machte ich mich gespannt an die Erforschung der sozialen Verhältnisse im England zur Regierungszeit von Königin Victoria und fand eine äußerst bewegte Ära vor, die mich faszinierte und die sich einfachen Fragestellungen und vor allem rückblickender Verurteilung entzog.

Neben romantischen Vorstellungen wird unser Bild des Victorianischen Zeitalters, das den größten Teil des 19. Jahrhunderts umfasst (Victoria herrschte von 1837 – 1901) – genährt von entsprechenden Filmerzeugnissen und Erzählungen –, heute vor allem von zwei Faktoren geprägt: einer unscharfen Vorstellung von merkwürdigen, aber hübsch anzusehenden und mit Dampfkraft betriebenen Erfindungen, gepaart mit kindlicher Entdeckerfreude, sowie von schreiender sozialer Ungerechtigkeit à la Oliver Twist. Dazu gesellt sich eine äußerst kritische Beurteilung von Imperialismus und Kolonialismus. Über all dem schwebt die Vorstellung einer in schwarze Gewänder gehüllten, altbackenen Matrone, die die Fäden der größten Weltmacht jener Zeit viel zu lange eisern in Händen hielt. All dies trifft in gewisser Weise zu und doch verzerrt es die dynamische und hoch komplizierte Lebenswelt der Victorianer zu einer unzutreffenden Karikatur.

Als die blutjunge und lebensunerfahrene Victoria gerade achzehnjährig 1837 den Thron des britischen Empires bestieg, schickte sich England an, von einer beherrschenden Großmacht zur Weltmacht zu werden, die diese Bezeichnung auch wirklich verdiente. Im weiteren Verlauf ihrer Regierungszeit wurde fast die Hälfte der Welt zu ihrem Herrschaftsgebiet und ein weiteres Viertel stand unter dem politischen und vor allem wirtschaftlichen Einfluss Britanniens. Der Stolz und das Bewusstsein der eigenen Bedeutsamkeit der Briten war also durchaus berechtigt. Jedoch versuchten sie der Verantwortung, die mit der Macht einherging, auch gerecht zu werden, wenn auch aus heutiger Sicht mit einer recht hochnäsigen und repressiven Einstellung gegenüber fremden Kulturen. Rücksichtsloser Kolonialismus und Imperialismus ist dabei ein eher spät auftretendes (etwa ab 1870) und gesamteuropäisches Phänomen, dessen Nachteile auch in England durchaus kritisch gesehen wurden, bei aller Ideologisierung. Über die weitaus wichtigste Phase der Regentschaft Victorias hinweg, in den Jahren 1840 bis etwa 1860 (manche Historiker setzen die Marke auch bei den amerikanischen Sezessionskriegen) war das englische Mutterland aber vor allem geprägt von sozialen Umschichtungen und dem politischen und ethischen Ringen darum, mit den sich rasant verändernden Lebenswelten zurechtzukommen.

Mit der Erfindung der universell einsetzbaren Dampfmaschine zur Energieerzeugung und -übertragung durch James Watt 1783 brach mit Macht das Zeitalter der Industrialisierung an. England erwies sich hier, bedingt durch günstige politische und geographische Verhältnisse (Insellage), als innovationsfreudiger Vorreiter, der lange Zeit die wirtschaftliche Entwicklung dominierte. Das übrige Europa konnte dem britischen Standard von Produktion und Innovationskraft lange Zeit nicht einmal ansatzweise das Wasser reichen. Hier mag der in Filmen oft transportierte Mythos von sagenhaften Erfindungen begründet sein, besonders seit der Einführung der effektiveren und deutlich kleineren Hochdruckdampfmaschinen (etwa ab 1820), die ungeahnte Nutzungsmöglichkeiten erschlossen (zum Beispiel die Dampflokomotive!). Dann aber holte Europa langsam auf (vor allem durch intensiv betriebene Industriespionage) und die englische Wirtschaft geriet zunehmend unter Druck durch ausländische Konkurrenz. Weitere inländische Faktoren machten dem britischen Empire zu schaffen. Im 19. Jahrhundert kam es aus ungeklärten Gründen zu einer erheblichen Bevölkerungsexplosion. Zudem veränderten sich durch die im Roman erwähnte *Enclosure* in den Jahren vor 1832 die ländlichen Strukturen. Bauern wurden von den reichen Gutsbesitzern und Adligen enteignet und zu Pächtern gemacht oder ganz von ihrem Land vertrieben. Diese von Hunger getriebenen, recht- und heimatlosen Massen strömten in der Folge auf der Suche nach Arbeit in die schnell anwachsenden Industriestädte der Midlands und des Nordens. Zwischen 1830 und 1870 verneunfachte (!) sich die Bevölkerung von Städten wie Manchester und Birmingham beispielsweise, während die Londons um das Vierfache anwuchs. Eine neue gesellschaftliche Schicht bildete sich heraus: die der Arbeiter. Gleichzeitig entstand ein neues Bürgertum, eine potente, finanziell hervorragend aufgestellte Mittelschicht aus Kaufleuten und Unternehmern, denen es zunehmend auch um politischen Einfluss ging und die ihre Bedeutsamkeit mit palastähnlichen Herrenhäusern und repräsentativen Stadthäusern zu unterstreichen suchte. Die bisherige, seit Jahrhunderten geltende Gesellschaftsordnung löste sich binnen weniger Jahrzehnte auf und verlangte nach neuen adäquaten Antworten. Revolutionäre Ideen wurden geboren: Nicht umsonst entstand das kommunistische Manifest, verfasst 1847 von Engels und Marx, in der Industriestadt Manchester. Aber auch gemäßigtere Denker wie John Ruskin, Thomas Carlyle oder John Stuart Mills machten von sich Reden, genau so wie besonnene und gestaltende Politiker vom Schlage Robert Peels oder Edward Gladstones. Es war schließlich Aufgabe des Staates, auf die sich rasant verändernde soziale Situation politisch zu reagieren. Dem standen aber die intensiv und machtvoll verfochtenen Interessen des Adels entgegen. Auf dem Festland führte eine ähnliche Entwicklung zu Revolutionen, England dagegen gelang der gesellschaftliche Kompromiss, jedoch nicht ohne erhebliche Kollateralschäden.

Obwohl England in der Geschichte weitgehend als Mutterland der parlamentarischen Demokratie gilt, ist zu beachten, dass das Parlament, bestehend aus Oberhaus und Unterhaus, sich eher als ein autonomes und von der politischen Öffentlichkeit abgeschirmtes Machtzentrum verstand. Von einem allgemeinen Wahlrecht konnte ebenfalls keine Rede sein. Die Wirklichkeit war eine beschämend andere. Bis 1832 hatte nur ein verschwindend geringer Teil der männlichen Bürger das Wahlrecht. Dieses war an Landbesitz und Vermögen gebunden, sodass die eigentliche Gesellschaftsrealität, nämlich die Ballung der Bevölkerung in den Städten, keineswegs abgebildet wurde. Der landbesitzende Adel war überdurchschnittlich stark vertreten. Dagegen wurde selbstverständlich aufbegehrt und es kam zu einer ersten wichtigen Reform durch die Whig-Regierung 1832, die aber keineswegs genügen konnte. Nun besaßen von vierundzwanzig Millionen Einwohnern knapp eine Million ein Wahlrecht, die Anzahl hatte sich damit in etwa verdoppelt (im Laufe der Jahrzehnte wurde das Wahlrecht sukzessive aber immer mehr ausgeweitet, bis schließlich alle daran teilhatten. Auch die Rechtssprechung wurde in einer »Politik der kleinen Schritte« gesellschaftsverträglicher gestaltet). Die Klasse der Arbeiter wurde aber viel zu lange überhaupt nicht repräsentiert, ein Wahlrecht für Frauen erst gar nicht in Betracht gezogen. Es kam zu Aufständen, Bewegungen wurden gegründet, wie die zunehmend durchaus gewaltbereite Chartistenbewegung, die berechtigt politische Teilnahme und eine gerechtere Gesetzgebung einforderte. Die Chartistenaufstände wurden aber äußerst brutal und mit vielen Toten niedergeschlagen (Birmingham und Manchester) und die mit Millionen Unterschriften eingereichten Petitionen der Arbeiter an das Parlament komplett ignoriert. In der Bevölkerung gärte es zusehends, nicht nur der politischen Ungerechtigkeit wegen, sondern auch weil die Brotpreise unerschwinglich wurden und gleichzeitig die Löhne sanken. Der Hunger war allgegenwärtig, die Kindersterblichkeit exorbitant, die Kriminalität stieg enorm an. Doch anstatt die Hauptursache des Hungers – die unmenschliche Not – oder die zunehmende Wirtschaftsmisere zu bekämpfen, beharrten die immer noch politisch mit viel zu viel Macht ausgestatteten grundbesitzenden Adeligen auf hohen Schutzzöllen und Einfuhrbeschränkungen, um den für sie wichtigen Kornpreis künstlich hochzuhalten. Gleichzeitig behinderten sie damit den freien Handel. Die einzige Reaktion auf die Zustände war eine extreme Verschärfung des Rechts, das sich vorwiegend gegen die arme Bevölkerung richtete und darauf bedacht war, den Besitz und die Interessen des Adels zu wahren. Hinrichtungen und Deportationen waren an der Tagesordnung und schon ein kleiner Diebstahl konnte einen an den Galgen bringen. Da rief Richard Cobden, ein sozial engagierter und auch kluger Unternehmer, 1839 in Manchester die Freihandelsbewegung ins Leben, um gegen die Missstände anzugehen, die sozialen Unruhen zu bekämpfen und gleichzeitig mehr wirtschaftliche Freiheit für die Unternehmer zu erlangen. Etliche

Jahre mühte er sich vergeblich, doch immer mehr Befürworter – sogar auch aus dem Adel und von beiden politischen Parteien, den Whigs und den Tories – schlossen sich seinen Ideen an. Die Whigs bildeten bis 1856 mit den Tories die beiden konkurrierenden Gruppierungen im Unterhaus. Ursprünglich als Gegenpol zu den Rekatholisierungsversuchen Jakobs II. gegründet, verstanden sich die Whigs in ihrer Anfangszeit auch als Vertreter des Bürgertums, der Landbevölkerung und der liberalen demokratischen Ideen – im Gegensatz zu den sehr monarchietreuen Tories. Nach einer langen Phase der Regierungsmehrheit der Tories hatten die Whigs 1832 wieder die Mehrheit im Unterhaus erlangt, verloren sie aber kurz nach der Thronbesteigung Victorias wieder. Beide Gruppierungen hatten mit Lord Melbourne (Whigs) und Robert Peel (Tories) zu dieser Zeit fähige Führungsfiguren. Die Auseinandersetzung über die Freihandelsfrage wurde zur Zerreißprobe im Parlament. Die Gruppierungen zerstritten sich auch untereinander. Schließlich schlossen sich infolgedessen die Whigs mit gemäßigten Tories zur Liberal Party zusammen.

1846 fielen die Schutzzölle dank Cobdens Bewegung endgültig und tatsächlich verbesserte sich dadurch die Lebenssituation der Arbeiter und Landbevölkerung in den folgenden zwei Jahrzehnten erheblich, wodurch der gesellschaftliche Druck erträglicher wurde. Die Bewegung der Chartisten versank in Bedeutungslosigkeit. Handel und Industrie schwangen sich hingegen zu neuer Blüte auf, was allerdings auch mit der weniger günstigen politischen Situation auf dem Kontinent zusammenhing. So konnte England seine Vormachtstellung weiter ausbauen, bis etwa 1870. Mit dem Aufstrebenden der Kontinentalmächte fiel auch der Beginn des exzessiven Kolonialismus zusammen. Heute gilt die Freihandelsbewegung, auch Manchesterkapitalismus genannt, in einer seltsamen Verkennung der historischen Realitäten jedoch als Geburtsstunde eines hemmungslosen Kapitalismus und prägt unsere zu einseitige Vorstellung von den gierigen victorianischen Unternehmern. Tatsächlich hat auch dieses Bild eine gewisse Berechtigung, doch muss verstanden werden, dass staatliche Eingriffe oder Vorschriften, die das Recht des freien Bürgers – sowohl das des Arbeitgebers wie auch des Arbeitnehmers – beschneiden, in England traditionell misstrauisch beäugt wurden und werden. Eine Haltung, die englisches und amerikanisches Denken heute noch prägt. So wurden auch Pläne für staatliche Verordnungen zum Thema Arbeitszeitregelungen, Vertragsrecht etc. ängstlich abgelehnt, wenn sie sich auch nicht ganz vermeiden ließen. Stattdessen war man der allgemeinen Ansicht, dass »*der Egoismus des Einzelnen durch natürlich gesetzte Grenzen zwangsläufig zum Wohle aller geraten müsse und damit zum Glück aller*« (Jeremy Bentham). Hier mag auch der Grund dafür liegen, dass kommunistische Ideen in England, ihrem Entstehungsort, nie Fuß fassen konnten. Auch wurde sehr lange der breiten Masse der ungebildeteten Bevölkerung, wie auch den Frauen, jede Fähigkeit zur politischen Mündigkeit abgesprochen. Diese galt es zu leiten wie ahnungslose Kinder.

Das führt uns zur gesellschaftlichen Situation der Frauen im Victorianismus. Tatsächlich handelt es sich dabei um ein recht finsteres Kapitel und es ist kein Wunder, dass die emanzipatorische Suffragetten-Bewegung, die endlich auch das Wahlrecht für Frauen einforderte, ihren Anfang in England nahm. Erstaunlicherweise aber erst nach dem Ersten Weltkrieg, der geschichtlich als Ende des 19. Jahrhunderts betrachtet wird. Frauen hatten, unerheblich welcher Schicht sie entstammten, keinerlei Rechte. Verdammt zur politischen Unmündigkeit, konnten sie diese auch nicht einfordern. Der Mann war Herr und Meister von Ehefrau und Familie, ihm oblag alle Entscheidungsbefugnis, sogar das Recht der körperlichen Züchtigung und des uneingeschränkten Zugriffs auf den Körper der Ehefrau. Weder erwiesene Grausamkeit noch fortgesetzter Ehebruch, eheliche Vergewaltigung, Trunksucht oder Verschwendung waren ein anerkannter Scheidungsgrund bis zu einer ersten zögerlichen Ehereform im Jahre 1857. Im Moment der Eheschließung erlangte der Ehemann sogar sämtliche Verfügungsrechte über (so vorhanden) Besitz und Vermögen seiner Angetrauten. Selbst wenn er dies mit vollen Händen zum Fenster hinauswarf oder verspielte, konnte die Ehefrau nichts dagegen tun (dies änderte sich erst um 1890, als der Frau die Verfügungsgewalt über ihr Vermögen zugebilligt wurde). Vor Gericht galt das Wort der Frau wie das eines Kindes. Sie wurde gehört, konnte aber selbst nichts vereidigt bezeugen oder beurkunden lassen – in allen Bereichen war sie somit auf das Wohlwollen und die Fürsorge ihres Mannes angewiesen. Begründet wurde diese – erstaunlicherweise auch weitestgehend von den Frauen akzeptierte – Einstellung und Praxis mit der angeblich angeborenen Schwäche der Frau und den damit einhergehenden geringeren geistigen Fähigkeiten. Allerdings hatte diese komplette Entmündigung auch den Effekt, dass der Ehegatte im Gegenzug für jeden Fehltritt seiner Frau – und seien es kriminelle Taten – verantwortlich gemacht wurde, da er sie ja dazu angeleitet haben musste. Oft konnte der (betuchte) Betroffene sich dem aber dann durch geschickte Argumentation und gute Anwälte entziehen.

Scheidungen waren in England nur sehr bedingt möglich. Entweder oblag die Entscheidung darüber der Church of England und wurde durch eine nicht vollzogene Ehe, ein unbekanntes Ehehindernis oder aber einen einfachen Ehebruch (der Frau) begründet. In diesem Fall konnte in der Regel nicht erneut geheiratet werden (es gab aber rechtliche Ausnahmen davon). Es handelte sich also im Grunde nur um eine »halbe« Scheidung. Wer jedoch eine *vollständige* Scheidung mit dem Recht auf eine erneute Verehelichung wünschte, konnte dies nur erreichen, wenn das Parlament (!) dem zustimmte. Demzufolge mussten diese Scheidungsgründe auch entsprechend schwer wiegen und von nahezu spektakulärer Natur sein. Dazu kam ein Spießrutenlauf durch verschiedene Institutionen – darunter das House of Lords – und ein erheblicher Kostenaufwand (1.800 £ bis 3.000 £, das entspricht in heutiger Währung 90.000 bis 150.000 €). Die Ehepartner waren also nahezu unauflöslich aneinandergefesselt. Da sich jede dieser Regelungen für die ärmeren Bevölkerungsschichten ohnehin verbot, pflegten scheidungswillige arme Männer ihre Frauen einfach auf dem Markt zu verkaufen. Die Bedauernswerten wurden an einem Strick um den Hals zum Markt gezerrt und dort versteigert. Obwohl diese Praxis offiziell verboten war, wurde sie doch bis ins späte 19. Jahrhundert geduldet. Zu häufig starben aber die Frauen ohnehin früh im Kindbett, sodass der Mann auch einfach abwarten konnte.

Während im Regency unter Georg IV. (der lange Zeit als Regent seinen erkrankten Vater Charles III. vertrat) und später unter seinem Bruder William IV. zumindest im Hochadel, bedingt durch die restriktive Ehepolitik, ein reges Mätressenwesen herrschte, verschärfte sich die moralische Haltung diesbezüglich zusehends spätestens mit der Thronbesteigung der prüden und kindlichen Victoria. Allerdings waren solche Tendenzen auch schon vorher auszumachen. Seit den frühen Dreißigerjahren des 19. Jahrhunderts begann man sich in die Häuser zurückzuziehen und bürgerliche Gemütlichkeit, gepaart mit kultureller Bildung, zu propagieren. Das Biedermeier brach an, das die Rolle des Mannes als unumschränkten Herrscher des Hauses noch betonte, während die Frau zum bloßen Ausstellungsstück degradiert wurde. Das schlug sich auch in der Mode nieder. Die mädchenhaft weiße, gleichzeitig sittsame wie verlockend freizügige Mode des Regency (*Nacktmode* genannt, wegen der oft hauchdünnen Stoffe, die häufig auch noch mit Wasser an den Körper geklebt wurden) wurde nach und nach abgelöst durch sehr farbenfrohe, üppig verzierte Kleider aus Samt und Seide mit tiefen Ausschnitten (im Alltag bald ersetzt durch hochgeschlossene Krägen), schlanke, wieder tiefer geschnittene Taillen und eine insgesamt glockenförmige Silhouette durch eng geschnürte Mieder und Reifröcke (später kam die das Gesäß betonende Krinoline dazu). So wurden einerseits die Geschlechtsmerkmale übermäßig betont, während die Frau andererseits immer mehr »eingepackt« erschien. Unterhosen waren jedoch bei den Damen der Gesellschaft bis weit nach 1850 verpönt. Entweder man trug nur einen oder mehrere Unterröcke oder aber zusätzlich eine Art Unterhosenersatz, der aber – da es gesellschaftlich nicht erwünscht war, männliche Kleidung zu tragen – im Schritt offen blieb, ähnlich dem heutigen französischen *slip ouvert*. Für Männer der gehobenen Schichten gab es in dieser Zeit bereits richtige Unterhosen, während von der übrigen männlichen Bevölkerung sonst einfach nur das lange Hemd zwischen die Beine geschlagen wurde. Die Mieder der Damen waren bald so eng, dass der Atem abgeschnürt und die Organe aus ihren Positionen verdrängt wurden, was zu Missbildungen, Aborten und häufigen Ohnmachten führte (das änderte sich erst nach dem Ersten Weltkrieg – konform zum wachsenden politisch-sozialen Selbstverständnis der Frau). Gleichzeitig hatten sich Frauen bzw. Mädchen schon in jungen Jahren immer rigideren Moralvorstellungen zu unterwerfen, was aber längst nicht im gleichen Maße für die Männer galt. Das Herrscherpaar Victoria und Albert verstärkte diese gesellschaftlichen Tendenzen nicht unerheblich. Obwohl man konstatieren muss, dass die beiden eine liebevolle Ehe führten und Albert als kluger Mann gelten konnte, vertraten beide jedoch aus persönlichen Gründen sehr restriktive Vorstellungen von Anständigkeit und Moral, die bei Hofe und schließlich auch in der gesamten Gesellschaft als maßgeblich galten. Dies verstärkte sich noch nach Alberts zu frühem Tod, den Victoria nie verwinden konnte. Sie igelte sich in ihrer Trauer ein, kam ihren Pflichten über Jahrzehnte im Grunde nur noch unzureichend nach und hob bis zu ihrem eigenen Tod 1901 das Andenken ihres Gatten in nahezu religiöse Dimensionen. Ihre Weigerung, sich dem Tagesgeschehen zu widmen, führte zu erheblicher politischer Aufregung – Gladstone, der unter Victoria vier Mal das Amt des Premiers innehatte, hatte sehr darunter zu leiden.

Im Zuge der neuen Bürgerlichkeit und von höchster Stelle eingeforderten übermäßigen Moral galt ein untadeliger Lebenswandel also als Voraussetzung für eine gesellschaftliche oder politische Karriere. Moralische Einwände gegen eine Person des öffentlichen Lebens bedeuteten hingegen das Aus. Als markantes Beispiel ist hier George Eliot, *die* victorianische Schriftstellerin schlechthin, zu nennen. Mary Ann Evans, wie sie mit richtigem Namen hieß, machte den entscheidenden Fehler, sich in einen verheirateten Mann zu verlieben und mit ihm zusammenzuleben. Das führte, obwohl ihre Literatur sogar bei Hofe höchst geachtet war und als moralisch absolut integer wahrgenommen wurde, zu einer lebenslangen gesellschaftlichen Isolation, von der ihr Lebenspartner aber erstaunlicherweise nicht im gleichen Maße betroffen war. Er konnte sich weiterhin in gewissem Rahmen in der Gesellschaft bewegen. Bei der öffentlichen großen Empörung über den unmoralischen Lebenswandel Eliots wurde allerdings geflissentlich übersehen, dass die allgemein bedauerte tatsächliche Ehefrau von George Henry Lewes (dem Lebenspartner Eliots) ihrerseits drei (!) uneheliche Kinder von dessen bestem Freund empfangen hatte, die von Lewes und Eliot wie selbstverständlich unterhalten und alimentiert wurden. Da eine Scheidung nicht möglich war, blieb es bei dem im Grunde widersinnigen Arrangement. Dies zeigt zwei typische Aspekte des Victorianismus auf: Einerseits die extrem prüde öffentliche Moral, die sich vor allem gegen die Frau richtete und die Fähigkeit der so geknechteten Ehefrauen, eben diese Moral zu umgehen. Man durfte sich eben nicht erwischen lassen, dann war viel möglich! Oder aber, man breitete einvernehmlich den Mantel des

Schweigens über die entsprechenden Verhältnisse, was eine sehr häufige Praxis darstellte: Es gibt beispielsweise dokumentierte Beziehungen, in denen sich zwei (oder mehr) Frauen einen Mann teilten oder gar die Ehepartner untereinander wechselten – oder aber in besseren Häusern die Gouvernante selbstverständlich auch dem Herrn des Hauses zur Verfügung stand. Kein Wunder, dass Gouvernanten wenig beliebt bei den Damen des Hauses waren! Gleichzeitig blühte das Prostituiertenwesen. Da Männer ihre sexuellen Fantasien mit ihren Ehefrauen, die zu Standbildern stilisiert wurden, nicht ausleben durften, war die allgemeine Praxis, dass der regelmäßige Besuch von Bordellen unterschiedlichster Ausstattung, von sehr edel und kostspielig bis hin zu billigen Straßenhuren, geduldet, ja geradezu erwartet wurde. Eine Statistik um 1840 spricht von achtzigtausend registrierten Prostituierten allein in London! Geschlechtskrankheiten wie die Syphilis waren deshalb weit verbreitet. Selbst in der moralischen Ratgeberliteratur wurde diese Praxis aber ironischerweise als »Ehehygiene« ausdrücklich gutgeheißen. Keinesfalls geduldet wurden aber sexuelle Perversionen und hier insbesondere Homosexualität. Diese »sodomistischen« Praktiken waren in England, wie im Roman dargestellt, mit der Todesstrafe (bis circa 1840, später in der Praxis in schwere Zwangsarbeit umgewandelt) belegt. Den Dichter Oscar Wilde ereilte dieses Schicksal, er war homosexuell und wurde in einem aufsehenerregenden Prozess zur Zwangsarbeit verurteilt. Wenige Jahre später verstarb er an den Haftfolgen.

Die Situation der Frauen in den ärmeren Schichten der Bevölkerung stellte sich noch dramatischer dar. Ohne Chance auf Bildung, ohne medizinische Versorgung, ohne Verfügungsgewalt über die eigene Lebensführung und natürlich auch ohne die geringste soziale Absicherung waren ihre Aussichten katastrophal. Eine Anstellung als Dienstmädchen war durchaus begehrenswert im Gegensatz zum Schicksal von Arbeiterinnen oder landwirtschaftlichen Mägden, aber auch die Situation der Dienstmädchen verschlechterte sich im Victorianismus entscheidend. Ausgebeutet und nur mit geringem Lohn bedacht, wurden diese, gemäß der biedermeierlichen Attitüde des vordergründig wohlgepflegten Heimes, immer mehr in die unsichtbaren Bereiche des Hauses verdrängt, unwürdigen Wohnbedingungen und schlechter Behandlung ausgesetzt sowie hilflos den Übergriffen der Herrschaft anheimgegeben. Auch waren sie in der Hierarchie der Bediensteten auf dem untersten Level angesiedelt. Diese Hierarchie war streng und bildete wie eine Karikatur die Verhältnisse in den oberen Bereichen der herrschaftlichen Häuser ab. Ganz oben auf der Sprosse stand der Chefbutler und/oder die Haushälterin, dann folgten die Köchin sowie der Kammerdiener des Hausherrn. Diese Personen wurden auch mit Mr oder Mrs (ohne Berücksichtigung des ehelichen Standes) angesprochen. Auch der Stallmeister und der oberste Gärtner hatten gewissermaßen eine herausgehobene Stellung. Dann folgten die anderen Bediensteten, unter ihnen als *prima inter pares* die Zofe der Herrin, die für die persönlichen Belange der Herrin in vollem Umfang verantwortlich war bis hin zum Flicken der Kleidung. Ganz unten in der Hierarchie standen die Hausmägde, die für die Reinigung des Hauses und das Wasserholen zuständig waren. Sehr schwierig gestaltete sich aber die Situation für Personen, die weder der Dienerschaft noch der Herrschaft zuzuordnen waren. Von beiden Seiten mit gewissem Misstrauen bedacht, lebten sie in der Regel in einer Art sozialen Isolation. Dies galt einerseits für Gouvernanten, die häufig sogar die Bildung einer Lady vorweisen konnten, oder Hauslehrer, daneben aber auch für die unglücklichen Geschöpfe, die als Spielgefährten missbraucht wurden wie die Heldin unserer Geschichte. Auch das kam hin und wieder vor.

Ohnehin war es um die soziale Absicherung der arbeitenden Klasse sehr schlecht bestellt. Konnte man nichts zurücklegen oder hatte man keine Verwandte, an die man sich wenden konnte, gab es beispielsweise im Alter oft nur noch die Option des Armenhauses (auch Arbeitshaus genannt) – wie es uns bei *Oliver Twist* begegnet. Diese fragwürdige und überaus gefürchtete Institution, deren Neuordnung im Zuge der Reformen von 1834 beschlossen wurde, diente nach der angeblichen Reform noch mehr dazu, Hilfsbedürftige abzuschrecken und auf die eigenen Kräfte zurückzuverweisen. Wer im Armenhaus landete, überlebte in der Regel nicht lange und starb entweder an Hunger oder aber an Ausbeutung. Auch eine Behinderung oder ein Waisenschicksal waren eine entsprechende Katastrophe.

So stellt sich das England des 19. Jahrhunderts als vielschichtige Zeit dar, die von Aufbruch, Produktivität, aber auch von sozialen Spannungen geprägt war und in der es für einen Großteil der Menschen gewiss nicht einfach war zu leben. Nichtsdestotrotz liegt hier auch die Geburtsstunde des modernen Menschen, die Ansprüche auf Glück, auf Teilhabe und Sicherheit, die heute selbstverständlich Teil unserer individuellen Persönlichkeit geworden sind.

Literaturliste

Hermann Kinder, Werner Hilgemann; Manfred Hergt. *Dtv-Atlas zur Weltgeschichte.* München: dtv-Verlag, 3. Auflage 2010.
Prof. Dr. Immanuel Geiss (Hrsg.). *Chronik des 19. Jahrhunderts.* München: Chronik-Verlag, 1997.
Peter Wende. *Das Britische Empire – Geschichte eines Weltreiches.* München: Verlag C.H. Beck, 2. Auflage 2009.
Gottfried Niedhart. *Geschichte Englands in 3 Bd.* München: Verlag C.H. Beck, 1987. München
Insa Holst, Hendrik Fischer. *Geo Epoche – Die Industrielle Revolution.* Hamburg: Gruner & Jahr AG, 2008.
Herbert Tingsten. *Königin Viktoria und ihre Zeit.* München: Diederichs-Verlag, 1997.
Edgar Feuchtwanger. *Königin Viktoria und ihre Zeit.* Zürich: Verlagsgesellschaft Hans Hansen-Schmidt mbH, 1. Auflage 2004.
Friedrich Engels. *Die Lage der arbeitenden Klassen in England.* Kindle-Edition, 2011.
A.N. Wilson. *The Victorians.* London: Arrow Books, 2003.
Kathryn Ferry. *The Victorian Home.* Oxford: Shire Library, 2011.
Daniel Pool. *What Jane Austen Ate and Charles Dickens Knew – the Facts of Daily Life in 19th-Century England.* New York: Simon and Schuster, 1993.
Stephen Halliday. *The Great Filth – Desease, Death & The Victorian City.* Stroud GL: The History Press, 2007.
Jörg Hüfner, Rudolf Löhken. *Physik ohne Ende.* Weinheim: Wiley-VCH Verlag GmbH, 2010.
Dr. Hildegard Hogen (Red. Ltg.). *Technik.* Mannheim: Meyer-Verlag, 5. Auflage 2003.
Geheimnisse und Heilkräfte der Pflanzen. Rürich: Verlag Das Beste, 2. Auflage 1980.
Wikipedia

Danksagungen

Die Trilogie könnte die Zeit des Victorianismus nicht so anschaulich wiedergeben ohne die hervorragenden Museen Englands mit ihrem freundlichen, hilfsbereiten und kompetenten Personal und den gut aufbereiteten Ausstellungen.

Ein aufrichtiger Dank geht hierbei an:
Science Museum, London
Museum of Science and Industry, Manchester
Peoples History Museum, Manchester
Maritime Museum, Liverpool

Mein besonderer Dank geht jedoch an meine (wie immer) einfach hervorragende Lektorin Eva Weigl, deren Fähigkeiten als literarische Hebamme und Mutmacherin unverzichtbar sind. Ein weiterer herzlicher Dank gilt meinem Verleger Burkhard P. Bierschenck, der an mich als Schriftstellerin glaubt und das gesamte Team von Bookspot, das meine Manuskripte in mühevoller Arbeit in wunderbare Bücher verwandelt.

Zuletzt geht mein größter Dank an meine Familie, die mir meine Ausflüge in längst vergangene Zeiten nicht nur gestattet, sondern mich dabei auch nach besten Kräften unterstützt. Ihr seid unvergleichlich!

Eva-Ruth Landys
September 2012

Tereza Vanek

Das Geheimnis der Jaderinge

656 Seiten
gebunden
Edition Carat
im Bookspot Verlag
ISBN 978-3-937357-53-9
16,95 €

Hamburg anno 1880: Nach dem Selbstmord ihres geliebten Vaters, eines ruinierten Hamburger Reedereibesitzers, ist die 21-jährige Viktoria Virchow plötzlich auf sich allein gestellt. Von ihrem Verlobten verlassen und von der eigenen Mutter als egoistisch zurückgewiesen, versucht sie vergeblich, in Hamburg beruflich Fuß zu fassen.

In ihrer Verzweiflung nimmt Viktoria das Angebot eines ehemaligen Geschäftspartners ihres Vaters an: Sie geht nach Shanghai und findet Arbeit als Gesellschafterin der alten Margaret Huntingdon.

Als Vertraute der britischen Lady wird die abenteuerlustige Viktoria in ein dunkles Familiengeheimnis verstrickt. Ein grüner Jadering und ein chinesisches Schriftstück aus Zeiten des Taiping-Aufstands geben ihr Rätsel auf. Margarets Sohn Robert sind Viktorias Nachforschungen ein Dorn im Auge. Bei der erstbesten Gelegenheit entlässt er sie.

Mit Margarets Hilfe findet die junge Deutsche eine Neuanstellung im Hause eines Pekinger Richters. Sie ahnt nicht, dass dort der Schlüssel zum Geheimnis der Huntingdons liegt. Auch eine neue Liebe erwartet sie in Peking: Sie lernt den eigensinnigen chinesischen Akrobaten Jinzi kennen. Gemeinsam suchen sie das Rätsel zu lösen und begeben sich dadurch in Lebensgefahr.

Eva-Ruth Landys

Pflicht und Verlangen

544 Seiten
gebunden
Edition Carat
im Bookspot Verlag
ISBN 978-3-937357-46-1
16,95 €

Charlotte Brandon, die Tochter eines Paares, das einst durch seine unerlaubte Heirat einen gesellschaftlichen Skandal auslöste, wird nach dem Tod ihres Vaters von ihrem weichherzigen, aber schwachen Onkel adoptiert. Rasch muss sie erkennen, dass sie in ihrer eifersüchtigen Tante eine Feindin hat, die ihr kein gutes Leben gönnen will. Um das Familienvermögen zu sichern, soll sie – wie in ihren Kreisen üblich – bald mit einem möglichst reichen Schwiegersohn verheiratet werden.

Da lernt sie den gut aussehenden Herrn des Nachbargutes kennen, Captain John Battingfield. Der weltoffene, wissenschaftlich hochinteressierte und sensible Marineoffizier verliebt sich heftig in die so schöne wie gebildete junge Frau, ist aber in einer unglücklichen Ehe gefangen. Obwohl Charlotte und John sich dagegen wehren, entwickeln sie schnell tiefe Gefühle füreinander. Vergeblich versuchen sie, der immer stärker werdenden Zuneigung zu widerstehen, um eine Katastrophe zu verhindern …

Bitte beachten Sie die Leseprobe auf den folgenden Seiten!

Kapitel 33

Bereits sehr früh am nächsten Morgen sammelten sich die fast einhundert Teilnehmer der Parforcejagd auf dem großen Gelände vor den Hundezwingern. Viele von ihnen, aber bei Weitem nicht alle, hatten die speziell mit diesem Sport verbundenen Reitjacken angezogen, bei denen zunehmend die Farbe Rot dominierte. Je mehr die Fuchsjagd in Mode kam, umso mehr folgte sie einer steigenden Anzahl von Ritualen. Es gab grundsätzlich zwei Arten von Parforce-Fuchsjagden. Bei der einen wurde die Beute, der Fuchs, von der Hundemeute zwar gestellt, aber von den Jägern getötet, während bei der zweiten, grausameren Variante die Hunde das gejagte Tier am Ende auch reißen durften. Es lag auf der Hand, dass Terency diese zweite, seltenere Form bevorzugte. Schon einige Zeit bevor alle Teilnehmer der Jagd eingetroffen und aufgesessen waren, waren Terencys Jagdgehilfen mit einer speziell ausgebildeten kleineren Hundemeute aufgebrochen, um einige Füchse aus ihren Bauen *herauszustoßen*, wie es gemeinhin genannt wurde. Der Vortrupp hatte auch die Aufgabe, die Fuchslöcher, derer er ansichtig wurde, mit kleinen Strohballen zu verschließen, damit sich die gejagten Tiere nicht wieder in einen Unterschlupf zurückziehen konnten. Wenn schließlich durch die *Trompe de Chasse*, dem kleinen der Fuchsjagd vorbehaltenen Jagdhorn, der Ruf erging, würde die Reiterhorde mit einer größeren Hundemeute zur Hetzjagd aufbrechen.

Plötzlich machte unter den Reitern das unerhörte Gerücht die Runde, dass die versammelten Reiter erstmalig in zwei Gruppen aufgeteilt werden sollten, um den Wettbewerb zu verschärfen. Dabei sollte die zweite Gruppe einige Minuten nach der ersten starten. Diese neue, bisher unbekannte Regelung stieß auf heftigen Widerstand unter den Anwesenden. Natürlich wollte keiner in der zweiten Gruppe sein.

John, der bereits auf seinem Hengst saß, enthielt sich jeglichen Kommentars, sein Augenmerk galt ausschließlich Charlotte, die aber immer noch nirgends zu entdecken war. Warum kam sie nicht? Hatte sie sich anders entschieden oder war während der Nacht etwas geschehen? Seit John am Abend vorher beobachtet hatte, wie Terency und seine Spießgesellen offensichtlich irgendwelche finstere Pläne ausgeheckt hatten, stand er unter einer übergroßen Anspannung. Irgendetwas würde geschehen, das spürte er deutlich. Er hatte ähnliche Empfindungen, wie er sie kurz vor Beginn einer Seeschlacht bei sich zu verspüren gewohnt war: Eine seltsame Ruhe, gepaart mit übergroßer Wachheit und Anspannung. In der Nacht hingegen hatten ihn Albträume geplagt, in denen hauptsächlich Charlotte und Terency eine Rolle gespielt hatten und an die er sich jetzt in der hervorbrechenden, fahlen Morgensonne lieber nicht mehr erinnern wollte.

Plötzlich vernahm er neben sich die vertraute dröhnende Stimme von Mrs Dellaford. »Captain Battingfield, endlich! Ich habe Sie schon gesucht. Wo haben Sie nur gesteckt?« Ihre Stimme verriet Empörung, die aber nichts mit ihm zu tun haben konnte. Er wandte sich zu ihr um.

»Guten Morgen, Mrs Dellaford«, begrüßte er sie. »Gibt es denn einen Grund, warum Sie mich so dringend sprechen wollen?«

»Das will ich meinen, Captain! Stellen Sie sich vor: Die flinke weiße Stute, die Miss Millford gestern geritten hat, liegt im Stall mit Koliken. Man wird sie wahrscheinlich erschießen müssen. Jenkins ist ganz verzweifelt und kann sich die Sache nicht erklären, da das Tier gestern noch in bester Verfassung war. Er meint, es könnte sich um eine Vergiftung handeln, aber wer sollte so etwas tun?«

John erstarrte. War dies der Auftakt? Das Pferd, das Charlotte am Vortag noch so wacker getragen hatte, war aus dem

Weg geräumt worden durch einen feigen Anschlag. John hatte keinen Zweifel daran, wer dafür verantwortlich war.

In diesem Augenblick trat Charlotte aus dem Stall, gefolgt von Lady Millford, die heftig gestikulierend auf sie einredete. Charlotte hingegen machte einen sehr wütenden Eindruck. Sicher hatte auch sie sofort erraten, wer der Übeltäter war. Schnurstracks ging sie auf Terency zu, um ihn zur Rede zu stellen. Mrs Dellaford, die den Auftritt ebenfalls beobachtet hatte, trieb ihr Pferd mitten im Gewühl der wartenden Reiter nun näher an das Geschehen heran. Als John ihr folgen wollte, verstellte ihm plötzlich Daniel Porter zu Pferde den Weg.

»Lord Battingfield, Sie werden heute mit der zweiten Gruppe reiten. Hat man Ihnen das nicht mitgeteilt?«

»Nein, das hat man nicht!«, knurrte John ihn böse an und versuchte, an Porter vorbei ebenfalls einen Blick auf das Geschehen zu erhaschen. In der Nähe Terencys kam es zu einem kleineren Tumult, aber John konnte nicht erkennen, was vor sich ging. Porter schob sich erfolgreich dazwischen.

»Gehen Sie mir gefälligst aus dem Weg«, herrschte John ihn an, doch dieser rührte sich nicht vom Fleck, sondern grinste ihn stattdessen aufreizend an.

Da wurde plötzlich der große schwarze Hengst, die unberechenbare Neuerwerbung Terencys, aus dem Stall herausgeführt. Er trug einen Damensattel. John fuhr der heftige Schreck über diesen Anblick wie ein Faustschlag in den Magen. Der Plan lag nun offen zutage: Terency hatte die weiße Stute vergiften lassen und gab Charlotte dieses widerspenstige Pferd für die ohnehin fordernde Jagd. Er versuchte sie tatsächlich umzubringen, etwas anderes konnte nicht das Ziel sein.

Mit verzweifelter Entschlossenheit versuchte John, sich an Porter vorbeizudrängen, um das Drama, das sich anbahnte, im letzten Augenblick noch zu verhindern. Doch Porter, der von

Terency offenbar Anweisung erhalten hatte, ihn unbedingt vom Geschehen fernzuhalten, ließ sich nicht so leicht abschütteln und drängte ihn seinerseits immer wieder ab. Es kam zu einem Gedränge unter den Reitern in ihrer unmittelbaren Umgebung, die jetzt ebenfalls in Mitleidenschaft gezogen wurden. Einer stürzte vom Pferd und aufgeregte Rufe wurden laut. Zu spät gelang es John, sich aus dem Gewühl zu lösen. Gerade sah er noch, wie Jenkins, der ebenfalls zu Pferde saß, da er als Stallmeister die Jagd begleiten musste, seinem Herrn offenbar heftige Vorwürfe machte, die dieser damit beantwortete, dass er dem Mann plötzlich mehrfach hart mit der Gerte ins Gesicht schlug. Charlotte hingegen wurde von den beiden anderen Spießgesellen Terencys gezwungen, den unruhigen Hengst zu besteigen. Unter dem Vorwand, ihr zu helfen, hatten die beiden links und rechts von ihr Aufstellung genommen und hoben sie mit eisernem Griff, dem sie sich nicht entwinden konnte, in den Sattel. In diesem Moment ertönte in der Ferne der von den Jägern so heiß ersehnte Ruf der Trompe de Chasse und die Hundemeute, gefolgt von der ungeordneten riesigen Reiterschar, brach in gewaltiger Woge los und riss sowohl John wie auch Charlotte auf ihrem wild mit den Augen rollenden Tier mit sich. Es gab kein Zurück mehr, die Jagd hatte begonnen!

Alle heftigen Bemühungen Johns, zu Charlotte aufzuschließen, waren zunächst zum Scheitern verurteilt. Hart bedrängt von Porter war es ihm im dichten Pulk der Reiter unmöglich, Raum gutzumachen. Von einem Aufbruch in zwei Gruppen konnte natürlich keine Rede mehr sein. Die Teilnehmer, die mit der fremden Regelung ohnehin unzufrieden gewesen waren, hatten sich einfach darüber hinweggesetzt und die anderen waren im allgemeinen Aufbruch mitgerissen worden. Wenigstens dieser Teil des perfide gesponnenen Plans war gescheitert. Nachdem die Reiterhorde sich auf offenem Feld etwas mehr auseinandergezogen hatte, konnte John nun auch einen zweiten Versuch starten, seinen Verfolger, der wie eine Klette an ihm klebte, abzuschütteln, was ihm schließlich auch gelang. Porter fiel zurück. Vielleicht gab er es aber auch auf, da seine Aufgabe erfüllt war.

Inzwischen war ein zweites Horn erklungen, um anzuzeigen, dass ein weiterer Fuchs aufgestöbert worden war. Ein größerer Teil der Reiter setzte sich nun mit etwa der Hälfte der Hunde, die vom *Master of Hounds* mit der Hundepfeife dirigiert wurde, in einer weiteren Gruppe ab und verfolgte das neue Ziel, während die ursprüngliche Gruppe mit unverminderter Geschwindigkeit weiterpreschte.

Charlotte, die schwer mit ihrem Hengst zu kämpfen hatte, gehörte zu denen, die das erste Ziel weiterverfolgten. Terency hielt sich auf seinem Wallach dicht neben ihr und ergötzte sich sichtlich an ihrer steigenden Unfähigkeit, dem kräftigen und immer wieder ausschlagenden Tier ihren Willen aufzuzwingen. Es war nur eine Frage der Zeit, bis sie abgeworfen und von den nachfolgenden Pferden zertrampelt würde.

Sie passierten das Waldstück, das sie am Vortag durchquert hatten und wandten sich gen Westen. Dort lag in der Ferne ein größerer Wald, aus dem nun erneut das erste Horn erklang. Die Hunde jaulten auf und die Hatz verfiel in ein noch schärferes Tempo. Die Luft war geschwängert vom Trommeln der Hufe und dem Schweißgeruch von Tier und Mensch. Jagdfieber und Gier machten sich breit und ließen die Reiter alle Vorsicht vergessen. Doch John bemerkte dies alles nicht. Sein ausschließliches Ziel war es, Charlotte zu erreichen und den rasenden Lauf des Hengstes zu bremsen. Nur noch etwa achtzig Yards und er würde es geschafft haben. Nackte Angst trieb ihn an, denn Charlotte schien nun sichtlich zu ermüden, während der Hengst immer mehr den Kopf warf und zusehends aggressiver wurde. Die Pferde um ihn herum und die aufgeheizte Atmosphäre der Jagd ließen das Tier kopflos voranstürmen.

John begann, seinem Pferd die Gerte zu geben und legte sich flach auf den Hals des Tieres. Er musste sie unbedingt erreichen. Da sah er, wie sich Terency mit einem bösartigen Grinsen nach ihm umdrehte. Er hatte ihn bemerkt und weidete sich an seinem Bemühen, den mörderischen Plan zu vereiteln. Plötzlich hob er ohne Vorwarnung die rechte Hand, in der er seine Gerte hielt und drosch unvermittelt heftig und gezielt auf die Flanke des schwarzen Hengstes ein. Das Tier wieherte schrill und brach in Folge der Attacke endgültig aus der Horde aus. Die völlig überraschte Reiterin verlor ihre Zügel und hing nun, sich verzweifelt an die Mähne klammernd, auf dem Rücken des durchgehenden Tieres. In einem atemberaubenden Tempo, das Johns Reitpferd kaum erreichen konnte, raste der Hengst eine Anhöhe hinauf, die oben auf der Kuppe von einem kleinen Kiefernwald gekrönt wurde. John gab sein Bestes, um sie trotzdem zu erreichen. Auch ein anderer Reiter hatte sich aus der unbeirrt voranstürmenden Horde gelöst und preschte dem wild gewordenen Tier hinterher. Es war Jenkins, wie John zu seiner Erleichterung erkannte. Terency und seine Helfershelfer ritten mit der Meute weiter und kümmerten sich scheinbar nicht mehr um das Drama, das sich gerade abspielte.

Jenkins schrie ihm etwas zu und gestikulierte wild mit den Armen, während er sein Reittier zu größter Eile antrieb. John verstand ihn nicht und zügelte seinen Hengst ein wenig. Als der Stallmeister etwas näher gekommen war, verstand er ihn endlich zumindest teilweise. Jenkins wies auf den Hügel, den Charlottes Teufelspferd nun schon fast zur Hälfte hinaufgerannt war und rief immer wieder die Worte »Steinbruch« und »Gefahr«. Mit seinen Armbewegungen bedeutete er John, dass dieser versuchen sollte, dem Hengst von links den

Weg abzuschneiden, während er selbst von rechts kommen wollte.

John erfasste sofort, was Jenkins meinte. Es drohte höchste Gefahr. Offenbar befand sich auf der anderen, nicht sichtbaren Seite des Hügels ein Abgrund, den der tobende Hengst zusammen mit seiner inzwischen völlig verzweifelten Reiterin unweigerlich hinunterstürzen würde, wenn er weiter in die eingeschlagene Richtung rannte. Sie mussten unbedingt versuchen, das Tier abzufangen.

Von blankem Entsetzen erfasst und den Blick nur noch auf das Ziel vor ihm gerichtet, stob John nun auf seinem Tier voran. Jeder andere Gedanke war aus seinem Kopf verbannt. Er musste es schaffen!